COLLECTION
FOLIO CLASSIQUE

Jean-Jacques Rousseau

Julie
ou la Nouvelle Héloïse

I

Édition présentée, établie
et annotée
par Henri Coulet
Professeur émérite
à l'Université de Provence

Gallimard

INTRODUCTION

Lettres de deux amans, habitans d'une petite Ville au pied des Alpes, *tel était le titre,* Julie ou la Nouvelle Héloïse *étant le faux titre et le titre courant, du roman paru en six petits volumes in-12 à Amsterdam, chez Marc Michel Rey, au début de 1761 et distribué en février à Paris, où déjà se vendait une contrefaçon publiée par le libraire Robin. En moins de quarante ans allaient encore paraître près de soixante-dix éditions de cette œuvre*[1]*, qui devait faire verser des larmes à des dizaines de milliers de lecteurs et marquer de son empreinte la création romanesque pendant plusieurs générations. Puis* La Nouvelle Héloïse *ne fut plus connue que comme un roman sentimental, un peu long, d'une éloquence un peu démodée, dont quelques lettres, toujours les mêmes, figuraient dans les recueils de « morceaux choisis » à l'usage des lycées et collèges. La critique littéraire avait alors trop tendance à séparer en Rousseau le « penseur » et l' « artiste » (la distinction est d'Émile Faguet). La grande édition procurée en 1925 par Daniel Mornet était le monument d'une érudition préoccupée surtout d'exactitude textuelle, d'histoire littéraire et de références biographiques. Ce sont les travaux de Marcel Raymond, de Bernard Gagnebin, de Jean Starobinski, de Pierre Burgelin, de Jean-Louis Lecercle et de*

1. Voir l'édition de *La Nouvelle Héloïse* par Daniel Mornet, Hachette, 1925, t. 1, p. 178-235.

quelques autres, et les commentaires généreux dont Bernard Guyon accompagna l'édition du texte en 1961[1], *qui ont restitué à l'œuvre sa véritable grandeur.*

Rappelons le sujet du roman dans ses grandes lignes : un jeune homme d'origine roturière, Saint-Preux, donne sans rémunération des leçons à Julie d'Étange et vit dans l'intimité quotidienne de Julie et de sa cousine Claire d'Orbe. Il devient amoureux de Julie, qui lui avoue qu'elle l'aime aussi. Le baron d'Étange, le père, ne veut pas entendre parler d'une union avec un roturier, il a promis sa fille à un quinquagénaire, le baron de Wolmar, envers qui il a une dette de reconnaissance. Julie désespérée se donne à Saint-Preux, espère une grossesse qui n'a pas lieu, refuse de partir avec Saint-Preux en Angleterre où leur ami Milord Édouard leur offre un asile. Après une violente scène avec son père, la découverte des lettres des deux amants et la mort de Mme d'Étange, Julie demande à Saint-Preux de s'éloigner. Il s'exile à Paris, d'où il rejoindra en Angleterre Milord Édouard. Cependant Julie épouse Wolmar et fait devant Dieu le serment d'être une épouse vertueuse. Après quelques mois d'attente vaine, Saint-Preux songe à se tuer. Édouard lui procure un emploi dans l'escadre de George Anson et Saint-Preux part pour le tour du monde. Revenu quatre ans après, il veut revoir les cousines. Julie avoue alors le passé à son mari. Wolmar, dont Rousseau a voulu faire un athée intelligent et sage, comprend que Saint-Preux est nécessaire au bonheur de Julie et l'invite à Clarens. La communauté semble heureuse, Wolmar croit s'être assuré que la passion des deux jeunes gens est éteinte. Mais Saint-Preux doit faire un voyage en Italie avec Édouard, et pendant son absence Julie se jette à l'eau pour sauver son fils cadet en danger de se noyer. Elle doit s'aliter et meurt.

À résumer une œuvre, on la déforme ; mais quand il s'agit d'un écrit aussi complexe et, par certains aspects, aussi déconcertant que La Nouvelle Héloïse, *le résumé est une*

1. Voir au tome II l'aperçu bibliographique.

espèce de trahison. Rousseau savait très bien la valeur et l'importance de son roman. La subtilité des arguments avec lesquels il l'a défendu témoigne moins de sa mauvaise conscience d'auteur d'une œuvre frivole que de sa pratique du paradoxe comme forme énergique de la vérité. Il commença Julie *pour satisfaire son goût du romanesque et la continua pour inscrire le système de sa pensée dans un univers d'imagination et de sensibilité où il devenait vivant comme en lui-même. Si dans la genèse du roman l'inspiration lyrique et l'inspiration philosophique sont séparées, elles ne le sont ni dans la structure de l'œuvre, ni dans sa signification : rêverie et réflexion font un tout chez Rousseau, sa pensée prend sa source et trouve sa justification dans une expérience existentielle.*

Rousseau a souvent noté, dans ses Lettres *à Malesherbes de 1762, dans ses* Confessions, *dans ses* Rêveries du promeneur solitaire, *les moments de bonheur intense où il s'abandonnait à la rêverie. La troisième* Lettre *à Malesherbes, du 26 janvier 1762, en décrit les étapes successives, sentiment de soulagement et de sécurité procuré par la solitude, rêverie proprement dite avec son cortège de « chimères », méditation, et finalement élévation à une sorte d'extase mystique. Ce développement est rarement aussi complet : dans la* Cinquième promenade, *écrite au printemps de 1777 et qui rapporte des souvenirs de l'automne 1765, la méditation se réduit à « quelques faibles et courtes réflexions » et les chimères à « une rêverie confuse et délicieuse ». Pour que la fabulation chimérique eût quelque pouvoir de fascination, il fallait qu'elle reçût un commencement de mise en forme : « Quelle vigueur de pinceau, quelle fraîcheur de coloris, quelle énergie d'expression je leur donne ! » dit Rousseau, au IVe livre des* Confessions, *des « images charmantes » et des « sentiments délicieux » dont il était rempli pendant ses voyages à pied, dans son adolescence*[1] *; mais cette fabulation devait rester fragmentaire et inachevée, sous peine de n'être*

1. *Confessions*, IV, Folio, t. 1, p. 215.

plus une rêverie. En 1756, « dans la plus belle saison de l'année, au mois de juin, sous des bocages frais, au chant du rossignol, au gazouillement des ruisseaux », quand Rousseau vient de s'installer à l'Ermitage, à la lisière de la forêt de Montmorency, dans une maison prêtée par Mme d'Épinay, « un monde enchanté » s'ouvre à lui, et il court s'y réfugier[1]*, mais l'évasion dans l'imaginaire fut son besoin à toutes les époques de sa vie.*

Il lui a cherché un aliment dans la littérature : le romanesque est chez lui un penchant naturel entretenu par la lecture. Dès sa petite enfance, il lisait des romans avec son père (1719) ; pendant son adolescence, il « épuisa » le cabinet de lecture de la Tribu (1725) ; adulte, il est probable qu'il a lu, en bien plus grand nombre qu'il ne l'avoue, des romanciers sans prestige[2]*. Il a déclaré dans une lettre que le plus grave signe de son abattement était qu'il ne pût plus lire de romans*[3]*. Dans ses œuvres, il a cité ici ou là* L'Astrée, *les* Lettres portugaises, La Princesse de Clèves, Télémaque, Gil Blas[4], Cleveland, Clarisse *; le seul livre qui pendant longtemps constituera toute la bibliothèque du jeune Émile est un roman,* Robinson Crusoé *; il fait aussi allusion à de nombreux romanciers ou conteurs, Rabelais, Scarron, l'auteur du* Lazarille de Tormes, *Mlle de Scudéry, La Calprenède, Marivaux, Montesquieu, Duclos, Crébillon, Mme de Graffigny, Voltaire, Gessner... Une étude plus approfondie des rapports entre* La Nouvelle Héloïse *et les romans de son siècle*

1. *Confessions*, IX, éd. cit., t. 2, p. 179-181.

2. Il cite avec mépris dans *Le Persifleur* (manuscrit datant sans doute de 1749, Pléiade, t. 1, p. 1103), des romans de Crébillon, Cahusac, La Morlière et Voisenon. Sur la Tribu, loueuse de livres à Genève, voir les *Confessions*, I, t. 1, p. 73, n. 1.

3. « Je ne puis m'occuper à rien. Les romans même finissent par m'ennuyer », lettre du 30 juillet 1761 à Mme de Luxembourg, citée par J.-L. Lecercle, *Rousseau et l'art du roman*, p. 13.

4. Il découvrit les romans de Lesage en 1731, à Lyon, grâce à Mlle du Châtelet (*Confessions*, IV, t. 1, p. 225) ; il lut *Gil Blas* avec plaisir, mais, dit-il : « Je n'étais pas mûr encore pour ces sortes de lectures ; il me fallait des romans à grands sentiments. »

permettrait des rapprochements inattendus ; nous verrons ce qu'il doit notamment à La Paysanne parvenue *de Mouhy et à* La Comtesse suédoise *de Gellert. Si Rousseau est dans le genre romanesque un initiateur capital, c'est en parfaite connaissance de cause et non par ignorance ou ingénuité.*

Installé à l'Ermitage, le plaisir qu'il trouve à la solitude lui est gâché par la stérilité et les difficultés de ses relations avec son entourage direct et avec ses amis. Il avait commencé à faire des extraits des manuscrits de l'abbé de Saint-Pierre qu'on lui avait confiés, il abandonne ce projet, qu'il juge politiquement dangereux pour un homme isolé et sans défenseurs. Désœuvré, mécontent du présent, il songe nostalgiquement au passé et aux êtres qu'il a aimés : « Bientôt je vis rassemblés autour de moi tous les objets qui m'avaient donné de l'émotion dans ma jeunesse[1]*. » Mais les souvenirs qui peuplent la rêverie sont doublement douloureux : ce qui a été n'est plus, ce qui aurait pu être est irrémédiablement perdu. L'imaginaire est moins décevant : « L'impossibilité d'atteindre aux êtres réels me jeta dans le pays des chimères, et ne voyant rien d'existant qui fût digne de mon délire, je le nourris dans un monde idéal que mon imagination créatrice eut bientôt peuplé d'êtres selon mon cœur*[2]*. » Il fut trop vite arraché à ces chimères par de fâcheuses réalités, une crise de sa maladie urinaire, les manigances de Mme Levasseur, mère de Thérèse, les tracasseries de Deleyre, émissaire de Diderot, la publication du* Poème *de Voltaire* sur le désastre de Lisbonne, *auquel il jugea nécessaire de répondre par une lettre le 18 août 1756.*

À la fin de l'été, il put revenir à son rêve : « Mes idées un peu moins exaltées restèrent cette fois sur la terre. » Son imagination « fatiguée » par le délire a besoin d'un point d'appui dans la réalité : ce sera le pays de Vaud et le lac cher à son cœur. De la nostalgie décourageante et des visions

1. *Confessions*, IX, t. 2, p. 180. « Objet » est un mot du vocabulaire galant, il désigne les personnes aimées.
2. *Confessions, ibid.*, p. 181.

inorganisées, Rousseau est passé à l'invention cohérente : ce qu'il imagine est coordonné et structuré ; sans doute, l'écrit naissant est encore d'un usage tout personnel, et une fois posés la situation et les personnages, Rousseau ne croit pas nécessaire de développer une intrigue et de prévoir des épisodes ; mais s'il s'identifie au personnage masculin, Saint-Preux, Rousseau ne dit pas qu'il identifie Saint-Preux à lui-même. Il ne s'absorbe plus comme quelques mois plus tôt dans une rêverie dont son moi *exalté était le centre et la fin. Il est arrivé au seuil de la création littéraire. Même pour ces lettres décousues, pour ces épanchements lyriques qui engageaient à peine une action, il avait un antécédent, peut-être un modèle : les* Lettres portugaises, *qu'il considérait comme l'œuvre d'un écrivain et non comme la confession d'une amoureuse*[1].

Ainsi furent rédigées « presque en entier » les deux premières parties de ce qui sera La Nouvelle Héloïse, *« sans que j'eusse aucun plan bien formé », nous dit Rousseau, « et même sans prévoir qu'un jour je serais tenté d'en faire un ouvrage en règle ». Mais ce jour ne devait pas tarder. Après un automne passé à veiller sur le magasinage et la livraison des fruits récoltés dans le verger de Mme d'Épinay, Rousseau fut de nouveau hanté par « les deux charmantes amies » et « leur ami », Julie, Claire et Saint-Preux, hantise dont il voulut se délivrer en transformant une ébauche, les effusions sentimentales entre trois personnages, en une œuvre destinée au public et appartenant à un genre bien identifié, sinon bien défini, « une espèce de Roman ». Pour qu'à partir de pages tout intimes pût se développer un roman en forme, il fallait que les émotions qui les avaient inspirées, propres à la vie intérieure de Rousseau, prissent une signification pour tout lecteur. Les chimères de Jean-Jacques devaient se faire exemplaires, se constituer en leçon. Selon Gustave Lanson,*

1. *Confessions, ibid.*, p. 184-185 ; sur ce que pensait Rousseau des *Lettres portugaises*, voir la *Lettre à M. d'Alembert sur les spectacles*, Folio, p. 269-270, note de l'auteur.

« La Nouvelle Héloïse *est sortie d'un rêve de volupté redressé en instruction morale*[1] ». *Cette formule laisse croire à deux moments différents de la genèse, l'un où le roman aurait eu pour objet une peinture enflammée de la passion, l'autre où, comme par repentir, Rousseau aurait décrit une société idéale qui a su maîtriser la passion.* La Nouvelle Héloïse, *dirons-nous plutôt, est sortie d'un rêve de bonheur dont la mise en roman fait apparaître la portée universelle et auquel elle apporte, au-delà de ses apories, sa justification. Comme toujours, c'est sur ses désirs profonds que Rousseau fonde sa morale.*

Si l'on admet, comme Rousseau l'affirme, que passion et vertu sont indissociables dans La Nouvelle Héloïse, *il est difficile de croire que l'œuvre n'ait pas été conçue tout entière dès l'hiver 1756, dans ses grandes articulations. Ce qui est sûr, c'est qu'en cet hiver 1756 les deux premières parties ont été mises au net*[2], *et elles n'ont pu l'être que si la suite de l'histoire et le sens général de l'œuvre étaient arrêtés dans l'esprit de Rousseau : la séparation des amants implique leur réunion ultérieure, cette réunion implique le mariage et la « conversion » de Julie, le personnage de Wolmar, l'assomption de l'amour à Clarens ; la victoire (au moins apparente) sur la tentation, le bonheur (inquiet) de Julie, la mort de Julie ne pouvaient qu'être partie intégrante du projet initial.*

Dès le printemps de 1757, Rousseau commença à rédiger ce qu'il appelle « les dernières parties » du roman, c'est-à-dire la seconde moitié, qui fait un tout. En mars 1757, il emprunte à Mme d'Épinay le Voyage de George Anson, *qu'il utilise dans la lettre 3 de la IV*e *partie ; il cite la lettre sur l'Élysée (lettre 11 de la IV*e *partie) et celle de la promenade sur le lac (lettre 17 de la IV*e *partie) comme écrites à cette époque*[3]. *S'il avait*

1. « L'Unité de la pensée de Rousseau », *Annales Jean-Jacques Rousseau*, t. 8, 1912.

2. *Confessions*, IX, t. 2, p. 191. En novembre 1756, Rousseau avait demandé à Deleyre de lui prêter les *Lettres sur les Français et les Anglais*, de Muralt, qu'il utilise dans les lettres 14 et 15 de la IIe partie.

3. *Confessions, ibid.*, p. 193.

par la suite récrit la lettre de la promenade sur le lac pour en changer le sens, comme on l'a parfois supposé par une interprétation erronée d'une lettre de Deleyre, il n'en parlerait pas en ces termes. On peut se demander à quel dessein aurait répondu un roman qui se fût achevé avec la IVe partie par la noyade ou par le suicide, encore plus difficile à croire, des deux amants[1].

C'est alors, en mai 1757, qu'il reçut à l'Ermitage la seconde visite de Mme d'Houdetot, « Sophie » ; la première visite, bien qu'elle ait eu « un peu l'air d'un début de roman », était restée sans conséquences[2] *; à la seconde, « l'air romanesque »*

1. « Êtes-vous encore à la fin du Roman ? Vos gens sont-ils noyés ? Vous faites fort bien de prendre ce parti, car la terre n'est pas digne de les posséder, tels que vous les avez dépeints », écrivait Deleyre à Rousseau le 23 novembre 1756. Rousseau met au net les deux premières parties et a sans doute établi le dessein général du roman. Deleyre ne fait allusion ni à la lettre 17 de la IVe partie, ni au dénouement où Julie sauve de la noyade le petit Marcellin et meurt des suites de son immersion, mais à la lettre 26 de la Ire partie, que Saint-Preux achevait en menaçant de se jeter dans le lac du haut du rocher de Meillerie (voir la lettre de Deleyre du 25 janvier 1758 : il y évoque le petit étang au bord duquel Rousseau se promène et qui « ramène ses pensées aux bords du fameux lac où la pauvre Julie faillit se jeter ; je m'en souviens bien. Était-ce elle pourtant ou son amant ? »). Quelques mois auparavant, Deleyre avait déjà quelques lueurs sur la IIIe partie : « Je songeais que vous me faisiez embarquer pour vos îles sauvages [...]. J'étais avec vous dans le vaisseau » (lettre du 18 août 1756, allusion à Tinian et à Juan Fernandez). Rousseau n'a pas voulu trop préciser ses intentions au trop curieux Deleyre. L'hypothèse d'un roman *complet* en quatre parties et d'un état de la lettre IV, 17 différent de l'état définitif, émise par J.-L. Bellenot et par B. Guyon et que H. Guillemin n'exclut pas absolument, nous semble insoutenable.

2. *Confessions*, t. 2, p. 186. H. Guillemin (« Les Affaires de l'Ermitage », *Annales Jean-Jacques Rousseau*, XXIX, 1941-1942) place cette première visite en janvier 1757 ; B. Gagnebin et M. Raymond, éditeurs des *Confessions* dans les *Œuvres complètes* de la Pléiade, et R.A. Leigh, dans son édition de la *Correspondance complète de J.-J. Rousseau* (Voltaire Foundation, Oxford, 1965-1991, t. 4), acceptent cette datation. L'argumentation d'H. Guillemin ne nous paraît pas dissiper toutes les incertitudes que présente la suite des lettres, et nous préférons nous en tenir à ce que dit Rousseau, qui situe la première visite au début de l'automne 1756.

de Mme d'Houdetot, venue à cheval et en habit d'homme, enleva le cœur de Rousseau : « Pour cette fois, ce fut de l'amour[1]*. » S'il n'avait pas été en train d'écrire un roman d'amour, il ne serait peut-être pas devenu amoureux. Sa passion pour Sophie, le trouble, les dangers, les équivoques, les déchirements que cette passion coupable entraînera pour lui, n'ont pu avoir aucun effet sur le dessein général de* La Nouvelle Héloïse, *dont la rédaction était déjà très avancée. En revanche, l'amour aurait bien pu empêcher Rousseau de continuer cette rédaction : à l'inverse de ce qui s'était produit quand, Jean-Jacques s'identifiant à Saint-Preux, le vivant se projetait dans le fictif, c'est le fictif qui s'est confondu avec le vivant et la personne réelle de Sophie a failli supplanter la Julie imaginaire : « Je vis ma Julie en Mme d'Houdetot, et bientôt je ne vis plus que Mme d'Houdetot, mais revêtue de toutes les perfections dont je venais d'orner l'idole de mon cœur. [...] Ce ne fut qu'après son départ que, voulant penser à Julie je fus frappé de ne pouvoir plus penser qu'à Mme d'Houdetot*[2]*. » Alors commença pour Rousseau une période extrêmement difficile. Ses relations avec Grimm, Mme d'Épinay, Diderot, déjà altérées par sa décision de passer l'hiver à l'Ermitage, devinrent de plus en plus mauvaises du fait de son intimité avec Mme d'Houdetot ; il se brouilla définitivement avec Grimm en novembre 1757, avec Mme d'Épinay en décembre et dut en plein hiver déloger de l'Ermitage pour s'installer à Montlouis, chez Jacques-Joseph Mathas, procureur fiscal du prince de Condé. Ses « liaisons personnelles » avec Mme d'Houdetot avaient pris fin dans les derniers jours d'octobre, après un « projet charmant », mais vain, d'une étroite société entre Sophie, Saint-Lambert son amant, et Jean-Jacques : ce n'est pas l'idée de cette société qui serait ensuite passée dans le roman sous la forme de la société de Clarens entre Julie, Wolmar et Saint-Preux, comme le croyait Daniel Mornet ; c'est le roman qui*

1. *Confessions*, t. 2, p. 194.
2. *Confessions*, *ibid.*, p. 195-196.

inspira le projet, Rousseau crut qu'il pourrait inscrire la fiction dans le réel[1]. *L'amitié subsista tant bien que mal encore quelques mois, mais le 6 mai 1758, Mme d'Houdetot, effrayée des indiscrétions de Grimm et de Diderot, écrivit à Rousseau sa décision de « rompre avec [lui] tout commerce*[2] ». *Ils se revirent encore une fois en octobre et par la suite n'échangèrent plus que quelques lettres.*

Ces événements de sa vie retardèrent peut-être l'achèvement de La Nouvelle Héloïse, *mais il le fut plus encore par les écrits dans lesquels Rousseau s'attachait à ressaisir et à affirmer son être moral secoué par tant d'agressions et de déceptions. En novembre 1757, il commence des* Lettres morales *à Sophie, où l'amoureux se transforme en guide spirituel; lettres sur le bonheur, sur les limites de l'esprit humain, sur la conscience, sur la retraite... Rousseau en écrivit six, jusqu'en janvier 1758, puis les abandonna : une bonne partie du texte passera dans la « Profession de foi du Vicaire savoyard » ; déjà il jetait sur le papier des notes pour un traité d'éducation qui sera* Émile*; en février et mars il rédigea la* Lettre à M. d'Alembert sur les spectacles, *« dans l'espace de trois semaines », assure-t-il, lettre émue, pleine de lui-même, mais aussi de réflexions et de thèmes qui croisent ceux de* La Nouvelle Héloïse, *sur le théâtre, sur le vin, sur le bal, sur le duel, sur la galanterie parisienne, sur les fêtes populaires, sur la vertu véritable, celle qui triomphe d'un véritable amour. Rousseau avait poussé assez loin son roman pour annoncer sa publication, dans une note à un passage de la* Lettre à d'Alembert *sur la séparation naturelle des sexes : « Ce principe, auquel tiennent toutes les bonnes mœurs, est développé d'une manière plus claire et plus étendue dans un manuscrit dont je suis dépositaire et que je me propose de*

1. *Confessions, ibid.*, p. 239-240. B. Guyon, dans son édition de *La Nouvelle Héloïse* (*Œuvres complètes de J.-J. Rousseau*, tome 2, Pléiade, 1961, p. XLVII-L), a réfuté la thèse de D. Mornet.

2. *Confessions*, X, p. 258 et *Correspondance complète*, éd. par R. A. Leigh, 50 volumes, Genève et Oxford, 1965-1991 (abrégé ensuite en C.C.) : ici, C.C. n° 639.

publier, s'il me reste du temps pour cela, quoique cette annonce ne soit guère propre à me concilier d'avance la faveur des Dames[1]*.* » *Les quatre premières parties étaient prêtes, Rousseau avait engagé des pourparlers en novembre 1757 pour leur publication avec son libraire d'Amsterdam, Marc Michel Rey. Il travaillait à une cinquième partie à la fin de l'hiver, comme il l'annonça à Mme d'Houdetot le 13 février 1758 : cette cinquième partie devait être la dernière, elle fournira l'essentiel des cinquième et sixième parties définitives. En déclarant dans le livre X des* Confessions *que, lorsqu'il composait la* Lettre à d'Alembert, « *la Julie n'était pas à moitié faite* », *il exagère son retard, à moins qu'il ne parle que de la mise au net*[2]*. Les premiers pourparlers avec Marc Michel Rey n'aboutirent pas ; le 5 décembre 1757, Rousseau confessait à Mme d'Houdetot sa* « *répugnance* » *à publier l'ouvrage ; le 28 janvier 1758, la répugnance l'a emporté :* « *J'ai tout à fait changé d'avis et ne songe plus à le faire imprimer* » *; le 13 février, dans la lettre où il fait savoir à Mme d'Houdetot qu'il lui destine la Ve partie, il n'écarte plus l'idée de faire paraître les quatre premières. Enfin le 13 septembre 1758, il écrit à Marc Michel Rey :* « *L'ouvrage [...] est entièrement achevé, il est en six parties.* » *Il a donc à cette date étoffé la Ve partie pour la dédoubler et fini de recopier le tout. Mais comme sa copie est trop chargée de corrections, il en entreprend une autre (lettre à Marc Michel Rey du 14 mars 1759) dont l'éditeur recevra le début en avril 1759.*

Si l'on veut démêler le sens de ces hésitations, il faut d'abord se garder de tenir pour toutes également dignes de foi les déclarations de Rousseau dans ses lettres. Cet homme si véridique sait parfaitement pratiquer la dissimulation, la réticence et la dérobade, surtout quand il écrit à Mme d'Houdetot ; il trouve toute sorte d'excuses pour ne pas lui faire les copies qu'il lui a promises dès septembre, peut-être dès juillet 1757 ; fin juin 1758, elle n'a encore reçu que la

1. *Lettre à M. d'Alembert sur les spectacles,* édition citée, p. 274.
2. *Confessions,* Folio, t. 2, p. 257.

IIe partie, par laquelle Rousseau avait commencé[1]. *Rousseau a fort bien pu ne pas être sincère avec elle quand il prétendait ne pas vouloir publier le roman. Il est certain en revanche qu'il a pensé borner la publication aux quatre premières parties ; il l'écrivit à Duclos le 19 novembre 1760, quand presque toutes les épreuves avaient été composées : « Je crois la quatrième partie la meilleure de tout le recueil, et j'ai été tenté de supprimer les deux suivantes : mais peut-être compensent-elles l'agrément par l'utilité, et c'est dans cette opinion que je les ai laissées. » À quoi Duclos répondit : « Vous auriez grand tort de supprimer les deux dernières parties, l'ouvrage est trop fait pour qu'il puisse se passer de dénoûment. » Pourquoi Rousseau a-t-il songé à livrer au public un roman incomplet ? Parce que ses liens avec les philosophes et leurs amis se brisaient les uns après les autres. Parce que sa vie personnelle était un démenti à l'idéal de bonheur, de communauté, d'amour jusque dans la mort que les dernières parties développaient : Rousseau avait espéré que la vie imiterait l'art, et que tout en restant fidèle à Saint-Lambert, Sophie l'aimerait comme Julie aime Saint-Preux, ou du moins se laisserait aimer comme Julie était aimée. Mais à l'amour avaient succédé les compromis boiteux, les malentendus, l'aigreur, la peur. Ne faire connaître qu'à Sophie seule les dernières parties, était-ce ferveur secrète ou reproche secret ? Rousseau eut-il même réellement cette intention ? Sa force fut en tout cas de compléter l'œuvre, de lui donner sa perfection formelle et de maintenir la leçon qu'il voulait y faire lire, même quand elle était contredite par sa propre histoire sentimentale et par la ruine de ses amitiés.*

C'est sur cette leçon qu'il faut maintenant nous interroger :

1. Elle a lu la Ire partie dans le Brouillon et eu communication des IIIe et IVe parties dans le texte de la Copie personnelle de Rousseau ; le 23 juin 1758, Saint-Lambert écrit à Rousseau que « Mme d'Houdetot a 351 pages de Julie » — c'est exactement le nombre de pages de la IIe partie dans la Copie Houdetot.

Rousseau l'a expliquée au livre IX des Confessions. *Hanté par ses rêves amoureux, il voulut les accorder avec « l'amour du bien » : « Mes tableaux voluptueux auraient perdu toutes leurs grâces si le doux coloris de l'innocence y eût manqué. [...] Les êtres parfaits ne sont pas dans la nature et leurs leçons ne sont pas assez près de nous. Mais qu'une jeune personne née avec un cœur aussi tendre qu'honnête se laisse vaincre à l'amour étant fille, et retrouve étant femme des forces pour le vaincre à son tour, et redevenir vertueuse : quiconque vous dira que ce tableau dans sa totalité est scandaleux et n'est pas utile est un menteur et un hypocrite ; ne l'écoutez pas. » Dès qu'il a l'idée de son roman, Rousseau le conçoit donc comme une « totalité » ; la première moitié n'a pas de sens si on la sépare de la seconde : dans la Préface dialoguée, il en avait déjà averti ses lecteurs.*

Mais le texte des Confessions *continue ainsi : « Outre cet objet de mœurs et d'honnêteté conjugale, qui tient radicalement à tout l'ordre social, je m'en fis un plus secret de concorde et de paix publique, objet plus grand, plus important peut-être en lui-même, et du moins pour le moment où l'on se trouvait. L'orage excité par l'*Encyclopédie, *loin de se calmer était alors dans sa plus grande force. Les deux partis déchaînés l'un contre l'autre avec la dernière fureur, ressemblaient plutôt à des loups enragés, acharnés à s'entre-déchirer qu'à des Chrétiens et des philosophes qui veulent réciproquement s'éclairer, se convaincre, et se ramener dans la voie de la vérité. [...] Ennemi-né de tout esprit de parti j'avais dit franchement aux uns et aux autres des vérités dures, qu'ils n'avaient pas écoutées. Je m'avisai d'un autre expédient qui dans ma simplicité me parut admirable : c'était d'adoucir leur haine réciproque en détruisant leurs préjugés, et de montrer à chaque parti le mérite et la vertu dans l'autre, dignes de l'estime publique et du respect de tous les mortels. [...] En attendant que l'expérience m'eût fait sentir ma folie, je m'y livrai, j'ose le dire, avec un zèle digne du motif qui me l'inspirait, et je dessinai les deux caractères de Wolmar et de Julie, dans un ravissement qui me faisait espérer de parvenir* *à les rendre aimables tous les deux et, qui plus est, l'un par l'autre*[1]. »

Les deux objets, même s'ils ne sont pas exactement simultanés, sont étroitement solidaires et ont été conçus tous deux dans l'hiver 1756-1757, selon le texte des Confessions. *Contre cette datation du second objet, on a fait remarquer que « l'orage excité par l'*Encyclopédie *» n'a été « dans sa plus grande force » que deux ans et demi ou trois ans plus tard : le 10 août 1758 fut révoqué le privilège du livre* De l'esprit, *d'Helvétius, et bien qu'Helvétius ne fût pas collaborateur de l'*Encyclopédie, *cette mesure fut considérée comme une sanction contre le parti des philosophes ; en janvier 1759 le Parlement condamna l'*Encyclopédie, *en mars un arrêt royal interdit la distribution des volumes déjà imprimés. Il est pourtant invraisemblable que Rousseau ait confondu deux époques pour lui bien différentes : en 1756 et 1757 ses relations avec Diderot sont tendues, mais les deux « frères ennemis*[2] *» se raccommodent après chaque brouille ; en mars 1758, Rousseau avait rompu avec Diderot : tenter de réconcilier « les deux partis » ou de favoriser leur entente réciproque était hors de propos, le projet n'a pas pu en être conçu à ce moment-là. « L'expérience » dont Rousseau dit dans le texte des* Confessions *qu'elle lui a « fait sentir sa folie » était acquise, la* Lettre à d'Alembert *en témoignait publiquement : « Je n'entends point par là qu'on puisse être vertueux sans Religion : j'eus longtemps cette opinion trompeuse, dont je suis trop désabusé*[3]. *» Mais l'œuvre était « trop faite » et le*

1. *Confessions*, IX, t. 2, p. 189-191.

2. Voir Jean Fabre : « Deux frères ennemis : Diderot et Jean-Jacques », dans *Lumières et romantisme*, 2e éd., Klincksieck, 1980, p. 19-65.

3. *Lettre à d'Alembert*, éd. citée, p. 261, note (« par là » ; Rousseau vient de dire que les Genevois s'abstiendront d'aller au théâtre par un principe de religion, « et nous aurons de plus les motifs de mœurs, de vertu, de patriotisme qui retiendront encore ceux que la religion ne retiendrait pas »). La Préface de la *Lettre* contient un paragraphe qui vise nettement Diderot (« Vivant seul, je n'ai pu montrer [cet ouvrage] à

*message qu'elle contenait trop important : elle triompha du ressentiment, comme de la déception sentimentale. L'« objet de concorde et de paix publique » sera de nouveau affirmé dans la lettre à Duclos du 19 novembre 1760, citée plus haut (« Si Wolmar pouvait ne pas déplaire aux dévots, et que sa femme plût aux philosophes, j'aurais peut-être publié le livre le plus salutaire qu'on pût lire dans ce temps-ci ») et dans une lettre à Jacob Vernes du 24 juin 1761. Depuis 1752, et particulièrement dans l'année 1757, les « orages » qui s'abattaient sur l'*Encyclopédie *étaient nombreux, il est inutile de placer aussi tard qu'en 1759 celui dont parle Rousseau*[1].

Le personnage de Wolmar ne pouvait être proposé à l'estime des dévots comme représentant en quelque façon le parti des philosophes que s'il était incroyant : son athéisme est nécessairement une des données initiales du roman. Mais les conséquences de cet athéisme pour Julie, la douleur qu'elle en ressent ont-elles été imaginées dès le début, elles aussi ? Bernard Guyon a rassemblé plusieurs indices prouvant, selon lui, que « le conflit spirituel entre les deux époux » n'a pas été conçu dans l'hiver 1756-1757, mais « un an ou quatorze mois plus tard », donc au cours du printemps et de l'été 1758. En

---

personne. J'avais un Aristarque sévère et judicieux, je ne l'ai plus, je n'en veux plus ; mais je le regretterai sans cesse, et il manque bien plus encore à mon cœur qu'à mes écrits », éd. citée, p. 144 ; ce passage fut ajouté au moment de la correction des épreuves, en juin 1758 ; la citation latine de l'*Ecclésiastique* qui accompagnait en note ces phrases était plus blessante).

1. Un peu après avoir parlé de son double projet, dans le livre IX des *Confessions*, Rousseau, racontant sa querelle avec Diderot au sujet d'une phrase du *Fils naturel*, puis au sujet de Mme Levasseur, et la réconciliation voulue par Mme d'Houdetot, fait allusion au même « orage » de l'hiver 1756-1757 : « [...] Diderot était malheureux. Outre l'orage excité par l'Encyclopédie il en essuyait alors un très violent au sujet de sa pièce » (Folio, t. 2, p. 217). *Le Fils naturel* avait paru en février 1757 ; Fréron avait lancé une accusation de plagiat en juin 1757. J. Proust, évoquant le début de l'année 1757, retrouve les termes mêmes de Rousseau : « L'orage, qui avait semblé s'éloigner après l'affaire de Prades [1752], se rapprochait de nouveau, plus menaçant que jamais » (*L'Encyclopédie*, A. Colin, 1965, p. 59).

effet, les seuls passages des quatre premières parties où il soit question de ce « conflit spirituel » sont une note de III, 20 ; une phrase et une note de IV, 14 ; et la lettre IV, 15 : ce sont des additions tardives, des jalons placés après coup pour préparer la lettre V, 5, où enfin le secret de Julie est révélé par Saint-Preux à Milord Édouard[1]*. Dans la lettre de la promenade sur le lac (IV, 17), on ne sent à aucun moment la présence du « juge intègre et redoutable », du « témoin » que, selon la lettre V, 5, Julie se donnait incessamment (« Je voyais Dieu sans cesse entre elle et moi »). Quant à la grande lettre III, 18, celle de la « conversion » pendant la célébration du mariage, elle aussi n'aurait, dit Bernard Guyon, reçu sa forme définitive qu'à l'époque où Rousseau rédigeait les dernières lettres du roman : dans la version primitive, « l'accent héroïque devait s'y faire plus entendre que l'accent mystique*[2] *».*

Mais à quoi eût servi d'imaginer un tel couple, si ce n'était pas pour poser le problème de la relation entre celle qui croyait au Ciel et celui qui n'y croyait pas ? Le problème reste latent aussi longtemps que Julie se croit à l'abri du danger et qu'elle n'attend rien de plus de son mari que protection et affection sans nuages, mais il est en puissance dans le contraste entre la lettre III, 18, où Julie, récemment mariée, et qui ignore encore l'athéisme de Wolmar, met en doute la solidité de la vertu chez un incrédule, et la lettre IV, 12, où Wolmar révèle que son seul principe est le goût naturel de l'ordre. L'athéisme de Wolmar, qui n'a aucune conséquence fâcheuse sur l'économie domestique, sur le bon accord de la

1. Voir ci-après, t. 1, p. 24-26 et 441 (n. de Rousseau), et t. 2, p. 127 et 134.

2. B. Guyon, éd. citée de *La Nouvelle Héloïse,* Introduction et notes *passim*, et notamment p. XL, p. 1630 (p. 513, n. 1) et p. 1687 (p. 587, n. 2). La lettre III, 18 est absente du Brouillon, mais elle figure dans la Copie personnelle. Rien n'indique, dans la lettre 5 de la Ve partie, que les entretiens où Julie « appe[lait] en tiers le juge intègre et redoutable qui voit les actions secrètes et sait lire au fond du cœur » aient eu lieu *avant* la promenade sur le lac.

communauté, ni sur l'harmonie sentimentale du ménage, est tragiquement douloureux pour Julie lorsqu'elle se trouve seule à seul avec Saint-Preux, lorsqu'elle est inquiète sur sa propre guérison et que l'équilibre dans lequel elle vivait est menacé. Elle a peur de Saint-Preux, d'elle-même, de l'avenir, elle sait qu'elle ne peut demander à son mari la communion de conscience qui la sauverait. Cette communion, elle l'avait vécue le jour de son mariage, mais ce n'était pas avec Wolmar, c'était avec la majesté sacrée du temple, la solennité de la cérémonie, les paroles du prêtre, toute la communauté croyante qui l'entourait. Wolmar n'y était pour rien. Le goût de Wolmar pour l'ordre a maintenu le calme en une âme réconciliée avec elle-même, mais il est trop universel, trop impersonnel pour rassurer un cœur désemparé ; la sagesse de son pyrrhonisme est une bien faible ressource pour une Julie profondément troublée. Seul le Ciel, comme elle l'écrira de son lit de mort dans sa dernière lettre à Saint-Preux, peut mettre son honneur à couvert[1]*, et lui donner le droit d'être totalement elle-même, dans sa vertu et dans son amour.*

Si Rousseau a placé à la base du roman une opposition entre le mari athée et la femme croyante à côté de l'opposition entre la passion élective de Saint-Preux et de Julie et l'affection conjugale de Julie et de Wolmar, il est bien peu probable qu'il ait prévu d'effacer ces oppositions au dénouement. Il voulait inviter à la concorde et à l'estime réciproque deux partis ennemis, non pas concilier deux philosophies incompatibles, qui n'ont dans le texte ni l'une ni l'autre de porte-parole qualifié. Le roman n'a pas pour but de résoudre leur conflit, mais de l'humaniser, au sens plein du terme. Il peint des êtres de bonne volonté, admirables dans leur désir de s'aider et de s'aimer les uns les autres, émouvants dans leur impuissance à se confondre les uns dans les autres et à

1. Lettre 12 de la VIe partie, t. 2, p. 386, « Nous sommes libres, il est vrai, mais nous sommes ignorants, faibles, portés au mal, et d'où nous viendraient la lumière et la force, si ce n'est de celui qui en est la source [...] ? », écrivait-elle dans la lettre VI, 6 (t. 2, p. 310).

surmonter la distance qui les sépare. C'est bien pourquoi Rousseau a écrit un roman, et non un traité ou un discours, comme ceux qu'il avait déjà faits sur les problèmes de la civilisation, et qu'il était sur le point de faire sur les problèmes de l'éducation et sur ceux de la religion. Le roman seul peut trouver aux apories une issue en parlant au cœur. Le conflit spirituel entre les deux époux appartient au dessein primitif du roman, comme le conflit entre la passion et la vertu.

Mais il est probable aussi que les expériences malheureuses vécues dans les derniers mois de 1757 et les premiers mois de 1758, en même temps qu'elles ont renforcé chez Rousseau le sentiment de son identité morale et le dessein de l'affirmer, l'ont conduit à donner plus de place dans La Nouvelle Héloïse *aux réflexions sur la religion, sur la vie communautaire, sur l'éducation des enfants, pages parallèles, parfois presque identiques, à celles de la* Profession de foi, *d'*Émile *et de la* Lettre à d'Alembert. *Ainsi fut dédoublée la Ve partie.*

Il est donc inutile de supposer que la lettre du mariage (III, 18) ait eu une première version différente de la version publiée, ni que le « chagrin secret » de Julie et le conflit spirituel des époux soient une invention tardive[1]. *Rien n'est assuré, rien n'est définitif dans* La Nouvelle Héloïse, *ni la passion, ni la séparation, ni la guérison des amants, ni la transparence du couple légitime, ni la sérénité de la vie à Clarens. Un secret est un secret, et ce que la conscience refoule ne doit pas être révélé trop tôt. Peut-être Rousseau, craignant d'avoir été lui-même trop secret, a-t-il cru bon d'introduire après coup comme jalons préparatoires les additions signalées par Bernard Guyon. Mais son intention de*

1. Christopher Frayling, qui a pu lire le brouillon de la lettre III, 18 (appartenant au marquis de Flers), date cette lettre d'entre mars et juin 1757, ou au plus tard d'octobre 1757. Son interprétation de ce brouillon, qu'il accompagne de nombreuses citations, confirme pour l'essentiel la nôtre (« The composition of *La Nouvelle Héloïse* », dans *Reappraisals of Rousseau, Studies in honour of R.A. Leigh*, Manchester University Press, 1980).

laisser un certain mystère autour des sentiments que l'athéisme de Wolmar peut inspirer à Julie apparaît dans quelques étranges détails du texte. D'abord, au moment de révéler à Milord Édouard le « secret » de Julie, Saint-Preux arrête sa lettre (IV, 15). Certes, accompagner Julie qui va sortir avec les enfants est un devoir de Saint-Preux, mais il aurait pu écrire sa lettre un peu plus tôt et aller droit au sujet important. Cet homme bouleversé par un « fatal secret » annonce paisiblement : « Mais voici l'heure de la promenade », et pose la plume. On peut soupçonner qu'il hésitait à écrire. Une autre étrangeté est que la lettre suivante, celle qui révélait le secret, n'est pas livrée au public : elle s'est perdue, non pas parce qu'elle n'aurait pas été recueillie ou qu'elle aurait été distraite du recueil, comme Rousseau affecte de le croire pour certaines lettres[1]*, mais parce qu'elle n'est jamais parvenue à son destinataire : « Je conjecture qu'elle pouvait être dans la malle d'un Courrier qui nous a été enlevé », écrit Milord Édouard, qui demande à Saint-Preux de lui récrire ce qu'elle contenait (V, 4). Mais, ce qui est encore étrange, Saint-Preux a « oublié une partie » des propos de Julie, et comme ces propos ont été repris bien des fois, il s'en tiendra (V, 5) « au sommaire pour éviter les répétitions ». S'il a oublié les détails, il est normal qu'il ne donne qu'un résumé, mais il n'a pas besoin d'ajouter comme excuse supplémentaire son souci d'éviter les répétitions : il n'est pas habituel, quand on relate des entretiens, de reproduire jusqu'à leurs redondances. De plus, le « sommaire » présenté par Saint-Preux ne laisse rien à désirer, il n'est ni obscur ni lacunaire. Chez un écrivain aussi méticuleux que Rousseau, cette explication aussi vaine que louche ne saurait être une maladresse. Enfin, dernière étrangeté, signalée avec désinvolture par Rousseau, la lettre de Milord Édouard qui devait répondre à celle du « secret » et qui a rassuré Julie sur le sort de Wolmar dans la vie future est, elle aussi, absente du recueil : « Dans la suite il sera parlé de cette Lettre ; mais pour de bonnes raisons j'ai été forcé de*

1. Voir la note qu'il met à la lettre 8 de la Ire partie.

la supprimer[1]. » *Ces bizarreries vont dans le même sens que le silence longtemps gardé sur le « chagrin secret » de Julie ; elles traduisent l'inconsciente gêne de Saint-Preux à transmettre l'aveu de Julie et laissent entendre que cet aveu est au fond incommunicable. Le dialogue entre l'homme et son créateur n'a pas besoin d'intermédiaire. « Que d'hommes entre Dieu et moi », s'écriera le Vicaire savoyard*[2]. *La confession de Julie tend plus à écarter d'elle Saint-Preux qu'à l'en rapprocher. Lorsque Wolmar (comme le raconte Saint-Preux à la fin de cette lettre V, 5 sur le « secret ») conduit l'ancien amant au cabinet de Julie pour l'y surprendre en prières, il commet le même viol symbolique que commit le roi Candaule quand il fit voir nue à Gygès la reine Nyrsia*[3].

Le roman ne conclut pas : l'ambiguïté est essentielle à la fiction romanesque, elle ouvre un champ libre à l'émotion et à la réflexion du lecteur. Wolmar va-t-il croire en Dieu après la mort de Julie ? Julie meurt-elle pour assouvir un profond désir de mort qu'elle laissait deviner, ou par peur d'être coupable et parce qu'elle désespère du bonheur, ou parce qu'elle est sûre de convertir Wolmar par sa mort ? La communauté de Clarens survivra-t-elle ? Certains, en raison des mots par lesquels s'achève le recueil, pensent que Claire ne tardera pas à rejoindre dans la mort son amie. D'autres, tenant pour assuré ce que Rousseau a seulement voulu laisser pressentir, voient dans la conversion de Wolmar la preuve que le problème philosophique était mal posé, que Wolmar n'est pas un véritable athée : comme le dit Julie elle-même, « pour un si honnête homme, et si peu vain de son savoir, c'était bien la peine d'être incrédule[4] *! »*.

1. Voir la note de Rousseau à la fin de V, 5, et la lettre de Julie VI, 8, t. 2, p. 338.
2. *Émile*, livre IV, Pléiade, t. 4, p. 610.
3. Dans la sixième promenade des *Rêveries du promeneur solitaire*, Rousseau imagine ce qu'il ferait s'il était en possession de l'anneau de Gygès. « On ne vit jamais une honte pareille », dit Saint-Preux de Julie surprise par les deux hommes.
4. Lettre 5 de la Ve partie, t. 2, p. 217.

Mais il faut laisser à l'ambiguïté toute sa force : non seulement elle a en elle-même une valeur romanesque, mais elle correspond bien à la pensée de Rousseau, elle n'est pas le résultat d'un gauchissement de cette pensée à la suite des épreuves qu'il avait subies dans les derniers mois de 1757 et en 1758. Wolmar est véritablement athée ; il est vertueux parce qu'il a le goût de l'ordre et qu'il n'est pas assez sensible pour se livrer à une passion qui le jetterait dans le désordre. Sa seule passion est celle de l'observation[1]*, mais dans ce cœur vide l'émotion que cause la vue de Julie fut dévastatrice et balaya prudence et délicatesse : « Je vous aimais et n'aimais que vous. Tout le reste m'était indifférent. Comment réprimer la passion même la plus faible, quand elle est sans contrepoids*[2] *? » Il impute sa conduite « inexcusable » à son caractère froid et tranquille : « La raison, qui gouverne tandis qu'elle est seule, n'a jamais de force pour résister au moindre effort. » Mais d'avance Julie avait donné (sans penser à Wolmar) une autre clé de cette conduite : « Un incrédule, d'ailleurs heureusement né se livre aux vertus qu'il aime ; il fait le bien par goût et non par choix. Si tous ses désirs sont droits, il les suit sans contrainte ; il les suivrait de même s'ils ne l'étaient pas ; car pourquoi se gênerait-il*[3] *? » Au livre IV d'*Émile*, le Vicaire savoyard développera fermement cette idée*[4]*, et fera voir que le vice aussi est*

1. Lettre 12 de la IVe partie, t. 2, p. 109.
2. *Ibid.*, t. 2, p. 112.
3. Lettre 18 de la IIIe partie, p. 431.
4. « On a beau vouloir établir la vertu par la raison seule, quelle solide base peut-on lui donner ? La vertu, disent-ils, est l'amour de l'ordre ; mais cet amour peut-il donc et doit-il l'emporter en moi sur celui de mon bien-être ? Qu'ils me donnent une raison claire et suffisante pour la proférer. Dans le fond leur prétendu principe est un pur jeu de mots ; car je dis aussi, moi, que le vice est l'amour de l'ordre, pris dans un sens différent. Il y a quelque ordre moral partout où il y a sentiment et intelligence. La différence est que le bon s'ordonne par rapport au tout et que le méchant ordonne le tout par rapport à lui. Celui-ci se fait le centre de toutes choses, l'autre mesure son rayon et se tient à la circonférence. Alors il est ordonné par rapport au centre commun qui est Dieu, et par

« l'amour de l'ordre, pris dans un sens différent ». C'est pourquoi Julie peut laisser dire de ce mari qu'elle aime et qu'elle admire, qu'« il porte au fond de son cœur l'affreuse paix des méchants[1] *». Wolmar n'est évidemment pas méchant, et Julie n'imagine même pas qu'il puisse l'être en quelque circonstance, bien qu'une vertu qui ne s'appuie pas sur la croyance en Dieu et en l'immortalité de l'âme soit incapable de résister à l'intérêt personnel s'il tend à un but opposé à la vertu. Alors pourquoi Julie déplore-t-elle l'athéisme de Wolmar, au point de souhaiter de mourir si sa mort peut le faire croire en Dieu ?*

Il y a au chagrin de Julie deux raisons. La première est que l'athéisme de Wolmar rend impossible la communion des époux dans l'admiration de l'univers et dans l'amour de l'Être suprême. « Âme communicative », Julie souffre de ne pouvoir partager ses émotions les plus intenses avec celui dont elle partage la vie. N'éprouvant pas de passion pour Wolmar (la passion n'est pas nécessaire dans le mariage, elle lui est même néfaste), privée aussi du plaisir physique[2]*, Julie ne jouit pas non plus avec son mari de l'union des âmes qui est une forme et une conséquence de l'amour de l'âme pour Dieu. Cette première raison est d'autant plus forte que la présence de Saint-Preux permet à Julie de l'associer à ses ravissements : « Hélas ! dit-elle avec attendrissement ; le spectacle de la nature, si vivant, si animé pour nous, est mort aux yeux de l'infortuné Wolmar, et dans cette grande harmonie des êtres, où tout parle de Dieu d'une voix si douce, il n'aperçoit qu'un silence éternel*[3]*. » La seconde raison est que l'athée est un réprouvé, sur lequel Dieu exercera sa vengeance. Cette raison est moins assurée que la précédente,*

---

rapport à tous les cercles concentriques qui sont les créatures. Si la Divinité n'est pas, il n'y a que le méchant qui raisonne, le bon n'est qu'un insensé » (*Émile*, livre IV, éd. citée, p. 602).

1. Lettre 5 de la Ve partie, t. 2, p. 217.
2. Voir ce que Claire écrit à Julie, lettre 2 de la VIe partie, t. 2, p. 277.
3. Lettre 5 de la Ve partie, t. 2, p. 220.

elle n'est peut-être que de circonstance : la pensée de la mort traverse tout le roman, dans la mort seulement Julie aura enfin le droit d'aimer sans être coupable ; mais si le mari qu'elle ne veut pas tromper, auquel elle veut rester fidèle, est pour l'éternité séparé d'elle et condamné, la mort n'aura rien réparé, la faute sera au contraire à tout jamais accomplie. Perspective angoissante, précisément quand le tête-à-tête avec Saint-Preux peut créer l'occasion de la faute ; mais quand Saint-Preux est loin, Julie ne pense plus que son mari soit voué à l'enfer. « Hélas, il est à plaindre ! mais de quoi sera-t-il puni ? Non non, la bonté, la droiture, les mœurs, l'honnêteté, la vertu ; voilà ce que le Ciel exige et qu'il récompense ; voilà le véritable culte que Dieu veut de nous, et qu'il reçoit de lui tous les jours de sa vie. Si Dieu juge la foi par les œuvres, c'est croire en lui que d'être homme de bien. Le vrai Chrétien c'est l'homme juste ; les vrais incrédules sont les méchants[1]*. » C'était là l'opinion de Rousseau lui-même avant qu'il rédigeât* La Nouvelle Héloïse, *ce sera toujours son opinion après*[2]*. L'éducation de Wolmar et les événements de sa vie expliquent qu'il ait refusé la religion ; ce n'est pas l'appel à la raison et les arguments de Julie, de Saint-Preux,*

1. Lettre 8 de la VIe partie, t. 2, p. 340.

2. À Voltaire, 18 août 1756 : « Je suis bien sûr que [Dieu] ne refusera le bonheur éternel à nul incrédule vertueux et de bonne foi » ; *Lettre à d'Alembert sur les spectacles*, septembre 1758 : « Quand un homme ne peut croire ce qu'il trouve absurde, ce n'est pas sa faute, c'est celle de sa raison : et comment concevrai-je que Dieu le punisse de ne s'être pas fait un entendement contraire à celui qu'il a reçu de lui ? » (éd. cit., p. 152) ; « Profession de foi du vicaire savoyard », 1759 : « J'ai fait ce que j'ai pu pour atteindre à la vérité mais sa source est trop élevée : quand les forces me manquent pour aller plus loin de quoi puis-je être coupable ? C'est à elle à s'approcher » (*Émile,* livre IV, éd. citée, p. 606. Comme l'ont remarqué P. M. Masson dans son éd. critique, Fribourg-Paris, 1914, p. 297, et P Burgelin dans l'éd. de la Pléiade, ces phrases reprennent ce que Julie dit à propos de Wolmar, VI, 11 : « Dieu lui-même a voilé sa face. Il ne fuit point la vérité, c'est la vérité qui le fuit ») ; à Moultou, 14 février 1769 : « Je sais que la foi n'est pas indispensable, que l'incrédulité sincère n'est point un crime, et qu'on sera jugé sur ce qu'on aura fait et non sur ce qu'on aura cru. »

de Milord Édouard qui pourront le convaincre, et si vraiment « c'est croire en Dieu que d'être homme de bien », sa conversion est inutile : elle serait facile, elle est probable, la mort de Julie émeut le cœur de Wolmar et le dispose à croire, mais Rousseau n'a pas voulu conclure le roman en faisant prononcer par l'incrédule une profession de foi en Dieu ; le 24 juin 1761, il écrivait au pasteur Vernes qui venait de lire La Nouvelle Héloïse *: « Vous me reprochez de n'avoir pas fait changer de système à Wolmar sur la fin du roman ; mais, mon cher Vernes, vous n'avez donc pas lu cette fin ; car sa conversion y est indiquée avec une clarté qui ne pouvait souffrir un plus grand développement sans vouloir faire une capucinade. » Il importait plus à Rousseau de peindre un athée vertueux et de montrer que les croyants pouvaient avoir confiance en lui et l'aimer, que de peindre un athée converti. En revanche, l'incrédule têtu, immoraliste sinon immoral, qui fait de son individu le centre du monde et de sa satisfaction matérielle son unique but, celui-là Rousseau le condamne comme méchant et se demande si Dieu ne le châtiera pas, non par des peines éternelles incompatibles avec la bonté divine, mais par l'anéantissement. Ce type d'athée, il a fini par le reconnaître en Diderot, après l'avoir reconnu en d'Holbach et en Grimm : autrement dit, sur un point essentiel, il n'a pas compris Diderot, pas plus que Diderot n'a compris Rousseau, dont il jugeait que la foi était hypocrite. Les querelles sans cesse renaissantes avant la douloureuse rupture entre les deux amis ont eu pour cause immédiate les commérages, l'indiscrétion, la déloyauté des uns ou des autres et les pénibles incidents du séjour à l'Ermitage, mais leur cause profonde était dans l'attitude différente des deux penseurs devant la condition humaine, attitude qui inspire leurs écrits. Il faut citer ici la forte remarque de Jean Fabre : « Les grands écrivains, hélas ! n'échappent pas aux petitesses du commun ; on dirait même qu'il leur appartient de les outrer et de les aigrir. Mais leur message ne saurait se résoudre en mesquineries, ni leur destin en noirceurs. Leur œuvre s'inscrit en effet dans un autre registre que celui de la* *vie courante, et c'est elle qui presque toujours, dans leur cas, commande, explique et justifie finalement leur conduite*[1]. » *Le sens de* La Nouvelle Héloïse *a été préservé en dépit des événements, il ne leur a pas été subordonné.*

Rousseau a pu penser qu'un incroyant rapportant aux seuls besoins de la matière toutes les relations humaines était de mauvaise foi et qu'il ne croyait pas parce qu'il ne voulait pas croire[2]. *La barrière qui séparait alors des « philosophes » l'auteur de la « Profession de foi » était infranchissable. Mais il a rempli loyalement dans* La Nouvelle Héloïse *son « objet de concorde et de paix publique » en prêtant à l'athée vertueux les plus belles qualités morales et la plus généreuse compréhension d'autrui. Si de plus cet athée vertueux peut, même sans la foi, mériter le pardon de Dieu, on serait tenté de croire que la mort de Julie n'était pas nécessaire et que Rousseau l'a imaginée après sa rupture avec Diderot, quand il ne pensait plus qu'on pût être vertueux sans religion. Mais l'histoire de l'œuvre, telle du moins que nous la reconstituons, interdit cette hypothèse. Si Julie meurt, c'est pour que soit atteint l'autre objet, l'objet « de mœurs et d'honnêteté conjugale ».*

Sans leur amour, Julie et Saint-Preux ne seraient pas eux-mêmes. Julie ne renie son amour ni au moment de son mariage quand elle prend un « engagement sacré » (« Je sentis que je vous aimais autant et plus peut-être que je ne l'avais jamais fait », III, 18), ni au moment de sa mort

1. J. Fabre, « Deux frères ennemis : Diderot et Jean-Jacques », éd. citée, p. 20.

2. Rousseau à Moultou, 14 février 1769 (voir *supra* p. 29, note 2) : « Prenez garde, je vous conjure, d'être bien de bonne foi avec vous-même ; [...] ce que je vous demande n'est pas tant la foi que la bonne foi » ; à M. de Franquières, 15 janvier 1769 : « Comme nous ne sommes pas tout intelligence, nous ne saurions philosopher avec tant de désintéressement que notre volonté n'influe pas un peu sur nos opinions ; l'on peut souvent juger des secrètes inclinations d'un homme par ses sentiments purement spéculatifs ; et cela posé, je pense qu'il se pourrait bien que celui qui n'a pas voulu croire fût puni pour n'avoir pas cru. »

(« Mais mon âme existerait-elle sans toi ? sans toi, quelle félicité goûterais-je ? Non, je ne te quitte pas, je vais t'attendre », VI, 12) ; Wolmar reconnaît que sans cet amour chacun des deux amants perdrait « beaucoup de son prix » (IV, 12) ; chacun puise dans son amour la force d'être vertueux, la certitude de l'être. Pierre Burgelin[1] a fort bien montré le rôle de médiateur que joue l'amour entre Saint-Preux et la vertu. Édouard y voit une faiblesse : « La vertu a pris à vos yeux la figure de cette femme adorable qui la représente si bien [...]. Mais ne l'aimerez-vous jamais pour elle seule, et n'irez-vous point au bien par vos propres forces, comme Julie a fait par les siennes ? » (V, 1). Mais Wolmar lui-même, qui n'est peut-être pas aux yeux de Rousseau le meilleur juge de la vertu de Julie, sait qu'il ne doit pas séparer les anciens amants qui avaient cru, à l'époque la plus exaltée de leur passion, que le Ciel les avait faits l'un pour l'autre ; et Milord Édouard voit dans cet amour l'œuvre d'une nature à laquelle préside la volonté divine : « Ces deux belles âmes sortirent l'une pour l'autre des mains de la nature [...]. Ce chaste nœud de la nature n'est soumis ni au pouvoir souverain, ni à l'autorité paternelle, mais à la seule autorité du père commun qui sait commander aux cœurs et qui, leur ordonnant de s'unir, les peut contraindre à s'aimer[2] » (II, 2).

L'amour est donc un élan naturel qui privilégie deux êtres et les aide à se dépasser moralement. Contre Richardson, Rousseau affirme la réalité des « attachements à première vue[3] », mais il ajoute qu'il faut « apprendre à les vaincre ». En effet l'amour n'est possible que dans la société, il est une manifestation du désir de possession et du désir de supériorité qui caractérisent la vie sociale : « Le moral de l'amour est un sentiment factice ; né de l'usage de la société[4] », il suppose des

1. Pierre Burgelin : *La Philosophie de l'existence de J.-J. Rousseau*, 1952 (notamment p. 329-340 et 372-405).

2. Voir les passages cités t. 1, p. 422-423 (III, 18), t. 2, p. 388 (VI, 12), p. 114 (IV, 12), p. 147 (V, 1), t. 1, p. 248 (II, 2).

3. Note de Rousseau, III, 18, p. 407.

4. *Discours sur l'origine de l'inégalité*, Ire partie, Folio Essais, p. 88.

notions de mérite, de beauté, des comparaisons, des préférences, qui sont étrangères à la nature. « L'amour n'est qu'illusion », dit Rousseau dans la Préface dialoguée ; et Julie elle-même : « Il n'y a point de passion qui nous fasse une si forte illusion que l'amour[1] *» ; et Rousseau de nouveau, au livre V d'*Émile, *dans un passage où il présente l'amour comme un des « droits de la nature » et l'enthousiasme de la passion comme enflammé par celui de la vertu : « Tout n'est qu'illusion dans l'amour, je l'avoue*[2]. *» L'amour est un sentiment à la fois naturel et dénaturé, criminel aussi facilement que vertueux ; Julie explique comment, avec la vertu dans le cœur, on peut se réveiller « couvert de crimes », prêt à commettre l'adultère et à forger des sophismes pour se justifier ; quand la mort de sa mère suscite en elle une crise de conscience, la violence de sa réaction contre l'amour va jusqu'à la haine : « Je pris dans une espèce d'horreur la cause de tant de maux ; je voulus étouffer enfin l'odieuse passion » — réaction excessive, mais qui prouve l'impossibilité, pour l'homme de la civilisation, de trouver dans l'amour équilibre et harmonie*[3].

En face de l'amour fauteur de désordre, l'ordre institué par la société compense-t-il la perte de l'ordre naturel ? « Le Ciel éclaire la bonne intention des pères et récompense la docilité des enfants », écrit Julie après son mariage, bien que le baron d'Étange ait été un père tyrannique aveuglé par ses préjugés et qui a disposé de la main de sa fille sans la consulter. C'est donc le mariage lui-même, conforme à la volonté du père, qui est une restauration de l'ordre : « Une puissance inconnue sembla corriger tout à coup le désordre de mes affections et les rétablir selon la loi du devoir et de la nature » ; Julie adresse alors à Dieu une prière de soumission : « Je veux aimer l'époux que tu m'as donné. Je veux être fidèle, parce que c'est le premier devoir qui lie la famille et toute la société. [...] Je

1. Préface dialoguée, t. 2, p. 398, lettre 20 de la IIIe partie, p. 442.
2. *Émile*, livre V, éd. citée, p. 743. Tout le passage est à lire.
3. III, 18, p. 420 et 415.

veux tout ce qui se rapporte à l'ordre de la nature que tu as établi, et aux règles de la raison que je tiens de toi. » Elle se sent devenue « comme un nouvel être sorti récemment des mains de la nature[1] ». Il est pourtant clair que cet ordre restauré est incertain et fragile. L'homme naturel était hors de la morale, l'homme civil est dans le monde du bien et du mal. Pour lui, la nature n'est pas exactement un état à retrouver, mais une règle à instituer, et cette règle ne fait que consacrer la division : à Clarens, il y a le potager, les champs, les vergers, les vignobles dont les productions sont utiles, et l'Élysée, le seul lieu fait pour l'agrément ; les enfants des maîtres qu'on éduquera soigneusement et qui auront un précepteur, et les enfants des paysans, qu'on se gardera bien d'instruire ; le mariage sans l'amour pour Julie et Wolmar et l'amour sans le mariage pour Julie et Saint-Preux. À certains moments, la communauté de Clarens semble avoir retrouvé le Paradis, sa permanence, sa plénitude de bonheur. Mais l'inquiétude est refoulée plutôt qu'abolie. Le temps, dont Julie craignait tellement qu'il ne pervertisse l'amour de Saint-Preux, menace encore plus gravement le bonheur de Clarens. Julie est reconnaissante à Wolmar, « le meilleur des hommes », de pouvoir vivre avec Saint-Preux « dans la familiarité fraternelle et dans la paix de l'innocence » et « s'honorer [...] du même attachement qu'[ils s'étaient] si longtemps reproché ». Mais elle craint, pour Saint-Preux à qui elle le dit, pour elle-même qui ne l'avouera que la veille de sa mort, les occasions dangereuses, les « pièges de l'imagination » et du souvenir[2], et elle sait que « cette élévation d'âme », « cette force intérieure » qu'ils éprouvent « l'un près de l'autre » ne s'expliquent pas par « les subtiles distinctions de M. de Wolmar », qu'ils ne les doivent qu'à eux-mêmes et qu'elles peuvent défaillir. L'homme jeté dans la société et dans l'histoire est un homme de désir, son cœur n'est jamais satisfait, il n'existe que par son inquiétude : « Malheur à qui

1. Successivement lettre 20 (p. 443) et lettre 18 (p. 422 et 425).
2. Lettre VI, 6, t. 2, p. 301 et 304-305.

n'a plus rien à désirer ! il perd pour ainsi dire tout ce qu'il possède. [...] Vivre sans peine n'est pas un état d'homme ; vivre ainsi c'est être mort. » Elle croit Saint-Preux plus exposé qu'elle à une faiblesse, parce qu'il est homme et qu'il est célibataire, mais elle n'est pas plus tranquille : elle n'a plus rien à désirer dans le monde, « et toutefois (dit-elle) j'y vis inquiète ; mon cœur ignore ce qu'il lui manque ; il désire sans savoir quoi ». La formule, comme l'analyse qui la suit, est malebranchiste, et apparente Julie aux personnages d'un autre romancier disciple de Malebranche et profondément admiré par Rousseau, l'abbé Prévost. Quand, faisant le tableau de son existence où « [son] imagination n'a rien à faire », où elle « [se] rassasie de bonheur et de vie », elle s'écrie : « Ô mort, viens quand tu voudras ! », elle trahit son aspiration inconsciente. La mort lui donnera « une nouvelle vie » qu'elle anticipe par la prière, « une autre existence qui ne tient point aux passions du corps », et où, dans l'amour de « l'Être immense », se confondront son amour de l'ordre et son amour de l'amour[1]*. Car elle mourra par fidélité à Wolmar autant que par amour pour Saint-Preux. Elle perd la vie en sauvant son fils, acte héroïque et spontané de la mère de famille, alors que Rousseau aurait pu la faire mourir dans un accident, comme l'ont imaginé certains de ses commentateurs, ou dépérir de langueur comme la Princesse de Clèves. Elle a rempli un devoir*[2]* : il ne faut pas oublier cette circonstance de sa mort, quand les toutes dernières phrases de sa dernière lettre disent à Saint-Preux sa plus ardente espérance d'amour.*

La joie et l'horreur de mourir s'expriment à la fois dans ces dernières phrases. Dieu seul lit dans les cœurs, le grand romancier fait seulement pressentir leurs abîmes. Mais aucun romancier, si grand qu'il fût, n'avait avant Rousseau su

1. Lettre VI, 8, successivement t. 2, p. 327, 334, 328, 335.
2. Voir Jean Starobinski, *J.-J. Rousseau. La transparence et l'obstacle suivi de sept essais sur Rousseau*, 1971, p. 140.

communiquer des émotions aussi intenses dans des phrases aussi admirablement écrites, aussi belles par leurs cadences et leurs sonorités, que ces phrases de la dernière lettre, ou celles des lettres de la promenade sur le lac, des vendanges et de la matinée à l'anglaise. Il y avait eu des romans bien composés et bien écrits avant celui de Rousseau : ou ils étaient courts et obéissaient à la règle de la litote, comme La Princesse de Clèves ou Don Carlos (de Saint-Réal), ou longs, ils étaient compliqués et d'un style prolixe, comme les grands romans baroques du temps de Mlle de Scudéry et de Gomberville. Inspirée d'une riche tradition romanesque, La Nouvelle Héloïse est, en ce qui concerne la forme, d'une entière nouveauté.

Rousseau, comme beaucoup de ses contemporains, méprise le roman et lui reproche l'extravagance des aventures, la démesure des sentiments et l'immoralité. La Nouvelle Héloïse ne comporte pas d'« événements rares », affirme-t-il dans l'Entretien sur les romans, et à Saint-Preux qui lui a fait l'histoire de ses amours avec Julie, Milord Édouard observe : « Il n'y a ni incidents, ni aventures dans ce que vous en avez raconté, et les catastrophes d'un Roman m'attacheraient beaucoup moins » (I, 60). En revanche, après avoir fait dire par Saint-Preux que les romans « peignent des chefs-d'œuvre de vertu que [les femmes] se dispensent d'imiter en les traitant de chimères » (II, 21), et prêté à son libraire une critique analogue contre La Nouvelle Héloïse : « L'esprit romanesque agrandit [les hommes] et les trompe », il se targue d'avoir peint de « belles âmes » et non des « hommes communs » ; méfiant envers le romanesque qui perd de vue la réalité humaine, il y goûte pourtant l'image d'une humanité plus généreuse et plus héroïque. Une même aspiration à la grandeur est à l'origine du faux et du vrai romanesque, selon qu'elle se fourvoie vers l'enflure ou qu'elle accède à la vertu. La gêne qu'éprouve Rousseau à pratiquer un genre discrédité et que lui, contempteur de la civilisation, devrait condamner plus que personne, explique le paradoxe agressif de la première Préface : « Il faut des Spectacles dans les grandes villes, et des Romans aux peuples corrompus. J'ai vu les mœurs de mon temps et j'ai publié ces lettres. Que n'ai-je vécu dans un siècle où je dusse les jeter au feu ! », et la réflexion de Saint-Preux dans la lettre 21 de la IIe partie : « Les Romans sont peut-être la dernière instruction qu'il reste à donner à un peuple assez corrompu pour que toute autre lui soit inutile[1]. » L'*Entretien sur les romans* développe l'image exprimée par Saint-Preux du bon romancier, qui doit faire aimer la vertu à ses lecteurs et les y conduire « du sein du vice ». Très sévère pour le public mondain des romans, celui de Paris qui fait la réputation des auteurs et enseigne aux provinciaux ce qu'ils doivent lire, et prétendant n'écrire que pour quelques rares lecteurs, campagnards solitaires et sages, Rousseau recourt pourtant au moyen d'expression approprié au vice et publie un roman d'amour qu'une fille honnête ne devra jamais lire : il explique même, au début du livre XI des *Confessions*, que le succès de son livre a été dû aux « finesses du cœur » que pouvait seule sentir « une délicatesse de tact qui ne s'acquiert que dans l'éducation du grand monde[2] ». Il savait bien que *La Nouvelle Héloïse* n'avait rien de commun avec « ces foules d'ouvrages éphémères qui naissent journellement, n'étant faits que pour amuser des femmes, et n'ayant ni force ni profondeur, volent tous de la toilette au comptoir[3] ».

Décidé à écrire un roman, Rousseau n'a pas eu à en choisir la forme : les premières lettres en étaient nées presque spontanément sous sa plume. Il admirait deux modèles opposés du roman épistolaire, les *Lettres portugaises* d'une part, les romans de Richardson d'autre part (il a certainement connu *Pamela* ; il cite *Clarisse* comme un roman qui n'a d'égal en aucune langue[4] ; on admet maintenant qu'il a lu aussi *Grandisson*, dont la traduction par Prévost avait

1. Successivement t. 2, p. 396 ; t. 1, p. 218, 339 ; t. 2, p. 395 ; t. 1, p. 71.
2. *Confessions*, XI, t. 2, p. 314.
3. *Lettre à d'Alembert*, éd. citée, p. 270.
4. *Lettre à d'Alembert*, éd. citée, p. 242, note de l'auteur.

commencé à paraître en 1755, et dont la traduction complète par Monod avait paru en 1756), il s'en inspire, mais il s'en écarte encore plus : au contraire de l'auteur des Lettres portugaises, il construit une intrigue qui comporte plusieurs événements, il imagine plusieurs correspondants, il s'étend en longues dissertations ; au contraire de Richardson qui, en multipliant les correspondants et les lettres, en proposant plusieurs relations d'un même fait, embrasse la totalité foisonnante du réel, il réduit le nombre des lettres et de ceux qui les écrivent, il laisse des lacunes dans la suite du temps, il fait souvent de la lettre un texte lyrique. Et surtout il a mieux compris qu'aucun de ses prédécesseurs la nature et la fonction de la lettre dans le roman épistolaire et en a tiré un meilleur parti.

La lettre répond à une urgence, parfois urgence de fait, comme l'appel au secours que Claire lance à Saint-Preux (I, 27) quand Julie est au désespoir, mais plus souvent urgence morale, même quand elle contient un récit ou une discussion d'idées ; on écrit par besoin d'aveu ou d'effusion ; la lettre saisit le sentiment dans son immédiateté, son jaillissement et son intensité ; un sentiment réfléchi risque d'être un sentiment faussé, son expression est d'autant plus sincère qu'elle est plus spontanée, fût-ce au prix de quelques invraisemblances : ainsi Saint-Preux écrit parmi les rochers et les glaces de Meillerie (I, 26), dans le cabinet de Julie au moment du rendez-vous nocturne (I, 54 ; selon le premier texte, corrigé seulement sur épreuves, il avait déjà écrit les deux tiers de la lettre avant de trouver l'encre et le papier), dans la voiture qui l'emporte à Paris (« Fragments » joints à II, 2) ; il cache vite le portrait de Julie parce que « quelqu'un vient », mais garde la plume à la main pour noter cet ultime geste (II, 21) ; et Julie continue d'écrire quand elle vient de se mettre au lit, pour annoncer sa défaillance et faire connaître les premiers symptômes de la fausse couche (P.-S. de I, 63) ou de la petite vérole (III, 12). Telle que la conçoit Rousseau, la lettre ne se sépare pas de la circonstance où elle est écrite, elle s'y intègre, elle est le chant de l'âme dans ses diverses situations : « Ce ne *sont plus des lettres que l'on écrit, ce sont des hymnes »,* dit *l'*Entretien sur les romans[1].

Expression d'un sentiment intime, la lettre ne doit être connue que de son destinataire ; elle est clandestine, même si le sentiment exprimé n'est pas interdit. Nécessairement les lettres de Julie et de Saint-Preux sont cachées au baron d'Étange et à sa femme, dans les deux premières parties du roman, au baron d'Étange puis à Wolmar dans la troisième partie. Même après le mariage de Julie, il est probable que Wolmar n'a pas vu la lettre IV, 12, où Julie rapporte à Claire les révélations de Wolmar et la scène du bosquet ; c'est Wolmar, d'ailleurs, qui refuse de lire ce que Julie écrit à Claire, parce que l'idée même d'être lue par son mari empêcherait Julie d'être sincèrement elle-même avec sa cousine[2]*. Il se cache de Saint-Preux et de Julie pour écrire à Claire la lettre 14 de la IV*^e^ *partie, comme Saint-Preux se cachera de Milord Édouard pour écrire à Wolmar la lettre 12 de la V*^e^ *partie, qui ne sera communiquée ni à Julie ni à Claire. À propos de la confession qu'elle va faire à Julie de sa répugnance pour un second mariage, Claire l'avertit : « Gare la paraphrase de mon argus, s'il voit cette lettre ! mais j'y mettrai bon ordre, et je te jure que tu te brûleras les doigts plutôt que de la lui montrer*[3]*. » À cause du secret à préserver, les lettres sont fiévreuses ou angoissées ; grâce au secret permis, elles sont ferventes et sans réserves. Le mariage de Claire, la découverte des lettres (qui, à ce que croit Julie bourrelée de remords, a causé la mort de Mme d'Étange), le mariage de Julie sont des coups d'arrêt à la correspondance entre les deux amants. Si le secret est impossible, les lettres le sont aussi. Quand Wolmar révèle à Julie et à Saint-Preux*

1. T. 2, p. 399.

2. « Vous communiquez bien les mêmes choses à votre amie et à votre époux, mais non pas de la même manière ; et si vous voulez tout confondre, il arrivera que vos Lettres seront plus écrites à moi qu'à elle, et que vous ne serez à votre aise ni avec l'un, ni avec l'autre » (IV, 7, t. 2, p. 43).

3. VI, 2, t. 2, p. 272.

qu'il a lu toutes les lettres qu'ils se sont écrites avant son mariage (IV, 12), il exerce sur Julie la même violence que lorsqu'il fait s'embrasser les deux amants devant lui dans le bosquet de leur premier baiser ou qu'il conduit Saint-Preux jusqu'au cabinet où Julie est en prière. La transparence des cœurs, qui leur permet à Clarens une communion muette, leur interdit aussi les mouvements qui sont une autre forme de leur vie. L'extase immobile du silence n'est pas assez durable pour que Julie ne trouve pas l'ennui dans le bonheur et Saint-Preux l'anéantissement[1]. *Le roman qui s'annonce comme constitué par les « lettres de deux amants » dément son sous-titre dans presque toute sa seconde moitié, puisque leur correspondance cesse au début de la IV*e *partie et ne reprend qu'à la fin de la VI*e *; brève reprise, brutalement arrêtée, pleine de discussions inquiètes, d'avertissements, de protestations, du plaisir longtemps refusé de se dire entièrement l'un à l'autre, comme si la séparation leur rendait en partie un droit dont la vie en commun les privait.*

La lettre, en effet, produit de l'absence, ne comble pas l'absence, elle en exalte les pouvoirs et en aggrave la tristesse. Rousseau, qui connaît bien « les plaintes des amants sur l'absence[2] *», pense aussi que l'on aime mieux dans la séparation*[3]. *La lettre est un appel, elle suscite dans le présent*

1. « Deux heures se sont ainsi écoulées entre nous dans cette immobilité d'extase », V, 3, t. 2, p. 184 ; « Mon ami, je suis trop heureuse, le bonheur m'ennuie », VI, 8, t. 2, p. 334 ; « Chère amie, [...] ne cherchez pas à me retirer de l'anéantissement où je suis tombé », VI, 7, t. 2, p. 319. Voir *supra*, p. 26.

2. « Cent fois en lisant des Romans, j'ai ri des froides plaintes des amants sur l'absence. Ah, je ne savais pas alors à quel point la vôtre un jour me serait insupportable ! », Saint-Preux à Julie, I, 19, p. 116.

3. « Je ne sentais toute la force de mon attachement pour [Mme de Warens] que quand je ne la voyais pas » (*Confessions*, III, Folio, t. 1, p. 151) ; « Je la quittais pour venir m'occuper d'elle, pour y penser avec plus de plaisir [...] Je me souviens qu'une fois Mme de Luxembourg me parlait en raillant d'un homme qui quittait sa maîtresse pour lui écrire. Je lui dis que j'aurais bien été cet homme-là, et j'aurais pu ajouter que je l'avais été quelquefois » (*ibid.*, V. t. 1, p. 237-238).

l'image de celui auquel elle s'adresse et fait sentir la réalité de son éloignement, elle est la quête d'une plénitude toute proche et inaccessible. Celui qui écrit s'unit de cœur au destinataire, mais il ne sait pas si le destinataire, lorsqu'il recevra la lettre, sera dans la situation où il se le représente en écrivant. Le décalage entre le moment où la lettre est écrite et celui où elle est reçue, entre son lecteur actuellement imaginaire et son lecteur réel, à venir, et inimaginable, Rousseau avait pu en apprendre l'effet de tension dans les Lettres portugaises, *et il l'a fait exprimer par Saint-Preux écrivant à Julie : « Enfin je respire, je vis, tu te portes bien, tu m'aimes, ou plutôt il y a dix jours que tout cela était vrai ; mais qui me répondra aujourd'hui ? Ô absence ! ô tourment ! ô bizarre et funeste état, où l'on ne peut jouir que du moment passé, et où le présent n'est point encore*[1] *! » Pénétrante plainte, qui formule la raison d'être de la lettre et l'aporie qui lui est essentielle. Le thème central de* La Nouvelle Héloïse *est celui de la séparation, à la fois fatalité pesant sur l'existence terrestre et mode le plus intense de l'amour, et la lettre rend sensible la séparation en essayant de l'abolir.*

Rousseau a bien maîtrisé la forme épistolaire ; les imperfections (maladresses apparentes ou invraisemblances) qu'il a laissé passer sont, comme celles d'un Balzac, le fait d'un écrivain qui a mis la forme au service de son idée, sans rien relâcher de la rigueur dans la construction ni de l'exactitude dans le style. Il n'a retenu que les relations épistolaires les plus expressives : il n'y a aucune lettre de Julie à son père ni à sa mère ni à M. d'Orbe ; aucune de Claire à Wolmar ni à Milord Édouard ; une seule de Wolmar à Milord Édouard, une seule de Milord Édouard à Wolmar, une seule de Julie à son mari, une seule de Claire à M. d'Orbe, une seule de Milord Édouard à Claire. Les deux amants en revanche écrivent la grande majorité des lettres, et le plus souvent l'un à l'autre dans les trois premières parties. Le choix des correspondants ne pose en général aucun problème (par

1. II, 16, p. 299.

exemple, il était naturel que Saint-Preux écrive à Claire, plus curieuse et plus rieuse que Julie, la lettre III, 23, sur l'Opéra de Paris), il est parfois plus subtil : c'est à Claire que Saint-Preux écrit lorsque après son départ pour Paris et une crise de désespoir il commence à reprendre courage (II, 10), comme c'est à elle qu'il écrira à son retour en Europe (IV, 3), parce que Claire est l'intermédiaire quand la relation avec Julie est incertaine ou douloureuse ; mais la lettre de la promenade sur le lac (IV, 17) est adressée à Milord Édouard, et non à Claire comme dans la version du Brouillon. Cette lettre, Julie ne pouvait évidemment pas la rédiger, elle est à peine remise de l'épreuve (voir la lettre précédente, IV, 16) et son cœur lui est encore si obscur à elle-même qu'elle tirera seulement à la fin de la VIe partie, en l'absence de Saint-Preux, les conséquences du danger qu'elle a couru[1]*. Saint-Preux seul devait donc faire le récit de la « crise », mais son rapport à Claire ne cesse d'être trouble depuis qu'il est installé à Clarens : si elle lui plaît, si elle le tente, il refuse qu'elle soit pour lui une autre Julie. Rousseau a compris, en se recopiant, que le confident le meilleur en la circonstance était Milord Édouard, qui assume dans la seconde moitié du roman le rôle assumé auparavant par Claire. Mais pourquoi ne pas écrire à Wolmar ? L'impérieux Wolmar pénètre le secret des cœurs, mais on lui fait peu de confidences*[2]*.*

Une fois admis que les lettres sont nécessitées par la lutte contre l'absence et par le besoin d'effusion, peu importent les circonstances qui les rendent possibles. Rousseau est allé au plus simple, sans craindre l'invraisemblance ; les retards

1. « Un voile de sagesse et d'honnêteté fait tant de replis autour de son cœur, qu'il n'est plus possible à l'œil humain d'y pénétrer, pas même au sien propre », dit Wolmar, juste avant la promenade sur le lac (IV, 14, t. 2, p. 129).

2. « Je veux bien que vous connaissiez toutes mes faiblesses, mais je n'ai pas la force de vous les dire », lui écrit Saint-Preux, V, 8, t. 2, p. 242. À l'arrivée de Saint-Preux à Clarens, Julie fait à son mari la confidence du passé, parce qu'elle a peur de se trahir si elle cherche à garder le secret ; d'ailleurs, comme Claire l'avait deviné, Wolmar en était déjà informé.

répétés de Milord Édouard à rejoindre Clarens sont assez arbitraires, mais il fallait bien à Saint-Preux un correspondant à qui décrire la vie de la communauté et les émotions qu'il éprouve ; les déplacements de Claire le sont encore plus : au début du roman, elle est absente, elle a assisté la Chaillot dans sa dernière maladie, Julie lui écrit (I, 6) ses alarmes au sujet de Saint-Preux. Elle revient, voit les progrès de l'amour, les dangers courus, le désespoir de Julie ; pourquoi, après avoir anxieusement appelé Saint-Preux au secours (I, 27), s'absente-t-elle aussitôt ? Seule en face de Saint-Preux, Julie se perd, et à ses plaintes amères (« Tu m'as abandonnée, et j'ai péri. Quoi, ce fatal voyage était-il si nécessaire ou si pressé ? » I, 29), Claire répond seulement : « Il est vrai que je partis malgré moi ; tu le vis, il fallut obéir » (I, 30). Claire de nouveau est absente de Clarens quand Saint-Preux y arrive après son périple, cela permet trois récits de premières impressions, celles de Saint-Preux (IV, 6), celles de Julie (IV, 7), celles de Claire, à qui Saint-Preux a rendu presque immédiatement visite (IV, 9). À la fin de la Ve partie, Claire s'absente encore, elle va à Lausanne et Genève pour le mariage de son frère : Julie peut ainsi lui écrire (V, 13), l'inviter à reconnaître qu'elle aime Saint-Preux, lui suggérer de l'épouser, à quoi Claire fait une longue réponse (VI, 2) ; le sujet avait été discuté dans leurs conversations antérieures, et notamment dans celle que Saint-Preux avait surprise après son rêve de Villeneuve, selon ce que Rousseau laisse deviner[1], mais les lettres autorisent à le développer, et le voyage d'Italie fournit à Julie l'occasion d'écrire à Saint-Preux pour savoir ce qu'il en pense lui-même.

Rousseau ne se refuse donc pas les facilités quand elles le conduisent plus vite à l'essentiel : Saint-Preux annonce son retour en Europe et sa venue prochaine au moment même où les deux cousines s'inquiétaient de son destin (IV, 1, 2 et 3) ; Julie accepte l'idée d'une promenade sur le lac avec Saint-

1. Lettres 9 et 10 de la Ve partie, voir aussi la lettre 13, t. 2, p. 264.

Preux, parce qu'elle est privée de ce plaisir par l'inattendue répugnance de son mari, « qui craint l'eau[1] *» ; le voyage de Wolmar, qui laisse en tête à-tête Julie et Saint-Preux, n'avait sans doute pas d'autre raison d'être ; même si Saint-Preux est habitué « aux exercices pénibles » et si Julie « n'aime pas la plaine », il est peu probable qu'après une traversée physiquement harassante et moralement dramatique, ils aient encore la force de faire l'ascension du rocher de Meillerie*[2] *; le retour de Claude Anet à son foyer a lieu quand Julie va mourir, au moment où son effet pouvait être le plus pathétique*[3]*. On est frappé de voir que Rousseau, dans un roman aussi médité, ait repris tant de procédés conventionnels et de lieux communs. La convention de la lettre, dès le principe, était évidemment nécessaire ; Robert Osmont a relevé celle du style interrompu : il a remarqué que le style des lettres à Sophie d'Houdetot était plus soutenu, plus élaboré que celui des lettres d'amour de Saint-Preux à Julie*[4]*, et il faut ajouter que Rousseau a récrit en style interrompu, dans* La Nouvelle Héloïse, *plusieurs passages rédigés d'abord en style soutenu. L'intrigue comporte les épisodes les plus rebattus, amour condamné par la famille, grossesse clandestine, projet de suicide d'amour, tour du monde de l'amant malheureux et mélancolique (voir* Cleveland *et, sur le mode parodique,* Candide*), générosité d'un rival (Milord Édouard), dévouement et effacement, devant l'amoureuse aimée, de la confidente rivale (le personnage remonte au moins à la Carmelle d'*Amadis*), conversation surprise derrière une haie, tempête*

1. IV, 13, t. 2, p. 125.

2. IV, 17, t. 2, p. 138. Il est vrai qu'ils ont pu se reposer pendant le repas.

3. VI, 11, t. 2, p. 365. « Je n'ai pas besoin, je crois, de vous dire qui était cet homme », écrit Wolmar à Saint-Preux : prétérition qui fait ressortir le peu de vraisemblance de l'événement, et sa nécessité romanesque.

4. R. Osmont : « Remarques sur la genèse et la composition de *La Nouvelle Héloïse* », *Annales Jean-Jacques Rousseau*, XXXIII, 1953-1955.

(non pas celle qu'a essuyée Saint-Preux pendant son périple, mais celle de la promenade sur le lac), monologue à haute voix entendu d'une chambre voisine (II, 10), aveu au mari d'un amour coupable (comme dans Les Désordres de l'amour, *de Mme de Villedieu, ou dans* La Princesse de Clèves, *mais la faute avouée par Julie est antérieure au mariage), paroles édifiantes au moment de la mort... Tout ce matériel connu, Rousseau l'a remodelé selon son dessein et l'a rendu neuf.*

Il ne faut pas confondre avec ces facilités les obscurités volontairement laissées par Rousseau : nous ignorons presque tout des origines et du passé de Saint-Preux, son nom véritable nous est caché ; le passé de la famille d'Étange reste aussi dans l'ombre, nous savons seulement que le baron a servi comme officier mercenaire, qu'il n'a pas été mari fidèle, lui qui est un père si rigoureux, et qu'il a perdu son fils, dans des circonstances non précisées ; la partie anglaise de la vie de Milord Édouard est à peine évoquée ; le récit par Wolmar de sa propre vie, le « secret » qu'il révèle ne font qu'épaissir le mystère autour de cet homme qui inspire la crainte autant que le respect... Les intentions sont parfois aussi obscures que les êtres : pourquoi Claire fait-elle accourir Saint-Preux désespéré auprès de Julie désespérée (I, 27), ne pouvait-elle pas imaginer que sa venue serait encore plus dangereuse que salutaire ? Pourquoi dit-elle à Julie que c'est bien Saint-Preux qui lui est apparu pendant sa petite vérole, et non une vision conçue dans la fièvre ? Elle qui a précipité le malheur de Julie, qui l'a indirectement, en lui laissant la responsabilité de la décision, dissuadée d'aller épouser Saint-Preux en Angleterre (II, 5), pourquoi parle-t-elle si peu à Julie de Wolmar, mis à part quelques mots ironiques sur cet « argus » et une allusion désabusée à l'absence des plaisirs du lit dont Julie mariée doit souffrir autant que Claire veuve[1] ? Rousseau a voulu que le lecteur se pose ces questions auxquelles on ne peut apporter de

1. Voir *supra* p. 28, n. 2, et p. 39, n. 3.

réponse catégorique. Elles contribuent à l'ambiguïté générale du roman.

La forme épistolaire permet aussi un exposé discontinu des faits, des élucidations retardées, fragmentaires ; elle oblige le lecteur à rapprocher des passages éloignés les uns des autres, à reconstituer l'ensemble des relations entre les personnages dont chacun, en dépit de la volonté de transparence, ne perçoit et ne construit qu'une partie : il faut lire non pas entre les lignes, car aucun des personnages ne ment ou ne ruse quand il écrit, mais entre les missives ; il faut les relire, pour comprendre comment tout se prépare et tout s'enchaîne, et pour mesurer tout ce qu'il reste d'obscur. L'échec de sa première espérance de maternité est avoué par Julie de façon si discrète, à la fin de I, 49, qu'on ne saisit le sens de ce passage qu'après avoir lu la grande lettre 18 de la IIIe partie. Wolmar, encore anonyme, est aperçu à l'arrière-plan dans la lettre I, 22 ; la perspective d'un mariage auquel Julie serait contrainte par son père apparaît progressivement (I, 27 ; I, 28 ; II, 4) jusqu'au moment où Wolmar est enfin nommé (par Claire, lettre II, 5) et où le lecteur comprend qu'il est le mari destiné à Julie. C'est seulement par la lettre III, 18 qu'on devine que le père avait tout su de la liaison entre Julie et Saint-Preux, et par la lettre IV, 12 qu'on apprend qu'il avait tout dit à Wolmar et lui avait remis les lettres des amants, qui n'avaient pas été détruites. Sur l'état d'esprit de Milord Édouard, lors de sa première venue à Étange, quand « il faillit s'attacher à Julie », le récit des « Amours de Milord Édouard Bomston » nous donne une indication que les premiers lecteurs n'ont pas connue, puisque ce texte a été publié seulement en 1780. La façon dont sont dévoilés l'athéisme de Wolmar et le « chagrin secret » de Julie s'explique en partie aussi par ce retard calculé des informations. Au sujet du prétendu mariage d'Édouard avec Laurette, Rousseau, dans un premier jet, avait laissé le lecteur dans l'incertitude et l'avait même exposé à l'erreur.

Telle que Rousseau l'a finalement établie, la structure du roman oppose les trois parties de la première moitié aux trois parties de la seconde, de chaque côté du grand silence de quatre ans situé au milieu du livre. Pour obtenir cette symétrie, Rousseau a étoffé la Ve partie et l'a dédoublée : c'est pourquoi elle est la seule qui ne s'achève pas sur une péripétie, alors que le renvoi de Saint-Preux clôt la Ire, la découverte de la correspondance la IIe, le départ de Saint-Preux pour l'exil la IIIe, la « crise » de la promenade sur le lac la IVe. On peut même discerner entre ces six parties une symétrie plus poussée : dans la Ire, les amants recherchent une union qui se heurte à trop d'obstacles et aboutit à leur séparation, la IVe voit le retour de Saint-Preux et l'édification d'une union différente, dont les obstacles sont progressivement levés ; la IIe inscrit la séparation dans la durée, la Ve peint la durée de la réunion ; dans la IIIe, le mariage met un terme, pour une durée indéterminée, aux relations de Julie et de Saint-Preux, dans la VIe la mort y met un terme définitif sur cette terre. Une correspondance bien visible s'institue entre la lettre 18 de la IIIe partie, qui récapitule le passé, et la lettre 11 de la VIe partie où Julie, dont les propos sont rapportés par Wolmar, fait le bilan de sa vie.

Les deux moitiés du roman sont à peu près égales, les trois parties qui composent chacune sont de longueur décroissante, presque insensiblement pour la seconde moitié ; le nombre des lettres diminue de partie en partie tout au long de l'œuvre (Ire partie : 65 lettres ; IIe : 28 ; IIIe : 26 ; IVe : 17 ; Ve : 14 ; VIe : 13), de sorte que les lettres s'allongent et que les plus longues (sauf III, 18) se trouvent dans les trois dernières parties. Or les trois premières parties occupent environ sept ans (de l'automne 1733 à l'automne 1740), les trois dernières à peine un an et demi (du printemps 1744 à l'automne 1745)[1] : c'est que le rythme de l'existence s'est ralenti à Clarens (sauf dans les moments de crise), que le recueillement y est plus profond ; le temps n'y est pas le même qu'à Vevey.

L'opposition des parties, la variation du rythme n'empê-

1. Voir la « chronologie de *La Nouvelle Héloïse* », t. 2.

chent pas l'unité et la continuité de toute l'œuvre. Le temps se contracte ou se dilate, mais d'un bout à l'autre il agit, ennemi constamment présent qu'on tente de réduire. Dans la Ire partie, les amants impatients attendent : ils attendent le départ des parents, l'installation dans la maison de campagne, l'occasion de parler de Saint-Preux au baron d'Étange, la naissance d'un enfant... Chaque fois qu'ils croient avoir gagné une position d'attente, leur passion les en chasse, elle avance de crise en crise : le premier aveu, le premier baiser, l'exil à Meillerie, la première nuit d'amour, autant de crises qui rendent de plus en plus dangereuses les relations entre Julie et Saint-Preux. Dans la IIe et la IIIe partie, ils livrent au temps une guerre d'usure désespérée, car ils ne peuvent échapper à l'événement qui les menace, le mariage de Julie et de Wolmar. L'urgence extérieure est *moins grande dans la seconde moitié du roman, et pourtant l'on continue d'attendre, sans pouvoir arrêter la durée, les crises viennent rompre l'équilibre dont on croyait jouir : la réunion des amis est très brève, Claire se fait attendre, Édouard se fait attendre, à peine sont-ils rassemblés que Claire part pour Genève, Édouard et Saint-Preux pour l'Italie ; Julie attend, jusqu'à en mourir, que la conversion de Wolmar apaise son chagrin ; la passion réprimée poursuit son travail de sape, elle entraîne la crise de Meillerie, la crise de Villeneuve, elle explique l'« ennui » de Julie au milieu du bonheur. Dans la lettre 7 de la IIIe partie Claire, dans la lettre 20 Julie avaient exprimé à Saint-Preux leur crainte que le mariage eût fini par user l'amour entre les deux amants : dans la lettre 12 de la VIe partie, sa dernière lettre à Saint-Preux, Julie dit que leur vertu n'aurait peut-être pas résisté s'ils avaient continué à vivre si près l'un de l'autre. De sa première à sa sixième partie,* La Nouvelle Héloïse *décrit une même lutte, celle de l'homme contre une destruction qui est inscrite en lui. Ce roman n'est pas une démonstration en deux volets, celui du* contre *et celui du* pour, *celui de la passion folle d'une part, et celui de la vertu purificatrice d'autre part : il conte la longue et unique recherche d'une inaccessible conciliation et d'une impossible permanence.*

*L'unité est rendue sensible par divers moyens : l'unité du style lui-même, le retour de certains procédés, les correspondances de thèmes et de mots. Rousseau a justifié l'uniformité du style dans l'*Entretien sur les romans. *Deux procédés de présentation lui sont particulièrement chers, le début de lettre brusque, péremptoire ou exclamatif, et la succession d'une lettre brève et d'une lettre longue, la première pour faire éclater ce que la seconde exposera en détail*[1]. *Quant aux correspondances, évidentes ou suggérées, elles tissent tout un réseau à travers le roman. Le même mot de « crise » désigne l'état de Julie au moment où Saint-Preux se désespère sur le rocher de Meillerie et celui de Saint-Preux, dix ans après, au retour de la promenade à ce même rocher*[2]. *Un gouffre s'ouvre sous ce rocher, Saint-Preux a eu la tentation de s'y précipiter : il est l'image du « gouffre » où un adultère criminel aurait fait tomber les deux amants, si l'intention coupable de Julie n'avait pas été dissipée par la cérémonie du mariage, et de « l'abîme » dans lequel elle se sent tout près de sombrer à Clarens*[3]*; ayant vécu dans « l'illusion » de la vertu jusqu'à son mariage, elle était encore dans « l'illusion » la veille de sa mort : illusions protectrices, mais dangereuses tout aussi bien*[4]. *Claire, pour arrêter une autre « illusion », sacrilège, celle des gens de la maison qui croyaient avoir vu Julie revenir de la mort, étend sur le corps le voile même que Saint-Preux avait apporté des Indes ; par ce voile matériel, elle donne une réalité au songe sinistre de voile que Saint-Preux avait fait à Villeneuve, et dont, comme le remarque en note Rousseau, elle « avait l'imagination toujours pleine » ; le voile réel et le voile du cauchemar font étrangement écho au*

1. Voir II, 28 et III, 50 (découverte des lettres) ; III, 13 et III, 14 (Saint-Preux au chevet de Julie) ; III, 17 et III, 18 (mariage de Julie) ; IV, 15 et V, 5 (le « chagrin secret » de Julie) ; V, 8 et V, 9 (le rêve de Villeneuve) ; VI, 9 et VI, 10 (la mort de Julie).
2. Lettres I, 28, p. 142 ; IV, 17, t. 2, p. 143 et V, 2, t. 2, p. 149.
3. Lettres III, 18, p. 421, et VI, 12, t. 2, p. 385.
4. Lettres III, 20, p. 446, et VI, 12, t. 2, p. 385.

« voile de sagesse et d'honnêteté » qui, selon Wolmar, faisait « tant de replis » autour du cœur de Julie[1]*. Le souvenir de la mort — celle de la mère de Claire, celle du frère de Julie, plus tard celle de M. d'Orbe, — la présence de la mort — celle de la « bonne » Chaillot, celle de Mme d'Étange —, la tentation de la mort — chez Saint-Preux, une première fois peut-être par exagération rhétorique, mais deux autres fois par accès de désespoir —, l'attente et même l'espérance de la mort — chez Julie, pour la conversion de son mari, par lassitude du bonheur, et pour une autre raison encore, dont elle n'a pas conscience — préparent le lecteur au grandiose finale funèbre que sont, pendant les derniers jours de Julie, les dernières lettres du roman. Les citations italiennes, aux moments les plus émus, font affleurer dans la prose le chant d'une langue poétique qu'entendent seuls les cœurs sensibles : « E'l cantar che nell' anima si sente*[2] *» ; elles ne se trouvent jamais sous la plume de Wolmar et aucune ne lui est adressée.*

L'harmonie qui associe le style, les sentiments et le cadre (« Il me fallait un lac », dit Rousseau dans les Confessions*)*[3]*; la sûreté de la structure d'ensemble et le jeu suggestif des rappels thématiques; le refus de la banalité morale et sentimentale; l'art d'intégrer des éléments traditionnels à une œuvre entièrement nouvelle, font la grandeur de* La Nouvelle Héloïse*. Concentre-t-elle en elle toute la pensée de Rousseau ? Non, car l'analyse des rapports sociaux est plus hardie dans le* Discours sur l'origine de l'inégalité*, les moyens de préserver l'individualité de la conscience et l'originalité de chaque être humain sont mieux étudiés dans* Émile*, le pacte fondateur de la cité défini dans* Le Contrat social *a plus de portée et de rigueur théorique que les règles*

1. Lettres VI, 11, t. 2, p. 381 ; V, 9, t. 2, p. 248, et V, 10, t. 2, p. 252 ; IV, 14, t. 2, p. 129. Sur le thème du voile dans *La Nouvelle Héloïse*, voir J. Starobinski, *J.-J. Rousseau. La transparence et l'obstacle*, éd. citée, p. 146-147.

2. Citation de Pétrarque à la fin de la lettre de Saint-Preux sur la musique italienne, I, 48.

3. *Confessions*, IX, t. 2, p. 185.

de l'économie domestique établies à Clarens. Oui pourtant, car le roman, bien que né de circonstances particulières à la vie de Rousseau et de ses dispositions sentimentales personnelles, a recueilli le fruit de ses méditations antérieures, il est le laboratoire d'essai des œuvres qui le suivront et du traité de Morale sensitive *que Rousseau n'a finalement pas écrit*[1]. *Si, avec toute une suite de critiques, malintentionnés ou trop systématiques, on veut voir dans Rousseau un écrivain misogyne, manipulateur de l'intelligence et de la sensibilité enfantines, précurseur des régimes concentrationnaires, mal dégagé de fantasmes sexuels et de complexes inavoués, on retrouvera sans peine tous ces traits dans* La Nouvelle Héloïse. *Si, au contraire, comme nous en sommes convaincu, on voit en lui l'écrivain qui pendant toute sa vie a le plus passionnément et le plus obstinément revendiqué pour l'être humain le bonheur et la liberté, on trouvera dans* La Nouvelle Héloïse, *comme dans ses écrits personnels, mais sous une forme constamment commandée par les impératifs de l'art romanesque*[2], *l'expression la plus sensible de son angoisse et de son espérance.*

Henri Coulet

1. « Les climats, les saisons, les sons, les couleurs, l'obscurité, la lumière, les éléments, les aliments, le bruit, le silence, le mouvement, le repos, tout agit sur notre machine et sur notre âme par conséquent ; tout nous offre mille prises presque assurées pour gouverner dans leur origine les sentiments dont nous nous laissons dominer. Telle était l'idée fondamentale dont j'avais déjà jeté l'esquisse sur le papier, [...] il me paraissait aisé d'en faire un livre agréable à lire, comme il l'était, à composer. J'ai cependant bien peu travaillé à cet ouvrage, dont le titre était *La Morale sensitive*, ou *le Matérialisme du sage* » (*Confessions*, IX, Folio, t. 2, p. 160).

2. Cette volonté d'écrire un roman, et non pas un traité théorique, ni un ouvrage de défense personnelle ou de polémique, explique l'intervention ironique de l'auteur dans ses notes et le ton des deux Préfaces : l'œuvre est mise à distance, le lecteur est invité à la critiquer, c'est-à-dire à en pénétrer toutes les intentions, implicites comme explicites. Laclos, dans *Les Liaisons dangereuses*, imitera le procédé.

NOTE SUR LE TEXTE

I. *Manuscrits.*

Les manuscrits de *La Nouvelle Héloïse* sont les suivants :

1. Le Brouillon (sigle : Br). Le brouillon de la plus grande partie des lettres est conservé à la Bibliothèque du Palais-Bourbon ; il avait été remis à la Convention le 1er septembre 1794. Vingt-cinq lettres ou fragments ont été acquis par d'autres bibliothèques publiques, en France ou à l'étranger, et par des collectionneurs privés. Il arrive, dans ce dernier cas, qu'elles ne soient pas accessibles ou que leur trace soit perdue. Enfin la presque totalité des lettres de la Ire partie et environ quinze lettres des autres parties ont disparu.

Rousseau se servait de grandes feuilles qu'il divisait en deux dans le sens de la hauteur ; il écrivait le premier jet sur la partie de droite, réservant la partie de gauche pour les additions et corrections, et souvent pour des « pilotis » qui anticipaient sur la suite de la lettre ou sur une lettre à venir. Il laissait dans la colonne de droite des espaces blancs plus ou moins grands, destinés à recevoir la suite d'un développement qu'il avait interrompu pour passer à un autre. Ces espaces sont parfois remplis, et même leur texte déborde dans la colonne de gauche. Cette pratique et celle des « pilotis » témoignent de la rapidité et de la puissance avec lesquelles travaillait l'esprit de Rousseau, toujours en avance, quelquefois de plusieurs pages, sur ce qu'il était en train d'écrire.

Une étude complète du Brouillon nous renseignerait sur la genèse de *La Nouvelle Héloïse.* Elle n'a pas encore été faite, en raison de la disparition de certains textes, de la dispersion des autres et du risque de dégradation qu'il y aurait à les extraire de leur lieu de conservation pour les soumettre aux analyses techniques nécessaires.

La plupart des feuilles sont chargées de ratures, de tout un système de signes d'insertion, et l'écriture est une menue écriture de myope, cursive et difficile à déchiffrer ; mais certaines sont d'une écriture plus large, plus régulière et peu raturée : on admet généralement qu'elles présentent un texte recopié et non un premier jet. Ce n'est pas sûr dans tous les cas : Rousseau composait beaucoup en marchant et jetait quelques phrases, de très courtes ébauches, sur des fragments de papier : rentré chez lui, il pouvait fort bien transcrire presque sans corrections un texte déjà élaboré dans sa tête.

Le Brouillon confirme ce que les *Confessions* disent des deux premières parties, écrites « presque en entier » avant que Rousseau les destinât à « un ouvrage en règle ». Les soixante premières lettres ont disparu ; l'actuelle lettre 61 de la Ire partie, numérotée d'abord 59 (Rousseau avait dû ajouter deux lettres, on ne peut savoir exactement lesquelles, aux cinquante-huit premières, quand il s'était décidé à « faire une espèce de Roman »), commence une série qui s'achève, compte tenu des lacunes dues à quatre lettres disparues et de légers flottements venant du déplacement, du remplacement ou de l'addition d'une lettre, avec la lettre 80, actuellement lettre 19 de la IIe partie. La lettre suivante a été d'emblée numérotée 20, les lettres 64-80 ont reçu par surcharge les numéros correspondant à leur rang dans la IIe partie, à partir du numéro 1[1]. Rousseau avait donc écrit quatre-vingts

1. Sauf la lettre II, 2 qui a été ajoutée après coup et a reçu d'emblée son numéro définitif, et la lettre II, 19 dont Rousseau a négligé de corriger le numéro primitif 80. Nous avons renoncé à indiquer à leur emplacement les variantes de numérotation ; leur interprétation est parfois difficile.

lettres, ou au moins soixante-dix-huit, quand il conçut l'idée de son double projet et se mit à écrire un roman long divisé en plusieurs parties. On remarquera qu'il n'y a pas de coupure logique entre II, 19 et II, 20 : si, comme le donne à penser le livre IX des *Confessions*, la rédaction a été interrompue, le passage d'une série de lettres sans suite entre personnages fictifs à un roman en forme s'est pourtant fait naturellement ; la possibilité du roman était impliquée dans les premières lettres.

La Ve et la VIe partie n'en font qu'une dans le Brouillon. La numérotation des lettres, avec ses lacunes et ses variations, permet une reconstitution vraisemblable du passage d'une partie unique à deux parties séparées :

— La Ve et dernière partie comportait à l'origine vingt et une lettres, qui sont devenues les lettres 1, 2, 3, 4, 5, 8, 9, 10, 11, 13, 14 de la Ve partie définitive et les lettres 1, 2, 6, 8, 9, 10 et 11 (issues d'une même lettre), 12, 13 de la VIe partie. Une lettre numérotée 14, de Claire à Henriette[1], a été supprimée par Rousseau quand il a recopié son texte. La lettre d'Henriette à sa mère (V, 14) précédait la lettre de Julie (V, 13). La lettre V, 11, absente du Brouillon, devait porter le numéro 9. De la lettre VI, 13, le Brouillon ne contient qu'un paragraphe ébauché au verso de VI, 12 (numéro 20).

— Rousseau a alors composé, ou inséré si elles étaient déjà composées, les actuelles lettres 6 et 7 de la Ve partie, auxquelles il a donné le numéro d'ordre qui leur revenait ; il a modifié le numéro des lettres suivantes, jusqu'à 13, devenu 15, mais n'a pas touché aux numéros des dernières lettres, de 14 à 20, peut-être parce que au cours de la révision des chiffres il s'est décidé à la division en deux parties[2].

— Sous leur forme primitive, les lettres V, 13, de Julie à

1. D. Mornet a cru que cette lettre avait été reliée par erreur avec la VIe partie (éd. citée, t. 4, p. 176, n. 3), mais il a noté qu'un paragraphe en était ébauché au verso de VI, 2. Voir ce texte t. 2, p. 284, n. 1.

2. 17 est en surcharge sur 18, mais 18 n'était sans doute qu'un lapsus commis dès la première numérotation.

Claire (10 transformé en 12), VI, 2, de Claire à Julie (13 transformé en 15) et VI, 7, de Saint-Preux à Julie (16 maintenu dans le Brouillon) présentaient le mariage de Milord Édouard et de Laure comme effectif, et la venue des nouveaux époux à Clarens comme imminente, pour la plus grande joie de Claire et de Julie[1].

— Rousseau a ensuite rédigé les lettres V, 12, VI, 3 et 4, qui n'ont pas de numéro dans le Brouillon ; dans la première, Saint-Preux affirme à Wolmar que « jamais *Lauretta Pisana* ne sera Ladi Bomston » ; dans les deux autres, Milord Édouard apprend à Wolmar, qui l'en félicite et l'invite à revenir à Clarens, que le mariage n'a pas eu lieu parce que Laure s'est retirée dans un couvent.

— C'est alors sans doute que Rousseau a inséré une lettre de plus, la lettre VI, 5, sur Genève, sans lui donner de numéro.

— Dans sa Copie personnelle, Rousseau a divisé ces vingt-sept lettres en deux parties, et corrigé les lettres V, 13, VI, 2 et VI, 7 : Claire et Julie s'indignent du mariage projeté entre Milord Édouard et Laure, Saint-Preux n'y fait plus allusion.

Cette reconstitution rend très plausible l'hypothèse, formulée entre autres par Daniel Mornet et par Bernard Guyon, selon laquelle dans la première version le mariage d'Édouard et de Laure aurait bien été célébré, et accueilli avec enthousiasme par Claire et Julie, pour être ensuite dans une nouvelle version présenté comme moralement impossible, jugé inacceptable par les deux cousines, et combattu énergiquement par Wolmar et par Saint-Preux. Le mariage d'un grand seigneur anglais et d'une prostituée romaine eût été un beau défi aux préjugés sociaux qui avaient empêché celui d'un roturier et d'une baronnette vaudoise : mais après tout ces préjugés étaient un reflet ou une émanation de l'ordre universel que la vertu doit respecter (« Le Ciel éclaire la

1. Voir les variantes de ces lettres *infra*, t. 2, p. 258, n. 2, 259, n. 3, 273, n. 2 et 325, n. 1.

bonne intention des pères, et récompense la docilité des enfants », écrit Julie à Saint-Preux après son mariage)[1], et ils avaient favorisé l'amour véritable, si celui-ci se fortifie par la séparation : la raison d'ordre et la raison d'amour qui interdisaient le mariage de Julie et de Saint-Preux interdisaient aussi celui de Laure (qui est amoureuse) et d'Édouard. La prostituée était plus grandie par son refus qu'elle ne l'eût été par son mariage.

Mais il n'est même pas sûr que Rousseau ait, dans la première version de cet épisode, accepté l'idée du mariage. Plusieurs indices font penser qu'il aurait bien pu placer quelque part la surprise qu'est l'entrée de Laure en religion. Dans le texte primitif de V, 13, l'admiration de Julie pour Laure s'accompagnait de beaucoup d'étonnement et de quelque inquiétude sur le mariage annoncé. Le voyage de Naples qui, dans le texte définitif, laisse à Laure le loisir de prendre le voile, était prévu dès la première version[2]. Et dès cette première version encore, dans un « pilotis » accompagnant la lettre V, 8, on peut voir avec Daniel Mornet l'anticipation de la lettre V, 12, ajoutée plus tard, et la preuve que Saint-Preux (ou Laure elle-même ?) s'opposerait à un mariage inadmissible avec une énergie digne des héros et des héroïnes de la Rome républicaine[3]. Dans la version définitive, les lettres reçues à Clarens annoncent que le mariage est décidé, dans la version primitive, il était présenté comme chose faite. Mais Rousseau rappellera dans les lettres ajoutées, et un lecteur d'alors n'était pas sans le savoir, qu'un luthérien ne pouvait épouser une catholique, sujette du pape, qui pis est, sans de très sérieuses formalités. Donc même si

1. Lettre III, 20, p. 443.

2. Lettre VI, 3, t. 2, p. 287 et V, 13, t. 2, p. 259, et n.1.

3. Voir ce « pilotis » t. 2, p. 242, n. 2. D. Mornet ne le cite pas textuellement, mais son allusion est claire : « Pendant que Saint-Preux écrit à M. de Wolmar pour assurer qu'il a " recouvré sa raison ", Rousseau songe déjà à la lettre qu'il écrira pour défendre milord Édouard contre le mariage avec Laure » (éd. de *La Nouvelle Héloïse*, t. 1, p. 134).

Édouard et Laure s'étaient donné leur parole, leur mariage était nul aux yeux de l'Église et Laure avait le droit d'entrer en religion : sa conduite dans la version définitive est aussi héroïque, mais moins théâtrale[1].

Le seul texte qui fasse difficulté est le paragraphe final de VI, 7 dans le Brouillon[2] : Saint-Preux se prépare à rejoindre Clarens avec « les nouveaux époux », en passant par Florence et Milan, étapes normales pour qui vient de Rome et se dirige vers la Suisse. Il n'est pas question d'un voyage à Naples. Ce voyage a-t-il déjà eu lieu sans que Laure ait saisi l'occasion qu'il lui offrait ? Ou bien Rousseau a-t-il hésité, laissé quelque incohérence entre ce passage et V, 13 ? Ou bien encore Saint-Preux dissimule-t-il à Julie ses intentions, que seul Wolmar doit connaître, et celles de Laure ? Quoi qu'il en soit, le mariage de Laure et d'Édouard, que Rousseau l'ait ou non inscrit dans son projet primitif, était un élément discordant : il est normal qu'Édouard veuille revenir avec Saint-Preux à Clarens après la mort de Julie, pour célébrer en quelque sorte le culte de la disparue. Mais Laure qui n'a pas connu Julie, qui n'a jamais fait partie de la petite communauté, y serait une étrangère en l'absence de celle en qui était le pouvoir d'intercession.

2. La Copie personnelle (sigle : CP) : Elle fut commencée sans doute dans l'hiver 1756 et continuée à mesure que l'œuvre avançait. Rousseau la destinait à un éditeur, et en fit lire les deux premières parties à Diderot, les quatre premières à Mme d'Houdetot, pour la faire patienter parce qu'il tardait à écrire la copie qu'il lui avait promise. CP n'était pas achevée en février 1758, puisque le 13 février Rousseau parle à Mme d'Houdetot de « La Cinquième [partie] qu'[il lui] destine » : la fin du roman était donc encore au brouillon, la dernière partie n'avait pas été dédoublée. Rousseau fut très

1. On pense à l'Andromaque de Racine, décidée à se tuer aussitôt après le mariage avec Pyrrhus.

2. Voir t. 2, p. 325, n. 1. Ce paragraphe est remplacé dans la version définitive par un paragraphe dont le brouillon figure au verso de Br.

malade et se crut mourant pendant le printemps 1758 et le début de l'été ; il acheva CP avant l'automne et annonça à Marc Michel Rey son roman en six parties ; mais il ne put lui envoyer la copie : elle était trop chargée de corrections qu'il avait apportées au texte pendant qu'il le copiait[1]. Il garda cette copie pour lui (d'où le qualificatif par lequel nous la désignons) et y reporta les nouvelles modifications que reçut le texte lors de la confection d'une autre copie destinée à Rey et lors de la correction des épreuves. Document révélateur de tout le travail que Rousseau ne cessa de consacrer à son texte[2], elle n'est malheureusement pas entièrement accessible : les deux premières parties figuraient dans la bibliothèque du duc de Newcastle ; la troisième dans la collection Louis Barthou où Daniel Mornet put encore la consulter ; les trois autres sont conservées à la bibliothèque du Palais-Bourbon.

3. Le manuscrit Rey (sigle : MsR) : C'est la copie commencée à la fin de l'hiver 1758. L'éditeur en reçut les six parties successivement d'avril 1759 à janvier 1760. Longtemps considérée comme perdue, cette copie est actuellement conservée à la fondation Heineman de New York. Elle présente des variantes par rapport à la première strate de CP et par rapport au texte de l'édition originale.

4. La copie Houdetot (sigle : CH) : Le 1er octobre 1757, Rousseau promit à Mme d'Houdetot de commencer une copie pour elle « aussitôt qu'[il aurait] fini [sa] copie des Lettres de Julie ». Mme d'Houdetot lui rappela plusieurs fois sa promesse, et le 23 novembre, Rousseau lui annonça qu'il allait commencer « ce soir », par la IIe partie[3]. Suivit une

1. Voir p. 17.

2. Voir notre article : « Prolégomènes à une édition critique de *La Nouvelle Héloïse* », dans *Les Manuscrits Transcription, édition, signification*, Presses de l'École normale supérieure, 1976, p. 21-31.

3. « Je commencerai par la seconde partie, parce que vous ne l'avez pas eue entre les mains et que vous la connaissez moins. J'ai encore pour cela une autre raison, c'est qu'ayant le brouillon de la première et non pas des autres, je suis bien aise qu'elles soient les premières copiées car je me

étonnante série de promesses non tenues, d'excuses dilatoires, de contestations sur le paiement qu'offrait Mme d'Houdetot et que Rousseau refusait : le 23 juin 1758 Mme d'Houdetot n'avait encore reçu que la IIe partie[1]. En octobre 1759, sa copie n'était pas encore finie, Rousseau écrivait à Mme de Luxembourg le 29 : « Vos copies ne sont pas encore commencées [...]. Quelqu'un, vous le savez, est en date avant vous ; ce quelqu'un me presse, et il faut bien tenir ma parole. » La Copie de Mme d'Houdetot ne fut achevée qu'au début de 1760. Elle est actuellement conservée à la Bibliothèque de Genève.

5. La Copie Luxembourg (sigle : CL) : Rousseau la commença en janvier 1760, avant d'avoir fini la Copie Houdetot. La Ire partie fut envoyée au début de février, la IIe au début de mars, la IIIe seulement au début de juin, la IVe fin juin, les deux dernières dans le courant de l'automne. Rousseau joignit à cette copie « une petite addition qui ne sera pas dans l'imprimé »[2] ; c'étaient *Les Amours de Milord Édouard Bomston*, dont le manuscrit autographe n'a pas été retrouvé. Cette copie, enrichie des dessins originaux de Gravelot, est conservée à la Bibliothèque du Palais-Bourbon.

Le texte que la plume de Rousseau trace pour une copie n'est pas un texte mort, un décalque du texte original : le

---

tranquillise sur toutes les choses de moi qui sont entre vos mains, sachant que si je venais à perdre les originaux, elles se retrouveraient toujours. » « Ayant le brouillon » semble bien signifier, selon une construction usuelle du participe au XVIIIe siècle, « puisque vous avez ». Était-ce vraiment le Brouillon, ou la Copie personnelle ? La « nouvelle entreprise » à laquelle cette même lettre fait allusion est celle des *Lettres morales* à Sophie, auxquelles Rousseau faisait déjà allusion le 31 octobre, dans une lettre à Mme d'Houdetot.

1. Lettre de Saint-Lambert à Rousseau, 23 juin 1758 : « Made d'Houdetot a 351 pages de Julie et elle me charge de vous envoyer ces deux Louis qui font à peu près le paiement de vos copies ; elle vous renouvelle ses remerciements. » On notera la froideur du ton. La IIe partie de CH a bien 351 pages.

2. Lettre de Rousseau à Mme de Luxembourg, vers le 18 mai 1760 (*C.C.*, no 991).

copiste entend ce texte en lui, l'écoute, modifie un rythme ou un accent, de sorte que, fût-ce par des différences infimes, aucune copie n'est exactement identique à une autre. Il n'existe encore aucune édition critique complète de *La Nouvelle Héloïse* ; à l'époque des ordinateurs et du traitement informatique des textes, l'entreprise n'est plus irréalisable, compte tenu toutefois des difficultés que présente la dispersion des manuscrits.

II. *Éditions.*

L'édition originale parut à Amsterdam chez Marc Michel Rey en 1761 (sigle : R61). Grâce à la correspondance entre Rousseau et Marc Michel Rey, qui a été conservée, on peut suivre semaine après semaine l'envoi, la réception, le retour des épreuves et des belles pages. Le travail de correction se fit d'avril 1760 à novembre. Rousseau apporta encore sur les épreuves quelques modifications au texte. Deux mille exemplaires de cette édition arrivèrent à Paris en janvier 1761 ; leur mise en vente fut retardée, le libraire Robin ayant obtenu le droit de mettre en priorité sur le marché sa propre édition du roman, autorisée par Malesherbes, et dont le texte avait été expurgé par la censure. Rousseau et Marc Michel Rey durent s'incliner devant la volonté de Malesherbes.

La description des nouveaux tirages, rééditions, nouvelles éditions, contrefaçons qui se succédèrent de 1761 à 1801 a été faite par Daniel Mornet dans le premier tome de sa propre édition. Sa liste comporte soixante-dix numéros et elle est, selon Bernard Gagnebin, « à peu près complète et définitive [1] ». Rousseau, bien qu'il se soit plusieurs fois plaint des « fautes horribles » commises par l'imprimeur, a déclaré que cette première édition était la meilleure : son exactitude est

1. Pléiade, tome 2, dans les « Notices bibliographiques », p. 1968. B.Gagnebin signale en outre trois contrefaçons de 1761 non décrites par D. Mornet.

confirmée par la comparaison avec le manuscrit Rey[1]. Un *errata* fut imprimé par Rey quand le tirage était déjà fait. C'est cette édition que nous avons suivie. Parmi les autres éditions, celles qui présentent des particularités intéressantes sont :

- l'édition Robin de 1761 : d'après les passages que la censure a éliminés, on peut voir en quoi *La Nouvelle Héloïse* contrevenait à la doctrine officielle de l'Église catholique et de l'État monarchique ;
- l'édition Rey de 1763 (sigle : R63) : Rousseau avait consenti à cette édition et envoyé à Rey un exemplaire de l'édition originale corrigé de sa main. Comme l'a montré Daniel Mornet, à qui nous empruntons tous ces renseignements bibliographiques, « l'édition de 1763 est bien fidèle à des corrections de Rousseau, mais il a renoncé par la suite à presque tout ce qu'il avait modifié sur l'exemplaire envoyé à Rey[2] ». Il a notamment rétabli les notes, en grande partie supprimées dans R63 ;
- l'édition Duchesne de 1764. Édition en quatre tomes, où la division en six parties n'est pas observée, la numérotation des lettres recommençant à chaque tome. Rousseau n'est pas responsable de cette édition, mais il en a corrigé un exemplaire appartenant à François Coindet. Ces corrections sont le plus souvent réduites à des signes, qui ne sont pas tous de sa main, car le texte a d'abord été revu, sans doute par Coindet lui-même, et qu'il est difficile d'interpréter. Mais Rousseau a rétabli le texte de 1761 là où Duchesne avait

1. Rousseau à Marc Michel Rey, 11 mai 1760 : « Vous me renvoyez des épreuves pleines de fautes horribles » ; annotation de Rousseau en tête de l'exemplaire de l'édition Duchesne (1764) ayant appartenu à F. Coindet (voir ci-dessous) ; lettre de Rousseau à Rey, 14 juin 1772 : « Ne reconnaissant pour mienne que la première édition de chacun d'eux [de mes écrits], je ne prends aucun intérêt aux éditions postérieures. » La *Déclaration relative à différentes réimpressions de ses ouvrages*, distribuée par Rousseau lui-même en janvier 1774 (Pléiade, t. 1, p. 1186) exprime la même idée, mais alors Rousseau se croit persécuté par des falsificateurs.

2. Édition citée, t. 1, p. 154

suivi celui de 1763 ; il a authentifié deux notes et une addition de quelques mots figurant dans Rey 63 et reproduites par Duchesne ; il a traduit toutes les citations italiennes (sauf deux, on ne sait pourquoi) ; enfin, après avoir biffé les sommaires des lettres, ajoutés par Duchesne, il a jugé qu'ils étaient « bons à conserver ». Cet exemplaire (sigle DC), dont le tome II a disparu, est conservé à la Bibliothèque du Palais-Bourbon. On lit en tête du premier volume l'annotation autographe suivante : « Cette édition est pleine de fautes, et je ne doute point que celui qui a revu cet exemplaire n'en ait laissé beaucoup ; c'est pourquoi je voudrais qu'on le conférât avec la première édition qui est la meilleure. Mais il y a dans cet exemplaire une note considérable ajoutée dans le ⟨troisième⟩ second volume et une autre addition qu'il ne faut pas omettre [1]. »

• L'édition originale Rey 61 ne comportait qu'une Préface de six feuillets, qui était déjà dans MsR. Mais Rousseau fit savoir à M. M. Rey, le 14 mars 1759, au moment même où il commençait la copie destinée à l'impression (MsR) : « J'ai fait un écrit sur les Romans que j'intitulerai peut-être *Préface de Julie*, mais que je n'entends point imprimer avec cet ouvrage, et qui n'en doit faire partie en aucune manière, et que je me réserve le droit de faire imprimer où et quand bon me semblera comme un ouvrage appartenant à moi seul. » Rey ayant pris du retard (c'est du moins ce que Rousseau lui reprochera) dans la fabrication du livre, Rousseau sera tenté de publier l'*Entretien sur les Romans* avant le roman lui-même, puis renoncera à ce projet. L'*Entretien* parut finalement chez Duchesne en février 1761 et Rey le reproduisit aussitôt et l'ajouta aux exemplaires de l'édition qui venait de sortir encore en dépôt chez lui, et à ceux des tirages ultérieurs.

• En mars 1761, Rousseau fit paraître chez Duchesne un *Recueil d'Estampes pour La Nouvelle Héloïse avec les Sujets des mêmes Estampes, tels qu'ils ont été donnés par l'Éditeur*

1. Voir p. 444, n. 1 et t. 2, p. 142, n. 2.

(l'éditeur étant Rousseau, qui tenait à la fiction d'un recueil de lettres dont il ne fût pas lui-même l'auteur). Dès l'automne 1757, il avait songé à faire illustrer de huit planches le roman dont seules les quatre premières parties étaient alors destinées à paraître. En 1759, il chargea Coindet de négocier avec Boucher le dessin de douze planches. Il en rédigea lui-même les sujets ; elles furent exécutées finalement par Gravelot ; les graveurs furent différents pour Duchesne et pour Rey (qui joignit les Estampes et leur description à son édition de 1763).

• *Les Amours de Milord Édouard Bomston* furent publiées pour la première fois dans l'édition des *Œuvres complètes* de Rousseau procurée par Dupeyrou et Moultou à Genève, en 1780-1782 ; cette édition parut sous divers formats (le roman est, selon les cas, aux tomes II et III ou aux tomes V et VI) ; les éditeurs avaient eu à leur disposition l'exemplaire Duchesne-Coindet, mais ont altéré le texte assez fréquemment. Pour *Les Amours de Milord Édouard Bomston*, ils se sont servis non du manuscrit autographe appartenant à Mme de Luxembourg, mais d'une copie de ce manuscrit que Girardin avait fait exécuter pour eux, et qui est actuellement conservée à la Bibliothèque de Neuchâtel. Ils ont altéré aussi ce texte sur quelques points.

• On peut enfin consulter avec intérêt l'édition des *Œuvres* de Rousseau publiée chez Didot en 1793 par Defer de Maisonneuve. *La Nouvelle Héloïse* en occupe les tomes II et III. L'éditeur a utilisé les manuscrits « déposés au Comité d'instruction publique », c'est-à-dire les brouillons et la Copie personnelle ; la Copie Luxembourg ne fut déposée au Comité d'instruction publique qu'en juillet 1794. Defer de Maisonneuve cite un paragraphe, inédit avant lui, de la *Préface* la plus courte. Comme il n'a pu connaître MsR, c'est dans le premier tome de CP, aujourd'hui inaccessible, qu'il a dû lire ce texte.

• Parmi les éditions modernes, nous citerons seulement l'édition Mornet (Hachette, 1925, 4 vol.) et l'édition Bernard Guyon (Bibliothèque de la Pléiade, *Œuvres* de Rousseau, tome II). L'édition Mornet est la première à fournir un texte minutieusement établi sur l'édition originale (déparé seulement par quelques rares fautes d'impression), accompagné de variantes venant des manuscrits conservés au Palais-Bourbon ; le premier tome de cette édition est entièrement consacré à la documentation historique, littéraire, bibliographique : bien que Daniel Mornet n'ait pu connaître ni MsR, ni CH, et que le progrès des études rousseauistes ait rendu caduques certaines de ses réflexions, cette édition est toujours un instrument de travail irremplacé.

L'édition Bernard Guyon, dont le texte est établi d'après l'originale, apporte de nouvelles variantes, venues de CH et surtout de MsR ; elle est accompagnée d'un commentaire continu, attentif, informé et chaleureux.

Plus accessibles de prix et de volume sont les éditions publiées dans la collection des Classiques Garnier par René Pomeau (édition revue, 1988) et dans la collection G.F. Flammarion par Michel Launay (1967). Leur introduction propose des lectures très pénétrantes et très modernes de l'œuvre, mais le texte, qui est le même dans les deux éditions, comporte malheureusement de trop nombreuses fautes et sa ponctuation est surchargée.

III. *Notre texte.*

Nous reproduisons aussi fidèlement que possible l'édition originale R61, dont nous avons modernisé la graphie, mais respecté la ponctuation. Celle-ci est donc celle que les premiers lecteurs du roman imprimé ont eue sous les yeux ; elle est très généralement conforme à celle de MsR, qu'il nous a paru inutile de rétablir dans les rares cas où R61 s'en écarte, puisque Rousseau lui-même avait corrigé les épreuves de Marc Michel Rey. Les traits par lesquels elle pourrait déconcerter les lecteurs de notre époque sont l'absence de guillemets, en général, pour encadrer des propos rapportés au style direct ; l'absence de tirets entre ces propos, quand ils sont de plusieurs interlocuteurs ; l'introduction de ces propos, assez souvent, par un point-virgule non suivi d'une majuscule ; l'absence de virgule, assez souvent, entre deux termes d'une énumération ; la présence d'une seule virgule, avant ou après un membre de phrase que nous encadrerions maintenant de deux virgules. Nous avons respecté aussi la présence ou l'absence de majuscule à l'initiale de certains mots, la présence ou l'absence d'italiques. L'usage de Rousseau et celui de Rey comportent dans tous ces cas beaucoup de flottements : la régularité imposée au texte eût été arbitraire et anachronique. Nous pensons qu'au bout de quelques pages, le lecteur ne sera plus arrêté par aucune difficulté.

Notre édition n'étant pas une édition critique, nous ne citons que quelques variantes parmi les plus significatives.

LETTRES

DE DEUX AMANS,

Habitans d'une petite Ville
au pied des Alpes.

RECUEILLIES ET PUBLIÉES

PAR J. J. ROUSSEAU.

Non la connobe il mondo, mentre l'ebbe :
Connbill'io ch'a pianger qui rimasi.

Petrarc. [1]

JULIE,

OU

LA NOUVELLE HÉLOÏSE[1].

PRÉFACE

Il faut des spectacles dans les grandes villes, et des Romans aux peuples corrompus. J'ai vu les mœurs de mon temps, et j'ai publié ces lettres. Que n'ai-je vécu dans un siècle où je dusse les jeter au feu !

Quoique je ne porte ici que le titre d'Éditeur, j'ai travaillé moi-même à ce livre, et je ne m'en cache pas. Ai-je fait le tout, et la correspondance entière est-elle une fiction ? Gens du monde, que vous importe ? C'est sûrement une fiction pour vous.

Tout honnête homme doit avouer les livres qu'il publie. Je me nomme donc à la tête de ce recueil, non pour me l'approprier, mais pour en répondre. S'il y a du mal, qu'on me l'impute ; s'il y a du bien, je n'entends point m'en faire honneur. Si le livre est mauvais, j'en suis plus obligé de le reconnaître : je ne veux pas passer pour meilleur que je ne suis.

Quant à la vérité des faits, je déclare qu'ayant été plusieurs fois dans le pays des deux amants, je n'y ai jamais ouï parler du Baron d'Étange[1], ni de sa fille, ni de M. d'Orbe, ni de Milord Édouard Bomston, ni de M. de Wolmar[2]. J'avertis encore que la topographie est grossièrement altérée en plusieurs endroits ; soit pour mieux donner le change au lecteur ; soit qu'en effet l'auteur n'en sût pas davantage. Voilà tout ce que je puis dire. Que chacun pense comme il lui plaira.

Ce livre n'est point fait pour circuler dans le monde, et convient à très peu de lecteurs. Le style rebutera les gens de goût, la matière alarmera les gens sévères, tous les sentiments seront hors de la nature pour ceux qui ne croient pas à la vertu. Il doit déplaire aux dévots, aux libertins, aux philosophes : il doit choquer les femmes galantes, et scandaliser les honnêtes femmes. À qui plaira-t-il donc ? Peut-être à moi seul : mais à coup sûr il ne plaira médiocrement à personne.

Quiconque veut se résoudre à lire ces lettres doit s'armer de patience sur les fautes de langue, sur le style emphatique et plat, sur les pensées communes rendues en termes ampoulés ; il doit se dire d'avance que ceux qui les écrivent ne sont pas des Français, des beaux-esprits, des académiciens, des philosophes ; mais des provinciaux, des étrangers, des solitaires, de jeunes gens, presque des enfants, qui dans leurs imaginations romanesques prennent pour de la philosophie les honnêtes délires de leur cerveau.

Pourquoi craindrais-je de dire ce que je pense ? Ce recueil avec son gothique[1] ton convient mieux aux femmes que les livres de philosophie. Il peut même être utile à celles qui dans une vie déréglée ont conservé quelque amour pour l'honnêteté. Quant aux filles, c'est autre chose. Jamais fille chaste n'a lu de Romans ; et j'ai mis à celui-ci un titre assez décidé pour qu'en l'ouvrant on sût à quoi s'en tenir. Celle qui, malgré ce titre, en osera lire une seule page, est une fille perdue : mais qu'elle n'impute point sa perte à ce livre ; le mal était fait d'avance. Puisqu'elle a commencé, qu'elle achève de lire : elle n'a plus rien à risquer.

Qu'un homme austère en parcourant ce recueil se rebute aux premières parties, jette le livre avec colère, et s'indigne contre l'Éditeur ; je ne me plaindrai point de son injustice ; à sa place, j'en aurais pu faire autant. Que si, après l'avoir lu tout entier, quelqu'un m'osait blâmer de l'avoir publié ; qu'il le dise, s'il veut, à toute la terre, mais qu'il ne vienne pas me le dire : je sens que je ne pourrais de ma vie estimer cet homme-là[2].

LETTRES DE DEUX AMANTS, HABITANTS D'UNE PETITE VILLE AU PIED DES ALPES

Première partie

LETTRE I

À Julie

Il faut vous fuir, Mademoiselle, je le sens bien : j'aurais dû beaucoup moins attendre, ou plutôt il fallait ne vous voir jamais. Mais que faire aujourd'hui ? Comment m'y prendre ? Vous m'avez promis de l'amitié ; voyez mes perplexités, et conseillez-moi.

Vous savez que je ne suis entré dans votre maison que sur l'invitation de Madame votre mère. Sachant que j'avais cultivé quelques talents agréables, elle a cru qu'ils ne seraient pas inutiles, dans un lieu dépourvu de maîtres, à l'éducation d'une fille qu'elle adore. Fier, à mon tour, d'orner de quelques fleurs un si beau naturel, j'osai me charger de ce dangereux soin sans en prévoir le péril, ou du moins sans le redouter. Je ne vous dirai point que je commence à payer le prix de ma témérité : j'espère que je ne m'oublierai jamais jusqu'à vous tenir des discours qu'il ne vous convient pas d'entendre, et manquer au respect que je dois à vos mœurs, encore plus qu'à votre naissance et à vos charmes. Si je souffre, j'ai du moins la consolation de souffrir seul, et je ne voudrais pas d'un bonheur qui pût coûter au vôtre.

Cependant je vous vois tous les jours ; et je m'aperçois que sans y songer vous aggravez innocemment des maux que vous ne pouvez plaindre, et que vous devez ignorer. Je sais, il est vrai, le parti que dicte en pareil cas la prudence au défaut de l'espoir, et je me serais efforcé de le prendre, si je pouvais accorder en cette occasion la prudence avec l'honnêteté ; mais comment me retirer décemment d'une maison dont la maîtresse elle-même m'a offert l'entrée, où elle m'accable de bontés, où elle me croit de quelque utilité à ce qu'elle a de plus cher au monde ? Comment frustrer cette tendre mère du plaisir de surprendre un jour son époux par vos progrès dans des études qu'elle lui cache à ce dessein ? Faut-il quitter impoliment sans lui rien dire ? Faut-il lui déclarer le sujet de ma retraite, et cet aveu même ne l'offensera-t-il pas de la part d'un homme dont la naissance et la fortune ne peuvent lui permettre d'aspirer à vous ?

Je ne vois, Mademoiselle, qu'un moyen de sortir de l'embarras où je suis ; c'est que la main qui m'y plonge m'en retire, que ma peine ainsi que ma faute me vienne de vous, et qu'au moins par pitié pour moi vous daigniez m'interdire votre présence. Montrez ma lettre à vos parents ; faites-moi refuser votre porte ; chassez-moi comme il vous plaira ; je puis tout endurer de vous ; je ne puis vous fuir de moi-même.

Vous, me chasser ! moi, vous fuir ! et pourquoi ? Pourquoi donc est-ce un crime d'être sensible au mérite, et d'aimer ce qu'il faut qu'on honore ? Non, belle Julie ; vos attraits avaient ébloui mes yeux, jamais ils n'eussent égaré mon cœur, sans l'attrait plus puissant qui les anime. C'est cette union touchante d'une sensibilité si vive et d'une inaltérable douceur, c'est cette pitié si tendre à tous les maux d'autrui, c'est cet esprit juste et ce goût exquis qui tirent leur pureté de celle de l'âme, ce sont, en un mot, les charmes des sentiments bien plus que ceux de la personne, que j'adore en vous. Je consens qu'on vous puisse imaginer plus belle encore ; mais plus aimable et plus digne du cœur d'un honnête homme, non Julie, il n'est pas possible.

J'ose me flatter quelquefois que le Ciel a mis une conformité secrète entre nos affections, ainsi qu'entre nos goûts et nos âges. Si jeunes encore, rien n'altère en nous les penchants de la nature, et toutes nos inclinations semblent se rapporter. Avant que d'avoir pris les uniformes préjugés du monde, nous avons des manières uniformes de sentir et de voir, et pourquoi n'oserais-je imaginer dans nos cœurs ce même concert que j'aperçois dans nos jugements ? Quelquefois nos yeux se rencontrent ; quelques soupirs nous échappent en même temps ; quelques larmes furtives...... ô Julie ! si cet accord venait de plus loin..... si le Ciel nous avait destinés.... toute la force humaine....... ah, pardon ! je m'égare : j'ose prendre mes vœux pour de l'espoir : l'ardeur de mes désirs prête à leur objet la possibilité qui lui manque.

Je vois avec effroi quel tourment mon cœur se prépare. Je ne cherche point à flatter mon mal ; je voudrais le haïr s'il était possible. Jugez si mes sentiments sont purs, par la sorte de grâce que je viens vous demander. Tarissez s'il se peut la source du poison qui me nourrit et me tue. Je ne veux que guérir ou mourir, et j'implore vos rigueurs comme un amant implorerait vos bontés.

Oui, je promets, je jure de faire de mon côté tous mes efforts pour recouvrer ma raison, ou concentrer au fond de mon âme le trouble que j'y sens naître : mais par pitié, détournez de moi ces yeux si doux qui me donnent la mort ; dérobez aux miens vos traits, votre air, vos bras, vos mains, vos blonds cheveux, vos gestes ; trompez l'avide imprudence de mes regards ; retenez cette voix touchante qu'on n'entend point sans émotion : soyez, hélas, une autre que vous-même, pour que mon cœur puisse revenir à lui.

Vous le dirai-je sans détour ? Dans ces jeux que l'oisiveté de la soirée engendre, vous vous livrez devant tout le monde à des familiarités cruelles ; vous n'avez pas plus de réserve avec moi qu'avec un autre. Hier même, il s'en fallut peu que par pénitence vous ne me laissassiez prendre un baiser : vous résistâtes faiblement. Heureusement je n'eus garde de m'obstiner. Je sentis à mon trouble croissant que j'allais me perdre, et je m'arrêtai. Ah, si du moins je l'eusse pu savourer à mon gré, ce baiser eût été mon dernier soupir, et je serais mort le plus heureux des hommes !

De grâce, quittons ces jeux qui peuvent avoir des suites funestes. Non, il n'y en a pas un qui n'ait son danger, jusqu'au plus puérile[1] de tous. Je tremble toujours d'y rencontrer votre main, et je ne sais comment il arrive que je la rencontre toujours. À peine se pose-t-elle sur la mienne qu'un tressaillement me saisit ; le jeu me donne la fièvre ou plutôt le délire, je ne vois je ne sens plus rien, et dans ce moment d'aliénation, que dire, que faire, où me cacher, comment répondre de moi ?

Durant nos lectures, c'est un autre inconvénient. Si je vous vois un instant sans votre mère ou sans votre cousine, vous changez tout à coup de maintien ; vous prenez un air si sérieux, si froid, si glacé, que le respect et la crainte de vous déplaire m'ôtent la présence d'esprit et le jugement, et j'ai peine à bégayer en tremblant quelques mots d'une leçon que toute votre sagacité vous fait suivre à peine. Ainsi l'inégalité que vous affectez tourne à la fois au préjudice de tous deux : vous me désolez et ne vous instruisez point, sans que je puisse concevoir quel motif fait ainsi changer d'humeur une personne si raisonnable. J'ose vous le demander, comment pouvez-vous être si folâtre en public et si grave dans le tête-à-tête ? Je pensais que ce devait être tout le contraire, et qu'il fallait composer son maintien à proportion du nombre des Spectateurs. Au lieu de cela, je vous vois, toujours avec une égale perplexité de ma part, le ton de cérémonie en particulier, et le ton familier devant tout le monde. Daignez être plus égale, peut-être serai-je moins tourmenté.

Si la commisération naturelle aux âmes bien nées peut vous attendrir sur les peines d'un infortuné auquel vous avez témoigné quelque estime, de légers changements dans votre conduite rendront sa situation moins violente, et lui feront supporter plus paisiblement et son silence et ses maux : si sa retenue et son état ne vous touchent pas, et que vous vouliez user du droit de le perdre, vous le pouvez sans qu'il en murmure : il aime mieux encore périr par votre ordre, que par un transport indiscret qui le rendît coupable à vos yeux. Enfin, quoi que vous ordonniez de mon sort, au moins n'aurai-je point à me reprocher d'avoir pu former un espoir téméraire, et si vous avez lu cette lettre, vous avez fait tout ce que j'oserais vous demander, quand même je n'aurais point de refus à craindre.

LETTRE II

À Julie

Que je me suis abusé, Mademoiselle, dans ma première Lettre ! Au lieu de soulager mes maux, je n'ai fait que les augmenter en m'exposant à votre disgrâce, et je sens que le pire de tous est de vous déplaire. Votre silence, votre air froid et réservé ne m'annoncent que trop mon malheur. Si vous avez exaucé ma prière en partie, ce n'est que pour mieux m'en punir,

E poi ch'amor di me vi fece accorta
Fur i biondi capelli allor velati,
E l'amoroso sguardo in se raccolto[1].

Vous retranchez en public l'innocente familiarité dont j'eus la folie de me plaindre ; mais vous n'en êtes que plus sévère dans le particulier, et votre ingénieuse rigueur s'exerce également par votre complaisance et par vos refus.

Que ne pouvez-vous connaître combien cette froideur m'est cruelle ! vous me trouveriez trop puni. Avec quelle ardeur ne voudrais-je pas revenir sur le passé, et faire que vous n'eussiez point vu cette fatale lettre ! Non, dans la crainte de vous offenser encore, je n'écrirais point celle-ci, si je n'eusse écrit la première, et je ne veux pas redoubler ma faute, mais la réparer. Faut-il pour vous apaiser dire que je m'abusais moi-même ? Faut-il protester que ce n'était pas de l'amour que j'avais pour vous ?... .... moi je prononcerais cet odieux parjure ! Le vil mensonge est-il digne d'un cœur où vous régnez ? Ah ! que je sois malheureux, s'il faut l'être ; pour avoir été téméraire je ne serai ni menteur ni lâche, et le crime que mon cœur a commis, ma plume ne peut le désavouer.

Je sens d'avance le poids de votre indignation, et j'en attends les derniers effets, comme une grâce que vous me devez au défaut de toute autre ; car le feu qui me consume mérite d'être puni, mais non méprisé. Par pitié ne m'abandonnez pas à moi-même ; daignez au moins disposer de mon sort ; dites quelle est votre volonté. Quoi que vous puissiez me prescrire, je ne saurai qu'obéir. M'imposez-vous un silence éternel ? je saurai me contraindre à le garder. Me bannissez-vous de votre présence ? Je jure que vous ne me verrez plus. M'ordonnez-vous de mourir ? Ah ! ce ne sera pas le plus difficile. Il n'y a point d'ordre auquel je ne souscrive, hors celui de ne vous plus aimer : encore obéirais-je en cela même, s'il m'était possible.

Cent fois le jour je suis tenté de me jeter à vos pieds, de les arroser de mes pleurs, d'y obtenir la mort ou mon pardon. Toujours un effroi mortel glace mon courage ; mes genoux tremblent et n'osent fléchir ; la parole expire sur mes lèvres, et mon âme ne trouve aucune assurance contre la frayeur de vous irriter.

Est-il au monde un état plus affreux que le mien ? Mon cœur sent trop combien il est coupable et ne saurait cesser de l'être ; le crime et le remords l'agitent de concert, et sans savoir quel sera mon destin, je flotte dans un doute insupportable, entre l'espoir de la clémence et la crainte du châtiment.

Mais non je n'espère rien, je n'ai droit de rien espérer. La seule grâce que j'attends de vous est de hâter mon supplice. Contentez une juste vengeance. Est-ce être assez malheureux que de me voir réduit à la solliciter moi-même ? Punissez-moi, vous le devez : mais si vous n'êtes impitoyable, quittez cet air froid et mécontent qui me met au désespoir : quand on envoie un coupable à la mort, on ne lui montre plus de colère.

LETTRE III

À Julie

Ne vous impatientez pas, Mademoiselle ; voici la dernière importunité que vous recevrez de moi.

Quand je commençai de vous aimer, que j'étais loin de voir tous les maux que je m'apprêtais ! Je ne sentis d'abord que celui d'un amour sans espoir, que la raison peut vaincre à force de temps ; j'en connus ensuite un plus grand dans la douleur de vous déplaire ; et maintenant j'éprouve le plus cruel de tous, dans le sentiment de vos propres peines. Ô Julie ! je le vois avec amertume, mes plaintes troublent votre repos. Vous gardez un silence invincible, mais tout décèle à mon cœur attentif vos agitations secrètes. Vos yeux deviennent sombres, rêveurs, fixés en terre ; quelques regards égarés s'échappent sur moi ; vos vives couleurs se fanent ; une pâleur étrangère couvre vos joues ; la gaieté vous abandonne ; une tristesse mortelle vous accable ; et il n'y a que l'inaltérable douceur de votre âme qui vous préserve d'un peu d'humeur.

Soit sensibilité, soit dédain, soit pitié pour mes souffrances, vous en êtes affectée, je le vois ; je crains de contribuer aux vôtres, et cette crainte m'afflige beaucoup plus que l'espoir qui devrait en naître ne peut me flatter ; car ou je me trompe moi-même, ou votre bonheur m'est plus cher que le mien.

Cependant en revenant à mon tour sur moi, je commence à connaître combien j'avais mal jugé de mon propre cœur, et je vois trop tard que ce que j'avais d'abord pris pour un délire passager, fera le destin de ma vie. C'est le progrès de votre tristesse qui m'a fait sentir celui de mon mal. Jamais, non, jamais le feu de vos yeux, l'éclat de votre teint, les charmes de votre esprit, toutes les grâces de votre ancienne gaieté, n'eussent produit un effet semblable à celui de votre abattement. N'en doutez pas, divine Julie, si vous pouviez voir quel embrasement ces huit jours de langueur ont allumé dans mon âme, vous gémiriez vous-même des maux que vous me causez. Ils sont désormais sans remède, et je sens avec désespoir que le feu qui me consume ne s'éteindra qu'au tombeau.

N'importe ; qui ne peut se rendre heureux peut au moins mériter de l'être, et je saurai vous forcer d'estimer un homme à qui vous n'avez pas daigné faire la moindre réponse. Je suis jeune et peux mériter un jour la considération dont je ne suis pas maintenant digne. En attendant, il faut vous rendre le repos que j'ai perdu pour toujours, et que je vous ôte ici malgré moi. Il est juste que je porte seul la peine du crime dont je suis seul coupable. Adieu, trop belle Julie, vivez tranquille et reprenez votre enjouement ; dès demain vous ne me verrez plus. Mais soyez sûre que l'amour ardent et pur dont j'ai brûlé pour vous ne s'éteindra de ma vie, que mon cœur plein d'un si digne objet ne saurait plus s'avilir, qu'il partagera désormais ses uniques hommages entre vous et la vertu, et qu'on ne verra jamais profaner par d'autres feux l'autel où Julie fut adorée.

BILLET

De Julie

N'emportez pas l'opinion d'avoir rendu votre éloignement nécessaire. Un cœur vertueux saurait se vaincre ou se taire, et deviendrait peut-être à craindre. Mais vous...... vous pouvez rester.

Réponse

Je me suis tu longtemps ; vos froideurs m'ont fait parler à la fin. Si l'on peut se vaincre pour la vertu, l'on ne supporte point le mépris de ce qu'on aime. Il faut partir.

BILLET

De Julie

Non, Monsieur ; après ce que vous avez paru sentir ; après ce que vous m'avez osé dire ; un homme tel que vous avez feint d'être ne part point ; il fait plus.

Réponse

Je n'ai rien feint, qu'une passion modérée, dans un cœur au désespoir. Demain vous serez contente, et quoi que vous en puissiez dire, j'aurai moins fait que de partir.

BILLET

De Julie

Insensé ! si mes jours te sont chers, crains d'attenter aux tiens. Je suis obsédée, et ne puis ni vous parler ni vous écrire jusqu'à demain. Attendez.

LETTRE IV

De Julie

Il faut donc l'avouer enfin, ce fatal secret trop mal déguisé ! Combien de fois j'ai juré qu'il ne sortirait de mon cœur qu'avec la vie ! La tienne en danger me l'arrache ; il m'échappe, et l'honneur est perdu. Hélas ! j'ai trop tenu parole ; est-il une mort plus cruelle que de survivre à l'honneur ?

Que dire, comment rompre un si pénible silence ? Ou plutôt n'ai-je pas déjà tout dit, et ne m'as-tu pas trop entendue[1] ? Ah tu en as trop vu pour ne pas deviner le reste !

Entraînée par degrés dans les pièges d'un vil séducteur, je vois sans pouvoir m'arrêter l'horrible précipice où je cours. Homme artificieux ! c'est bien plus mon amour que le tien qui fait ton audace. Tu vois l'égarement de mon cœur ; tu t'en prévaux pour me perdre et, quand tu me rends méprisable, le pire de mes maux est d'être forcée à te mépriser. Ah malheureux ! je t'estimais, et tu me déshonores ! crois-moi, si ton cœur était fait pour jouir en paix de ce triomphe, il ne l'eût jamais obtenu.

Tu le sais, tes remords en augmenteront ; je n'avais point dans l'âme des inclinations vicieuses. La modestie et l'honnêteté m'étaient chères ; j'aimais à les nourrir dans une vie simple et laborieuse. Que m'ont servi des soins que le Ciel a rejetés ? Dès le premier jour que j'eus le malheur de te voir, je sentis le poison qui corrompt mes sens et ma raison ; je le sentis du premier instant, et tes yeux tes sentiments tes discours ta plume criminelle le rendent chaque jour plus mortel.

Je n'ai rien négligé pour arrêter le progrès de cette passion funeste. Dans l'impuissance de résister, j'ai voulu me garantir d'être attaquée ; tes poursuites ont trompé ma vaine prudence. Cent fois j'ai voulu me jeter aux pieds des auteurs de mes jours, cent fois j'ai voulu leur ouvrir mon cœur coupable ; ils ne peuvent connaître ce qui s'y passe : ils voudront appliquer des remèdes ordinaires à un mal désespéré ; ma mère est faible et sans autorité ; je connais l'inflexible sévérité de mon père, et je ne ferai que perdre et déshonorer moi ma famille et toi-même. Mon amie est absente, mon frère n'est plus ; je ne trouve aucun protecteur au monde contre l'ennemi qui me poursuit ; j'implore en vain le Ciel, le Ciel est sourd aux prières des faibles. Tout fomente l'ardeur qui me dévore ; tout m'abandonne à moi-même, ou plutôt tout me livre à toi ; la nature entière semble être ta complice ; tous mes efforts sont vains, je t'adore en dépit de moi-même. Comment mon cœur, qui n'a pu résister dans toute sa force, céderait-il maintenant à demi ? comment ce cœur qui ne sait rien dissimuler te cacherait-il le reste de sa faiblesse ? Ah ! le premier pas, qui coûte le plus, était celui qu'il ne fallait pas faire ; comment m'arrêterais-je aux autres ? Non, de ce premier pas je me sens entraîner dans l'abîme, et tu peux me rendre aussi malheureuse qu'il te plaira.

Tel est l'état affreux où je me vois, que je ne puis plus avoir recours qu'à celui qui m'y a réduite, et que pour me garantir de ma perte, tu dois être mon unique défenseur contre toi. Je pouvais, je le sais, différer cet aveu de mon désespoir ; je pouvais quelque temps déguiser ma honte, et céder par degrés pour m'en imposer à moi-même. Vaine adresse qui pouvait flatter mon amour-propre, et non pas sauver ma vertu. Va, je vois trop, je sens trop où mène la première faute, et je ne cherchais pas à préparer ma ruine, mais à l'éviter.

Toutefois si tu n'es pas le dernier des hommes, si quelque étincelle de vertu brilla dans ton âme, s'il y reste encore quelque trace des sentiments d'honneur dont tu m'as paru pénétré, puis-je te croire assez vil pour abuser de l'aveu fatal que mon délire m'arrache ? Non, je te connais bien ; tu soutiendras ma faiblesse, tu deviendras ma sauvegarde, tu protégeras ma personne contre mon propre cœur. Tes vertus sont le dernier refuge de mon innocence ; mon honneur s'ose confier au tien, tu ne peux conserver l'un sans l'autre ; âme généreuse, ah ! conserve-les tous deux, et du moins pour l'amour de toi-même, daigne prendre pitié de moi.

Ô Dieu ! suis-je assez humiliée ? Je t'écris à genoux ; je baigne mon papier de mes pleurs ; j'élève à toi mes timides supplications. Et ne pense pas, cependant, que j'ignore que c'était à moi d'en recevoir, et que pour me faire obéir je n'avais qu'à me rendre avec art méprisable. Ami, prends ce vain empire, et laisse-moi l'honnêteté : j'aime mieux être ton esclave et vivre innocente, que d'acheter ta dépendance au prix de mon déshonneur. Si tu daignes m'écouter, que d'amour, que de respects ne dois-tu pas attendre de celle qui te devra son retour à la vie ? Quels charmes dans la douce union de deux âmes pures ! Tes désirs vaincus seront la source de ton bonheur, et les plaisirs dont tu jouiras seront dignes du Ciel même.

Je crois, j'espère, qu'un cœur qui m'a paru mériter tout l'attachement du mien ne démentira pas la générosité que j'attends de lui. J'espère encore que s'il était assez lâche pour abuser de mon égarement et des aveux qu'il m'arrache, le mépris, l'indignation me rendraient la raison que j'ai perdue, et que je ne serais pas assez lâche moi-même pour craindre un amant dont j'aurais à rougir. Tu seras vertueux ou méprisé ; je serai respectée ou guérie ; voilà l'unique espoir qui me reste avant celui de mourir.

LETTRE V

À Julie

Puissances du Ciel ! j'avais une âme pour la douleur, donnez-m'en une pour la félicité. Amour, vie de l'âme, viens soutenir la mienne prête à défaillir. Charme inexprimable de la vertu ! Force invincible de la voix de ce qu'on aime ! bonheur, plaisirs, transports, que vos traits sont poignants ! qui peut en soutenir l'atteinte ? Ô comment suffire au torrent de délices qui vient inonder mon cœur ! comment expier les alarmes d'une craintive amante ? Julie... ! non ! ma Julie à genoux ! ma Julie verser des pleurs !.... celle à qui l'univers devrait des hommages, supplier un homme qui l'adore de ne pas l'outrager, de ne pas se déshonorer lui-même ! si je pouvais m'indigner contre toi je le ferais, pour tes frayeurs qui nous avilissent ! juge mieux, beauté pure et céleste, de la nature de ton empire ! Eh ! si j'adore les charmes de ta personne, n'est-ce pas surtout pour l'empreinte de cette âme sans tache qui l'anime, et dont tous tes traits portent la divine enseigne[1] ? Tu crains de céder à mes poursuites ? mais quelles poursuites peut redouter celle qui couvre de respect et d'honnêteté tous les sentiments qu'elle inspire ? Est-il un homme assez vil sur la terre pour oser être téméraire avec toi ?

Permets, permets que je savoure le bonheur inattendu d'être aimé.... aimé de celle.... trône du monde, combien je te vois au-dessous de moi ! Que je la relise mille fois, cette lettre adorable où ton amour et tes sentiments sont écrits en caractères de feu ; où, malgré tout l'emportement d'un cœur agité, je vois avec transport combien dans une âme honnête les passions les plus vives gardent encore le saint caractère de la vertu. Quel monstre, après avoir lu cette touchante lettre, pourrait abuser de ton état, et témoigner par l'acte le plus marqué son profond mépris pour lui-même ? Non, chère amante, prends confiance en un ami fidèle qui n'est point fait pour te tromper. Bien que ma raison soit à jamais perdue, bien que le trouble de mes sens s'accroisse à chaque instant, ta personne est désormais pour moi le plus charmant, mais le plus sacré dépôt dont jamais mortel fut honoré. Ma flamme et son objet conserveront ensemble une inaltérable pureté. Je frémirais de porter la main sur tes chastes attraits, plus que du plus vil inceste, et tu n'es pas dans une sûreté plus inviolable avec ton père qu'avec ton amant. Ô si jamais cet amant heureux s'oublie un moment devant toi........ L'amant de Julie aurait une âme abjecte ! Non, quand je cesserai d'aimer la vertu, je ne t'aimerai plus ; à ma première lâcheté, je ne veux plus que tu m'aimes.

Rassure-toi donc, je t'en conjure au nom du tendre et pur amour qui nous unit ; c'est à lui de t'être garant de ma retenue et de mon respect, c'est à lui de te répondre de lui-même. Et pourquoi tes craintes iraient-elles plus loin que mes désirs ? à quel autre bonheur voudrais-je aspirer, si tout mon cœur suffit à peine à celui qu'il goûte ? Nous sommes jeunes tous deux, il est vrai ; nous aimons pour la première et l'unique fois de la vie, et n'avons nulle expérience des passions ; mais l'honneur qui nous conduit est-il un guide trompeur ? a-t-il besoin d'une expérience suspecte qu'on n'acquiert qu'à force de vices ? J'ignore si je m'abuse, mais il me semble que les sentiments droits sont tous au fond de mon cœur. Je ne suis point un vil séducteur comme tu m'appelles dans ton désespoir, mais un homme simple et sensible, qui montre aisément ce qu'il sent et ne sent rien dont il doive rougir. Pour dire tout en un seul mot, j'abhorre encore plus le crime que je n'aime Julie. Je ne sais, non, je ne sais pas même si l'amour que tu fais naître est compatible avec l'oubli de la vertu, et si tout autre qu'une âme honnête peut sentir assez tous tes charmes. Pour moi, plus j'en suis pénétré, plus mes sentiments s'élèvent. Quel bien, que je n'aurais pas fait pour lui-même, ne ferais-je pas maintenant pour me rendre digne de toi ? Ah ! daigne te confier aux feux que tu m'inspires, et que tu sais si bien purifier ; crois qu'il suffit que je t'adore pour respecter à jamais le précieux dépôt dont tu m'as chargé. Ô quel cœur je vais posséder ! vrai bonheur, gloire de ce qu'on aime, triomphe d'un amour qui s'honore, combien tu vaux mieux que tous ses plaisirs[1] !

LETTRE VI

De Julie à Claire

Veux-tu, ma Cousine, passer ta vie à pleurer cette pauvre Chaillot, et faut-il que les morts te fassent oublier les vivants ? Tes regrets sont justes, et je les partage, mais doivent-ils être éternels ? Depuis la perte de ta mère elle t'avait élevée avec le plus grand soin ; elle était plutôt ton amie que ta gouvernante. Elle t'aimait tendrement et m'aimait parce que tu m'aimes ; elle ne nous inspira jamais que des principes de sagesse et d'honneur. Je sais tout cela, ma chère, et j'en conviens avec plaisir. Mais conviens aussi que la bonne femme était peu prudente avec nous, qu'elle nous faisait sans nécessité les confidences les plus indiscrètes, qu'elle nous entretenait sans cesse des maximes de la galanterie, des aventures de sa jeunesse, du manège des amants, et que pour nous garantir des pièges des hommes, si elle ne nous apprenait pas à leur en tendre, elle nous intruisait au moins de mille choses que de jeunes filles se passeraient bien de savoir. Console-toi donc de sa perte, comme d'un mal qui n'est pas sans quelque dédommagement. À l'âge où nous sommes, ses leçons commençaient à devenir dangereuses, et le Ciel nous l'a peut-être ôtée au moment où il n'était pas bon qu'elle nous restât plus longtemps. Souviens-toi de tout ce que tu me disais quand je perdis le meilleur des frères. La Chaillot t'est-elle plus chère ? As-tu plus de raison de la regretter ?

Reviens, ma chère, elle n'a plus besoin de toi. Hélas ! tandis que tu perds ton temps en regrets superflus, comment ne crains-tu point de t'en attirer d'autres ? comment ne crains-tu point, toi qui connais l'état de mon cœur, d'abandonner ton amie à des périls que ta présence aurait prévenus ? Ô qu'il s'est passé de choses depuis ton départ ! Tu frémiras en apprenant quels dangers j'ai courus par mon imprudence. J'espère en être délivrée ; mais je me vois, pour ainsi dire, à la discrétion d'autrui : c'est à toi de me rendre à moi-même. Hâte-toi donc de revenir. Je n'ai rien dit tant que tes soins étaient utiles à ta pauvre Bonne[1] ; j'eusse été la première à t'exhorter à les lui rendre. Depuis qu'elle n'est plus, c'est à sa famille que tu les dois : nous les remplirons mieux ici de concert que tu ne ferais seule à la campagne, et tu t'acquitteras des devoirs de la reconnaissance, sans rien ôter à ceux de l'amitié.

Depuis le départ de mon Père nous avons repris notre ancienne manière de vivre et ma mère me quitte moins. Mais c'est par habitude plus que par défiance. Ses sociétés lui prennent encore bien des moments qu'elle ne veut pas dérober à mes petites études, et Babi remplit alors sa place assez négligemment. Quoique je trouve à cette bonne mère beaucoup trop de sécurité, je ne puis me résoudre à l'en avertir ; je voudrais bien pourvoir à ma sûreté sans perdre son estime, et c'est toi seule qui peux concilier tout cela. Reviens, ma Claire, reviens sans tarder. J'ai regret aux leçons que je prends sans toi, et j'ai peur de devenir trop savante. Notre maître n'est pas seulement un homme de mérite ; il est vertueux, et n'en est que plus à craindre. Je suis trop contente de lui pour l'être de moi. À son âge et au nôtre, avec l'homme le plus vertueux, quand il est aimable, il vaut mieux être deux filles qu'une.

LETTRE VII

Réponse

Je t'entends, et tu me fais trembler. Non que je croie le danger aussi pressant que tu l'imagines. Ta crainte modère la mienne sur le présent : mais l'avenir m'épouvante, et si tu ne peux te vaincre, je ne vois plus que des malheurs. Hélas ! combien de fois la pauvre Chaillot m'a-t-elle prédit que le premier soupir de ton cœur ferait le destin de ta vie ! Ah, Cousine ! si jeune encore, faut-il voir déjà ton sort s'accomplir ? Qu'elle va nous manquer, cette femme habile que tu nous crois avantageux de perdre ! Il l'eût été, peut-être, de tomber d'abord en de plus sûres mains ; mais nous sommes trop instruites en sortant des siennes pour nous laisser gouverner par d'autres, et pas assez pour nous gouverner nous-mêmes : elle seule pouvait nous garantir des dangers auxquels elle nous avait exposées. Elle nous a beaucoup appris, et nous avons, ce me semble, beaucoup pensé pour notre âge. La vive et tendre amitié qui nous unit presque dès le berceau nous a, pour ainsi dire, éclairé le cœur de bonne heure sur toutes les passions. Nous connaissons assez bien leurs signes et leurs effets ; il n'y a que l'art de les réprimer qui nous manque. Dieu veuille que ton jeune philosophe connaisse mieux que nous cet art-là.

Quand je dis *nous*, tu m'entends ; c'est surtout de toi que je parle : car pour moi, la Bonne m'a toujours dit que mon étourderie me tiendrait lieu de raison, que je n'aurais jamais l'esprit de savoir aimer, et que j'étais trop folle pour faire un jour des folies. Ma Julie, prends garde à toi ; mieux elle augurait de ta raison, plus elle craignait pour ton cœur. Aie bon courage, cependant ; tout ce que la sagesse et l'honneur pourront faire, je sais que ton âme le fera, et la mienne fera, n'en doute pas, tout ce que l'amitié peut faire à son tour. Si nous en savons trop pour notre âge, au moins cette étude n'a rien coûté à nos mœurs. Crois, ma chère, qu'il y a bien des filles plus simples, qui sont moins honnêtes que nous : nous le sommes parce que nous voulons l'être, et quoi qu'on en puisse dire, c'est le moyen de l'être plus sûrement.

Cependant sur ce que tu me marques, je n'aurai pas un moment de repos que je ne sois auprès de toi ; car si tu crains le danger, il n'est pas tout à fait chimérique. Il est vrai que le préservatif est facile ; deux mots à ta mère et tout est fini ; mais je te comprends ; tu ne veux point d'un expédient qui finit tout : tu veux bien t'ôter le pouvoir de succomber, mais non pas l'honneur de combattre. Ô pauvre Cousine !..... encore si la moindre lueur...... Le Baron d'Étange consentir à donner sa fille, son enfant unique, à un petit bourgeois sans fortune ! L'espères-tu ?...... qu'espères-tu donc ? que veux-tu ?........ pauvre, pauvre Cousine !..... Ne crains rien, toutefois, de ma part. Ton secret sera gardé par ton amie. Bien des gens trouveraient plus honnête de le révéler ; peut-être auraient-ils raison. Pour moi qui ne suis pas une grande raisonneuse, je ne veux point d'une honnêteté qui trahit l'amitié, la foi, la confiance ; j'imagine que chaque relation, chaque âge a ses maximes, ses devoirs, ses vertus, que ce qui serait prudence à d'autres, à moi serait perfidie, et qu'au lieu de nous rendre sages, on nous rend méchants en confondant tout cela. Si ton amour est faible, nous le vaincrons ; s'il est extrême, c'est l'exposer à des tragédies que de l'attaquer par des moyens violents, et il ne convient à l'amitié de tenter que ceux dont elle peut répondre. Mais en revanche, tu n'as qu'à marcher droit quand tu seras sous ma garde. Tu verras, tu verras ce que c'est qu'une Duègne de dix-huit ans !

Je ne suis pas, comme tu sais, loin de toi pour mon plaisir, et le printemps n'est pas si agréable en campagne que tu penses ; on y souffre à la fois le froid et le chaud ; on n'a point d'ombre à la promenade, et il faut se chauffer dans la maison. Mon Père de son côté ne laisse pas, au milieu de ses bâtiments, de s'apercevoir qu'on a la gazette ici plus tard qu'à la ville. Ainsi tout le monde ne demande pas mieux que d'y retourner, et tu m'embrasseras, j'espère, dans quatre ou cinq jours. Mais ce qui m'inquiète est que quatre ou cinq jours font je ne sais combien d'heures, dont plusieurs sont destinées au philosophe. Au philosophe, entends-tu, Cousine ? pense que toutes ces heures-là ne doivent sonner que pour lui.

Ne va pas ici rougir et baisser les yeux. Prendre un air grave, il t'est impossible ; cela ne peut aller à tes traits. Tu sais bien que je ne saurais pleurer sans rire, et que je n'en suis pas pour cela moins sensible ; je n'en ai pas moins de chagrin d'être loin de toi ; je n'en regrette pas moins la bonne Chaillot. Je te sais un gré infini de vouloir partager avec moi le soin de sa famille, je ne l'abandonnerai de mes jours, mais tu ne serais plus toi-même si tu perdais quelque occasion de faire du bien. Je conviens que la pauvre Mie [1] était babillarde, assez libre dans ses propos familiers, peu discrète avec de jeunes filles, et qu'elle aimait à parler de son vieux temps. Aussi ne sont-ce pas tant les qualités de son esprit que je regrette, bien qu'elle en eût d'excellentes parmi de mauvaises. La perte que je pleure en elle, c'est son bon cœur, son parfait attachement qui lui donnait à la fois pour moi la tendresse d'une mère et la confiance d'une sœur. Elle me tenait lieu de toute ma famille ; à peine ai-je connu ma mère ; mon père m'aime autant qu'il peut aimer ; nous avons perdu ton aimable frère ; je ne vois presque jamais les miens. Me voilà comme une orpheline délaissée. Mon enfant, tu me restes seule ; car ta bonne mère, c'est toi. Tu as raison pourtant. Tu me restes : je pleurais ! j'étais donc folle : qu'avais-je à pleurer ?

P.S. De peur d'accident, j'adresse cette lettre à notre maître, afin qu'elle te parvienne plus sûrement.

LETTRE VIII
*À Julie**

Quels sont, belle Julie, les bizarres caprices de l'amour ? Mon cœur a plus qu'il n'espérait, et n'est pas content. Vous m'aimez, vous me le dites, et je soupire. Ce cœur injuste ose désirer encore, quand il n'a plus rien à désirer ; il me punit de ses fantaisies, et me rend inquiet au sein du bonheur. Ne croyez pas que j'aie oublié les lois qui me sont imposées, ni perdu la volonté de les observer ; non, mais un secret dépit m'agite en voyant que ces lois ne coûtent qu'à moi, que vous qui vous prétendiez si faible êtes si forte à présent, et que j'ai si peu de combats à rendre contre moi-même, tant je vous trouve attentive à les prévenir.

Que vous êtes changée depuis deux mois, sans que rien ait changé que vous ! Vos langueurs ont disparu ; il n'est plus question de dégoût ni d'abattement ; toutes les grâces sont venues reprendre leurs postes ; tous vos charmes se sont ranimés ; la rose qui vient d'éclore n'est pas plus fraîche que vous ; les saillies ont recommencé ; vous avez de l'esprit avec tout le monde ; vous folâtrez, même avec moi comme auparavant ; et, ce qui m'irrite plus que tout le reste, vous me jurez un amour éternel d'un air aussi gai que si vous disiez la chose du monde la plus plaisante.

Dites, dites, volage ? Est-ce là le caractère d'une passion violente réduite à se combattre elle-même, et si vous aviez le moindre désir à vaincre, la contrainte n'étoufferait-elle pas au moins l'enjouement ? Oh que vous étiez bien plus aimable quand vous étiez moins belle ! Que je regrette cette pâleur touchante, précieux gage du bonheur d'un amant, et que je hais l'indiscrète santé que vous avez recouvrée aux dépens de mon repos ! Oui, j'aimerais mieux vous voir malade encore,

* On sent qu'il y a ici une lacune, et l'on en trouvera souvent dans la suite de cette correspondance. Plusieurs lettres se sont perdues ; d'autres ont été supprimées ; d'autres ont souffert des retranchements : mais il ne manque rien d'essentiel qu'on ne puisse aisément suppléer, à l'aide de ce qui reste.

que cet air content, ces yeux brillants, ce teint fleuri qui m'outragent. Avez-vous oublié sitôt que vous n'étiez pas ainsi quand vous imploriez ma clémence ? Julie, Julie ! Que cet amour si vif est devenu tranquille en peu de temps !

Mais ce qui m'offense plus encore, c'est qu'après vous être remise à ma discrétion, vous paraissez vous en défier, et que vous fuyez les dangers comme s'il vous en restait à craindre. Est-ce ainsi que vous honorez ma retenue, et mon inviolable respect méritait-il cet affront de votre part ? Bien loin que le départ de votre père nous ait laissé plus de liberté, à peine peut-on vous voir seule. Votre inséparable Cousine ne vous quitte plus. Insensiblement nous allons reprendre nos premières manières de vivre et notre ancienne circonspection, avec cette unique différence qu'alors elle vous était à charge et qu'elle vous plaît maintenant.

Quel sera donc le prix d'un si pur hommage si votre estime ne l'est pas, et de quoi me sert l'abstinence éternelle et volontaire de ce qu'il y a de plus doux au monde si celle qui l'exige ne m'en sait aucun gré ? Certes, je suis las de souffrir inutilement, et de me condamner aux plus dures privations sans en avoir même le mérite. Quoi ! faut-il que vous embellissiez impunément tandis que vous me méprisez ? Faut-il qu'incessamment mes yeux dévorent des charmes dont jamais ma bouche n'ose approcher ? Faut-il enfin que je m'ôte à moi-même toute espérance, sans pouvoir au moins m'honorer d'un sacrifice aussi rigoureux ? Non, puisque vous ne vous fiez pas à ma foi, je ne veux plus la laisser vainement engagée ; c'est une sûreté injuste que celle que vous tirez à la fois de ma parole et de vos précautions ; vous êtes trop ingrate ou je suis trop scrupuleux, et je ne veux plus refuser de la fortune les occasions que vous n'aurez pu lui ôter. Enfin quoi qu'il en soit de mon sort, je sens que j'ai pris une charge au-dessus de mes forces. Julie, reprenez la garde de vous-même ; je vous rends un dépôt trop dangereux pour la fidélité du dépositaire, et dont la défense coûtera moins à votre cœur que vous n'avez feint de le craindre.

Je vous le dis sérieusement ; comptez sur vous, ou

chassez-moi, c'est-à-dire, ôtez-moi la vie. J'ai pris un engagement téméraire. J'admire comment je l'ai pu tenir si longtemps ; je sais que je le dois toujours, mais je sens qu'il m'est impossible. On mérite de succomber quand on s'impose de si périlleux devoirs. Croyez-moi, chère et tendre Julie, croyez-en ce cœur sensible qui ne vit que pour vous ; vous serez toujours respectée ; mais je puis un instant manquer de raison, et l'ivresse des sens peut dicter un crime dont on aurait horreur de sens-froid[1]. Heureux de n'avoir point trompé votre espoir, j'ai vaincu deux mois, et vous me devez le prix de deux siècles de souffrances.

LETTRE IX

De Julie

J'entends : les plaisirs du vice et l'honneur de la vertu vous feraient un sort agréable ? Est-ce là votre morale ?....... Eh ! mon bon ami, vous vous lassez bien vite d'être généreux ! Ne l'étiez-vous donc que par artifice ? La singulière marque d'attachement, que de vous plaindre de ma santé ! serait-ce que vous espériez voir mon fol amour achever de la détruire, et que vous m'attendiez au moment de vous demander la vie ? ou bien, comptiez-vous de me respecter aussi longtemps que je ferais peur, et de vous rétracter quand je deviendrais supportable ? Je ne vois pas dans de pareils sacrifices un mérite à tant faire valoir.

Vous me reprochez avec la même équité le soin que je prends de vous sauver des combats pénibles avec vous-même, comme si vous ne deviez pas plutôt m'en remercier. Puis, vous vous rétractez de l'engagement que vous avez pris, comme d'un devoir trop à charge ; en sorte que dans la même lettre vous vous plaignez de ce que vous avez trop de peine, et de ce que vous n'en avez pas assez. Pensez-y mieux et tâchez d'être d'accord avec vous, pour donner à vos prétendus griefs une couleur moins frivole. Ou plutôt, quittez toute cette dissimulation qui n'est pas dans votre caractère. Quoi que vous puissiez dire, votre cœur est plus content du mien qu'il ne feint de l'être ; Ingrat, vous savez trop qu'il n'aura jamais tort avec vous ! Votre lettre même vous dément par son style enjoué, et vous n'auriez pas tant d'esprit si vous étiez moins tranquille. En voilà trop sur les vains reproches qui vous regardent ; passons à ceux qui me regardent moi-même, et qui semblent d'abord mieux fondés.

Je le sens bien ; la vie égale et douce que nous menons depuis deux mois ne s'accorde pas avec ma déclaration précédente, et j'avoue que ce n'est pas sans raison que vous êtes surpris de ce contraste. Vous m'avez d'abord vue au désespoir ; vous me trouvez à présent trop paisible ; de là vous accusez mes sentiments d'inconstance et mon cœur de caprice. Ah mon ami ! ne le jugez-vous point trop sévèrement ? Il faut plus d'un jour pour le connaître. Attendez, et vous trouverez peut-être que ce cœur qui vous aime n'est pas indigne du vôtre.

Si vous pouviez comprendre avec quel effroi j'éprouvai les premières atteintes du sentiment qui m'unit à vous, vous jugeriez du trouble qu'il dut me causer. J'ai été élevée dans des maximes si sévères que l'amour le plus pur me paraissait le comble du déshonneur. Tout m'apprenait ou me faisait croire qu'une fille sensible était perdue au premier mot tendre échappé de sa bouche ; mon imagination troublée confondait le crime avec l'aveu de la passion ; et j'avais une si affreuse idée de ce premier pas, qu'à peine voyais-je au delà nul intervalle jusqu'au dernier. L'excessive défiance de moi-même augmenta mes alarmes ; les combats de la modestie me parurent ceux de la chasteté ; je pris le tourment du silence pour l'emportement des désirs. Je me crus perdue aussitôt que j'aurais parlé, et cependant il fallait parler ou vous perdre. Ainsi ne pouvant plus déguiser mes sentiments, je tâchai d'exciter la générosité des vôtres, et me fiant plus à vous qu'à moi, je voulus, en intéressant votre honneur à ma défense, me ménager des ressources dont je me croyais dépourvue.

J'ai reconnu que je me trompais ; je n'eus pas parlé que je

me trouvai soulagée ; vous n'eûtes pas répondu que je me sentis tout à fait calme, et deux mois d'expérience m'ont appris que mon cœur trop tendre a besoin d'amour, mais que mes sens n'ont aucun besoin d'amant. Jugez, vous qui aimez la vertu, avec quelle joie je fis cette heureuse découverte. Sortie de cette profonde ignominie où mes terreurs m'avaient plongée, je goûte le plaisir délicieux d'aimer purement. Cet état fait le bonheur de ma vie ; mon humeur et ma santé s'en ressentent ; à peine puis-je en concevoir un plus doux, et l'accord de l'amour et de l'innocence me semble être le paradis sur la terre.

Dès lors je ne vous craignis plus ; et quand je pris soin d'éviter la solitude avec vous, ce fut autant pour vous que pour moi ; car vos yeux et vos soupirs annonçaient plus de transports que de sagesse, et si vous eussiez oublié l'arrêt que vous avez prononcé vous-même[1], je ne l'aurais pas oublié.

Ah mon ami, que ne puis-je faire passer dans votre âme le sentiment de bonheur et de paix qui règne au fond de la mienne ! Que ne puis-je vous apprendre à jouir tranquillement du plus délicieux état de la vie ! Les charmes de l'union des cœurs se joignent pour nous à ceux de l'innocence ; nulle crainte, nulle honte ne trouble notre félicité ; au sein des vrais plaisirs de l'amour nous pouvons parler de la vertu sans rougir,

E v'é il piacere con l'onestade accanto[2].

Je ne sais quel triste pressentiment s'élève dans mon sein et me crie que nous jouissons du seul temps heureux que le Ciel nous ait destiné. Je n'entrevois dans l'avenir qu'absence, orages, troubles, contradictions. La moindre altération à notre situation présente me paraît ne pouvoir être qu'un mal. Non, quand un lien plus doux nous unirait à jamais, je ne sais si l'excès du bonheur n'en deviendrait pas bientôt la ruine. Le moment de la possession est une crise de l'amour[3], et tout changement est dangereux au nôtre ; nous ne pouvons plus qu'y perdre.

Je t'en conjure, mon tendre et unique ami, tâche de calmer l'ivresse des vains désirs que suivent toujours les regrets, le repentir, la tristesse. Goûtons en paix notre situation présente. Tu te plais à m'instruire, et tu sais trop si je me plais à recevoir tes leçons. Rendons-les encore plus fréquentes ; ne nous quittons qu'autant qu'il faut pour la bienséance ; employons à nous écrire les moments que nous ne pouvons passer à nous voir, et profitons d'un temps précieux après lequel, peut-être, nous soupirerons un jour. Ah puisse notre sort, tel qu'il est durer autant que notre vie ! L'esprit s'orne, la raison s'éclaire, l'âme se fortifie, le cœur jouit : que manque-t-il à notre bonheur ?

LETTRE X

À Julie

Que vous avez raison, ma Julie, de dire que je ne vous connais pas encore ! Toujours je crois connaître tous les trésors de votre belle âme, et toujours j'en découvre de nouveaux. Quelle femme jamais associa comme vous la tendresse à la vertu, et tempérant l'une par l'autre les rendit toutes deux plus charmantes ? Je trouve je ne sais quoi d'aimable et d'attrayant dans cette sagesse qui me désole, et vous ornez avec tant de grâce les privations que vous m'imposez, qu'il s'en faut peu que vous ne me les rendiez chères.

Je le sens chaque jour davantage, le plus grand des biens est d'être aimé de vous ; il n'y en a point, il n'y en peut avoir qui l'égale, et s'il fallait choisir entre votre cœur et votre possession même, non charmante Julie, je ne balancerais pas un instant. Mais d'où viendrait cette amère alternative, et pourquoi rendre incompatible ce que la nature a voulu réunir ? Le temps est précieux, dites-vous, sachons en jouir tel qu'il est, et gardons-nous par notre impatience d'en troubler le paisible cours. Eh ! qu'il passe et qu'il soit heureux ! pour profiter d'un état aimable faut-il en négliger un meilleur, et préférer le repos à la félicité suprême ? Ne perd-on pas tout le temps qu'on peut mieux employer ? Ah ! si l'on peut vivre mille ans en un quart d'heure, à quoi bon compter tristement les jours qu'on aura vécu[1] ?

Tout ce que vous dites du bonheur de notre situation présente est incontestable ; je sens que nous devons être heureux, et pourtant je ne le suis pas. La sagesse a beau parler par votre bouche, la voix de la nature est la plus forte. Le moyen de lui résister quand elle s'accorde à la voix du cœur ? Hors vous seule je ne vois rien dans ce séjour terrestre qui soit digne d'occuper mon âme et mes sens ; non, sans vous la nature n'est plus rien pour moi : mais son empire est dans vos yeux, et c'est là qu'elle est invincible[2].

Il n'en est pas ainsi de vous, céleste Julie ; vous vous contentez de charmer nos sens, et n'êtes point en guerre avec les vôtres. Il semble que des passions humaines soient au-dessous d'une âme si sublime, et comme vous avez la beauté des Anges, vous en avez la pureté. Ô pureté que je respecte en murmurant, que ne puis-je ou vous rabaisser ou m'élever jusqu'à vous ! Mais non, je ramperai toujours sur la terre, et vous verrai toujours briller dans les Cieux. Ah ! soyez heureuse aux dépens de mon repos ; jouissez de toutes vos vertus ; périsse le vil mortel qui tentera jamais d'en souiller une. Soyez heureuse, je tâcherai d'oublier combien je suis à plaindre, et je tirerai de votre bonheur même la consolation de mes maux. Oui, chère Amante, il me semble que mon amour est aussi parfait que son adorable objet ; tous les désirs enflammés par vos charmes s'éteignent dans les perfections de votre âme, je la vois si paisible que je n'ose en troubler la tranquillité. Chaque fois que je suis tenté de vous dérober la moindre caresse, si le danger de vous offenser me retient, mon cœur me retient encore plus par la crainte d'altérer une félicité si pure ; dans le prix des biens où j'aspire, je ne vois plus que ce qu'ils vous peuvent coûter, et ne pouvant accorder mon bonheur avec le vôtre, jugez comment j'aime ! c'est au mien que j'ai renoncé.

Que d'inexplicables contradictions dans les sentiments

que vous m'inspirez ! Je suis à la fois soumis et téméraire, impétueux et retenu, je ne saurais lever les yeux sur vous sans éprouver des combats en moi-même. Vos regards, votre voix portent au cœur avec l'amour l'attrait touchant de l'innocence ; c'est un charme divin qu'on aurait regret d'effacer. Si j'ose former des vœux extrêmes ce n'est plus qu'en votre absence ; mes désirs n'osant aller jusqu'à vous s'adressent à votre image, et c'est sur elle que je me venge du respect que je suis contraint de vous porter[1].

Cependant je languis et me consume ; le feu coule dans mes veines ; rien ne saurait l'éteindre ni le calmer, et je l'irrite en voulant le contraindre. Je dois être heureux, je le suis, j'en conviens ; je ne me plains point de mon sort ; tel qu'il est je n'en changerais pas avec les Rois de la terre. Cependant un mal réel me tourmente, je cherche vainement à le fuir ; je ne voudrais point mourir, et toutefois je me meurs ; je voudrais vivre pour vous, et c'est vous qui m'ôtez la vie.

LETTRE XI

De Julie

Mon ami, je sens que je m'attache à vous chaque jour davantage ; je ne puis plus me séparer de vous, la moindre absence m'est insupportable, et il faut que je vous voie ou que je vous écrive, afin de m'occuper de vous sans cesse.

Ainsi mon amour s'augmente avec le vôtre ; car je connais à présent combien vous m'aimez par la crainte réelle que vous avez de me déplaire, au lieu que vous n'en aviez d'abord qu'une apparente pour mieux venir à vos fins. Je sais fort bien distinguer en vous l'empire que le cœur a su prendre du délire d'une imagination échauffée, et je vois cent fois plus de passion dans la contrainte où vous êtes, que dans vos premiers emportements. Je sais bien aussi que votre état, tout gênant qu'il est, n'est pas sans plaisirs. Il est doux pour un véritable amant de faire des sacrifices qui lui sont tous comptés, et dont aucun n'est perdu dans le cœur de ce qu'il aime. Qui sait même, si connaissant ma sensibilité, vous n'employez pas pour me séduire une adresse mieux entendue ? Mais non, je suis injuste et vous n'êtes pas capable d'user d'artifice avec moi. Cependant, si je suis sage, je me défierai plus encore de la pitié que de l'amour. Je me sens mille fois plus attendrie par vos respects que par vos transports, et je crains bien qu'en prenant le parti le plus honnête, vous n'ayez pris enfin le plus dangereux.

Il faut que je vous dise dans l'épanchement de mon cœur une vérité qu'il sent fortement, et dont le vôtre doit vous convaincre : c'est qu'en dépit de la fortune, des parents, et de nous-mêmes, nos destinées sont à jamais unies, et que nous ne pouvons plus être heureux ou malheureux qu'ensemble. Nos âmes se sont, pour ainsi dire, touchées par tous les points, et nous avons partout senti la même cohérence. (Corrigez-moi, mon ami, si j'applique mal vos leçons de physique.) Le sort pourra bien nous séparer, mais non pas nous désunir. Nous n'aurons plus que les mêmes plaisirs et les mêmes peines ; et comme ces aimants dont vous me parliez, qui ont, dit-on, les mêmes mouvements en différents lieux, nous sentirions les mêmes choses aux deux extrémités du monde.

Défaites-vous donc de l'espoir, si vous l'eûtes jamais, de vous faire un bonheur exclusif, et de l'acheter aux dépens du mien. N'espérez pas pouvoir être heureux si j'étais déshonorée, ni pouvoir d'un œil satisfait contempler mon ignominie et mes larmes. Croyez-moi, mon ami, je connais votre cœur bien mieux que vous ne le connaissez. Un amour si tendre et si vrai doit savoir commander aux désirs ; vous en avez trop fait pour achever sans vous perdre, et ne pouvez plus combler mon malheur sans faire le vôtre.

Je voudrais que vous pussiez sentir combien il est important pour tous deux que vous vous en remettiez à moi du soin de notre destin commun. Doutez-vous que vous ne me soyez aussi cher que moi-même ; et pensez-vous qu'il pût exister pour moi quelque félicité que vous ne partageriez pas ? Non, mon ami ; j'ai les mêmes intérêts que vous et un peu plus de raison pour les conduire. J'avoue que je suis la plus jeune ; mais n'avez-vous jamais remarqué que si la raison d'ordinaire est plus faible et s'éteint plus tôt chez les femmes elle est aussi plus tôt formée, comme un frêle tournesol croît et meurt avant un chêne. Nous nous trouvons, dès le premier âge, chargées d'un si dangereux dépôt, que le soin de le conserver nous éveille bientôt le jugement, et c'est un excellent moyen de bien voir les conséquences des choses que de sentir vivement tous les risques qu'elles nous font courir. Pour moi, plus je m'occupe de notre situation, plus je trouve que la raison vous demande ce que je vous demande au nom de l'amour. Soyez donc docile à sa douce voix, et laissez-vous conduire, hélas, par une autre aveugle, mais qui tient au moins un appui.

Je ne sais, mon ami, si nos cœurs auront le bonheur de s'entendre et si vous partagerez en lisant cette Lettre la tendre émotion qui l'a dictée. Je ne sais si nous pourrons jamais nous accorder sur la manière de voir comme sur celle de sentir ; mais je sais bien que l'avis de celui des deux qui sépare le moins son bonheur du bonheur de l'autre, est l'avis qu'il faut préférer.

LETTRE XII

À Julie

Ma Julie, que la simplicité de votre lettre est touchante ! Que j'y vois bien la sérénité d'une âme innocente, et la tendre sollicitude de l'amour ! Vos pensées s'exhalent sans art et sans peine ; elles portent au cœur une impression délicieuse que ne produit point un style apprêté. Vous donnez des raisons invincibles d'un air si simple, qu'il y faut réfléchir pour en sentir la force, et les sentiments élevés vous coûtent si peu, qu'on est tenté de les prendre pour des manières de penser communes. Ah, oui sans doute, c'est à vous de régler nos destins ; ce n'est pas un droit que je vous laisse, c'est un devoir que j'exige de vous, c'est une justice que je vous demande, et votre raison me doit dédommager du mal que vous avez fait à la mienne. Dès cet instant je vous remets pour ma vie l'empire de mes volontés : disposez de moi comme d'un homme qui n'est plus rien pour lui-même, et dont tout l'être n'a de rapport qu'à vous. Je tiendrai, n'en doutez pas, l'engagement que je prends, quoi que vous puissiez me prescrire. Ou j'en vaudrai mieux, ou vous en serez plus heureuse, et je vois partout le prix assuré de mon obéissance. Je vous remets donc sans réserve le soin de notre bonheur commun ; faites le vôtre, et tout est fait. Pour moi qui ne puis ni vous oublier un instant, ni penser à vous sans des transports qu'il faut vaincre, je vais m'occuper uniquement des soins que vous m'avez imposés.

Depuis un an que nous étudions ensemble, nous n'avons guère fait que des lectures sans ordre et presque au hasard, plus pour consulter votre goût que pour l'éclairer. D'ailleurs tant de trouble dans l'âme ne nous laissait guère de liberté d'esprit. Les yeux étaient mal fixés sur le livre, la bouche en prononçait les mots, l'attention manquait toujours. Votre petite cousine, qui n'était pas si préoccupée, nous reprochait notre peu de conception [1], et se faisait un honneur facile de nous devancer. Insensiblement elle est devenue le maître du maître, et quoique nous ayons quelquefois ri de ses prétentions, elle est au fond la seule des trois qui sait quelque chose de tout ce que nous avons appris.

Pour regagner donc le temps perdu, (Ah, Julie, en fut-il jamais de mieux employé ?) j'ai imaginé une espèce de plan qui puisse réparer par la méthode le tort que les distractions ont fait au savoir. Je vous l'envoie ; nous le lirons tantôt ensemble, et je me contente d'y faire ici quelques légères observations.

Si nous voulions, ma charmante amie, nous charger d'un étalage d'érudition, et savoir pour les autres plus que pour nous, mon système ne vaudrait rien ; car il tend toujours à tirer peu de beaucoup de choses, et à faire un petit recueil d'une grande bibliothèque. La science est dans la plupart de ceux qui la cultivent une monnaie dont on fait grand cas, qui cependant n'ajoute au bien-être qu'autant qu'on la communique, et n'est bonne que dans le commerce. Ôtez à nos Savants le plaisir de se faire écouter, le savoir ne sera rien pour eux. Ils n'amassent dans le cabinet que pour répandre dans le public ; ils ne veulent être sages qu'aux yeux d'autrui, et ils ne se soucieraient plus de l'étude s'ils n'avaient plus d'admirateurs*. Pour nous qui voulons profiter de nos connaissances, nous ne les amassons point pour les revendre, mais pour les convertir à notre usage, ni pour nous en charger, mais pour nous en nourrir. Peu lire, et beaucoup méditer à nos lectures[2] ou ce qui est la même chose en causer beaucoup entre nous, est le moyen de les bien digérer. Je pense que quand on a une fois l'entendement ouvert par l'habitude de réfléchir, il vaut toujours mieux trouver de soi-même les choses qu'on trouverait dans les livres : c'est le vrai secret de les bien mouler à sa tête et de se les approprier. Au lieu qu'en les recevant telles qu'on nous les donne, c'est presque toujours sous une forme qui n'est pas la nôtre. Nous sommes plus riches que nous ne pensons, mais, dit Montaigne, on nous dresse à l'emprunt et à la quête[3] ; on nous apprend à nous servir du bien d'autrui plutôt que du nôtre, ou plutôt, accumulant sans cesse nous n'osons toucher à rien : nous sommes comme ces avares qui ne songent qu'à remplir leurs greniers, et dans le sein de l'abondance se laissent mourir de faim.

Il y a, je l'avoue, bien des gens à qui cette méthode serait fort nuisible et qui ont besoin de beaucoup lire et peu méditer, parce qu'ayant la tête mal faite, ils ne rassemblent rien de si mauvais que ce qu'ils produisent d'eux-mêmes. Je vous recommande tout le contraire, à vous qui mettez dans vos lectures mieux que ce que vous y trouvez, et dont l'esprit actif fait sur le livre un autre livre, quelquefois meilleur que le premier. Nous nous communiquerons donc nos idées ; je vous dirai ce que les autres auront pensé, vous me direz sur

* C'est ainsi que pensait Sénèque lui-même. *Si l'on me donnait*, dit-il, *la science, à condition de ne la pas montrer, je n'en voudrais point.* Sublime philosophie, voilà donc ton usage[1] !

le même sujet ce que vous pensez vous-même, et souvent après la leçon j'en sortirai plus instruit que vous.

Moins vous aurez de lecture à faire, mieux il faudra la choisir, et voici les raisons de mon choix. La grande erreur de ceux qui étudient est, comme je viens de vous dire, de se fier trop à leurs livres et de ne pas tirer assez de leur fonds[1] ; sans songer que de tous les Sophistes, notre propre raison est presque toujours celui qui nous abuse le moins. Sitôt qu'on veut rentrer en soi-même, chacun sent ce qui est bien, chacun discerne ce qui est beau ; nous n'avons pas besoin qu'on nous apprenne à connaître ni l'un ni l'autre, et l'on ne s'en impose là-dessus qu'autant qu'on s'en veut imposer. Mais les exemples du très bon et du très beau sont plus rares et moins connus, il les faut aller chercher loin de nous. La vanité, mesurant les forces de la nature sur notre faiblesse, nous fait regarder comme chimériques les qualités que nous ne sentons pas en nous-mêmes ; la paresse et le vice s'appuient sur cette prétendue impossibilité, et ce qu'on ne voit pas tous les jours l'homme faible prétend qu'on ne le voit jamais. C'est cette erreur qu'il faut détruire. Ce sont ces grands objets qu'il faut s'accoutumer à sentir et à voir, afin de s'ôter tout prétexte de ne les pas imiter. L'âme s'élève, le cœur s'enflamme à la contemplation de ces divins modèles ; à force de les considérer on cherche à leur devenir semblable, et l'on ne souffre plus rien de médiocre sans un dégoût mortel.

N'allons donc pas chercher dans les livres des principes et des règles que nous trouvons plus sûrement au-dedans de nous. Laissons là toutes ces vaines disputes des philosophes sur le bonheur et sur la vertu ; employons à nous rendre bons et heureux le temps qu'ils perdent à chercher comment on doit l'être, et proposons-nous de grands exemples à imiter plutôt que de vains systèmes à suivre.

J'ai toujours cru que le bon n'était que le beau mis en action, que l'un tenait intimement à l'autre, et qu'ils avaient tous deux une source commune dans la nature bien ordonnée[2]. Il suit de cette idée que le goût se perfectionne par les mêmes moyens que la sagesse, et qu'une âme bien touchée des charmes de la vertu doit à proportion être aussi sensible à tous les autres genres de beautés. On s'exerce à voir comme à sentir, ou plutôt une vue exquise n'est qu'un sentiment délicat et fin. C'est ainsi qu'un peintre à l'aspect d'un beau paysage ou devant un beau tableau s'extasie à des objets qui ne sont pas même remarqués d'un Spectateur vulgaire. Combien de choses qu'on n'aperçoit que par sentiment et dont il est impossible de rendre raison ? Combien de ces je ne sais quoi qui reviennent si fréquemment et dont le goût seul décide ? Le goût est en quelque manière le microscope du jugement ; c'est lui qui met les petits objets à sa portée, et ses opérations commencent où s'arrêtent celles du dernier. Que faut-il donc pour le cultiver ? s'exercer à voir ainsi qu'à sentir, et à juger du beau par inspection comme du bon par sentiment[1]. Non, je soutiens qu'il n'appartient pas même à tous les cœurs d'être émus au premier regard de Julie.

Voilà, ma charmante Écolière, pourquoi je borne toutes vos études à des livres de goût et de mœurs. Voilà pourquoi tournant toute ma méthode en exemples, je ne vous donne point d'autre définition des vertus qu'un tableau des gens vertueux, ni d'autres règles pour bien écrire, que les livres qui sont bien écrits.

Ne soyez donc pas surprise des retranchements que je fais à vos précédentes lectures ; je suis convaincu qu'il faut les resserrer pour les rendre utiles, et je vois tous les jours mieux que tout ce qui ne dit rien à l'âme n'est pas digne de vous occuper. Nous allons supprimer les langues, hors l'Italienne que vous savez et que vous aimez. Nous laisserons là nos éléments d'algèbre et de géométrie. Nous quitterions même la physique, si les termes qu'elle vous fournit m'en laissaient le courage. Nous renoncerons pour jamais à l'histoire moderne, excepté celle de notre pays ; encore n'est-ce que parce que c'est un pays libre et simple, où l'on trouve des hommes antiques dans les temps modernes : car ne vous laissez pas éblouir par ceux qui disent que l'histoire la plus intéressante pour chacun est celle de son pays. Cela n'est pas vrai. Il y a des pays dont l'histoire ne peut pas même être lue, à moins qu'on ne soit imbécile ou négociateur. L'histoire la plus intéressante est celle où l'on trouve le plus d'exemples, de mœurs, de caractères de toute espèce ; en un mot, le plus d'instruction. Ils vous diront qu'il y a autant de tout cela parmi nous que parmi les anciens. Cela n'est pas vrai. Ouvrez leur histoire et faites-les taire. Il y a des peuples sans physionomie auxquels il ne faut point de peintres, il y a des gouvernements sans caractère auxquels il ne faut point d'historiens, et où sitôt qu'on sait quelle place un homme occupe, on sait d'avance tout ce qu'il y fera. Ils diront que ce sont les bons historiens qui nous manquent [1] ; mais demandez-leur pourquoi ? Cela n'est pas vrai. Donnez matière à de bonnes histoires, et les bons historiens se trouveront. Enfin, ils diront que les hommes de tous les temps se ressemblent, qu'ils ont les mêmes vertus et les mêmes vices, qu'on n'admire les anciens que parce qu'ils sont anciens. Cela n'est pas vrai, non plus ; car on faisait autrefois de grandes choses avec de petits moyens, et l'on fait aujourd'hui tout le contraire. Les anciens étaient contemporains de leurs historiens, et nous ont pourtant appris à les admirer. Assurément si la postérité jamais admire les nôtres, elle ne l'aura pas appris de nous.

J'ai laissé par égard pour votre inséparable cousine quelques livres de petite littérature que je n'aurais pas laissés pour vous. Hors le Pétrarque, le Tasse, le Métastase [2], et les maîtres du théâtre français je n'y mêle ni poètes ni livres d'amour, contre l'ordinaire des lectures consacrées à votre Sexe. Qu'apprendrions-nous de l'amour dans ces livres ? Ah, Julie notre cœur nous en dit plus qu'eux, et le langage imité des livres est bien froid pour quiconque est passionné lui-même ! D'ailleurs ces études énervent l'âme, la jettent dans la mollesse, et lui ôtent tout son ressort. Au contraire, l'amour véritable est un feu dévorant qui porte son ardeur dans les autres sentiments, et les anime d'une vigueur nouvelle. C'est pour cela qu'on a dit que l'amour faisait des Héros. Heureux celui que le sort eût placé pour le devenir, et qui aurait Julie pour amante !

LETTRE XIII

De Julie

Je vous le disais bien, que nous étions heureux ; rien ne me l'apprend mieux que l'ennui que j'éprouve au moindre changement d'état. Si nous avions des peines bien vives, une absence de deux jours nous en ferait-elle tant ? Je dis, nous, car je sais que mon ami partage mon impatience ; il la partage parce que je la sens, et il la sent encore pour lui-même : je n'ai plus besoin qu'il me dise ces choses-là.

Nous ne sommes à la campagne que d'hier au soir, il n'est pas encore l'heure où je vous verrais à la ville, et cependant mon déplacement me fait déjà trouver votre absence plus insupportable. Si vous ne m'aviez pas défendu la géométrie, je vous dirais que mon inquiétude est en raison composée des intervalles [1] du temps et du lieu ; tant je trouve que l'éloignement ajoute au chagrin de l'absence !

J'ai apporté votre Lettre et votre plan d'études, pour méditer l'une et l'autre, et j'ai déjà relu deux fois la première : la fin m'en touche extrêmement. Je vois mon ami, que vous sentez le véritable amour, puisqu'il ne vous a point ôté le goût des choses honnêtes, et que vous savez encore dans la partie la plus sensible de votre cœur faire des sacrifices à la vertu. En effet, employer la voie de l'instruction pour corrompre une femme est de toutes les séductions la plus condamnable, et vouloir attendrir sa maîtresse à l'aide des romans [2] est avoir bien peu de ressource en soi-même. Si vous eussiez plié dans vos leçons la philosophie à vos vues, si vous eussiez tâché d'établir des maximes favorables à votre intérêt, en voulant me tromper vous m'eussiez bientôt détrompée ; mais la plus dangereuse de vos séductions est de n'en point employer. Du moment que la soif d'aimer s'empara de mon cœur et que j'y sentis naître le besoin d'un éternel attachement, je ne demandai point au Ciel de m'unir à un homme aimable, mais à un homme qui eût l'âme belle ; car je sentais bien que c'est de tous les agréments qu'on peut avoir, le moins sujet au dégoût, et que la droiture et l'honneur ornent tous les sentiments qu'ils accompagnent. Pour avoir bien placé ma préférence, j'ai eu comme Salomon, avec ce que j'avais demandé, encore ce que je ne demandais pas[1]. Je tire un bon augure pour mes autres vœux de l'accomplissement de celui-là, et je ne désespère pas, mon ami, de pouvoir vous rendre aussi heureux un jour que vous méritez de l'être. Les moyens en sont lents, difficiles, douteux, les obstacles, terribles. Je n'ose rien me promettre ; mais croyez que tout ce que la patience et l'amour pourront faire ne sera pas oublié. Continuez, cependant, à complaire en tout à ma mère, et préparez-vous, au retour de mon père qui se retire enfin tout à fait après trente ans de service, à supporter les hauteurs d'un vieux gentilhomme brusque mais plein d'honneur, qui vous aimera sans vous caresser et vous estimera sans le dire.

J'ai interrompu ma Lettre pour m'aller promener dans des bocages qui sont près de notre maison. Ô mon doux ami ! je t'y conduisais avec moi, ou plutôt je t'y portais dans mon sein. Je choisissais les lieux que nous devions parcourir ensemble ; j'y marquais des asiles dignes de nous retenir ; nos cœurs s'épanchaient d'avance dans ces retraites délicieuses, elles ajoutaient au plaisir que nous goûtions d'être ensemble, elles recevaient à leur tour un nouveau prix du séjour de deux vrais amants, et je m'étonnais de n'y avoir point remarqué seule les beautés que j'y trouvais avec toi.

Parmi les bosquets naturels que forme ce lieu charmant, il en est un plus charmant que les autres, dans lequel je me plais davantage, et où, par cette raison, je destine une petite surprise à mon ami. Il ne sera pas dit qu'il aura toujours de la déférence et moi jamais de générosité. C'est là que je veux lui faire sentir, malgré les préjugés vulgaires, combien ce que le cœur donne vaut mieux que ce qu'arrache l'importunité. Au reste, de peur que votre imagination vive ne se mette un peu trop en frais, je dois vous prévenir que nous n'irons point ensemble dans le bosquet sans l'*inséparable cousine.*

À propos d'elle, il est décidé, si cela ne vous fâche pas trop, que vous viendrez nous voir lundi. Ma mère enverra sa calèche à ma cousine ; vous vous rendrez chez elle à dix heures ; elle vous amènera ; vous passerez la journée avec nous, et nous nous en retournerons tous ensemble le lendemain après le dîné.

J'en étais ici de ma lettre quand j'ai réfléchi que je n'avais pas pour vous la remettre les mêmes commodités qu'à la ville. J'avais d'abord pensé de vous renvoyer un de vos livres par Gustin le fils du Jardinier, et de mettre à ce livre une couverture de papier, dans laquelle j'aurais inséré ma lettre. Mais, outre qu'il n'est pas sûr que vous vous avisassiez [1] de la chercher, ce serait une imprudence impardonnable d'exposer à de pareils hasards le destin de notre vie. Je vais donc me contenter de vous marquer simplement par un billet le rendez-vous de lundi, et je garderai la lettre pour vous la donner à vous-même. Aussi bien j'aurais un peu de souci qu'il n'y eût trop de commentaires sur le mystère du bosquet.

LETTRE XIV

À Julie

Qu'as-tu fait, ah ! qu'as-tu fait, ma Julie ? tu voulais me récompenser et tu m'as perdu. Je suis ivre, ou plutôt insensé. Mes sens sont altérés, toutes mes facultés sont troublées par ce baiser mortel. Tu voulais soulager mes maux ? Cruelle, tu les aigris. C'est du poison que j'ai cueilli sur tes lèvres ; il fermente, il embrase mon sang, il me tue, et ta pitié me fait mourir.

Ô souvenir immortel de cet instant d'illusion, de délire et d'enchantement, jamais, jamais tu ne t'effaceras de mon âme, et tant que les charmes de Julie y seront gravés, tant que ce cœur agité me fournira des sentiments et des soupirs, tu seras le supplice et le bonheur de ma vie !

Hélas ! je jouissais d'une apparente tranquillité ; soumis à tes volontés suprêmes, je ne murmurais plus d'un sort auquel tu daignais présider. J'avais dompté les fougueuses saillies d'une imagination téméraire ; j'avais couvert mes regards d'un voile et mis une entrave à mon cœur ; mes désirs n'osaient plus s'échapper qu'à demi, j'étais aussi content que je pouvais l'être. Je reçois ton billet, je vole chez ta cousine ; nous nous rendons à Clarens, je t'aperçois, et mon sein palpite ; le doux son de ta voix y porte une agitation nouvelle ; je t'aborde comme transporté, et j'avais grand besoin de la diversion de ta cousine pour cacher mon trouble à ta mère. On parcourt le jardin, l'on dîne tranquillement, tu me rends en secret ta lettre que je n'ose lire devant ce redoutable témoin ; le soleil commence à baisser, nous fuyons tous trois dans le bois le reste de ses rayons, et ma paisible simplicité n'imaginait pas même un état plus doux que le mien.

En approchant du bosquet j'aperçus, non sans une émotion secrète, vos signes d'intelligence, vos sourires mutuels, et le coloris de tes joues prendre un nouvel éclat. En y entrant, je vis avec surprise ta cousine s'approcher de moi et d'un air plaisamment suppliant me demander un baiser. Sans rien comprendre à ce mystère j'embrassai cette charmante amie, et tout aimable, toute piquante qu'elle est, je ne connus jamais mieux, que les sensations ne sont rien que ce que le cœur les fait être. Mais que devins-je un moment après, quand je sentis..... la main me tremble...... un doux frémissement...... ta bouche de roses....... la bouche de Julie..... se poser, se presser sur la mienne, et mon corps serré dans tes bras ? Non, le feu du ciel n'est pas plus vif ni plus prompt que celui qui vint à l'instant m'embraser. Toutes les parties de moi-même se rassemblèrent sous ce toucher délicieux. Le feu s'exhalait avec nos soupirs de nos lèvres brûlantes, et mon cœur se mourait sous le poids de la volupté.... quand tout à coup je te vis pâlir, fermer tes beaux yeux, t'appuyer sur ta cousine, et tomber en défaillance. Ainsi la frayeur éteignit le plaisir, et mon bonheur ne fut qu'un éclair[1].

À peine sais-je ce qui m'est arrivé depuis ce fatal moment. L'impression profonde que j'ai reçue ne peut plus s'effacer. Une faveur ?..... c'est un tourment horrible..... Non garde tes baisers, je ne les saurais supporter...... ils sont trop âcres[2], trop pénétrants, ils percent, ils brûlent jusqu'à la moelle..... ils me rendraient furieux. Un seul, un seul m'a jeté dans un égarement[3] dont je ne puis plus revenir. Je ne suis plus le même, et ne te vois plus la même. Je ne te vois plus comme autrefois réprimante et sévère ; mais je te sens et te touche sans cesse unie à mon sein comme tu fus un instant. Ô Julie ! quelque sort que m'annonce un transport dont je ne suis plus maître, quelque traitement que ta rigueur me destine, je ne puis plus vivre dans l'état où je suis, et je sens qu'il faut enfin que j'expire à tes pieds..... ou dans tes bras.

LETTRE XV

De Julie

Il est important, mon ami, que nous nous séparions pour quelque temps, et c'est ici la première épreuve de l'obéissance que vous m'avez promise. Si je l'exige en cette occasion, croyez que j'en ai des raisons très fortes[4] : il faut bien, et vous le savez trop, que j'en aie pour m'y résoudre ; quant à vous, vous n'en avez pas besoin d'autre que ma volonté.

Il y a longtemps que vous avez un voyage à faire en Valais. Je voudrais que vous pussiez l'entreprendre à présent qu'il ne fait pas encore froid. Quoique l'automne soit encore agréable ici, vous voyez déjà blanchir la pointe de la Dent-de-Jamant*, et dans six semaines je ne vous laisserais pas faire ce voyage dans un pays si rude. Tâchez donc de partir

* Haute montagne du pays de Vaud.

dès demain : vous m'écrirez à l'adresse que je vous envoie, et vous m'enverrez la vôtre quand vous serez arrivé à Sion.

Vous n'avez jamais voulu me parler de l'état de vos affaires ; mais vous n'êtes pas dans votre patrie [1] ; je sais que vous y avez peu de fortune et que vous ne faites que la déranger ici, où vous ne resteriez pas sans moi. Je puis donc supposer qu'une partie de votre bourse est dans la mienne, et je vous envoie un léger acompte dans celle que renferme cette boîte qu'il ne faut pas ouvrir devant le porteur. Je n'ai garde d'aller au-devant des difficultés, je vous estime trop pour vous croire capable d'en faire.

Je vous défends, non seulement de retourner sans mon ordre, mais de venir nous dire adieu. Vous pouvez écrire à ma mère ou à moi, simplement pour nous avertir que vous êtes forcé de partir sur-le-champ pour une affaire imprévue, et me donner, si vous voulez quelques avis sur mes lectures, jusqu'à votre retour. Tout cela doit être fait naturellement et sans aucune apparence de mystère. Adieu, mon ami, n'oubliez pas que vous emportez le cœur et le repos de Julie.

LETTRE XVI

Réponse

Je relis votre terrible lettre, et je frissonne à chaque ligne. J'obéirai, pourtant, je l'ai promis, je le dois ; j'obéirai. Mais vous ne savez pas, non barbare, vous ne saurez jamais ce qu'un tel sacrifice coûte à mon cœur. Ah, vous n'aviez pas besoin de l'épreuve du bosquet pour me le rendre sensible ! C'est un raffinement de cruauté perdu pour votre âme impitoyable, et je puis au moins vous défier de me rendre plus malheureux.

Vous recevrez votre boîte dans le même état où vous l'avez envoyée. C'est trop, d'ajouter l'opprobre à la cruauté ; si je vous ai laissée maîtresse de mon sort, je ne vous ai point laissé [2] l'arbitre de mon honneur. C'est un dépôt sacré, (l'unique, hélas, qui me reste !) dont jusqu'à la fin de ma vie nul ne sera chargé que moi seul.

LETTRE XVII

Réplique

Votre lettre me fait pitié ; c'est la seule chose sans esprit que vous ayez jamais écrite.

J'offense donc votre honneur, pour lequel je donnerais mille fois ma vie ? J'offense donc ton honneur, Ingrat ! qui m'as vue prête à t'abandonner le mien ? Où est-il donc, cet honneur que j'offense ? Dis-le-moi, cœur rampant, âme sans délicatesse ? Ah ! que tu es méprisable, si tu n'as qu'un honneur que Julie ne connaisse pas ! Quoi ceux qui veulent partager leur sort n'oseraient partager leurs biens, et celui qui fait profession d'être à moi se tient outragé de mes dons ! Et depuis quand est-il vil de recevoir de ce qu'on aime ? Depuis quand ce que le cœur donne déshonore-t-il le cœur qui l'accepte : mais on méprise un homme qui reçoit d'un autre ? on méprise celui dont les besoins passent la fortune ? Et qui le méprise ? des âmes abjectes qui mettent l'honneur dans la richesse, et pèsent les vertus au poids de l'or. Est-ce dans ces basses maximes qu'un homme de bien met son honneur, et le préjugé même de la raison n'est-il pas en faveur du plus pauvre ?

Sans doute, il est des dons vils qu'un honnête homme ne peut accepter ; mais apprenez qu'ils ne déshonorent pas moins la main qui les offre, et qu'un don honnête à faire est toujours honnête à recevoir ; or sûrement mon cœur ne me reproche pas celui-ci, il s'en glorifie*. Je ne sache rien de plus méprisable qu'un homme dont on achète le cœur et les soins, si ce n'est la femme qui les paye ; mais entre deux

* Elle a raison. Sur le motif secret de ce voyage, on voit que jamais argent ne fut plus honnêtement employé. C'est grand dommage que cet emploi n'ait pas fait un meilleur profit.

cœurs unis la communauté des biens est une justice et un devoir, et si je me trouve encore en arrière de ce qui me reste de plus qu'à vous, j'accepte sans scrupule ce que je réserve, et je vous dois ce que je ne vous ai pas donné. Ah ! si les dons de l'amour sont à charge, quel cœur jamais peut être reconnaissant ?

Supposeriez-vous que je refuse à mes besoins ce que je destine à pourvoir aux vôtres ? je vais vous donner du contraire une preuve sans réplique. C'est que la bourse que je vous renvoie contient le double de ce qu'elle contenait la première fois, et qu'il ne tiendrait qu'à moi de la doubler encore. Mon Père me donne pour mon entretien une pension, modique à la vérité, mais à laquelle je n'ai jamais besoin de toucher, tant ma mère est attentive à pourvoir à tout ; sans compter que ma broderie et ma dentelle suffisent pour m'entretenir de l'une et de l'autre. Il est vrai que je n'étais pas toujours aussi riche ; les soucis d'une passion fatale m'ont fait depuis longtemps négliger certains soins auxquels j'employais mon superflu ; c'est une raison de plus d'en disposer comme je fais ; il faut vous humilier pour le mal dont vous êtes cause, et que l'amour expie les fautes qu'il fait commettre.

Venons à l'essentiel. Vous dites que l'honneur vous défend d'accepter mes dons. Si cela est, je n'ai plus rien à dire, et je conviens avec vous qu'il ne vous est pas permis d'aliéner un pareil soin. Si donc vous pouvez me prouver cela, faites-le clairement, incontestablement, et sans vaine subtilité ; car vous savez que je hais les sophismes. Alors vous pouvez me rendre la bourse, je la reprends sans me plaindre, et il n'en sera plus parlé.

Mais comme je n'aime ni les gens pointilleux ni le faux point d'honneur ; si vous me renvoyez encore une fois la boîte sans justification, ou que votre justification soit mauvaise, il faudra ne nous plus voir. Adieu ; pensez-y[1].

LETTRE XVIII

À Julie

J'ai reçu vos dons, je suis parti sans vous voir, me voici bien loin de vous. Êtes-vous contente de vos tyrannies, et vous ai-je assez obéi ?

Je ne puis vous parler de mon voyage ; à peine sais-je comment il s'est fait. J'ai mis trois jours à faire vingt lieues ; chaque pas qui m'éloignait de vous séparait mon corps de mon âme et me donnait un sentiment anticipé de la mort. Je voulais vous décrire ce que je verrais. Vain projet ! Je n'ai rien vu que vous et ne puis vous peindre que Julie. Les puissantes émotions que je viens d'éprouver coup sur coup m'ont jeté dans des distractions continuelles ; je me sentais toujours où je n'étais point ; à peine avais-je assez de présence d'esprit pour suivre et demander mon chemin, et je suis arrivé à Sion sans être parti de Vevai.

C'est ainsi que j'ai trouvé le secret d'éluder votre rigueur et de vous voir sans vous désobéir. Oui, cruelle, quoi que vous ayez su faire, vous n'avez pu me séparer de vous tout entier. Je n'ai traîné dans mon exil que la moindre partie de moi-même : tout ce qu'il y a de vivant en moi demeure auprès de vous sans cesse. Il erre impunément sur vos yeux, sur vos lèvres, sur votre sein, sur tous vos charmes ; il pénètre partout comme une vapeur subtile, et je suis plus heureux en dépit de vous, que je ne fus jamais de votre gré.

J'ai ici quelques personnes à voir, quelques affaires à traiter ; voilà ce qui me désole. Je ne suis point à plaindre dans la solitude, où je puis m'occuper de vous et me transporter aux lieux où vous êtes. La vie active qui me rappelle à moi tout entier m'est seule insupportable. Je vais faire mal et vite, pour être promptement libre, et pouvoir m'égarer à mon aise dans les lieux sauvages qui forment à mes yeux les charmes de ce pays. Il faut tout fuir et vivre seul au monde, quand on n'y peut vivre avec vous.

LETTRE XIX

À Julie

Rien ne m'arrête plus ici que vos ordres ; cinq jours que j'y ai passés ont suffi et au delà pour mes affaires ; si toutefois on peut appeler des affaires celles où le cœur n'a point de part. Enfin vous n'avez plus de prétexte, et ne pouvez me retenir loin de vous qu'afin de me tourmenter.

Je commence à être fort inquiet du sort de ma première lettre ; elle fut écrite et mise à la poste en arrivant ; l'adresse en est fidèlement copiée sur celle que vous m'envoyâtes ; je vous ai envoyé la mienne avec le même soin, et si vous aviez fait exactement réponse, elle aurait déjà dû me parvenir. Cette réponse pourtant ne vient point, et il n'y a nulle cause possible et funeste de son retard que mon esprit troublé ne se figure. Ô ma Julie, que d'imprévues catastrophes peuvent en huit jours rompre à jamais les plus doux liens du monde ! Je frémis de songer qu'il n'y a pour moi qu'un seul moyen d'être heureux et des millions d'être misérable*. Julie, m'auriez-vous oublié ? Ah ! c'est la plus affreuse de mes craintes ! Je puis préparer ma constance aux autres malheurs, mais toutes les forces de mon âme défaillent au seul soupçon de celui-là.

Je vois le peu de fondement de mes alarmes et ne saurais les calmer. Le sentiment de mes maux s'aigrit sans cesse loin de vous, et comme si je n'en avais pas assez pour m'abattre, je m'en forge encore d'incertains pour irriter tous les autres. D'abord, mes inquiétudes étaient moins vives. Le trouble d'un départ subit, l'agitation du voyage, donnaient le change à mes ennuis ; ils se raniment dans la tranquille solitude. Hélas ! je combattais ; un fer mortel a percé mon sein, et la

* On me dira que c'est le devoir d'un Éditeur de corriger les fautes de langue[1]. Oui bien pour les Éditeurs qui font cas de cette correction ; oui bien pour les ouvrages[2] dont on peut corriger le style sans le refondre et le gâter ; oui bien quand on est assez sûr de sa plume pour ne pas substituer ses propres fautes à celles de l'auteur. Et avec tout cela, qu'aura-t-on gagné à faire parler un Suisse comme un Académicien[3] ?

douleur ne s'est fait sentir que longtemps après la blessure.

Cent fois en lisant des Romans, j'ai ri des froides plaintes des amants sur l'absence. Ah, je ne savais pas alors à quel point la vôtre un jour me serait insupportable! Je sens aujourd'hui combien une âme paisible est peu propre à juger des passions, et combien il est insensé de rire des sentiments qu'on n'a point éprouvés. Vous le dirai-je pourtant? Je ne sais quelle idée consolante et douce tempère en moi l'amertume de votre éloignement, en songeant qu'il s'est fait par votre ordre. Les maux qui me viennent de vous me sont moins cruels que s'ils m'étaient envoyés par la fortune; s'ils servent à vous contenter je ne voudrais pas ne les point sentir; ils sont les garants de leur dédommagement, et je connais trop bien votre âme pour vous croire barbare à pure perte[1].

Si vous voulez m'éprouver, je n'en murmure plus; il est juste que vous sachiez si je suis constant, patient, docile, digne en un mot, des biens que vous me réservez. Dieux! si c'était là votre idée, je me plaindrais de trop peu souffrir. Ah, non! pour nourrir dans mon cœur une si douce attente, inventez, s'il se peut des maux mieux proportionnés à leur prix.

LETTRE XX

De Julie

Je reçois à la fois vos deux Lettres, et je vois par l'inquiétude que vous marquez dans la seconde sur le sort de l'autre que quand l'imagination prend les devants, la raison ne se hâte pas comme elle, et souvent la laisse aller seule. Pensâtes-vous en arrivant à Sion qu'un Courrier tout prêt n'attendait pour partir que votre lettre, que cette lettre me serait remise en arrivant ici, et que les occasions ne favoriseraient pas moins ma réponse? Il n'en va pas ainsi, mon bel ami. Vos deux lettres me sont parvenues à la fois, parce que le Courrier, qui ne passe qu'une fois la semaine*, n'est parti qu'avec la seconde. Il faut un certain temps pour distribuer les lettres ; il en faut à mon commissionnaire pour me rendre la mienne en secret, et le Courrier ne retourne pas d'ici le lendemain du jour qu'il est arrivé. Ainsi tout bien calculé, il nous faut huit jours, quand celui du Courrier est bien choisi, pour recevoir réponse l'un de l'autre ; ce que je vous explique afin de calmer une fois pour toutes votre impatiente vivacité. Tandis que vous déclamez contre la fortune et ma négligence, vous voyez que je m'informe adroitement de tout ce qui peut assurer notre correspondance et prévenir vos perplexités. Je vous laisse à décider de quel côté sont les plus tendres soins[2].

Ne parlons plus de peines, mon bon ami ; ah, respectez et partagez plutôt le plaisir que j'éprouve, après huit mois d'absence, de revoir le meilleur des Pères ! Il arriva jeudi au soir, et je n'ai songé qu'à lui** depuis cet heureux moment[4]. Ô toi que j'aime le mieux au monde après les auteurs de mes jours, pourquoi tes lettres, tes querelles, viennent-elles contrister mon âme et troubler les premiers plaisirs d'une famille réunie ? Tu voudrais que mon cœur s'occupât de toi sans cesse ; mais dis-moi, le tien pourrait-il aimer une fille dénaturée à qui les feux de l'amour feraient oublier les droits du sang, et que les plaintes d'un amant rendraient insensibles aux caresses d'un père ? Non, mon digne ami, n'empoisonne point par d'injustes reproches l'innocente joie que m'inspire un si doux sentiment. Toi dont l'âme est si tendre et si sensible, ne conçois-tu point quel charme c'est de sentir dans ces purs et sacrés embrassements le sein d'un père palpiter d'aise contre celui de sa fille. Ah ! crois-tu qu'alors le cœur puisse un moment se partager et rien dérober à la nature ?

Sol che son figlia io mi rammento adesso[5].

* Il passe à présent deux fois[1].
** L'article qui précède prouve qu'elle ment[3].

Ne pensez pas, pourtant que je vous oublie. Oublia-t-on jamais ce qu'on a une fois aimé ? Non les impressions plus vives qu'on suit quelques instants, n'effacent pas pour cela les autres. Ce n'est point sans chagrin que je vous ai vu partir, ce n'est point sans plaisir que je vous verrais de retour. Mais..... Prenez patience ainsi que moi puisqu'il le faut, sans en demander davantage. Soyez sûr que je vous rappellerai le plus tôt qu'il sera possible, et pensez que souvent tel qui se plaint bien haut de l'absence, n'est pas celui qui en souffre le plus.

LETTRE XXI

À Julie

Que j'ai souffert en la recevant, cette lettre souhaitée avec tant d'ardeur ! J'attendais le Courrier à la poste. À peine le paquet était-il ouvert que je me nomme, je me rends importun ; on me dit qu'il y a une lettre ; je tressaille ; je la demande agité d'une mortelle impatience : je la reçois enfin. Julie, j'aperçois les traits de ta main adorée ! La mienne tremble en s'avançant pour recevoir ce précieux dépôt. Je voudrais baiser mille fois ces sacrés caractères. Ô circonspection d'un amour craintif ! Je n'ose porter la Lettre à ma bouche, ni l'ouvrir devant tant de témoins. Je me dérobe à la hâte. Mes genoux tremblaient sous moi ; mon émotion croissante me laisse à peine apercevoir mon chemin ; j'ouvre la lettre au premier détour ; je la parcours, je la dévore, et à peine suis-je à ces lignes où tu peins si bien les plaisirs de ton cœur en embrassant ce respectable père, que je fonds en larmes ; on me regarde, j'entre dans une allée pour échapper aux spectateurs ; là, je partage ton attendrissement ; j'embrasse avec transport cet heureux père que je connais à peine, et la voix de la nature me rappelant au mien, je donne de nouvelles pleurs[1] à sa mémoire honorée.

Et que vouliez-vous apprendre, incomparable fille, dans mon vain et triste savoir ? Ah, c'est de vous qu'il faut apprendre tout ce qui peut entrer de bon, d'honnête dans une âme humaine, et surtout ce divin accord de la vertu, de l'amour, et de la nature, qui ne se trouva jamais qu'en vous ! Non, il n'y a point d'affection saine qui n'ait sa place dans votre cœur, qui ne s'y distingue par la sensibilité qui vous est propre, et pour savoir moi-même régler le mien, comme j'ai soumis toutes mes actions à vos volontés, je vois bien qu'il faut soumettre encore tous mes sentiments aux vôtres.

Quelle différence pourtant de votre état au mien, daignez le remarquer ! Je ne parle point du rang et de la fortune, l'honneur et l'amour doivent en cela suppléer à tout. Mais vous êtes environnée de gens que vous chérissez et qui vous adorent ; les soins d'une tendre mère, d'un père dont vous êtes l'unique espoir ; l'amitié d'une cousine qui semble ne respirer que par vous ; toute une famille dont vous faites l'ornement ; une ville entière fière de vous avoir vu naître, tout occupe et partage votre sensibilité, et ce qu'il en reste à l'amour n'est que la moindre partie de ce que lui ravissent les droits du sang et de l'amitié. Mais moi, Julie, hélas ! errant, sans famille, et presque sans patrie, je n'ai que vous sur la terre, et l'amour seul me tient lieu de tout. Ne soyez donc pas surprise si, bien que votre âme soit la plus sensible, la mienne sait le mieux aimer, et si, vous cédant en tant de choses, j'emporte au moins le prix de l'amour.

Ne craignez pourtant pas que je vous importune encore de mes indiscrètes plaintes. Non, je respecterai vos plaisirs, et pour eux-mêmes qui sont si purs, et pour vous qui les ressentez. Je m'en formerai dans l'esprit le touchant spectacle ; je les partagerai de loin, et ne pouvant être heureux de ma propre félicité, je le serai de la vôtre. Quelles que soient les raisons qui me tiennent éloigné de vous, je les respecte ; et que me servirait de les connaître, si quand je devrais les désapprouver, il n'en faudrait pas moins obéir à la volonté qu'elles vous inspirent ? M'en coûtera-t-il plus de garder le silence qu'il m'en coûta de vous quitter ? souvenez-vous toujours, ô Julie, que votre âme a deux corps à gouverner, et que celui qu'elle anime par son choix lui sera toujours le plus fidèle.

Nodo più forte :
Fabricato da noi, non dalla sorte[1].

Je me tais donc, et jusqu'à ce qu'il vous plaise de terminer mon exil je vais tâcher d'en tempérer l'ennui en parcourant les montagnes du Valais, tandis qu'elles sont encore praticables. Je m'aperçois que ce pays ignoré mérite les regards des hommes, et qu'il ne lui manque pour être admiré que des Spectateurs qui le sachent voir. Je tâcherai d'en tirer quelques observations dignes de vous plaire. Pour amuser une jolie femme, il faudrait peindre un peuple aimable et galant. Mais toi, ma Julie, ah, je le sais bien ; le tableau d'un peuple heureux et simple est celui qu'il faut à ton cœur.

LETTRE XXII

De Julie

Enfin le premier pas est franchi, et il a été question de vous. Malgré le mépris que vous témoignez pour ma doctrine[2], mon père en a été surpris : il n'a pas moins admiré mes progrès dans la musique et dans le dessin*, et au grand étonnement de ma mère, prévenue par vos calomnies**, au blason[4] près qui lui a paru négligé, il a été fort content de tous mes talents. Mais ces talents ne s'acquièrent pas sans maître ; il a fallu nommer le mien, et je l'ai fait avec une énumération pompeuse de toutes les sciences qu'il voulait bien m'enseigner, hors une. Il s'est rappelé de[5] vous avoir vu plusieurs fois à son précédent voyage, et il n'a pas paru qu'il eût conservé de vous une impression désavantageuse.

* Voilà, ce me semble, un sage de vingt ans qui sait prodigieusement de choses ! Il est vrai que Julie le félicite à trente de n'être plus si savant.

** Cela se rapporte à une lettre à la mère[3], écrite sur un ton équivoque, et qui a été supprimée.

Ensuite, il s'est informé de votre fortune ; on lui a dit qu'elle était médiocre ; de votre naissance ; on lui a dit qu'elle était honnête. Ce mot *honnête* est fort équivoque à l'oreille d'un gentilhomme[1], et a excité des soupçons que l'éclaircissement a confirmés. Dès qu'il a su que vous n'étiez pas noble, il a demandé ce qu'on vous donnait par mois. Ma mère prenant la parole a dit qu'un pareil arrangement n'était pas même proposable, et qu'au contraire, vous aviez rejeté constamment tous les moindres présents qu'elle avait tâché de vous faire en choses qui ne se refusent pas ; mais cet air de fierté n'a fait qu'exciter la sienne, et le moyen de supporter l'idée d'être redevable à un roturier ? Il a donc été décidé qu'on vous offrirait un paiement, au refus duquel, malgré tout votre mérite dont on convient, vous seriez remercié de vos soins. Voilà, mon ami, le résumé d'une conversation, qui a été tenue sur le compte de mon très honoré maître, et durant laquelle son humble écolière n'était pas fort tranquille. J'ai cru ne pouvoir trop me hâter de vous en donner avis, afin de vous laisser le temps d'y réfléchir. Aussitôt que vous aurez pris votre résolution, ne manquez pas de m'en instruire ; car cet article est de votre compétence, et mes droits ne vont pas jusque-là.

J'apprends avec peine vos courses dans les montagnes ; non que vous n'y trouviez, à mon avis, une agréable diversion, et que le détail de ce que vous aurez vu ne me soit fort agréable à moi-même : mais je crains pour vous des fatigues que vous n'êtes guère en état de supporter. D'ailleurs la saison est fort avancée ; d'un jour à l'autre tout peut se couvrir de neige, et je prévois que vous aurez encore plus à souffrir du froid que de la fatigue. Si vous tombiez malade dans le pays où vous êtes je ne m'en consolerais jamais. Revenez donc, mon bon ami, dans mon voisinage. Il n'est pas temps encore de rentrer à Vevai, mais je veux que vous habitiez un séjour moins rude, et que nous soyons plus à portée d'avoir aisément des nouvelles l'un de l'autre. Je vous laisse le maître du choix de votre station. Tâchez seulement qu'on ne sache point ici où vous êtes, et soyez discret sans être mystérieux. Je ne vous dis rien sur ce chapitre ; je me fie à l'intérêt que vous avez d'être prudent, et plus encore à celui que j'ai que vous le soyez.

Adieu mon Ami ; je ne puis m'entretenir plus longtemps avec vous. Vous savez de quelles précautions j'ai besoin pour vous écrire. Ce n'est pas tout : Mon père a amené un étranger respectable, son ancien ami, et qui lui a sauvé autrefois la vie à la guerre. Jugez si nous nous sommes efforcés de le bien recevoir ! Il repart demain, et nous nous hâtons de lui procurer pour le jour qui nous reste, tous les amusements qui peuvent marquer notre zèle à un tel bienfaiteur. On m'appelle : il faut finir. Adieu, derechef.

LETTRE XXIII

À Julie

À peine ai-je employé huit jours à parcourir un pays qui demanderait des années d'observation : mais outre que la neige me chasse, j'ai voulu revenir au-devant du Courrier qui m'apporte, j'espère, une de vos lettres. En attendant qu'elle arrive, je commence par vous écrire celle-ci, après laquelle j'en écrirai s'il est nécessaire une seconde pour répondre à la vôtre.

Je ne vous ferai point ici un détail de mon voyage et de mes remarques ; j'en ai fait une relation que je compte vous porter[1]. Il faut réserver notre correspondance pour les choses qui nous touchent de plus près l'un et l'autre. Je me contenterai de vous parler de la situation de mon âme : il est juste de vous rendre compte de l'usage qu'on fait de votre bien.

J'étais parti, triste de mes peines, et consolé de votre joie ; ce qui me tenait dans un certain état de langueur qui n'est pas sans charme pour un cœur sensible. Je gravissais lentement et à pied des sentiers assez rudes, conduit par un homme que j'avais pris pour être mon guide, et dans lequel durant toute la route j'ai trouvé plutôt un ami qu'un mercenaire. Je voulais rêver, et j'en étais toujours détourné par quelque spectacle inattendu. Tantôt d'immenses roches pendaient en ruines au-dessus de ma tête. Tantôt de hautes et bruyantes cascades m'inondaient de leur épais brouillard. Tantôt un torrent éternel ouvrait à mes côtés un abîme dont les yeux n'osaient sonder la profondeur. Quelquefois je me perdais dans l'obscurité d'un bois touffu. Quelquefois en sortant d'un gouffre, une agréable prairie réjouissait tout à coup mes regards. Un mélange étonnant de la nature sauvage et de la nature cultivée, montrait partout la main des hommes, où l'on eût cru qu'ils n'avaient jamais pénétré : à côté d'une caverne on trouvait des maisons ; on voyait des pampres secs où l'on n'eût cherché que des ronces, des vignes dans des terres éboulées, d'excellents fruits sur des rochers, et des champs dans des précipices[1].

Ce n'était pas seulement le travail des hommes qui rendait ces pays étranges si bizarrement contrastés ; la nature semblait encore prendre plaisir à s'y mettre en opposition avec elle-même, tant on la trouvait différente en un même lieu sous divers aspects. Au levant les fleurs du printemps, au midi les fruits de l'automne, au nord les glaces de l'hiver : elle réunissait toutes les saisons dans le même instant, tous les climats dans le même lieu, des terrains contraires sur le même sol, et formait l'accord inconnu partout ailleurs des productions des plaines et de celles des Alpes. Ajoutez à tout cela les illusions de l'optique, les pointes des monts différemment éclairées, le clair-obscur du soleil et des ombres, et tous les accidents de lumière qui en résultaient le matin et le soir ; vous aurez quelque idée des scènes continuelles qui ne cessèrent d'attirer mon admiration, et qui semblaient m'être offertes en un vrai théâtre ; car la perspective des monts étant verticale frappe les yeux tout à la fois et bien plus puissamment que celle des plaines qui ne se voit qu'obliquement, en fuyant, et dont chaque objet vous en cache un autre.

J'attribuai durant la première journée aux agréments de cette variété le calme que je sentais renaître en moi. J'admirais l'empire qu'ont sur nos passions les plus vives les êtres les plus insensibles, et je méprisais la philosophie de ne pouvoir pas même autant sur l'âme qu'une suite d'objets inanimés. Mais cet état paisible ayant duré la nuit et augmenté le lendemain, je ne tardai pas de juger qu'il avait encore quelque autre cause qui ne m'était pas connue. J'arrivai ce jour-là sur des montagnes les moins élevées, et parcourant ensuite leurs inégalités, sur celles des plus hautes qui étaient à ma portée. Après m'être promené dans les nuages, j'atteignais un séjour plus serein d'où l'on voit, dans la saison le tonnerre et l'orage se former au-dessous de soi ; image trop vaine de l'âme du sage, dont l'exemple n'exista jamais, ou n'existe qu'aux mêmes lieux d'où l'on en a tiré l'emblème.

Ce fut là que je démêlai sensiblement dans la pureté de l'air où je me trouvais, la véritable cause du changement de mon humeur, et du retour de cette paix intérieure que j'avais perdue depuis si longtemps. En effet, c'est une impression générale qu'éprouvent tous les hommes, quoiqu'ils ne l'observent pas tous, que sur les hautes montagnes où l'air est pur et subtil, on se sent plus de facilité dans la respiration, plus de légèreté dans le corps, plus de sérénité dans l'esprit, les plaisirs y sont moins ardents, les passions plus modérées. Les méditations y prennent je ne sais quel caractère grand et sublime, proportionné aux objets qui nous frappent, je ne sais quelle volupté tranquille qui n'a rien d'âcre et de sensuel. Il semble qu'en s'élevant au-dessus du séjour des hommes on y laisse tous les sentiments bas et terrestres, et qu'à mesure qu'on approche des régions éthérées l'âme contracte quelque chose de leur inaltérable pureté. On y est grave sans mélancolie, paisible sans indolence, content d'être et de penser : tous les désirs trop vifs s'émoussent ; ils perdent cette pointe aiguë qui les rend douloureux, ils ne laissent au fond du cœur qu'une émotion légère et douce, et c'est ainsi qu'un heureux climat fait servir à la félicité de l'homme les passions qui font ailleurs son tourment. Je doute qu'aucune agitation violente, aucune maladie de vapeurs pût tenir contre un pareil séjour prolongé, et je suis surpris que des bains de l'air salutaire et bienfaisant des montagnes ne soient pas un des grands remèdes de la médecine et de la morale.

> *Qui non palazzi, non teatro o loggia,*
> *Ma'n lor vece un' abete, un faggio, un pino*
> *Trà l'erba verde e'l bel monte vicino*
> *Levan di terra al Ciel nostr' intelletto* [1].

Supposez les impressions réunies de ce que je viens de vous décrire, et vous aurez quelque idée de la situation délicieuse où je me trouvais. Imaginez la variété, la grandeur, la beauté de mille étonnants spectacles ; le plaisir de ne voir autour de soi que des objets tout nouveaux, des oiseaux étranges, des plantes bizarres et inconnues, d'observer en quelque sorte une autre nature, et de se trouver dans un nouveau monde. Tout cela fait aux yeux un mélange inexprimable dont le charme augmente encore par la subtilité de l'air qui rend les couleurs plus vives, les traits plus marqués, rapproche tous les points de vue ; les distances paraissant moindres que dans les plaines, où l'épaisseur de l'air couvre la terre d'un voile, l'horizon présente aux yeux plus d'objets qu'il semble n'en pouvoir contenir : enfin, le spectacle a je ne sais quoi de magique, de surnaturel qui ravit l'esprit et les sens ; on oublie tout, on s'oublie soi-même, on ne sait plus où l'on est.

J'aurais passé tout le temps de mon voyage dans le seul enchantement du paysage, si je n'en eusse éprouvé un plus doux encore dans le commerce des habitants. Vous trouverez dans ma description un léger crayon de leurs mœurs, de leur simplicité, de leur égalité d'âme, et de cette paisible tranquillité qui les rend heureux par l'exemption des peines plutôt que par le goût des plaisirs : Mais ce que je n'ai pu vous peindre et qu'on ne peut guère imaginer, c'est leur humanité désintéressée, et leur zèle hospitalier pour tous les étrangers que le hasard ou la curiosité conduisent chez eux [2]. J'en fis une épreuve surprenante, moi qui n'étais connu de personne et qui ne marchais qu'à l'aide d'un conducteur.

Quand j'arrivais le soir dans un hameau, chacun venait avec tant d'empressement m'offrir sa maison que j'étais embarrassé du choix, et celui qui obtenait la préférence en paraissait si content que la première fois je pris cette ardeur pour de l'avidité. Mais je fus bien étonné quand après en avoir usé chez mon hôte à peu près comme au cabaret, il refusa le lendemain mon argent, s'offensant même de ma proposition, et il en a partout été de même. Ainsi c'était le pur amour de l'hospitalité, communément assez tiède, qu'à sa vivacité j'avais pris pour l'âpreté du gain. Leur désintéressement fut si complet que dans tout le voyage je n'ai pu trouver à placer un patagon*[1]. En effet à quoi dépenser de l'argent dans un pays où les maîtres ne reçoivent point le prix de leurs frais, ni les domestiques celui de leurs soins, et où l'on ne trouve aucun mendiant ? Cependant l'argent est fort rare dans le haut-Valais, mais c'est pour cela que les habitants sont à leur aise : car les denrées y sont abondantes sans aucun débouché au dehors, sans consommation de luxe au dedans, et sans que le cultivateur montagnard, dont les travaux sont les plaisirs, devienne moins laborieux. Si jamais ils ont plus d'argent, ils seront infailliblement plus pauvres. Ils ont la sagesse de le sentir, et il y a dans le pays des mines d'or qu'il n'est pas permis d'exploiter[2].

J'étais d'abord fort surpris de l'opposition de ces usages avec ceux du bas Valais, où, sur la route d'Italie, on rançonne assez durement les passagers, et j'avais peine à concilier dans un même peuple des manières si différentes. Un Valaisan m'en expliqua la raison. Dans la vallée, me dit-il, les étrangers qui passent sont des marchands, et d'autres gens uniquement occupés de leur négoce et de leur gain. Il est juste qu'ils nous laissent une partie de leur profit et nous les traitons comme ils traitent les autres : Mais ici où nulle affaire n'appelle les étrangers, nous sommes sûrs que leur voyage est désintéressé ; l'accueil qu'on leur fait l'est aussi.

* Écu du pays.

Ce sont des hôtes qui nous viennent voir parce qu'ils nous aiment, et nous les recevons avec amitié.

Au reste, ajouta-t-il en souriant, cette hospitalité n'est pas coûteuse, et peu de gens s'avisent d'en profiter. Ah, je le crois ! lui répondis-je. Que ferait-on chez un peuple qui vit pour vivre, non pour gagner ni pour briller ? Hommes heureux et dignes de l'être, j'aime à croire qu'il faut vous ressembler en quelque chose pour se plaire au milieu de vous.

Ce qui me paraissait le plus agréable dans leur accueil, c'était de n'y pas trouver le moindre vestige de gêne ni pour eux ni pour moi. Ils vivaient dans leur maison comme si je n'y eusse pas été, et il ne tenait qu'à moi d'y être comme si j'y eusse été seul. Ils ne connaissent point l'incommode vanité d'en faire les honneurs aux étrangers, comme pour les avertir de la présence d'un maître, dont on dépend au moins en cela. Si je ne disais rien, ils supposaient que je voulais vivre à leur manière ; je n'avais qu'à dire un mot pour vivre à la mienne, sans éprouver jamais de leur part la moindre marque de répugnance ou d'étonnement. Le seul compliment qu'ils me firent après avoir su que j'étais Suisse, fut de me dire que nous étions frères et que je n'avais qu'à me regarder chez eux comme étant chez moi. Puis ils ne s'embarrassèrent plus de ce que je faisais, n'imaginant pas même que je pusse avoir le moindre doute sur la sincérité de leurs offres ni le moindre scrupule à m'en prévaloir. Ils en usent entre eux avec la même simplicité ; les enfants en âge de raison sont les égaux de leurs pères, les domestiques s'asseyent à table avec leurs maîtres ; la même liberté règne dans les maisons et dans la république, et la famille est l'image de l'État[1].

La seule chose sur laquelle je ne jouissais pas de la liberté était la durée excessive des repas. J'étais bien le maître de ne pas me mettre à table ; mais quand j'y étais une fois, il y fallait rester une partie de la journée et boire d'autant. Le moyen d'imaginer qu'un homme et un Suisse n'aimât pas à boire[2] ? En effet, j'avoue que le bon vin me paraît une excellente chose, et que je ne hais point à m'en égayer pourvu qu'on ne m'y force pas. J'ai toujours remarqué que les gens faux sont sobres, et la grande réserve de la table annonce assez souvent des mœurs feintes et des âmes doubles. Un homme franc craint moins ce babil affectueux et ces tendres épanchements qui précèdent l'ivresse ; mais il faut savoir s'arrêter et prévenir l'excès. Voilà ce qu'il ne m'était guère possible de faire avec d'aussi déterminés buveurs que les Valaisans, des vins aussi violents que ceux du pays, et sur des tables où l'on ne vit jamais d'eau. Comment se résoudre à jouer si sottement le sage et à fâcher de si bonnes gens ? Je m'enivrais donc par reconnaissance, et ne pouvant payer mon écot de ma bourse, je le payais de ma raison.

Un autre usage qui ne me gênait guère moins, c'était de voir, même chez des magistrats, la femme et les filles de la maison, debout derrière ma chaise, servir à table comme des domestiques. La galanterie française se serait d'autant plus tourmentée à réparer cette incongruité, qu'avec la figure des Valaisanes, des servantes mêmes rendraient leurs services embarrassants. Vous pouvez m'en croire, elles sont jolies puisqu'elles m'ont paru l'être. Des yeux accoutumés à vous voir sont difficiles en beauté.

Pour moi qui respecte encore plus les usages des pays où je vis que ceux de la galanterie, je recevais leur service en silence, avec autant de gravité que D. Quichotte chez la Duchesse[1]. J'opposais quelquefois en souriant les grandes barbes et l'air grossier des convives au teint éblouissant de ces jeunes beautés timides, qu'un mot faisait rougir, et ne rendait que plus agréables. Mais je fus un peu choqué de l'énorme ampleur de leur gorge qui n'a dans sa blancheur éblouissante qu'un des avantages du modèle que j'osais lui comparer ; modèle unique et voilé dont les contours furtivement observés me peignent ceux de cette coupe célèbre à qui le plus beau sein du monde servit de moule[2].

Ne soyez pas surprise de me trouver si savant sur des mystères que vous cachez si bien : je le suis en dépit de vous ;

un sens en peut quelquefois instruire un autre[1] : malgré la plus jalouse vigilance, il échappe à l'ajustement le mieux concerté quelques légers interstices, par lesquels la vue opère l'effet du toucher. L'œil avide et téméraire s'insinue impunément sous les fleurs d'un bouquet ; il erre sous la chenille et la gaze, et fait sentir à la main la résistance élastique qu'elle n'oserait éprouver.

> *Parte appar delle mamme acerbe e crude,*
> *Parte altrui ne ricopre invida vesta ;*
> *Invida, ma s'agli occhi il varco chiude,*
> *L'amoroso pensier gia non arresta*[2].

Je remarquai aussi un grand défaut dans l'habillement des Valaisanes : c'est d'avoir des corps-de-robe[3] si élevés par derrière qu'elles en paraissent bossues ; cela fait un effet singulier avec leurs petites coiffures noires et le reste de leur ajustement, qui ne manque au surplus ni de simplicité ni d'élégance. Je vous porte un habit complet à la Valaisane, et j'espère qu'il vous ira bien ; il a été pris sur la plus jolie taille du pays.

Tandis que je parcourais avec extase ces lieux si peu connus et si dignes d'être admirés, que faisiez-vous cependant, ma Julie ? étiez-vous oubliée de votre ami ? Julie oubliée ? Ne m'oublierais-je pas plutôt moi-même, et que pourrais-je être un moment seul, moi qui ne suis plus rien que par vous ? Je n'ai jamais mieux remarqué avec quel instinct je place en divers lieux notre existence commune selon l'état de mon âme. Quand je suis triste, elle se réfugie auprès de la vôtre, et cherche des consolations aux lieux où vous êtes ; c'est ce que j'éprouvais en vous quittant. Quand j'ai du plaisir, je n'en saurais jouir seul, et pour le partager avec vous, je vous appelle alors où je suis. Voilà ce qui m'est arrivé durant toute cette course où la diversité des objets me rappelant sans cesse en moi-même, je vous conduisais partout avec moi. Je ne faisais pas un pas que nous ne le fissions ensemble. Je n'admirais pas une vue sans me hâter de vous la montrer. Tous les arbres que je rencontrais vous prêtaient leur ombre, tous les gazons vous servaient de siège. Tantôt assis à vos côtés, je vous aidais à parcourir des yeux les objets ; tantôt à vos genoux j'en contemplais un plus digne des regards d'un homme sensible. Rencontrais-je un pas difficile ? je vous le voyais franchir avec la légèreté d'un faon qui bondit après sa mère. Fallait-il traverser un torrent ? j'osais presser dans mes bras une si douce charge ; je passais le torrent lentement, avec délices, et voyais à regret le chemin que j'allais atteindre. Tout me rappelait à vous dans ce séjour paisible ; et les touchants attraits de la nature, et l'inaltérable pureté de l'air, et les mœurs simples des habitants, et leur sagesse égale et sûre, et l'aimable pudeur du sexe, et ses innocentes grâces, et tout ce qui frappait agréablement mes yeux et mon cœur leur peignait celle qu'ils cherchent.

Ô ma Julie ! disais-je avec attendrissement, que ne puis-je couler mes jours avec toi dans ces lieux ignorés, heureux de notre bonheur et non du regard des hommes ! Que ne puis-je ici rassembler toute mon âme en toi seule, et devenir à mon tour l'univers pour toi ! Charmes adorés, vous jouiriez alors des hommages qui vous sont dus ! Délices de l'amour, c'est alors que nos cœurs vous savoureraient sans cesse ! Une longue et douce ivresse nous laisserait ignorer le cours des ans : et quand enfin l'âge aurait calmé nos premiers feux, l'habitude de penser et sentir ensemble ferait succéder à leurs transports une amitié non moins tendre. Tous les sentiments honnêtes nourris dans la jeunesse avec ceux de l'amour en rempliraient un jour le vide immense ; nous pratiquerions au sein de cet heureux peuple, et à son exemple, tous les devoirs de l'humanité : sans cesse nous nous unirions pour bien faire, et nous ne mourrions point sans avoir vécu[1].

La poste arrive, il faut finir ma lettre, et courir recevoir la vôtre. Que le cœur me bat jusqu'à ce moment ! Hélas ! j'étais heureux dans mes chimères : mon bonheur fuit avec elles ; que vais-je être en réalité ?

LETTRE XXIV

À Julie

Je réponds sur-le-champ à l'article de votre lettre qui regarde le paiement, et n'ai Dieu merci nul besoin d'y réfléchir. Voici, ma Julie, quel est mon sentiment sur ce point.

Je distingue dans ce qu'on appelle honneur, celui qui se tire de l'opinion publique, et celui qui dérive de l'estime de soi-même. Le premier consiste en vains préjugés plus mobiles qu'une onde agitée ; le second a sa base dans les vérités éternelles de la morale. L'honneur du monde peut être avantageux à la fortune, mais il ne pénètre point dans l'âme et n'influe en rien sur le vrai bonheur. L'honneur véritable au contraire en forme l'essence, parce qu'on ne trouve qu'en lui ce sentiment permanent de satisfaction intérieure qui seul peut rendre heureux un être pensant. Appliquons, ma Julie, ces principes à votre question ; elle sera bientôt résolue.

Que je m'érige en maître de philosophie et prenne, comme ce fou de la fable [1], de l'argent pour enseigner la sagesse ; cet emploi paraîtra bas aux yeux du monde, et j'avoue qu'il a quelque chose de ridicule en soi : cependant comme aucun homme ne peut tirer sa subsistance absolument de lui-même et qu'on ne saurait l'en tirer de plus près que par son travail, nous mettrons ce mépris au rang des plus dangereux préjugés ; nous n'aurons point la sottise de sacrifier la félicité à cette opinion insensée ; vous ne m'en estimerez pas moins et je n'en serai pas plus à plaindre, quand je vivrai des talents que j'ai cultivés.

Mais ici, ma Julie, nous avons d'autres considérations à faire. Laissons la multitude et regardons en nous-mêmes. Que serai-je [2] réellement à votre père, en recevant de lui le salaire des leçons que je vous aurai données, et lui vendant une partie de mon temps c'est-à-dire de ma personne ? Un mercenaire, un homme à ses gages, une espèce de valet, et il aura de ma part pour garant de sa confiance, et pour sûreté de ce qui lui appartient ma foi tacite, comme celle du dernier de ses gens.

Or quel bien plus précieux peut avoir un père que sa fille unique, fût-ce même une autre que Julie ? Que fera donc celui qui lui vend ses services ? fera-t-il taire ses sentiments pour elle ? ah ! tu sais si cela se peut ! ou bien se livrant sans scrupule au penchant de son cœur offensera-t-il dans la partie la plus sensible celui à qui il doit fidélité ? Alors je ne vois plus dans un tel maître qu'un perfide qui foule aux pieds les droits les plus sacrés *, un traître, un séducteur domestique que les lois condamnent très justement à la mort[1]. J'espère que celle à qui je parle sait m'entendre ; ce n'est pas la mort que je crains, mais la honte d'en être digne, et le mépris de moi-même.

Quand les lettres d'Héloïse et d'Abélard[2] tombèrent entre vos mains, vous savez ce que je vous dis de cette lecture et de la conduite du Théologien. J'ai toujours plaint Héloïse ; elle avait un cœur fait pour aimer : mais Abélard ne m'a jamais paru qu'un misérable digne de son sort, et connaissant aussi peu l'amour que la vertu. Après l'avoir jugé faudra-t-il que je l'imite ? malheur à quiconque prêche une morale qu'il ne veut pas pratiquer ! Celui qu'aveugle sa passion jusqu'à ce point en est bientôt puni par elle, et perd le goût des sentiments auxquels il a sacrifié son honneur. L'amour est privé de son plus grand charme quand l'honnêteté l'abandonne ; pour en sentir tout le prix, il faut que le cœur s'y complaise, et qu'il nous élève en élevant l'objet aimé. Ôtez l'idée de la perfection, vous ôtez l'enthousiasme ; ôtez l'estime, et l'amour n'est plus rien. Comment une femme

* Malheureux jeune homme ! qui ne voit pas qu'en se laissant payer en reconnaissance ce qu'il refuse de recevoir en argent, il viole des droits plus sacrés encore. Au lieu d'instruire il corrompt ; au lieu de nourrir il empoisonne ; il se fait remercier par une mère abusée d'avoir perdu son enfant. On sent pourtant qu'il aime sincèrement la vertu, mais sa passion l'égare, et si sa grande jeunesse ne l'excusait pas, avec ses beaux discours il ne serait qu'un scélérat. Les deux amants sont à plaindre ; la mère seule est inexcusable.

pourrait-elle honorer un homme qui se déshonore ? Comment pourra-t-il adorer lui-même celle qui n'a pas craint de s'abandonner à un vil corrupteur ? Ainsi bientôt ils se mépriseront mutuellement ; l'amour ne sera plus pour eux qu'un honteux commerce, ils auront perdu l'honneur et n'auront point trouvé la félicité.

Il n'en est pas ainsi ma Julie, entre deux amants de même âge, tous deux épris du même feu, qu'un mutuel attachement unit, qu'aucun lien particulier ne gêne, qui jouissent tous deux de leur première liberté, et dont aucun droit ne proscrit l'engagement réciproque. Les lois les plus sévères ne peuvent leur imposer d'autre peine que le prix même de leur amour ; la seule punition de s'être aimés est l'obligation de s'aimer à jamais ; et s'il est quelques malheureux climats au monde où l'homme barbare brise ces innocentes chaînes, il en est puni, sans doute, par les crimes que cette contrainte engendre.

Voilà mes raisons, sage et vertueuse Julie, elles ne sont qu'un froid commentaire de celles que vous m'exposâtes avec tant d'énergie et de vivacité dans une de vos lettres ; mais c'en est assez pour vous montrer combien je m'en suis pénétré. Vous vous souvenez que je n'insistai point sur mon refus, et que malgré la répugnance que le préjugé m'a laissée, j'acceptai vos dons en silence, ne trouvant point en effet dans le véritable honneur de solide raison pour les refuser. Mais ici le devoir, la raison, l'amour même, tout parle d'un ton que je ne peux méconnaître. S'il faut choisir entre l'honneur et vous, mon cœur est prêt à vous perdre : Il vous aime trop, ô Julie, pour vous conserver à ce prix.

LETTRE XXV

De Julie

La relation de votre voyage est charmante, mon bon ami ; elle me ferait aimer celui qui l'a écrite, quand même je ne le connaîtrais pas. J'ai pourtant à vous tancer sur un passage dont vous vous doutez bien ; quoique je n'aie pu m'empêcher de rire de la ruse avec laquelle vous vous êtes mis à l'abri du Tasse, comme derrière un rempart. Eh, comment ne sentiez-vous point qu'il y a bien de la différence entre écrire au public ou à sa maîtresse ? L'amour, si craintif, si scrupuleux, n'exige-t-il pas plus d'égards que la bienséance ? Pouviez-vous ignorer que ce style n'est pas de mon goût, et cherchiez-vous à me déplaire ? Mais en voilà déjà trop, peut-être, sur un sujet qu'il ne fallait point relever. Je suis, d'ailleurs, trop occupée[1] de votre seconde lettre, pour répondre en détail à la première. Ainsi, mon ami, laissons le Valais pour une autre fois, et bornons-nous maintenant à nos affaires ; nous serons assez occupés.

Je savais le parti que vous prendriez. Nous nous connaissons trop bien pour en être encore à ces éléments. Si jamais la vertu nous abandonne, ce ne sera pas, croyez-moi, dans les occasions qui demandent du courage et des sacrifices*. Le premier mouvement, aux attaques vives est de résister ; et nous vaincrons, je l'espère, tant que l'ennemi nous avertira de prendre les armes. C'est au milieu du sommeil, c'est dans le sein d'un doux repos qu'il faut se défier des surprises : mais c'est, surtout, la continuité des maux qui rend leur poids insupportable, et l'âme résiste bien plus aisément aux vives douleurs qu'à la tristesse prolongée. Voilà, mon ami, la dure espèce de combat que nous aurons désormais à soutenir : ce ne sont point des actions héroïques que le devoir nous demande, mais une résistance plus héroïque encore à des peines sans relâche.

Je l'avais trop prévu ; le temps du bonheur est passé comme un éclair ; celui des disgrâces commence, sans que rien m'aide à juger quand il finira. Tout m'alarme et me décourage ; une langueur mortelle s'empare de mon âme ; sans sujet bien précis de pleurer, des pleurs involontaires s'échappent de mes yeux ; je ne lis pas dans l'avenir des maux

* On verra bientôt que la prédiction ne saurait plus mal cadrer avec l'événement.

inévitables ; mais je cultivais l'espérance et la vois flétrir tous les jours. Que sert, hélas, d'arroser le feuillage quand l'arbre est coupé par le pied[1] ?

Je le sens, mon ami, le poids de l'absence m'accable. Je ne puis vivre sans toi, je le sens ; c'est ce qui m'effraye le plus. Je parcours cent fois le jour les lieux que nous habitions ensemble, et ne t'y trouve jamais. Je t'attends à ton heure ordinaire ; l'heure passe et tu ne viens point. Tous les objets que j'aperçois me portent quelque idée de ta présence pour m'avertir que je t'ai perdu. Tu n'as point ce supplice affreux. Ton cœur seul peut te dire que je te manque. Ah, si tu savais quel pire tourment c'est de rester quand on se sépare, combien tu préférerais ton état au mien ?

Encore si j'osais gémir ! si j'osais parler de mes peines, je me sentirais soulager des maux dont je pourrais me plaindre. Mais hors quelques soupirs exhalés en secret dans le sein de ma cousine, il faut étouffer tous les autres ; il faut contenir mes larmes ; il faut sourire quand je me meurs.

Sentirsi, oh Dei, morir ;
E non poter mai dir :
Morir mi sento[2] *!*

Le pis est que tous ces maux aggravent[3] sans cesse mon plus grand mal, et que plus ton souvenir me désole, plus j'aime à me le rappeler. Dis-moi, mon ami, mon doux ami ! sens-tu combien un cœur languissant est tendre, et combien la tristesse fait fermenter l'amour ?

Je voulais vous parler de mille choses ; mais outre qu'il vaut mieux attendre de savoir positivement où vous êtes, il ne m'est pas possible de continuer cette lettre dans l'état où je me trouve en l'écrivant. Adieu, mon Ami ; je quitte la plume, mais croyez que je ne vous quitte pas.

BILLET

J'écris par un batelier que je ne connais point ce billet à l'adresse ordinaire, pour donner avis que j'ai choisi mon asile à Meillerie sur la rive opposée ; afin de jouir au moins de la vue du lieu dont je n'ose approcher.

LETTRE XXVI

À Julie

Que mon état est changé dans peu de jours ! Que d'amertumes se mêlent à la douceur de me rapprocher de vous ! Que de tristes réflexions m'assiègent ! Que de traverses mes craintes me font prévoir ! Ô Julie, que c'est un fatal présent du ciel qu'une âme sensible[1] ! Celui qui l'a reçu doit s'attendre à n'avoir que peine et douleur sur la terre. Vil jouet de l'air et des saisons, le soleil ou les brouillards, l'air couvert ou serein régleront sa destinée, et il sera content ou triste au gré des vents. Victime des préjugés, il trouvera dans d'absurdes maximes un obstacle invincible aux justes vœux de son cœur. Les hommes le puniront d'avoir des sentiments droits de chaque chose, et d'en juger par ce qui est véritable plutôt que par ce qui est de convention. Seul il suffirait pour faire sa propre misère, en se livrant indiscrètement aux attraits divins de l'honnête et du beau, tandis que les pesantes chaînes de la nécessité l'attachent à l'ignominie. Il cherchera la félicité suprême sans se souvenir qu'il est homme : son cœur et sa raison seront incessamment en guerre, et des désirs sans bornes lui prépareront d'éternelles privations.

Telle est la situation cruelle où me plongent, le sort qui m'accable, et mes sentiments qui m'élèvent, et ton père qui me méprise, et toi qui fais le charme et le tourment de ma vie. Sans toi, Beauté fatale, je n'aurais jamais senti ce contraste insupportable de grandeur au fond de mon âme et de bassesse dans ma fortune : j'aurais vécu tranquille et serais mort content, sans daigner remarquer quel rang j'avais occupé sur la terre : Mais t'avoir vue et ne pouvoir te posséder, t'adorer et n'être qu'un homme ! être aimé et ne pouvoir être heureux ! habiter les mêmes lieux et ne pouvoir vivre ensemble ! Ô Julie à qui je ne puis renoncer ! Ô destinée que je ne puis vaincre ! quels combats affreux vous excitez en moi, sans pouvoir jamais surmonter mes désirs ni mon impuissance !

Quel effet bizarre et inconcevable ! Depuis que je suis rapproché de vous, je ne roule dans mon esprit que des pensées funestes. Peut-être le séjour où je suis contribue-t-il à cette mélancolie ; il est triste et horrible ; il en est plus conforme à l'état de mon âme, et je n'en habiterais pas si patiemment un plus agréable. Une file de rochers stériles borde la côte, et environne mon habitation que l'hiver rend encore plus affreuse. Ah ! je le sens, ma Julie, s'il fallait renoncer à vous, il n'y aurait plus pour moi d'autre séjour ni d'autre saison.

Dans les violents transports qui m'agitent je ne saurais demeurer en place ; je cours, je monte avec ardeur, je m'élance sur les rochers ; je parcours à grands pas tous les environs, et trouve partout dans les objets la même horreur qui règne au dedans de moi. On n'aperçoit plus de verdure, l'herbe est jaune et flétrie, les arbres sont dépouillés, le séchard* et la froide bise entassent la neige et les glaces, et toute la nature est morte à mes yeux, comme l'espérance au fond de mon cœur.

Parmi les rochers de cette côte, j'ai trouvé dans un abri solitaire une petite esplanade d'où l'on découvre à plein la ville heureuse où vous habitez. Jugez avec quelle avidité mes yeux se portèrent vers ce séjour chéri. Le premier jour, je fis mille efforts pour y discerner votre demeure ; mais l'extrême éloignement les rendit vains, et je m'aperçus que mon imagination donnait le change à mes yeux fatigués. Je courus chez le Curé emprunter un télescope avec lequel je vis ou

* Vent de nord-est.

crus voir votre maison, et depuis ce temps je passe les jours entiers dans cet asile à contempler ces murs fortunés qui renferment la source de ma vie. Malgré la saison je m'y rends dès le matin et n'en reviens qu'à la nuit. Des feuilles et quelques bois secs que j'allume servent avec mes courses à me garantir du froid excessif. J'ai pris tant de goût pour ce lieu sauvage que j'y porte même de l'encre et du papier, et j'y écris maintenant cette lettre sur un quartier que les glaces ont détaché du rocher voisin.

C'est là, ma Julie, que ton malheureux amant achève de jouir des derniers plaisirs qu'il goûtera peut-être en ce monde. C'est de là qu'à travers les airs et les murs, il ose en secret pénétrer jusque dans ta chambre. Tes traits charmants le frappent encore ; tes regards tendres raniment son cœur mourant ; il entend le son de ta douce voix ; il ose chercher encore en tes bras ce délire qu'il éprouva dans le bosquet. Vain fantôme d'une âme agitée qui s'égare dans ses désirs ! Bientôt forcé de rentrer en moi-même, je te contemple au moins dans le détail de ton innocente vie ; je suis de loin les diverses occupations de ta journée, et je me les représente dans les temps et les lieux où j'en fus quelquefois l'heureux témoin. Toujours je te vois vaquer à des soins qui te rendent plus estimable, et mon cœur s'attendrit avec délices sur l'inépuisable bonté du tien. Maintenant, me dis-je au matin, elle sort d'un paisible sommeil, son teint a la fraîcheur de la rose, son âme jouit d'une douce paix ; elle offre à celui dont elle tient l'être un jour qui ne sera point perdu pour la vertu. Elle passe à présent chez sa mère ; les tendres affections de son cœur s'épanchent avec les auteurs de ses jours, elle les soulage dans le détail des soins de la maison, elle fait peut-être la paix d'un domestique imprudent, elle lui fait peut-être une exhortation secrète, elle demande peut-être une grâce pour un autre. Dans un autre temps ;[1] elle s'occupe sans ennui des travaux de son sexe, elle orne son âme de connaissances utiles, elle ajoute à son goût exquis les agréments des beaux-arts, et ceux de la danse à sa légèreté naturelle. Tantôt je vois une élégante et simple parure orner des charmes qui n'en ont pas besoin ; ici je la vois consulter un pasteur vénérable sur la peine ignorée d'une famille indigente, là, secourir ou consoler la triste veuve et l'orphelin délaissé. Tantôt elle charme une honnête société par ses discours sensés et modestes ; tantôt en riant avec ses compagnes elle ramène une jeunesse folâtre au ton de la sagesse et des bonnes mœurs : Quelques moments ! ah pardonne ! j'ose te voir même t'occuper de moi ; je vois tes yeux attendris parcourir une de mes Lettres ; je lis dans leur douce langueur que c'est à ton amant fortuné que s'adressent les lignes que tu traces, je vois que c'est de lui que tu parles à ta cousine avec une si tendre émotion. Ô Julie ! ô Julie ! et nous ne serions pas unis ? et nos jours ne couleraient pas ensemble ? et nous pourrions être séparés pour toujours ? Non, que jamais cette affreuse idée ne se présente à mon esprit ! En un instant elle change tout mon attendrissement en fureur ; la rage me fait courir de caverne en caverne ; des gémissements et des cris m'échappent malgré moi ; je rugis comme une lionne irritée [1] ; je suis capable de tout, hors de renoncer à toi, et il n'y a rien, non rien que je ne fasse pour te posséder ou mourir.

J'en étais ici de ma lettre, et je n'attendais qu'une occasion sûre pour vous l'envoyer, quand j'ai reçu de Sion la dernière que vous m'y avez écrite. Que la tristesse qu'elle respire a charmé la mienne ! Que j'y ai vu un frappant exemple de ce que vous me disiez de l'accord de nos âmes dans des lieux éloignés [2] ! Votre affliction je l'avoue, est plus patiente, la mienne est plus emportée ; mais il faut bien que le même sentiment prenne la teinture des caractères qui l'éprouvent, et il est bien naturel que les plus grandes pertes causent les plus grandes douleurs. Que dis-je, des pertes ? Eh ! qui les pourrait supporter ? Non, connaissez-le enfin, ma Julie, un éternel arrêt du ciel nous destina l'un pour l'autre ; c'est la première loi qu'il faut écouter ; c'est le premier soin de la vie de s'unir à qui doit nous la rendre douce. Je le vois, j'en gémis, tu t'égares dans tes vains projets ; tu veux forcer des barrières insurmontables et négliges les seuls moyens possibles ; l'enthousiasme de l'honnêteté t'ôte la raison, et ta vertu n'est plus qu'un délire.

Ah ! si tu pouvais rester toujours jeune et brillante comme à présent, je ne demanderais au Ciel que de te savoir éternellement heureuse, te voir tous les ans de ma vie une fois, une seule fois ; et passer le reste de mes jours à contempler de loin ton asile, à t'adorer parmi ces rochers. Mais hélas ! vois la rapidité de cet astre qui jamais n'arrête [1] ; il vole et le temps fuit, l'occasion s'échappe, ta beauté, ta beauté même aura son terme, elle doit décliner et périr un jour comme une fleur qui tombe sans avoir été cueillie ; et moi cependant, je gémis, je souffre, ma jeunesse s'use dans les larmes, et se flétrit dans la douleur. Pense, pense, Julie, que nous comptons déjà des années perdues pour le plaisir [2]. Pense qu'elles ne reviendront jamais ; qu'il en sera de même de celles qui nous restent si nous les laissons échapper encore. Ô amante aveuglée ! tu cherches un chimérique bonheur pour un temps où nous ne serons plus ; tu regardes un avenir éloigné, et tu ne vois pas que nous nous consumons sans cesse, et que nos âmes, épuisées d'amour et de peines, se fondent et coulent comme l'eau. Reviens, il en est temps encore, reviens, ma Julie, de cette erreur funeste. Laisse là tes projets et sois heureuse. Viens, ô mon âme, dans les bras de ton ami réunir les deux moitiés de notre être : viens à la face du ciel guide de notre fuite et témoin de nos serments jurer de vivre et mourir l'un à l'autre [3]. Ce n'est pas toi, je le sais, qu'il faut rassurer contre la crainte de l'indigence. Soyons heureux et pauvres, ah quels trésors nous aurons acquis ! Mais ne faisons point cet affront à l'humanité, de croire qu'il ne restera pas sur la terre entière un asile à deux Amants infortunés. J'ai des bras, je suis robuste ; le pain gagné par mon travail te paraîtra plus délicieux que les mets des festins. Un repas apprêté par l'amour peut-il jamais être insipide ? Ah, tendre et chère amante, dussions-nous n'être heureux qu'un seul jour, veux-tu quitter cette courte vie sans avoir goûté le bonheur ?

Je n'ai plus qu'un mot à vous dire, ô Julie ! vous

connaissez l'antique usage du rocher de Leucate, dernier refuge de tant d'amants malheureux [1]. Ce lieu-ci lui ressemble à bien des égards. La roche est escarpée, l'eau est profonde, et je suis au désespoir.

LETTRE XXVII

De Claire

Ma douleur me laisse à peine la force de vous écrire. Vos malheurs et les miens sont au comble : L'aimable Julie est à l'extrémité et n'a peut-être pas deux jours à vivre. L'effort qu'elle fit pour vous éloigner d'elle commença d'altérer sa santé. La première conversation qu'elle eut sur votre compte avec son père y porta de nouvelles attaques : d'autres chagrins plus récents [2] ont accru ses agitations, et votre dernière lettre a fait le reste. Elle en fut si vivement émue qu'après avoir passé une nuit dans d'affreux combats, elle tomba hier dans l'accès d'une fièvre ardente qui n'a fait qu'augmenter sans cesse et lui a enfin donné le transport [3]. Dans cet état elle vous nomme à chaque instant, et parle de vous avec une véhémence qui montre combien elle en est occupée. On éloigne son père autant qu'il est possible ; cela prouve assez que ma tante a conçu des soupçons : elle m'a même demandé avec inquiétude si vous n'étiez pas de retour, et je vois que le danger de sa fille effaçant pour le moment toute autre considération, elle ne serait pas fâchée de vous voir ici.

Venez donc, sans différer. J'ai pris ce bateau exprès pour vous porter cette lettre ; il est à vos ordres, servez-vous-en pour votre retour, et surtout ne perdez pas un moment si vous voulez revoir la plus tendre amante qui fut jamais.

LETTRE XXVIII[1]

De Julie à Claire

Que ton absence me rend amère la vie que tu m'as rendue ! Quelle convalescence ! Une passion plus terrible que la fièvre et le transport m'entraîne à ma perte. Cruelle ! tu me quittes quand j'ai plus besoin[2] de toi ; tu m'as quittée pour huit jours, peut-être ne me reverras-tu jamais. Ô si tu savais ce que l'insensé m'ose proposer !..... et de quel ton !..... m'enfuir ! le suivre ! m'enlever !..... le malheureux !..... de qui me plains-je ? mon cœur, mon indigne cœur m'en dit cent fois plus que lui..... grand Dieu ! que serait-ce, s'il savait tout ?... il en deviendrait furieux, je serais entraînée, il faudrait partir..... je frémis.....

Enfin, mon père m'a donc vendue ? il fait de sa fille une marchandise, une esclave, il s'acquitte à mes dépens ! il paye sa vie de la mienne !.... car je le sens bien, je n'y survivrai jamais.... père barbare et dénaturé ! mérite-t-il...... quoi, mériter ? c'est le meilleur des pères ; il veut unir sa fille à son ami, voilà son crime. Mais ma mère, ma tendre mère ! quel mal m'a-t-elle fait ?.... Ah beaucoup ! elle m'a trop aimée, elle m'a perdue.

Claire, que ferai-je ? que deviendrai-je ? Hanz ne vient point. Je ne sais comment t'envoyer cette lettre. Avant que tu la reçoives.... avant que tu sois de retour....... qui sait.... fugitive, errante, déshonorée.... c'en est fait, c'en est fait, la crise[3] est venue. Un jour, une heure, un moment, peut-être.... qui est-ce qui sait éviter son sort ? ...... ô dans quelque lieu que je vive et que je meure ; en quelque asile obscur que je traîne ma honte et mon désespoir ; Claire, souviens-toi de ton amie...... Hélas ; la misère et l'opprobre changent les cœurs...... Ah, si jamais le mien t'oublie, il aura beaucoup changé !

LETTRE XXIX

De Julie à Claire

Reste, ah reste ! ne reviens jamais ; tu viendrais trop tard. Je ne dois plus te voir ; comment soutiendrais-je ta vue ?

Où étais-tu, ma douce amie, ma sauvegarde, mon Ange tutélaire ? tu m'as abandonnée, et j'ai péri. Quoi, ce fatal voyage était-il si nécessaire ou si pressé ? pouvais-tu me laisser à moi-même dans l'instant le plus dangereux de ma vie ? Que de regrets tu t'es préparés par cette coupable négligence ? Ils seront éternels ainsi que mes pleurs. Ta perte n'est pas moins irréparable que la mienne, et une autre amie digne de toi n'est pas plus facile à recouvrer que mon innocence.

Qu'ai-je dit, misérable ? Je ne puis ni parler ni me taire. Que sert le silence quand le remords crie ? L'univers entier ne me reproche-t-il pas ma faute ? ma honte n'est-elle pas écrite sur tous les objets ? Si je ne verse mon cœur dans le tien il faudra que j'étouffe. Et toi ne te reproches-tu rien, facile et trop confiante amie ? Ah que ne me trahissais-tu ? C'est ta fidélité, ton aveugle amitié, c'est ta malheureuse indulgence qui m'a perdue.

Quel Démon t'inspira de le rappeler, ce cruel qui fait mon opprobre ? ses perfides soins devaient-ils me redonner la vie pour me la rendre odieuse ? qu'il fuie à jamais, le barbare ! qu'un reste de pitié le touche ; qu'il ne vienne plus redoubler mes tourments par sa présence ; qu'il renonce au plaisir féroce de contempler mes larmes. Que dis-je, hélas ? il n'est point coupable ; c'est moi seule qui le suis ; tous mes malheurs sont mon ouvrage, et je n'ai rien à reprocher qu'à moi. Mais le vice a déjà corrompu mon âme ; c'est le premier de ses effets de nous faire accuser autrui de nos crimes.

Non, non, jamais il ne fut capable d'enfreindre ses serments. Son cœur vertueux ignore l'art abject d'outrager ce qu'il aime. Ah ! sans doute, il sait mieux aimer que moi puisqu'il sait mieux se vaincre. Cent fois mes yeux furent témoins de ses combats et de sa victoire ; les siens étincelaient du feu de ses désirs, il s'élançait vers moi dans l'impétuosité d'un transport aveugle ; il s'arrêtait tout à coup ; une barrière insurmontable semblait m'avoir entourée, et jamais son amour impétueux mais honnête ne l'eût franchie. J'osai trop contempler ce dangereux spectacle. Je me sentais troubler de ses transports, ses soupirs oppressaient mon cœur ; je partageais ses tourments en ne pensant que les plaindre. Je le vis dans des agitations convulsives, prêt à s'évanouir à mes pieds. Peut-être l'amour seul m'aurait épargnée ; ô ma Cousine, c'est la pitié qui me perdit[1].

Il semblait que ma passion funeste voulût se couvrir pour me séduire du masque de toutes les vertus. Ce jour même il m'avait pressée avec plus d'ardeur de le suivre. C'était désoler le meilleur des pères ; c'était plonger le poignard dans le sein maternel ; je résistai, je rejetai ce projet avec horreur. L'impossibilité de voir jamais nos vœux accomplis, le mystère qu'il fallait lui faire de cette impossibilité, le regret d'abuser un amant si soumis et si tendre après avoir flatté son espoir, tout abattait mon courage, tout augmentait ma faiblesse, tout aliénait ma raison. Il fallait donner la mort aux auteurs de mes jours, à mon amant, ou à moi-même. Sans savoir ce que je faisais je choisis ma propre infortune. J'oubliai tout et ne me souvins que de l'amour. C'est ainsi qu'un instant d'égarement m'a perdue à jamais. Je suis tombée dans l'abîme d'ignominie dont une fille ne revient point ; et si je vis, c'est pour être plus malheureuse.

Je cherche en gémissant quelque reste de consolation sur la terre. Je n'y vois que toi, mon aimable amie ; ne me prive pas d'une si charmante ressource, je t'en conjure ; ne m'ôte pas les douceurs de ton amitié. J'ai perdu le droit d'y prétendre, mais jamais je n'en eus si grand besoin. Que la pitié supplée à l'estime. Viens, ma chère, ouvrir ton âme à mes plaintes ; viens recueillir les larmes de ton amie ; garantis-moi, s'il se peut, du mépris de moi-même, et fais-moi croire que je n'ai pas tout perdu, puisque ton cœur me reste encore.

LETTRE XXX

Réponse

Fille infortunée ! Hélas, qu'as-tu fait ? Mon Dieu ! tu étais si digne d'être sage ! Que te dirai-je dans l'horreur de ta situation, et dans l'abattement où elle te plonge ? Achèverai-je d'accabler ton pauvre cœur, ou t'offrirai-je des consolations qui se refusent au mien ? Te montrerai-je les objets tels qu'ils sont, ou tels qu'il te convient de les voir ? sainte et pure amitié ! porte à mon esprit tes douces illusions, et dans la tendre pitié que tu m'inspires, abuse-moi la première sur des maux que tu ne peux plus guérir.

J'ai craint, tu le sais, le malheur dont tu gémis. Combien de fois je te l'ai prédit sans être écoutée !.... il est l'effet d'une téméraire confiance..... Ah ! ce n'est plus de tout cela qu'il s'agit. J'aurais trahi ton secret, sans doute, si j'avais pu te sauver ainsi : mais j'ai lu mieux que toi dans ton cœur trop sensible ; je le vis se consumer d'un feu dévorant que rien ne pouvait éteindre. Je sentis dans ce cœur palpitant d'amour qu'il fallait être heureuse ou mourir, et quand la peur de succomber te fit bannir ton amant avec tant de larmes, je jugeai que bientôt tu ne serais plus, ou qu'il serait bientôt rappelé. Mais quel fut mon effroi quand je te vis dégoûtée de vivre, et si près de la mort ! N'accuse ni ton amant ni toi d'une faute dont je suis la plus coupable, puisque je l'ai prévue sans la prévenir.

Il est vrai que je partis malgré moi ; tu le vis, il fallut obéir ; si je t'avais cru[1] si près de ta perte, on m'aurait plutôt mise en pièces que de m'arracher à toi. Je m'abusai sur le moment du péril. Faible et languissante encore, tu me parus en sûreté contre une si courte absence : je ne prévis pas la dangereuse alternative où tu t'allais trouver ; j'oubliai que ta propre faiblesse laissait ce cœur abattu moins en état de se défendre contre lui-même. J'en demande pardon au mien, j'ai peine à me repentir d'une erreur qui t'a sauvé la vie ; je n'ai pas ce dur courage qui te faisait renoncer à moi ; je n'aurais pu te perdre sans un mortel désespoir, et j'aime encore mieux que tu vives et que tu pleures.

Mais pourquoi tant de pleurs, chère et douce amie ? Pourquoi ces regrets plus grands que ta faute, et ce mépris de toi-même que tu n'as pas mérité ? Une faiblesse effacera-t-elle tant de sacrifices, et le danger même dont tu sors n'est-il pas une preuve de ta vertu ? Tu ne penses qu'à ta défaite et oublies tous les triomphes pénibles qui l'ont précédée. Si tu as plus combattu que celles qui résistent, n'as-tu pas plus fait pour l'honneur qu'elles ? si rien ne peut te justifier, songe au moins à ce qui t'excuse[1]. Je connais à peu près ce qu'on appelle amour ; je saurai toujours résister aux transports qu'il inspire : mais j'aurais fait moins de résistance à un amour pareil au tien et, sans avoir été vaincue, je suis moins chaste que toi.

Ce langage te choquera ; mais ton plus grand malheur est de l'avoir rendu nécessaire ; je donnerais ma vie pour qu'il ne te fût pas propre ; car je hais les mauvaises maximes encore plus que les mauvaises actions *. Si la faute était à commettre, que j'eusse la bassesse de te parler ainsi, et toi celle de m'écouter, nous serions toutes deux les dernières des créatures. À présent, ma chère, je dois te parler ainsi, et tu dois m'écouter, ou tu es perdue : car il reste en toi mille adorables qualités que l'estime de toi-même peut seule conserver, qu'un excès de honte et l'abjection qui le suit[2] détruiraient infailliblement : et c'est sur ce que tu croiras valoir encore que tu vaudras en effet.

Garde-toi donc de tomber dans un abattement dangereux qui t'avilirait plus que ta faiblesse. Le véritable amour est-il fait pour dégrader l'âme ? Qu'une faute que l'amour a commise ne t'ôte point ce noble enthousiasme de l'honnête et du beau, qui t'éleva toujours au-dessus de toi-même. Une tache paraît-elle au soleil ? combien de vertus te restent pour

* Ce sentiment est juste et sain. Les passions déréglées inspirent les mauvaises actions ; mais les mauvaises maximes corrompent la raison même, et ne laissent plus de ressources pour revenir au bien.

une qui s'est altérée ? En seras-tu moins douce, moins sincère, moins modeste, moins bienfaisante ? En seras-tu moins digne, en un mot, de tous nos hommages ? L'honneur, l'humanité, l'amitié, le pur amour en seront-ils moins chers à ton cœur ? En aimeras-tu moins les vertus mêmes que tu n'auras plus ? Non, chère et bonne Julie, ta Claire en te plaignant t'adore ; elle sait, elle sent qu'il n'y a rien de bien qui ne puisse encore sortir de ton âme. Ah ! crois-moi, tu pourrais beaucoup perdre avant qu'aucune autre plus sage que toi te valût jamais.

Enfin tu me restes ; je puis me consoler de tout, hors de te perdre. Ta première lettre m'a fait frémir. Elle m'eût presque fait désirer la seconde, si je ne l'avais reçue en même temps. Vouloir délaisser son amie ! projeter de s'enfuir sans moi ! Tu ne parles point de ta plus grande faute. C'était de celle-là qu'il fallait cent fois plus rougir. Mais l'ingrate ne songe qu'à son amour.... Tiens, je t'aurais été tuer au bout du monde [1].

Je compte avec une mortelle impatience les moments que je suis forcée à passer loin de toi. Ils se prolongent cruellement ; nous sommes encore pour six jours à Lausanne, après quoi je volerai vers mon unique amie. J'irai la consoler ou m'affliger avec elle, essuyer ou partager ses pleurs. Je ferai parler dans ta douleur moins l'inflexible raison que la tendre amitié. Chère cousine, il faut gémir, nous aimer, nous taire, et, s'il se peut, effacer à force de vertus une faute qu'on ne répare point avec des larmes. Ah ! ma pauvre Chaillot !

LETTRE XXXI

À Julie

Quel prodige du Ciel es-tu donc, inconcevable Julie ? et par quel art connu de toi seule peux-tu rassembler dans un cœur tant de mouvements incompatibles ? Ivre d'amour et de volupté, le mien nage dans la tristesse ; je souffre et languis de douleur au sein de la félicité suprême, et je me reproche comme un crime l'excès de mon bonheur. Dieu ! quel tourment affreux de n'oser se livrer tout entier à nul sentiment, de les combattre incessamment l'un par l'autre, et d'allier toujours l'amertume au plaisir[1] ! Il vaudrait mieux cent fois n'être que misérable.

Que me sert, hélas, d'être heureux ? Ce ne sont plus mes maux, mais les tiens que j'éprouve, et ils ne m'en sont que plus sensibles. Tu veux en vain me cacher tes peines ; je les lis malgré toi dans la langueur et l'abattement de tes yeux. Ces yeux touchants peuvent-ils dérober quelque secret à l'amour ? Je vois, je vois sous une apparente sérénité les déplaisirs cachés qui t'assiègent, et ta tristesse voilée d'un doux sourire n'en est que plus amère à mon cœur.

Il n'est plus temps de me rien dissimuler. J'étais hier dans la chambre de ta mère ; elle me quitte un moment ; j'entends des gémissements qui me percent l'âme, pouvais-je à cet effet méconnaître leur source ? Je m'approche du lieu d'où ils semblent partir ; j'entre dans ta chambre, je pénètre jusqu'à ton cabinet. Que devins-je en entrouvrant la porte, quand j'aperçus celle qui devrait être sur le trône de l'univers assise à terre, la tête appuyée sur un fauteuil inondé de ses larmes ? Ah, j'aurais moins souffert s'il l'eût été de mon sang ! De quels remords je fus à l'instant déchiré ? Mon bonheur devint mon supplice ; je ne sentis plus que tes peines, et j'aurais racheté de ma vie tes pleurs et tous mes plaisirs. Je voulais me précipiter à tes pieds, je voulais essuyer de mes lèvres ces précieuses larmes, les recueillir au fond de mon cœur, mourir ou les tarir pour jamais : j'entends revenir ta mère ; il faut retourner brusquement à ma place, j'emporte en moi toutes tes douleurs, et des regrets qui ne finiront qu'avec elles.

Que je suis humilié, que je suis avili de ton repentir ! Je suis donc bien méprisable, si notre union te fait mépriser de toi-même, et si le charme de mes jours est le tourment des tiens[2] ? sois plus juste envers toi, ma Julie ; vois d'un œil moins prévenu les sacrés liens que ton cœur a formés. N'as-tu pas suivi les plus pures lois de la nature ? N'as-tu pas librement contracté le plus saint des engagements ? Qu'as-tu fait que les lois divines et humaines ne puissent et ne doivent autoriser ? Que manque-t-il au nœud qui nous joint qu'une déclaration publique ? Veuille être à moi, tu n'es plus coupable. Ô mon épouse ! Ô ma digne et chaste compagne ! ô gloire et bonheur de ma vie [1] ! non ce n'est point ce qu'a fait ton amour qui peut être un crime, mais ce que tu lui voudrais ôter : ce n'est qu'en acceptant un autre époux que tu peux offenser l'honneur. Sois sans cesse à l'ami de ton cœur pour être innocente. La chaîne qui nous lie est légitime, l'infidélité seule qui la romprait serait blâmable, et c'est désormais à l'amour d'être garant de la vertu.

Mais quand ta douleur serait raisonnable, quand tes regrets seraient fondés, pourquoi m'en dérobes-tu ce qui m'appartient ? pourquoi mes yeux ne versent-ils pas la moitié de tes pleurs ? Tu n'as pas une peine que je ne doive sentir, pas un sentiment que je ne doive partager, et mon cœur justement jaloux te reproche toutes les larmes que tu ne répands pas dans mon sein. Dis, froide et mystérieuse amante, tout ce que ton âme ne communique point à la mienne, n'est-il pas un vol que tu fais à l'amour ? Tout ne doit-il pas être commun entre nous, ne te souvient-il plus de l'avoir dit ? Ah ! si tu savais aimer comme moi, mon bonheur te consolerait comme ta peine m'afflige, et tu sentirais mes plaisirs comme je sens ta tristesse !

Mais je le vois, tu me méprises comme un insensé, parce que ma raison s'égare au sein des délices. Mes emportements t'effrayent, mon délire te fait pitié, et tu ne sens pas que toute la force humaine ne peut suffire à des félicités sans bornes. Comment veux-tu qu'une âme sensible goûte modérément des biens infinis ? Comment veux-tu qu'elle supporte à la fois tant d'espèces de transports sans sortir de son assiette ? Ne sais-tu pas qu'il est un terme où nulle raison ne résiste plus, et qu'il n'est point d'homme au monde dont le bon sens soit à toute épreuve ? Prends donc pitié de l'égarement où tu m'as jeté, et ne méprise pas des erreurs qui sont ton ouvrage. Je ne suis plus à moi, je l'avoue, mon âme aliénée est toute en toi. J'en suis plus propre à sentir tes peines et plus digne de les partager. Ô Julie, ne te dérobe pas à toi-même !

LETTRE XXXII

Réponse

Il fut un temps, mon aimable ami, où nos Lettres étaient faciles et charmantes ; le sentiment qui les dictait coulait avec une élégante simplicité ; il n'avait besoin ni d'art ni de coloris, et sa pureté faisait toute sa parure. Cet heureux temps n'est plus : hélas ! il ne peut revenir ; et pour premier effet d'un changement si cruel, nos cœurs ont déjà cessé de s'entendre.

Tes yeux ont vu mes douleurs. Tu crois en avoir pénétré la source ; tu veux me consoler par de vains discours, et quand tu penses m'abuser, c'est toi, mon ami, qui t'abuses. Crois-moi, crois-en le cœur tendre de ta Julie ; mon regret est bien moins d'avoir donné trop à l'amour que de l'avoir privé de son plus grand charme. Ce doux enchantement de vertu s'est évanoui comme un songe : nos feux ont perdu cette ardeur divine qui les animait en les épurant ; nous avons recherché le plaisir et le bonheur a fui loin de nous. Ressouviens-toi de ces moments délicieux où nos cœurs s'unissaient d'autant mieux que nous nous respections davantage, où la passion tirait de son propre excès la force de se vaincre elle-même, où l'innocence nous consolait de la contrainte, où les hommages rendus à l'honneur tournaient tous au profit de l'amour. Compare un état si charmant à notre situation présente : que d'agitations ! que d'effroi ! que de mortelles alarmes ! que de sentiments immodérés ont perdu leur première douceur. Qu'est devenu ce zèle de sagesse et d'honnêteté dont l'amour animait toutes les actions de notre vie, et qui rendait à son tour l'amour plus délicieux ? Notre jouissance était paisible et durable ; nous n'avons plus que des transports[1] : ce bonheur insensé ressemble à des accès de fureur plus qu'à de tendres caresses. Un feu pur et sacré brûlait nos cœurs ;

livrés aux erreurs des sens, nous ne sommes plus que des amants vulgaires[1] ; trop heureux si l'amour jaloux daigne présider encore, à des plaisirs que le plus vil mortel peut goûter sans lui.

Voilà, mon ami, les pertes qui nous sont communes et que je ne pleure pas moins pour toi que pour moi. Je n'ajoute rien sur les miennes, ton cœur est fait pour les sentir. Vois ma honte, et gémis si tu sais aimer. Ma faute est irréparable, mes pleurs ne tariront point. Ô toi qui les fais couler, crains d'attenter à de si justes douleurs ; tout mon espoir est de les rendre éternelles ; le pire de mes maux serait d'en être consolée, et c'est le dernier degré de l'opprobre de perdre avec l'innocence le sentiment qui nous la fait aimer.

Je connais mon sort, j'en sens l'horreur, et cependant il me reste une consolation dans mon désespoir, elle est unique, mais elle est douce. C'est de toi que je l'attends, mon aimable ami. Depuis que je n'ose plus porter mes regards sur moi-même, je les porte avec plus de plaisir sur celui que j'aime. Je te rends tout ce que tu m'ôtes de ma propre estime, et tu ne m'en deviens que plus cher en me forçant à me haïr. L'amour, cet amour fatal qui me perd te donne un nouveau prix ; tu t'élèves quand je me dégrade ; ton âme semble avoir profité de tout l'avilissement de la mienne. Sois donc désormais mon unique espoir, c'est à toi de justifier s'il se peut ma faute ; couvre-la de l'honnêteté de tes sentiments ; que ton mérite efface ma honte ; rends excusable à force de vertus la perte de celles que tu me coûtes. Sois tout mon être, à présent que je ne suis plus rien. Le seul honneur qui me reste est tout en toi, et tant que tu seras digne de respect, je ne serai pas tout à fait méprisable.

Quelque regret que j'aie au retour de ma santé, je ne saurais le dissimuler plus longtemps. Mon visage démentirait mes discours, et ma feinte convalescence ne peut plus tromper personne. Hâte-toi donc, avant que je sois forcée de reprendre mes occupations ordinaires, de faire la démarche dont nous sommes convenus. Je vois clairement que ma mère a conçu des soupçons et qu'elle nous observe. Mon père n'en est pas là, je l'avoue : ce fier gentilhomme n'imagine pas même qu'un roturier puisse être amoureux de sa fille ; mais enfin, tu sais ses résolutions ; il te préviendra si tu ne le préviens, et pour avoir voulu te conserver le même accès dans notre maison, tu t'en banniras tout à fait. Crois-moi, parle à ma mère tandis qu'il en est encore temps. Feins des affaires qui t'empêchent de continuer à m'instruire, et renonçons à nous voir si souvent, pour nous voir au moins quelquefois : car si l'on te ferme la porte tu ne peux plus t'y présenter ; mais si tu te la fermes toi-même, tes visites seront en quelque sorte à ta discrétion, et avec un peu d'adresse et de complaisance, tu pourras les rendre plus fréquentes dans la suite, sans qu'on l'aperçoive ou qu'on le trouve mauvais. Je te dirai ce soir les moyens que j'imagine d'avoir d'autres occasions de nous voir, et tu conviendras que l'inséparable Cousine, qui causait autrefois tant de murmures, ne sera pas maintenant inutile à deux amants qu'elle n'eût point dû quitter.

LETTRE XXXIII

De Julie

Ah, mon ami, le mauvais refuge pour deux amants qu'une assemblée ! Quel tourment de se voir et de se contraindre ! Il vaudrait mieux cent fois ne se point voir. Comment avoir l'air tranquille avec tant d'émotion ? Comment être si différent de soi-même ? Comment songer à tant d'objets quand on n'est occupé que d'un seul ? Comment contenir le geste et les yeux quand le cœur vole ? Je ne sentis de ma vie un trouble égal à celui que j'éprouvai hier quand on t'annonça chez Mad[e] d'Hervart. Je pris ton nom prononcé pour un reproche qu'on m'adressait ; je m'imaginai que tout le monde m'observait de concert ; je ne savais plus ce que je faisais, et à ton arrivée je rougis si prodigieusement, que ma Cousine, qui veillait sur moi, fut contrainte d'avancer son visage et son éventail, comme pour me parler à l'oreille. Je tremblai que cela même ne fît un mauvais effet, et qu'on cherchât du mystère à cette chucheterie[1]. En un mot, je trouvais partout de nouveaux sujets d'alarmes, et je ne sentis jamais mieux combien une conscience coupable arme contre nous de témoins qui n'y songent pas.

Claire prétendit remarquer que tu ne faisais pas une meilleure figure ; tu lui paraissais embarrassé de ta contenance, inquiet de ce que tu devais faire, n'osant aller ni venir, ni m'aborder ni t'éloigner, et promenant tes regards à la ronde, pour avoir, disait-elle, occasion de les tourner sur nous. Un peu remise de mon agitation, je crus m'apercevoir moi-même de la tienne, jusqu'à ce que la jeune Madame Belon, t'ayant adressé la parole, tu t'assis en causant avec elle, et devins plus calme à ses côtés.

Je sens, mon ami, que cette manière de vivre, qui donne tant de contrainte et si peu de plaisir, n'est pas bonne pour nous : nous aimons trop pour pouvoir nous gêner ainsi. Ces rendez-vous publics ne conviennent qu'à des gens qui, sans connaître l'amour, ne laissent pas d'être bien ensemble, ou qui peuvent se passer du mystère : les inquiétudes sont trop vives de ma part, les indiscrétions trop dangereuses de la tienne, et je ne puis pas tenir une Madame Belon toujours à mes côtés, pour faire diversion au besoin.

Reprenons, reprenons cette vie solitaire et paisible, dont je t'ai tiré si mal à propos. C'est elle qui a fait naître et nourri nos feux ; peut-être s'affaibliraient-ils par une manière de vivre plus dissipée. Toutes les grandes passions se forment dans la solitude ; on n'en a point de semblables dans le monde, où nul objet n'a le temps de faire une profonde impression, et où la multitude des goûts énerve la force des sentiments. Cet état est aussi plus convenable à ma mélancolie ; elle s'entretient du même aliment que mon amour ; c'est ta chère image qui soutient l'une et l'autre, et j'aime mieux te voir tendre et sensible au fond de mon cœur, que contraint et distrait dans une assemblée.

Il peut, d'ailleurs, venir un temps où je serais forcée à une plus grande retraite ; fût-il déjà venu, ce temps désiré ! La prudence et mon inclination veulent également que je prenne d'avance des habitudes conformes à ce que peut exiger la nécessité. Ah ! si de mes fautes pouvait naître le moyen de les réparer ! Le doux espoir d'être un jour...... mais insensiblement j'en dirais plus que je n'en veux dire sur le projet qui m'occupe. Pardonne-moi ce mystère, mon unique Ami, mon cœur n'aura jamais de secret qui ne te fût doux à savoir. Tu dois pourtant ignorer celui-ci, et tout ce que je t'en puis dire à présent, c'est que l'amour qui fit nos maux, doit nous en donner le remède. Raisonne, commente, si tu veux dans ta tête ; mais je te défends de m'interroger là-dessus.

LETTRE XXXIV

Réponse

Nò, non vedrete mai
Cambiar gl' affetti miei,
Bei lumi onde imparai
A sospirar d'amor[1].

Que je dois l'aimer, cette jolie Madame Belon, pour le plaisir qu'elle m'a procuré ! Pardonne-le-moi, divine Julie, j'osai jouir un moment de tes tendres alarmes, et ce moment fut un des plus doux de ma vie. Qu'ils étaient charmants, ces regards inquiets, et curieux qui se portaient sur nous à la dérobée, et se baissaient aussitôt pour éviter les miens ! Que faisait alors ton heureux amant ? S'entretenait-il avec Madame Belon ? Ah, ma Julie, peux-tu le croire ? Non, non, fille incomparable ; il était plus dignement occupé. Avec quel charme son cœur suivait les mouvements du tien ! Avec quelle avide impatience ses yeux dévoraient tes attraits ! Ton amour, ta beauté remplissaient ravissaient son âme ; elle pouvait suffire à peine à tant de sentiments délicieux. Mon seul regret était de goûter aux dépens de celle que j'aime des plaisirs qu'elle ne partageait pas. Sais-je ce que durant tout ce temps me dit Madame Belon ? Sais-je ce que je lui répondis ?

le savais-je au moment de notre entretien ? A-t-elle pu le savoir elle-même, et pouvait-elle comprendre la moindre chose aux discours d'un homme qui parlait sans penser et répondait sans entendre ?

Com' uom, che par ch' ascolti, e nulla intende[1].

Aussi m'a-t-elle pris dans le plus parfait dédain. Elle a dit à tout le monde, à toi peut-être, que je n'ai pas le sens commun, qui pis est pas le moindre esprit, et que je suis tout aussi sot que mes livres[2]. Que m'importe ce qu'elle en dit et ce qu'elle en pense ? Ma Julie ne décide-t-elle pas seule de mon être et du rang que je veux avoir ? Que le reste de la terre pense de moi comme il voudra, tout mon prix est dans ton estime.

Ah, crois qu'il n'appartient ni à Madame Belon ni à toutes les beautés supérieures à la sienne, de faire la diversion dont tu parles, et d'éloigner un moment de toi mon cœur et mes yeux ! si tu pouvais douter de ma sincérité, si tu pouvais faire cette mortelle injure à mon amour et à tes charmes, dis-moi, qui pourrait avoir tenu registre de tout ce qui se fit autour de toi ? Ne te vis-je pas briller entre ces jeunes beautés comme le soleil entre les astres qu'il éclipse ? N'aperçus-je pas les Cavaliers * se rassembler autour de ta chaise ? Ne vis-je pas au dépit de tes compagnes l'admiration qu'ils marquaient pour toi ? Ne vis-je pas leurs respects empressés, et leurs hommages, et leurs galanteries ? Ne te vis-je pas recevoir tout cela avec cet air de modestie et d'indifférence qui en impose plus que la fierté ? Ne vis-je pas quand tu te dégantais pour la collation l'effet que ce bras découvert produisit sur les spectateurs ? Ne vis-je pas le jeune étranger qui releva ton gant vouloir baiser la main charmante qui le recevait ? N'en vis-je pas un plus téméraire dont l'œil ardent suçait mon

* *Cavaliers* ; vieux mot qui ne se dit plus. On dit, *hommes*. J'ai cru devoir aux provinciaux cette importante remarque, afin d'être au moins une fois utile au public[3].

sang et ma vie t'obliger quand tu t'en fus aperçue d'ajouter une épingle à ton fichu ? Je n'étais pas si distrait que tu penses ; je vis tout cela, Julie, et n'en fus point jaloux ; car je connais ton cœur. Il n'est pas, je le sais bien, de ceux qui peuvent aimer deux fois. Accuseras-tu le mien d'en être ?

Reprenons-la donc, cette vie solitaire que je ne quittai qu'à regret. Non, le cœur ne se nourrit point dans le tumulte du monde. Les faux plaisirs lui rendent la privation des vrais plus amère, et il préfère sa souffrance à de vains dédommagements. Mais, ma Julie, il en est, il en peut être de plus solides à la contrainte où nous vivons, et tu sembles les oublier ! Quoi, passer quinze jours entiers si près l'un de l'autre sans se voir, ou sans se rien dire ! Ah, que veux-tu qu'un cœur brûlé d'amour fasse durant tant de siècles ? l'absence même serait moins cruelle. Que sert un excès de prudence qui nous fait plus de maux qu'il n'en prévient ? Que sert de prolonger sa vie avec son supplice ? Ne vaudrait-il pas mieux cent fois se voir un seul instant et puis mourir ?

Je ne le cache point, ma douce Amie, j'aimerais à pénétrer l'aimable secret que tu me dérobes, il n'en fut jamais de plus intéressant pour nous ; mais j'y fais d'inutiles efforts. Je saurai pourtant garder le silence que tu m'imposes, et contenir une indiscrète curiosité ; mais en respectant un si doux mystère, que n'en puis-je au moins assurer l'éclaircissement ? Qui sait, qui sait encore si tes projets ne portent point sur des chimères ? Chère âme de ma vie, ah ! commençons du moins par les bien réaliser[1].

P.S. J'oubliais de te dire que M. Roguin[2] m'a offert une compagnie dans le Régiment qu'il lève pour le Roi de Sardaigne. J'ai été sensiblement touché de l'estime de ce brave officier ; je lui ai dit, en le remerciant, que j'avais la vue trop courte[3] pour le service et que ma passion pour l'étude s'accordait mal avec une vie aussi active. En cela, je n'ai point fait un sacrifice à l'amour. Je pense que chacun doit sa vie et son sang à la patrie, qu'il n'est pas permis de s'aliéner à des Princes auxquels on ne doit rien, moins encore de se vendre et de faire du plus noble métier du monde celui d'un vil mercenaire. Ces maximes étaient celles de mon père que je serais bien heureux d'imiter dans son amour pour ses devoirs et pour son pays. Il ne voulut jamais entrer au service d'aucun Prince étranger[1] : Mais dans la guerre de 1712[2] il porta les armes avec honneur pour la patrie ; il se trouva dans plusieurs combats à l'un desquels il fut blessé ; et à la bataille de Wilmerghen il eut le bonheur d'enlever un Drapeau ennemi sous les yeux du Général de Sacconex.

LETTRE XXXV

De Julie

Je ne trouve pas, mon Ami, que les deux mots que j'avais dits en riant sur Madame Belon valussent une explication si sérieuse. Tant de soins à se justifier produisent quelquefois un préjugé contraire, et c'est l'attention qu'on donne aux bagatelles, qui seule en fait des objets importants. Voilà ce qui sûrement n'arrivera pas entre nous ; car les cœurs bien occupés ne sont guère pointilleux, et les tracasseries des Amants sur des riens ont presque toujours un fondement beaucoup plus réel qu'il ne semble.

Je ne suis pas fâchée pourtant que cette bagatelle nous fournisse une occasion de traiter entre nous de la jalousie ; sujet malheureusement trop important pour moi.

Je vois, mon ami, par la trempe de nos âmes et par le tour commun de nos goûts, que l'amour sera la grande affaire de notre vie. Quand une fois il a fait les impressions profondes que nous en avons reçues, il faut qu'il éteigne ou absorbe toutes les autres passions ; le moindre refroidissement serait bientôt pour nous la langueur de la mort ; un dégoût invincible, un éternel ennui, succéderaient à l'amour éteint, et nous ne saurions longtemps vivre après avoir cessé d'aimer. En mon particulier, tu sens bien qu'il n'y a que le délire de la passion qui puisse me voiler l'horreur de ma situation présente, et qu'il faut que j'aime avec transport, ou que je meure de douleur. Vois donc si je suis fondée à discuter sérieusement un point, d'où doit dépendre le bonheur ou le malheur de mes jours !

Autant que je puis juger de moi-même, il me semble que, souvent affectée avec trop de vivacité, je suis pourtant peu sujette à l'emportement. Il faudrait que mes peines eussent fermenté longtemps en dedans, pour que j'osasse en découvrir la source à leur Auteur, et comme je suis persuadée qu'on ne peut faire une offense sans le vouloir, je supporterais plutôt cent sujets de plainte qu'une explication. Un pareil caractère doit mener loin pour peu qu'on ait de penchant à la jalousie, et j'ai bien peur de sentir en moi ce dangereux penchant. Ce n'est pas que je ne sache que ton cœur est fait pour le mien et non pour un autre : Mais on peut s'abuser soi-même, prendre un goût passager pour une passion, et faire autant de choses par fantaisie qu'on en eût peut-être fait par amour. Or si tu peux te croire inconstant sans l'être, à plus forte raison puis-je t'accuser à tort d'infidélité. Ce doute affreux empoisonnerait pourtant ma vie ; je gémirais sans me plaindre et mourrais inconsolable sans avoir cessé d'être aimée.

Prévenons, je t'en conjure un malheur dont la seule idée me fait frissonner. Jure-moi donc, mon doux ami, non par l'amour, serment qu'on ne tient que quand il est superflu ; mais par ce nom sacré de l'honneur, si respecté de toi, que je ne cesserai jamais d'être la confidente de ton cœur, et qu'il n'y surviendra point de changement dont je ne sois la première instruite. Ne m'allègue pas que tu n'auras jamais rien à m'apprendre ; je le crois, je l'espère ; mais préviens mes folles alarmes, et donne-moi dans tes engagements pour un avenir qui ne doit point être, l'éternelle sécurité du présent. Je serais moins à plaindre d'apprendre de toi mes malheurs réels que d'en souffrir sans cesse d'imaginaires ; je jouirais au moins de tes remords ; si tu ne partageais plus mes feux, tu partagerais encore mes peines, et je trouverais moins amères les larmes que je verserais dans ton sein.

C'est ici, mon ami, que je me félicite doublement de mon

choix, et par le doux lien qui nous unit et par la probité qui l'assure ; voilà l'usage de cette règle de sagesse dans les choses de pur sentiment ; voilà comment la vertu sévère sait écarter les peines du tendre amour. Si j'avais un amant sans principes, dût-il m'aimer éternellement, où seraient pour moi les garants de cette constance ? Quels moyens aurais-je de me délivrer de mes défiances continuelles, et comment m'assurer de n'être point abusée ou par sa feinte ou par ma crédulité ? Mais toi, mon digne et respectable ami, toi qui n'es capable ni d'artifice ni de déguisement tu me garderas, je le sais, la sincérité que tu m'auras promise. La honte d'avouer une infidélité ne l'emportera point dans ton âme droite sur le devoir de tenir ta parole, et si tu pouvais ne plus aimer ta Julie, tu lui dirais........ oui, tu pourrais lui dire, ô Julie, je ne.... Mon ami, jamais je n'écrirai ce mot-là.

Que penses-tu de mon expédient ? C'est le seul j'en suis sûre qui pouvait déraciner en moi tout sentiment de jalousie. Il y a je ne sais quelle délicatesse qui m'enchante à me fier de ton amour à ta bonne foi, et à m'ôter le pouvoir de croire une infidélité que tu ne m'apprendrais pas toi-même. Voilà, mon cher, l'effet assuré de l'engagement que je t'impose ; car je pourrais te croire amant volage, mais non pas ami trompeur, et quand je douterais de ton cœur, je ne puis jamais douter de ta foi. Quel plaisir je goûte à prendre en ceci des précautions inutiles, à prévenir les apparences d'un changement dont je sens si bien l'impossibilité ! Quel charme de parler de jalousie avec un Amant si fidèle ! Ah, si tu pouvais cesser de l'être ne crois pas que je t'en parlasse [1] ainsi ! Mon pauvre cœur ne serait pas si sage au besoin, et la moindre défiance m'ôterait bientôt la volonté de m'en garantir.

Voilà, mon très honoré maître, matière à discussion pour ce soir : car je sais que vos deux humbles Disciples auront l'honneur de souper avec vous chez le père de l'inséparable. Vos doctes commentaires sur la gazette [2] vous ont tellement fait trouver grâce devant lui, qu'il n'a pas fallu beaucoup de manège pour vous faire inviter. La fille a fait accorder son Clavecin ; le père a feuilleté Lamberti [3] ; moi je recorderai [4] peut-être la leçon du bosquet de Clarens : ô Docteur en toutes facultés, vous avez partout quelque science de mise. M. d'Orbe[1], qui n'est pas oublié, comme vous pouvez penser, a le mot pour entamer une savante dissertation sur le futur hommage du Roi de Naples[2], durant laquelle nous passerons tous trois dans la chambre de la Cousine. C'est là, mon féal, qu'à genoux devant votre Dame et maîtresse, vos deux mains dans les siennes et en présence de son Chancelier, vous lui jurerez foi et loyauté à toute épreuve, non pas à dire amour éternel ; engagement qu'on n'est maître ni de tenir ni de rompre ; mais vérité, sincérité, franchise inviolable. Vous ne jurerez point d'être toujours soumis, mais de ne point commettre acte de félonie, et de déclarer au moins la guerre avant de secouer le joug. Ce faisant aurez l'accolade, et serez reconnu vassal unique et loyal Chevalier[3].

Adieu, mon bon Ami, l'idée du soupé de ce soir m'inspire de la gaieté. Ah ! qu'elle me sera douce quand je te la verrai partager !

LETTRE XXXVI

De Julie

Baise cette Lettre et saute de joie pour la nouvelle que je vais t'apprendre ; mais pense que pour ne point sauter et n'avoir rien à baiser, je n'y suis pas la moins sensible. Mon père obligé d'aller à Berne pour son procès, et de là à Soleure pour sa pension, a proposé à ma mère d'être du voyage, et elle l'a accepté espérant pour sa santé quelque effet salutaire du changement d'air. On voulait me faire la grâce de m'emmener aussi, et je ne jugeai pas à propos de dire ce que j'en pensais : mais la difficulté des arrangements de voiture a fait abandonner ce projet, et l'on travaille à me consoler de n'être pas de la partie. Il fallait feindre de la tristesse, et le faux rôle que je me vois contrainte à jouer m'en donne une si véritable, que le remords m'a presque dispensé[4] de la feinte.

Pendant l'absence de mes parents, je ne resterai point

maîtresse de maison ; mais on me dépose chez le Père de la Cousine, en sorte que je serai tout de bon durant ce temps inséparable de l'inséparable. De plus ; ma mère a mieux aimé se passer de femme de chambre et me laisser Babi pour gouvernante : sorte d'Argus peu dangereux dont on ne doit ni corrompre la fidélité ni se faire des confidents, mais qu'on écarte aisément au besoin, sur la moindre lueur de plaisir ou de gain qu'on leur offre.

Tu comprends quelle facilité nous aurons à nous voir durant une quinzaine de jours ; mais c'est ici que la discrétion doit suppléer à la contrainte, et qu'il faut nous imposer volontairement la même réserve à laquelle nous sommes forcés dans d'autres temps. Non seulement tu ne dois pas, quand je serai chez ma Cousine, y venir plus souvent qu'auparavant, de peur de la compromettre ; j'espère même qu'il ne faudra te parler ni des égards qu'exige son sexe, ni des droits sacrés de l'hospitalité, et qu'un honnête homme n'aura pas besoin qu'on l'instruise du respect dû par l'amour à l'amitié qui lui donne asile. Je connais tes vivacités, mais j'en connais les bornes inviolables. Si tu n'avais jamais fait de sacrifice à ce qui est honnête, tu n'en aurais point à faire aujourd'hui.

D'où vient cet air mécontent et cet œil attristé ? Pourquoi murmurer des Lois que le devoir t'impose ? Laisse à ta Julie le soin de les adoucir ; t'es-tu jamais repenti d'avoir été docile à sa voix ? Près des coteaux fleuris d'où part la source de la Vevaise, il est un hameau solitaire qui sert quelquefois de repaire aux chasseurs et ne devrait servir que d'asile aux amants. Autour de l'habitation principale dont M. d'Orbe dispose, sont épars assez loin quelques Chalets*, qui de leurs toits de chaume peuvent couvrir l'amour et le plaisir, amis de la simplicité rustique. Les fraîches et discrètes laitières savent garder pour autrui le secret dont elles ont besoin pour elles-mêmes. Les ruisseaux qui traversent les

* Sorte de maisons de bois où se font les fromages et diverses espèces de laitage dans la montagne[1].

prairies sont bordés d'arbrisseaux et de bocages délicieux. Des bois épais offrent au delà des asiles plus déserts et plus sombres.

Al bel seggio riposto, ombroso e fosco,
Ne mai pastori appressan, ne bifolci[1].

L'art ni la main des hommes n'y montrent nulle part leurs soins inquiétants ; on n'y voit partout que les tendres soins de la Mère commune. C'est là mon ami, qu'on n'est que sous ses auspices et qu'on peut n'écouter que ses lois. Sur l'invitation de M. d'Orbe, Claire a déjà persuadé à son papa qu'il avait envie d'aller faire avec quelques amis, une chasse de deux ou trois jours dans ce Canton, et d'y mener les Inséparables. Ces Inséparables en ont d'autres, comme tu ne sais que trop bien. L'un représentant le maître de la maison en fera naturellement les honneurs ; l'autre avec moins d'éclat pourra faire à sa Julie ceux d'un humble chalet, et ce chalet consacré par l'amour sera pour eux le Temple de Gnide[2]. Pour exécuter heureusement et sûrement ce charmant projet, il n'est question que de quelques arrangements qui se concerteront facilement entre nous, et qui feront partie eux-mêmes des plaisirs qu'ils doivent produire. Adieu, mon ami, je te quitte brusquement, de peur de surprise. Aussi bien, je sens que le cœur de ta Julie vole un peu trop tôt habiter le Chalet.

P.S. Tout bien considéré, je pense que nous pourrons sans indiscrétion nous voir presque tous les jours ; savoir chez ma Cousine de deux jours l'un, et l'autre à la promenade.

LETTRE XXXVII

De Julie

Ils sont partis ce matin, ce tendre père et cette mère incomparable, en accablant des plus tendres caresses une fille chérie, et trop indigne de leurs bontés. Pour moi, je les embrassais avec un léger serrement de cœur, tandis qu'au dedans de lui-même, ce cœur ingrat et dénaturé pétillait d'une odieuse joie. Hélas ! qu'est devenu ce temps heureux où je menais incessamment sous leurs yeux une vie innocente et sage, où je n'étais bien que contre leur sein, et ne pouvais les quitter d'un seul pas sans déplaisir ? Maintenant coupable et craintive, je tremble en pensant à eux, je rougis en pensant à moi ; tous mes bons sentiments se dépravent, et je me consume en vains et stériles regrets que n'anime pas même un vrai repentir. Ces amères réflexions m'ont rendu toute la tristesse que leurs adieux ne m'avaient pas d'abord donnée. Une secrète angoisse étouffait mon âme après le départ de ces chers parents. Tandis que Babi faisait les paquets, je suis entrée machinalement dans la chambre de ma mère, et voyant quelques-unes de ses hardes [1] encore éparses, je les ai toutes baisées l'une après l'autre en fondant en larmes. Cet état d'attendrissement m'a un peu soulagée, et j'ai trouvé quelque sorte de consolation à sentir que les doux mouvements de la nature ne sont pas tout à fait éteints dans mon cœur. Ah, tyran ! tu veux en vain l'asservir tout entier, ce tendre et trop faible cœur ; malgré toi, malgré tes prestiges, il lui reste au moins des sentiments légitimes, il respecte et chérit encore des droits plus sacrés que les tiens.

Pardonne, ô mon doux ami, ces mouvements involontaires, et ne crains pas que j'étende ces réflexions aussi loin que je le devrais. Le moment de nos jours, peut-être, où notre amour est le plus en liberté, n'est pas, je le sais bien, celui des regrets : je ne veux ni te cacher mes peines ni t'en accabler ; il faut que tu les connaisses, non pour les porter mais pour les adoucir. Dans le sein de qui les épancherais-je, si je n'osais les verser dans le tien ? N'es-tu pas mon tendre consolateur ? N'est-ce pas toi qui soutiens mon courage ébranlé ? N'est-ce pas toi qui nourris dans mon âme le goût de la vertu, même après que je l'ai perdue ? Sans toi, sans cette adorable amie dont la main compatissante essuya si souvent mes pleurs, combien de fois n'eussé-je pas déjà succombé sous le plus mortel abattement ? Mais vos tendres soins me soutiennent ; je n'ose m'avilir tant que vous m'estimez encore, et je me dis avec complaisance que vous ne m'aimeriez pas tant l'un et l'autre, si je n'étais digne que de mépris. Je vole dans les bras de cette chère Cousine, ou plutôt de cette tendre sœur déposer au fond de son cœur une importune tristesse. Toi, viens ce soir achever de rendre au mien la joie et la sérénité qu'il a perdues.

LETTRE XXXVIII

À Julie

Non, Julie, il ne m'est pas possible de ne te voir chaque jour que comme je t'ai vue la veille : il faut que mon amour s'augmente et croisse incessamment avec tes charmes, et tu m'es une source inépuisable de sentiments nouveaux que je n'aurais pas même imaginés. Quelle soirée inconcevable ! Que de délices inconnues tu fis éprouver à mon cœur ! Ô tristesse enchanteresse[1] ! Ô langueur d'une âme attendrie ! combien vous surpassez les turbulents plaisirs, et la gaieté folâtre, et la joie emportée, et tous les transports qu'une ardeur sans mesure offre aux désirs effrénés des amants ! paisible et pure jouissance qui n'a rien d'égal dans la volupté des sens, jamais, jamais ton pénétrant souvenir ne s'effacera de mon cœur ! Dieux ! quel ravissant spectacle ou plutôt quelle extase, de voir deux Beautés si touchantes s'embrasser tendrement, le visage de l'une se pencher sur le sein de l'autre, leurs douces larmes se confondre, et baigner ce sein charmant comme la rosée du Ciel humecte un lis fraîchement éclos ! J'étais jaloux d'une amitié si tendre ; je lui trouvais je ne sais quoi de plus intéressant qu'à l'amour même, et je me voulais une sorte de mal de ne pouvoir t'offrir des consolations aussi chères, sans les troubler par l'agitation de mes transports. Non, rien, rien sur la terre n'est capable d'exciter un si voluptueux attendrissement que vos mutuelles caresses, et le spectacle de deux amants eût offert à mes yeux une sensation moins délicieuse.

Ah, qu'en ce moment j'eusse été amoureux de cette aimable Cousine, si Julie n'eût pas existé. Mais non, c'était Julie elle-même qui répandait son charme invincible sur tout ce qui l'environnait. Ta robe, ton ajustement, tes gants, ton éventail, ton ouvrage ; tout ce qui frappait autour de toi mes regards enchantait mon cœur, et toi seule faisais tout l'enchantement. Arrête, ô ma douce amie ! à force d'augmenter mon ivresse tu m'ôterais le plaisir de la sentir. Ce que tu me fais éprouver approche d'un vrai délire, et je crains d'en perdre enfin la raison. Laisse-moi du moins connaître un égarement qui fait mon bonheur ; laisse-moi goûter ce nouvel enthousiasme, plus sublime, plus vif que toutes les idées que j'avais de l'amour. Quoi tu peux te croire avilie ! quoi la passion t'ôte-t-elle aussi le sens ? Moi, je te trouve trop parfaite pour une mortelle. Je t'imaginerais d'une espèce plus pure, si ce feu dévorant qui pénètre ma substance ne m'unissait à la tienne et ne me faisait sentir qu'elles sont la même. Non, personne au monde ne te connaît ; tu ne te connais pas toi-même ; mon cœur seul te connaît, te sent, et sait te mettre à ta place. Ma Julie ! Ah quels hommages te seraient ravis, si tu n'étais qu'adorée ! Ah ! si tu n'étais qu'un ange, combien tu perdrais de ton prix !

Dis-moi comment il se peut qu'une passion telle que la mienne puisse augmenter ? Je l'ignore, mais je l'éprouve. Quoique tu me sois présente dans tous les temps, il y a quelques jours surtout que ton image plus belle que jamais me poursuit et me tourmente avec une activité à laquelle ni lieu ni temps ne me dérobe, et je crois que tu me laissas avec elle dans ce chalet que tu quittas en finissant ta dernière lettre. Depuis qu'il est question de ce rendez-vous champêtre, je suis trois fois sorti de la ville ; chaque fois mes pieds m'ont porté des mêmes côtés, et chaque fois la perspective d'un séjour si désiré m'a paru plus agréable.

Non vide il mondo si leggiadri rami,
Ne mosse 'l vento mai si verdi frondi[1].

Je trouve la campagne plus riante, la verdure plus fraîche et plus vive, l'air plus pur, le Ciel plus serein ; le chant des oiseaux semble avoir plus de tendresse et de volupté ; le murmure des eaux inspire une langueur plus amoureuse ; la vigne en fleurs exhale au loin de plus doux parfums ; un charme secret embellit tous les objets ou fascine mes sens, on dirait que la terre se pare pour former à ton heureux amant un lit nuptial digne de la beauté qu'il adore et du feu qui le consume. Ô Julie ! ô chère et précieuse moitié de mon âme, hâtons-nous d'ajouter à ces ornements du printemps la présence de deux amants fidèles : Portons le sentiment du plaisir [1] dans des lieux qui n'en offrent qu'une vaine image ; allons animer toute la nature, elle est morte sans les feux de l'amour. Quoi ! trois jours d'attente ? trois jours encore ? Ivre d'amour, affamé de transports, j'attends ce moment tardif avec une douloureuse impatience. Ah ! qu'on serait heureux si le Ciel ôtait de la vie tous les ennuyeux intervalles qui séparent de pareils instants !

LETTRE XXXIX

De Julie

Tu n'as pas un sentiment, mon bon ami, que mon cœur ne partage ; mais ne me parle plus de plaisir tandis que des gens qui valent mieux que nous souffrent, gémissent, et que j'ai leur peine à me reprocher. Lis la lettre ci-jointe, et sois tranquille si tu le peux. Pour moi qui connais l'aimable et bonne fille qui l'a écrite, je n'ai pu la lire sans des larmes de remords et de pitié. Le regret de ma coupable négligence m'a pénétré l'âme, et je vois avec une amère confusion jusqu'où l'oubli du premier de mes devoirs m'a fait porter celui de tous les autres. J'avais promis de prendre soin de cette pauvre enfant ; je la protégeais auprès de ma mère ; je la tenais en quelque manière sous ma garde, et pour n'avoir su me garder moi-même, je l'abandonne sans me souvenir d'elle, et l'expose à des dangers pires que ceux où j'ai succombé. Je frémis en songeant que deux jours plus tard c'en était fait peut-être de mon dépôt, et que l'indigence et la séduction perdaient une fille modeste et sage qui peut faire un jour une excellente mère de famille. Ô mon ami, comment y a-t-il dans le monde des hommes assez vils pour acheter de la misère un prix que le cœur seul doit payer, et recevoir d'une bouche affamée les tendres baisers de l'amour !

Dis-moi, pourrais-tu n'être pas touché de la piété filiale de ma Fanchon, de ses sentiments honnêtes, de son innocente naïveté ? Ne l'es-tu pas de la rare tendresse de cet amant qui se vend lui-même pour soulager sa maîtresse ? Ne seras-tu pas trop heureux de contribuer à former un nœud si bien assorti. Ah si nous étions sans pitié pour les cœurs unis qu'on divise, de qui pourraient-ils jamais en attendre ? Pour moi, j'ai résolu de réparer envers ceux-ci ma faute à quelque prix que ce soit, et de faire en sorte que ces deux jeunes gens soient unis par le mariage. J'espère que le Ciel bénira cette entreprise, et qu'elle sera pour nous d'un bon augure. Je te propose et te conjure au nom de notre amitié de partir dès aujourd'hui, si tu le peux, ou tout au moins demain matin pour Neufchâtel. Va négocier avec M. de Merveilleux[1] le congé de cet honnête garçon ; n'épargne ni les supplications ni l'argent : Porte avec toi la lettre de ma Fanchon, il n'y a point de cœur sensible qu'elle ne doive attendrir. Enfin, quoi qu'il nous en coûte et de plaisir et d'argent, ne reviens qu'avec le congé absolu de Claude Anet[2], ou crois que l'amour ne me donnera de mes jours un moment de pure joie.

Je sens combien d'objections ton cœur doit avoir à me faire ; doutes-tu que le mien ne les ait faites avant toi ? Et je persiste ; car il faut que ce mot de vertu ne soit qu'un vain nom, ou qu'elle exige des sacrifices. Mon ami, mon digne ami, un rendez-vous manqué peut revenir mille fois ; quelques heures agréables s'éclipsent comme un éclair et ne sont plus ; mais si le bonheur d'un couple honnête est dans tes mains, songe à l'avenir que tu vas te préparer. Crois-moi, l'occasion de faire des heureux est plus rare qu'on ne pense ; la punition de l'avoir manquée est de ne la plus retrouver, et l'usage que nous ferons de celle-ci nous va laisser un sentiment éternel de contentement ou de repentir. Pardonne à mon zèle ces discours superflus ; j'en dis trop à un honnête homme, et cent fois trop à mon ami. Je sais combien tu hais cette volupté cruelle qui nous endurcit aux maux d'autrui. Tu l'as dit mille fois toi-même, malheur à qui ne sait pas sacrifier un jour de plaisir aux devoirs de l'humanité.

LETTRE XL

De Fanchon Regard à Julie

Mademoiselle,

Pardonnez une pauvre fille au désespoir, qui ne sachant plus que devenir ose encore avoir recours à vos bontés. Car vous ne vous lassez point de consoler les affligés, et je suis si malheureuse qu'il n'y a que vous et le bon Dieu que mes plaintes n'importunent pas. J'ai eu bien du chagrin de quitter l'apprentissage où vous m'aviez mise ; mais ayant eu le malheur de perdre ma mère cet hiver, il a fallu revenir auprès de mon pauvre père que sa paralysie retient toujours dans son lit.

Je n'ai pas oublié le conseil que vous aviez donné à ma mère de tâcher de m'établir avec un honnête homme qui prît soin de la famille. Claude Anet que Monsieur votre père avait ramené du Service est un brave garçon, rangé, qui sait un bon métier, et qui me veut du bien. Après tant de charité que vous avez eue pour nous, je n'osais plus vous être incommode, et c'est lui qui nous a fait vivre pendant tout l'hiver. Il devait m'épouser ce printemps ; il avait mis son cœur à ce mariage. Mais on m'a tellement tourmentée pour payer trois ans de loyer échu à Pâques, que ne sachant où prendre tant d'argent comptant, le pauvre jeune homme s'est engagé derechef sans m'en rien dire dans la Compagnie de Monsieur de Merveilleux, et m'a apporté l'argent de son engagement. Monsieur de Merveilleux n'est plus à Neufchâtel que pour sept ou huit jours, et Claude Anet doit partir dans trois ou quatre pour suivre la recrue[1] : ainsi nous n'avons pas le temps ni le moyen de nous marier, et il me laisse sans aucune ressource. Si par votre crédit ou celui de Monsieur le Baron, vous pouviez nous obtenir au moins un délai de cinq ou six semaines, on tâcherait pendant ce temps-là de prendre quelque arrangement pour nous marier ou pour rembourser ce pauvre garçon ; mais je le connais bien ; il ne voudra jamais reprendre l'argent qu'il m'a donné.

Il est venu ce matin un Monsieur bien riche m'en offrir beaucoup davantage ; mais Dieu m'a fait la grâce de le refuser. Il a dit qu'il reviendrait demain matin savoir ma dernière résolution. Je lui ai dit de n'en pas prendre la peine et qu'il la savait déjà. Que Dieu le conduise, il sera reçu demain comme aujourd'hui. Je pourrais bien aussi recourir à la bourse des pauvres, mais on est si méprisé qu'il vaut mieux pâtir : et puis, Claude Anet a trop de cœur pour vouloir d'une fille assistée.

Excusez la liberté que je prends, ma bonne Demoiselle ; je n'ai trouvé que vous seule à qui j'ose avouer ma peine, et j'ai le cœur si serré qu'il faut finir cette lettre. Votre bien humble et affectionnée servante à vous servir[2].

Fanchon Regard.

LETTRE XLI

Réponse

J'ai manqué de mémoire et toi de confiance, ma chère enfant ; nous avons eu grand tort toutes deux, mais le mien est impardonnable : Je tâcherai du moins de le réparer. Babi, qui te porte cette Lettre est chargée de pourvoir au plus pressé. Elle retournera demain matin pour t'aider à congédier ce Monsieur, s'il revient, et l'après-dînée[3] nous irons te voir, ma Cousine et moi ; car je sais que tu ne peux pas quitter ton pauvre père, et je veux connaître par moi-même l'état de ton petit ménage.

Quant à Claude Anet, n'en sois point en peine ; mon père est absent ; mais en attendant son retour on fera ce qu'on pourra ; et tu peux compter que je n'oublierai ni toi ni ce brave garçon. Adieu, mon enfant, que le bon Dieu te console. Tu as bien fait de n'avoir pas recours à la bourse publique ; c'est ce qu'il ne faut jamais faire tant qu'il reste quelque chose dans celle des bonnes gens.

LETTRE XLII

À Julie

Je reçois votre Lettre et je pars à l'instant : ce sera toute ma réponse. Ah cruelle ! que mon cœur en est loin, de cette odieuse vertu que vous me supposez et que je déteste ! Mais vous ordonnez, il faut obéir. Dussé-je en mourir cent fois, il faut être estimé de Julie.

LETTRE XLIII

À Julie

J'arrivai hier matin à Neufchâtel ; j'appris que M. de Merveilleux était à la campagne, je courus l'y chercher ; il était à la chasse et je l'attendis jusqu'au soir. Quand je lui eus expliqué le sujet de mon voyage, et que je l'eus prié de mettre un prix au congé de Claude Anet, il me fit beaucoup de difficultés. Je crus les lever, en offrant de moi-même une somme assez considérable, et l'augmentant à mesure qu'il résistait ; mais n'ayant pu rien obtenir, je fus obligé de me retirer, après m'être assuré de le retrouver ce matin, bien résolu de ne plus le quitter jusqu'à ce qu'à force d'argent, ou d'importunités, ou de quelque manière que ce pût être, j'eusse obtenu ce que j'étais venu lui demander. M'étant levé pour cela de très bonne heure, j'étais prêt à monter à cheval, quand je reçus par un Exprès ce billet de M. de Merveilleux, avec le congé du jeune homme en bonne forme.

Voilà, Monsieur, le congé que vous êtes venu solliciter. Je l'ai refusé à vos offres. Je le donne à vos intentions charitables, et vous prie de croire que je ne mets point à prix une bonne action.

Jugez, à la joie que vous donnera cet heureux succès, de celle que j'ai sentie en l'apprenant. Pourquoi faut-il qu'elle ne soit pas aussi parfaite qu'elle devrait l'être ? Je ne puis me dispenser d'aller remercier et rembourser M. de Merveilleux, et si cette visite retarde mon départ d'un jour comme il est à craindre, n'ai-je pas droit de dire qu'il s'est montré généreux à mes dépens ? N'importe, j'ai fait ce qui vous est agréable, je puis tout supporter à ce prix. Qu'on est heureux de pouvoir bien faire en servant ce qu'on aime, et réunir ainsi dans le même soin les charmes de l'amour et de la vertu ! Je l'avoue, ô Julie ! je partis le cœur plein d'impatience et de chagrin. Je vous reprochais d'être si sensible aux peines d'autrui, et de compter pour rien les miennes, comme si j'étais le seul au monde qui n'eût rien mérité de vous. Je trouvais de la barbarie, après m'avoir leurré d'un si doux espoir, à me priver sans nécessité d'un bien dont vous m'aviez flatté vous-même. Tous ces murmures se sont évanouis ; je sens renaître à leur place au fond de mon âme un contentement inconnu [1] ; j'éprouve déjà le dédommagement que vous m'avez promis, vous que l'habitude de bien faire a tant instruite du goût qu'on y trouve. Quel étrange empire est le vôtre, de pouvoir rendre les privations aussi douces que les plaisirs, et donner à ce qu'on fait pour vous, le même charme qu'on trouverait à se contenter soi-même ! Ah, je l'ai dit cent fois, tu es un ange du Ciel, ma Julie ! sans doute avec tant d'autorité sur mon âme la tienne est plus divine qu'humaine. Comment n'être pas éternellement à toi puisque ton règne est céleste, et que servirait de cesser de t'aimer s'il faut toujours qu'on t'adore ?

P.S. Suivant mon calcul, nous avons encore au moins cinq ou six jours jusqu'au retour de la Maman. Serait-il impossible durant cet intervalle de faire un pèlerinage au Chalet ?

LETTRE XLIV

De Julie

Ne murmure pas tant, mon ami, de ce retour précipité. Il nous est plus avantageux qu'il ne semble, et quand nous aurions fait par adresse ce que nous avons fait par bienfaisance nous n'aurions pas mieux réussi. Regarde ce qui serait arrivé si nous n'eussions suivi que nos fantaisies. Je serais allée à la campagne précisément la veille du retour de ma mère à la ville : J'aurais eu un exprès[1] avant d'avoir pu ménager notre entrevue : il aurait fallu partir sur-le-champ, peut-être sans pouvoir t'avertir, te laisser dans des perplexités mortelles, et notre séparation se serait faite au moment qui la rendait le plus douloureuse. De plus, on aurait su que nous étions tous deux à la campagne ; malgré nos précautions, peut-être eût-on su que nous y étions ensemble ; du moins on l'aurait soupçonné, c'en était assez. L'indiscrète avidité du présent nous ôtait toute ressource pour l'avenir, et le remords d'une bonne œuvre dédaignée nous eût tourmentés toute la vie.

Compare à présent cet état à notre situation réelle. Premièrement ton absence a produit un excellent effet. Mon argus n'aura pas manqué de dire à ma mère qu'on t'avait peu vu chez ma Cousine ; elle sait ton voyage et le sujet ; c'est une raison de plus pour t'estimer ; et le moyen d'imaginer que des gens qui vivent en bonne intelligence prennent volontairement pour s'éloigner le seul moment de liberté qu'ils ont pour se voir ? Quelle ruse avons-nous employée pour écarter une trop juste défiance ? La seule, à mon avis, qui soit permise à d'honnêtes gens, c'est de l'être à un point qu'on ne puisse croire, en sorte qu'on prenne un effort de vertu pour un acte d'indifférence. Mon ami, qu'un amour caché par de tels moyens doit être doux aux cœurs qui le goûtent ! Ajoute à cela le plaisir de réunir des amants désolés, et de rendre heureux deux jeunes gens si dignes de l'être. Tu l'as vue, ma Fanchon ; dis, n'est-elle pas charmante, et ne mérite-t-elle pas bien tout ce que tu as fait pour elle ? N'est-elle pas trop jolie et trop malheureuse pour rester fille impunément ? Claude Anet, de son côté, dont le bon naturel a résisté par miracle à trois ans de service, en eût-il pu supporter encore autant sans devenir un vaurien comme tous les autres ? Au lieu de cela, ils s'aiment et seront unis ; ils sont pauvres et seront aidés ; ils sont honnêtes gens et pourront continuer de l'être ; car mon père a promis de prendre soin de leur établissement. Que de biens tu as procurés à eux et à nous par ta complaisance, sans parler du compte que je t'en dois tenir ! Tel est, mon ami, l'effet assuré des sacrifices qu'on fait à la vertu : s'ils coûtent souvent à faire, il est toujours doux de les avoir faits, et l'on n'a jamais vu personne se repentir d'une bonne action.

Je me doute bien qu'à l'exemple de l'Inséparable, tu m'appelleras aussi *la prêcheuse*, et il est vrai que je ne fais pas mieux ce que je dis que les gens du métier. Si mes sermons ne valent pas les leurs, au moins je vois avec plaisir qu'ils ne sont pas comme eux jetés au vent. Je ne m'en défends point, mon aimable ami, je voudrais ajouter autant de vertus aux tiennes qu'un fol amour m'en a fait perdre, et ne pouvant plus m'estimer moi-même j'aime à m'estimer encore en toi. De ta part il ne s'agit que d'aimer parfaitement, et tout viendra comme de lui-même. Avec quel plaisir tu dois voir augmenter sans cesse les dettes que l'amour s'oblige à payer !

Ma Cousine a su les entretiens que tu as eus avec son père au sujet de M. d'Orbe ; elle y est aussi sensible que si nous pouvions en offices de l'amitié n'être pas toujours en reste avec elle. Mon Dieu, mon ami, que je suis une heureuse fille ! que je suis aimée et que je trouve charmant de l'être ! Père, mère, amie, amant, j'ai beau chérir tout ce qui m'environne, je me trouve toujours ou prévenue ou surpassée. Il semble que tous les plus doux sentiments du monde viennent sans cesse chercher mon âme, et j'ai le regret de n'en avoir qu'une pour jouir de tout mon bonheur.

J'oubliais de t'annoncer une visite pour demain matin.

C'est Milord Bomston qui vient de Genève où il a passé sept ou huit mois. Il dit t'avoir vu à Sion à son retour d'Italie. Il te trouva fort triste, et parle au surplus de toi comme j'en pense. Il fit hier ton éloge si bien et si à propos devant mon père, qu'il m'a tout à fait disposée à faire le sien. En effet j'ai trouvé du sens, du sel, du feu dans sa conversation. Sa voix s'élève et son œil s'anime au récit des grandes actions, comme il arrive aux hommes capables d'en faire. Il parle aussi avec intérêt des choses de goût, entre autres de la musique italienne qu'il porte jusqu'au sublime ; je croyais entendre encore mon pauvre frère. Au surplus il met plus d'énergie que de grâce dans ses discours, et je lui trouve même l'esprit un peu rêche*. Adieu, mon ami.

LETTRE XLV

À Julie

Je n'en étais encore qu'à la seconde lecture de ta lettre, quand Milord Édouard Bomston est entré. Ayant tant d'autres choses à te dire, comment aurais-je pensé, ma Julie, à te parler de lui ? Quand on se suffit l'un à l'autre s'avise-t-on de songer à un tiers ? Je vais te rendre compte de ce que j'en sais, maintenant que tu parais le désirer.

Ayant passé le Semplon, il était venu jusqu'à Sion au-devant d'une chaise qu'on devait lui amener de Genève à Brigue, et le désœuvrement rendant les hommes assez liants, il me rechercha. Nous fîmes une connaissance aussi intime qu'un Anglais naturellement peu prévenant peut la faire avec un homme fort préoccupé, qui cherche la solitude. Cependant nous sentîmes que nous nous convenions ; il y a un certain unisson d'âmes qui s'aperçoit au premier instant, et

* Terme du pays, pris ici métaphoriquement. Il signifie au propre une surface rude au toucher et qui cause un frissonnement désagréable en y passant la main, comme celle d'une brosse fort serrée ou du velours d'Utrecht[1].

nous fûmes familiers au bout de huit jours, mais pour toute la vie, comme deux Français l'auraient été au bout de huit heures, pour tout le temps qu'ils ne se seraient pas quittés. Il m'entretint de ses voyages, et le sachant Anglais, je crus qu'il m'allait parler d'édifices et de peintures : Bientôt je vis avec plaisir que les Tableaux et les monuments ne lui avaient point fait négliger l'étude des mœurs et des hommes. Il me parla cependant des beaux-arts avec beaucoup de discernement, mais modérément et sans prétention. J'estimai qu'il en jugeait avec plus de sentiment que de Science et par les effets plus que par les règles, ce qui me confirma qu'il avait l'âme sensible. Pour la musique Italienne, il m'en parut enthousiaste comme à toi ; il m'en fit même entendre : car il mène un virtuose avec lui, son valet de chambre joue fort bien du violon, et lui-même passablement du violoncelle. Il me choisit plusieurs morceaux très pathétiques, à ce qu'il prétendait ; mais soit qu'un accent si nouveau pour moi demandât une oreille plus exercée ; soit que le charme de la musique, si doux dans la mélancolie, s'efface dans une profonde tristesse, ces morceaux me firent peu de plaisir, et j'en trouvai le chant agréable, à la vérité, mais bizarre et sans expression.

Il fut aussi question de moi, et Milord s'informa avec intérêt de ma situation. Je lui en dis tout ce qu'il en devait savoir. Il me proposa un voyage en Angleterre avec des projets de fortune impossibles, dans un pays où Julie n'était pas. Il me dit qu'il allait passer l'hiver à Genève, l'été suivant à Lausanne, et qu'il viendrait à Vevai avant de retourner en Italie, il m'a tenu parole, et nous nous sommes revus avec un nouveau plaisir.

Quant à son caractère, je le crois vif et emporté, mais vertueux et ferme. Il se pique de philosophie, et de ces principes dont nous avons autrefois parlé. Mais au fond, je le crois par tempérament ce qu'il pense être par méthode, et le vernis Stoïque qu'il met à ses actions ne consiste qu'à parer de beaux raisonnements le parti que son cœur lui a fait prendre. J'ai cependant appris avec un peu de peine qu'il avait eu quelques affaires en Italie, et qu'il s'y était battu plusieurs fois.

Je ne sais ce que tu trouves de rêche dans ses manières ; véritablement elles ne sont pas prévenantes, mais je n'y sens rien de repoussant. Quoique son abord ne soit pas aussi ouvert que son cœur[1], et qu'il dédaigne les petites bienséances, il ne laisse pas, ce me semble, d'être d'un commerce agréable. S'il n'a pas cette politesse réservée et circonspecte qui se règle uniquement sur l'extérieur, et que nos jeunes Officiers nous apportent de France, il a celle de l'humanité qui se pique moins de distinguer au premier coup d'œil les états et les rangs, et respecte en général tous les hommes. Te l'avouerai-je naïvement ? La privation des grâces est un défaut que les femmes ne pardonnent point, même au mérite, et j'ai peur que Julie n'ait été femme une fois en sa vie.

Puisque je suis en train de sincérité, je te dirai encore, ma jolie prêcheuse, qu'il est inutile de vouloir donner le change à mes droits, et qu'un amour affamé ne se nourrit point de sermons. Songe, songe aux dédommagements promis et dus ; car toute la morale que tu m'as débitée est fort bonne ; mais, quoi que tu puisses dire, le Chalet valait encore mieux.

LETTRE XLVI

De Julie

Eh bien donc, mon ami, toujours le chalet ? l'histoire de ce chalet te pèse furieusement sur le cœur, et je vois bien qu'à la mort ou à la vie il faut te faire raison du chalet ! Mais des lieux où tu ne fus jamais te sont-ils si chers qu'on ne puisse t'en dédommager ailleurs, et l'amour qui fit le palais d'Armide au fond d'un désert[2] ne saurait-il nous faire un chalet à la ville ? Écoute ; on va marier ma Fanchon. Mon père, qui ne hait pas les fêtes et l'appareil, veut lui faire une noce où nous serons tous : cette noce ne manquera pas d'être tumultueuse. Quelquefois le mystère a su tendre son voile au sein de la turbulente joie et du fracas des festins : Tu m'entends, mon ami ; ne serait-il pas doux de retrouver dans l'effet de nos soins les plaisirs qu'ils nous ont coûtés.

Tu t'animes, ce me semble, d'un zèle assez superflu sur l'apologie de Milord Édouard dont je suis fort éloignée de mal penser. D'ailleurs comment jugerais-je un homme que je n'ai vu qu'un après-midi, et comment en pourrais-tu juger toi-même sur une connaissance de quelques jours ? Je n'en parle que par conjecture, et tu ne peux guère être plus avancé ; car les propositions qu'il t'a faites sont de ces offres vagues dont un air de puissance et la facilité de les éluder rendent souvent les étrangers prodigues. Mais je reconnais tes vivacités ordinaires et combien tu as de penchant à te prévenir pour ou contre les gens presque à la première vue. Cependant nous examinerons à loisir les arrangements qu'il t'a proposés. Si l'amour favorise le projet qui m'occupe, il s'en présentera peut-être de meilleurs pour nous. Ô mon bon ami, la patience est amère, mais son fruit est doux !

Pour revenir à ton Anglais, je t'ai dit qu'il me paraissait avoir l'âme grande et forte, et plus de lumières que d'agréments dans l'esprit. Tu dis à peu près la même chose, et puis, avec cet air de supériorité masculine qui n'abandonne point nos humbles adorateurs, tu me reproches d'avoir été de mon sexe une fois en ma vie, comme si jamais une femme devait cesser d'en être ? Te souvient-il qu'en lisant ta *République* de Platon [1] nous avons autrefois disputé sur ce point de la différence morale des sexes ? Je persiste dans l'avis dont j'étais alors, et ne saurais imaginer un modèle commun de perfection pour deux êtres si différents. L'attaque et la défense, l'audace des hommes, la pudeur des femmes ne sont point des conventions, comme le pensent tes philosophes [2], mais des institutions naturelles dont il est facile de rendre raison, et dont se déduisent aisément toutes les autres distinctions morales. D'ailleurs, la destination de la nature n'étant pas la même, les inclinations, les manières de voir et de sentir doivent être dirigées de chaque côté selon ses vues, il ne faut point les mêmes goûts ni la même constitution pour labourer la terre et pour allaiter des enfants. Une taille plus haute, une voix plus forte et des traits plus marqués semblent n'avoir aucun rapport nécessaire au sexe ; mais les modifications extérieures annoncent l'intention de l'ouvrier dans les modifications de l'esprit. Une femme parfaite et un homme parfait ne doivent pas plus se ressembler d'âme que de visage ; ces vaines imitations de sexe sont le comble de la déraison ; elles font rire le sage et fuir les amours. Enfin, je trouve qu'à moins d'avoir cinq pieds et demi de haut, une voix de basse et de la barbe au menton, l'on ne doit point se mêler d'être homme.

Vois combien les amants sont maladroits en injures ! Tu me reproches une faute que je n'ai pas commise ou que tu commets aussi bien que moi, et l'attribues à un défaut dont je m'honore. Veux-tu que te rendant sincérité pour sincérité je te dise naïvement ce que je pense de la tienne ? Je n'y trouve qu'un raffinement de flatterie, pour te justifier à toi-même par cette franchise apparente les éloges enthousiastes dont tu m'accables à tout propos. Mes prétendues perfections t'aveuglent au point, que pour démentir les reproches que tu te fais en secret de ta prévention, tu n'as pas l'esprit d'en trouver un solide à me faire.

Crois-moi, ne te charge point de me dire mes vérités, tu t'en acquitterais trop mal ; les yeux de l'amour, tout perçants qu'ils sont, savent-ils voir des défauts ? C'est à l'intègre amitié que ces soins appartiennent, et là-dessus ta disciple Claire est cent fois plus savante que toi. Oui, mon ami, loue-moi, admire-moi, trouve-moi belle, charmante, parfaite. Tes éloges me plaisent sans me séduire, parce que je vois qu'ils sont le langage de l'erreur et non de la fausseté, et que tu te trompes toi-même ; mais que tu ne veux pas me tromper. Ô que les illusions de l'amour sont aimables [1] ! Ses flatteries sont en un sens des vérités : le jugement se tait, mais le cœur parle. L'amant qui loue en nous des perfections que nous n'avons pas, les voit en effet telles qu'il les représente ; il ne ment point en disant des mensonges ; il flatte sans s'avilir, et l'on peut au moins l'estimer sans le croire.

J'ai entendu, non sans quelque battement de cœur,

proposer d'avoir demain deux philosophes à souper. L'un est Milord Édouard, l'autre est un sage dont la gravité s'est quelquefois un peu dérangée aux pieds d'une jeune écolière ; ne le connaîtriez-vous point ? Exhortez-le, je vous prie, à tâcher de garder demain le décorum philosophique un peu mieux qu'à son ordinaire. J'aurai soin d'avertir aussi la petite personne de baisser les yeux, et d'être aux siens le moins jolie qu'il se pourra.

LETTRE XLVII

À Julie

Ah, mauvaise ! Est-ce là la circonspection que tu m'avais promise ? Est-ce ainsi que tu ménages mon cœur et voiles tes attraits ? Que de contraventions à tes engagements ! Premièrement, ta parure ; car tu n'en avais point, et tu sais bien que jamais tu n'es si dangereuse. Secondement ton maintien si doux, si modeste, si propre à laisser remarquer à loisir toutes tes grâces. Ton parler plus rare, plus réfléchi, plus spirituel encore qu'à l'ordinaire, qui nous rendait tous plus attentifs, et faisait voler l'oreille et le cœur au-devant de chaque mot. Cet air que tu chantas à demi-voix, pour donner encore plus de douceur à ton chant, et qui, bien que français, plut à Milord Édouard même. Ton regard timide et tes yeux baissés dont les éclairs inattendus me jetaient dans un trouble inévitable. Enfin, ce je ne sais quoi d'inexprimable, d'enchanteur, que tu semblais avoir répandu sur toute ta personne pour faire tourner la tête à tout le monde, sans paraître même y songer. Je ne sais, pour moi, comment tu t'y prends ; mais si telle est ta manière d'être jolie le moins qu'il est possible, je t'avertis que c'est l'être beaucoup plus qu'il ne faut pour avoir des sages autour de toi.

Je crains fort que le pauvre philosophe Anglais n'ait un peu ressenti la même influence. Après avoir reconduit ta Cousine, comme nous étions tous encore fort éveillés, il nous proposa d'aller chez lui faire de la Musique et boire du punch. Tandis qu'on rassemblait ses gens, il ne cessa de nous parler de toi avec un feu qui me déplut, et je n'entendis pas ton éloge dans sa bouche[1] avec autant de plaisir que tu avais entendu le mien. En général, j'avoue que je n'aime point que personne, excepté ta Cousine, me parle de toi ; il me semble que chaque mot m'ôte une partie de mon secret ou de mes plaisirs, et quoi que l'on puisse dire, on y met un intérêt si suspect, ou l'on est si loin de ce que je sens, que je n'aime écouter là-dessus que moi-même.

Ce n'est pas que j'aie comme toi du penchant à la jalousie. Je connais mieux ton âme ; j'ai des garants qui ne me permettent pas même d'imaginer ton changement possible. Après tes assurances, je ne te dis plus rien des autres prétendants. Mais celui-ci, Julie !..... des conditions sortables.... les préjugés de ton père..... Tu sais bien qu'il s'agit de ma vie ; daigne donc me dire un mot là-dessus. Un mot de Julie, et je suis tranquille à jamais.

J'ai passé la nuit à entendre ou exécuter de la musique italienne, car il s'est trouvé des duos[2] et il a fallu hasarder d'y faire ma partie. Je n'ose te parler encore de l'effet qu'elle a produit sur moi ; j'ai peur, j'ai peur que l'impression du souper d'hier[3] ne se soit prolongée sur ce que j'entendais, et que je n'aie pris l'effet de tes séductions pour le charme de la musique. Pourquoi la même cause qui me la rendait ennuyeuse à Sion, ne pourrait-elle pas ici me la rendre agréable dans une situation contraire ? N'es-tu pas la première source de toutes les affections de mon âme, et suis-je à l'épreuve des prestiges de ta magie. Si la musique eût réellement produit cet enchantement, il eût agi sur tous ceux qui l'entendaient. Mais tandis que ces chants me tenaient en extase, M. d'Orbe dormait tranquillement dans un fauteuil, et au milieu de mes transports, il s'est contenté pour tout éloge de demander si ta Cousine savait l'Italien.

Tout ceci sera mieux éclairci demain ; car nous avons pour ce soir un nouveau rendez-vous de musique. Milord veut la rendre complète et il a mandé de Lausanne un second violon qu'il dit être assez entendu. Je porterai de mon côté des scènes, des cantates françaises, et nous verrons !

En arrivant chez moi j'étais d'un accablement que m'a donné le peu d'habitude de veiller et qui se perd en t'écrivant. Il faut pourtant tâcher de dormir quelques heures. Viens avec moi, ma douce Amie, ne me quitte point durant mon sommeil ; mais soit que ton image le trouble ou le favorise, soit qu'il m'offre ou non les noces de la Fanchon, un instant délicieux qui ne peut m'échapper et qu'il me prépare, c'est le sentiment de mon bonheur au réveil.

LETTRE XLVIII

À Julie

Ah ! ma Julie, qu'ai-je entendu ? Quels sons touchants ? quelle musique ? quelle source délicieuse de sentiments et de plaisirs ? Ne perds pas un moment ; rassemble avec soin tes opéras, tes cantates, ta musique française, fais un grand feu bien ardent, jettes-y tout ce fatras, et l'attise avec soin, afin que tant de glace puisse y brûler et donner de la chaleur au moins une fois. Fais ce sacrifice propitiatoire au Dieu du goût, pour expier ton crime et le mien d'avoir profané ta voix à cette lourde psalmodie, et d'avoir pris si longtemps pour le langage du cœur un bruit qui ne fait qu'étourdir l'oreille. Ô que ton digne frère avait raison ! Dans quelle étrange erreur j'ai vécu jusqu'ici sur les productions de cet art charmant[1] ? Je sentais leur peu d'effet, et l'attribuais à sa faiblesse. Je disais, la musique n'est qu'un vain son qui peut flatter l'oreille et n'agit qu'indirectement et légèrement sur l'âme. L'impression des accords est purement mécanique et physique ; qu'a-t-elle à faire au sentiment, et pourquoi devrais-je espérer d'être plus vivement touché d'une belle harmonie que d'un bel accord de couleurs ? Je n'apercevais pas dans les accents de la mélodie appliqués à ceux de la langue, le lien puissant et secret des passions avec les sons : je ne voyais pas que l'imitation des tons divers dont les sentiments animent la voix parlante donne à son tour à la voix chantante le pouvoir d'agiter les cœurs, et que l'énergique tableau des mouvements de l'âme de celui qui se fait entendre, est ce qui fait le vrai charme de ceux qui l'écoutent.

C'est ce que me fit remarquer le chanteur de Milord, qui, pour un Musicien, ne laisse pas de parler assez bien de son art. L'harmonie, me disait-il, n'est qu'un accessoire éloigné dans la musique imitative ; il n'y a dans l'harmonie proprement dite aucun principe d'imitation. Elle assure, il est vrai, les intonations [1] ; elle porte témoignage de leur justesse et rendant les modulations plus sensibles, elle ajoute de l'énergie à l'expression et de la grâce au chant : Mais c'est de la seule mélodie que sort cette puissance invincible des accents passionnés ; c'est d'elle que dérive tout le pouvoir de la musique sur l'âme ; formez les plus savantes successions d'accords sans mélange de mélodie, vous serez ennuyés au bout d'un quart d'heure. De beaux chants sans aucune harmonie sont longtemps à l'épreuve de l'ennui. Que l'accent du sentiment anime les chants les plus simples, ils seront intéressants. Au contraire, une mélodie qui ne parle point chante toujours mal, et la seule harmonie n'a jamais rien su dire au cœur.

C'est en ceci, continuait-il, que consiste l'erreur des Français sur les forces de la musique. N'ayant et ne pouvant avoir une mélodie à eux dans une langue qui n'a point d'accent [2], et sur une poésie maniérée qui ne connut jamais la nature, ils n'imaginent d'effets que ceux de l'harmonie et des éclats de voix qui ne rendent pas les sons plus mélodieux mais plus bruyants, et ils sont si malheureux dans leurs prétentions que cette harmonie même qu'ils cherchent leur échappe ; à force de la vouloir charger ils n'y mettent plus de choix, ils ne connaissent plus les choses d'effet [3], ils ne font plus que du remplissage, ils se gâtent l'oreille, et ne sont plus sensibles qu'au bruit ; en sorte que la plus belle voix pour eux n'est que celle qui chante le plus fort. Aussi faute d'un genre propre n'ont-ils jamais fait que suivre pesamment et de loin nos modèles, et depuis leur célèbre Lulli ou plutôt le nôtre, qui ne fit qu'imiter les Opéras dont l'Italie était déjà pleine de son temps, on les a toujours vus à la piste de trente ou quarante ans copier, gâter nos vieux Auteurs, et faire à peu près de notre musique comme les autres peuples font de leurs modes. Quand ils se vantent de leurs chansons, c'est leur propre condamnation qu'ils prononcent : s'ils savaient chanter des sentiments ils ne chanteraient pas de l'esprit, mais parce que leur musique n'exprime rien, elle est plus propre aux chansons qu'aux Opéras, et parce que la nôtre est toute passionnée, elle est plus propre aux Opéras qu'aux chansons.

Ensuite m'ayant récité sans chant quelques scènes italiennes, il me fit sentir les rapports de la musique à la parole dans le récitatif, de la musique au sentiment dans les airs, et partout l'énergie que la mesure exacte et le choix des accords ajoute[1] à l'expression. Enfin après avoir joint à la connaissance que j'ai de la langue la meilleure idée qu'il me fut possible de l'accent oratoire et pathétique, c'est-à-dire de l'art de parler à l'oreille et au cœur dans une langue sans articuler des mots[2], je me mis à écouter cette musique enchanteresse, et je sentis bientôt aux émotions qu'elle me causait que cet art avait un pouvoir supérieur à celui que j'avais imaginé. Je ne sais quelle sensation voluptueuse me gagnait insensiblement. Ce n'était plus une vaine suite de sons, comme dans nos récits. À chaque phrase quelque image entrait dans mon cerveau ou quelque sentiment dans mon cœur ; le plaisir ne s'arrêtait point à l'oreille, il pénétrait jusqu'à l'âme ; l'exécution coulait sans effort avec une facilité charmante ; tous les concertants semblaient animés du même esprit ; le chanteur maître de sa voix en tirait sans gêne tout ce que le chant et les paroles demandaient de lui, et je trouvai surtout un grand soulagement à ne sentir ni ces lourdes cadences[3], ni ces pénibles efforts de voix, ni cette contrainte que donne chez nous au musicien le perpétuel combat du chant et de la mesure, qui, ne pouvant jamais s'accorder, ne lassent guère moins l'auditeur que l'exécutant.

Mais quand après une suite d'airs agréables, on vint à ces

grands morceaux d'expression, qui savent exciter et peindre le désordre des passions violentes, je perdais à chaque instant l'idée de musique, de chant, d'imitation ; je croyais entendre la voix de la douleur, de l'emportement, du désespoir ; je croyais voir des mères éplorées, des amants trahis, des Tyrans furieux[1], et dans les agitations que j'étais forcé d'éprouver j'avais peine à rester en place. Je connus alors pourquoi cette même musique qui m'avait autrefois ennuyé, m'échauffait maintenant jusqu'au transport : c'est que j'avais commencé de la concevoir, et que sitôt qu'elle pouvait agir elle agissait avec toute sa force. Non Julie, on ne supporte point à demi de pareilles impressions ; elles sont excessives ou nulles, jamais faibles ou médiocres ; il faut rester insensible ou se laisser émouvoir outre mesure ; ou c'est le vain bruit d'une langue qu'on n'entend point, ou c'est une impétuosité de sentiment qui vous entraîne, et à laquelle il est impossible à l'âme de résister[2].

Je n'avais qu'un regret ; mais il ne me quittait point ; c'était qu'un autre que toi formât des sons dont j'étais si touché, et de voir sortir de la bouche d'un vil *castrato*[3] les plus tendres expressions de l'amour. Ô ma Julie ! n'est-ce pas à nous de revendiquer tout ce qui appartient au sentiment ? Qui sentira, qui dira mieux que nous ce que doit dire et sentir une âme attendrie ? Qui saura prononcer d'un ton plus touchant le *cor mio*, l'*idolo amato* ? Ah que le cœur prêtera d'énergie à l'art, si jamais nous chantons ensemble un de ces duos charmants qui font couler des larmes si délicieuses ! Je te conjure premièrement d'entendre un essai de cette musique, soit chez toi, soit chez l'inséparable. Milord y conduira quand tu voudras tout son monde, et je suis sûr qu'avec un organe aussi sensible que le tien, et plus de connaissance que je n'en avais de la déclamation italienne[4], une seule séance suffira pour t'amener au point où je suis, et te faire partager mon enthousiasme. Je te propose et te prie encore de profiter du séjour du virtuose pour prendre leçon de lui, comme j'ai commencé de faire dès ce matin. Sa manière d'enseigner est simple, nette, et consiste en pratique plus qu'en discours ; il ne dit pas ce qu'il faut faire, il le fait, et en ceci comme en bien d'autres choses l'exemple vaut mieux que la règle. Je vois déjà qu'il n'est question que de s'asservir à la mesure, de la bien sentir, de phraser et ponctuer[1] avec soin, de soutenir également des sons et non de les renfler, enfin d'ôter de la voix les éclats et toute la prétintaille française, pour la rendre juste, expressive, et flexible ; la tienne naturellement si légère et si douce prendra facilement ce nouveau pli ; tu trouveras bientôt dans ta sensibilité l'énergie et la vivacité de l'accent qui anime la musique italienne,

E'l cantar che nell' anima si sente[2].

Laisse donc pour jamais cet ennuyeux et lamentable chant français qui ressemble au cri de la colique mieux qu'aux transports des passions. Apprends à former ces sons divins que le sentiment inspire, seuls dignes de ta voix, seuls dignes de ton cœur, et qui portent toujours avec eux le charme et le feu des caractères sensibles.

LETTRE XLIX

De Julie

Tu sais bien, mon ami, que je ne puis t'écrire qu'à la dérobée, et toujours en danger d'être surprise. Ainsi, dans l'impossibilité de faire de longues lettres je me borne à répondre à ce qu'il y a de plus essentiel dans les tiennes, ou à suppléer à ce que je n'ai pu te dire dans des conversations non moins furtives de bouche que par écrit. C'est ce que je ferai surtout aujourd'hui que deux mots au sujet de Milord Édouard me font oublier le reste de ta lettre.

Mon ami, tu crains de me perdre et me parles de chansons ! belle matière à tracasserie entre amants qui s'entendraient moins. Vraiment, tu n'es pas jaloux, on le voit bien ; mais pour le coup je ne serai pas jalouse moi-même, car j'ai pénétré dans ton âme et ne sens que ta confiance où d'autres croiraient sentir ta froideur. Ô la douce et charmante sécurité que celle qui vient du sentiment d'une union parfaite ! C'est par elle, je le sais, que tu tires de ton propre cœur le bon témoignage du mien, c'est par elle aussi que le mien te justifie, et je te croirais bien moins amoureux si je te voyais plus alarmé.

Je ne sais ni ne veux savoir si Milord Édouard a d'autres attentions pour moi que celles qu'ont tous les hommes pour les personnes de mon âge ; ce n'est point de ses sentiments qu'il s'agit, mais de ceux de mon père et des miens ; ils sont aussi d'accord sur son compte que sur celui des prétendus prétendants, dont tu dis que tu ne dis rien. Si son exclusion et la leur suffisent à ton repos, sois tranquille. Quelque honneur que nous fît la recherche d'un homme de ce rang, jamais du consentement du père ni de la fille, Julie d'Étange ne sera Ladi Bomston. Voilà sur quoi tu peux compter.

Ne va pas croire qu'il ait été pour cela question de Milord Édouard ; je suis sûre que de nous quatre tu es le seul qui puisse même lui supposer du goût pour moi. Quoi qu'il en soit, je sais à cet égard la volonté de mon père sans qu'il en ait parlé ni à moi ni à personne, et je n'en serais pas mieux instruite quand il me l'aurait positivement déclarée. En voilà assez pour calmer tes craintes, c'est-à-dire autant que tu en dois savoir. Le reste serait pour toi de pure curiosité, et tu sais que j'ai résolu de ne la pas satisfaire. Tu as beau me reprocher cette réserve et la prétendre hors de propos dans nos intérêts communs. Si je l'avais toujours eue, elle me serait moins importante aujourd'hui. Sans le compte indiscret que je te rendis d'un discours de mon père, tu n'aurais point été te désoler à Meillerie ; tu ne m'eusses point écrit la lettre qui m'a perdue ; je vivrais innocente et pourrais encore aspirer au bonheur. Juge par ce que me coûte une seule indiscrétion, de la crainte que je dois avoir d'en commettre d'autres ! Tu as trop d'emportement pour avoir de la prudence ; tu pourrais plutôt vaincre tes passions que les déguiser. La moindre alarme te mettrait en fureur ; à la moindre lueur favorable tu ne douterais plus de rien. On lirait tous nos secrets dans ton âme, et tu détruirais à force de zèle tout le succès de mes soins. Laisse-moi donc les soucis de l'amour, et n'en garde que les plaisirs ; ce partage est-il si pénible, et ne sens-tu pas que tu ne peux rien à notre bonheur que de n'y point mettre obstacle.

Hélas, que me serviront désormais ces précautions tardives ? Est-il temps d'affermir ses pas au fond du précipice, et de prévenir les maux dont on se sent accablé ? Ah misérable fille, c'est bien à toi de parler de bonheur ! En peut-il jamais être où règnent la honte et le remords ? Dieu ! quel état cruel, de ne pouvoir ni supporter son crime, ni s'en repentir ; d'être assiégé par mille frayeurs, abusé par mille espérances vaines, et de ne jouir pas même de l'horrible tranquillité du désespoir ! Je suis désormais à la seule merci du sort. Ce n'est plus ni de force ni de vertu qu'il est question, mais de fortune et de prudence, et il ne s'agit pas d'éteindre un amour qui doit durer autant que ma vie, mais de le rendre innocent ou de mourir coupable[1]. Considère cette situation, mon ami, et vois si tu peux te fier à mon zèle ?

LETTRE L

De Julie

Je n'ai point voulu vous expliquer hier en vous quittant, la cause de la tristesse que vous m'avez reprochée, parce que vous n'étiez pas en état de m'entendre. Malgré mon aversion pour les éclaircissements, je vous dois celui-ci, puisque je l'ai promis, et je m'en acquitte.

Je ne sais si vous vous souvenez des étranges discours que vous me tîntes hier au soir et des manières dont vous les accompagnâtes ; quant à moi, je ne les oublierai jamais assez tôt pour votre honneur et pour mon repos, et malheureusement j'en suis trop indignée pour pouvoir les oublier aisément. De pareilles expressions avaient quelque fois frappé mon oreille en passant auprès du port[2] ; mais je ne croyais pas qu'elles pussent jamais sortir de la bouche d'un honnête homme ; je suis très sûre au moins qu'elles n'entrèrent jamais dans le dictionnaire des amants, et j'étais bien éloignée de penser qu'elles pussent être d'usage entre vous et moi. Eh Dieu, quel amour est le vôtre, s'il assaisonne ainsi ses plaisirs ! Vous sortiez, il est vrai, d'un long repas, et je vois ce qu'il faut pardonner en ce pays aux excès qu'on y peut faire : c'est aussi pour cela que je vous en parle. Soyez certain qu'un tête-à-tête où vous m'auriez traitée ainsi de sang-froid eût été le dernier de notre vie.

Mais ce qui m'alarme sur votre compte, c'est que souvent la conduite d'un homme échauffé de vin n'est que l'effet de ce qui se passe au fond de son cœur dans les autres temps. Croirai-je que dans un état où l'on ne déguise rien vous vous montrâtes tel que vous êtes[1]. Que deviendrais-je si vous pensiez à jeun comme vous parliez hier au soir ? Plutôt que de supporter un pareil mépris j'aimerais mieux éteindre un feu si grossier, et perdre un amant qui sachant si mal honorer sa maîtresse mériterait si peu d'en être estimé. Dites-moi, vous qui chérissiez les sentiments honnêtes, seriez-vous tombé dans cette erreur cruelle que l'amour heureux n'a plus de ménagement à garder avec la pudeur, et qu'on ne doit plus de respect à celles dont on n'a plus de rigueur à craindre ? Ah ! si vous aviez toujours pensé ainsi, vous auriez été moins à redouter et je ne serais pas si malheureuse ! Ne vous y trompez pas, mon ami, rien n'est si dangereux pour les vrais amants que les préjugés du monde ; tant de gens parlent d'amour, et si peu savent aimer, que la plupart prennent pour ses pures et douces lois les viles maximes d'un commerce abject, qui bientôt assouvi de lui-même a recours aux monstres de l'imagination et se déprave pour se soutenir.

Je ne sais si je m'abuse ; mais il me semble que le véritable amour est le plus chaste de tous les liens. C'est lui, c'est son feu divin qui sait épurer nos penchants naturels, en les concentrant dans un seul objet ; c'est lui qui nous dérobe aux tentations, et qui fait qu'excepté cet objet unique, un sexe n'est plus rien pour l'autre. Pour une femme ordinaire, tout homme est toujours un homme ; mais pour celle dont le cœur aime, il n'y a point d'homme que son amant. Que dis-je ? Un amant n'est-il qu'un homme ? Ah qu'il est un être bien plus sublime ! Il n'y a point d'homme pour celle qui aime ; son amant est plus ; tous les autres sont moins ; elle et lui sont les seuls de leur espèce. Ils ne désirent pas, ils aiment. Le cœur ne suit point les sens, il les guide ; il couvre leurs égarements d'un voile délicieux. Non il n'y a rien d'obscène que la débauche et son grossier langage. Le véritable amour toujours modeste n'arrache point ses faveurs avec audace ; il les dérobe avec timidité. Le mystère, le silence, la honte craintive aiguisent et cachent ses doux transports ; sa flamme honore et purifie toutes ses caresses [1] ; la décence et l'honnêteté l'accompagnent au sein de la volupté même, et lui seul sait tout accorder aux désirs sans rien ôter à la pudeur. Ah dites ! vous qui connûtes les vrais plaisirs ; comment une cynique effronterie pourrait-elle s'allier avec eux ? Comment ne bannirait-elle pas leur délire et tout leur charme ? Comment ne souillerait-elle pas cette image de perfection sous laquelle on se plaît à contempler l'objet aimé ? Croyez-moi, mon ami, la débauche et l'amour ne sauraient loger ensemble, et ne peuvent pas même se compenser. Le cœur fait le vrai bonheur quand on s'aime, et rien n'y peut suppléer sitôt qu'on ne s'aime plus.

Mais quand vous seriez assez malheureux pour vous plaire à ce déshonnête langage, comment avez-vous pu vous résoudre à l'employer si mal à propos, et à prendre avec celle qui vous est chère un ton et des manières qu'un homme d'honneur doit même ignorer ? Depuis quand est-il doux d'affliger ce qu'on aime, et quelle est cette volupté barbare qui se plaît à jouir du tourment d'autrui ? Je n'ai pas oublié que j'ai perdu le droit d'être respectée ; mais si je l'oubliais jamais, est-ce à vous de me le rappeler ? Est-ce à l'auteur de ma faute d'en aggraver la punition ? Ce serait à lui plutôt à m'en consoler. Tout le monde a droit de me mépriser hors vous. Vous me devez le prix de l'humiliation où vous m'avez réduite et tant de pleurs versés sur ma faiblesse méritaient que vous me la fissiez moins cruellement sentir. Je ne suis ni prude ni précieuse. Hélas, que j'en suis loin, moi qui n'ai pas su même être sage ! Vous le savez trop, ingrat, si ce tendre cœur sait rien refuser à l'amour ? Mais au moins ce qu'il lui cède, il ne veut le céder qu'à lui, et vous m'avez trop bien appris son langage, pour lui en pouvoir substituer un si différent. Des injures, des coups m'outrageraient moins que de semblables caresses. Ou renoncez à Julie, ou sachez être estimé d'elle. Je vous l'ai déjà dit, je ne connais point d'amour sans pudeur, et s'il m'en coûtait de perdre le vôtre, il m'en coûterait encore plus de le conserver à ce prix.

Il me reste beaucoup de choses à dire sur le même sujet ; mais il faut finir cette lettre et je les renvoie à un autre temps. En attendant, remarquez un effet de vos fausses maximes sur l'usage immodéré du vin. Votre cœur n'est point coupable, j'en suis très sûre. Cependant vous avez navré le mien, et sans savoir ce que vous faisiez, vous désoliez comme à plaisir ce cœur trop facile à s'alarmer, et pour qui rien n'est indifférent de ce qui lui vient de vous.

LETTRE LI

Réponse

Il n'y a pas une ligne dans votre lettre qui ne me fasse glacer le sang, et j'ai peine à croire, après l'avoir relue vingt fois que ce soit à moi qu'elle est adressée. Qui moi, moi ? j'aurais offensé Julie ? J'aurais profané ses attraits ? Celle à qui chaque instant de ma vie j'offre des adorations, eût été en butte à mes outrages ? Non, je me serais percé le cœur mille fois avant qu'un projet si barbare en eût approché. Ah, que tu le connais mal, ce cœur qui t'idolâtre ! ce cœur qui vole et se prosterne sous chacun de tes pas ! ce cœur qui voudrait inventer pour toi de nouveaux hommages inconnus aux mortels ! Que tu le connais mal, ô Julie, si tu l'accuses de manquer envers toi à ce respect ordinaire et commun qu'un amant vulgaire aurait même pour sa maîtresse ! Je ne crois être ni impudent ni brutal, je hais les discours déshonnêtes et n'entrai de mes jours dans les lieux où l'on apprend à les tenir. Mais, que je le redise après toi, que je renchérisse sur ta juste indignation ; quand je serais le plus vil des mortels, quand j'aurais passé mes premiers ans dans la crapule[1], quand le goût des honteux plaisirs pourrait trouver place en un cœur où tu règnes, oh dis-moi, Julie, Ange du Ciel, dis-moi comment je pourrais apporter devant toi l'effronterie qu'on ne peut avoir que devant celles qui l'aiment ? Ah non, il n'est pas possible ! Un seul de tes regards eût contenu ma bouche et purifié mon cœur. L'amour eût couvert mes désirs emportés des charmes de ta modestie ; il l'eût vaincue sans l'outrager, et dans la douce union de nos âmes, leur seul délire eût produit les erreurs des sens. J'en appelle à ton propre témoignage. Dis, si dans toutes les fureurs d'une passion sans mesure, je cessai jamais d'en respecter le charmant objet ? Si je reçus le prix que ma flamme avait mérité, dis si j'abusai de mon bonheur pour outrager à ta douce honte[2] ? si d'une main timide l'amour ardent et craintif attenta quelquefois à tes charmes, dis si jamais une témérité brutale osa les profaner ? Quand un transport indiscret écarte un instant le voile qui les couvre, l'aimable pudeur n'y substitue-t-elle pas aussitôt le sien ? Ce vêtement sacré t'abandonnerait-il un moment quand tu n'en aurais point d'autre ? Incorruptible comme ton âme honnête, tous les feux de la mienne l'ont-ils jamais altéré ? Cette union si touchante et si tendre ne suffit-elle pas à notre félicité ? Ne fait-elle pas seule tout le bonheur de nos jours ? Connaissons-nous au monde quelques plaisirs hors ceux que l'amour donne ? En voudrions-nous connaître d'autres ? Conçois-tu comment cet enchantement eût pu se détruire ? Comment j'aurais oublié dans un moment l'honnêteté, notre amour, mon honneur[3], et l'invincible respect que j'aurais toujours eu pour toi, quand même je ne t'aurais point adorée ? Non, ne le crois pas ; ce n'est point moi qui pus t'offenser. Je n'en ai nul souvenir ; et si j'eusse été coupable un instant, le remords me quitterait-il jamais ? Non Julie, un démon jaloux d'un sort trop heureux pour un mortel a pris ma figure pour le troubler et m'a laissé mon cœur pour me rendre plus misérable.

J'abjure, je déteste un forfait que j'ai commis, puisque tu m'en accuses, mais auquel ma volonté n'a point de part[1]. Que je vais l'abhorrer, cette fatale intempérance qui me paraissait favorable aux épanchements du cœur, et qui put démentir si cruellement le mien ! J'en fais par toi l'irrévocable serment, dès aujourd'hui je renonce pour ma vie au vin comme au plus mortel poison ; jamais cette liqueur funeste ne troublera mes sens ; jamais elle ne souillera mes lèvres, et son délire insensé ne me rendra plus coupable à mon insu. Si j'enfreins ce vœu solennel ; Amour, accable-moi du châtiment dont je serai digne, puisse à l'instant l'image de ma Julie sortir pour jamais de mon cœur, et l'abandonner à l'indifférence et au désespoir.

Ne pense pas que je veuille expier mon crime par une peine si légère. C'est une précaution et non pas un châtiment. J'attends de toi celui que j'ai mérité. Je l'implore pour soulager mes regrets. Que l'amour offensé se venge et s'apaise ; punis-moi sans me haïr, je souffrirai sans murmure. Sois juste et sévère ; il le faut, j'y consens ; mais si tu veux me laisser la vie, ôte-moi tout hormis ton cœur.

LETTRE LII

De Julie

Comment, mon ami, renoncer au vin pour sa maîtresse ? Voilà ce qu'on appelle un sacrifice ! Oh, je défie qu'on trouve dans les quatre Cantons[2] un homme plus amoureux que toi ! Ce n'est pas qu'il n'y ait parmi nos jeunes gens de petits Messieurs francisés qui boivent de l'eau par air[3], mais tu seras le premier à qui l'amour en aura fait boire ; c'est un exemple à citer dans les fastes galants de la Suisse. Je me suis même informée de tes déportements[4], et j'ai appris avec une extrême édification que soupant hier chez M. de Vueillerans, tu laissas faire la ronde à six bouteilles après le repas, sans y toucher, et ne marchandais non plus les verres d'eau, que les convives ceux de vin de la côte[1]. Cependant cette pénitence dure depuis trois jours que ma lettre est écrite, et trois jours font au moins six repas. Or à six repas observés par fidélité, l'on en peut ajouter six autres par crainte, et six par honte, et six par habitude, et six par obstination. Que de motifs peuvent prolonger des privations pénibles dont l'amour seul aurait la gloire ? Daignerait-il se faire honneur de ce qui peut n'être pas à lui ?

Voilà plus de mauvaises plaisanteries que tu ne m'as tenu de mauvais propos, il est temps d'enrayer. Tu es grave naturellement ; je me suis aperçue qu'un long badinage t'échauffe, comme une longue promenade échauffe un homme replet ; mais je tire à peu près de toi la vengeance qu'Henri quatre tira du Duc de Mayenne, et ta Souveraine veut imiter la clémence du meilleur des Rois[2]. Aussi bien je craindrais qu'à force de regrets et d'excuses tu ne te fisses à la fin un mérite d'une faute si bien réparée, et je veux me hâter de l'oublier, de peur que si j'attendais trop longtemps ce ne fût plus générosité, mais ingratitude.

À l'égard de ta résolution de renoncer au vin pour toujours, elle n'a pas autant d'éclat à mes yeux que tu pourrais croire ; les passions vives ne songent guère à ces petits sacrifices, et l'amour ne se repaît point de galanterie. D'ailleurs, il y a quelquefois plus d'adresse que de courage à tirer avantage pour le moment présent d'un avenir incertain, et à se payer d'avance d'une abstinence éternelle à laquelle on renonce quand on veut. Eh mon bon ami ! dans tout ce qui flatte les sens l'abus est-il donc inséparable de la jouissance ? l'ivresse est-elle nécessairement attachée au goût du vin, et la philosophie serait-elle assez vaine ou assez cruelle pour n'offrir d'autre moyen d'user modérément des choses qui plaisent, que de s'en priver tout à fait ?

Si tu tiens ton engagement, tu t'ôtes un plaisir innocent, et risques ta santé en changeant de manière de vivre : si tu l'enfreins, l'amour est doublement offensé et ton honneur même en souffre. J'use donc en cette occasion de mes droits, et non seulement je te relève d'un vœu nul, comme fait sans mon congé, mais je te défends même de l'observer au delà du terme que je vais te prescrire. Mardi nous aurons ici la musique de Milord Édouard. À la collation je t'enverrai une coupe à demi pleine d'un nectar pur et bienfaisant. Je veux qu'elle soit bue en ma présence, et à mon intention, après avoir fait de quelques gouttes une libation expiatoire aux Grâces. Ensuite mon pénitent reprendra dans ses repas l'usage sobre du vin tempéré par le cristal des fontaines, et comme dit ton bon Plutarque, en calmant les ardeurs de Bacchus par le commerce des Nymphes [1].

À propos du concert de mardi, cet étourdi de Regianino ne s'est-il pas mis dans la tête que j'y pourrais déjà chanter un air Italien et même un duo avec lui ? Il voulait que je le chantasse avec toi pour mettre ensemble ses deux écoliers ; mais il y a dans ce duo de certains *ben mio* [2] dangereux à dire sous les yeux d'une mère quand le cœur est de la partie ; il vaut mieux renvoyer cet essai au premier concert qui se fera chez l'inséparable. J'attribue la facilité avec laquelle j'ai pris le goût de cette musique à celui que mon frère m'avait donné pour la poésie italienne, et que j'ai si bien entretenu avec toi que je sens aisément la cadence des vers, et qu'au dire de Regianino, j'en prends assez bien l'accent. Je commence chaque leçon par lire quelques octaves du Tasse, ou quelque scène du Métastase : ensuite il me fait dire et accompagner du récitatif, et je crois continuer de parler ou de lire, ce qui sûrement ne m'arrivait pas dans le récitatif français. Après cela il faut soutenir en mesure des sons égaux et justes ; exercice que les éclats auxquels j'étais accoutumée me rendent assez difficile. Enfin nous passons aux airs, et il se trouve que la justesse et la flexibilité de la voix, l'expression pathétique, les sons renforcés [3] et tous les passages [4], sont un effet naturel de la douceur du chant et de la précision de la mesure, de sorte que ce qui me paraissait le plus difficile à apprendre, n'a pas même besoin d'être enseigné. Le caractère de la mélodie a tant de rapport au ton de la langue, et une si grande pureté de modulation, qu'il ne faut qu'écouter la basse et savoir parler, pour déchiffrer aisément le chant. Toutes les passions y ont des expressions aiguës et fortes ; tout au contraire de l'accent traînant et pénible du chant français, le sien, toujours doux et facile, mais vif et touchant dit beaucoup avec peu d'effort. Enfin, je sens que cette musique agite l'âme et repose la poitrine ; c'est précisément celle qu'il faut à mon cœur et à mes poumons. À mardi donc, mon aimable ami, mon maître, mon pénitent, mon apôtre, hélas ! que ne m'es-tu point ! Pourquoi faut-il qu'un seul titre manque à tant de droits ?

P.S. Sais-tu qu'il est question d'une jolie promenade sur l'eau, pareille à celle que nous fîmes il y a deux ans avec la pauvre Chaillot ? Que mon rusé maître était timide alors ! Qu'il tremblait en me donnant la main pour sortir du bateau ! Ah l'hypocrite !.... il a beaucoup changé [1].

LETTRE LIII

De Julie

Ainsi tout déconcerte nos projets, tout trompe notre attente, tout trahit des feux que le ciel eût dû couronner ! Vils jouets d'une aveugle fortune, tristes victimes d'un moqueur espoir, toucherons-nous sans cesse au plaisir qui fuit, sans jamais l'atteindre ? Cette noce trop vainement désirée devait se faire à Clarens ; le mauvais temps nous contrarie, il faut la faire à la ville. Nous devions nous y ménager une entrevue ; tous deux obsédés d'importuns, nous ne pouvons leur échapper en même temps, et le moment où l'un des deux se dérobe est celui où il est impossible à l'autre de le joindre ! Enfin, un favorable instant se présente, la plus cruelle des mères vient nous l'arracher, et peu s'en faut que cet instant ne soit celui de la perte de deux infortunés qu'il devait rendre heureux ! Loin de rebuter mon courage, tant d'obstacles l'ont irrité. Je ne sais quelle nouvelle force m'anime, mais je me sens une hardiesse que je n'eus jamais ; et si tu l'oses partager, ce soir, ce soir même peut acquitter mes promesses et payer d'une seule fois toutes les dettes de l'amour[1].

Consulte-toi bien, mon ami, et vois jusqu'à quel point il t'est doux de vivre ; car l'expédient que je te propose peut nous mener tous deux à la mort. Si tu la crains, n'achève point cette lettre, mais si la pointe d'une épée n'effraye pas plus aujourd'hui ton cœur, que ne l'effrayaient jadis les gouffres de Meillerie, le mien court le même risque et n'a pas balancé. Écoute.

Babi, qui couche ordinairement dans ma chambre est malade depuis trois jours, et quoique je voulusse absolument la soigner, on l'a transportée ailleurs malgré moi : mais comme elle est mieux, peut-être elle reviendra dès demain[2]. Le lieu où l'on mange est loin de l'escalier qui conduit à l'appartement de ma mère et au mien : à l'heure du soupé toute la maison est déserte hors la cuisine et la salle à manger. Enfin la nuit dans cette saison est déjà obscure à la même heure, son voile peut dérober aisément dans la rue les passants aux spectateurs, et tu sais parfaitement les êtres de la maison.

Ceci suffit pour me faire entendre. Viens cet après-midi chez ma Fanchon ; je t'expliquerai le reste, et te donnerai les instructions nécessaires : Que si je ne le puis je les laisserai par écrit à l'ancien entrepôt de nos lettres, où, comme je t'en ai prévenu tu trouveras déjà celle-ci : Car le sujet en est trop important pour l'oser confier à personne.

Ô comme je vois à présent palpiter ton cœur ! Comme j'y lis tes transports, et comme je les partage ! Non, mon doux Ami, non, nous ne quitterons point cette courte vie sans avoir un instant goûté le bonheur. Mais songe, pourtant, que cet instant est environné des horreurs de la mort ; que l'abord est sujet à mille hasards, le séjour dangereux, la retraite d'un péril extrême ; que nous sommes perdus si nous sommes découverts, et qu'il faut que tout nous favorise pour pouvoir éviter de l'être. Ne nous abusons point ; je connais trop mon père pour douter que je ne te visse à l'instant percer le cœur de sa main, si même il ne commençait par moi[1] ; car sûrement je ne serais pas plus épargnée, et crois-tu que je t'exposerais à ce risque si je n'étais sûre de le partager ?

Pense encore qu'il n'est point question de te fier à ton courage ; il n'y faut pas songer, et je te défends même très expressément d'apporter aucune arme pour ta défense, pas même ton épée : aussi bien te serait-elle parfaitement inutile ; car si nous sommes surpris, mon dessein est de me précipiter dans tes bras, de t'enlacer fortement dans les miens, et de recevoir ainsi le coup mortel pour n'avoir plus à me séparer de toi ; plus heureuse à ma mort que je ne le fus de ma vie.

J'espère qu'un sort plus doux nous est réservé ; je sens au moins, qu'il nous est dû, et la fortune se lassera de nous être injuste. Viens donc, âme de mon cœur, vie de ma vie, viens te réunir à toi-même. Viens sous les auspices du tendre amour, recevoir le prix de ton obéissance et de tes sacrifices. Viens avouer, même au sein des plaisirs, que c'est de l'union des cœurs qu'ils tirent leur plus grand charme.

LETTRE LIV

À Julie

J'arrive plein d'une émotion qui s'accroît en entrant dans cet asile. Julie ! me voici dans ton cabinet, me voici dans le sanctuaire de tout ce que mon cœur adore. Le flambeau de l'amour guidait mes pas, et j'ai passé sans être aperçu. Lieu charmant, lieu fortuné, qui jadis vis tant réprimer de regards tendres, tant étouffer de soupirs brûlants ; toi qui vis naître et nourrir mes premiers feux ; pour la seconde fois tu les verras couronner ; témoin de ma constance immortelle, sois le témoin de mon bonheur, et voile à jamais les plaisirs du plus fidèle et du plus heureux des hommes.

Que ce mystérieux séjour est charmant ? Tout y flatte et nourrit l'ardeur qui me dévore. Ô Julie ! il est plein de toi, et la flamme de mes désirs s'y répand sur tous tes vestiges. Oui, tous mes sens y sont enivrés à la fois. Je ne sais quel parfum presque insensible, plus doux que la rose, et plus léger que l'iris s'exhale ici de toutes parts. J'y crois entendre le son flatteur de ta voix. Toutes les parties de ton habillement éparses présentent à mon ardente imagination celles de toi-même qu'elles recèlent. Cette coiffure légère que parent de grands cheveux blonds qu'elle feint de couvrir : Cet heureux fichu contre lequel une fois au moins je n'aurai point à murmurer ; ce déshabillé élégant et simple qui marque si bien le goût de celle qui le porte ; ces mules si mignonnes qu'un pied souple remplit sans peine ; ce corps [1] si délié qui touche et embrasse..... quelle taille enchanteresse..... au-devant deux légers contours..... ô spectacle de volupté.... la baleine a cédé à la force de l'impression..... empreintes délicieuses, que je vous baise mille fois !.... Dieux ! Dieux ! que sera-ce quand....... Ah, je crois déjà sentir ce tendre cœur battre sous une heureuse main ! Julie ! ma charmante Julie ! je te vois, je te sens partout, je te respire avec l'air que tu as respiré ; tu pénètres toute ma substance ; que ton séjour est brûlant et douloureux pour moi ! Il est terrible à mon impatience. Ô viens, vole, ou je suis perdu [2].

Quel bonheur d'avoir trouvé de l'encre et du papier ! J'exprime ce que je sens pour en tempérer l'excès, je donne le change à mes transports en les décrivant [3].

Il me semble entendre du bruit. Serait-ce ton barbare père ? Je ne crois pas être lâche..... mais qu'en ce moment la mort me serait horrible ? Mon désespoir serait égal à l'ardeur qui me consume. Ciel ! Je te demande encore une heure de vie, et j'abandonne le reste de mon être à ta rigueur. Ô désirs ! ô crainte ! ô palpitations cruelles !.... on ouvre !.... on entre !..... c'est elle ! c'est elle ! je l'entrevois, je l'ai vue, j'entends refermer la porte. Mon cœur, mon faible cœur, tu succombes à tant d'agitations. Ah cherche des forces pour supporter la félicité qui t'accable !

LETTRE LV

À Julie

Ô mourons, ma douce Amie ! mourons, la bien-aimée de mon cœur ! Que faire désormais d'une jeunesse insipide dont nous avons épuisé toutes les délices ? Explique-moi, si tu le peux, ce que j'ai senti dans cette nuit inconcevable ; donne-moi l'idée d'une vie ainsi passée, ou laisse-m'en quitter une qui n'a plus rien de ce que je viens d'éprouver avec toi. J'avais goûté le plaisir, et croyais concevoir le bonheur. Ah, je n'avais senti qu'un vain songe et n'imaginais que le bonheur d'un enfant ! Mes sens abusaient mon âme grossière ; je ne cherchais qu'en eux le bien suprême, et j'ai trouvé que leurs plaisirs épuisés n'étaient que le commencement des miens. Ô chef-d'œuvre unique de la nature ! Divine Julie ! possession délicieuse à laquelle tous les transports du plus ardent amour suffisent à peine ! Non, ce ne sont point ces transports que je regrette le plus : ah non ; retire, s'il le faut, ces faveurs enivrantes pour lesquelles je donnerais mille vies ; mais rends-moi tout ce qui n'était point elles, et les effaçait mille fois. Rends-moi cette étroite union des âmes, que tu m'avais annoncée et que tu m'as si bien fait goûter. Rends-moi cet abattement si doux rempli par les effusions de nos cœurs ; rends-moi ce sommeil enchanteur trouvé sur ton sein ; rends-moi ce réveil plus délicieux encore, et ces soupirs entrecoupés, et ces douces larmes, et ces baisers qu'une voluptueuse langueur nous faisait lentement savourer, et ces gémissements si tendres, durant lesquels tu pressais sur ton cœur ce cœur fait pour s'unir à lui [1].

Dis-moi, Julie, toi qui d'après ta propre sensibilité sais si bien juger de celle d'autrui, crois-tu que ce que je sentais auparavant fût véritablement de l'amour ? Mes sentiments, n'en doute pas, ont depuis hier changé de nature ; ils ont pris je ne sais quoi de moins impétueux, mais de plus doux, de plus tendre et de plus charmant. Te souvient-il de cette heure entière que nous passâmes à parler paisiblement de notre amour et de cet avenir obscur et redoutable, par qui le présent nous était encore plus sensible ; de cette heure, hélas, trop courte dont une légère empreinte de tristesse rendit les entretiens si touchants ? J'étais tranquille, et pourtant j'étais près de toi ; je t'adorais et ne désirais rien. Je n'imaginais pas même une autre félicité, que de sentir ainsi ton visage auprès du mien, ta respiration sur ma joue, et ton bras autour de mon cou. Quel calme dans tous mes sens ! Quelle volupté pure, continue, universelle ! Le charme de la jouissance était dans l'âme ; il n'en sortait plus ; il durait toujours[1]. Quelle différence des fureurs de l'amour à une situation si paisible ! C'est la première fois de mes jours que je l'ai éprouvée auprès de toi ; et cependant, juge du changement étrange que j'éprouve ; c'est de toutes les heures de ma vie, celle qui m'est la plus chère, et la seule que j'aurais voulu prolonger éternellement*. Julie, dis-moi donc si je ne t'aimais point auparavant, ou si maintenant je ne t'aime plus ?

Si je ne t'aime plus ? Quel doute ! ai-je donc cessé d'exister, et ma vie n'est-elle pas plus dans ton cœur que dans le mien ? Je sens, je sens que tu m'es mille fois plus chère que jamais, et j'ai trouvé dans mon abattement de nouvelles forces pour te chérir plus tendrement encore. J'ai pris pour toi des sentiments plus paisibles, il est vrai, mais plus affectueux et de plus de différentes espèces ; sans s'affaiblir ils se sont multipliés ; les douceurs de l'amitié tempèrent les emportements de l'amour, et j'imagine à peine quelque sorte d'attachement qui ne m'unisse pas à toi. Ô ma charmante maîtresse, ô mon épouse, ma sœur, ma douce amie[3] ! que j'aurai peu dit pour ce que je sens, après avoir épuisé tous les noms les plus chers au cœur de l'homme !

Il faut que je t'avoue un soupçon que j'ai conçu dans la honte et l'humiliation de moi-même ; c'est que tu sais mieux

* Femme trop facile, voulez-vous savoir si vous êtes aimée ? examinez votre amant sortant de vos bras. Ô amour ! Si je regrette l'âge où l'on te goûte, ce n'est pas pour l'heure de la jouissance ; c'est pour l'heure qui la suit[2].

aimer que moi. Oui, ma Julie, c'est bien toi qui fais ma vie et mon être ; je t'adore bien de toutes les facultés de mon âme ; mais la tienne est plus aimante, l'amour l'a plus profondément pénétrée ; on le voit, on le sent ; c'est lui qui anime tes grâces, qui règne dans tes discours, qui donne à tes yeux cette douceur pénétrante, à ta voix ces accents si touchants ; c'est lui, qui par ta seule présence communique aux autres cœurs sans qu'ils s'en aperçoivent la tendre émotion du tien. Que je suis loin de cet état charmant qui se suffit à lui-même ! je veux jouir, et tu veux aimer ; j'ai des transports et toi de la passion ; tous mes emportements ne valent pas ta délicieuse langueur, et le sentiment dont ton cœur se nourrit est la seule félicité suprême. Ce n'est que d'hier seulement que j'ai goûté cette volupté si pure. Tu m'as laissé quelque chose de ce charme inconcevable qui est en toi, et je crois qu'avec ta douce haleine tu m'inspirais une âme nouvelle. Hâte-toi, je t'en conjure, d'achever ton ouvrage. Prends de la mienne tout ce qui m'en reste et mets tout à fait la tienne à la place. Non, beauté d'ange, âme céleste ; il n'y a que des sentiments comme les tiens qui puissent honorer tes attraits. Toi seule es digne d'inspirer un parfait amour, toi seule es propre à le sentir. Ah donne-moi ton cœur, ma Julie, pour t'aimer comme tu le mérites !

LETTRE LVI

De Claire à Julie

J'ai, ma chère Cousine, à te donner un avis qui t'importe. Hier au soir ton ami eut avec Milord Édouard un démêlé qui peut devenir sérieux. Voici ce que m'en a dit M. d'Orbe qui était présent, et qui, inquiet des suites de cette affaire est venu ce matin m'en rendre compte.

Ils avaient tous deux soupé chez Milord, et après une heure ou deux de musique ils se mirent à causer et boire du punch. Ton ami n'en but qu'un seul verre mêlé d'eau ; les deux autres ne furent pas si sobres, et quoique M. d'Orbe ne convienne pas de s'être enivré, je me réserve à lui en dire mon avis[1] dans un autre temps. La conversation tomba naturellement sur ton compte ; car tu n'ignores pas que Milord n'aime à parler que de toi. Ton ami, à qui ces confidences déplaisent, les reçut avec si peu d'aménité, qu'enfin Édouard échauffé de punch et piqué de cette sécheresse, osa dire en se plaignant de ta froideur, qu'elle n'était pas si générale qu'on pourrait croire et que tel qui n'en disait mot n'était pas si mal traité que lui. À l'instant ton ami, dont tu connais la vivacité, releva ce discours avec un emportement insultant qui lui attira un démenti, et ils sautèrent à leurs épées. Bomston à demi ivre se donna en courant une entorse[2] qui le força de s'asseoir. Sa jambe enfla sur-le-champ, et cela calma la querelle mieux que tous les soins que M. d'Orbe s'était donnés. Mais comme il était attentif à ce qui se passait, il vit ton ami s'approcher, en sortant, de l'oreille de Milord Édouard, et il entendit qu'il lui disait à demi-voix ; *sitôt que vous serez en état de sortir, faites-moi donner de vos nouvelles, ou j'aurai soin de m'en informer. N'en prenez pas la peine*, lui dit Édouard avec un souris moqueur, *vous en saurez assez tôt. Nous verrons*, reprit froidement ton ami, et il sortit. M. d'Orbe en te remettant cette lettre t'expliquera le tout plus en détail. C'est à ta prudence à te suggérer des moyens d'étouffer cette fâcheuse affaire, ou à me prescrire de mon côté ce que je dois faire pour y contribuer. En attendant le porteur est à tes ordres ; il fera tout ce que tu lui commanderas, et tu peux compter sur le secret.

Tu te perds, ma chère, il faut que mon amitié te le dise. L'engagement où tu vis ne peut rester longtemps caché dans une petite ville comme celle-ci, et c'est un miracle de bonheur que depuis plus de deux ans qu'il a commencé tu ne sois pas encore le sujet des discours publics. Tu le vas devenir si tu n'y prends garde ; tu le serais déjà, si tu étais moins aimée ; mais il y a une répugnance si générale à mal parler de toi, que c'est un mauvais moyen de se faire fête[3], et un très sûr de se faire haïr. Cependant tout a son terme ; je tremble que celui du mystère ne soit venu pour ton amour, et il y a grande apparence que les soupçons de Milord Édouard lui viennent de quelques mauvais propos qu'il peut avoir entendus. Songes-y bien, ma chère enfant. Le Guet[1] dit il y a quelque temps avoir vu sortir de chez toi ton ami à cinq heures du matin. Heureusement celui-ci sut des premiers ce discours, il courut chez cet homme et trouva le secret de le faire taire ; mais qu'est-ce qu'un pareil silence, sinon le moyen d'accréditer des bruits sourdement répandus ? La défiance de ta mère augmente aussi de jour en jour ; tu sais combien de fois elle te l'a fait entendre. Elle m'en a parlé à mon tour d'une manière assez dure, et si elle ne craignait la violence de ton père, il ne faut pas douter qu'elle ne lui en eût déjà parlé à lui-même ; mais elle l'ose d'autant moins qu'il lui donnera toujours le principal tort d'une connaissance qui te vient d'elle.

Je ne puis trop le répéter ; songe à toi tandis qu'il en est temps encore. Écarte ton ami avant qu'on en parle ; préviens des soupçons naissants que son absence fera sûrement tomber : car enfin que peut-on croire qu'il fait ici ? Peut-être dans six semaines dans un mois sera-t-il trop tard. Si le moindre mot venait aux oreilles de ton père, tremble de ce qui résulterait de l'indignation d'un vieux militaire entêté de l'honneur de sa maison, et de la pétulance d'un jeune homme emporté qui ne sait rien endurer : Mais il faut commencer par vider de manière ou d'autre l'affaire de Milord Édouard ; car tu ne ferais qu'irriter ton ami, et t'attirer un juste refus, si tu lui parlais d'éloignement avant qu'elle fût terminée.

LETTRE LVII

De Julie

Mon ami, je me suis instruite avec soin de ce qui s'est passé entre vous et Milord Édouard. C'est sur l'exacte connaissance des faits que votre amie veut examiner avec vous comment vous devez vous conduire en cette occasion d'après les sentiments que vous professez, et dont je suppose que vous ne faites pas une vaine et fausse parade.

Je ne m'informe point si vous êtes versé dans l'art de l'escrime, ni si vous vous sentez en état de tenir tête à un homme qui a dans l'Europe la réputation de manier supérieurement les armes, et qui s'étant battu cinq ou six fois en sa vie a toujours tué, blessé, ou désarmé son homme. Je comprends que dans le cas où vous êtes, on ne consulte pas son habileté mais son courage, et que la bonne manière de se venger d'un brave[1] qui vous insulte est de faire qu'il vous tue. Passons sur une maxime si judicieuse ; vous me direz que votre honneur et le mien vous sont plus chers que la vie : voilà donc le principe sur lequel il faut raisonner.

Commençons par ce qui vous regarde. Pourriez-vous jamais me dire en quoi vous êtes personnellement offensé dans un discours où c'est de moi seule qu'il s'agissait ? Si vous deviez en cette occasion prendre fait et cause pour moi, c'est ce que nous verrons tout à l'heure : en attendant, vous ne sauriez disconvenir que la querelle ne soit parfaitement étrangère à votre honneur particulier, à moins que vous ne preniez pour un affront le soupçon d'être aimé de moi. Vous avez été insulté, je l'avoue ; mais après avoir commencé vous-même par une insulte atroce, et moi dont la famille est pleine de militaires, et qui ai tant ouï débattre ces horribles questions, je n'ignore pas qu'un outrage en réponse à un autre ne l'efface point, et que le premier qu'on insulte demeure le seul offensé : c'est le même cas d'un combat[2] imprévu, où l'agresseur est le seul criminel, et où celui qui tue ou blesse en se défendant n'est point coupable de meurtre.

Venons maintenant à moi ; accordons que j'étais outragée par le discours de Milord Édouard, quoiqu'il ne fît que me rendre justice. Savez-vous ce que vous faites en me défendant avec tant de chaleur et d'indiscrétion ? Vous aggravez son outrage ; vous prouvez qu'il avait raison ; vous sacrifiez mon honneur à un faux point d'honneur ; vous diffamez votre maîtresse pour gagner tout au plus la réputation d'un bon spadassin. Montrez-moi, de grâce, quel rapport il y a entre votre manière de me justifier et ma justification réelle ? Pensez-vous que prendre ma cause avec tant d'ardeur soit une grande preuve qu'il n'y a point de liaison entre nous, et qu'il suffise de faire voir que vous êtes brave, pour montrer que vous n'êtes pas mon amant ? Soyez sûr que tous les propos de Milord Édouard me font moins de tort que votre conduite ; c'est vous seul qui vous chargez par cet éclat de les publier et de les confirmer. Il pourra bien, quant à lui, éviter votre épée dans le combat ; mais jamais ma réputation ni mes jours, peut-être, n'éviteront le coup mortel que vous leur portez.

Voilà des raisons trop solides pour que vous ayez rien qui le puisse être à y répliquer ; mais vous combattrez, je le prévois, la raison par l'usage ; vous me direz qu'il est des fatalités qui nous entraînent malgré nous ; que dans quelque cas que ce soit, un démenti ne se souffre jamais ; et que quand une affaire a pris un certain tour, on ne peut plus éviter de se battre ou de se déshonorer. Voyons encore.

Vous souvient-il d'une distinction que vous me fîtes autrefois dans une occasion importante, entre l'honneur réel et l'honneur apparent[1] ? Dans laquelle des deux classes mettrons-nous celui dont il s'agit aujourd'hui ? Pour moi, je ne vois pas comment cela peut même faire une question. Qu'y a-t-il de commun entre la gloire d'égorger un homme et le témoignage d'une âme droite, et quelle prise peut avoir la vaine opinion d'autrui sur l'honneur véritable, dont toutes les racines sont au fond du cœur ? Quoi ! les vertus qu'on a réellement périssent-elles sous les mensonges d'un calomniateur ? les injures d'un homme ivre prouvent-elles qu'on les mérite, et l'honneur du sage serait-il à la merci du premier brutal qu'il peut rencontrer ? Me direz-vous qu'un duel témoigne qu'on a du cœur, et que cela suffit pour effacer la honte ou le reproche de tous les autres vices ? Je vous demanderai quel honneur peut dicter une pareille décision, et quelle raison peut la justifier ? À ce compte un fripon n'a qu'à se battre pour cesser d'être un fripon ; les discours d'un menteur deviennent des vérités, sitôt qu'ils sont soutenus à la pointe de l'épée, et si l'on vous accusait d'avoir tué un homme, vous en iriez tuer un second pour prouver que cela n'est pas vrai ? Ainsi vertu, vice, honneur, infamie, vérité, mensonge, tout peut tirer son être de l'événement d'un combat ; une salle d'armes est le siège de toute justice ; il n'y a d'autre droit que la force, d'autre raison que le meurtre ; toute la réparation due à ceux qu'on outrage est de les tuer, et toute offense est également bien lavée dans le sang de l'offenseur ou de l'offensé ? Dites, si les loups savaient raisonner auraient-ils d'autres maximes ? Jugez vous-même par le cas où vous êtes si j'exagère leur absurdité. De quoi s'agit-il ici pour vous ? D'un démenti reçu dans une occasion où vous mentiez en effet. Pensez-vous donc tuer la vérité avec celui que vous voulez punir de l'avoir dite ? Songez-vous qu'en vous soumettant au sort d'un duel, vous appelez le Ciel en témoignage d'une fausseté, et que vous osez dire à l'arbitre des combats ; viens soutenir la cause injuste, et faire triompher le mensonge[1] ? Ce blasphème n'a-t-il rien qui vous épouvante ? Cette absurdité n'a-t-elle rien qui vous révolte ? Eh Dieu ! quel est ce misérable honneur qui ne craint pas le vice mais le reproche, et qui ne vous permet pas d'endurer d'un autre un démenti reçu d'avance de votre propre cœur ?

Vous qui voulez qu'on profite pour soi de ses lectures[2], profitez donc des vôtres, et cherchez si l'on vit un seul appel sur la terre quand elle était couverte de Héros ? Les plus vaillants hommes de l'antiquité songèrent-ils jamais à venger leurs injures personnelles par des combats particuliers ? César envoya-t-il un cartel à Caton, ou Pompée à César, pour tant d'affronts réciproques, et le plus grand capitaine de la Grèce fut-il déshonoré pour s'être laissé menacer du bâton[3] ? D'autres temps, d'autres mœurs, je le sais ; mais n'y en a-t-il que de bonnes, et n'oserait-on s'enquérir si les mœurs d'un temps sont celles qu'exige le solide honneur ? Non, cet honneur n'est point variable, il ne dépend ni des temps ni des lieux ni des préjugés, il ne peut ni passer ni renaître, il a sa source éternelle dans le cœur de l'homme juste et dans la règle inaltérable de ses devoirs. Si les Peuples les plus éclairés, les plus braves, les plus vertueux de la terre n'ont point connu le duel, je dis qu'il n'est pas une institution de l'honneur, mais une mode affreuse et barbare digne de sa féroce origine. Reste à savoir si, quand il s'agit de sa vie ou de celle d'autrui, l'honnête homme se règle sur la mode, et s'il n'y a pas alors plus de vrai courage à la braver qu'à la suivre ? Que ferait à votre avis, celui qui s'y veut asservir, dans des lieux où règne un usage contraire ? À Messine ou à Naples, il irait attendre son homme au coin d'une rue et le poignarder par derrière. Cela s'appelle être brave en ce pays-là, et l'honneur n'y consiste pas à se faire tuer par son ennemi, mais à le tuer lui-même.

Gardez-vous donc de confondre le nom sacré de l'honneur avec ce préjugé féroce qui met toutes les vertus à la pointe d'une épée, et n'est propre qu'à faire de braves scélérats. Que cette méthode puisse fournir si l'on veut un supplément à la probité, partout où la probité règne son supplément n'est-il pas inutile, et que penser de celui qui s'expose à la mort pour s'exempter d'être honnête homme ? Ne voyez-vous pas que les crimes que la honte et l'honneur n'ont point empêchés, sont couverts et multipliés par la fausse honte et la crainte du blâme ? C'est elle qui rend l'homme hypocrite et menteur ; c'est elle qui lui fait verser le sang d'un ami pour un mot indiscret qu'il devrait oublier, pour un reproche mérité qu'il ne peut souffrir. C'est elle qui transforme en furie infernale une fille abusée et craintive. C'est elle, ô Dieu puissant ! qui peut armer la main maternelle contre le tendre fruit..... je sens défaillir mon âme à cette idée horrible, et je rends grâce au moins à celui qui sonde les cœurs d'avoir éloigné du mien cet honneur affreux qui n'inspire que des forfaits et fait frémir la nature [1].

Rentrez donc en vous-même et considérez s'il vous est permis d'attaquer de propos délibéré la vie d'un homme et d'exposer la vôtre pour satisfaire une barbare et dangereuse fantaisie qui n'a nul fondement raisonnable, et si le triste souvenir du sang versé dans une pareille occasion peut cesser de crier vengeance au fond du cœur de celui qui l'a fait couler ? Connaissez-vous aucun crime égal à l'homicide volontaire, et si la base de toutes les vertus est l'humanité [1], que penserons-nous de l'homme sanguinaire et dépravé qui l'ose attaquer dans la vie de son semblable ? souvenez-vous de ce que vous m'avez dit vous-même contre le service étranger, avez-vous oublié que le citoyen doit sa vie à la patrie et n'a pas le droit d'en disposer sans le congé des lois, à plus forte raison contre leur défense ? Ô mon ami ! si vous aimez sincèrement la vertu, apprenez à la servir à sa mode, et non à la mode des hommes. Je veux qu'il en puisse résulter quelque inconvénient : Ce mot de vertu n'est-il donc pour vous qu'un vain nom, et ne serez-vous vertueux que quand il n'en coûtera rien de l'être ?

Mais quels sont au fond ces inconvénients ? Les murmures des gens oisifs, des méchants, qui cherchent à s'amuser des malheurs d'autrui et voudraient avoir toujours quelque histoire nouvelle à raconter. Voilà vraiment un grand motif pour s'entr'égorger ! si le philosophe et le sage se règlent dans les plus grandes affaires de la vie sur les discours insensés de la multitude, que sert tout cet appareil d'études, pour n'être au fond qu'un homme vulgaire ? Vous n'osez donc sacrifier le ressentiment au devoir, à l'estime, à l'amitié, de peur qu'on ne vous accuse de craindre la mort ? Pesez les choses, mon bon ami, et vous trouverez bien plus de lâcheté dans la crainte de ce reproche, que dans celle de la mort même. Le fanfaron, le poltron veut à toute force passer pour brave ;

Ma verace valor, ben che negletto,
È di se stesso a se freggio assai chiaro [2].

Celui qui feint d'envisager la mort sans effroi, ment. Tout homme craint de mourir ; c'est la grande loi des êtres sensibles, sans laquelle toute espèce mortelle serait bientôt détruite. Cette crainte est un simple mouvement de la nature, non seulement indifférent mais bon en lui-même et conforme à l'ordre. Tout ce qui la rend honteuse et blâmable, c'est qu'elle peut nous empêcher de bien faire et de remplir nos devoirs. Si la lâcheté n'était jamais un obstacle à la vertu, elle cesserait d'être un vice. Quiconque est plus attaché à sa vie qu'à son devoir ne saurait être solidement vertueux, j'en conviens. Mais expliquez-moi, vous qui vous piquez de raison, quelle espèce de mérite on peut trouver à braver la mort pour commettre un crime ?

Quand il serait vrai qu'on se fait mépriser en refusant de se battre, quel mépris est le plus à craindre, celui des autres en faisant bien, ou le sien propre en faisant mal ? Croyez-moi, celui qui s'estime véritablement lui-même est peu sensible à l'injuste mépris d'autrui, et ne craint que d'en être digne : car le bon et l'honnête ne dépendent point du jugement des hommes, mais de la nature des choses, et quand toute la terre approuverait l'action que vous allez faire, elle n'en serait pas moins honteuse. Mais il est faux qu'à s'en abstenir par vertu l'on se fasse mépriser. L'homme droit dont toute la vie est sans tache et qui ne donna jamais aucun signe de lâcheté, refusera de souiller sa main d'un homicide et n'en sera que plus honoré. Toujours prêt à servir la patrie, à protéger le faible, à remplir les devoirs les plus dangereux, et à défendre, en toute rencontre juste et honnête ce qui lui est cher au prix de son sang, il met dans ses démarches cette inébranlable fermeté qu'on n'a point sans le vrai courage. Dans la sécurité de sa conscience, il marche la tête levée, il ne fuit ni ne cherche son ennemi. On voit aisément qu'il craint moins de mourir que de mal faire, et qu'il redoute le crime et non le péril. Si les vils préjugés s'élèvent un instant contre lui, tous les jours de son honorable vie sont autant de témoins qui les récusent, et dans une conduite si bien liée on juge d'une action sur toutes les autres [1].

Mais savez-vous ce qui rend cette modération si pénible à un homme ordinaire ? C'est la difficulté de la soutenir dignement. C'est la nécessité de ne commettre ensuite aucune action blâmable : Car si la crainte de mal faire ne le retient pas dans ce dernier cas, pourquoi l'aurait-elle retenu dans l'autre où l'on peut supposer un motif plus naturel ? On voit bien alors que ce refus ne vient pas de vertu mais de lâcheté, et l'on se moque avec raison d'un scrupule qui ne vient que dans le péril. N'avez-vous point remarqué que les hommes si ombrageux et si prompts à provoquer les autres sont, pour la plupart, de très malhonnêtes gens qui, de peur qu'on n'ose leur montrer ouvertement le mépris qu'on a pour eux, s'efforcent de couvrir de quelques affaires d'honneur l'infamie de leur vie entière ? Est-ce à vous d'imiter de tels hommes ? Mettons encore à part les militaires de profession qui vendent leur sang à prix d'argent ; qui, voulant conserver leur place, calculent par leur intérêt ce qu'ils doivent à leur honneur, et savent à un écu près ce que vaut leur vie. Mon ami, laissez battre tous ces gens-là. Rien n'est moins honorable que cet honneur dont ils font si grand bruit ; ce n'est qu'une mode insensée, une fausse imitation de vertu qui se pare des plus grands crimes. L'honneur d'un homme comme vous n'est point au pouvoir d'un autre, il est en lui-même et non dans l'opinion du peuple ; il ne se défend ni par l'épée ni par le bouclier, mais par une vie intègre et irréprochable, et ce combat vaut bien l'autre en fait de courage.

C'est par ces principes que vous devez concilier les éloges que j'ai donnés dans tous les temps à la véritable valeur avec le mépris que j'eus toujours pour les faux braves. J'aime les gens de cœur et ne puis souffrir les lâches ; je romprais avec un amant poltron que la crainte ferait fuir le danger, et je pense comme toutes les femmes que le feu du courage anime celui de l'amour. Mais je veux que la valeur se montre dans les occasions légitimes, et qu'on ne se hâte pas d'en faire hors de propos une vaine parade, comme si l'on avait peur de ne la pas retrouver au besoin. Tel fait un effort et se présente une fois pour avoir droit de se cacher le reste de sa vie. Le vrai courage a plus de constance et moins d'empressement ; il est toujours ce qu'il doit être ; il ne faut ni l'exciter ni le retenir : l'homme de bien le porte partout avec lui ; au combat contre l'ennemi ; dans un cercle en faveur des absents et de la vérité ; dans son lit contre les attaques de la douleur et de la mort. La force de l'âme qui l'inspire est d'usage dans tous les temps ; elle met toujours la vertu au-dessus des événements, et ne consiste pas à se battre, mais à ne rien craindre. Telle est, mon ami, la sorte de courage que j'ai souvent louée, et que j'aime à trouver en vous. Tout le reste n'est qu'étourderie, extravagance, férocité ; c'est une lâcheté de s'y soumettre, et je ne méprise pas moins celui qui cherche un péril inutile, que celui qui fuit un péril qu'il doit affronter.

Je vous ai fait voir, si je ne me trompe, que dans votre démêlé avec Milord Édouard votre honneur n'est point intéressé ; que vous compromettez le mien en recourant à la voie des armes ; que cette voie n'est ni juste, ni raisonnable, ni permise ; qu'elle ne peut s'accorder avec les sentiments dont vous faites profession ; qu'elle ne convient qu'à de malhonnêtes gens qui font servir la bravoure de supplément aux vertus qu'ils n'ont pas, ou aux Officiers qui ne se battent point par honneur mais par intérêt ; qu'il y a plus de vrai courage à la dédaigner qu'à la prendre ; que les inconvénients auxquels on s'expose en la rejetant sont inséparables de la pratique des vrais devoirs et plus apparents que réels ; qu'enfin les hommes les plus prompts à y recourir sont toujours ceux dont la probité est la plus suspecte. D'où je conclus que vous ne sauriez en cette occasion ni faire ni accepter un appel, sans renoncer en même temps à la raison, à la vertu, à l'honneur, et à moi. Retournez mes raisonnements comme il vous plaira, entassez de votre part sophisme sur sophisme ; il se trouvera toujours qu'un homme de courage n'est point un lâche, et qu'un homme de bien ne peut être un homme sans honneur. Or je vous ai démontré, ce me semble, que l'homme de courage dédaigne le duel, et que l'homme de bien l'abhorre.

J'ai cru, mon ami, dans une matière aussi grave, devoir faire parler la raison seule, et vous présenter les choses exactement telles qu'elles sont. Si j'avais voulu les peindre telles que je les vois, et faire parler le sentiment et l'humanité ; j'aurais pris un langage fort différent. Vous savez que mon père dans sa jeunesse eut le malheur de tuer un homme en duel ; cet homme était son ami ; ils se battirent à regret, l'insensé point d'honneur les y contraignit. Le coup mortel qui priva l'un de la vie ôta pour jamais le repos à l'autre. Le triste remords n'a pu depuis ce temps sortir de son cœur ; souvent dans la solitude on l'entend pleurer et gémir ; il croit sentir encore le fer poussé par sa main cruelle entrer dans le cœur de son ami ; il voit dans l'ombre de la nuit son corps pâle et sanglant ; il contemple en frémissant la plaie mortelle ; il voudrait étancher le sang qui coule ; l'effroi le saisit, il s'écrie, ce cadavre affreux ne cesse de le poursuivre. Depuis cinq ans qu'il a perdu le cher soutien de son nom et l'espoir de sa famille, il s'en reproche la mort comme un juste châtiment du Ciel, qui vengea sur son fils unique le père infortuné qu'il priva du sien.

Je vous l'avoue ; tout cela joint à mon aversion naturelle pour la cruauté m'inspire une telle horreur des duels, que je les regarde comme le dernier degré de brutalité où les hommes puissent parvenir. Celui qui va se battre de gaieté de cœur n'est à mes yeux qu'une bête féroce qui s'efforce d'en déchirer une autre, et s'il reste le moindre sentiment naturel dans leur âme, je trouve celui qui périt moins à plaindre que le vainqueur. Voyez ces hommes accoutumés au sang : ils ne bravent les remords qu'en étouffant la voix de la nature ; ils deviennent par degrés cruels, insensibles ; ils se jouent de la vie des autres, et la punition d'avoir pu manquer d'humanité est de la perdre enfin tout à fait. Que sont-ils dans cet état ? réponds, veux-tu leur devenir semblable ? Non, tu n'es point fait pour cet odieux abrutissement ; redoute le premier pas qui peut t'y conduire : ton âme est encore innocente et saine ; ne commence pas à la dépraver au péril de ta vie, par un effort sans vertu, un crime sans plaisir, un point d'honneur sans raison.

Je ne t'ai rien dit de ta Julie ; elle gagnera, sans doute, à laisser parler ton cœur. Un mot, un seul mot, et je te livre à lui. Tu m'as honorée quelquefois du tendre nom d'épouse :

peut-être en ce moment dois-je porter celui de mère. Veux-tu me laisser veuve avant qu'un nœud Sacré nous unisse ?

P.S. J'emploie dans cette lettre une autorité à laquelle jamais homme sage n'a résisté. Si vous refusez de vous y rendre, je n'ai plus rien à vous dire ; mais pensez-y bien auparavant. Prenez huit jours de réflexion pour méditer sur cet important sujet. Ce n'est pas au nom de la raison que je vous demande ce délai, c'est au mien. Souvenez-vous que j'use en cette occasion du droit que vous m'avez donné vous-même et qu'il s'étend au moins jusque-là[1].

LETTRE LVIII

De Julie à Milord Édouard

Ce n'est point pour me plaindre de vous, Milord, que je vous écris : puisque vous m'outragez, il faut bien que j'aie avec vous des torts que j'ignore. Comment concevoir qu'un honnête homme voulût déshonorer sans sujet une famille estimable ? Contentez donc votre vengeance, si vous la croyez légitime. Cette lettre vous donne un moyen facile de perdre une malheureuse fille qui ne se consolera jamais de vous avoir offensé, et qui met à votre discrétion l'honneur que vous voulez lui ôter. Oui, Milord, vos imputations étaient justes, j'ai un amant aimé ; il est maître de mon cœur et de ma personne ; la mort seule pourra briser un nœud si doux. Cet amant est celui même que nous honoriez de votre amitié ; il en est digne, puisqu'il vous aime et qu'il est vertueux. Cependant il va périr de votre main ; je sais qu'il faut du sang à l'honneur outragé ; je sais que sa valeur même le perdra ; je sais que dans un combat si peu redoutable pour vous, son intrépide cœur ira sans crainte chercher le coup mortel. J'ai voulu retenir ce zèle inconsidéré ; j'ai fait parler la raison. Hélas ! en écrivant ma lettre j'en sentais l'inutilité, et quelque respect que je porte à ses vertus, je n'en attends point de lui d'assez sublimes pour le détacher d'un faux point d'honneur. Jouissez d'avance du plaisir que vous aurez de percer le sein de votre ami : mais sachez, homme barbare, qu'au moins vous n'aurez pas celui de jouir de mes larmes et de contempler mon désespoir. Non, j'en jure par l'amour qui gémit au fond de mon cœur ; soyez témoin d'un serment qui ne sera point vain ; je ne survivrai pas d'un jour à celui pour qui je respire, et vous aurez la gloire de mettre au tombeau d'un seul coup deux amants infortunés, qui n'eurent point envers vous de tort volontaire, et qui se plaisaient à vous honorer.

On dit, Milord, que vous avez l'âme belle et le cœur sensible. S'ils vous laissent goûter en paix une vengeance que je ne puis comprendre et la douceur de faire des malheureux, puissent-ils quand je ne serai plus, vous inspirer quelques soins pour un père et une mère inconsolables, que la perte du seul enfant qui leur reste va livrer à d'éternelles douleurs.

LETTRE LIX

De M. d'Orbe à Julie

Je me hâte, Mademoiselle, selon vos ordres, de vous rendre compte de la commission dont vous m'avez chargé. Je viens de chez Milord Édouard que j'ai trouvé souffrant encore de son entorse, et ne pouvant marcher dans sa chambre qu'à l'aide d'un bâton. Je lui ai remis votre lettre qu'il a ouverte avec empressement ; il m'a paru ému en la lisant : il a rêvé quelque temps, puis il l'a relue une seconde fois avec une agitation plus sensible. Voici ce qu'il m'a dit en la finissant. *Vous savez, Monsieur, que les affaires d'honneur ont leurs règles dont on ne peut se départir : vous avez vu ce qui s'est passé dans celle-ci ; il faut qu'elle soit vidée régulièrement. Prenez deux amis, et donnez-vous la peine de revenir ici demain matin avec eux ; vous saurez alors ma résolution.* Je lui ai représenté que l'affaire s'étant passée entre nous, il serait mieux qu'elle se terminât de même. *Je sais ce qui convient*, m'a-t-il dit brusquement, *et ferai ce qu'il faut. Amenez vos deux amis, ou je n'ai plus rien à vous dire.* Je suis sorti là-dessus, cherchant inutilement dans ma tête quel peut être son bizarre dessein ; quoi qu'il en soit j'aurai l'honneur de vous voir ce soir, et j'exécuterai demain ce que vous me prescrirez. Si vous trouvez à propos que j'aille au rendez-vous avec mon cortège, je le composerai de gens dont je sois sûr à tout événement.

LETTRE LX

À Julie

Calme tes alarmes, tendre et chère Julie, et sur le récit de ce qui vient de se passer connais et partage les sentiments que j'éprouve.

J'étais si rempli d'indignation quand je reçus ta Lettre, qu'à peine pus-je la lire avec l'attention qu'elle méritait. J'avais beau ne la pouvoir réfuter : l'aveugle colère était la plus forte. Tu peux avoir raison, disais-je en moi-même, mais ne me parle jamais de te laisser avilir. Dussé-je te perdre et mourir coupable, je ne souffrirai point qu'on manque au respect qui t'est dû, et tant qu'il me restera un souffle de vie, tu seras honorée de tout ce qui t'approche comme tu l'es de mon cœur. Je ne balançai pas pourtant sur les huit jours que tu me demandais ; l'accident de Milord Édouard et mon vœu d'obéissance concouraient à rendre ce délai nécessaire. Résolu, selon tes ordres, d'employer cet intervalle à méditer sur le sujet de ta lettre, je m'occupais sans cesse à la relire et à y réfléchir, non pour changer de sentiment, mais pour justifier le mien.

J'avais repris ce matin cette lettre trop sage et trop judicieuse à mon gré, et je la relisais avec inquiétude, quand on a frappé à la porte de ma chambre. Un moment après, j'ai vu entrer Milord Édouard sans épée, appuyé sur une canne ; trois personnes le suivaient, parmi lesquelles j'ai reconnu M. d'Orbe. Surpris de cette visite imprévue, j'attendais en silence ce qu'elle devait produire, quand Édouard m'a prié de lui donner un moment d'audience, et de le laisser agir et parler sans l'interrompre. Je vous en demande, a-t-il dit, votre parole ; la présence de ces Messieurs, qui sont de vos amis doit vous répondre que vous ne l'engagez pas indiscrètement. Je l'ai promis sans balancer ; à peine avais-je achevé que j'ai vu avec l'étonnement que tu peux concevoir Milord Édouard à genoux devant moi. Surpris d'une si étrange attitude, j'ai voulu sur-le-champ le relever ; mais après m'avoir rappelé ma promesse, il m'a parlé dans ces termes : « Je viens, Monsieur, rétracter hautement les discours injurieux que l'ivresse m'a fait tenir en votre présence : leur injustice les rend plus offensants pour moi que pour vous, et je m'en dois l'authentique désaveu [1]. Je me soumets à toute la punition que vous voudrez m'imposer, et je ne croirai mon honneur rétabli que quand ma faute sera réparée. À quelque prix que ce soit, accordez-moi le pardon que je vous demande, et me rendez votre amitié. » Milord, lui ai-je dit aussitôt, je reconnais maintenant votre âme grande et généreuse ; et je sais bien distinguer en vous les discours que le cœur dicte de ceux que vous tenez quand vous n'êtes pas à vous-même ; qu'ils soient à jamais oubliés. À l'instant, je l'ai soutenu en se relevant [2], et nous nous sommes embrassés. Après cela Milord se tournant vers les spectateurs leur a dit ; *Messieurs, je vous remercie de votre complaisance. De braves gens comme vous,* a-t-il ajouté d'un air fier et d'un ton animé, *sentent que celui qui répare ainsi ses torts, n'en sait endurer de personne. Vous pouvez publier ce que vous avez vu.* Ensuite il nous a tous quatre invités à souper pour ce soir, et ces Messieurs sont sortis.

À peine avons-nous été seuls qu'il est venu m'embrasser d'une manière plus tendre et plus amicale ; puis me prenant la main et s'asseyant à côté de moi ; heureux mortel, s'est-il écrié, jouissez d'un bonheur dont vous êtes digne. Le cœur de Julie est à vous ; puissiez-vous tous deux... ...que dites-vous, Milord ? ai-je interrompu ; perdez-vous le sens ? Non, m'a-t-il dit en souriant, mais peu s'en est fallu que je ne le perdisse, et c'en était fait de moi, peut-être, si celle qui m'ôtait la raison ne me l'eût rendue. Alors il m'a remis une lettre que j'ai été surpris de voir écrite d'une main qui n'en écrivit jamais à d'autre homme* qu'à moi. Quels mouvements j'ai sentis à sa lecture ! Je voyais une amante incomparable vouloir se perdre pour me sauver, et je reconnaissais Julie. Mais quand je suis parvenu à cet endroit où elle jure de ne pas survivre au plus fortuné des hommes, j'ai frémi des dangers que j'avais courus, j'ai murmuré d'être trop aimé, et mes terreurs m'ont fait sentir que tu n'es qu'une mortelle. Ah rends-moi le courage dont tu me prives ; j'en avais pour braver la mort qui ne menaçait que moi seul, je n'en ai point pour mourir tout entier.

Tandis que mon âme se livrait à ces réflexions amères, Édouard me tenait des discours auxquels j'ai donné d'abord peu d'attention : cependant il me l'a rendue à force de me parler de toi ; car ce qu'il m'en disait plaisait à mon cœur et n'excitait plus ma jalousie. Il m'a paru pénétré de regret d'avoir troublé nos feux et ton repos ; tu es ce qu'il honore le plus au monde, et n'osant te porter les excuses qu'il m'a faites, il m'a prié de les recevoir en ton nom et de te les faire agréer. Je vous ai regardé, m'a-t-il dit, comme son représentant, et n'ai pu trop m'humilier devant ce qu'elle aime, ne pouvant, sans la compromettre m'adresser à sa personne ni même la nommer. Il avoue avoir conçu pour toi les sentiments dont on ne peut se défendre en te voyant avec trop de soin ; mais c'était une tendre admiration plutôt que de l'amour. Ils ne lui ont jamais inspiré ni prétention ni espoir ; il les a tous sacrifiés aux nôtres à l'instant qu'ils lui ont été connus, et le mauvais propos qui lui est échappé était l'effet du punch et non de la jalousie. Il traite l'amour en philosophe qui croit son âme au-dessus des passions : pour moi, je suis trompé s'il n'en a déjà ressenti quelqu'une qui ne permet plus à d'autres de germer profondément. Il prend l'épuisement du cœur pour l'effort de la raison, et je sais bien

* Il en faut, je pense, excepter son père.

qu'aimer Julie et renoncer à elle n'est pas une vertu d'homme.

Il a désiré de savoir [1] en détail l'histoire de nos amours, et les causes qui s'opposent au bonheur de ton ami ; j'ai cru qu'après ta lettre une demi-confidence était dangereuse et hors de propos ; je l'ai faite entière, et il m'a écouté avec une attention qui m'attestait sa sincérité. J'ai vu plus d'une fois ses yeux humides et son âme attendrie ; je remarquais surtout l'impression puissante que tous les triomphes de la vertu faisaient sur son âme, et je crois avoir acquis à Claude Anet un nouveau protecteur qui ne sera pas moins zélé que ton père. Il n'y a, m'a-t-il dit, ni incidents ni aventures dans ce que vous m'avez raconté, et les catastrophes d'un Roman m'attacheraient beaucoup moins ; tant les sentiments suppléent aux situations, et les procédés honnêtes aux actions éclatantes [2]. Vos deux âmes sont si extraordinaires qu'on n'en peut juger sur les règles communes ; le bonheur n'est pour vous ni sur la même route ni de la même espèce que celui des autres hommes ; ils ne cherchent que la puissance et les regards d'autrui, il ne vous faut que la tendresse et la paix. Il s'est joint à votre amour une émulation de vertu qui vous élève, et vous vaudriez moins l'un et l'autre si vous ne vous étiez point aimés [3]. L'amour passera, ose-t-il ajouter (pardonnons-lui ce blasphème prononcé dans l'ignorance de son cœur). L'amour passera, dit-il, et les vertus resteront. Ah, puissent-elles durer autant que lui, ma Julie ! le ciel n'en demandera pas davantage.

Enfin je vois que la dureté philosophique et nationale [4] n'altère point dans cet honnête Anglais l'humanité naturelle, et qu'il s'intéresse véritablement à nos peines. Si le crédit et la richesse nous pouvaient être utiles, je crois que nous aurions lieu de compter sur lui. Mais hélas ! de quoi servent la puissance et l'argent pour rendre les cœurs heureux ?

Cet entretien, durant lequel nous ne comptions pas les heures, nous a menés jusqu'à celle du dîné ; j'ai fait apporter un poulet [5], et après le dîné nous avons continué de causer. Il m'a parlé de sa démarche de ce matin, et je n'ai pu m'empêcher de témoigner quelque surprise d'un procédé si authentique[1] et si peu mesuré : Mais, outre la raison qu'il m'en avait déjà donnée, il a ajouté qu'une demi-satisfaction était indigne d'un homme de courage ; qu'il la fallait complète ou nulle ; de peur qu'on ne s'avilît sans rien réparer, et qu'on ne fît attribuer à la crainte une démarche faite à contre-cœur et de mauvaise grâce. D'ailleurs, a-t-il ajouté, ma réputation est faite ; je puis être juste sans soupçon de lâcheté ; mais vous qui êtes jeune et débutez dans le monde, il faut que vous sortiez si net de la première affaire qu'elle ne tente personne de vous en susciter une seconde. Tout est plein de ces poltrons adroits qui cherchent, comme on dit, à tâter leur homme ; c'est-à-dire, à découvrir quelqu'un qui soit encore plus poltron qu'eux, et aux dépens duquel ils puissent se faire valoir. Je veux éviter à un homme d'honneur comme vous la nécessité de châtier sans gloire un de ces gens-là, et j'aime mieux, s'ils ont besoin de leçon qu'ils la reçoivent de moi que de vous ; car une affaire de plus n'ôte rien à celui qui en a déjà eu plusieurs : Mais en avoir une est toujours une sorte de tache, et l'amant de Julie en doit être exempt.

Voilà l'abrégé de ma longue conversation avec Milord Édouard. J'ai cru nécessaire de t'en rendre compte afin que tu me prescrives la manière dont je dois me comporter avec lui.

Maintenant que tu dois être tranquillisée, chasse je t'en conjure, les idées funestes qui t'occupent depuis quelques jours. Songe aux ménagements qu'exige l'incertitude de ton état actuel. Oh si bientôt tu pouvais tripler mon être ! Si bientôt un gage adoré...... espoir déjà trop déçu[2], viendrais-tu m'abuser encore ?.... ô désirs ! ô crainte ! ô perplexités ! Charmante amie de mon cœur, vivons pour nous aimer, et que le Ciel dispose du reste.

P.S. J'oubliais de te dire que Milord m'a remis ta lettre, et que je n'ai point fait difficulté de la recevoir, ne jugeant pas qu'un pareil dépôt doive rester entre les mains d'un tiers. Je te la rendrai à notre première entrevue ; car quant à moi, je n'en ai plus à faire. Elle est trop bien écrite au fond de mon cœur pour que jamais j'aie besoin de la relire.

LETTRE LXI[1]

De Julie

Amène demain Milord Édouard que je me jette à ses pieds comme il s'est mis aux tiens. Quelle grandeur ! quelle générosité ! Ô que nous sommes petits devant lui ! Conserve ce précieux ami comme la prunelle de ton œil. Peut-être vaudrait-il moins s'il était plus tempérant ; jamais homme sans défauts eut-il de grandes vertus ?

Mille angoisses de toute espèce m'avaient jetée dans l'abattement ; ta lettre est venue ranimer mon courage éteint. En dissipant mes terreurs elle m'a rendu mes peines plus supportables. Je me sens maintenant assez de force pour souffrir. Tu vis ; tu m'aimes, ton sang, le sang de ton ami n'ont point été répandus et ton honneur est en sûreté : je ne suis donc pas tout à fait misérable.

Ne manque pas au rendez-vous de demain. Jamais je n'eus si grand besoin de te voir, ni si peu d'espoir de te voir longtemps. Adieu, mon cher et unique ami. Tu n'as pas bien dit, ce me semble ; vivons pour nous aimer. Ah ! il fallait dire ; aimons-nous pour vivre.

LETTRE LXII

De Claire à Julie

Faudra-t-il toujours, aimable Cousine, ne remplir envers toi que les plus tristes devoirs de l'amitié ? Faudra-t-il toujours dans l'amertume de mon cœur affliger le tien par de cruels avis ? Hélas ! tous nos sentiments nous sont communs, tu le sais bien et je ne saurais t'annoncer de nouvelles peines que je ne les aie déjà senties. Que ne puis-je te cacher ton infortune sans l'augmenter ! ou que la tendre amitié n'a-t-elle autant de charmes que l'amour ! Ah ! que j'effacerais promptement tous les chagrins que je te donne !

Hier après le concert, ta mère en s'en retournant ayant accepté le bras de ton ami, et toi celui de M. d'Orbe, nos deux pères restèrent avec Milord à parler de politique ; sujet dont je suis si excédée que l'ennui me chassa dans ma chambre. Une demi-heure après, j'entendis nommer ton ami plusieurs fois avec assez de véhémence : je connus que la conversation avait changé d'objet et je prêtai l'oreille. Je jugeai par la suite du discours qu'Édouard avait osé proposer ton mariage avec ton ami, qu'il appelait hautement le sien, et auquel il offrait de faire en cette qualité un établissement convenable. Ton père avait rejeté avec mépris cette proposition, et c'était là-dessus que les propos commençaient à s'échauffer. Sachez, lui disait Milord, malgré vos préjugés qu'il est de tous les hommes le plus digne d'elle et peut-être le plus propre à la rendre heureuse. Tous les dons qui ne dépendent pas des hommes, il les a reçus de la nature, et il y a ajouté tous les talents qui ont dépendu de lui. Il est jeune, grand, bien fait, robuste, adroit ; il a de l'éducation, du sens, des mœurs, du courage ; il a l'esprit orné, l'âme saine, que lui manque-t-il donc pour mériter votre aveu ? La fortune ? Il l'aura. Le tiers de mon bien suffit pour en faire le plus riche particulier du pays de Vaud, j'en donnerai s'il le faut jusqu'à la moitié. La noblesse ? Vaine prérogative dans un pays où elle est plus nuisible qu'utile [1]. Mais il l'a encore, n'en doutez pas, non point écrite d'encre en de vieux parchemins, mais gravée au fond de son cœur en caractères ineffaçables. En un mot, si vous préférez la raison au préjugé, et si vous aimez mieux votre fille que vos titres, c'est à lui que vous la donnerez.

Là-dessus ton père s'emporta vivement. Il traita la proposition d'absurde et de ridicule. Quoi ! Milord, dit-il, un homme d'honneur comme vous peut-il seulement penser que le dernier rejeton d'une famille illustre aille éteindre ou dégrader son nom dans celui d'un Quidam sans asile et réduit à vivre d'aumônes ?...... Arrêtez, interrompit Édouard, vous parlez de mon ami, songez que je prends pour moi tous les outrages qui lui sont faits en ma présence, et que les noms injurieux à un homme d'honneur le sont encore plus à celui qui les prononce. De tels quidams sont plus respectables que tous les Houbereaux[1] de l'Europe, et je vous défie de trouver aucun moyen plus honorable d'aller à la fortune que les hommages de l'estime et les dons de l'amitié. Si le Gendre que je vous propose ne compte point, comme vous, une longue suite d'aïeux toujours incertains, il sera le fondement et l'honneur de sa maison comme votre premier ancêtre le fut de la vôtre. Vous seriez-vous donc tenu pour déshonoré par l'alliance du chef de votre famille, et ce mépris ne rejaillirait-il pas sur vous-même ? Combien de grands noms retomberaient dans l'oubli si l'on ne tenait compte que de ceux qui ont commencé par un homme estimable ? Jugeons du passé par le présent ; sur deux ou trois Citoyens qui s'illustrent par des moyens honnêtes, mille coquins anoblissent tous les jours leur famille ; et que prouvera cette noblesse dont leurs descendants seront si fiers, sinon les vols et l'infamie de leur ancêtre * ? On voit, je l'avoue, beaucoup de malhonnêtes gens parmi les roturiers ; mais il y a toujours vingt à parier contre un qu'un gentilhomme descend d'un fripon. Laissons, si vous voulez l'origine à part, et pesons le mérite et les services. Vous avez porté les armes chez un Prince étranger, son père les a portées gratuitement pour la patrie. Si vous avez bien servi, vous avez été bien payé, et quelque honneur que vous ayez acquis à la guerre, cent roturiers en ont acquis encore plus que vous.

De quoi s'honore donc, continua Milord Édouard, cette noblesse dont vous êtes si fier ? Que fait-elle pour la gloire

* Les lettres de noblesse sont rares en ce siècle, et même elles y ont été illustrées au moins une fois. Mais quant à la noblesse qui s'acquiert à prix d'argent et qu'on achète avec des charges, tout ce que j'y vois de plus honorable est le privilège de n'être pas pendu[2].

de la patrie ou le bonheur du genre humain ? Mortelle ennemie des lois et de la liberté qu'a-t-elle jamais produit dans la plupart des pays où elle brille, si ce n'est la force de la Tyrannie et l'oppression des peuples ? Osez-vous dans une République vous honorer d'un état destructeur des vertus et de l'humanité ? d'un état où l'on se vante de l'esclavage, et où l'on rougit d'être homme ? Lisez les annales de votre patrie* ; en quoi votre ordre a-t-il bien mérité d'elle ? Quels nobles comptez-vous parmi ses libérateurs ? Les *Furst*, les *Tell*, les *Stouffacher* étaient-ils gentilshommes ?[2] Quelle est donc cette gloire insensée dont vous faites tant de bruit ? Celle de servir un homme, et d'être à charge à l'État[3].

Conçois, ma chère, ce que je souffrais de voir cet honnête homme nuire ainsi par une âpreté déplacée aux intérêts de l'ami qu'il voulait servir. En effet, ton père irrité par tant d'invectives piquantes quoique générales, se mit à les repousser par des personnalités. Il dit nettement à Milord Édouard que jamais homme de sa condition n'avait tenu les propos qui venaient de lui échapper. Ne plaidez point inutilement la cause d'autrui, ajouta-t-il d'un ton brusque ; tout grand seigneur que vous êtes, je doute que vous pussiez bien défendre la vôtre sur le sujet en question. Vous demandez ma fille pour votre ami prétendu sans savoir si vous-même seriez bon pour elle, et je connais assez la noblesse d'Angleterre pour avoir sur vos discours une médiocre opinion de la vôtre.

Pardieu ! dit Milord, quoi que vous pensiez de moi, je serais bien fâché de n'avoir d'autre preuve de mon mérite que celui d'un homme mort depuis cinq cents ans. Si vous connaissez la noblesse d'Angleterre, vous savez qu'elle est la plus éclairée, la mieux instruite, la plus sage et la plus brave de l'Europe : avec cela, je n'ai pas besoin de chercher si elle est la plus antique ; car quand on parle de ce qu'elle est, il

* Il y a ici beaucoup d'inexactitude. Le pays de Vaud n'a jamais fait partie de la Suisse. C'est une conquête des Bernois, et ses habitants ne sont ni citoyens ni libres, mais sujets[1].

n'est pas question de ce qu'elle fut. Nous ne sommes point, il est vrai, les esclaves du Prince mais ses amis, ni les tyrans du peuple mais ses chefs. Garants de la liberté, soutiens de la patrie et appuis du trône, nous formons un invincible équilibre entre le peuple et le Roi. Notre premier devoir est envers la Nation ; le second, envers celui qui la gouverne : ce n'est pas sa volonté mais son droit que nous consultons. Ministres suprêmes des lois dans la chambre des Pairs, quelquefois même législateurs, nous rendons également justice au peuple et au Roi, et nous ne souffrons point que personne dise, *Dieu et mon épée*, mais seulement, *Dieu et mon droit.*

Voilà, Monsieur, continua-t-il, quelle est cette noblesse respectable, ancienne autant qu'aucune autre, mais plus fière de son mérite que de ses ancêtres, et dont vous parlez sans la connaître. Je ne suis point le dernier en rang dans cet ordre illustre, et crois, malgré vos prétentions vous valoir à tous égards. J'ai une sœur à marier[1] : elle est noble, jeune, aimable, riche ; elle ne cède à Julie que par les qualités que vous comptez pour rien. Si quiconque a senti les charmes de votre fille pouvait tourner ailleurs ses yeux et son cœur, quel honneur je me ferais d'accepter avec rien pour mon Beau-frère celui que je vous propose pour Gendre avec la moitié de mon bien[2] !

Je connus à la réplique de ton père que cette conversation ne faisait que l'aigrir, et, quoique pénétrée d'admiration pour la générosité de Milord Édouard, je sentis qu'un homme aussi peu liant que lui n'était propre qu'à ruiner à jamais la négociation qu'il avait entreprise. Je me hâtai donc de rentrer avant que les choses allassent plus loin. Mon retour fit rompre cet entretien, et l'on se sépara le moment d'après assez froidement. Quant à mon père, je trouvai qu'il se comportait très bien dans ce démêlé. Il appuya d'abord avec intérêt la proposition ; mais voyant que ton père n'y voulait point entendre, et que la dispute commençait à s'animer, il se retourna comme de raison du parti de son Beau-frère, et en interrompant à propos l'un et l'autre par des discours modérés, il les retint tous deux dans des bornes dont ils seraient vraisemblablement sortis s'ils fussent restés tête-à-tête. Après leur départ, il me fit confidence de ce qui venait de se passer, et comme je prévis où il en allait venir, je me hâtai de lui dire que les choses étant en cet état, il ne convenait plus que la personne en question te vît si souvent ici, et qu'il ne conviendrait pas même qu'il y vînt du tout, si ce n'était faire une espèce d'affront à M. d'Orbe dont il était l'ami ; mais que je le prierais de l'amener plus rarement ainsi que Milord Édouard. C'est, ma chère, tout ce que j'ai pu faire de mieux pour ne leur pas fermer tout à fait ma porte.

Ce n'est pas tout. La crise[1] où je te vois me force à revenir sur mes avis précédents. L'affaire de Milord Édouard et de ton ami a fait par la ville tout l'éclat auquel on devait s'attendre. Quoique M. d'Orbe ait gardé le secret sur le fond de la querelle, trop d'indices le décèlent pour qu'il puisse rester caché. On soupçonne, on conjecture, on te nomme : le rapport du guet n'est pas si bien étouffé qu'on ne s'en souvienne, et tu n'ignores pas qu'aux yeux du public la vérité soupçonnée est bien près de l'évidence. Tout ce que je puis te dire pour ta consolation c'est qu'en général on approuve ton choix, et qu'on verrait avec plaisir l'union d'un si charmant couple ; ce qui me confirme que ton ami s'est bien comporté dans ce pays et n'y est guère moins aimé que toi : Mais que fait la voix publique à ton inflexible père ? Tous ces bruits lui sont parvenus ou lui vont parvenir, et je frémis de l'effet qu'ils peuvent produire, si tu ne te hâtes de prévenir sa colère. Tu dois t'attendre de sa part à une explication terrible pour toi-même, et peut-être à pis encore pour ton ami : non que je pense qu'il veuille à son âge se mesurer avec un jeune homme qu'il ne croit pas digne de son épée ; mais le pouvoir qu'il a dans la ville lui fournirait, s'il le voulait, mille moyens de lui faire un mauvais parti, et il est à craindre que sa fureur ne lui en inspire la volonté[2].

Je t'en conjure à genoux, ma douce amie, songe aux dangers qui t'environnent, et dont le risque augmente à chaque instant. Un bonheur inouï t'a préservée jusqu'à présent au milieu de tout cela ; tandis qu'il en est temps encore mets le sceau de la prudence au mystère de tes amours, et ne pousse pas à bout la fortune, de peur qu'elle n'enveloppe dans tes malheurs celui qui les aura causés. Crois-moi, mon ange, l'avenir est incertain ; mille événements peuvent, avec le temps, offrir des ressources inespérées ; mais quant à présent, je te l'ai dit et le répète plus fortement ; éloigne ton ami, ou tu es perdue.

LETTRE LXIII[1]

De Julie à Claire

Tout ce que tu avais prévu, ma chère, est arrivé. Hier une heure après notre retour, mon père entra dans la chambre de ma mère, les yeux étincelants, le visage enflammé ; dans un état en un mot où je ne l'avais jamais vu. Je compris d'abord qu'il venait d'avoir querelle ou qu'il allait la chercher, et ma conscience agitée me fit trembler d'avance.

Il commença par apostropher vivement mais en général les mères de famille qui appellent indiscrètement chez elles de jeunes gens sans état et sans nom, dont le commerce n'attire que honte et déshonneur à celles qui les écoutent. Ensuite voyant que cela ne suffisait pas pour arracher quelque réponse d'une femme intimidée, il cita sans ménagement en exemple ce qui s'était passé dans notre maison, depuis qu'on y avait introduit un prétendu bel esprit, un diseur de riens, plus propre à corrompre une fille sage qu'à lui donner aucune bonne instruction. Ma mère, qui vit qu'elle gagnerait peu de chose à se taire, l'arrêta sur ce mot de corruption, et lui demanda ce qu'il trouvait dans la conduite ou dans la réputation de l'honnête homme dont il parlait, qui pût autoriser de pareils soupçons. Je n'ai pas cru, ajouta-t-elle, que l'esprit et le mérite fussent des titres d'exclusion dans la société. À qui donc faudra-t-il ouvrir votre maison si les talents et les mœurs n'en obtiennent pas l'entrée ? À des gens sortables, Madame, reprit-il en colère, qui puissent réparer l'honneur d'une fille quand ils l'ont offensé. Non, dit-elle, mais à des gens de bien qui ne l'offensent point. Apprenez, dit-il, que c'est offenser l'honneur d'une maison que d'oser en solliciter l'alliance sans titres pour l'obtenir. Loin de voir en cela, dit ma mère, une offense, je n'y vois au contraire, qu'un témoignage d'estime. D'ailleurs, je ne sache point que celui contre qui vous vous emportez ait rien fait de semblable à votre égard. Il l'a fait, Madame, et fera pis encore si je n'y mets ordre ; mais je veillerai, n'en doutez pas aux soins que vous remplissez si mal.

Alors commença une dangereuse altercation qui m'apprit que les bruits de ville dont tu parles étaient ignorés de mes parents, mais durant laquelle ton indigne Cousine eût voulu être à cent pieds sous terre. Imagine-toi la meilleure et la plus abusée des mères faisant l'éloge de sa coupable fille, et la louant, hélas ! de toutes les vertus qu'elle a perdues, dans les termes les plus honorables, ou pour mieux dire, les plus humiliants. Figure-toi un père irrité, prodigue d'expressions offensantes, et qui dans tout son emportement n'en laisse pas échapper une qui marque le moindre doute sur la sagesse de celle que le remords déchire et que la honte écrase en sa présence. Ô quel incroyable tourment d'une conscience avilie de se reprocher des crimes que la colère et l'indignation ne pourraient soupçonner ! Quel poids accablant et insupportable que celui d'une fausse louange, et d'une estime que le cœur rejette en secret ! Je m'en sentais tellement oppressée que pour me délivrer d'un si cruel supplice j'étais prête à tout avouer, si mon père m'en eût laissé le temps ; mais l'impétuosité de son emportement lui faisait redire cent fois les mêmes choses, et changer à chaque instant de sujet. Il remarqua ma contenance basse, éperdue, humiliée, indice de mes remords. S'il n'en tira pas la conséquence de ma faute, il en tira celle de mon amour, et pour m'en faire plus de honte, il en outragea l'objet en des termes si odieux, et si méprisants que je ne pus malgré tous mes efforts, le laisser poursuivre sans l'interrompre.

Je ne sais, ma chère, où je trouvai tant de hardiesse et quel moment d'égarement me fit oublier ainsi le devoir et la modestie ; mais si j'osai sortir un instant d'un silence respectueux, j'en portai, comme tu vas voir, assez rudement la peine. Au nom du Ciel, lui dis-je, daignez vous apaiser ; jamais un homme digne de tant d'injures ne sera dangereux pour moi. À l'instant, mon père, qui crut sentir un reproche à travers ces mots et dont la fureur n'attendait qu'un prétexte, s'élança sur ta pauvre amie : pour la première fois de ma vie, je reçus un soufflet qui ne fut pas le seul, et se livrant à son transport avec une violence égale à celle qu'il lui avait coûtée [1], il me maltraita sans ménagement, quoique ma mère se fût jetée entre deux, m'eût couverte de son corps, et eût reçu quelques-uns des coups qui m'étaient portés. En reculant pour les éviter je fis un faux pas, je tombai, et mon visage alla donner contre le pied d'une table qui me fit saigner.

Ici finit le triomphe de la colère et commença celui de la nature. Ma chute, mon sang, mes larmes, celles de ma mère l'émurent. Il me releva avec un air d'inquiétude et d'empressement, et m'ayant assise sur une chaise, ils recherchèrent tous deux avec soin, si je n'étais point blessée. Je n'avais qu'une légère contusion au front et ne saignais que du nez. Cependant, je vis au changement d'air et de voix de mon Père qu'il était mécontent de ce qu'il venait de faire. Il ne revint point à moi par des caresses, la dignité paternelle ne souffrait pas un changement si brusque ; mais il revint à ma mère avec de tendres excuses, et je voyais si bien, aux regards qu'il jetait furtivement sur moi, que la moitié de tout cela m'était indirectement adressée. Non, ma chère, il n'y a point de confusion si touchante que celle d'un tendre père qui croit s'être mis dans son tort. Le cœur d'un père sent qu'il est fait pour pardonner, et non pour avoir besoin de pardon.

Il était l'heure du souper ; on le fit retarder pour me donner le temps de me remettre, et mon père ne voulant pas que les domestiques fussent témoins de mon désordre m'alla chercher lui-même un verre d'eau, tandis que ma mère me bassinait le visage. Hélas, cette pauvre maman ! déjà languissante et valétudinaire, elle se serait bien passée d'une pareille scène, et n'avait guère moins besoin de secours que moi.

À table, il ne me parla point ; mais ce silence était de honte et non de dédain ; il affectait de trouver bon chaque plat pour dire à ma mère de m'en servir, et ce qui me toucha le plus sensiblement, fut de m'apercevoir qu'il cherchait les occasions de nommer sa fille, et non pas Julie comme à l'ordinaire.

Après le soupé, l'air se trouva si froid que ma mère fit faire du feu dans sa chambre. Elle s'assit à l'un des coins de la cheminée et mon père à l'autre [1]. J'allais prendre une chaise pour me placer entre eux, quand m'arrêtant par ma robe et me tirant à lui sans rien dire, il m'assit sur ses genoux. Tout cela se fit si promptement, et par une sorte de mouvement si involontaire, qu'il en eut une espèce de repentir le moment d'après. Cependant j'étais sur ses genoux, il ne pouvait plus s'en dédire, et ce qu'il y avait de pis pour la contenance, il fallait me tenir embrassée dans cette gênante attitude. Tout cela se faisait en silence ; mais je sentais de temps en temps ses bras se presser contre mes flancs avec un soupir assez mal étouffé. Je ne sais quelle mauvaise honte empêchait ces bras paternels de se livrer à ces douces étreintes ; une certaine gravité qu'on n'osait quitter ; une certaine confusion qu'on n'osait vaincre mettaient entre un père et sa fille ce charmant embarras que la pudeur et l'amour donnent aux amants ; tandis qu'une tendre mère, transportée d'aise, dévorait en secret un si doux spectacle. Je voyais, je sentais tout cela, mon ange, et ne pus tenir plus longtemps à l'attendrissement qui me gagnait. Je feignis de glisser ; je jetai pour me retenir un bras au cou de mon père ; je penchai mon visage sur son visage vénérable, et dans un instant il fut couvert de mes baisers et inondé de mes larmes. Je sentis à celles qui lui coulaient des yeux qu'il était lui-même soulagé d'une grande peine ; ma mère vint partager nos transports. Douce et paisible innocence, tu manquas seule à mon cœur pour faire de cette scène de la nature le plus délicieux moment de ma vie !

Ce matin, la lassitude et le ressentiment de ma chute m'ayant retenue au lit un peu tard, mon père est entré dans ma chambre avant que je fusse levée ; il s'est assis à côté de mon lit en s'informant tendrement de ma santé ; il a pris une de mes mains dans les siennes, il s'est abaissé jusqu'à la baiser plusieurs fois en m'appelant sa chère fille, et me témoignant du regret de son emportement. Pour moi, je lui ai dit, et je le pense, que je serais trop heureuse d'être battue tous les jours au même prix, et qu'il n'y a point de traitement si rude qu'une seule de ses caresses n'efface au fond de mon cœur.

Après cela prenant un ton plus grave, il m'a remise sur le sujet d'hier et m'a signifié sa volonté en termes honnêtes, mais précis. Vous savez, m'a-t-il dit à qui je vous destine, je vous l'ai déclaré dès mon arrivée, et ne changerai jamais d'intention sur ce point. Quant à l'homme dont m'a parlé Milord Édouard, quoique je ne lui dispute point le mérite que tout le monde lui trouve, je ne sais s'il a conçu de lui-même le ridicule espoir de s'allier à moi, ou si quelqu'un a pu le lui inspirer ; mais quand je n'aurais personne en vue et qu'il aurait toutes les guinées de l'Angleterre, soyez sûre que je n'accepterais jamais un tel gendre. Je vous défends de le voir et de lui parler de votre vie, et cela, autant pour la sûreté de la sienne que pour votre honneur. Quoique je me sois toujours senti peu d'inclination pour lui, je le hais surtout à présent pour les excès qu'il m'a fait commettre, et ne lui pardonnerai jamais ma brutalité.

À ces mots, il est sorti sans attendre ma réponse, et, presque avec le même air de sévérité qu'il venait de se reprocher. Ah, ma Cousine, quels monstres d'enfer sont ces préjugés, qui dépravent les meilleurs cœurs, et font taire à chaque instant la nature ?

Voilà, ma Claire, comment s'est passée l'explication que tu avais prévue, et dont je n'ai pu comprendre la cause jusqu'à ce que ta Lettre me l'ait apprise. Je ne puis bien te dire quelle révolution s'est faite en moi, mais depuis ce moment je me trouve changée. Il me semble que je tourne les yeux avec plus de regret sur l'heureux temps où je vivais tranquille et contente au sein de ma famille, et que je sens augmenter le sentiment de ma faute, avec celui des biens qu'elle m'a fait perdre. Dis, cruelle ! dis-le-moi si tu l'oses, le temps de l'amour serait-il passé et faut-il ne se plus revoir ? Ah, sens-tu bien tout ce qu'il y a de sombre et d'horrible dans cette funeste idée ? Cependant l'ordre de mon père est précis, le danger de mon amant est certain ! Sais-tu ce qui résulte en moi de tant de mouvements opposés qui s'entre-détruisent ? Une sorte de stupidité qui me rend l'âme presque insensible, et ne me laisse l'usage ni des passions ni de la raison. Le moment est critique, tu me l'as dit et je le sens ; cependant, je ne fus jamais moins en état de me conduire. J'ai voulu tenter vingt fois d'écrire à celui que j'aime : je suis prête à m'évanouir à chaque ligne et n'en saurais tracer deux de suite. Il ne me reste que toi, ma douce amie, daigne penser, parler, agir pour moi ; je remets mon sort en tes mains ; quelque parti que tu prennes je confirme d'avance tout ce que tu feras ; je confie à ton amitié ce pouvoir funeste que l'amour m'a vendu si cher. Sépare-moi pour jamais de moi-même ; donne-moi la mort s'il faut que je meure[1], mais ne me force pas à me percer le cœur de ma propre main.

Ô mon ange ! ma protectrice ! quel horrible emploi je te laisse ! Auras-tu le courage de l'exercer ? sauras-tu bien en adoucir la barbarie ? Hélas ! ce n'est pas mon cœur seul qu'il faut déchirer. Claire, tu le sais, tu le sais, comment je suis aimée ! Je n'ai pas même la consolation d'être la plus à plaindre. De grâce ! fais parler mon cœur par ta bouche ; pénètre le tien de la tendre commisération de l'amour ; console un infortuné ! Dis-lui cent fois......... Ah, dis-lui........ Ne crois-tu pas, chère amie, que, malgré tous les préjugés, tous les obstacles, tous les revers, le Ciel nous a faits l'un pour l'autre[2] ? Oui, oui, j'en suis sûre ; il nous destine à être unis. Il m'est impossible de perdre cette idée ; il m'est impossible de renoncer à l'espoir qui la suit. Dis-lui qu'il se garde lui-même du découragement et du désespoir. Ne t'amuse point à lui demander en mon nom amour et fidélité ; encore moins à lui en promettre autant de ma part.

L'assurance n'en est-elle pas au fond de nos âmes ? Ne sentons-nous pas qu'elles sont indivisibles, et que nous n'en avons plus qu'une à nous deux ? Dis-lui donc seulement qu'il espère ; et que si le sort nous poursuit, il se fie au moins à l'amour : car, je le sens, ma Cousine, il guérira de manière ou d'autre les maux qu'il nous cause, et quoi que le Ciel ordonne de nous, nous ne vivrons pas longtemps séparés.

P.S. Après ma Lettre écrite, j'ai passé dans la chambre de ma mère, et je me suis trouvée si mal que je suis obligée de venir me remettre dans mon lit. Je m'aperçois même...... je crains...... ah, ma chère ! je crains bien que ma chute d'hier n'ait quelque suite plus funeste que je n'avais pensé. Ainsi tout est fini pour moi [1] ; toutes mes espérances m'abandonnent en même temps.

LETTRE LXIV

De Claire à M. d'Orbe

Mon père m'a rapporté ce matin l'entretien qu'il eut hier avec vous. Je vois avec plaisir que tout s'achemine à ce qu'il vous plaît d'appeler votre bonheur. J'espère, vous le savez, d'y trouver [2] aussi le mien ; l'estime et l'amitié vous sont acquises, et tout ce que mon cœur peut nourrir de sentiments plus tendres est encore à vous. Mais ne vous y trompez pas ; je suis en femme une espèce de monstre, et je ne sais par quelle bizarrerie de la nature l'amitié l'emporte en moi sur l'amour. Quand je vous dis que ma Julie m'est plus chère que vous, vous n'en faites que rire, et cependant rien n'est plus vrai. Julie le sent si bien qu'elle est plus jalouse pour vous que vous-même, et que tandis que vous paraissez content, elle trouve toujours que je ne vous aime pas assez. Il y a plus, et je m'attache tellement à tout ce qui lui est cher, que son amant et vous, êtes à peu près dans mon cœur en même degré, quoique de différentes manières. Je n'ai pour lui que de l'amitié, mais elle est plus vive ; je crois sentir un peu d'amour pour vous, mais il est plus posé. Quoique tout cela pût paraître assez équivalent pour troubler la tranquillité d'un jaloux, je ne pense pas que la vôtre en soit fort altérée.

Que les pauvres enfants en sont loin, de cette douce tranquillité dont nous osons jouir ; et que notre contentement a mauvaise grâce tandis que nos amis sont au désespoir ! C'en est fait, il faut qu'ils se quittent ; voici l'instant peut-être, de leur éternelle séparation, et la tristesse que nous leur reprochâmes le jour du concert était peut-être un pressentiment qu'ils se voyaient pour la dernière fois. Cependant, votre ami ne sait rien de son infortune : Dans la sécurité de son cœur il jouit encore du bonheur qu'il a perdu ; au moment du désespoir il goûte en idée une ombre de félicité ; et comme celui qu'enlève un trépas imprévu, le malheureux songe à vivre et ne voit pas la mort qui va le saisir. Hélas ! c'est de ma main qu'il doit recevoir ce coup terrible ! Ô divine amitié ! seule idole de mon cœur ! viens l'animer de ta sainte cruauté. Donne-moi le courage d'être barbare, et de te servir dignement dans un si douloureux devoir.

Je compte sur vous en cette occasion et j'y compterais même quand vous m'aimeriez moins ; car je connais votre âme ; je sais qu'elle n'a pas besoin du zèle de l'amour, où parle celui de l'humanité. Il s'agit d'abord d'engager notre ami à venir chez moi demain dans la matinée. Gardez-vous, au surplus, de l'avertir de rien. Aujourd'hui l'on me laisse libre, et j'irai passer l'après-midi chez Julie ; tâchez de trouver Milord Édouard, et de venir seul avec lui m'attendre à huit heures, afin de convenir ensemble de ce qu'il faudra faire pour résoudre au départ cet infortuné, et prévenir son désespoir.

J'espère beaucoup de son courage et de nos soins. J'espère encore plus de son amour. La volonté de Julie, le danger que courent sa vie et son honneur sont des motifs auxquels il ne résistera pas. Quoi qu'il en soit ; je vous déclare qu'il ne sera point question de noce entre nous, que Julie ne soit tranquille, et que jamais les larmes de mon amie n'arroseront le nœud qui doit nous unir. Ainsi, Monsieur, s'il est vrai que vous m'aimiez, votre intérêt s'accorde en cette occasion avec votre générosité ; et ce n'est pas tellement ici l'affaire d'autrui, que ce ne soit aussi la vôtre.

LETTRE LXV[1]

De Claire à Julie

Tout est fait ; et malgré ses imprudences, ma Julie est en sûreté. Les secrets de ton cœur sont ensevelis dans l'ombre du mystère ; tu es encore au sein de ta famille et de ton pays, chérie, honorée, jouissant d'une réputation sans tache, et d'une estime universelle. Considère en frémissant les dangers que la honte ou l'amour t'ont fait courir en faisant trop ou trop peu. Apprends à ne vouloir plus concilier des sentiments incompatibles, et bénis le Ciel, trop aveugle amante ou fille trop craintive[2], d'un bonheur qui n'était réservé qu'à toi.

Je voulais éviter à ton triste cœur le détail de ce départ si cruel et si nécessaire. Tu l'as voulu, je l'ai promis, je tiendrai parole avec cette même franchise qui nous est commune, et qui ne mit jamais aucun avantage en balance avec la bonne foi. Lis donc, chère et déplorable amie ; lis, puisqu'il le faut ; mais prends courage et tiens-toi ferme.

Toutes les mesures que j'avais prises et dont je te rendis compte hier ont été suivies de point en point. En rentrant chez moi j'y trouvai M. d'Orbe et Milord Édouard. Je commençai par déclarer au dernier ce que nous savions de son héroïque générosité, et lui témoignai combien nous en étions toutes deux pénétrées. Ensuite, je leur exposai les puissantes raisons que nous avions d'éloigner promptement son ami, et les difficultés que je prévoyais à l'y résoudre. Milord sentit parfaitement tout cela et montra beaucoup de douleur de l'effet qu'avait produit son zèle inconsidéré. Ils convinrent qu'il était important de précipiter le départ de ton ami, et de saisir un moment de consentement pour prévenir de nouvelles irrésolutions, et l'arracher au continuel danger du séjour. Je voulais charger M. d'Orbe de faire à son insu les préparatifs convenables ; mais Milord regardant cette affaire comme la sienne, voulut en prendre le soin. Il me promit que sa chaise serait prête ce matin à onze heures, ajoutant qu'il l'accompagnerait aussi loin qu'il serait nécessaire, et proposa de l'emmener d'abord sous un autre prétexte pour le déterminer plus à loisir. Cet expédient ne me parut pas assez franc pour nous et pour notre ami, et je ne voulus pas, non plus, l'exposer loin de nous au premier effet d'un désespoir qui pouvait plus aisément échapper aux yeux de Milord qu'aux miens. Je n'acceptai pas, par la même raison, la proposition qu'il fit de lui parler lui-même et d'obtenir son consentement. Je prévoyais que cette négociation serait délicate, et je n'en voulus charger que moi seule ; car je connais plus sûrement les endroits sensibles de son cœur, et je sais qu'il règne toujours entre hommes une sécheresse qu'une femme sait mieux adoucir. Cependant, je conçus que les soins de Milord ne nous seraient pas inutiles pour préparer les choses. Je vis tout l'effet que pouvaient produire sur un cœur vertueux les discours d'un homme sensible qui croit n'être qu'un philosophe, et quelle chaleur la voix d'un ami pouvait donner aux raisonnements d'un sage.

J'engageai donc Milord Édouard à passer avec lui la soirée, et, sans rien dire qui eût un rapport direct à sa situation, de disposer insensiblement son âme à la fermeté stoïque. Vous qui savez si bien votre Épictète, lui dis-je ; voici le cas ou jamais de l'employer utilement. Distinguez avec soin les biens apparents des biens réels ; ceux qui sont en nous de ceux qui sont hors de nous [1]. Dans un moment où l'épreuve se prépare au dehors, prouvez-lui qu'on ne reçoit jamais de mal que de soi-même, et que le sage se portant partout avec lui, porte aussi partout son bonheur. Je compris à sa réponse que cette légère ironie, qui ne pouvait le fâcher, suffisait pour exciter son zèle, et qu'il comptait fort m'envoyer le lendemain ton ami bien préparé. C'était tout ce que j'avais prétendu : car quoique au fond, je ne fasse pas grand cas, non plus que toi, de toute cette philosophie parlière[1] ; je suis persuadée qu'un honnête homme a toujours quelque honte de changer de maximes du soir au matin, et de se dédire en son cœur dès le lendemain de tout ce que sa raison lui dictait la veille.

M. d'Orbe voulait être aussi de la partie, et passer la soirée avec eux, mais je le priai de n'en rien faire ; il n'aurait fait que s'ennuyer ou gêner l'entretien. L'intérêt que je prends à lui ne m'empêche pas de voir qu'il n'est point du vol des deux autres. Ce penser mâle des âmes fortes, qui leur donne un idiome si particulier est une langue dont il n'a pas la grammaire. En les quittant, je songeai au punch, et craignant les confidences anticipées j'en glissai un mot en riant à Milord. Rassurez-vous, me dit-il, je me livre aux habitudes quand je n'y vois aucun danger ; mais je ne m'en suis jamais fait l'esclave ; il s'agit ici de l'honneur de Julie, du destin peut-être de la vie d'un homme et de mon ami. Je boirai du punch selon ma coutume, de peur de donner à l'entretien quelque air de préparation ; mais ce punch sera de la limonade, et comme il s'abstient d'en boire, il ne s'en apercevra point. Ne trouves-tu pas, ma chère, qu'on doit être bien humilié d'avoir contracté des habitudes qui forcent à de pareilles précautions ?

J'ai passé la nuit dans de grandes agitations qui n'étaient pas toutes pour ton compte. Les plaisirs innocents de notre première jeunesse ; la douceur d'une ancienne familiarité ; la société plus resserrée encore depuis une année entre lui et moi par la difficulté qu'il avait de te voir ; tout portait dans mon âme l'amertume de cette séparation. Je sentais que j'allais perdre avec la moitié de toi-même une partie de ma propre existence. Je comptais les heures avec inquiétude, et voyant poindre le jour, je n'ai pas vu naître sans effroi celui qui devait décider de ton sort. J'ai passé la matinée à méditer mes discours et à réfléchir sur l'impression qu'ils pouvaient faire. Enfin, l'heure est venue et j'ai vu entrer ton ami. Il avait l'air inquiet, et m'a demandé précipitamment de tes nouvelles ; car dès le lendemain de ta scène avec ton père, il avait su que tu étais malade, et Milord Édouard lui avait confirmé hier que tu n'étais pas sortie de ton lit. Pour éviter là-dessus les détails, je lui ai dit aussitôt que je t'avais laissée mieux hier au soir, et j'ai ajouté qu'il en apprendrait dans un moment davantage par le retour de Hanz que je venais de t'envoyer. Ma précaution n'a servi de rien, il m'a fait cent questions sur ton état, et comme elles m'éloignaient de mon objet, j'ai fait des réponses succinctes, et me suis mise à le questionner à mon tour.

J'ai commencé par sonder la situation de son esprit. Je l'ai trouvé grave, méthodique, et prêt à peser le sentiment au poids de la raison. Grâce au Ciel, ai-je dit en moi-même, voilà mon sage bien préparé. Il ne s'agit plus que de le mettre à l'épreuve. Quoique l'usage ordinaire soit d'annoncer par degrés les tristes nouvelles, la connaissance que j'ai de son imagination fougueuse, qui sur un mot porte tout à l'extrême, m'a déterminée à suivre une route contraire, et j'ai mieux aimé l'accabler d'abord pour lui ménager des adoucissements, que de multiplier inutilement ses douleurs et les lui donner mille fois pour une. Prenant donc un ton plus sérieux et le regardant fixement : mon ami, lui ai-je dit, connaissez-vous les bornes du courage et de la vertu dans une âme forte, et croyez-vous que renoncer à ce qu'on aime soit un effort au-dessus de l'humanité ? À l'instant il s'est levé comme un furieux, puis frappant des mains et les portant à son front aussi jointes, je vous entends, s'est-il écrié, Julie est morte. Julie est morte ! a-t-il répété d'un ton qui m'a fait frémir : Je le sens à vos soins trompeurs, à vos vains ménagements, qui ne font que rendre ma mort plus lente et plus cruelle.

Quoique effrayée d'un mouvement si subit, j'en ai bientôt deviné la cause, et j'ai d'abord conçu comment les nouvelles de ta maladie, les moralités de Milord Édouard, le rendez-vous de ce matin, ses questions éludées, celles que je venais de lui faire l'avaient pu jeter dans de fausses alarmes. Je voyais bien aussi quel parti je pouvais tirer de son erreur en l'y laissant quelques instants ; mais je n'ai pu me résoudre à cette barbarie. L'idée de la mort de ce qu'on aime est si affreuse, qu'il n'y en a point qui ne soit douce à lui substituer, et je me suis hâtée de profiter de cet avantage. Peut-être ne la verrez-vous plus, lui ai-je dit ; mais elle vit et vous aime. Ah ! si Julie était morte, Claire aurait-elle quelque chose à vous dire ? Rendez grâce au Ciel qui sauve à votre infortune des maux dont il pourrait vous accabler. Il était si étonné, si saisi, si égaré, qu'après l'avoir fait rasseoir, j'ai eu le temps de lui détailler par ordre tout ce qu'il fallait qu'il sût, et j'ai fait valoir de mon mieux les procédés de Milord Édouard, afin de faire dans son cœur honnête quelque diversion à la douleur, par le charme de la reconnaissance.

Voilà, mon cher, ai-je poursuivi, l'état actuel des choses. Julie est au bord de l'abîme, prête à s'y voir accabler du déshonneur public, de l'indignation de sa famille, des violences d'un père emporté, et de son propre désespoir. Le danger augmente incessamment : de la main de son père ou de la sienne, le poignard à chaque instant de sa vie, est à deux doigts de son cœur. Il reste un seul moyen de prévenir tous ces maux, et ce moyen dépend de vous seul. Le sort de votre amante est entre vos mains. Voyez si vous avez le courage de la sauver en vous éloignant d'elle, puisque aussi bien il ne lui est plus permis de vous voir, ou si vous aimez mieux être l'auteur et le témoin de sa perte et de son opprobre. Après avoir tout fait pour vous, elle va voir ce que votre cœur peut faire pour elle. Est-il étonnant que sa santé succombe à ses peines ? Vous êtes inquiet de sa vie : sachez que vous en êtes l'arbitre[1].

Il m'écoutait sans m'interrompre ; mais sitôt qu'il a compris de quoi il s'agissait, j'ai vu disparaître ce geste animé, ce regard furieux[2], cet air effrayé, mais vif et bouillant, qu'il avait auparavant. Un voile sombre de tristesse et de consternation a couvert son visage : son œil morne et sa contenance effacée annonçaient l'abattement de son cœur : À peine avait-il la force d'ouvrir la bouche pour me répondre. Il faut partir, m'a-t-il dit d'un ton qu'une autre aurait cru tranquille. Hé bien, je partirai. N'ai-je pas assez vécu ? Non, sans doute, ai-je repris aussitôt ; il faut vivre pour celle qui vous aime : avez-vous oublié que ses jours dépendent des vôtres ? Il ne fallait donc pas les séparer, a-t-il à l'instant ajouté ; elle l'a pu et le peut encore[1]. J'ai feint de ne pas entendre ces derniers mots, et je cherchais à le ranimer par quelques espérances auxquelles son âme demeurait fermée, quand Hanz est rentré, et m'a rapporté de bonnes nouvelles. Dans le moment de joie qu'il en a ressenti, il s'est écrié ; Ah, qu'elle vive ! qu'elle soit heureuse.... s'il est possible. Je ne veux que lui faire mes derniers adieux.... et je pars. Ignorez-vous, ai-je dit, qu'il ne lui est plus permis de vous voir. Hélas ! vos adieux sont faits, et vous êtes déjà séparés ! Votre sort sera moins cruel quand vous serez plus loin d'elle ; vous aurez du moins le plaisir de l'avoir mise en sûreté. Fuyez dès ce jour, dès cet instant ; craignez qu'un si grand sacrifice ne soit trop tardif ; tremblez de causer encore sa perte après vous être dévoué pour elle. Quoi ! m'a-t-il dit avec une espèce de fureur, je partirais sans la revoir ? Quoi ! je ne la verrais plus ? Non, non, nous périrons tous deux, s'il le faut ; la mort, je le sais bien ne lui sera point dure avec moi : Mais je la verrai, quoi qu'il arrive ; je laisserai mon cœur et ma vie à ses pieds, avant de m'arracher à moi-même. Il ne m'a pas été difficile de lui montrer la folie et la cruauté d'un pareil projet. Mais ce, *quoi je ne la verrai plus !* qui revenait sans cesse d'un ton plus douloureux, semblait chercher au moins des consolations pour l'avenir. Pourquoi, lui ai-je dit, vous figurer vos maux pires qu'ils ne sont ? Pourquoi renoncer à des espérances que Julie elle-même n'a pas perdues ? Pensez-vous qu'elle pût se séparer ainsi de vous, si elle croyait que ce fût pour toujours ? Non, mon ami, vous devez connaître son cœur. Vous devez savoir combien elle préfère son amour à sa vie. Je crains, je crains trop (j'ai ajouté ces mots, je te l'avoue), qu'elle ne le préfère bientôt à tout. Croyez donc qu'elle espère, puisqu'elle consent à vivre : croyez que les soins que la prudence lui dicte vous regardent plus qu'il ne semble, et qu'elle ne se respecte pas moins pour vous que pour elle-même. Alors j'ai tiré ta dernière lettre, et lui montrant les tendres espérances de cette fille aveuglée qui croit n'avoir plus d'amour, j'ai ranimé les siennes à cette douce chaleur. Ce peu de lignes semblait distiller un baume salutaire sur sa blessure envenimée. J'ai vu ses regards s'adoucir et ses yeux s'humecter ; j'ai vu l'attendrissement succéder par degrés au désespoir ; mais ces derniers mots si touchants, tels que ton cœur les sait dire, *nous ne vivrons pas longtemps séparés*, l'ont fait fondre en larmes. Non Julie, non ma Julie, a-t-il dit en élevant la voix et baisant la lettre, nous ne vivrons pas longtemps séparés ; le Ciel unira nos destins sur la terre, ou nos cœurs dans le séjour éternel[1].

C'était là l'état où je l'avais souhaité. Sa sèche et sombre douleur m'inquiétait. Je ne l'aurais pas laissé partir dans cette situation d'esprit ; mais sitôt que je l'ai vu pleurer, et que j'ai entendu ton nom chéri sortir de sa bouche avec douceur, je n'ai plus craint pour sa vie ; car rien n'est moins tendre que le désespoir. Dans cet instant il a tiré de l'émotion de son cœur une objection que je n'avais pas prévue. Il m'a parlé de l'état où tu soupçonnais d'être, jurant qu'il mourrait plutôt mille fois que de t'abandonner à tous les périls qui t'allaient menacer. Je n'ai eu garde de lui parler de ton accident ; je lui ai dit simplement que ton attente avait encore été trompée, et qu'il n'y avait plus rien à espérer. Ainsi, m'a-t-il dit en soupirant, il ne restera sur la terre aucun monument de mon bonheur ; il a disparu comme un songe qui n'eut jamais de réalité.

Il me restait à exécuter la dernière partie de ta commission, et je n'ai pas cru qu'après l'union dans laquelle vous avez vécu, il fallût à cela ni préparatif ni mystère. Je n'aurais pas même évité un peu d'altercation sur ce léger sujet pour éluder celle qui pourrait renaître sur celui de notre entretien. Je lui ai reproché sa négligence dans le soin de ses affaires. Je lui ai dit que tu craignais que de longtemps il ne fût plus soigneux, et qu'en attendant qu'il le devînt, tu lui ordonnais de se conserver pour toi, de pourvoir mieux à ses besoins, et de se charger à cet effet du léger supplément que j'avais à lui remettre de ta part. Il n'a ni paru humilié de cette proposition, ni prétendu en faire une affaire. Il m'a dit simplement que tu savais bien que rien ne lui venait de toi qu'il ne reçût avec transports ; mais que ta précaution était superflue, et qu'une petite maison qu'il venait de vendre* à Grandson[4], reste de son chétif patrimoine, lui avait produit plus d'argent qu'il n'en avait possédé de sa vie. D'ailleurs, a-t-il ajouté, j'ai quelques talents dont je puis tirer partout des ressources. Je serai trop heureux de trouver dans leur exercice quelque diversion à mes maux, et depuis que j'ai vu de plus près l'usage que Julie fait de son superflu, je le regarde comme le trésor sacré de la veuve et de l'orphelin, dont l'humanité ne me permet pas de rien aliéner. Je lui ai rappelé son voyage du Valais, ta lettre et la précision de tes ordres. Les mêmes raisons subsistent.... Les mêmes ! a-t-il interrompu d'un ton d'indignation. La peine de mon refus était de ne la plus voir : qu'elle me laisse donc rester, et j'accepte. Si j'obéis, pourquoi me punit-elle ? Si je refuse, que me fera-t-elle de pis ?..... Les mêmes ! répétait-il avec impatience. Notre union commençait ; elle est prête à finir ; peut-être vais-je pour jamais me séparer d'elle ; il n'y a plus rien de commun entre elle et moi ; nous allons être étrangers l'un à l'autre. Il a prononcé ces derniers mots avec un tel serrement de cœur, que j'ai tremblé de le voir retomber dans l'état d'où j'avais eu tant de peine à le tirer. Vous êtes un enfant, ai-je affecté de lui dire d'un air riant ; vous avez encore besoin d'un tuteur et je veux être le vôtre. Je vais garder ceci, et pour en disposer à propos dans le commerce que nous allons avoir ensemble, je veux être instruite de toutes vos affaires. Je tâchais de détourner ainsi ses idées funestes par celle d'une correspondance familière continuée entre nous, et cette âme simple qui ne cherche pour ainsi dire qu'à s'accrocher à ce qui t'environne, a pris aisément le change. Nous nous sommes ensuite ajustés[5] pour les adresses de Lettres, et comme ces mesures ne pouvaient que lui être agréables, j'en ai prolongé le détail

* Je suis un peu en peine de savoir comment cet amant anonyme[1], qu'il sera dit ci-après n'avoir pas encore 24 ans[2], a pu vendre une maison, n'étant pas majeur. Ces Lettres sont si pleines de semblables absurdités que je n'en parlerai plus ; il suffit d'en avoir averti[3].

jusqu'à l'arrivée de M. d'Orbe, qui m'a fait signe que tout était prêt.

Ton ami a facilement compris de quoi il s'agissait ; il a instamment demandé à t'écrire, mais je me suis gardée de le permettre. Je prévoyais qu'un excès d'attendrissement lui relâcherait trop le cœur, et qu'à peine serait-il au milieu de sa lettre, qu'il n'y aurait plus moyen de le faire partir. Tous les délais sont dangereux, lui ai-je dit ; hâtez-vous d'arriver à la première station d'où vous pourrez lui écrire à votre aise. En disant cela, j'ai fait signe à M. d'Orbe ; je me suis avancée, et, le cœur gros de sanglots, j'ai collé mon visage sur le sien ; je n'ai plus su ce qu'il devenait ; les larmes m'offusquaient la vue, ma tête commençait à se perdre, et il était temps que mon rôle finît.

Un moment après je les ai entendu descendre précipitamment. Je suis sortie sur le palier[1] pour les suivre des yeux : Ce dernier trait manquait à mon trouble. J'ai vu l'insensé se jeter à genoux au milieu de l'escalier, en baiser mille fois les marches, et d'Orbe pouvoir à peine l'arracher de cette froide pierre qu'il pressait de son corps de la tête et des bras en poussant de longs gémissements. J'ai senti les miens près d'éclater malgré moi, et je suis brusquement rentrée, de peur de donner une scène à toute la maison.

À quelques instants de là, M. d'Orbe est revenu tenant son mouchoir sur ses yeux. C'en est fait, m'a-t-il dit, ils sont en route. En arrivant chez lui, votre ami a trouvé la chaise à sa porte ; Milord Édouard l'y attendait aussi ; il a couru au-devant de lui et le serrant contre sa poitrine ; *Viens, homme infortuné,* lui a-t-il dit d'un ton pénétré, *viens verser tes douleurs dans ce cœur qui t'aime. Viens, tu sentiras peut-être qu'on n'a pas tout perdu sur la terre, quand on y retrouve un ami tel que moi.* À l'instant, il l'a porté d'un bras vigoureux dans la chaise, et ils sont partis en se tenant étroitement embrassés.

Fin de la première partie

LETTRES DE DEUX AMANTS, HABITANTS D'UNE PETITE VILLE AU PIED DES ALPES

Seconde partie

LETTRE I

À Julie *

J'ai pris et quitté cent fois la plume ; j'hésite dès le premier mot ; je ne sais quel ton je dois prendre ; je ne sais par où commencer ; et c'est à Julie que je veux écrire ! Ah malheureux ! que suis-je devenu ? Il n'est donc plus ce temps où mille sentiments délicieux coulaient de ma plume comme un intarissable torrent ! Ces doux moments de confiance et d'épanchement sont passés : Nous ne sommes plus l'un à l'autre, nous ne sommes plus les mêmes, et je ne sais plus à qui j'écris. Daignerez-vous recevoir mes Lettres ? vos yeux daigneront-ils les parcourir ? les trouverez-vous assez réservées, assez circonspectes ? Oserais-je y garder encore une ancienne familiarité ? Oserais-je y parler d'un amour éteint ou méprisé, et ne suis-je pas plus reculé que le premier jour où je vous écrivis ? Quelle différence, ô Ciel, de ces jours si charmants et si doux à mon effroyable misère ! Hélas ! je commençais d'exister et je suis tombé dans l'anéantissement ; l'espoir de vivre animait mon cœur ; je n'ai plus devant moi

* Je n'ai guère besoin, je crois, d'avertir que dans cette seconde partie et dans la suivante, les deux Amants séparés ne font que déraisonner et battre la campagne ; leurs pauvres têtes n'y sont plus.

que l'image de la mort, et trois ans d'intervalle ont fermé le cercle fortuné de mes jours. Ah, que ne les ai-je terminés avant de me survivre à moi-même ! Que n'ai-je suivi mes pressentiments après ces rapides instants de délices, où je ne voyais plus rien dans la vie qui fût digne de la prolonger ! Sans doute, il fallait la borner à ces trois ans ou les ôter de sa durée ; il valait mieux ne jamais goûter la félicité, que la goûter et la perdre. Si j'avais franchi ce fatal intervalle, si j'avais évité ce premier regard qui me fit une autre âme ; je jouirais de ma raison ; je remplirais les devoirs d'un homme, et sèmerais peut-être de quelques vertus mon insipide carrière. Un moment d'erreur a tout changé. Mon œil osa contempler ce qu'il ne fallait point voir. Cette vue a produit enfin son effet inévitable. Après m'être égaré par degrés, je ne suis plus qu'un furieux dont le sens est aliéné, un lâche esclave sans force et sans courage, qui va traînant dans l'ignominie sa chaîne et son désespoir.

Vains rêves d'un esprit qui s'égare ! Désirs faux et trompeurs, désavoués à l'instant par le cœur qui les a formés ! Que sert d'imaginer à des maux réels de chimériques remèdes qu'on rejetterait quand ils nous seraient offerts ? Ah ! qui jamais connaîtra l'amour, t'aura vue et pourra le croire, qu'il y ait quelque félicité possible que je voulusse acheter au prix de mes premiers feux ? Non, non, que le Ciel garde ses bienfaits et me laisse, avec ma misère, le souvenir de mon bonheur passé. J'aime mieux les plaisirs qui sont dans ma mémoire et les regrets qui déchirent mon âme, que d'être à jamais heureux sans ma Julie. Viens image adorée, remplir un cœur qui ne vit que par toi : suis-moi dans mon exil, console-moi dans mes peines, ranime et soutiens mon espérance éteinte. Toujours ce cœur infortuné sera ton sanctuaire inviolable, d'où le sort ni les hommes ne pourront jamais t'arracher. Si je suis mort au bonheur, je ne le suis point à l'amour qui m'en rend digne. Cet amour est invincible comme le charme qui l'a fait naître. Il est fondé sur la base inébranlable du mérite et des vertus ; il ne peut périr dans une âme immortelle ; il n'a plus besoin de l'appui de l'espérance, et le passé lui donne des forces pour un avenir éternel.

Mais toi, Julie, ô toi, qui sus aimer une fois ! comment ton tendre cœur a-t-il oublié de vivre ? Comment ce feu sacré s'est-il éteint dans ton âme pure ? Comment as-tu perdu le goût de ces plaisirs célestes que toi seule étais capable de sentir et de rendre ? Tu me chasses sans pitié ; tu me bannis avec opprobre ; tu me livres à mon désespoir, et tu ne vois pas, dans l'erreur qui t'égare, qu'en me rendant misérable tu t'ôtes le bonheur de tes jours. Ah Julie, crois-moi ; tu chercheras vainement un autre cœur ami du tien ! Mille t'adoreront, sans doute ; le mien seul te savait aimer.

Réponds-moi, maintenant, Amante abusée ou trompeuse : que sont devenus ces projets formés avec tant de mystère ? Où sont ces vaines espérances dont tu leurras si souvent ma crédule simplicité ? Où est cette union sainte et désirée, doux objet de tant d'ardents soupirs, et dont ta plume et ta bouche flattaient mes vœux ? Hélas ! sur la foi de tes promesses j'osais aspirer à ce nom sacré d'époux ; et me croyais déjà le plus heureux des hommes. Dis, cruelle ! ne m'abusais-tu que pour rendre enfin ma douleur plus vive et mon humiliation plus profonde ? Ai-je attiré mes malheurs par ma faute ? Ai-je manqué d'obéissance, de docilité, de discrétion ? M'as-tu vu désirer assez faiblement pour mériter d'être éconduit, ou préférer mes fougueux désirs à tes volontés suprêmes ? J'ai tout fait pour te plaire et tu m'abandonnes ! Tu te chargeais de mon bonheur, et tu m'as perdu ! Ingrate, rends-moi compte du dépôt que je t'ai confié : rends-moi compte de moi-même après avoir égaré mon cœur dans cette suprême félicité que tu m'as montrée et que tu m'enlèves. Anges du Ciel ! j'eusse méprisé votre sort. J'eusse été le plus heureux des êtres...... Hélas ! je ne suis plus rien, un instant m'a tout ôté. J'ai passé sans intervalle du comble des plaisirs aux regrets éternels : je touche encore au bonheur qui m'échappe.... j'y touche encore et le perds pour jamais !...... Ah si je le pouvais croire ! si les restes d'une espérance vaine ne soutenaient......... Ô rochers de Meillerie que mon œil égaré mesura tant de fois, que ne servîtes-vous mon désespoir ! J'aurais moins regretté la vie, quand je n'en avais pas senti le prix[1].

LETTRE II[2]

De Milord Édouard à Claire

Nous arrivons à Besançon, et mon premier soin est de vous donner des nouvelles de notre voyage. Il s'est fait sinon paisiblement, du moins sans accident, et votre ami est aussi sain de corps qu'on peut l'être avec un cœur aussi malade. Il voudrait même affecter à l'extérieur une sorte de tranquillité. Il a honte de son état, et se contraint beaucoup devant moi ; mais tout décèle ses secrètes agitations, et si je feins de m'y tromper, c'est pour le laisser aux prises avec lui-même, et occuper ainsi une partie des forces de son âme à réprimer l'effet de l'autre.

Il fut fort abattu la première journée ; je la fis courte voyant que la vitesse de notre marche irritait sa douleur. Il ne me parla point, ni moi à lui ; les consolations indiscrètes ne font qu'aigrir les violentes afflictions[3]. L'indifférence et la froideur trouvent aisément des paroles ; mais la tristesse et le silence sont alors le vrai langage de l'amitié. Je commençai d'apercevoir hier les premières étincelles de la fureur qui va succéder infailliblement à cette léthargie : à la dînée[4], à peine y avait-il un quart d'heure que nous étions arrivés qu'il m'aborda d'un air d'impatience. Que tardons-nous à partir, me dit-il avec un souris amer, pourquoi restons-nous un moment si près d'elle ? Le soir il affecta de parler beaucoup, sans dire un mot de Julie. Il recommençait des questions auxquelles j'avais répondu dix fois. Il voulut savoir si nous étions déjà sur terres de France, et puis il demanda si nous arriverions bientôt à Vevai. La première chose qu'il fait à chaque station, c'est de commencer quelque lettre qu'il déchire ou chiffonne un moment après. J'ai sauvé du feu deux ou trois de ces brouillons sur lesquels vous pourrez entrevoir l'état de son âme. Je crois pourtant qu'il est parvenu à écrire une lettre entière.

L'emportement qu'annoncent ces premiers symptômes est facile à prévoir ; mais je ne saurais dire quel en sera l'effet et le terme ; car cela dépend d'une combinaison du caractère de l'homme, du genre de sa passion, des circonstances qui peuvent naître, de mille choses que nulle prudence humaine ne peut déterminer. Pour moi, je puis répondre de ses fureurs mais non pas de son désespoir, et quoi qu'on fasse, tout homme est toujours maître de sa vie.

Je me flatte, cependant, qu'il respectera sa personne et mes soins ; et je compte moins pour cela sur le zèle de l'amitié qui n'y sera pas épargné, que sur le caractère de sa passion et sur celui de sa maîtresse. L'âme ne peut guère s'occuper fortement et longtemps d'un objet, sans contracter des dispositions qui s'y rapportent. L'extrême douceur de Julie doit tempérer l'âcreté du feu qu'elle inspire, et je ne doute pas, non plus, que l'amour d'un homme aussi vif ne lui donne à elle-même un peu plus d'activité qu'elle n'en aurait naturellement sans lui.

J'ose compter aussi sur son cœur ; il est fait pour combattre et vaincre. Un amour pareil au sien n'est pas tant une faiblesse qu'une force mal employée. Une flamme ardente et malheureuse est capable d'absorber pour un temps, pour toujours peut-être une partie de ses facultés ; mais elle est elle-même une preuve de leur excellence, et du parti qu'il en pourrait tirer pour cultiver la sagesse : car la sublime raison ne se soutient que par la même vigueur de l'âme qui fait les grandes passions, et l'on ne sert dignement la philosophie qu'avec le même feu qu'on sent pour une maîtresse.

Soyez-en sûre, aimable Claire ; je ne m'intéresse pas moins que vous au sort de ce couple infortuné ; non par un sentiment de commisération qui peut n'être qu'une faiblesse ; mais par la considération de la justice et de l'ordre, qui veulent que chacun soit placé de la manière la plus avantageuse à lui-même et à la société. Ces deux belles âmes sortirent l'une pour l'autre des mains de la nature ; c'est dans une douce union, c'est dans le sein du bonheur que, libres de déployer leurs forces et d'exercer leurs vertus, elles eussent éclairé la terre de leurs exemples. Pourquoi faut-il qu'un insensé préjugé vienne changer les directions éternelles, et bouleverser l'harmonie des êtres pensants ? Pourquoi la vanité d'un père barbare cache-t-elle ainsi la lumière sous le boisseau, et fait-elle gémir dans les larmes des cœurs tendres et bienfaisants nés pour essuyer celles d'autrui ? Le lien conjugal n'est-il pas le plus libre ainsi que le plus sacré des engagements ? Oui, toutes les lois qui le gênent sont injustes ; tous les pères qui l'osent former ou rompre sont des tyrans. Ce chaste nœud de la nature n'est soumis ni au pouvoir souverain ni à l'autorité paternelle, mais à la seule autorité du père commun qui sait commander aux cœurs, et qui leur ordonnant de s'unir, les peut contraindre à s'aimer* [2].

Que signifie ce sacrifice des convenances de la nature aux convenances de l'opinion ? La diversité de fortune et d'état s'éclipse et se confond dans le mariage, elle ne fait rien au bonheur ; mais celle de caractère et d'humeur demeure, et c'est par elle qu'on est heureux ou malheureux. L'enfant qui n'a de règle que l'amour choisit mal, le père qui n'a de règle que l'opinion choisit plus mal encore. Qu'une fille manque de raison, d'expérience, pour juger de la sagesse et des mœurs, un bon père y doit suppléer sans doute. Son droit, son devoir même est de dire ; ma fille, c'est un honnête

* Il y a des pays où cette convenance des conditions et de la fortune est tellement préférée à celle de la nature et des cœurs, qu'il suffit que la première ne s'y trouve pas pour empêcher ou rompre les plus heureux mariages, sans égard pour l'honneur perdu des infortunées qui sont tous les jours victimes de ces odieux préjugés. J'ai vu plaider au Parlement de Paris une cause célèbre où l'honneur du rang attaquait insolemment et publiquement l'honnêteté, le devoir, la foi conjugale, et où l'indigne père qui gagna son procès, osa déshériter son fils pour n'avoir pas voulu être un malhonnête homme [1]. On ne saurait dire à quel point dans ce pays si galant les femmes sont tyrannisées par les lois. Faut-il s'étonner qu'elles s'en vengent si cruellement par leurs mœurs ?

homme, ou, c'est un fripon ; c'est un homme de sens, ou, c'est un fou. Voilà les convenances dont il doit connaître, le jugement de toutes les autres appartient à la fille [1]. En criant qu'on troublerait ainsi l'ordre de la société, ces tyrans le troublent eux-mêmes. Que le rang se règle par le mérite, et l'union des cœurs par leur choix, voilà le véritable ordre social ; ceux qui le règlent par la naissance ou par les richesses sont les vrais perturbateurs de cet ordre ; ce sont ceux-là qu'il faut décrier ou punir.

Il est donc de la justice universelle que ces abus soient redressés ; il est du devoir de l'homme de s'opposer à la violence, de concourir à l'ordre, et s'il m'était possible d'unir ces deux amants en dépit d'un vieillard sans raison, ne doutez pas que je n'achevasse en cela l'ouvrage du ciel, sans m'embarrasser de l'approbation des hommes.

Vous êtes plus heureuse, aimable Claire ; vous avez un père qui ne prétend point savoir mieux que vous en quoi consiste votre bonheur. Ce n'est, peut-être, ni par de grandes vues de sagesse, ni par une tendresse excessive qu'il vous rend ainsi maîtresse de votre sort ; mais qu'importe la cause, si l'effet est le même, et si, dans la liberté qu'il vous laisse, l'indolence lui tient lieu de raison ? Loin d'abuser de cette liberté, le choix que vous avez fait à vingt ans aurait l'approbation du plus sage père. Votre cœur, absorbé par une amitié qui n'eut jamais d'égale, a gardé peu de place aux feux de l'amour. Vous leur substituez tout ce qui peut y suppléer dans le mariage : moins amante qu'amie, si vous n'êtes la plus tendre épouse, vous serez la plus vertueuse, et cette union qu'a formé [2] la sagesse doit croître avec l'âge et durer autant qu'elle. L'impulsion du cœur est plus aveugle, mais elle est plus invincible : c'est le moyen de se perdre que de se mettre dans la nécessité de lui résister. Heureux ceux que l'amour assortit comme aurait fait la raison, et qui n'ont point d'obstacle à vaincre et de préjugés à combattre ! Tels seraient nos deux amants sans l'injuste résistance d'un père entêté. Tels malgré lui pourraient-ils être encore, si l'un des deux était bien conseillé.

L'exemple de Julie et le vôtre montrent également que c'est aux Époux seuls à juger s'ils se conviennent. Si l'amour ne règne pas, la raison choisira seule ; c'est le cas où vous êtes ; si l'amour règne, la nature a déjà choisi ; c'est celui de Julie[1]. Telle est la loi sacrée de la nature qu'il n'est pas permis à l'homme d'enfreindre, qu'il n'enfreint jamais impunément, et que la considération des états et des rangs ne peut abroger qu'il n'en coûte des malheurs et des crimes.

Quoique l'hiver s'avance et que j'aie à me rendre à Rome, je ne quitterai point l'ami que j'ai sous ma garde, que je ne voie son âme dans un état de consistance sur lequel je puisse compter. C'est un dépôt qui m'est cher par son prix, et parce que vous me l'avez confié. Si je ne puis faire qu'il soit heureux, je tâcherai de faire au moins qu'il soit sage, et qu'il porte en homme les maux de l'humanité. J'ai résolu de passer ici une quinzaine de jours avec lui, durant lesquels j'espère que nous recevrons des nouvelles de Julie et des vôtres, et que vous m'aiderez toutes deux à mettre quelque appareil sur les blessures de ce cœur malade, qui ne peut encore écouter la raison que par l'organe du sentiment.

Je joins ici une lettre pour votre amie : ne la confiez, je vous prie, à aucun commissionnaire, mais remettez-la vous-même.

FRAGMENTS

Joints à la Lettre précédente

I

Pourquoi n'ai-je pu vous voir avant mon départ ? Vous avez craint que je n'expirasse en vous quittant ? cœur pitoyable ! rassurez-vous. Je me porte bien..... je ne souffre pas..... je vis encore..... je pense à vous...... je pense au temps où je vous fus cher...... j'ai le cœur un peu serré...... la voiture m'étourdit.... je me trouve abattu..... je ne pourrai longtemps vous écrire aujourd'hui. Demain, peut-être aurai-je plus de force....... ou n'en aurai-je plus besoin.......

II

Où m'entraînent ces chevaux avec tant de vitesse ? Où me conduit avec tant de zèle cet homme qui se dit mon ami ? Est-ce loin de toi, Julie ? Est-ce par ton ordre ? Est-ce en des lieux où tu n'es pas ?.... Ah fille insensée !....... je mesure des yeux le chemin que je parcours si rapidement. D'où viens-je ? où vais-je ? et pourquoi tant de diligence ? Avez-vous peur, cruels, que je ne coure pas assez tôt à ma perte ? Ô amitié ! ô amour ! est-ce là votre accord ? sont-ce là vos bienfaits ?.......

III

As-tu bien consulté ton cœur, en me chassant avec tant de violence ? As-tu pu, dis, Julie, as-tu pu renoncer pour jamais....... Non non, ce tendre cœur m'aime ; je le sais bien. Malgré le sort, malgré lui-même, il m'aimera jusqu'au tombeau.... Je le vois, tu t'es laissé suggérer.... * quel repentir éternel tu te prépares !.... hélas ! il sera trop tard.... quoi, tu pourrais oublier.... quoi, je t'aurais mal connue !..... Ah, songe à toi, songe à moi, songe à.... [1] écoute, il en est temps encore..... tu m'as chassé avec barbarie. Je fuis plus vite que le vent..... Dis un mot, un seul mot, et je reviens plus prompt que l'éclair. Dis un mot, et pour jamais nous sommes unis. Nous devons l'être ;..... nous le serons...... Ah ! l'air emporte mes plaintes !.... et cependant je fuis ; je vais vivre et mourir loin d'elle.... vivre loin d'elle !......

* La suite montre que ces soupçons tombaient sur Milord Édouard, et que Claire les a pris pour elle.

LETTRE III

De Milord Édouard à Julie

Votre Cousine vous dira des nouvelles de votre ami. Je crois d'ailleurs qu'il vous écrit par cet ordinaire. Commencez par satisfaire là-dessus votre empressement, pour lire ensuite posément cette lettre ; car je vous préviens que son sujet demande toute votre attention.

Je connais les hommes : j'ai vécu beaucoup en peu d'années ; j'ai acquis une grande expérience à mes dépens, et c'est le chemin des passions qui m'a conduit à la philosophie. Mais de tout ce que j'ai observé jusqu'ici, je n'ai rien vu de si extraordinaire que vous et votre amant. Ce n'est pas que vous ayez ni l'un ni l'autre un caractère marqué dont on puisse au premier coup d'œil assigner les différences, et il se pourrait bien que cet embarras de vous définir vous fît prendre pour des âmes communes par un observateur superficiel. Mais c'est cela même qui vous distingue, qu'il est impossible de vous distinguer, et que les traits du modèle commun, dont quelqu'un manque toujours à chaque individu, brillent tous également dans les vôtres. Ainsi chaque épreuve d'une estampe a ses défauts particuliers qui lui servent de caractère, et s'il en vient une qui soit parfaite, quoiqu'on la trouve belle au premier coup d'œil, il faut la considérer longtemps pour la reconnaître. La première fois que je vis votre amant, je fus frappé d'un sentiment nouveau, qui n'a fait qu'augmenter de jour en jour, à mesure que la raison l'a justifié. À votre égard, ce fut tout autre chose encore, et ce sentiment fut si vif que je me trompai sur sa nature. Ce n'était pas tant la différence des sexes qui produisait cette impression, qu'un caractère encore plus marqué de perfection que le cœur sent, même indépendamment de l'amour. Je vois bien ce que vous seriez sans votre ami ; je ne vois pas de même ce qu'il serait sans vous ; beaucoup d'hommes peuvent lui ressembler, mais il n'y a qu'une Julie au monde. Après un tort que je ne me pardonnerai jamais, votre lettre vint m'éclairer sur mes vrais sentiments. Je connus que je n'étais point jaloux ni par conséquent amoureux ; je connus que vous étiez trop aimable pour moi ; il vous faut les prémices d'une âme, et la mienne ne serait pas digne de vous.

Dès ce moment je pris pour votre bonheur mutuel un tendre intérêt qui ne s'éteindra point. Croyant lever toutes les difficultés, je fis auprès de votre père une démarche indiscrète dont le mauvais succès[1] n'est qu'une raison de plus pour exciter mon zèle. Daignez m'écouter, et je puis réparer encore tout le mal que je vous ai fait.

Sondez bien votre cœur, ô Julie, et voyez s'il vous est possible d'éteindre le feu dont il est dévoré ? Il fut un temps, peut-être, où vous pouviez en arrêter le progrès ; mais si Julie pure et chaste a pourtant succombé, comment se relèvera-t-elle après sa chute ? Comment résistera-t-elle à l'amour vainqueur, et armé de la dangereuse image de tous les plaisirs passés ? Jeune amante ne vous en imposez plus, et renoncez à la confiance qui vous a séduite : vous êtes perdue, s'il faut combattre encore : vous serez avilie et vaincue, et le sentiment de votre honte étouffera par degrés toutes vos vertus. L'amour s'est insinué trop avant dans la substance de votre âme pour que vous puissiez jamais l'en chasser ; il en renforce et pénètre tous les traits comme une eau forte et corrosive ; vous n'en effacerez jamais la profonde impression sans effacer à la fois tous les sentiments exquis que vous reçûtes de la nature, et quand il ne vous restera plus d'amour, il ne vous restera plus rien d'estimable. Qu'avez-vous donc maintenant à faire, ne pouvant plus changer l'état de votre cœur ? Une seule chose, Julie, c'est de le rendre légitime. Je vais vous proposer pour cela l'unique moyen qui vous reste ; profitez-en, tandis qu'il est temps encore ; rendez à l'innocence et à la vertu cette sublime raison dont le Ciel vous fit dépositaire, ou craignez d'avilir à jamais le plus précieux de ses dons.

J'ai dans le Duché d'Yorc une terre assez considérable, qui fut longtemps le séjour de mes ancêtres. Le château est ancien, mais bon et commode ; les environs sont solitaires, mais agréables et variés. La rivière d'Ouse qui passe au bout du parc offre à la fois une perspective charmante à la vue et un débouché facile aux denrées ; le produit de la terre suffit pour l'honnête entretien du maître et peut doubler sous ses yeux. L'odieux préjugé n'a point d'accès dans cette heureuse contrée. L'habitant paisible y conserve encore les mœurs simples des premiers temps, et l'on y trouve une image du Valais décrit avec des traits si touchants par la plume de votre ami [1]. Cette terre est à vous, Julie, si vous daignez l'habiter avec lui, et c'est là que vous pourrez accomplir ensemble tous les tendres souhaits par où finit la lettre dont je parle.

Venez, modèle unique des vrais amants ; venez, couple aimable et fidèle prendre possession d'un lieu fait pour servir d'asile à l'amour et à l'innocence. Venez y serrer, à la face du ciel et des hommes, le doux nœud qui vous unit. Venez honorer de l'exemple de vos vertus un pays où elles seront adorées, et des gens simples portés à les imiter. Puissiez-vous en ce lieu tranquille goûter à jamais dans les sentiments qui vous unissent le bonheur des âmes pures ; puisse le Ciel y bénir vos chastes feux d'une famille qui vous ressemble ; puissiez-vous y prolonger vos jours dans une honorable vieillesse, et les terminer enfin paisiblement dans les bras de vos enfants ; puissent nos neveux en parcourant avec un charme secret ce monument de la félicité conjugale, dire un jour dans l'attendrissement de leur cœur. *Ce fut ici l'asile de l'innocence ; ce fut ici la demeure des deux amants.*

Votre sort est en vos mains, Julie ; pesez attentivement la proposition que je vous fais, et n'en examinez que le fond ; car d'ailleurs, je me charge d'assurer d'avance et irrévocablement votre ami de l'engagement que je prends ; je me charge aussi de la sûreté de votre départ, et de veiller avec lui à celle de votre personne jusqu'à votre arrivée. Là vous pourrez aussitôt vous marier publiquement sans obstacle ; car parmi nous une fille nubile n'a nul besoin du consentement d'autrui pour disposer d'elle-même [2]. Nos sages lois n'abrogent point celles de la nature, et s'il résulte de cet heureux accord quelques inconvénients, ils sont beaucoup moindres que ceux qu'il prévient. J'ai laissé à Vevai mon Valet de chambre, homme de confiance, brave, prudent, et d'une fidélité à toute épreuve. Vous pourrez aisément vous concerter avec lui de bouche ou par écrit à l'aide de Regianino, sans que ce dernier sache de quoi il s'agit. Quand il sera temps, nous partirons pour vous aller joindre, et vous ne quitterez la maison paternelle que sous la conduite de votre Époux[1].

Je vous laisse à vos réflexions ; mais je le répète, craignez l'erreur des préjugés et la séduction des scrupules qui mènent souvent au vice par le chemin de l'honneur. Je prévois ce qui vous arrivera si vous rejetez mes offres. La tyrannie d'un père intraitable vous entraînera dans l'abîme que vous ne connaîtrez qu'après la chute. Votre extrême douceur dégénère quelquefois en timidité : vous serez sacrifiée à la chimère des conditions* : Il faudra contracter un engagement désavoué par le cœur. L'approbation publique sera démentie incessamment par le cri de la conscience ; vous serez honorée et méprisable. Il vaut mieux être oubliée et vertueuse.

P.S. Dans le doute de votre résolution, je vous écris à l'insu de notre ami, de peur qu'un refus de votre part ne vînt détruire en un instant tout l'effet de mes soins.

LETTRE IV

De Julie à Claire

Oh, ma chère ! dans quel trouble tu m'as laissée hier au soir, et quelle nuit j'ai passée en rêvant à cette fatale lettre ! Non, jamais tentation plus dangereuse ne vint assaillir mon cœur ; jamais je n'éprouvai de pareilles agitations, et jamais je n'aperçus moins le moyen de les apaiser. Autrefois une

* La chimère des conditions ! C'est un pair d'Angleterre qui parle ainsi ! et tout ceci ne serait pas une fiction ? Lecteur, qu'en dites-vous ?

certaine lumière de sagesse et de raison dirigeait ma volonté ; dans toutes les occasions embarrassantes, je discernais d'abord le parti le plus honnête, et le prenais à l'instant. Maintenant avilie et toujours vaincue [1], je ne fais que flotter entre des passions contraires : mon faible cœur n'a plus que le choix de ses fautes, et tel est mon déplorable aveuglement, que si je viens par hasard à prendre le meilleur parti, la vertu ne m'aura point guidée, et je n'en aurai pas moins de remords. Tu sais quel Époux mon père me destine ; tu sais quels liens l'amour m'a donnés : veux-je être vertueuse ? l'obéissance et la foi m'imposent des devoirs opposés. Veux-je suivre le penchant de mon cœur ? qui préférer d'un amant ou d'un père ? Hélas, en écoutant l'amour ou la nature, je ne puis éviter de mettre l'un ou l'autre au désespoir ; en me sacrifiant au devoir je ne puis éviter de commettre un crime, et quelque parti que je prenne, il faut que je meure à la fois malheureuse et coupable [2].

Ah ! chère et tendre amie, toi qui fus toujours mon unique ressource et qui m'as tant de fois sauvée de la mort et du désespoir, considère aujourd'hui l'horrible état de mon âme, et vois si jamais tes secourables soins me furent plus nécessaires ! Tu sais si tes avis sont écoutés, tu sais si tes conseils sont suivis, tu viens de voir au prix du bonheur de ma vie si je sais déférer aux leçons de l'amitié. Prends donc pitié de l'accablement où tu m'as réduite ; achève, puisque tu as commencé ; supplée à mon courage abattu, pense pour celle qui ne pense plus que par toi. Enfin, tu lis dans ce cœur qui t'aime ; tu le connais mieux que moi. Apprends-moi donc ce que je veux et choisis à ma place, quand je n'ai plus la force de vouloir, ni la raison de choisir.

Relis la Lettre de ce généreux Anglais ; relis-la mille fois, mon Ange. Ah ! laisse-toi toucher au tableau charmant du bonheur que l'amour, la paix, la vertu peuvent me promettre encore ! Douce et ravissante union des âmes ! délices inexprimables, même au sein des remords ! Dieux ! que seriez-vous pour mon cœur au sein de la foi conjugale ? Quoi ! le bonheur et l'innocence seraient encore en mon pouvoir ?

Quoi, je pourrais expirer d'amour et de joie entre un époux adoré, et les chers gages de sa tendresse !..... et j'hésite un seul moment, et je ne vole pas réparer ma faute dans les bras de celui qui me la fit commettre ? et je ne suis pas déjà femme vertueuse, et chaste mère de famille ?..... Oh que les auteurs de mes jours ne peuvent-ils me voir sortir de mon avilissement ! Que ne peuvent-ils être témoins de la manière dont je saurai remplir à mon tour les devoirs sacrés qu'ils ont remplis envers moi !....... et les tiens ? fille ingrate et dénaturée ; qui les remplira près d'eux, tandis que tu les oublies ? Est-ce en plongeant le poignard dans le sein d'une mère que tu te prépares à le devenir ? Celle qui déshonore sa famille apprendra-t-elle à ses enfants à l'honorer ? Digne objet de l'aveugle tendresse d'un père et d'une mère idolâtres, abandonne-les au regret de t'avoir fait naître ; couvre leurs vieux jours de douleur et d'opprobre..... et jouis, si tu peux, d'un bonheur acquis à ce prix.

Mon Dieu ! que d'horreurs m'environnent ! quitter furtivement son pays ; déshonorer sa famille, abandonner à la fois père, mère, amis, parents, et toi-même ! et toi, ma douce amie ! et toi, la bien-aimée de mon cœur ! toi dont à peine dès mon enfance, je puis rester éloignée un seul jour ; te fuir, te quitter, te perdre, ne te plus voir !..... ah non ! que jamais..... [1] que de tourments déchirent ta malheureuse amie ! elle sent à la fois tous les maux dont elle a le choix, sans qu'aucun des biens qui lui resteront la console. Hélas, je m'égare. Tant de combats passent ma force et troublent ma raison ; je perds à la fois le courage et le sens. Je n'ai plus d'espoir qu'en toi seule. Ou choisis ou laisse-moi mourir [2].

LETTRE V

Réponse

Tes perplexités ne sont que trop bien fondées, ma chère Julie ; je les ai prévues et n'ai pu les prévenir ; je les sens et ne les puis apaiser ; et ce que je vois de pire dans ton état, c'est que personne ne t'en peut tirer que toi-même. Quand il s'agit de prudence, l'amitié vient au secours d'une âme agitée ; s'il faut choisir le bien ou le mal, la passion qui les méconnaît peut se taire devant un conseil désintéressé. Mais ici quelque parti que tu prennes, la nature l'autorise et le condamne, la raison le blâme et l'approuve, le devoir se tait ou s'oppose à lui-même ; les suites sont également à craindre de part et d'autre ; tu ne peux ni rester indécise ni bien choisir ; tu n'as que des peines à comparer, et ton cœur seul en est le juge. Pour moi, l'importance de la délibération m'épouvante et son effet m'attriste. Quelque sort que tu préfères, il sera toujours peu digne de toi, et ne pouvant ni te montrer un parti qui te convienne, ni te conduire au vrai bonheur, je n'ai pas le courage de décider de ta destinée. Voici le premier refus que tu reçus jamais de ton amie, et je sens bien par ce qu'il me coûte que ce sera le dernier ; mais, je te trahirais en voulant te gouverner dans un cas où la raison même s'impose silence, et où la seule règle à suivre est d'écouter ton propre penchant.

Ne sois pas injuste envers moi, ma douce amie, et ne me juge point avant le temps. Je sais qu'il est des amitiés circonspectes qui, craignant de se compromettre, refusent des conseils dans les occasions difficiles, et dont la réserve augmente avec le péril des amis. Ah ! tu vas connaître si ce cœur qui t'aime connaît ces timides précautions ! souffre qu'au lieu de te parler de tes affaires, je te parle un instant des miennes.

N'as-tu jamais remarqué, mon Ange, à quel point tout ce qui t'approche s'attache à toi ? Qu'un père et une mère chérissent une fille unique, il n'y a pas, je le sais, de quoi s'en fort étonner ; qu'un jeune homme ardent s'enflamme pour un objet aimable, cela n'est pas plus extraordinaire ; mais qu'à l'âge mûr [1] un homme aussi froid que M. de Wolmar [2] s'attendrisse en te voyant, pour la première fois de sa vie ; que toute une famille t'idolâtre unanimement ; que tu sois chère à mon père, cet homme si peu sensible, autant et plus, peut-être, que ses propres enfants : que les amis, les connaissances, les domestiques, les voisins et toute une ville entière, t'adorent de concert et prennent à toi le plus tendre intérêt : Voilà, ma chère, un concours moins vraisemblable, et qui n'aurait point lieu s'il n'avait en ta personne quelque cause particulière. Sais-tu bien quelle est cette cause ? Ce n'est ni ta beauté, ni ton esprit, ni ta grâce, ni rien de tout ce qu'on entend par le don de plaire : mais c'est cette âme tendre et cette douceur d'attachement qui n'a point d'égale ; c'est le don d'aimer, mon enfant, qui te fait aimer. On peut résister à tout, hors à la bienveuillance [1], et il n'y a point de moyen plus sûr d'acquérir l'affection des autres que de leur donner la sienne. Mille femmes sont plus belles que toi ; plusieurs ont autant de grâces ; toi seule as avec les grâces, je ne sais quoi de plus séduisant qui ne plaît pas seulement, mais qui touche, et qui fait voler tous les cœurs au-devant du tien. On sent que ce tendre cœur ne demande qu'à se donner, et le doux sentiment qu'il cherche le va chercher à son tour.

Tu vois, par exemple, avec surprise l'incroyable affection de Milord Édouard pour ton ami ; tu vois son zèle pour ton bonheur ; tu reçois avec admiration ses offres généreuses ; tu les attribues à la seule vertu, et ma Julie de s'attendrir ! Erreur, abus, charmante Cousine ! À Dieu ne plaise que j'exténue [2] les bienfaits de Milord Édouard, et que je déprise [3] sa grande âme. Mais crois-moi, ce zèle tout pur qu'il est, serait moins ardent si dans la même circonstance il s'adressait à d'autres personnes. C'est ton ascendant invincible et celui de ton ami [4], qui, sans même qu'il s'en aperçoive le déterminent avec tant de force, et lui font faire par attachement ce qu'il croit ne faire que par honnêteté.

Voilà ce qui doit arriver à toutes les âmes d'une certaine trempe ; elles transforment pour ainsi dire les autres en elles-mêmes ; elles ont une sphère d'activité dans laquelle rien ne leur résiste : on ne peut les connaître sans les vouloir imiter, et de leur sublime élévation elles attirent à elles tout ce qui les environne. C'est pour cela, ma chère, que ni toi ni ton ami ne connaîtrez peut-être jamais les hommes ; car vous les verrez bien plus comme vous les ferez, que comme ils seront d'eux-mêmes. Vous donnerez le ton à tous ceux qui vivront avec vous ; ils vous fuiront ou vous deviendront semblables, et tout ce que vous aurez vu n'aura peut-être rien de pareil dans le reste du monde.

Venons maintenant à moi, Cousine ; à moi qu'un même sang, un même âge, et surtout une parfaite conformité de goûts et d'humeurs avec des tempéraments contraires unit à toi dès l'enfance.

Congiunti eran gl' alberghi,
Ma più congiunti i cori :
Conforme era l' etate,
Ma'l pensier più conforme [1].

Que penses-tu qu'ait produit sur celle qui a passé sa vie avec toi, cette charmante influence qui se fait sentir à tout ce qui t'approche ? Crois-tu qu'il puisse ne régner entre nous qu'une union commune ? Mes yeux ne te rendent-ils pas la douce joie que je prends chaque jour dans les tiens en nous abordant ? Ne lis-tu pas dans mon cœur attendri le plaisir de partager tes peines et de pleurer avec toi ? Puis-je oublier que dans les premiers transports d'un amour naissant, l'amitié ne te fut point importune, et que les murmures de ton amant ne purent t'engager à m'éloigner de toi, et à me dérober le spectacle de ta faiblesse ? Ce moment fut critique, ma Julie ; je sais ce que vaut dans ton cœur modeste le sacrifice d'une honte qui n'est pas réciproque. Jamais je n'eusse été ta confidente si j'eusse été ton amie à demi, et nos âmes se sont trop bien senties en s'unissant, pour que rien les puisse désormais séparer.

Qu'est-ce qui rend les amitiés si tièdes et si peu durables entre les femmes, je dis entre celles qui sauraient aimer ? Ce sont les intérêts de l'amour ; c'est l'empire de la beauté ; c'est la jalousie des conquêtes. Or si rien de tout cela nous eût pu diviser, cette division serait déjà faite ; mais quand mon cœur serait moins inepte [2] à l'amour, quand j'ignorerais que vos feux sont de nature à ne s'éteindre qu'avec la vie, ton amant est mon ami, c'est-à-dire, mon frère ; et qui vit jamais finir par l'amour une véritable amitié ? Pour M. d'Orbe, assurément il aura longtemps à se louer de tes sentiments, avant que je songe à m'en plaindre, et je ne suis pas plus tentée de le retenir par force que toi de me l'arracher. Eh, mon enfant ! plût au Ciel qu'au prix de son attachement je te pusse guérir du tien ; je le garde avec plaisir, je le céderais avec joie.

À l'égard des prétentions sur la figure j'en puis avoir tant qu'il me plaira, tu n'es pas fille à me les disputer, et je suis bien sûre qu'il ne t'entra de tes jours dans l'esprit de savoir qui de nous deux est la plus jolie. Je n'ai pas été tout à fait si indifférente ; je sais là-dessus à quoi m'en tenir, sans en avoir le moindre chagrin. Il me semble même que j'en suis plus fière que jalouse ; car enfin les charmes de ton visage n'étant pas ceux qu'il faudrait au mien, ne m'ôtent rien de ce que j'ai, et je me trouve encore belle de ta beauté, aimable de tes grâces, ornée de tes talents ; je me pare de toutes tes perfections, et c'est en toi que je place mon amour-propre le mieux entendu. Je n'aimerais pourtant guère à faire peur pour mon compte, mais je suis assez jolie pour le besoin que j'ai de l'être. Tout le reste m'est inutile, et je n'ai pas besoin d'être humble pour te céder.

Tu t'impatientes de savoir à quoi j'en veux venir. Le voici. Je ne puis te donner le conseil que tu me demandes, je t'en ai dit la raison : mais le parti que tu prendras pour toi, tu le prendras en même temps pour ton amie, et quel que soit ton destin je suis déterminée à le partager. Si tu pars, je te suis ; si tu restes, je reste : j'en ai formé l'inébranlable résolution, je le dois, rien ne m'en peut détourner. Ma fatale indulgence a causé ta perte ; ton sort doit être le mien [1], et puisque nous fûmes inséparables dès l'enfance, ma Julie, il faut l'être jusqu'au tombeau.

Tu trouveras, je le prévois, beaucoup d'étourderie dans ce projet ; mais au fond il est plus sensé qu'il ne semble, et je n'ai pas les mêmes motifs d'irrésolution que toi. Premièrement, quant à ma famille, si je quitte un père facile, je quitte un père assez indifférent, qui laisse faire à ses enfants tout ce qui leur plaît, plus par négligence que par tendresse : car tu sais que les affaires de l'Europe l'occupent beaucoup plus que les siennes, et que sa fille lui est moins chère que la pragmatique[1]. D'ailleurs, je ne suis pas comme toi fille unique, et avec les enfants qui lui resteront, à peine saura-t-il s'il lui en manque un.

J'abandonne un mariage prêt à conclure ? *Manco male*[2], ma chère ; c'est à M. d'Orbe, s'il m'aime, à s'en consoler. Pour moi, quoique j'estime son caractère, que je ne sois pas sans attachement pour sa personne, et que je regrette en lui un fort honnête homme, il ne m'est rien auprès de ma Julie. Dis-moi, mon enfant, l'âme a-t-elle un sexe ? En vérité, je ne le sens guère à la mienne. Je puis avoir des fantaisies, mais fort peu d'amour. Un mari peut m'être utile, mais il ne sera jamais pour moi qu'un mari, et de ceux-là, libre encore et passable comme je suis, j'en puis trouver un par tout le monde.

Prends bien garde, Cousine, que quoique je n'hésite point, ce n'est pas à dire que tu ne doives point hésiter, ni que je veuille t'insinuer de prendre le parti que je prendrai si tu pars. La différence est grande entre nous et tes devoirs sont beaucoup plus rigoureux que les miens. Tu sais encore qu'une affection presque unique remplit mon cœur, et absorbe si bien tous les autres sentiments qu'ils y sont comme anéantis. Une invincible et douce habitude m'attache à toi dès mon enfance ; je n'aime parfaitement que toi seule, et si j'ai quelques liens à rompre en te suivant, je m'encouragerai par ton exemple. Je me dirai, j'imite Julie, et me croirai justifiée[3].

BILLET

De Julie à Claire

Je t'entends, amie incomparable, et je te remercie. Au moins une fois j'aurai fait mon devoir, et ne serai pas en tout indigne de toi.

LETTRE VI

De Julie à Milord Édouard

Votre Lettre, Milord, me pénètre d'attendrissement et d'admiration. L'ami que vous daignez protéger n'y sera pas moins sensible quand il saura tout ce que vous avez voulu faire pour nous. Hélas ! il n'y a que les infortunés qui sentent le prix des âmes bienfaisantes. Nous ne savons déjà qu'à trop de titres tout ce que vaut la vôtre, et vos vertus héroïques nous toucheront toujours, mais elles ne nous surprendront plus.

Qu'il me serait doux d'être heureuse sous les auspices d'un ami si généreux, et de tenir de ses bienfaits le bonheur que la fortune m'a refusé ! Mais, Milord, je le vois avec désespoir, elle trompe vos bons desseins ; mon sort cruel l'emporte sur votre zèle, et la douce image des biens que vous m'offrez ne sert qu'à m'en rendre la privation plus sensible. Vous donnez une retraite agréable et sûre à deux amants persécutés ; vous y rendez leurs feux légitimes, leur union solennelle, et je sais que sous votre garde j'échapperais aisément aux poursuites d'une famille irritée. C'est beaucoup pour l'amour, est-ce assez pour la félicité ? Non, si vous voulez que je sois paisible et contente, donnez-moi quelque asile plus sûr encore, où l'on puisse échapper à la honte et au repentir. Vous allez au-devant de nos besoins, et par une générosité sans exemple, vous vous privez pour notre entretien d'une partie des biens destinés au vôtre. Plus riche, plus honorée de vos bienfaits que de mon patrimoine, je puis tout recouvrer près de vous, et vous daignerez me tenir lieu de père [1]. Ah Milord ! serai-je digne d'en trouver un, après avoir abandonné celui que m'a donné la nature ?

Voilà la source des reproches d'une conscience épouvantée, et des murmures secrets qui déchirent mon cœur. Il ne s'agit pas de savoir si j'ai droit de disposer de moi contre le gré des auteurs de mes jours, mais si j'en puis disposer sans les affliger mortellement, si je puis les fuir sans les mettre au désespoir ? Hélas ! il vaudrait autant consulter si j'ai droit de leur ôter la vie. Depuis quand la vertu pèse-t-elle ainsi les droits du sang et de la nature ? Depuis quand un cœur sensible marque-t-il avec tant de soin les bornes de la reconnaissance ? N'est-ce pas être déjà coupable que de vouloir aller jusqu'au point où l'on commence à le devenir, et cherche-t-on si scrupuleusement le terme de ses devoirs, quand on n'est point tenté de le passer ? Qui, moi ? j'abandonnerais impitoyablement ceux par qui je respire, ceux qui me conservent la vie qu'ils m'ont donnée, et me la rendent chère ; ceux qui n'ont d'autre espoir d'autre plaisir qu'en moi seule ? Un père presque sexagénaire, une mère toujours languissante ! Moi leur unique enfant, je les laisserais sans assistance dans la solitude et les ennuis de la vieillesse, quand il est temps de leur rendre les tendres soins qu'ils m'ont prodigués ? Je livrerais leurs derniers jours à la honte, aux regrets, aux pleurs ? La terreur, le cri de ma conscience agitée me peindraient sans cesse mon père et ma mère expirants sans consolation, et maudissant[1] la fille ingrate qui les délaisse et les déshonore ? Non, Milord, la vertu que j'abandonnai m'abandonne à son tour et ne dit plus rien à mon cœur ; mais cette idée horrible me parle à sa place, elle me suivrait pour mon tourment à chaque instant de mes jours, et me rendrait misérable au sein du bonheur. Enfin, si tel est mon destin qu'il faille livrer le reste de ma vie aux remords, celui-là seul est trop affreux pour le supporter ; j'aime mieux braver tous les autres.

Je ne puis répondre à vos raisons, je l'avoue, je n'ai que trop de penchant à les trouver bonnes : mais, Milord, vous n'êtes pas marié ! ne sentez-vous point qu'il faut être père pour avoir droit de conseiller les enfants d'autrui ? Quant à moi, mon parti est pris ; mes parents me rendront malheureuse, je le sais bien ; mais il me sera moins cruel de gémir dans mon infortune que d'avoir causé la leur, et je ne déserterai jamais la maison paternelle. Va donc, douce chimère d'une âme sensible, félicité si charmante et si désirée, va te perdre dans la nuit des songes, tu n'auras plus de réalité pour moi. Et vous, ami trop généreux, oubliez vos aimables projets, et qu'il n'en reste de trace qu'au fond d'un cœur trop reconnaissant pour en perdre le souvenir. Si l'excès de nos maux ne décourage point votre grande âme, si vos généreuses bontés ne sont point épuisées, il vous reste de quoi les exercer avec gloire, et celui que vous honorez du titre de votre ami, peut par vos soins mériter de le devenir. Ne jugez pas de lui par l'état où vous le voyez : son égarement ne vient point de lâcheté, mais d'un génie ardent et fier qui se roidit contre la fortune. Il y a souvent plus de stupidité que de courage dans une constance apparente ; le vulgaire ne connaît point de violentes douleurs, et les grandes passions ne germent guère chez les hommes faibles. Hélas ! il a mis dans la sienne cette énergie de sentiments qui caractérise les âmes nobles, et c'est ce qui fait aujourd'hui ma honte et mon désespoir. Milord, daignez le croire, s'il n'était qu'un homme ordinaire, Julie n'eût point péri.

Non, non ; cette affection secrète qui prévint en vous une estime éclairée ne vous a point trompé. Il est digne de tout ce que vous avez fait pour lui sans le bien connaître ; vous ferez plus encore s'il est possible, après l'avoir connu. Oui, soyez son consolateur, son protecteur, son ami, son père, c'est à la fois pour vous et pour lui que je vous en conjure ; il justifiera votre confiance, il honorera vos bienfaits, il pratiquera vos leçons, il imitera vos vertus, il apprendra de vous la sagesse. Ah, Milord ! s'il devient entre vos mains tout ce qu'il peut être, que vous serez fier un jour de votre ouvrage !

LETTRE VII[1]

De Julie

Et toi aussi, mon doux ami ! et toi l'unique espoir de mon cœur, tu viens le percer encore quand il se meurt de tristesse ! J'étais préparée aux coups de la fortune, de longs pressentiments me les avaient annoncés ; je les aurais supportés avec patience : mais toi pour qui je les souffre ! ah ceux qui me viennent de toi me sont seuls insupportables, et il m'est affreux de voir aggraver mes peines par celui qui devait me les rendre chères ! Que de douces consolations je m'étais promises qui s'évanouissent avec ton courage ! Combien de fois je me flattai que ta force animerait ma langueur, que ton mérite effacerait ma faute, que tes vertus relèveraient mon âme abattue ! Combien de fois j'essuyai mes larmes amères en me disant, je souffre pour lui [1], mais il en est digne ; je suis coupable, mais il est vertueux ; mille ennuis m'assiègent, mais sa constance me soutient, et je trouve au fond de son cœur le dédommagement de toutes mes pertes ? Vain espoir que la première épreuve a détruit ! Où est maintenant cet amour sublime qui sait élever tous les sentiments et faire éclater la vertu ? Où sont ces fières maximes ? qu'est devenue cette imitation des grands hommes ? Où est ce philosophe que le malheur ne peut ébranler, et qui succombe au premier accident qui le sépare de sa maîtresse ? Quel prétexte excusera désormais ma honte à mes propres yeux, quand je ne vois plus dans celui qui m'a séduite qu'un homme sans courage, amolli par les plaisirs, qu'un cœur lâche abattu par le premier revers, qu'un insensé qui renonce à la raison sitôt qu'il a besoin d'elle ? ô Dieu ! dans ce comble d'humiliation devais-je me voir réduite à rougir de mon choix autant que de ma faiblesse ?

Regarde à quel point tu t'oublies ; ton âme égarée et rampante s'abaisse jusqu'à la cruauté ? tu m'oses faire des reproches ? tu t'oses plaindre de moi ?... de ta Julie ?... barbare !... comment tes remords n'ont-ils pas retenu ta main ? Comment les plus doux témoignages du plus tendre amour qui fut jamais, t'ont-ils laissé le courage de m'outrager ? Ah si tu pouvais douter de mon cœur que le tien serait méprisable ! ... mais non, tu n'en doutes pas, tu n'en peux douter, j'en puis défier ta fureur ; et dans cet instant même où je hais ton injustice, tu vois trop bien la source du premier mouvement de colère que j'éprouvai de ma vie.

Peux-tu t'en prendre à moi, si je me suis perdue par une aveugle confiance, et si mes desseins n'ont point réussi ? Que tu rougirais de tes duretés si tu connaissais quel espoir m'avait séduite, quels projets j'osai former pour ton bonheur et le mien, et comment ils se sont évanouis avec toutes mes espérances. Quelque jour, j'ose m'en flatter encore, tu pourras en savoir davantage, et tes regrets me vengeront alors de tes reproches[1]. Tu sais la défense de mon père ; tu n'ignores pas les discours publics ; j'en prévis les conséquences, je te les fis exposer, tu les sentis comme nous, et pour nous conserver l'un à l'autre il fallut nous soumettre au sort qui nous séparait.

Je t'ai donc chassé, comme tu l'oses dire ? Mais pour qui l'ai-je fait, amant sans délicatesse ? Ingrat ! c'est pour un cœur bien plus honnête qu'il ne croit l'être, et qui mourrait mille fois plutôt que de me voir avilie. Dis-moi, que deviendras-tu quand je serai livrée à l'opprobre ? Espères-tu pouvoir supporter le spectacle de mon déshonneur ? Viens cruel, si tu le crois, viens recevoir le sacrifice de ma réputation avec autant de courage que je puis te l'offrir. Viens, ne crains pas d'être désavoué de celle à qui tu fus cher. Je suis prête à déclarer à la face du Ciel et des hommes tout ce que nous avons senti l'un pour l'autre ; je suis prête à te nommer hautement mon amant, à mourir dans tes bras d'amour et de honte : j'aime mieux que le monde entier connaisse ma tendresse que de t'en voir douter un moment, et tes reproches me sont plus amers que l'ignominie.

Finissons pour jamais ces plaintes mutuelles, je t'en conjure ; elles me sont insupportables. Ô Dieu ! comment peut-on se quereller quand on s'aime, et perdre à se tourmenter l'un l'autre des moments où l'on a si grand besoin de consolation ? Non, mon ami, que sert de feindre un mécontentement qui n'est pas. Plaignons-nous du sort et non de l'amour. Jamais, il ne forma d'union si parfaite ; jamais il n'en forma de plus durable. Nos âmes trop bien confondues ne sauraient plus se séparer, et nous ne pouvons plus vivre éloignés l'un de l'autre, que comme deux parties d'un même tout. Comment peux-tu donc ne sentir que tes peines ? Comment ne sens-tu point celles de ton amie ?

Comment n'entends-tu point dans ton sein ses tendres gémissements ? Combien ils sont plus douloureux que tes cris emportés ! Combien si tu partageais mes maux ils te seraient plus cruels que les tiens mêmes !

Tu trouves ton sort déplorable ! Considère celui de ta Julie, et ne pleure que sur elle. Considère dans nos communes infortunes l'état de mon Sexe et du tien, et juge qui de nous est le plus à plaindre ? Dans la force des passions affecter d'être insensible ; en proie à mille peines paraître joyeuse et contente ; avoir l'air serein et l'âme agitée ; dire toujours autrement qu'on ne pense ; déguiser tout ce qu'on sent ; être fausse par devoir, et mentir par modestie : voilà l'état habituel de toute fille de mon âge. On passe ainsi ses beaux jours sous la tyrannie des bienséances, qu'aggrave enfin celle des parents dans un lien mal assorti. Mais on gêne en vain nos inclinations ; le cœur ne reçoit de lois que de lui-même ; il échappe à l'esclavage ; il se donne à son gré. Sous un joug de fer que le ciel n'impose pas on n'asservit qu'un corps sans âme : la personne et la foi restent séparément engagées, et l'on force au crime une malheureuse victime, en la forçant de manquer de part ou d'autre au devoir sacré de la fidélité. Il en est de plus sages ? ah, je le sais ! Elles n'ont point aimé ? Qu'elles sont heureuses ! Elles résistent ? J'ai voulu résister. Elles sont plus vertueuses ? Aiment-elles mieux la vertu ? Sans toi, sans toi seul je l'aurais toujours aimée. Il est donc vrai que je ne l'aime plus ?...... tu m'as perdue, et c'est moi qui te console !... mais moi que vais-je devenir ?... que les consolations de l'amitié sont faibles où manquent celles de l'amour ! qui me consolera donc dans mes peines ? Quel sort affreux j'envisage, moi qui pour avoir vécu dans le crime ne vois plus qu'un nouveau crime dans des nœuds abhorrés et peut-être inévitables [1] ! Où trouverai-je assez de larmes pour pleurer ma faute et mon amant, si je cède ? où trouverai-je assez de force pour résister, dans l'abattement où je suis ? Je crois déjà voir les fureurs d'un père irrité ! Je crois déjà sentir le cri de la nature émouvoir mes entrailles, ou l'amour gémissant déchirer mon cœur ! Privée de toi, je reste sans ressource, sans appui, sans espoir ; le passé m'avilit, le présent m'afflige, l'avenir m'épouvante. J'ai cru tout faire pour notre bonheur, je n'ai fait que nous rendre plus méprisables en nous préparant une séparation plus cruelle. Les vains plaisirs ne sont plus, les remords demeurent, et la honte qui m'humilie est sans dédommagement.

C'est à moi, c'est à moi d'être faible et malheureuse. Laisse-moi pleurer et souffrir ; mes pleurs ne peuvent non plus tarir que mes fautes se réparer, et le temps même qui guérit tout ne m'offre que de nouveaux sujets de larmes : Mais toi qui n'as nulle violence à craindre, que la honte n'avilit point, que rien ne force à déguiser bassement tes sentiments ; toi qui ne sens que l'atteinte du malheur et jouis au moins de tes premières vertus, comment t'oses-tu dégrader au point de soupirer et gémir comme une femme, et de t'emporter comme un furieux ? N'est-ce pas assez du mépris que j'ai mérité pour toi, sans l'augmenter en te rendant méprisable toi-même, et sans m'accabler à la fois de mon opprobre et du tien ? Rappelle donc ta fermeté, sache supporter l'infortune et sois homme. Sois encore, si j'ose le dire, l'amant que Julie a choisi. Ah si je ne suis plus digne d'animer ton courage, souviens-toi, du moins, de ce que je fus un jour ; mérite que pour toi j'aie cessé de l'être ; ne me déshonore pas deux fois[1].

Non, mon respectable ami, ce n'est point toi que je reconnais dans cette lettre efféminée que je veux à jamais oublier et que je tiens déjà désavouée par toi-même. J'espère, toute avilie, toute confuse que je suis, j'ose espérer que mon souvenir n'inspire point des sentiments si bas, que mon image règne encore avec plus de gloire dans un cœur que je pus enflammer, et que je n'aurai point à me reprocher, avec ma faiblesse, la lâcheté de celui qui l'a causée.

Heureux dans ta disgrâce, tu trouves le plus précieux dédommagement qui soit connu des âmes sensibles. Le Ciel, dans ton malheur te donne un ami, et te laisse à douter si ce qu'il te rend ne vaut pas mieux que ce qu'il t'ôte. Admire et chéris cet homme trop généreux qui daigne aux dépens de son repos prendre soin de tes jours et de ta raison. Que tu serais ému si tu savais tout ce qu'il a voulu faire pour toi ! Mais que sert d'animer ta reconnaissance en aigrissant tes douleurs ? Tu n'as pas besoin de savoir à quel point il t'aime pour connaître tout ce qu'il vaut, et tu ne peux l'estimer comme il le mérite, sans l'aimer comme tu le dois.

LETTRE VIII[1]

De Claire

Vous avez plus d'amour que de délicatesse, et savez mieux faire des sacrifices que les faire valoir. Y pensez-vous d'écrire à Julie sur un ton de reproches dans l'état où elle est, et parce que vous souffrez, faut-il vous en prendre à elle qui souffre encore plus ? Je vous l'ai dit mille fois, je ne vis de ma vie un amant si grondeur que vous ; toujours prêt à disputer sur tout, l'amour n'est pour vous qu'un état de guerre, ou si quelquefois vous êtes docile, c'est pour vous plaindre ensuite de l'avoir été. Oh que de pareils amants sont à craindre et que je m'estime heureuse de n'en avoir jamais voulu que de ceux qu'on peut congédier quand on veut, sans qu'il en coûte une larme à personne !

Croyez-moi, changez de langage avec Julie si vous voulez qu'elle vive ; c'en est trop pour elle de supporter à la fois sa peine et vos mécontentements. Apprenez une fois à ménager ce cœur trop sensible ; vous lui devez les plus tendres consolations ; craignez d'augmenter vos maux à force de vous en plaindre, ou du moins ne vous en plaignez qu'à moi qui suis l'unique auteur de votre éloignement. Oui, mon Ami, vous avez deviné juste ; je lui ai suggéré le parti qu'exigeait son honneur en péril, ou plutôt je l'ai forcée à le prendre en exagérant[2] le danger ; je vous ai déterminé vous-même, et chacun a rempli son devoir. J'ai plus fait encore ; je l'ai détournée d'accepter les offres de Milord Édouard ; je vous ai empêché d'être heureux, mais le bonheur de Julie m'est plus cher que le vôtre ; je savais qu'elle ne pouvait être heureuse après avoir livré ses parents à la honte et au désespoir, et j'ai peine à comprendre par rapport à vous-même quel bonheur vous pourriez goûter aux dépens du sien.

Quoi qu'il en soit, voilà ma conduite et mes torts, et puisque vous vous plaisez à quereller ceux qui vous aiment, voilà de quoi vous en prendre à moi seule ; si ce n'est pas cesser d'être ingrat, c'est au moins cesser d'être injuste. Pour moi, de quelque manière que vous en usiez, je serai toujours la même envers vous ; vous me serez cher tant que Julie vous aimera, et je dirais davantage s'il était possible. Je ne me repens d'avoir ni favorisé ni combattu votre amour. Le pur zèle de l'amitié qui m'a toujours guidée me justifie également dans ce que j'ai fait pour et contre vous, et si quelquefois je m'intéressai pour vos feux, plus peut-être, qu'il ne semblait me convenir, le témoignage de mon cœur suffit à mon repos ; je ne rougirai jamais des services que j'ai pu rendre à mon amie, et ne me reproche que leur inutilité.

Je n'ai pas oublié ce que vous m'avez appris autrefois de la constance du sage dans les disgrâces, et je pourrais ce me semble vous en rappeler à propos quelques maximes ; mais l'exemple de Julie m'apprend qu'une fille de mon âge est pour un philosophe du vôtre un aussi mauvais précepteur qu'un dangereux disciple, et il ne me conviendrait pas de donner des leçons à mon maître.

LETTRE IX

De Milord Édouard à Julie

Nous l'emportons, charmante Julie, une erreur de notre ami l'a ramené à la raison. La honte de s'être mis un moment dans son tort a dissipé toute sa fureur, et l'a rendu si docile que nous en ferons désormais tout ce qu'il nous plaira. Je vois avec plaisir que la faute qu'il se reproche lui laisse plus de regret que de dépit, et je connais qu'il m'aime, en ce qu'il est humble et confus en ma présence, mais non pas embarrassé ni contraint. Il sent trop bien son injustice pour que je m'en souvienne, et des torts ainsi reconnus font plus d'honneur à celui qui les répare qu'à celui qui les pardonne.

J'ai profité de cette révolution et de l'effet qu'elle a produit pour prendre avec lui quelques arrangements nécessaires, avant de nous séparer ; car je ne puis différer mon départ plus longtemps. Comme je compte revenir l'été prochain, nous sommes convenus qu'il irait m'attendre à Paris, et qu'ensuite nous irions ensemble en Angleterre. Londres est le seul théâtre digne des grands talents, et où leur carrière est la plus étendue *. Les siens sont supérieurs à bien des égards, et je ne désespère pas de lui voir faire en peu de temps à l'aide de quelques amis, un chemin digne de son mérite. Je vous expliquerai mes vues plus en détail à mon passage auprès de vous. En attendant vous sentez qu'à force de succès on peut lever bien des difficultés, et qu'il y a des degrés de considération qui peuvent compenser la naissance, même dans l'esprit de votre père. C'est, ce me semble, le seul expédient qui reste à tenter pour votre bonheur et le sien, puisque le sort et les préjugés vous ont ôté tous les autres.

J'ai écrit à Regianino de venir me joindre en poste, pour profiter de lui pendant huit ou dix jours que je passe encore avec notre ami. Sa tristesse est trop profonde pour laisser place à beaucoup d'entretien. La musique remplira les vides du silence, le laissera rêver, et changera par degrés sa douleur en mélancolie. J'attends cet état pour le livrer à lui-même : Je n'oserais m'y fier auparavant. Pour Regianino, je vous le

* C'est avoir une étrange prévention pour son pays ; car je n'entends pas dire qu'il y en ait au monde où généralement parlant les étrangers soient moins bien reçus, et trouvent plus d'obstacles à s'avancer qu'en Angleterre. Par le goût de la Nation ils n'y sont favorisés en rien ; par la forme du gouvernement ils n'y sauraient parvenir à rien. Mais convenons aussi que l'Anglais ne va guère demander aux autres l'hospitalité qu'il leur refuse chez lui. Dans quelle Cour hors celle de Londres voit-on ramper lâchement ces fiers insulaires ? dans quel pays hors le leur vont-ils chercher à s'enrichir ? Ils sont durs, il est vrai ; cette dureté ne me déplaît pas quand elle marche avec la justice. Je trouve beau qu'ils ne soient qu'Anglais, puisqu'ils n'ont pas besoin d'être hommes.

rendrai en repassant et ne le reprendrai qu'à mon retour d'Italie, temps où, sur les progrès que vous avez déjà faits toutes deux, je juge qu'il ne vous sera plus nécessaire. Quant à présent, sûrement il vous est inutile, et je ne vous prive de rien en vous l'ôtant pour quelques jours.

LETTRE X

À Claire

Pourquoi faut-il que j'ouvre enfin les yeux sur moi ? Que ne les ai-je fermés pour toujours, plutôt que de voir l'avilissement où je suis tombé ; plutôt que de me trouver le dernier des hommes, après en avoir été le plus fortuné ! Aimable et généreuse amie, qui fûtes si souvent mon refuge, j'ose encore verser ma honte et mes peines dans votre cœur compatissant ; j'ose encore implorer vos consolations contre le sentiment de ma propre indignité ; j'ose recourir à vous quand je suis abandonné de moi-même. Ciel, comment un homme aussi méprisable a-t-il pu jamais être aimé d'elle, ou comment un feu si divin n'a-t-il point épuré mon âme ? Qu'elle doit maintenant rougir de son choix, celle que je ne suis plus digne de nommer ! Qu'elle doit gémir de voir profaner son image dans un cœur si rampant et si bas ! Qu'elle doit de dédains et de haine à celui qui put l'aimer et n'être qu'un lâche ! Connaissez toutes mes erreurs, charmante Cousine* ; connaissez mon crime et mon repentir ; soyez mon Juge et que je meure ; ou soyez mon intercesseur, et que l'objet qui fait mon sort daigne encore en être l'arbitre.

Je ne vous parlerai point de l'effet que produisit sur moi cette séparation imprévue ; je ne vous dirai rien de ma douleur stupide et de mon insensé désespoir : vous n'en jugerez que trop par l'égarement inconcevable où l'un et

* À l'imitation de Julie, il l'appelait, ma Cousine ; et à l'imitation de Julie, Claire l'appelait, mon ami.

l'autre m'ont entraîné. Plus je sentais l'horreur de mon état, moins j'imaginais qu'il fût possible de renoncer volontairement à Julie ; et l'amertume de ce sentiment, jointe à l'étonnante générosité de Milord Édouard me fit naître des soupçons que je ne me rappellerai jamais sans horreur, et que je ne puis oublier sans ingratitude envers l'ami qui me les pardonne.

En rapprochant dans mon délire toutes les circonstances de mon départ, j'y crus reconnaître un dessein prémédité, et j'osai l'attribuer au plus vertueux des hommes. À peine ce doute affreux me fût-il entré dans l'esprit que tout me sembla le confirmer. La conversation de Milord avec le Baron d'Étange ; le ton peu insinuant que je l'accusais d'y avoir affecté ; la querelle qui en dériva ; la défense de me voir ; la résolution prise de me faire partir ; la diligence et le secret des préparatifs ; l'entretien qu'il eut avec moi la veille ; enfin la rapidité avec laquelle je fus plutôt enlevé qu'emmené ; tout me semblait prouver de la part de Milord un projet formé de m'écarter de Julie, et le retour que je savais qu'il devait faire auprès d'elle achevait selon moi de me déceler le but de ses soins. Je résolus pourtant de m'éclaircir encore mieux avant d'éclater, et dans ce dessein je me bornai à examiner les choses avec plus d'attention. Mais tout redoublait mes ridicules soupçons, et le zèle de l'humanité ne lui inspirait rien d'honnête en ma faveur, dont mon aveugle jalousie ne tirât quelque indice de trahison. À Besançon je sus qu'il avait écrit à Julie, sans me communiquer sa lettre, sans m'en parler. Je me tins alors suffisamment convaincu, et je n'attendis que la réponse, dont j'espérais bien le trouver mécontent, pour avoir avec lui l'éclaircissement que je méditais.

Hier au soir nous rentrâmes assez tard, et je sus qu'il y avait un paquet venu de Suisse, dont il ne me parla point en nous séparant. Je lui laissai le temps de l'ouvrir ; je l'entendis de ma chambre murmurer, en lisant, quelques mots. Je prêtai l'oreille attentivement [1]. Ah Julie ! disait-il en phrases interrompues, j'ai voulu vous rendre heureuse..... je respecte votre vertu.... mais je plains votre erreur..... À ces mots et d'autres semblables que je distinguai parfaitement, je ne fus plus maître de moi ; je pris mon épée sous mon bras ; j'ouvris, ou plutôt j'enfonçai la porte ; j'entrai comme un furieux. Non, je ne souillerai point ce papier ni vos regards des injures que me dicta la rage pour le porter à se battre avec moi sur-le-champ.

Ô ma Cousine ! c'est là surtout que je pus reconnaître l'empire de la véritable sagesse, même sur les hommes les plus sensibles ; quand ils veulent écouter sa voix. D'abord il ne put rien comprendre à mes discours, et il les prit pour un vrai délire : Mais la trahison dont je l'accusais, les desseins secrets que je lui reprochais, cette lettre de Julie qu'il tenait encore et dont je lui parlais sans cesse, lui firent connaître enfin le sujet de ma fureur. Il sourit ; puis il me dit froidement ; vous avez perdu la raison, et je ne me bats point contre un insensé. Ouvrez les yeux, aveugle que vous êtes, ajouta-t-il d'un ton plus doux, est-ce bien moi que vous accusez de vous trahir ? Je sentis dans l'accent de ce discours je ne sais quoi qui n'était pas d'un perfide ; le son de sa voix me remua le cœur ; je n'eus pas jeté les yeux sur les siens que tous mes soupçons se dissipèrent, et je commençai de voir avec effroi mon extravagance.

Il s'aperçut à l'instant de ce changement ; il me tendit la main. Venez, me dit-il, si votre retour n'eût précédé ma justification, je ne vous aurais vu de ma vie [1]. À présent que vous êtes raisonnable, lisez cette lettre, et connaissez une fois vos amis. Je voulus refuser de la lire ; mais l'ascendant que tant d'avantages lui donnaient sur moi le lui fit exiger d'un ton d'autorité que, malgré mes ombrages dissipés, mon désir secret n'appuyait que trop.

Imaginez en quel état je me trouvai après cette lecture [2], qui m'apprit les bienfaits inouïs de celui que j'osais calomnier avec tant d'indignité. Je me précipitai à ses pieds, et le cœur chargé d'admiration de regrets et de honte, je serrais ses genoux de toute ma force, sans pouvoir proférer un seul mot. Il reçut mon repentir comme il avait reçu mes outrages, et n'exigea de moi pour prix du pardon qu'il daigna m'accorder que de ne m'opposer jamais au bien qu'il voudrait me faire. Ah qu'il fasse désormais ce qu'il lui plaira ! son âme sublime est au-dessus de celle des hommes, et il n'est pas plus permis de résister à ses bienfaits qu'à ceux de la divinité.

Ensuite il me remit les deux lettres qui s'adressaient à moi [1], lesquelles il n'avait pas voulu me donner avant d'avoir lu la sienne, et d'être instruit de la résolution de votre Cousine. Je vis en les lisant quelle amante et quelle amie le Ciel m'a données ; je vis combien il a rassemblé de sentiments et de vertus autour de moi pour rendre mes remords plus amers et ma bassesse plus méprisable. Dites, quelle est donc cette mortelle unique dont le moindre empire est dans sa beauté, et qui, semblable aux puissances éternelles se fait également adorer et par les biens et par les maux qu'elle fait ? Hélas ! elle m'a tout ravi, la cruelle, et je l'en aime davantage. Plus elle me rend malheureux, plus je la trouve parfaite. Il semble que tous les tourments qu'elle me cause soient pour elle un nouveau mérite auprès de moi. Le sacrifice qu'elle vient de faire aux sentiments de la nature me désole et m'enchante ; il augmente à mes yeux le prix de celui qu'elle a fait à l'amour. Non, son cœur ne sait rien refuser qui ne fasse valoir ce qu'il accorde.

Et vous, digne et charmante Cousine ; vous unique et parfait modèle d'amitié, qu'on citera seule entre toutes les femmes, et que les cœurs qui ne ressemblent pas au vôtre oseront traiter de chimère : ah ne me parlez plus de philosophie ! je méprise ce trompeur étalage qui ne consiste qu'en vains discours ; ce fantôme qui n'est qu'une ombre, qui nous excite à menacer de loin les passions et nous laisse comme un faux brave à leur approche. Daignez ne pas m'abandonner à mes égarements ; daignez rendre vos anciennes bontés à cet infortuné qui ne les mérite plus, mais qui les désire plus ardemment et en a plus besoin que jamais ; daignez me rappeler à moi-même, et que votre douce voix supplée en ce cœur malade à celle de la raison.

Non, je l'ose espérer, je ne suis point tombé dans un abaissement éternel. Je sens ranimer en moi ce feu pur et saint dont j'ai brûlé ; l'exemple de tant de vertus ne sera point perdu pour celui qui en fut l'objet, qui les aime, les admire, et veut les imiter sans cesse. Ô chère amante dont je dois honorer le choix ! Ô mes amis dont je veux recouvrer l'estime ! mon âme se réveille et reprend dans les vôtres sa force et sa vie. Le chaste amour et l'amitié sublime me rendront le courage qu'un lâche désespoir fut prêt à m'ôter : les purs sentiments de mon cœur me tiendront lieu de sagesse ; je serai par vous tout ce que je dois être, et je vous forcerai d'oublier ma chute, si je puis m'en relever un instant. Je ne sais, ni ne veux savoir quel sort le Ciel me réserve ; quel qu'il puisse être, je veux me rendre digne de celui dont j'ai joui. Cette immortelle image que je porte en moi me servira d'égide, et rendra mon âme invulnérable aux coups de la fortune. N'ai-je pas assez vécu pour mon bonheur ? C'est maintenant pour sa gloire que je dois vivre. Ah, que ne puis-je étonner le monde de mes vertus afin qu'on pût dire un jour en les admirant ; pouvait-il moins faire ? Il fut aimé de Julie !

P.S. Des nœuds abhorrés et *peut-être inévitables !* Que signifient ces mots ? Ils sont dans sa lettre. Claire, je m'attends à tout ; je suis résigné, prêt à supporter mon sort. Mais ces mots.... jamais quoi qu'il arrive, je ne partirai d'ici que je n'aie eu l'explication de ces mots-là [1].

LETTRE XI

De Julie

Il est donc vrai que mon âme n'est pas fermée au plaisir, et qu'un sentiment de joie y peut pénétrer encore ? Hélas, je croyais depuis ton départ n'être plus sensible qu'à la douleur ; je croyais ne savoir que souffrir loin de toi, et je n'imaginais pas même des consolations à ton absence. Ta charmante[1] Lettre à ma Cousine est venue me désabuser ; je l'ai lue et baisée avec des larmes d'attendrissement ; elle a répandu la fraîcheur d'une douce rosée sur mon cœur séché d'ennuis et flétri de tristesse, et j'ai senti par la sérénité qui m'en est restée, que tu n'as pas moins d'ascendant de loin que de près sur les affections de ta Julie.

Mon ami ! quel charme pour moi, de te voir reprendre cette vigueur de sentiment qui convient au courage d'un homme ! Je t'en estimerai davantage, et m'en mépriserai moins de n'avoir pas en tout avili la dignité d'un amour honnête, ni corrompu deux cœurs à la fois. Je te dirai plus, à présent que nous pouvons parler librement de nos affaires ; ce qui aggravait mon désespoir était de voir que le tien nous ôtait la seule ressource qui pouvait nous rester, dans l'usage de tes talents. Tu connais maintenant le digne ami que le Ciel t'a donné : ce ne serait pas trop de ta vie entière pour mériter ses bienfaits ; ce ne sera jamais assez pour réparer l'offense que tu viens de lui faire, et j'espère que tu n'auras plus besoin d'autre leçon pour contenir ton imagination fougueuse. C'est sous les auspices de cet homme respectable que tu vas entrer dans le monde ; c'est à l'appui de son crédit, c'est guidé par son expérience que tu vas tenter de venger le mérite oublié, des rigueurs de la fortune. Fais pour lui ce que tu ne ferais pas pour toi, tâche au moins d'honorer ses bontés en ne les rendant pas inutiles. Vois quelle riante perspective s'offre encore à toi ; vois quels succès tu dois espérer dans une carrière où tout concourt à favoriser ton zèle. Le Ciel t'a prodigué ses dons ; ton heureux naturel cultivé par ton goût t'a doué de tous les talents ; à moins de vingt-quatre ans tu joins les grâces de ton âge à la maturité qui dédommage plus tard des progrès des ans ;

Frutto senile in su 'l giovenil fiore[2].

L'étude n'a point émoussé ta vivacité, ni appesanti ta personne : la fade galanterie n'a point rétréci ton esprit, ni hébété ta raison. L'ardent amour en t'inspirant tous les sentiments sublimes dont il est le père t'a donné cette élévation d'idées et cette justesse de sens* qui en sont inséparables[1]. À sa douce chaleur, j'ai vu ton âme déployer ses brillantes facultés, comme une fleur s'ouvre aux rayons du soleil : tu as à la fois tout ce qui mène à la fortune et tout ce qui la fait mépriser. Il ne te manquait pour obtenir les honneurs du monde que d'y daigner prétendre, et j'espère qu'un objet plus cher à ton cœur te donnera pour eux le zèle dont ils ne sont pas dignes.

Ô mon doux ami, tu vas t'éloigner de moi ?....... Ô mon bien-aimé, tu vas fuir ta Julie ?....... Il le faut ; il faut nous séparer si nous voulons nous revoir heureux un jour, et l'effet des soins que tu vas prendre est notre dernier espoir[2]. Puisse une si chère idée t'animer, te consoler durant cette amère et longue séparation ! puisse-t-elle te donner cette ardeur qui surmonte les obstacles et dompte la fortune ! Hélas, le monde et les affaires seront pour toi des distractions continuelles, et feront une utile diversion aux peines de l'absence ! Mais je vais rester abandonnée à moi seule ou livrée aux persécutions, et tout me forcera de te regretter sans cesse. Heureuse au moins si de vaines alarmes n'aggravaient mes tourments réels, et si avec mes propres maux je ne sentais encore en moi tous ceux auxquels tu vas t'exposer !

Je frémis en songeant aux dangers de mille espèces que vont courir ta vie et tes mœurs. Je prends en toi toute la confiance qu'un homme peut inspirer ; mais puisque le sort nous sépare, ah mon ami, pourquoi n'es-tu qu'un homme ? Que de conseils te seraient nécessaires dans ce monde inconnu où tu vas t'engager ! Ce n'est pas à moi jeune, sans expérience, et qui ai moins d'étude et de réflexion que toi, qu'il appartient de te donner là-dessus des avis ; c'est un soin que je laisse à Milord Édouard. Je me borne à te recommander deux choses, parce qu'elles tiennent plus au sentiment

* Justesse de sens inséparable de l'amour ? Bonne Julie, elle ne brille pas ici dans le vôtre.

qu'à l'expérience, et que si je connais peu le monde, je crois bien connaître ton cœur : N'abandonne jamais la vertu, et n'oublie jamais ta Julie[1].

Je ne te rappellerai point tous ces arguments subtils que tu m'as toi-même appris à mépriser, qui remplissent tant de livres et n'ont jamais fait un honnête homme. Ah ! ces tristes raisonneurs ! quels doux ravissements leurs cœurs n'ont jamais sentis ni donnés ! Laisse, mon ami, ces vains moralistes[2], et rentre au fond de ton âme ; c'est là que tu retrouveras toujours la source de ce feu sacré qui nous embrasa tant de fois de l'amour des sublimes vertus ; c'est là que tu verras ce simulacre éternel du vrai beau dont la contemplation nous anime d'un saint enthousiasme, et que nos passions souillent sans cesse sans pouvoir jamais l'effacer*. Souviens-toi des larmes délicieuses qui coulaient de nos yeux, des palpitations qui suffoquaient nos cœurs agités, des transports qui nous élevaient au-dessus de nous-mêmes, au récit de ces vies héroïques[3] qui rendent le vice inexcusable et font l'honneur de l'humanité. Veux-tu savoir laquelle est vraiment désirable, de la fortune ou de la vertu ? songe à celle que le cœur préfère quand son choix est impartial. Songe où l'intérêt nous porte en lisant l'histoire. T'avisas-tu jamais de désirer les trésors de Crésus, ni la gloire de César, ni le pouvoir de Néron, ni les plaisirs d'Éliogabale ? Pourquoi, s'ils étaient heureux, tes désirs ne te mettaient-ils pas à leur place ? C'est qu'ils ne l'étaient point et tu le sentais bien ; c'est qu'ils étaient vils et méprisables, et qu'un méchant heureux ne fait envie à personne. Quels hommes contemplais-tu donc avec le plus de plaisir ? Desquels adorais-tu les exemples ? Auxquels aurais-tu mieux aimé ressembler ? Charme inconcevable de la beauté qui ne périt point ! c'était l'Athénien buvant la Ciguë, c'était Brutus mourant pour son pays, c'était Régulus au milieu des tourments, c'était

* La véritable philosophie des Amants est celle de Platon ; durant le charme ils n'en ont jamais d'autre. Un homme ému ne peut quitter ce philosophe ; un lecteur froid ne peut le souffrir.

Caton déchirant ses entrailles, c'étaient tous ces vertueux infortunés qui te faisaient envie, et tu sentais au fond de ton cœur la félicité réelle que couvraient leurs maux apparents. Ne crois pas que ce sentiment fût particulier à toi seul ; il est celui de tous les hommes, et souvent même en dépit d'eux. Ce divin modèle que chacun de nous porte avec lui nous enchante malgré que nous en ayons ; sitôt que la passion nous permet de le voir, nous lui voulons ressembler, et si le plus méchant des hommes pouvait être un autre que lui-même, il voudrait être un homme de bien [1].

Pardonne-moi ces transports, mon aimable ami ; tu sais qu'ils me viennent de toi, et c'est à l'amour dont je les tiens à te les rendre. Je ne veux point t'enseigner ici tes propres maximes, mais t'en faire un moment l'application, pour voir ce qu'elles ont à ton usage : car voici le temps de pratiquer tes propres leçons, et de montrer comment on exécute ce que tu sais dire. S'il n'est pas question d'être un Caton ni un Régulus, chacun pourtant doit aimer son pays, être intègre et courageux, tenir sa foi, même aux dépens de sa vie. Les vertus privées sont souvent d'autant plus sublimes qu'elles n'aspirent point à l'approbation d'autrui mais seulement au bon témoignage de soi-même, et la conscience du juste lui tient lieu des louanges de l'univers. Tu sentiras donc que la grandeur de l'homme appartient à tous les états, et que nul ne peut être heureux s'il ne jouit de sa propre estime ; car si la véritable jouissance de l'âme est dans la contemplation du beau, comment le méchant peut-il l'aimer dans autrui sans être forcé de se haïr lui-même ?

Je ne crains pas que les sens et les plaisirs grossiers te corrompent. Ils sont des pièges peu dangereux pour un cœur sensible, et il lui en faut de plus délicats : Mais je crains les maximes et les leçons du monde ; je crains cette force terrible que doit avoir l'exemple universel et continuel du vice ; je crains les sophismes adroits dont il se colore : Je crains, enfin, que ton cœur même ne t'en impose, et ne te rende moins difficile sur les moyens d'acquérir une considération que tu saurais dédaigner si notre union n'en pouvait être le fruit.

Je t'avertis, mon ami, de ces dangers ; ta sagesse fera le reste ; car c'est beaucoup pour s'en garantir que d'avoir su les prévoir. Je n'ajouterai qu'une réflexion qui l'emporte à mon avis sur la fausse raison du vice, sur les fières erreurs des insensés, et qui doit suffire pour diriger au bien la vie de l'homme sage. C'est que la source du bonheur n'est toute entière ni dans l'objet désiré ni dans le cœur qui le possède, mais dans le rapport de l'un et de l'autre, et que, comme tous les objets de nos désirs ne sont pas propres à produire la félicité, tous les états du cœur ne sont pas propres à la sentir. Si l'âme la plus pure ne suffit pas seule à son propre bonheur, il est plus sûr encore que toutes les délices de la terre ne sauraient faire celui d'un cœur dépravé ; car il y a des deux côtés une préparation nécessaire, un certain concours dont résulte ce précieux sentiment recherché de tout être sensible, et toujours ignoré du faux sage qui s'arrête au plaisir du moment faute de connaître un bonheur durable. Que servirait donc d'acquérir un de ces avantages aux dépens de l'autre, de gagner au dehors pour perdre encore plus au dedans, et de se procurer les moyens d'être heureux en perdant l'art de les employer ? Ne vaut-il pas mieux encore, si l'on ne peut avoir qu'un des deux, sacrifier celui que le sort peut nous rendre à celui qu'on ne recouvre point quand on l'a perdu ? Qui le doit mieux savoir que moi, qui n'ai fait qu'empoisonner les douceurs de ma vie en pensant y mettre le comble ? Laisse donc dire les méchants qui montrent leur fortune et cachent leur cœur, et sois sûr que s'il est un seul exemple du bonheur sur la terre, il se trouve dans un homme de bien. Tu reçus du Ciel cet heureux penchant à tout ce qui est bon et honnête ; n'écoute que tes propres désirs, ne suis que tes inclinations naturelles ; songe surtout à nos premières amours. Tant que ces moments purs et délicieux reviendront à ta mémoire, il n'est pas possible que tu cesses d'aimer ce qui te les rendit si doux, que le charme du beau moral s'efface dans ton âme, ni que tu veuilles jamais obtenir ta Julie par des moyens indignes de toi. Comment jouir d'un bien dont on aurait perdu le goût ? Non, pour pouvoir posséder ce qu'on aime, il faut garder le même cœur qui l'a aimé.

Me voici à mon second point, car comme tu vois je n'ai pas oublié mon métier [1]. Mon ami, l'on peut sans amour avoir les sentiments sublimes d'une âme forte : mais un amour tel que le nôtre l'anime et la soutient tant qu'il brûle ; sitôt qu'il s'éteint elle tombe en langueur, et un cœur usé n'est plus propre à rien. Dis-moi, que serions-nous si nous n'aimions plus ? Eh ! ne vaudrait-il pas mieux cesser d'être que d'exister sans rien sentir, et pourrais-tu te résoudre à traîner sur la terre l'insipide vie d'un homme ordinaire, après avoir goûté tous les transports qui peuvent ravir une âme humaine ? Tu vas habiter de grandes villes, où ta figure et ton âge encore plus que ton mérite tendront mille embûches à ta fidélité. L'insinuante coquetterie affectera le langage de la tendresse, et te plaira sans t'abuser ; tu ne chercheras point l'amour, mais les plaisirs ; tu les goûteras séparés de lui et ne les pourras reconnaître. Je ne sais si tu retrouveras ailleurs le cœur de Julie, mais je te défie de jamais retrouver auprès d'une autre ce que tu sentis auprès d'elle. L'épuisement de ton âme t'annoncera le sort que je t'ai prédit ; la tristesse et l'ennui t'accableront au sein des amusements frivoles. Le souvenir de nos premières amours te poursuivra malgré toi. Mon image cent fois plus belle que je ne fus jamais viendra tout à coup te surprendre. À l'instant le voile du dégoût couvrira tous tes plaisirs, et mille regrets amers naîtront dans ton cœur. Mon bien-aimé, mon doux ami ! ah, si jamais tu m'oublies... Hélas ! je ne ferai qu'en mourir ; mais toi tu vivras vil et malheureux, et je mourrai trop vengée.

Ne l'oublie donc jamais, cette Julie qui fut à toi, et dont le cœur ne sera point à d'autres. Je ne puis rien te dire de plus dans la dépendance où le Ciel m'a placée : Mais après t'avoir recommandé la fidélité, il est juste de te laisser de la mienne le seul gage qui soit en mon pouvoir. J'ai consulté, non mes devoirs, mon esprit égaré ne les connaît plus, mais mon cœur, dernière règle de qui n'en saurait plus suivre ; et voici le résultat de ses inspirations. Je ne t'épouserai jamais sans le consentement de mon père ; mais je n'en épouserai jamais un autre sans ton consentement. Je t'en donne ma parole, elle me sera sacrée, quoi qu'il arrive, et il n'y a point de force humaine qui puisse m'y faire manquer. Sois donc sans inquiétude sur ce que je puis devenir en ton absence. Va, mon aimable ami, chercher sous les auspices du tendre amour un sort digne de le couronner. Ma destinée est dans tes mains autant qu'il a dépendu de moi de l'y mettre, et jamais elle ne changera que de ton aveu[1].

LETTRE XII

À Julie

O Qual fiamma di gloria, d'onore,
Scorrer sento per tutte le vene,
Alma grande parlando con te[2] *!*

Julie, laisse-moi respirer. Tu fais bouillonner mon sang ; tu me fais tressaillir, tu me fais palpiter. Ta lettre brûle comme ton cœur du saint amour de la vertu, et tu portes au fond du mien son ardeur céleste. Mais pourquoi tant d'exhortations où il ne fallait que des ordres ? Crois que si je m'oublie au point d'avoir besoin de raisons pour bien faire, au moins ce n'est pas de ta part, ta seule volonté me suffit. Ignores-tu que je serai toujours ce qu'il te plaira, et que je ferais le mal même avant de pouvoir te désobéir. Oui, j'aurais brûlé le Capitole si tu me l'avais commandé, parce que je t'aime plus que toutes choses ; mais sais-tu bien pourquoi je t'aime ainsi ? Ah ! fille incomparable ! c'est parce que tu ne peux rien vouloir que d'honnête, et que l'amour de la vertu rend plus invincible celui que j'ai pour tes charmes.

Je pars, encouragé par l'engagement que tu viens de prendre et dont tu pouvais t'épargner le détour ; car promettre de n'être à personne sans mon consentement, n'est-ce pas promettre de n'être qu'à moi ? Pour moi, je le dis plus librement, et je t'en donne aujourd'hui ma foi d'homme de bien qui ne sera point violée : J'ignore dans la carrière où je vais m'essayer pour te complaire à quel sort la fortune m'appelle ; mais jamais les nœuds de l'amour ni de l'hymen ne m'uniront à d'autres qu'à Julie d'Étange[1] ; je ne vis, je n'existe que pour elle, et mourrai libre ou son époux. Adieu, l'heure presse et je pars à l'instant.

LETTRE XIII

À Julie

J'arrivai hier au soir à Paris, et celui qui ne pouvait vivre séparé de toi par deux rues en est maintenant à plus de cent lieues. Ô Julie ! plains-moi, plains ton malheureux ami. Quand mon sang en longs ruisseaux aurait tracé cette route immense, elle m'eût paru moins longue, et je n'aurais pas senti défaillir mon âme avec plus de langueur. Ah si du moins je connaissais le moment qui doit nous rejoindre ainsi que l'espace qui nous sépare, je compenserais l'éloignement des lieux par le progrès du temps, je compterais dans chaque jour ôté de ma vie les pas qui m'auraient rapproché de toi ! Mais cette carrière de douleurs est couverte des ténèbres de l'avenir : Le terme qui doit la borner se dérobe à mes faibles yeux. Ô doute ! ô supplice ! Mon cœur inquiet te cherche et ne trouve rien. Le soleil se lève et ne me rend plus l'espoir de te voir ; il se couche et je ne t'ai point vue : mes jours vides de plaisir et de joie s'écoulent dans une longue nuit. J'ai beau vouloir ranimer en moi l'espérance éteinte, elle ne m'offre qu'une ressource incertaine et des consolations suspectes. Chère et tendre amie de mon cœur, Hélas ! à quels maux faut-il m'attendre, s'ils doivent égaler mon bonheur passé[2] ?

Que cette tristesse ne t'alarme pas, je t'en conjure, elle est l'effet passager de la solitude et des réflexions du voyage. Ne crains point le retour de mes premières faiblesses ; mon cœur est dans ta main, ma Julie, et puisque tu le soutiens, il ne se laissera plus abattre. Une des consolantes idées qui sont le fruit de ta dernière lettre est que je me trouve à présent porté par une double force, et quand l'amour aurait anéanti la mienne je ne laisserais pas d'y gagner encore ; car le courage qui me vient de toi me soutient beaucoup mieux que je n'aurais pu me soutenir moi-même. Je suis convaincu qu'il n'est pas bon que l'homme soit seul. Les âmes humaines veulent être accouplées pour valoir tout leur prix, et la force unie des amis, comme celle des lames d'un aimant artificiel, est incomparablement plus grande que la somme de leurs forces particulières. Divine amitié, c'est là ton triomphe ! Mais qu'est-ce que la seule amitié auprès de cette union parfaite qui joint à toute l'énergie de l'amitié des liens cent fois plus sacrés ? Où sont-ils ces hommes grossiers qui ne prennent les transports de l'amour que pour une fièvre des sens, pour un désir de la nature avilie ? Qu'ils viennent, qu'ils observent, qu'ils sentent ce qui se passe au fond de mon cœur ; qu'ils voient un amant malheureux éloigné de ce qu'il aime, incertain de le revoir jamais, sans espoir de recouvrer sa félicité perdue ; mais pourtant animé de ces feux immortels qu'il prit dans tes yeux et qu'ont nourris tes sentiments sublimes, prêt à braver la fortune, à souffrir ses revers, à se voir même privé de toi, et à faire des vertus que tu lui as inspirées le digne ornement de cette empreinte adorable qui ne s'effacera jamais de son âme. Julie, eh qu'aurais-je été sans toi ? La froide raison m'eût éclairé, peut-être ; tiède admirateur du bien, je l'aurais du moins aimé dans autrui. Je ferai plus ; je saurai le pratiquer avec zèle, et pénétré de tes sages leçons, je ferai dire un jour à ceux qui nous auront connus : ô quels hommes nous serions tous, si le monde était plein de Julies et de cœurs qui les sussent aimer !

En méditant en route sur ta dernière lettre, j'ai résolu de rassembler en un recueil toutes celles que tu m'as écrites, maintenant que je ne puis plus recevoir tes avis de bouche. Quoiqu'il n'y en ait pas une que je ne sache par cœur, et bien par cœur, tu peux m'en croire ; j'aime pourtant à les relire sans cesse, ne fût-ce que pour revoir les traits de cette main chérie qui seule peut faire mon bonheur. Mais insensiblement le papier s'use, et avant qu'elles soient déchirées je veux les copier toutes dans un livre blanc que je viens de choisir exprès pour cela. Il est assez gros, mais je songe à l'avenir, et j'espère ne pas mourir assez jeune pour me borner à ce volume. Je destine les soirées à cette occupation charmante, et j'avancerai lentement pour la prolonger. Ce précieux recueil ne me quittera de mes jours ; il sera mon manuel dans le monde où je vais entrer ; il sera pour moi le contre-poison des maximes qu'on y respire ; il me consolera dans mes maux ; il préviendra ou corrigera mes fautes ; il m'instruira durant ma jeunesse, il m'édifiera dans tous les temps, et ce seront à mon avis les premières lettres d'amour dont on aura tiré cet usage.

Quant à la dernière que j'ai présentement sous les yeux ; toute belle qu'elle me paraît, j'y trouve pourtant un article à retrancher. Jugement déjà fort étrange ; mais ce qui doit l'être encore plus, c'est que cet article est précisément celui qui te regarde, et je te reproche d'avoir même songé à l'écrire. Que me parles-tu de fidélité, de constance ? Autrefois tu connaissais mieux mon amour et ton pouvoir. Ah Julie ! inspires-tu des sentiments périssables, et quand je ne t'aurais rien promis, pourrais-je cesser jamais d'être à toi ? Non non, c'est du premier regard de tes yeux, du premier mot de ta bouche, du premier transport de mon cœur que s'alluma dans lui cette flamme éternelle que rien ne peut plus éteindre. Ne t'eussé-je vue que ce premier instant, c'en était déjà fait, il était trop tard pour pouvoir jamais t'oublier. Et je t'oublierais maintenant ? Maintenant qu'enivré de mon bonheur passé, son seul souvenir suffit pour me le rendre encore ? Maintenant qu'oppressé du poids de tes charmes, je ne respire qu'en eux ? Maintenant que ma première âme est disparue, et que je suis animé de celle que tu m'as donnée ? Maintenant, ô Julie, que je me dépite contre moi, de t'exprimer si mal tout ce que je sens ? Ah ! que toutes les beautés de l'univers tentent de me séduire ! en est-il d'autres que la tienne à mes yeux ? Que tout conspire à l'arracher de mon cœur ; qu'on le perce, qu'on le déchire, qu'on brise ce fidèle miroir de Julie, sa pure image ne cessera de briller jusque dans le dernier fragment ; rien n'est capable de l'y détruire. Non, la suprême puissance elle-même ne saurait aller jusque-là ; elle peut anéantir mon âme, mais non pas faire qu'elle existe et cesse de t'adorer.

Milord Édouard s'est chargé de te rendre compte à son passage de ce qui me regarde et de ses projets en ma faveur : mais je crains qu'il ne s'acquitte mal de cette promesse par rapport à ses arrangements présents. Apprends qu'il ose abuser du droit que lui donnent sur moi ses bienfaits, pour les étendre au delà même de la bienséance. Je me vois, par une pension qu'il n'a pas tenu à lui de rendre irrévocable, en état de faire une figure fort au-dessus de ma naissance, et c'est peut-être ce que je serai forcé de faire à Londres pour suivre ses vues. Pour ici où nulle affaire ne m'attache, je continuerai de vivre à ma manière, et ne serai point tenté d'employer en vaines dépenses l'excédent de mon entretien. Tu me l'as appris, ma Julie, les premiers besoins ou du moins les plus sensibles, sont ceux d'un cœur bienfaisant et tant que quelqu'un manque du nécessaire, quel honnête homme a du superflu ?

LETTRE XIV [1]

À Julie

* J'entre avec une secrète horreur dans ce vaste désert du monde[3]. Ce chaos ne m'offre qu'une solitude affreuse, où règne un morne silence. Mon âme à la presse[4] cherche à s'y

* Sans prévenir le jugement du Lecteur et celui de Julie sur ces relations, je crois pouvoir dire que si j'avais à les faire et que je ne les fisse pas meilleures, je les ferais du moins fort différentes. J'ai été plusieurs fois sur le point de les ôter et d'en substituer de ma façon ; enfin je les laisse, et je me vante de ce courage. Je me dis qu'un jeune homme de vingt-quatre ans entrant dans le monde ne doit pas le voir comme le voit un homme de cinquante, à qui l'expérience n'a que trop appris à le connaître. Je me dis encore que sans y avoir fait un fort grand rôle, je ne suis pourtant plus dans le cas d'en pouvoir parler avec

répandre, et se trouve partout resserrée. Je ne suis jamais moins seul que quand je suis seul, disait un ancien[1] ; moi, je ne suis seul que dans la foule, où je ne puis être ni à toi ni aux autres. Mon cœur voudrait parler, il sent qu'il n'est point écouté : Il voudrait répondre ; on ne lui dit rien qui puisse aller jusqu'à lui. Je n'entends point la langue du pays, et personne ici n'entend la mienne[2].

Ce n'est pas qu'on ne me fasse beaucoup d'accueil, d'amitiés, de prévenances, et que mille soins officieux n'y semblent voler au-devant de moi. Mais c'est précisément de quoi je me plains. Le moyen d'être aussitôt l'ami de quelqu'un qu'on n'a jamais vu ? L'honnête intérêt de l'humanité, l'épanchement simple et touchant d'une âme franche, ont un langage bien différent des fausses démonstrations de la politesse, et des dehors trompeurs que l'usage du monde exige[3]. J'ai grand'peur que celui qui dès la première vue me traite comme un ami de vingt ans, ne me traitât[4] au bout de vingt ans comme un inconnu si j'avais quelque important service à lui demander ; et quand je vois des hommes si dissipés prendre un intérêt si tendre à tant de gens, je présumerais volontiers qu'ils n'en prennent à personne.

Il y a pourtant de la réalité à tout cela ; car le Français est naturellement bon, ouvert, hospitalier, bienfaisant ; mais il y a aussi mille manières de parler qu'il ne faut pas prendre à la lettre, mille offres apparentes, qui ne sont faites que pour être refusées, mille espèces de pièges que la politesse tend à la bonne foi rustique. Je n'entendis jamais tant dire : comptez sur moi dans l'occasion ; disposez de mon crédit, de ma bourse, de ma maison, de mon équipage. Si tout cela était sincère et pris au mot, il n'y aurait pas de Peuple moins

---

impartialité. Laissons donc ces Lettres comme elles sont. Que les lieux communs usés restent ; que les observations triviales restent ; c'est un petit mal que tout cela. Mais, il importe à l'ami de la vérité que jusqu'à la fin de sa vie ses passions ne souillent point ses écrits[2].

attaché à la propriété, la communauté des biens serait ici presque établie, le plus riche offrant sans cesse, et le plus pauvre acceptant toujours, tout se mettrait naturellement de niveau, et Sparte même eût eu des partages moins égaux qu'ils ne seraient à Paris. Au lieu de cela, c'est peut-être la ville du monde où les fortunes sont le plus inégales, et où règnent à la fois la plus somptueuse opulence et la plus déplorable misère. Il n'en faut pas davantage pour comprendre ce que signifient cette apparente commisération qui semble toujours aller au-devant des besoins d'autrui, et cette facile tendresse de cœur qui contracte en un moment des amitiés éternelles.

Au lieu de tous ces sentiments suspects et de cette confiance trompeuse, veux-je chercher des lumières et de l'instruction ? C'en est ici l'aimable source, et l'on est d'abord enchanté du savoir et de la raison qu'on trouve dans les entretiens, non seulement des Savants et des gens de Lettres, mais des hommes de tous les états et même des femmes : le ton de la conversation y est coulant et naturel ; il n'est ni pesant ni frivole ; il est savant sans pédanterie, gai sans tumulte, poli sans affectation, galant sans fadeur, badin sans équivoques. Ce ne sont ni des dissertations ni des épigrammes ; on y raisonne sans argumenter ; on y plaisante sans jeux de mots ; on y associe avec art l'esprit et la raison, les maximes et les saillies, la satire aiguë l'adroite flatterie et la morale austère. On y parle de tout pour que chacun ait quelque chose à dire ; on n'approfondit point les questions, de peur d'ennuyer, on les propose comme en passant, on les traite avec rapidité, la précision mène à l'élégance ; chacun dit son avis et l'appuie en peu de mots ; nul n'attaque avec chaleur celui d'autrui, nul ne défend opiniâtrement le sien ; on discute pour s'éclairer, on s'arrête avant la dispute ; chacun s'instruit, chacun s'amuse, tous s'en vont contents, et le sage même peut rapporter de ces entretiens des sujets dignes d'être médités en silence.

Mais au fond que penses-tu qu'on apprenne dans ces conversations si charmantes ? À juger sainement des choses du monde ? à bien user de la société, à connaître au moins les gens avec qui l'on vit ? Rien de tout cela, ma Julie. On y apprend à plaider avec art la cause du mensonge, à ébranler à force de philosophie tous les principes de la vertu [1], à colorer de sophismes subtils [2] ses passions et ses préjugés, et à donner à l'erreur un certain tour à la mode selon les maximes du jour. Il n'est point nécessaire de connaître le caractère des gens, mais seulement leurs intérêts, pour deviner à peu près ce qu'ils diront de chaque chose. Quand un homme parle, c'est pour ainsi dire, son habit et non pas lui qui a un sentiment, et il en changera sans façon tout aussi souvent que d'état. Donnez-lui tour à tour une longue perruque, un habit d'ordonnance et une croix pectorale ; vous l'entendrez successivement prêcher avec le même zèle les lois, le despotisme, et l'inquisition. Il y a une raison commune pour la robe, une autre pour la finance, une autre pour l'épée. Chacune prouve très bien que les deux autres sont mauvaises, conséquence facile à tirer pour les trois *. Ainsi nul ne dit jamais ce qu'il pense, mais ce qu'il lui convient de faire penser à autrui, et le zèle apparent de la vérité n'est jamais en eux que le masque de l'intérêt.

Vous croiriez que les gens isolés qui vivent dans l'indépendance ont au moins un esprit à eux ; point du tout ; autres machines qui ne pensent point, et qu'on fait penser par ressorts. On n'a qu'à s'informer de leurs sociétés, de leurs coteries, de leurs amis, des femmes qu'ils voient, des auteurs qu'ils connaissent : là-dessus on peut d'avance établir leur sentiment futur sur un livre prêt à paraître et qu'ils n'ont point lu, sur une pièce prête à jouer et qu'ils n'ont point vue,

* On doit passer ce raisonnement à un Suisse qui voit son pays fort bien gouverné, sans qu'aucune des trois professions y soit établie. Quoi ! l'État peut-il subsister sans défenseurs ? non, il faut des défenseurs à l'État ; mais tous les Citoyens doivent être soldats par devoir, aucun par métier. Les mêmes hommes chez les Romains et chez les Grecs étaient Officiers au Camp, magistrats à la ville, et jamais ces deux fonctions ne furent mieux remplies que quand on ne connaissait pas ces bizarres préjugés d'états qui les séparent et les déshonorent.

sur tel ou tel auteur qu'ils ne connaissent point, sur tel ou tel système dont ils n'ont aucune idée. Et comme la pendule ne se monte ordinairement que pour vingt-quatre heures, tous ces gens-là s'en vont chaque soir apprendre dans leurs sociétés ce qu'ils penseront le lendemain[1].

Il y a ainsi un petit nombre d'hommes et de femmes qui pensent pour tous les autres et pour lesquels tous les autres parlent et agissent, et comme chacun songe à son intérêt, personne au bien commun, et que les intérêts particuliers sont toujours opposés entre eux, c'est un choc perpétuel de brigues et de cabales, un flux et reflux de préjugés, d'opinions contraires, où les plus échauffés animés par les autres ne savent presque jamais de quoi il est question. Chaque coterie a ses règles, ses jugements, ses principes qui ne sont point admis ailleurs. L'honnête homme d'une maison est un fripon dans la maison voisine. Le bon, le mauvais, le beau, le laid, la vérité, la vertu n'ont qu'une existence locale et circonscrite. Quiconque aime à se répandre et fréquente plusieurs sociétés doit être plus flexible qu'Alcibiade, changer de principes comme d'assemblées, modifier son esprit, pour ainsi dire à chaque pas, et mesurer ses maximes à la toise. Il faut qu'à chaque visite il quitte en entrant son âme, s'il en a une ; qu'il en prenne une autre aux couleurs de la maison, comme un laquais prend un habit de livrée, qu'il la pose de même en sortant et reprenne s'il veut la sienne jusqu'à nouvel échange.

Il y a plus ; c'est que chacun se met sans cesse en contradiction avec lui-même, sans qu'on s'avise de le trouver mauvais. On a des principes pour la conversation et d'autres pour la pratique ; leur opposition ne scandalise personne, et l'on est convenu qu'ils ne se ressembleraient point entre eux. On n'exige pas même d'un Auteur, surtout d'un moraliste qu'il parle comme ses livres, ni qu'il agisse comme il parle. Ses Écrits, ses discours, sa conduite, sont trois choses toutes différentes, qu'il n'est point obligé de concilier. En un mot, tout est absurde et rien ne choque, parce qu'on y est accoutumé, et il y a même à cette inconséquence une sorte de bon air dont bien des gens se font honneur. En effet, quoique tous prêchent avec zèle les maximes de leur profession, tous se piquent d'avoir le ton d'une autre. Le Robin prend l'air Cavalier ; le financier fait le Seigneur ; l'Évêque a le propos galant ; l'homme de cour parle de philosophie ; l'homme d'État de bel esprit, il n'y a pas jusqu'au simple artisan qui ne pouvant prendre un autre ton que le sien se met en noir les dimanches, pour avoir l'air d'un homme de Palais. Les militaires seuls, dédaignant tous les autres états, gardent sans façon le ton du leur et sont insupportables de bonne foi. Ce n'est pas que M. de Muralt n'eût raison quand il donnait la préférence à leur Société[1] ; mais ce qui était vrai de son temps ne l'est plus aujourd'hui. Le progrès de la littérature a changé en mieux le ton général ; les militaires seuls n'en ont point voulu changer, et le leur, qui était le meilleur auparavant, est enfin devenu le pire*.

Ainsi les hommes à qui l'on parle ne sont point ceux avec qui l'on converse[2] ; leurs sentiments ne partent point de leur cœur, leurs lumières ne sont point dans leur esprit, leurs discours ne représentent point leurs pensées, on n'aperçoit d'eux que leur figure, et l'on est dans une assemblée à peu près comme devant un tableau mouvant, où le Spectateur paisible est le seul être mû par lui-même.

Telle est l'idée que je me suis formée de la grande société sur celle que j'ai vue à Paris. Cette idée est peut-être plus relative à ma situation particulière qu'au véritable état des choses, et se réformera sans doute sur de nouvelles lumières. D'ailleurs, je ne fréquente que les sociétés où les amis de Milord Édouard m'ont introduit, et je suis convaincu qu'il faut descendre dans d'autres états pour connaître les véritables mœurs d'un pays, car celles des riches sont presque

* Ce jugement, vrai ou faux, ne peut s'entendre que des Subalternes, et de ceux qui ne vivent pas à Paris : Car tout ce qu'il y a d'illustre dans le Royaume est au service, et la Cour même est toute militaire. Mais il y a une grande différence, pour les manières que l'on contracte, entre faire campagne en temps de guerre, et passer sa vie dans des garnisons.

partout les mêmes. Je tâcherai de m'éclaircir mieux dans la suite. En attendant, juge si j'ai raison d'appeler cette foule un désert, et de m'effrayer d'une solitude où je ne trouve qu'une vaine apparence de sentiments et de vérité qui change à chaque instant et se détruit elle-même, où je n'aperçois que larves et fantômes qui frappent l'œil un moment, et disparaissent aussitôt qu'on les veut saisir ? Jusqu'ici j'ai vu beaucoup de masques ; quand verrai-je des visages d'hommes ?

LETTRE XV

De Julie

Oui, mon ami, nous serons unis malgré notre éloignement ; nous serons heureux en dépit du sort. C'est l'union des cœurs qui fait leur véritable félicité ; leur attraction ne connaît point la loi des distances, et les nôtres se toucheraient aux deux bouts du monde. Je trouve, comme toi, que les amants ont mille moyens d'adoucir le sentiment de l'absence, et de se rapprocher en un moment. Quelquefois même on se voit plus souvent encore que quand on se voyait tous les jours ; car sitôt qu'un des deux est seul, à l'instant tous deux sont ensemble. Si tu goûtes ce plaisir tous les soirs, je le goûte cent fois le jour ; je vis plus solitaire ; je suis environnée de tes vestiges, et je ne saurais fixer les yeux sur les objets qui m'entourent, sans te voir tout autour de moi.

Quì cantò dolcemente, e quì s'assise :
Quì si rivolse, e quì ritenne il passo ;
Quì co' begli occhi mi trafise il core :
Quì disse una parola, e quì sorrise[1].

Mais toi, sais-tu t'arrêter à ces situations paisibles ? sais-tu goûter un amour tranquille et tendre qui parle au cœur sans émouvoir les sens, et tes regrets sont-ils aujourd'hui plus sages que tes désirs ne l'étaient autrefois[2] ? Le ton de ta première lettre me fait trembler. Je redoute ces emportements trompeurs, d'autant plus dangereux que l'imagination qui les excite n'a point de bornes, et je crains que tu n'outrages ta Julie à force de l'aimer. Ah tu ne sens pas, non, ton cœur peu délicat ne sent pas combien l'amour s'offense d'un vain hommage ; tu ne songes ni que ta vie est à moi ni qu'on court souvent à la mort en croyant servir la nature[1]. Homme sensuel, ne sauras-tu jamais aimer ? Rappelle-toi, rappelle-toi ce sentiment si calme et si doux que tu connus une fois et que tu décrivis d'un ton si touchant et si tendre. S'il est le plus délicieux qu'ait jamais savouré l'amour heureux, il est le seul permis aux amants séparés et, quand on l'a pu goûter un moment, on n'en doit plus regretter d'autre. Je me souviens des réflexions que nous faisions en lisant ton Plutarque, sur un goût dépravé qui outrage la nature[2]. Quand ses tristes plaisirs n'auraient que de n'être pas partagés, c'en serait assez, disions-nous, pour les rendre insipides et méprisables. Appliquons la même idée aux erreurs d'une imagination trop active, elle ne leur conviendra pas moins. Malheureux ! de quoi jouis-tu quand tu es seul à jouir ? Ces voluptés solitaires sont des voluptés mortes. Ô amour ! les tiennes sont vives, c'est l'union des âmes qui les anime, et le plaisir qu'on donne à ce qu'on aime fait valoir celui qu'il nous rend.

Dis-moi, je te prie, mon cher ami, en quelle langue ou plutôt en quel jargon est la relation de ta dernière Lettre ? Ne serait-ce point là par hasard du bel esprit ? Si tu as dessein de t'en servir souvent avec moi, tu devrais bien m'en envoyer le dictionnaire. Qu'est-ce, je te prie, que le sentiment de l'habit d'un homme ? Qu'une âme qu'on prend comme un habit de livrée ? Que des maximes qu'il faut mesurer à la toise ? Que veux-tu qu'une pauvre Suissesse entende à ces sublimes figures ? Au lieu de prendre comme les autres des âmes aux couleurs des maisons, ne voudrais-tu point déjà donner à ton esprit la teinte de celui du pays ? Prends garde, mon bon ami, j'ai peur qu'elle n'aille pas bien sur ce fond-là. À ton avis les *traslati* du Cavalier Marin dont tu t'es si souvent moqué, approchèrent-ils jamais de ces métaphores, et si l'on peut faire opiner l'habit d'un homme dans une lettre, pourquoi ne ferait-on pas suer le feu* dans un sonnet ?

Observer en trois semaines toutes les sociétés d'une grande ville ; assigner le caractère des propos qu'on y tient, y distinguer exactement le vrai du faux, le réel de l'apparent, et ce qu'on y dit de ce qu'on y pense ; voilà ce qu'on accuse les Français de faire quelquefois chez les autres peuples, mais ce qu'un étranger ne doit point faire chez eux ; car ils valent la peine d'être étudiés posément. Je n'approuve pas non plus qu'on dise du mal du pays où l'on vit et où l'on est bien traité : j'aimerais mieux qu'on se laissât tromper par les apparences, que de moraliser aux dépens de ses hôtes. Enfin, je tiens pour suspect tout observateur qui se pique d'esprit : je crains toujours que sans y songer il ne sacrifie la vérité des choses à l'éclat des pensées et ne fasse jouer sa phrase aux dépens de la justice.

Tu ne l'ignores pas, mon ami, l'esprit, dit notre Muralt[2], est la manie des Français ; je te trouve du penchant[3] à la même manie, avec cette différence qu'elle a chez eux de la grâce, et que de tous les peuples du monde c'est à nous qu'elle sied le moins. Il y a de la recherche et du jeu dans plusieurs de tes lettres[4]. Je ne parle point de ce tour vif et de ces expressions animées qu'inspire la force du sentiment ; je parle de cette gentillesse de style qui n'étant point naturelle ne vient d'elle-même à personne, et marque la prétention de celui qui s'en sert. Eh Dieu ! des prétentions avec ce qu'on aime ! n'est-ce pas plutôt dans l'objet aimé qu'on les doit placer, et n'est-on pas glorieux soi-même de tout le mérite qu'il a de plus que nous ? Non, si l'on anime les conversations indifférentes de quelques saillies qui passent comme des traits, ce n'est point entre deux amants que ce langage est de saison, et le jargon fleuri de la galanterie est beaucoup plus éloigné du sentiment que le ton le plus simple qu'on puisse prendre. J'en appelle à toi-même. L'esprit eut-il

* *Sudate, o fochi, a preparar metalli.*
Vers d'un sonnet du cavalier Marin[1].

jamais le temps de se montrer dans nos tête-à-tête, et si le charme d'un entretien passionné l'écarte et l'empêche de paraître, comment des Lettres que l'absence remplit toujours d'un peu d'amertume et où le cœur parle avec plus d'attendrissement le pourraient-elles supporter ? Quoique toute grande passion soit sérieuse et que l'excessive joie elle-même arrache des pleurs plutôt que des ris, je ne veux pas pour cela que l'amour soit toujours triste ; mais je veux que sa gaieté soit simple, sans ornement, sans art, nue comme lui ; en un mot, qu'elle brille de ses propres grâces et non de la parure du bel esprit.

L'Inséparable, dans la chambre de laquelle je t'écris cette Lettre, prétend que j'étais en la commençant dans cet état d'enjouement que l'amour inspire ou tolère ; mais je ne sais ce qu'il est devenu. À mesure que j'avançais, une certaine langueur s'emparait de mon âme, et me laissait à peine la force de t'écrire les injures que la mauvaise a voulu t'adresser : car il est bon de t'avertir que la critique de ta critique est bien plus de sa façon que de la mienne ; elle m'en a dicté surtout le premier article en riant comme une folle, et sans me permettre d'y rien changer. Elle dit que c'est pour t'apprendre à manquer de respect au Marini qu'elle protège et que tu plaisantes.

Mais sais-tu bien ce qui nous met toutes deux de si bonne humeur ? C'est son prochain mariage. Le contrat fut passé hier au soir, et le jour est pris de lundi en huit. Si jamais amour fut gai, c'est assurément le sien ; on ne vit de la vie une fille si bouffonnement amoureuse. Ce bon M. d'Orbe, à qui de son côté la tête en tourne, est enchanté d'un accueil si folâtre. Moins difficile que tu n'étais autrefois, il se prête avec plaisir à la plaisanterie, et prend pour un chef-d'œuvre de l'amour l'art d'égayer sa maîtresse. Pour elle, on a beau la prêcher, lui représenter la bienséance, lui dire que si près du terme elle doit prendre un maintien plus sérieux, plus grave, et faire un peu mieux les honneurs de l'état qu'elle est prête à quitter. Elle traite tout cela de sottes simagrées, elle soutient en face à M. d'Orbe que le jour de la cérémonie elle sera de la meilleure humeur du monde, et qu'on ne saurait aller trop gaiement à la noce. Mais la petite dissimulée ne dit pas tout ; je lui ai trouvé ce matin les yeux rouges ; et je parie bien que les pleurs de la nuit payent les ris de la journée. Elle va former de nouvelles chaînes qui relâcheront les doux liens de l'amitié ; elle va commencer une manière de vivre différente de celle qui lui fut chère ; elle était contente et tranquille, elle va courir les hasards auxquels le meilleur mariage expose, et quoi qu'elle en dise, comme une eau pure et calme commence à se troubler aux approches de l'orage [1], son cœur timide et chaste ne voit point sans quelque alarme le prochain changement de son sort.

Ô mon ami, qu'ils sont heureux ! Ils s'aiment ; ils vont s'épouser ; ils jouiront de leur amour sans obstacles, sans craintes, sans remords ! Adieu, adieu, je n'en puis dire davantage.

P. S. Nous n'avons vu Milord Édouard qu'un moment, tant il était pressé de continuer sa route. Le cœur plein de ce que nous lui devons, je voulais lui montrer mes sentiments et les tiens ; mais j'en ai eu une espèce de honte. En vérité, c'est faire injure à un homme comme lui de le remercier de rien.

LETTRE XVI

À Julie

Que les passions impétueuses rendent les hommes enfants ! Qu'un amour forcené se nourrit aisément de chimères, et qu'il est aisé de donner le change à des désirs extrêmes par les plus frivoles objets ! J'ai reçu ta lettre avec les mêmes transports que m'aurait causés ta présence, et dans l'emportement de ma joie un vain papier me tenait lieu de toi. Un des plus grands maux de l'absence, et le seul auquel la raison ne peut rien, c'est l'inquiétude sur l'état actuel de ce qu'on aime. Sa santé, sa vie, son repos, son amour, tout échappe à qui craint de tout perdre ; on n'est pas plus sûr du présent que de l'avenir, et tous les accidents possibles se réalisent sans cesse dans l'esprit d'un amant qui les redoute. Enfin je respire, je vis, tu te portes bien, tu m'aimes, ou plutôt il y a dix jours que tout cela était vrai ; mais qui me répondra d'aujourd'hui ? Ô absence ! ô tourment ! ô bizarre et funeste état, où l'on ne peut jouir que du moment passé, et où le présent n'est point encore[1] !

Quand tu ne m'aurais pas parlé de l'Inséparable, j'aurais reconnu sa malice dans la critique de ma relation, et sa rancune dans l'apologie du Marini ; mais s'il m'était permis de faire la mienne, je ne resterais pas sans réplique.

Premièrement, ma Cousine (car c'est à elle qu'il faut répondre), quant au style, j'ai pris celui de la chose ; j'ai tâché de vous donner à la fois l'idée et l'exemple du ton des conversations à la mode, et suivant un ancien précepte, je vous ai écrit à peu près comme on parle en certaines sociétés. D'ailleurs, ce n'est pas l'usage des figures, mais leur choix que je blâme dans le Cavalier Marin. Pour peu qu'on ait de chaleur dans l'esprit, on a besoin de métaphores et d'expressions figurées pour se faire entendre. Vos lettres mêmes en sont pleines sans que vous y songiez, et je soutiens qu'il n'y a qu'un géomètre et un sot qui puissent parler sans figures[2]. En effet, un même jugement n'est-il pas susceptible de cent degrés de force ? Et comment déterminer celui de ces degrés qu'il doit avoir, sinon par le tour qu'on lui donne ? Mes propres phrases me font rire, je l'avoue, et je les trouve absurdes, grâce au soin que vous avez pris de les isoler ; mais laissez-les où je les ai mises, vous les trouverez claires et même énergiques. Si ces yeux éveillés, que vous savez si bien faire parler, étaient séparés l'un de l'autre, et de votre visage ; Cousine, que pensez-vous qu'ils diraient avec tout leur feu ? Ma foi, rien du tout ; pas même à M. d'Orbe.

La première chose qui se présente à observer dans un pays où l'on arrive, n'est-ce pas le ton général de la Société ? Hé bien, c'est aussi la première observation que j'ai faite dans celui-ci, et je vous ai parlé de ce qu'on dit à Paris et non pas de ce qu'on y fait. Si j'ai remarqué du contraste entre les discours, les sentiments, et les actions des honnêtes gens, c'est que ce contraste saute aux yeux au premier instant. Quand je vois les mêmes hommes changer de maximes selon les Coteries, molinistes dans l'une, jansénistes dans l'autre, vils courtisans chez un Ministre, frondeurs mutins chez un mécontent ; quand je vois un homme doré décrier le luxe, un financier les impôts, un prélat le dérèglement[1] ; quand j'entends une femme de la Cour parler de modestie, un grand Seigneur de vertu, un auteur de simplicité, un Abbé de Religion, et que ces absurdités ne choquent personne, ne dois-je pas conclure à l'instant qu'on ne se soucie pas plus ici d'entendre la vérité que de la dire, et que loin de vouloir persuader les autres quand on leur parle, on ne cherche pas même à leur faire penser qu'on croit ce qu'on leur dit ?

Mais c'est assez plaisanter avec la Cousine. Je laisse un ton qui nous est étranger à tous trois, et j'espère que tu ne me verras pas plus prendre le goût de la Satire que celui du bel esprit. C'est à toi, Julie, qu'il faut à présent répondre ; car je sais distinguer la critique badine, des reproches sérieux.

Je ne conçois pas comment vous avez pu prendre toutes deux le change sur mon objet. Ce ne sont point les Français que je me suis proposé d'observer : Car si le caractère des nations ne peut se déterminer que par leurs différences, comment moi qui n'en connais encore aucune autre, entreprendrais-je de peindre celle-ci ? Je ne serais pas, non plus, si maladroit que de choisir la Capitale pour le lieu de mes observations. Je n'ignore pas que les Capitales diffèrent moins entre elles que les Peuples, et que les caractères nationaux s'y effacent et confondent en grande partie, tant à cause de l'influence commune des Cours qui se ressemblent toutes, que par l'effet commun d'une société nombreuse et resserrée, qui est le même à peu près sur tous les hommes, et l'emporte à la fin sur le caractère originel.

Si je voulais étudier un peuple, c'est dans les provinces reculées où les habitants ont encore leurs inclinations naturelles que j'irais les observer. Je parcourrais lentement et avec soin plusieurs de ces provinces, les plus éloignées les unes des autres ; toutes les différences que j'observerais entre elles me donneraient le génie particulier de chacune ; tout ce qu'elles auraient de commun, et que n'auraient pas les autres peuples, formerait le génie national, et ce qui se trouverait partout, appartiendrait en général à l'homme. Mais je n'ai ni ce vaste projet ni l'expérience nécessaire pour le suivre. Mon objet est de connaître l'homme, et ma méthode de l'étudier dans ses diverses relations. Je ne l'ai vu jusqu'ici qu'en petites sociétés, épars et presque isolé sur la terre. Je vais maintenant le considérer entassé par multitudes dans les mêmes lieux, et je commencerai à juger par là des vrais effets de la Société ; car s'il est constant qu'elle rende les hommes meilleurs, plus elle est nombreuse, et rapprochée, mieux ils doivent valoir, et les mœurs, par exemple, seront beaucoup plus pures à Paris que dans le Valais ; que si l'on trouvait le contraire, il faudrait tirer une conséquence opposée.

Cette méthode pourrait, j'en conviens, me mener encore à la connaissance des Peuples, mais par une voie si longue et si détournée que je ne serais peut-être de ma vie en état de prononcer sur aucun d'eux. Il faut que je commence par tout observer dans le premier où je me trouve ; que j'assigne ensuite les différences, à mesure que je parcourrai les autres pays ; que je compare la France à chacun d'eux, comme on décrit l'olivier sur un saule ou le palmier sur un sapin [1], et que j'attende à juger du premier peuple observé que j'aie observé tous les autres.

Veuille donc, ma charmante prêcheuse, distinguer ici l'observation philosophique de la satire nationale. Ce ne sont point les Parisiens que j'étudie, mais les habitants d'une grande ville, et je ne sais si ce que j'en vois ne convient pas à Rome et à Londres tout aussi bien qu'à Paris [2]. Les règles de la morale ne dépendent point des usages des Peuples ; ainsi malgré les préjugés dominants je sens fort bien ce qui est mal en soi ; mais ce mal, j'ignore s'il faut l'attribuer au Français ou à l'homme, et s'il est l'ouvrage de la coutume ou de la nature. Le tableau du vice offense en tous lieux un œil impartial, et l'on n'est pas plus blâmable de le reprendre dans un pays où il règne, quoiqu'on y soit, que de relever les défauts de l'humanité, quoiqu'on vive avec les hommes. Ne suis-je pas à présent moi-même un habitant de Paris ? Peut-être sans le savoir ai-je déjà contribué pour ma part au désordre que j'y remarque ; peut-être un trop long séjour y corromprait-il ma volonté même [1] ; peut-être au bout d'un an ne serais-je plus qu'un bourgeois, si pour être digne de toi je ne gardais l'âme d'un homme libre et les mœurs d'un Citoyen [2]. Laisse-moi donc te peindre sans contrainte des objets auxquels je rougisse de ressembler, et m'animer au pur zèle de la vérité par le tableau de la flatterie et du mensonge.

Si j'étais le maître de mes occupations et de mon sort, je saurais, n'en doute pas, choisir d'autres sujets de Lettres, et tu n'étais pas mécontente de celles que je t'écrivais de Meillerie et du Valais : mais, chère amie, pour avoir la force de supporter le fracas du monde où je suis contraint de vivre, il faut bien au moins que je me console à te le décrire, et que l'idée de te préparer des relations m'excite à en chercher les sujets. Autrement le découragement va m'atteindre à chaque pas, et il faudra que j'abandonne tout si tu ne veux rien voir avec moi. Pense que pour vivre d'une manière si peu conforme à mon goût je fais un effort qui n'est pas indigne de sa cause, et pour juger quels soins me peuvent mener à toi, souffre que je te parle quelquefois des maximes qu'il faut connaître et des obstacles qu'il faut surmonter.

Malgré ma lenteur, malgré mes distractions inévitables, mon recueil était fini quand ta lettre est arrivée heureusement pour le prolonger, et j'admire en le voyant si court combien de choses ton cœur m'a su dire en si peu d'espace. Non, je soutiens qu'il n'y a point de lecture aussi délicieuse, même pour qui ne te connaîtrait pas, s'il avait une âme semblable aux nôtres : Mais comment ne te pas connaître en lisant tes lettres ? Comment prêter un ton si touchant et des sentiments si tendres à une autre figure que la tienne ? À chaque phrase ne voit-on pas le doux regard de tes yeux ? À chaque mot n'entend-on pas ta voix charmante ? Quelle autre que Julie a jamais aimé, pensé, parlé, agi, écrit comme elle ? Ne sois donc pas surprise si tes lettres qui te peignent si bien font quelquefois sur ton idolâtre amant le même effet que ta présence. En les relisant je perds la raison, ma tête s'égare dans un délire continuel, un feu dévorant me consume, mon sang s'allume et pétille, une fureur[1] me fait tressaillir. Je crois te voir, te toucher, te presser contre mon sein.... objet adoré, fille enchanteresse, source de délice et de volupté, comment en te voyant ne pas voir les houris faites pour les bienheureux ?.... ah viens !.... je la sens.... elle m'échappe, et je n'embrasse qu'une ombre..... Il est vrai, chère Amie, tu es trop belle et tu fus trop tendre pour mon faible cœur ; il ne peut oublier ni ta beauté ni tes caresses ; tes charmes triomphent de l'absence, ils me poursuivent partout, ils me font craindre la solitude, et c'est le comble de ma misère de n'oser m'occuper toujours de toi[2].

Ils seront donc unis malgré les obstacles, ou plutôt ils le sont au moment que j'écris. Aimables et dignes Époux ! Puisse le Ciel les combler du bonheur que méritent leur sage et paisible amour, l'innocence de leurs mœurs, l'honnêteté de leurs âmes ! Puisse-t-il leur donner ce bonheur précieux dont il est si avare envers les cœurs faits pour le goûter ! Qu'ils seront heureux, s'il leur accorde, hélas, tout ce qu'il nous ôte ! Mais pourtant ne sens-tu pas quelque sorte de consolation dans nos maux ? Ne sens-tu pas que l'excès de notre misère n'est point non plus sans dédommagement, et que s'ils ont des plaisirs dont nous sommes privés, nous en avons aussi qu'ils ne peuvent connaître ? Oui, ma douce amie, malgré l'absence, les privations, les alarmes, malgré le désespoir même, les puissants élancements de deux cœurs l'un vers l'autre ont toujours une volupté secrète ignorée des âmes tranquilles. C'est un des miracles de l'amour de nous faire trouver du plaisir à souffrir ; et nous regarderions comme le pire des malheurs un état d'indifférence et d'oubli qui nous ôterait tout le sentiment de nos peines. Plaignons donc notre sort, ô Julie ! mais n'envions celui de personne. Il n'y a point, peut-être, à tout prendre d'existence préférable à la nôtre, et comme la divinité tire tout son bonheur d'elle-même, les cœurs qu'échauffe un feu céleste, trouvent dans leurs propres sentiments une sorte de jouissance pure et délicieuse, indépendante de la fortune et du reste de l'univers [1].

LETTRE XVII

À Julie

Enfin me voilà tout à fait dans le torrent. Mon recueil fini, j'ai commencé de fréquenter les spectacles et de souper en ville. Je passe ma journée entière dans le monde, je prête mes oreilles et mes yeux à tout ce qui les frappe, et n'apercevant rien qui te ressemble, je me recueille au milieu du bruit et converse en secret avec toi. Ce n'est pas que cette vie bruyante et tumultueuse n'ait aussi quelque sorte d'attraits, et que la prodigieuse diversité d'objets n'offre de certains agréments à de nouveaux débarqués ; mais pour les sentir il faut avoir le cœur vide et l'esprit frivole ; l'amour et la raison semblent s'unir pour m'en dégoûter : comme tout n'est que vaine apparence et que tout change à chaque instant, je n'ai le temps d'être ému de rien, ni celui de rien examiner.

Ainsi je commence à voir les difficultés de l'étude du monde, et je ne sais pas même quelle place il faut occuper pour le bien connaître. Le philosophe en est trop loin, l'homme du monde en est trop près. L'un voit trop pour pouvoir réfléchir, l'autre trop peu pour juger du tableau total. Chaque objet qui frappe le philosophe, il le considère à part, et n'en pouvant discerner ni les liaisons ni les rapports avec d'autres objets qui sont hors de sa portée, il ne le voit jamais à sa place et n'en sent ni la raison ni les vrais effets. L'homme du monde voit tout et n'a le temps de penser à rien. La mobilité des objets ne lui permet que de les apercevoir et non de les observer ; ils s'effacent mutuellement avec rapidité, et il ne lui reste du tout que des impressions confuses qui ressemblent au chaos.

On ne peut pas, non plus, voir et méditer alternativement,

parce que le spectacle exige une continuité d'attention, qui interrompt[1] la réflexion. Un homme qui voudrait diviser son temps par intervalles entre le monde et la solitude, toujours agité dans sa retraite et toujours étranger dans le monde ne serait bien nulle part. Il n'y aurait d'autre moyen que de partager sa vie entière en deux grands espaces, l'un pour voir, l'autre pour réfléchir : Mais cela même est presque impossible ; car la raison n'est pas un meuble qu'on pose et qu'on reprenne à son gré, et quiconque a pu vivre dix ans sans penser, ne pensera de sa vie.

Je trouve aussi que c'est une folie de vouloir étudier le monde en simple spectateur. Celui qui ne prétend qu'observer n'observe rien, parce qu'étant inutile dans les affaires et importun dans les plaisirs, il n'est admis nulle part. On ne voit agir les autres qu'autant qu'on agit soi-même ; dans l'école du monde comme dans celle de l'amour, il faut commencer par pratiquer ce qu'on veut apprendre[2].

Quel parti prendrai-je donc, moi étranger qui ne puis avoir aucune affaire en ce pays, et que la différence de religion[3] empêcherait seule d'y pouvoir aspirer à rien ? Je suis réduit à m'abaisser pour m'instruire, et ne pouvant jamais être un homme utile, à tâcher de me rendre un homme amusant. Je m'exerce autant qu'il est possible à devenir poli sans fausseté, complaisant sans bassesse, et à prendre si bien ce qu'il y a de bon dans la société que j'y puisse être souffert sans en adopter les vices[4]. Tout homme oisif qui veut voir le monde doit au moins en prendre les manières jusqu'à certain point ; car de quel droit exigerait-on d'être admis parmi des gens à qui l'on n'est bon à rien, et à qui l'on n'aurait pas l'art de plaire ? Mais aussi quand il a trouvé cet art on ne lui en demande pas davantage, surtout s'il est étranger. Il peut se dispenser de prendre part aux cabales, aux intrigues, aux démêlés ; s'il se comporte honnêtement envers chacun, s'il ne donne à certaines femmes ni exclusion ni préférence, s'il garde le secret de chaque société où il est reçu, s'il n'étale point les ridicules d'une maison dans une autre, s'il évite les confidences, s'il se refuse aux tracasseries, s'il garde partout une certaine dignité, il pourra voir paisiblement le monde, conserver ses mœurs, sa probité, sa franchise même, pourvu qu'elle vienne d'un esprit de liberté et non d'un esprit de parti. Voilà ce que j'ai tâché de faire par l'avis de quelques gens éclairés que j'ai choisis pour guides parmi les connaissances que m'a donné[1] Milord Édouard. J'ai donc commencé d'être admis dans des sociétés moins nombreuses et plus choisies. Je ne m'étais trouvé jusqu'à présent qu'à des dînés réglés[2] où l'on ne voit de femme que la maîtresse de la maison, où tous les désœuvrés de Paris sont reçus pour peu qu'on les connaisse, où chacun paye comme il peut son dîné en esprit ou en flatterie, et dont le ton bruyant et confus ne diffère pas beaucoup de celui des tables d'auberges.

Je suis maintenant initié à des mystères plus secrets. J'assiste à des soupés priés où la porte est fermée à tout survenant et où l'on est sûr de ne trouver que des gens qui conviennent tous, sinon les uns aux autres, au moins à ceux qui les reçoivent. C'est là que les femmes s'observent moins, et qu'on peut commencer à les étudier ; c'est là que règnent plus paisiblement des propos plus fins et plus satiriques ; c'est là qu'au lieu des nouvelles publiques, des spectacles, des promotions, des morts, des mariages dont on a parlé le matin, on passe discrètement en revue les anecdotes de Paris, qu'on dévoile tous les événements secrets de la chronique scandaleuse, qu'on rend le bien et le mal également plaisants et ridicules, et que peignant avec art et selon l'intérêt particulier les caractères des personnages, chaque interlocuteur sans y penser peint encore beaucoup mieux le sien ; c'est là qu'un reste de circonspection fait inventer devant les laquais un certain langage entortillé, sous lequel feignant de rendre la satire plus obscure on la rend seulement plus amère ; c'est là, en un mot, qu'on affile avec soin le poignard, sous prétexte de faire moins de mal, mais en effet pour l'enfoncer plus avant.

Cependant à considérer ces propos selon nos idées, on aurait tort de les appeler satiriques ; car ils sont bien plus railleurs que mordants, et tombent moins sur le vice que sur le ridicule. En général la satire a peu de cours dans les grandes villes, où ce qui n'est que mal est si simple que ce n'est pas la peine d'en parler. Que reste-t-il à blâmer où la vertu n'est plus estimée, et de quoi médirait-on quand on ne trouve plus de mal à rien ? À Paris surtout où l'on ne saisit les choses que par le côté plaisant, tout ce qui doit allumer la colère et l'indignation est toujours mal reçu s'il n'est mis en chanson ou en épigramme. Les jolies femmes n'aiment point à se fâcher ; aussi ne se fâchent-elles de rien ; elles aiment à rire ; et comme il n'y a pas le mot pour rire au crime, les fripons sont d'honnêtes gens [1] comme tout le monde ; mais malheur à qui prête le flanc au ridicule, sa caustique empreinte est ineffaçable ; il ne déchire pas seulement les mœurs, la vertu, il marque jusqu'au vice même ; il sait calomnier les méchants [2]. Mais revenons à nos soupés [3].

Ce qui m'a le plus frappé dans ces sociétés d'élite, c'est de voir six personnes choisies exprès pour s'entretenir agréablement ensemble, et parmi lesquelles règnent même le plus souvent des liaisons secrètes, ne pouvoir rester une heure entre elles six, sans y faire intervenir la moitié de Paris, comme si leurs cœurs n'avaient rien à se dire et qu'il n'y eût là personne qui méritât de les intéresser. Te souvient-il, ma Julie, comment en soupant chez ta Cousine ou chez toi ; nous savions, en dépit de la contrainte et du mystère, faire tomber l'entretien sur des sujets qui eussent du rapport à nous, et comment à chaque réflexion touchante, à chaque allusion subtile, un regard plus vif qu'un éclair, un soupir plutôt deviné qu'aperçu, en portait le doux sentiment d'un cœur à l'autre.

Si la conversation se tourne par hasard sur les convives, c'est communément dans un certain jargon de société dont il faut avoir la clé pour l'entendre. À l'aide de ce chiffre, on se fait réciproquement et selon le goût du temps mille mauvaises plaisanteries, durant lesquelles le plus sot n'est pas celui qui brille le moins, tandis qu'un tiers mal instruit est réduit à l'ennui et au silence, ou à rire de ce qu'il n'entend point. Voilà, hors le tête-à-tête qui m'est et me sera toujours inconnu, tout ce qu'il y a de tendre et d'affectueux dans les liaisons de ce pays.

Au milieu de tout cela qu'un homme de poids avance un propos grave ou agite une question sérieuse, aussitôt l'attention commune se fixe à ce nouvel objet ; hommes, femmes, vieillards, jeunes gens, tout se prête à le considérer par toutes ses faces, et l'on est étonné du sens et de la raison qui sortent comme à l'envi de toutes ces têtes folâtres*. Un point de morale ne serait pas mieux discuté dans une société de philosophes que dans celle d'une jolie femme de Paris ; les conclusions y seraient même souvent moins sévères ; car le philosophe qui veut agir comme il parle, y regarde à deux fois ; mais ici où toute la morale est un pur verbiage, on peut être austère sans conséquence, et l'on ne serait pas fâché, pour rabattre un peu l'orgueil philosophique, de mettre la vertu si haut que le sage même n'y pût atteindre. Au reste, hommes et femmes, tous, instruits par l'expérience du monde et surtout par leur conscience, se réunissent pour penser de leur espèce aussi mal qu'il est possible, toujours philosophant tristement, toujours dégradant par vanité la nature humaine, toujours cherchant dans quelque vice la cause de tout ce qui se fait de bien, toujours d'après leur propre cœur médisant du cœur de l'homme.

Malgré cette avilissante doctrine, un des sujets favoris de ces paisibles entretiens c'est le sentiment ; mot par lequel il ne faut pas entendre un épanchement affectueux dans le sein de l'amour ou de l'amitié ; cela serait d'une fadeur à mourir. C'est le sentiment mis en grandes maximes générales et quintessencié par tout ce que la métaphysique a de plus subtil. Je puis dire n'avoir de ma vie ouï tant parler du

* Pourvu, toutefois, qu'une plaisanterie imprévue ne vienne pas déranger cette gravité ; car alors chacun renchérit ; tout part à l'instant, et il n'y a plus moyen de reprendre le ton sérieux. Je me rappelle un certain paquet de gimblettes[1] qui troubla si plaisamment une représentation de la foire. Les acteurs dérangés n'étaient que des animaux ; mais que de choses sont gimblettes pour beaucoup d'hommes ! On sait qui Fontenelle a voulu peindre dans l'histoire des Tyrinthiens[2].

sentiment, ni si peu compris ce qu'on en disait. Ce sont des raffinements inconcevables. Ô Julie, nos cœurs grossiers n'ont jamais rien su de toutes ces belles maximes, et j'ai peur qu'il n'en soit du sentiment chez les gens du monde comme d'Homère chez les Pédants, qui lui forgent mille beautés chimériques, faute d'apercevoir les véritables. Ils dépensent ainsi tout leur sentiment en esprit, et il s'en exhale tant dans le discours qu'il n'en reste plus pour la pratique[1]. Heureusement, la bienséance y supplée, et l'on fait par usage à peu près les mêmes choses qu'on ferait par sensibilité ; du moins tant qu'il n'en coûte que des formules et quelques gênes passagères, qu'on s'impose pour faire bien parler de soi ; car quand les sacrifices vont jusqu'à gêner trop longtemps ou à coûter trop cher, adieu le sentiment ; la bienséance n'en exige pas jusque-là. À cela près, on ne saurait croire à quel point tout est compassé, mesuré, pesé, dans ce qu'ils appellent des procédés ; tout ce qui n'est plus dans les sentiments, ils l'ont mis en règle, et tout est règle parmi eux. Ce peuple imitateur serait plein d'originaux qu'il serait impossible d'en rien savoir ; car nul homme n'ose être lui-même. *Il faut faire comme les autres* ; c'est la première maxime de la sagesse du pays. *Cela se fait, cela ne se fait pas.* Voilà la décision suprême.

Cette apparente régularité donne aux usages communs l'air du monde le plus comique, même dans les choses les plus sérieuses. On sait à point nommé quand il faut envoyer savoir des nouvelles, quand il faut se faire écrire[2], c'est-à-dire, faire une visite qu'on ne fait pas ; quand il faut la faire soi-même ; quand il est permis d'être chez soi ; quand on doit n'y pas être ; quoiqu'on y soit ; quelles offres l'un doit faire ; quelles offres l'autre doit rejeter ; quel degré de tristesse on doit prendre à telle ou telle mort*, combien de temps

* S'affliger à la mort de quelqu'un est un sentiment d'humanité et un témoignage de bon naturel, mais non pas un devoir de vertu, ce quelqu'un fût-il même notre Père. Quiconque en pareil cas n'a point d'affliction dans le cœur n'en doit point montrer au dehors ; car il est beaucoup plus essentiel de fuir la fausseté, que de s'asservir aux bienséances.

on doit pleurer à la campagne ; le jour où l'on peut revenir se consoler à la ville ; l'heure et la minute où l'affliction permet de donner le bal ou d'aller au spectacle. Tout le monde y fait à la fois la même chose dans la même circonstance : Tout va par temps comme les mouvements d'un régiment en bataille : Vous diriez que ce sont autant de marionnettes clouées sur la même planche, ou tirées par le même fil.

Or comme il n'est pas possible que tous ces gens qui font exactement la même chose soient exactement affectés de même, il est clair qu'il faut les pénétrer par d'autres moyens pour les connaître ; il est clair que tout ce jargon n'est qu'un vain formulaire et sert moins à juger des mœurs, que du ton qui règne à Paris. On apprend ainsi les propos qu'on y tient mais rien de ce qui peut servir à les apprécier. J'en dis autant de la plupart des écrits nouveaux ; j'en dis autant de la Scène même qui depuis Molière est bien plus un lieu où se débitent de jolies conversations, que la représentation de la vie civile. Il y a ici trois théâtres [1], sur deux desquels on représente des Êtres chimériques, savoir sur l'un des Arlequins, des Pantalons, des scaramouches ; sur l'autre des Dieux, des Diables, des sorciers. Sur le troisième on représente ces pièces immortelles dont la lecture nous faisait tant de plaisir, et d'autres plus nouvelles qui paraissent de temps en temps sur la scène. Plusieurs de ces pièces sont tragiques mais peu touchantes, et si l'on y trouve quelques sentiments naturels et quelque vrai rapport au cœur humain, elles n'offrent aucune sorte d'instruction sur les mœurs particulières du peuple qu'elles amusent.

L'institution de la tragédie avait chez ses inventeurs un fondement de religion qui suffisait pour l'autoriser. D'ailleurs, elle offrait aux Grecs un spectacle instructif et agréable dans les malheurs des Perses leurs ennemis, dans les crimes et les folies des Rois dont ce peuple s'était délivré. Qu'on représente à Berne, à Zurich, à la Haye l'ancienne tyrannie de la maison d'Autriche, l'amour de la patrie et de la liberté nous rendra ces pièces intéressantes ; mais qu'on me dise de quel usage sont ici les tragédies de Corneille, et ce qu'importe au peuple de Paris Pompée ou Sertorius[1] ? Les tragédies grecques roulaient sur des événements réels ou réputés tels par les spectateurs, et fondés sur des traditions historiques. Mais que fait une flamme héroïque et pure dans l'âme des Grands ? Ne dirait-on pas que les combats de l'amour et de la vertu leur donnent souvent de mauvaises nuits, et que le cœur a beaucoup à faire dans les mariages des Rois ? Juge de la vraisemblance et de l'utilité de tant de pièces, qui roulent toutes sur ce chimérique sujet !

Quant à la comédie, il est certain qu'elle doit représenter au naturel les mœurs du peuple pour lequel elle est faite, afin qu'il s'y corrige de ses vices et de ses défauts, comme on ôte devant un miroir les taches de son visage. Térence et Plaute se trompèrent dans leur objet ; mais avant eux Aristophane et Ménandre avaient exposé aux Athéniens les mœurs Athéniennes, et depuis, le seul Molière peignit plus naïvement[2] encore celles des Français du siècle dernier à leurs propres yeux. Le Tableau a changé ; mais il n'est plus revenu de peintre. Maintenant on copie au théâtre les conversations d'une centaine de maisons de Paris. Hors de cela, on n'y apprend rien des mœurs des Français. Il y a dans cette grande ville cinq ou six cent mille âmes dont il n'est jamais question sur la Scène. Molière osa peindre des bourgeois et des artisans aussi bien que des Marquis ; Socrate faisait parler des cochers, menuisiers, cordonniers, maçons. Mais les Auteurs d'aujourd'hui qui sont des gens d'un autre air, se croiraient déshonorés s'ils savaient ce qui se passe au comptoir d'un Marchand ou dans la boutique d'un ouvrier ; il ne leur faut que des interlocuteurs illustres, et ils cherchent dans le rang de leurs personnages l'élévation qu'ils ne peuvent tirer de leur génie. Les spectateurs eux-mêmes sont devenus si délicats, qu'ils craindraient de se compromettre à la Comédie comme en visite, et ne daigneraient pas aller voir en représentation des gens de moindre condition qu'eux. Ils sont comme les seuls habitants de la terre ; tout le reste n'est rien à leurs yeux. Avoir un Carrosse, un Suisse, un maître d'hôtel, c'est être comme tout le monde. Pour être comme tout le monde il faut être comme très peu de gens. Ceux qui vont à pied ne sont pas du monde ; ce sont des Bourgeois, des hommes, du peuple [1], des gens de l'autre monde [2], et l'on dirait qu'un carrosse n'est pas tant nécessaire pour se conduire que pour exister. Il y a comme cela une poignée d'impertinents qui ne comptent qu'eux dans tout l'univers et ne valent guère la peine qu'on les compte, si ce n'est pour le mal qu'ils font. C'est pour eux uniquement que sont faits les spectacles. Ils s'y montrent à la fois comme représentés au milieu du théâtre et comme représentants aux deux côtés [3] ; ils sont personnages sur la scène et comédiens sur les bancs. C'est ainsi que la Sphère du monde et des auteurs se rétrécit ; c'est ainsi que la scène moderne ne quitte plus son ennuyeuse dignité. On n'y sait plus montrer les hommes qu'en habit doré. Vous diriez que la France n'est peuplée que de Comtes et de Chevaliers, et plus le peuple y est misérable et gueux plus le tableau du peuple y est brillant et magnifique. Cela fait qu'en peignant le ridicule des états qui servent d'exemple aux autres, on le répand plutôt que de l'éteindre, et que le peuple, toujours singe et imitateur des riches, va moins au théâtre pour rire de leurs folies que pour les étudier, et devenir encore plus fou qu'eux en les imitant. Voilà de quoi fut cause Molière lui-même ; il corrigea la cour en infectant la ville, et ses ridicules Marquis furent le premier modèle des petits-maîtres bourgeois qui leur succédèrent.

En général il y a beaucoup de discours et peu d'action sur la scène française ; peut-être est-ce qu'en effet le Français parle encore plus qu'il n'agit, ou du moins qu'il donne un bien plus grand prix à ce qu'on dit qu'à ce qu'on fait. Quelqu'un disait en sortant d'une pièce de Denys le Tyran, je n'ai rien vu, mais j'ai entendu force paroles [4]. Voilà ce qu'on peut dire en sortant des pièces françaises. Racine et Corneille avec tout leur génie ne sont eux-mêmes que des parleurs, et leur Successeur [5] est le premier qui à l'imitation des Anglais ait osé mettre quelquefois la scène en représentation [6]. Communément tout se passe en beaux dialogues bien agencés, bien ronflants, où l'on voit d'abord que le premier soin de chaque interlocuteur est toujours celui de briller. Presque tout s'énonce en maximes générales. Quelque agités qu'ils puissent être, ils songent toujours plus au public qu'à eux-mêmes ; une Sentence leur coûte moins qu'un sentiment ; les pièces de Racine et de Molière * exceptées, le *je* est presque aussi scrupuleusement banni de la scène française que des écrits de Port-Royal, et les passions humaines aussi modestes que l'humilité Chrétienne n'y parlent jamais que par *on*. Il y a encore une certaine dignité maniérée dans le geste et dans le propos, qui ne permet jamais à la passion de parler exactement son langage ni à l'auteur de revêtir son personnage et de se transporter au lieu de la scène, mais le tient toujours enchaîné sur le théâtre et sous les yeux des Spectateurs[1]. Aussi les situations les plus vives ne lui font-elles jamais oublier un bel arrangement de phrases ni des attitudes élégantes ; et si le désespoir lui plonge un poignard dans le cœur, non content d'observer la décence en tombant comme Polyxène[2], il ne tombe point, la décence le maintient debout après sa mort, et tous ceux qui viennent d'expirer s'en retournent l'instant d'après sur leurs jambes.

Tout cela vient de ce que le Français ne cherche point sur la scène le naturel et l'illusion et n'y veut que de l'esprit et des pensées ; il fait cas de l'agrément et non de l'imitation, et ne se soucie pas d'être séduit pourvu qu'on l'amuse. Personne ne va au spectacle pour le plaisir du spectacle, mais pour voir l'assemblée, pour en être vu, pour ramasser de quoi fournir au caquet après la pièce, et l'on ne songe à ce qu'on voit que pour savoir ce qu'on en dira. L'acteur pour eux est toujours l'acteur, jamais le personnage qu'il représente. Cet homme qui parle en maître du monde n'est point Auguste, c'est Baron, la veuve de Pompée est Adrienne,

* Il ne faut point associer en ceci Molière à Racine ; car le premier est, comme tous les autres, plein de maximes et de sentences, surtout dans ses pièces en vers : Mais chez Racine tout est sentiment, il a su faire parler chacun pour soi, et c'est en cela qu'il est vraiment unique parmi les auteurs dramatiques de sa nation.

Alzire est Mlle Gaussin, et ce fier sauvage est Grandval[1]. Les Comédiens de leur côté négligent entièrement l'illusion dont ils voient que personne ne se soucie. Ils placent les Héros de l'antiquité entre six rangs de jeunes Parisiens ; ils calquent les modes françaises sur l'habit romain ; on voit Cornélie en pleurs avec deux doigts de rouge, Caton poudré au blanc, et Brutus en panier[2]. Tout cela ne choque personne et ne fait rien au succès des pièces ; comme on ne voit que l'Acteur dans le personnage, on ne voit, non plus, que l'Auteur dans le drame, et si le costume est négligé cela se pardonne aisément ; car on sait bien que Corneille n'était pas tailleur ni Crébillon perruquier.

Ainsi, de quelque sens qu'on envisage les choses, tout n'est ici que babil, jargon, propos sans conséquence. Sur la scène comme dans le monde on a beau écouter ce qui se dit, on n'apprend rien de ce qui se fait, et qu'a-t-on besoin de l'apprendre ? sitôt qu'un homme a parlé, s'informe-t-on de sa conduite, n'a-t-il pas tout fait, n'est-il pas jugé ? l'honnête homme[3] d'ici n'est point celui qui fait de bonnes actions, mais celui qui dit de belles choses, et un seul propos inconsidéré, lâché sans réflexion, peut faire à celui qui le tient un tort irréparable que n'effaceraient pas quarante ans d'intégrité. En un mot, bien que les œuvres des hommes ne ressemblent guère à leurs discours je vois qu'on ne les peint que par leurs discours sans égard à leurs œuvres ; je vois aussi que dans une grande ville la société paraît plus douce, plus facile, plus sûre même que parmi des gens moins étudiés ; mais les hommes y sont-ils en effet plus humains, plus modérés, plus justes ? Je n'en sais rien. Ce ne sont encore là que des apparences, et sous ces dehors si ouverts et si agréables les cœurs sont peut-être plus cachés, plus enfoncés en dedans que les nôtres. Étranger, isolé, sans affaires, sans liaisons, sans plaisirs et ne voulant m'en rapporter qu'à moi, le moyen de pouvoir prononcer ?

Cependant je commence à sentir l'ivresse où cette vie agitée et tumultueuse plonge ceux qui la mènent, et je tombe dans un étourdissement semblable à celui d'un homme aux yeux duquel on fait passer rapidement une multitude d'objets. Aucun de ceux qui me frappent n'attache mon cœur, mais tous ensemble en troublent et suspendent les affections, au point d'en oublier quelques instants ce que je suis et à qui je suis. Chaque jour en sortant de chez moi j'enferme mes sentiments sous la clef, pour en prendre d'autres qui se prêtent aux frivoles objets qui m'attendent. Insensiblement je juge et raisonne comme j'entends juger et raisonner tout le monde [1]. Si quelquefois j'essaye de secouer les préjugés et de voir les choses comme elles sont, à l'instant je suis écrasé d'un certain verbiage qui ressemble beaucoup à du raisonnement. On me prouve avec évidence qu'il n'y a que le demi-philosophe qui regarde à la réalité des choses ; que le vrai sage ne les considère que par les apparences ; qu'il doit prendre les préjugés pour principes, les bienséances pour lois, et que la plus sublime sagesse consiste à vivre comme les fous.

Forcé de changer ainsi l'ordre de mes affections morales ; forcé de donner un prix à des chimères [2], et d'imposer silence à la nature et à la raison, je vois ainsi défigurer ce divin modèle que je porte au dedans de moi, et qui servait à la fois d'objet à mes désirs et de règle à mes actions, je flotte de caprice en caprice, et mes goûts étant sans cesse asservis à l'opinion, je ne puis être sûr un seul jour de ce que j'aimerai le lendemain.

Confus, humilié, consterné, de sentir dégrader en moi la nature de l'homme, et de me voir ravalé si bas de cette grandeur intérieure où nos cœurs enflammés s'élevaient réciproquement, je reviens le soir pénétré d'une secrète tristesse, accablé d'un dégoût mortel, et le cœur vide et gonflé comme un ballon rempli d'air. Ô amour ! ô purs sentiments que je tiens de lui !.... avec quel charme je rentre en moi-même ! avec quel transport j'y retrouve encore mes premières affections et ma première dignité ? Combien je m'applaudis d'y revoir briller dans tout son éclat l'image de la vertu, d'y contempler la tienne, ô Julie, assise sur un trône de gloire et dissipant d'un souffle tous ces prestiges ! Je sens respirer mon âme oppressée, je crois avoir recouvré mon existence et ma vie, et je reprends avec mon amour tous les sentiments sublimes qui le rendent digne de son objet.

LETTRE XVIII

De Julie

Je viens, mon bon ami, de jouir d'un des plus doux spectacles qui puissent jamais charmer mes yeux. La plus sage la plus aimable des filles est enfin devenue la plus digne et la meilleure des femmes. L'honnête homme dont elle a comblé les vœux, plein d'estime et d'amour pour elle, ne respire que pour la chérir, l'adorer, la rendre heureuse, et je goûte le charme inexprimable d'être témoin du bonheur de mon amie, c'est-à-dire de le partager. Tu n'y seras pas moins sensible, j'en suis bien sûre, toi qu'elle aima toujours si tendrement, toi qui lui fus cher presque dès son enfance, et à qui tant de bienfaits l'ont dû rendre encore plus chère. Oui, tous les sentiments qu'elle éprouve se font sentir à nos cœurs comme au sien. S'ils sont des plaisirs pour elle, ils sont pour nous des consolations, et tel est le prix de l'amitié qui nous joint, que la félicité d'un des trois suffit pour adoucir les maux des deux autres.

Ne nous dissimulons pas, pourtant, que cette amie incomparable va nous échapper en partie. La voilà dans un nouvel ordre de choses, la voilà sujette à de nouveaux engagements, à de nouveaux devoirs, et son cœur qui n'était qu'à nous se doit maintenant à d'autres affections auxquelles il faut que l'amitié cède le premier rang. Il y a plus, mon ami ; nous devons de notre part devenir plus scrupuleux sur les témoignages de son zèle ; nous ne devons pas seulement consulter son attachement pour nous, et le besoin que nous avons d'elle, mais ce qui convient à son nouvel état, et ce qui peut agréer ou déplaire à son mari. Nous n'avons pas besoin de chercher ce qu'exigerait en pareil cas la vertu ; les lois seules de l'amitié suffisent. Celui qui pour son intérêt particulier pourrait compromettre un ami mériterait-il d'en avoir ? Quand elle était fille, elle était libre, elle n'avait à répondre de ses démarches qu'à elle-même, et l'honnêteté de ses intentions suffisait pour la justifier à ses propres yeux. Elle nous regardait comme deux époux destinés l'un à l'autre, et son cœur sensible et pur alliant la plus chaste pudeur pour elle-même à la plus tendre compassion pour sa coupable amie, elle couvrait ma faute sans la partager : Mais à présent tout est changé ; elle doit compte de sa conduite à un autre ; elle n'a pas seulement engagé sa foi, elle a aliéné sa liberté. Dépositaire en même temps de l'honneur de deux personnes, il ne lui suffit pas d'être honnête, il faut encore qu'elle soit honorée ; il ne lui suffit pas de ne rien faire que de bien, il faut encore qu'elle ne fasse rien qui ne soit approuvé. Une femme vertueuse ne doit pas seulement mériter l'estime de son mari mais l'obtenir ; s'il la blâme, elle est blâmable ; et fût-elle innocente, elle a tort sitôt qu'elle est soupçonnée ; car les apparences mêmes sont au nombre de ses devoirs[1].

Je ne vois pas clairement si toutes ces raisons sont bonnes ; tu en seras le juge ; mais un certain sentiment intérieur m'avertit qu'il n'est pas bien que ma Cousine continue d'être ma confidente, ni qu'elle me le dise la première. Je me suis souvent trouvée en faute sur mes raisonnements, jamais sur les mouvements secrets qui me les inspirent, et cela fait que j'ai plus de confiance à mon instinct qu'à ma raison[2].

Sur ce principe j'ai déjà pris un prétexte pour retirer tes lettres, que la crainte d'une surprise me faisait tenir chez elle. Elle me les a rendues avec un serrement de cœur que le mien m'a fait apercevoir, et qui m'a trop confirmé que j'avais fait ce qu'il fallait faire. Nous n'avons point eu d'explication, mais nos regards en tenaient lieu, elle m'a embrassée en pleurant ; nous sentions sans nous rien dire combien le tendre langage de l'amitié a peu besoin du secours des paroles.

À l'égard de l'adresse à substituer à la sienne, j'avais songé d'abord à celle de Fanchon Anet, et c'est bien la voie la plus sûre que nous pourrions choisir ; mais si cette jeune femme est dans un rang plus bas que ma cousine, est-ce une raison d'avoir moins d'égard pour elle en ce qui concerne l'honnêteté ? N'est-il pas à craindre au contraire, que des sentiments moins élevés ne lui rendent mon exemple plus dangereux, que ce qui n'était pour l'une que l'effort d'une amitié sublime ne soit pour l'autre un commencement de corruption, et qu'en abusant de sa reconnaissance je ne force la vertu même à servir d'instrument au vice ? Ah n'est-ce pas assez pour moi d'être coupable sans me donner des complices, et sans aggraver mes fautes du poids de celles d'autrui ? N'y pensons point, mon ami ; j'ai imaginé un autre expédient beaucoup moins sûr, à la vérité, mais aussi moins répréhensible, en ce qu'il ne compromet personne et ne nous donne aucun confident ; c'est de m'écrire sous un nom en l'air, comme par exemple, M. du Bosquet, et de mettre une enveloppe adressée à Regianino, que j'aurai soin de prévenir. Ainsi Regianino lui-même ne saura rien ; il n'aura tout au plus que des soupçons qu'il n'oserait vérifier, car Milord Édouard de qui dépend sa fortune m'a répondu de lui. Tandis que notre correspondance continuera par cette voie, je verrai si l'on peut reprendre celle qui nous servit durant le voyage de Valais, ou quelque autre qui soit permanente et sûre.

Quand je ne connaîtrais pas l'état de ton cœur, je m'apercevrais, par l'humeur qui règne dans tes relations, que la vie que tu mènes n'est pas de ton goût. Les lettres de M. de Muralt dont on s'est plaint en France étaient moins sévères que les tiennes ; comme un enfant qui se dépite contre ses maîtres, tu te venges d'être obligé d'étudier le monde, sur les premiers qui te l'apprennent. Ce qui me surprend le plus est que la chose qui commence par te révolter est celle qui prévient tous les étrangers, savoir l'accueil des Français et le ton général de leur société, quoique de ton propre aveu tu doives personnellement t'en louer. Je n'ai pas oublié la distinction de Paris en particulier et d'une grande ville en général ; mais je vois qu'ignorant ce qui convient à l'un ou à l'autre, tu fais ta critique à bon compte, avant de savoir si c'est une médisance ou une observation. Quoi qu'il en soit, j'aime la nation française, et ce n'est pas m'obliger que d'en mal parler. Je dois aux bons livres qui nous viennent d'elle la plupart des instructions que nous avons prises ensemble. Si notre pays n'est plus barbare, à qui en avons-nous l'obligation ? Les deux plus grands, les deux plus vertueux des modernes, Catinat, Fénelon, étaient tous deux français. Henri IV, le Roi que j'aime, le bon Roi, l'était [1]. Si la France n'est pas le pays des hommes libres, elle est celui des hommes vrais, et cette liberté vaut bien l'autre aux yeux du sage. Hospitaliers, protecteurs de l'étranger, les Français lui passent même la vérité qui les blesse, et l'on se ferait lapider à Londres si l'on y osait dire des Anglais la moitié du mal que les Français laissent dire d'eux à Paris. Mon Père, qui a passé sa vie en France ne parle qu'avec transport de ce bon et aimable peuple. S'il y a versé son sang au service du Prince, le Prince ne l'a point oublié dans sa retraite, et l'honore encore de ses bienfaits ; ainsi je me regarde comme intéressée à la gloire d'un pays où mon Père a trouvé la sienne. Mon ami, si chaque peuple a ses bonnes et ses mauvaises qualités, honore au moins la vérité qui loue, aussi bien que la vérité qui blâme.

Je te dirai plus ; pourquoi perdrais-tu en visites oisives le temps qui te reste à passer aux lieux où tu es ? Paris est-il moins que Londres le théâtre des talents, et les étrangers y font-ils moins aisément leur chemin ? Crois-moi, tous les Anglais ne sont pas des lords Édouards, et tous les Français ne ressemblent pas à ces beaux diseurs qui te déplaisent si fort. Tente, essaye, fais quelques épreuves, ne fût-ce que pour approfondir les mœurs, et juger à l'œuvre ces gens qui parlent si bien. Le père de ma Cousine dit que tu connais la constitution de l'empire [2] et les intérêts des Princes. Milord Édouard trouve aussi que tu n'as pas mal étudié les principes de la politique et les divers systèmes de gouvernement. J'ai dans la tête que le pays du monde où le mérite est le plus honoré est celui qui te convient le mieux, et que tu n'as besoin que d'être connu pour être employé. Quant à la Religion, pourquoi la tienne te nuirait-elle plus qu'à un autre ? La raison n'est-elle pas le préservatif de l'intolérance et du fanatisme ? Est-on plus bigot en France qu'en Allemagne ? et qui t'empêcherait de pouvoir faire à Paris le même chemin que M. de St. Saphorin[1] a fait à Vienne ? Si tu considères le but, les plus prompts essais ne doivent-ils pas accélérer les succès ? Si tu compares les moyens, n'est-il pas plus honnête encore de s'avancer par ses talents que par ses amis ? si tu songes... ah cette mer !..... un plus long trajet... ..j'aimerais mieux l'Angleterre, si Paris était au delà.

À propos[2] de cette grande Ville, oserais-je relever une affectation que je remarque dans tes lettres ? Toi qui me parlais des Valaisanes avec tant de plaisir, pourquoi ne me dis-tu rien des Parisiennes ? Ces femmes galantes et célèbres valent-elles moins la peine d'être dépeintes que quelques montagnardes simples et grossières ? Crains-tu peut-être de me donner de l'inquiétude par le tableau des plus séduisantes personnes de l'univers ? Désabuse-toi, mon ami ; ce que tu peux faire de pis pour mon repos est de ne me point parler d'elles, et quoi que tu m'en puisses dire, ton silence à leur égard m'est beaucoup plus suspect que tes éloges.

Je serais bien aise aussi d'avoir un petit mot sur l'Opéra de Paris dont on dit ici des merveilles* ; car enfin la musique peut être mauvaise, et le spectacle avoir ses beautés ; s'il n'en a pas, c'est un sujet pour ta médisance, et du moins tu n'offenseras personne.

Je ne sais si c'est la peine de te dire qu'à l'occasion de la noce il m'est encore venu ces jours passés deux épouseurs comme par rendez-vous. L'un d'Yverdun, gîtant, chassant, de Château en château ; l'autre du pays allemand par le coche de Berne. Le premier est une manière de petit-maître, parlant assez résolument pour faire trouver ses reparties spirituelles à ceux qui n'en écoutent que le ton. L'autre est un grand

* J'aurais bien mauvaise opinion de ceux qui, connaissant le caractère et la situation de Julie, ne devineraient pas à l'instant que cette curiosité ne vient point d'elle. On verra bientôt que son amant n'y a pas été trompé. S'il l'eût été, il ne l'aurait plus aimée.

nigaud timide, non de cette aimable timidité qui vient de la crainte de déplaire, mais de l'embarras d'un sot qui ne sait que dire, et du malaise d'un libertin qui ne se sent pas à sa place auprès d'une honnête fille. Sachant très positivement les intentions de mon père au sujet de ces deux Messieurs, j'use avec plaisir de la liberté qu'il me laisse de les traiter à ma fantaisie, et je ne crois pas que cette fantaisie laisse durer longtemps celle qui les amène. Je les hais d'oser attaquer un cœur où tu règnes, sans armes pour te le disputer ; s'ils en avaient, je les haïrais davantage encore, mais où les prendraient-ils, eux, et d'autres, et tout l'univers ? Non, non, sois tranquille, mon aimable ami. Quand je retrouverais un mérite égal au tien, quand il se présenterait un autre toi-même, encore le premier venu serait-il le seul écouté. Ne t'inquiète donc point de ces deux espèces [1] dont je daigne à peine te parler. Quel plaisir j'aurais à leur mesurer deux doses de dégoût si parfaitement égales qu'ils prissent la résolution de partir ensemble comme ils sont venus, et que je pusse t'apprendre à la fois le départ de tous deux.

M. de Crouzas [2] vient de nous donner une réfutation des épîtres de Pope que j'ai lue avec ennui. Je ne sais pas, au vrai, lequel des deux auteurs a raison ; mais je sais bien que le livre de M. de Crouzas ne fera jamais faire une bonne action, et qu'il n'y a rien de bon qu'on ne soit tenté de faire en quittant celui de Pope. Je n'ai point, pour moi d'autre manière de juger de mes Lectures que de sonder les dispositions où elles laissent mon âme, et j'imagine à peine quelle sorte de bonté peut avoir un livre qui ne porte point ses lecteurs au bien *.

Adieu, mon trop cher Ami, je ne voudrais pas finir sitôt ; mais on m'attend, on m'appelle. Je te quitte à regret, car je suis gaie et j'aime à partager avec toi mes plaisirs ; ce qui les anime et les redouble est que ma mère se trouve mieux depuis quelques jours ; elle s'est sentie [3] assez de force pour assister au mariage, et servir de mère à sa Nièce, ou plutôt à

* Si le lecteur approuve cette règle, et qu'il s'en serve pour juger ce recueil, l'éditeur n'appellera pas de son jugement.

sa seconde fille. La pauvre Claire en a pleuré de joie. Juge de moi, qui méritant si peu de la conserver tremble toujours de la perdre. En vérité elle fait les honneurs de la fête avec autant de grâce que dans sa plus parfaite santé ; il semble même qu'un reste de langueur rende sa naïve politesse encore plus touchante. Non, jamais cette incomparable mère ne fut si bonne, si charmante, si digne d'être adorée !.... Sais-tu qu'elle a demandé plusieurs fois de tes nouvelles à M. d'Orbe ? Quoiqu'elle ne me parle point de toi, je n'ignore pas qu'elle t'aime, et que si jamais elle était écoutée, ton bonheur et le mien seraient son premier ouvrage. Ah ! si ton cœur sait être sensible, qu'il a besoin de l'être, et qu'il a de dettes à payer !

LETTRE XIX[1]

À Julie

Tiens, ma Julie, gronde-moi, querelle-moi, bats-moi ; je souffrirai tout, mais je n'en continuerai pas moins à te dire ce que je pense. Qui sera le dépositaire de tous mes sentiments, si ce n'est toi qui les éclaires, et avec qui mon cœur se permettrait-il de parler, si tu refusais de l'entendre ? Quand je te rends compte de mes observations et de mes jugements, c'est pour que tu les corriges, non pour que tu les approuves, et plus je puis commettre d'erreurs, plus je dois me presser de t'en instruire. Si je blâme les abus qui me frappent dans cette grande ville, je ne m'en excuserai point sur ce que je t'en parle en confidence ; car je ne dis jamais rien d'un tiers que je ne sois prêt à lui dire en face, et dans tout ce que je t'écris des Parisiens, je ne fais que répéter ce que je leur dis tous les jours à eux-mêmes. Ils ne m'en savent point mauvais gré ; ils conviennent de beaucoup de choses. Ils se plaignaient de notre Muralt, je le crois bien ; on voit, on sent combien il les hait, jusque dans les éloges qu'il leur donne, et je suis bien trompé si même dans ma critique on n'aperçoit le contraire. L'estime et la reconnaissance que m'inspirent leurs bontés ne font qu'augmenter ma franchise, elle peut n'être pas inutile à quelques-uns, et, à la manière dont tous supportent la vérité dans ma bouche, j'ose croire que nous sommes dignes, eux de l'entendre et moi de la dire. C'est en cela, ma Julie, que la vérité qui blâme est plus honorable que la vérité qui loue ; car la louange ne sert qu'à corrompre ceux qui la goûtent et les plus indignes en sont toujours les plus affamés ; mais la censure est utile et le mérite seul sait la supporter. Je te le dis du fond de mon cœur, j'honore le français comme le seul peuple qui aime véritablement les hommes et qui soit bienfaisant par caractère ; mais c'est pour cela même que je suis moins disposé à lui accorder cette admiration générale à laquelle il prétend même pour les défauts qu'il avoue. Si les Français n'avaient point de vertus, je n'en dirais rien ; s'ils n'avaient point de vices ils ne seraient pas hommes : Ils ont trop de côtés louables pour être toujours loués.

Quant aux tentatives dont tu me parles, elles me sont impraticables, parce qu'il faudrait employer pour les faire des moyens qui ne me conviennent pas et que tu m'as interdits toi-même. L'austérité républicaine n'est pas de mise en ce pays ; il y faut des vertus plus flexibles, et qui sachent mieux se plier aux intérêts des amis et des protecteurs. Le mérite est honoré, j'en conviens ; mais ici les talents qui mènent à la réputation ne sont point ceux qui mènent à la fortune, et quand j'aurais le malheur de posséder ces derniers, Julie se résoudrait-elle à devenir la femme d'un parvenu ? En Angleterre c'est tout autre chose, et quoique les mœurs y vaillent peut-être encore moins qu'en France, cela n'empêche pas qu'on n'y puisse parvenir par des chemins plus honnêtes, parce que le peuple ayant plus de part au gouvernement, l'estime publique y est un plus grand moyen de crédit. Tu n'ignores pas que le projet de Milord Édouard est d'employer cette voie en ma faveur, et le mien de justifier son zèle. Le lieu de la terre où je suis le plus loin de toi est celui où je ne puis rien faire qui m'en rapproche. Ô Julie ! s'il est difficile d'obtenir ta main, il l'est bien plus de la mériter, et voilà la noble tâche que l'amour m'impose[1].

Tu m'ôtes d'une grande peine en me donnant de meilleures nouvelles de ta mère. Je t'en voyais déjà si inquiète avant mon départ que je n'osai te dire ce que j'en pensais ; mais je la trouvais maigrie, changée, et je redoutais quelque maladie dangereuse. Conserve-la-moi, parce qu'elle m'est chère, parce que mon cœur l'honore, parce que ses bontés font mon unique espérance, et surtout parce qu'elle est mère de ma Julie.

Je te dirai sur les deux épouseurs que je n'aime point ce mot, même par plaisanterie. Du reste le ton dont tu me parles d'eux m'empêche de les craindre, et je ne hais plus ces infortunés, puisque tu crois les haïr. Mais j'admire ta simplicité de penser connaître la haine. Ne vois-tu pas que c'est l'amour dépité que tu prends pour elle ? Ainsi murmure la blanche colombe dont on poursuit le bien-aimé. Va Julie, va fille incomparable, quand tu pourras haïr quelque chose, je pourrai cesser de t'aimer.

P.S. Que je te plains d'être obsédée par ces deux importuns ! Pour l'amour de toi-même, hâte-toi de les renvoyer.

LETTRE XX

De Julie

Mon ami, j'ai remis à M. d'Orbe un paquet qu'il s'est chargé de t'envoyer à l'adresse de M. Silvestre chez qui tu pourras le retirer ; mais je t'avertis d'attendre pour l'ouvrir que tu sois seul et dans ta chambre. Tu trouveras dans ce paquet un petit meuble[2] à ton usage.

C'est une espèce d'amulette que les amants portent volontiers. La manière de s'en servir est bizarre. Il faut la contempler tous les matins un quart d'heure jusqu'à ce qu'on se sente pénétré d'un certain attendrissement. Alors on l'applique sur ses yeux, sur sa bouche, et sur son cœur ; cela sert, dit-on, de préservatif durant la journée contre le mauvais air du pays galant. On attribue encore à ces sortes de talismans une vertu électrique très singulière, mais qui n'agit qu'entre les amants fidèles. C'est de communiquer à l'un l'impression des baisers de l'autre à plus de cent lieues de là. Je ne garantis pas le succès de l'expérience ; je sais seulement qu'il ne tient qu'à toi de la faire.

Tranquillise-toi sur les deux Galants ou prétendants, ou comme tu voudras les appeler, car désormais le nom ne fait plus rien à la chose. Ils sont partis : qu'ils aillent en paix ; depuis que je ne les vois plus, je ne les hais plus.

LETTRE XXI[1]

À Julie

Tu l'as voulu, Julie, il faut donc te les dépeindre, ces aimables Parisiennes ? orgueilleuse ! cet hommage manquait à tes charmes. Avec toute ta feinte jalousie, avec ta modestie et ton amour, je vois plus de vanité que de crainte cachée sous cette curiosité. Quoi qu'il en soit, je serai vrai ; je puis l'être ; je le serais de meilleur cœur si j'avais davantage à louer. Que ne sont-elles cent fois plus charmantes ! que n'ont-elles assez d'attraits pour rendre un nouvel honneur aux tiens !

Tu te plaignais de mon silence ? Eh mon Dieu, que t'aurais-je dit ? En lisant cette lettre tu sentiras pourquoi j'aimais à te parler des Valaisanes tes voisines, et pourquoi je ne te parlais point des femmes de ce pays. C'est que les unes me rappelaient à toi sans cesse, et que les autres... lis, et puis tu me jugeras. Au reste peu de gens pensent comme moi des Dames françaises, si même je ne suis sur leur compte tout à fait seul de mon avis. C'est sur quoi l'équité m'oblige à te prévenir, afin que tu saches que je te les représente, non peut-être comme elles sont, mais comme je les vois. Malgré cela, si je suis injuste envers elles, tu ne manqueras pas de me censurer encore, et tu seras plus injuste que moi ; car tout le tort en est à toi seule.

Commençons par l'extérieur. C'est à quoi s'en tiennent la plupart des observateurs. Si je les imitais en cela, les femmes de ce pays auraient trop à s'en plaindre ; elles ont un extérieur de caractère[1] aussi bien que de visage, et comme l'un ne leur est guère plus favorable que l'autre, on leur fait tort en ne les jugeant que par là. Elles sont tout au plus passables de figure et généralement plutôt mal que bien ; je laisse à part les exceptions. Menues plutôt que bien faites, elles n'ont pas la taille fine, aussi s'attachent-elles volontiers aux modes qui la déguisent ; en quoi je trouve assez simples les femmes des autres pays, de vouloir bien imiter des modes faites pour cacher les défauts qu'elles n'ont pas.

Leur démarche est aisée et commune. Leur port n'a rien d'affecté parce qu'elles n'aiment point à se gêner : Mais elles ont naturellement une certaine *disinvoltura*[2] qui n'est pas dépourvue de grâces, et qu'elles se piquent souvent de pousser jusqu'à l'étourderie. Elles ont le teint médiocrement blanc, et sont communément un peu maigres, ce qui ne contribue pas à leur embellir la peau. À l'égard de la gorge ; c'est l'autre extrémité des Valaisanes. Avec des corps fortement serrés elles tâchent d'en imposer sur la consistance ; il y a d'autres moyens d'en imposer sur la couleur. Quoique je n'aie aperçu ces objets que de fort loin, l'inspection en est si libre qu'il reste peu de chose à deviner. Ces Dames paraissent mal entendre en cela leurs intérêts ; car pour peu que le visage soit agréable, l'imagination du spectateur les servirait au surplus beaucoup mieux que ses yeux, et suivant le Philosophe gascon[3], la faim entière est bien plus âpre que celle qu'on a déjà rassasiée, au moins par un sens.

Leurs traits sont peu réguliers, mais si elles ne sont pas belles, elles ont de la physionomie qui supplée à la beauté, et l'éclipse quelquefois. Leurs yeux vifs et brillants ne sont pourtant ni pénétrants ni doux : quoiqu'elles prétendent les animer à force de rouge, l'expression qu'elles leur donnent par ce moyen tient plus du feu de la colère que de celui de l'amour ; naturellement ils n'ont que de la gaieté, ou s'ils semblent quelquefois demander un sentiment tendre, ils ne le promettent jamais*.

Elles se mettent si bien, ou du moins, elles en ont tellement la réputation, qu'elles servent en cela comme en tout de modèle au reste de l'Europe. En effet, on ne peut employer avec plus de goût un habillement plus bizarre. Elles sont de toutes les femmes, les moins asservies à leurs propres modes. La mode domine les provinciales ; mais les Parisiennes dominent la mode, et la savent plier chacune à son avantage. Les premières sont comme des copistes ignorants et serviles qui copient jusqu'aux fautes d'orthographe ; les autres sont des auteurs qui copient en maîtres, et savent rétablir les mauvaises leçons.

Leur parure est plus recherchée que magnifique ; il y règne plus d'élégance que de richesse. La rapidité des modes qui vieillit tout d'une année à l'autre, la propreté[1] qui leur fait aimer à changer souvent d'ajustement les préservent d'une somptuosité ridicule ; elles n'en dépensent pas moins, mais leur dépense est mieux entendue ; au lieu d'habits râpés et superbes comme en Italie, on voit ici des habits plus simples et toujours frais. Les deux sexes ont à cet égard la même modération, la même délicatesse, et ce goût me fait grand plaisir : J'aime fort à ne voir ni galons ni taches. Il n'y a point de peuple excepté le nôtre où les femmes surtout portent moins de dorure. On voit les mêmes étoffes dans tous les états, et l'on aurait peine à distinguer une Duchesse d'une bourgeoise si la première n'avait l'art de trouver des distinctions que l'autre n'oserait imiter. Or ceci semble avoir sa difficulté ; car quelque mode qu'on prenne à la Cour, cette mode est suivie à l'instant à la ville, et il n'en est pas des Bourgeoises de Paris comme des provinciales et des étrangères, qui ne sont jamais qu'à la mode qui n'est plus. Il n'en

* Parlons pour nous, mon cher philosophe : pourquoi d'autres ne seraient-ils pas plus heureux ? Il n'y a qu'une coquette qui promette à tout le monde ce qu'elle ne doit tenir qu'à un seul.

est pas, encore, comme dans les autres pays où les plus grands étant aussi les plus riches, leurs femmes se distinguent par un luxe que les autres ne peuvent égaler. Si les femmes de la Cour prenaient ici cette voie, elles seraient bientôt effacées par celles des Financiers.

Qu'ont-elles donc fait ? Elles ont choisi des moyens plus sûrs, plus adroits, et qui marquent plus de réflexion. Elles savent que des idées de pudeur et de modestie sont profondément gravées dans l'esprit du peuple. C'est là ce qui leur a suggéré des modes inimitables. Elles ont vu que le peuple avait en horreur le rouge, qu'il s'obstine à nommer grossièrement du fard [1] ; elles se sont appliqué quatre doigts, non de fard, mais de rouge ; car le mot changé, la chose n'est plus la même. Elles ont vu qu'une gorge découverte est en scandale au public ; elles ont largement échancré leur corps [2]. Elles ont vu.... oh bien des choses, que ma Julie, toute Demoiselle [3] qu'elle est ne verra sûrement jamais ! Elles ont mis dans leurs manières le même esprit qui dirige leur ajustement. Cette pudeur charmante qui distingue, honore, et embellit ton sexe leur a paru vile et roturière ; elles ont animé leur geste et leur propos d'une noble impudence, et il n'y a point d'honnête homme à qui leur regard assuré ne fasse baisser les yeux. C'est ainsi que cessant d'être femmes, de peur d'être confondues avec les autres femmes, elles préfèrent leur rang à leur sexe, et imitent les filles de joie, afin de n'être pas imitées.

J'ignore jusqu'où va cette imitation de leur part, mais je sais qu'elles n'ont pu tout à fait éviter celle qu'elles voulaient prévenir. Quant au rouge et aux corps échancrés, ils ont fait tout le progrès qu'ils pouvaient faire. Les femmes de la ville ont mieux aimé renoncer à leurs couleurs naturelles et aux charmes que pouvait leur prêter l'*amoroso pensier* des amants, que de rester mises comme des Bourgeoises, et si cet exemple n'a point gagné les moindres états, c'est qu'une femme à pied dans un pareil équipage n'est pas trop en sûreté contre les insultes de la populace. Ces insultes sont le cri de la pudeur révoltée, et dans cette occasion comme en beaucoup d'autres, la brutalité du peuple, plus honnête que la bienséance des gens polis, retient peut-être ici cent mille femmes dans les bornes de la modestie ; c'est précisément ce qu'ont prétendu les adroites inventrices de ces modes.

Quant au maintien soldatesque et au ton grenadier, il frappe moins, attendu qu'il est plus universel, et il n'est guère sensible qu'aux nouveaux débarqués. Depuis le faubourg St. Germain jusqu'aux halles, il y a peu de femmes à Paris dont l'abord, le regard, ne soit d'une hardiesse à déconcerter quiconque n'a rien vu de semblable en son pays ; et de la surprise où jettent ces nouvelles manières naît cet air gauche qu'on reproche aux étrangers. C'est encore pis sitôt qu'elles ouvrent la bouche. Ce n'est point la voix douce et mignarde de nos Vaudoises. C'est un certain accent dur, aigre, interrogatif, impérieux, moqueur, et plus fort que celui d'un homme. S'il reste dans leur ton quelque grâce de leur sexe, leur manière intrépide et curieuse de fixer les gens achève de l'éclipser. Il semble qu'elles se plaisent à jouir de l'embarras qu'elles donnent à ceux qui les voient pour la première fois ; mais il est à croire que cet embarras leur plairait moins si elles en démêlaient mieux la cause[1].

Cependant, soit prévention de ma part en faveur de la beauté, soit instinct de la sienne à se faire valoir, les belles femmes me paraissent en général un peu plus modestes, et je trouve plus de décence dans leur maintien. Cette réserve ne leur coûte guère, elles sentent bien leurs avantages, elles savent qu'elles n'ont pas besoin d'agaceries pour nous attirer. Peut-être aussi que l'impudence est plus sensible et choquante jointe à la laideur, et il est sûr qu'on couvrirait plutôt de soufflets que de baisers un laid visage effronté, au lieu qu'avec la modestie il peut exciter une tendre compassion qui mène quelquefois à l'amour. Mais quoique en général on remarque ici quelque chose de plus doux dans le maintien des jolies personnes, il y a encore tant de minauderies dans leurs manières, et elles sont toujours si visiblement occupées d'elles-mêmes, qu'on n'est jamais exposé dans ce pays à la tentation qu'avait quelquefois M. de Muralt auprès des Anglaises, de dire à une femme qu'elle est belle pour avoir le plaisir de le lui apprendre[1].

La gaieté naturelle à la nation, ni le désir d'imiter les grands airs ne sont pas[2] les seules causes de cette liberté de propos et de maintien qu'on remarque ici dans les femmes. Elle paraît avoir une racine plus profonde dans les mœurs, par le mélange indiscret et continuel des deux sexes, qui fait contracter à chacun d'eux l'air, le langage, et les manières de l'autre. Nos Suissesses aiment assez à se rassembler entre elles* ; elles y vivent dans une douce familiarité, et quoique apparemment elles ne haïssent pas le commerce des hommes, il est certain que la présence de ceux-ci jette une sorte de contrainte dans cette petite gynécocratie. À Paris, c'est tout le contraire ; les femmes n'aiment à vivre qu'avec les hommes, elles ne sont à leur aise qu'avec eux. Dans chaque société la maîtresse de la maison est presque toujours seule au milieu d'un cercle d'hommes. On a peine à concevoir d'où tant d'hommes peuvent se répandre partout ; mais Paris est plein d'aventuriers et de célibataires qui passent leur vie à courir de maison en maison, et les hommes semblent comme les espèces se multiplier par la circulation[4]. C'est donc là qu'une femme apprend à parler, agir et penser comme eux, et eux comme elle. C'est là qu'unique objet de leurs petites galanteries, elle jouit paisiblement de ces insultants hommages auxquels on ne daigne pas même donner un air de bonne foi. Qu'importe ? sérieusement ou par plaisanterie, on s'occupe d'elle et c'est tout ce qu'elle veut. Qu'une autre femme survienne, à l'instant le ton de cérémonie succède à la familiarité, les grands airs commencent, l'attention des hommes se partage, et l'on se tient mutuellement dans une secrète gêne dont on ne sort plus qu'en se séparant.

Les femmes de Paris aiment à voir les spectacles, c'est-à-dire à y être vues ; mais leur embarras chaque fois qu'elles y

* Tout cela est fort changé. Par les circonstances, ces lettres ne semblent écrites que depuis quelque vingtaine d'années[3]. Aux mœurs, au style, on les croirait de l'autre siècle.

veulent aller est de trouver une compagne ; car l'usage ne permet à aucune femme d'y aller seule en grande loge, pas même avec son mari, pas même avec un autre homme. On ne saurait dire combien dans ce pays si sociable ces parties sont difficiles à former ; de dix qu'on en projette, il en manque neuf ; le désir d'aller au spectacle les fait lier, l'ennui d'y aller ensemble les fait rompre. Je crois que les femmes pourraient abroger aisément cet usage inepte ; car où est la raison de ne pouvoir se montrer seule en public ? Mais c'est peut-être ce défaut de raison qui le conserve. Il est bon de tourner autant qu'on peut les bienséances sur des choses où il serait inutile d'en manquer. Que gagnerait une femme au droit d'aller sans compagne à l'Opéra ? Ne vaut-il pas mieux réserver ce droit pour recevoir en particulier ses amis ?

Il est sûr que mille liaisons secrètes doivent être le fruit de leur manière de vivre éparses et isolées parmi tant d'hommes. Tout le monde en convient aujourd'hui, et l'expérience a détruit l'absurde maxime de vaincre les tentations en les multipliant[1]. On ne dit donc plus que cet usage est plus honnête, mais qu'il est plus agréable, et c'est ce que je ne crois pas plus vrai ; car quel amour peut régner où la pudeur est en dérision, et quel charme peut avoir une vie privée à la fois d'amour et d'honnêteté ? Aussi[2] comme le grand fléau de tous ces gens si dissipés est l'ennui, les femmes se soucient-elles moins d'être aimées qu'amusées, la galanterie et les soins valent mieux que l'amour auprès d'elles, et pourvu qu'on soit assidu, peu leur importe qu'on soit passionné. Les mots même d'amour et d'amant sont bannis de l'intime société des deux sexes et relégués avec ceux de *chaîne* et de *flamme* dans les Romans qu'on ne lit plus.

Il semble que tout l'ordre des sentiments naturels soit ici renversé. Le cœur n'y forme aucune chaîne, il n'est point permis aux filles d'en avoir un. Ce droit est réservé aux seules femmes mariées, et n'exclut du choix personne que leurs maris. Il vaudrait mieux qu'une mère eût vingt amants que sa fille un seul. L'adultère n'y révolte point, on n'y trouve rien de contraire à la bienséance ; les Romans les plus décents, ceux que tout le monde lit pour s'instruire en sont pleins, et le désordre n'est plus blâmable, sitôt qu'il est joint à l'infidélité. Ô Julie ! Telle femme qui n'a pas craint de souiller cent fois le lit conjugal oserait d'une bouche impure accuser nos chastes amours, et condamner l'union de deux cœurs sincères qui ne surent jamais manquer de foi. On dirait que le mariage n'est pas à Paris de la même nature que partout ailleurs. C'est un sacrement, à ce qu'ils prétendent, et ce sacrement n'a pas la force des moindres contrats civils : il semble n'être que l'accord de deux personnes libres qui conviennent de demeurer ensemble, de porter le même nom, de reconnaître les mêmes enfants ; mais qui n'ont, au surplus, aucune sorte de droit l'une sur l'autre ; et un mari qui s'aviserait de contrôler ici la mauvaise conduite de sa femme n'exciterait pas moins de murmures que celui qui souffrirait chez nous le désordre public de la sienne. Les femmes, de leur côté, n'usent pas de rigueur envers leurs maris, et l'on ne voit pas encore qu'elles les fassent punir d'imiter leurs infidélités[1]. Au reste, comment attendre de part ou d'autre un effet plus honnête d'un lien où le cœur n'a point été consulté ? Qui n'épouse que la fortune ou l'état, ne doit rien à la personne[2].

L'amour même, l'amour a perdu ses droits et n'est pas moins dénaturé que le mariage. Si les Époux sont ici des garçons et des filles qui demeurent ensemble pour vivre avec plus de liberté ; les amants sont des gens indifférents qui se voient par amusement, par air, par habitude, ou pour le besoin du moment. Le cœur n'a que faire à ces liaisons, on n'y consulte que la commodité et certaines convenances extérieures. C'est, si l'on veut, se connaître, vivre ensemble, s'arranger, se voir, moins encore s'il est possible. Une liaison de galanterie dure un peu plus qu'une visite ; c'est un recueil de jolis entretiens et de jolies Lettres pleines de portraits, de maximes, de philosophie, et de bel esprit. À l'égard du physique il n'exige pas tant de mystère ; on a très sensément trouvé qu'il fallait régler sur l'instant des désirs la facilité de les satisfaire[3] : la première venue, le premier venu, l'amant ou un autre, un homme est toujours un homme, tous sont presque également bons, et il y a du moins à cela de la conséquence, car pourquoi serait-on plus fidèle à l'amant qu'au mari ? Et puis à certain âge tous les hommes sont à peu près le même homme, toutes les femmes la même femme ; toutes ces poupées sortent de chez la même marchande de modes, et il n'y a guère d'autre choix à faire que ce qui tombe le plus commodément sous la main.

Comme je ne sais rien de ceci par moi-même, on m'en a parlé sur un ton si extraordinaire qu'il ne m'a pas été possible de bien entendre ce qu'on m'en a dit. Tout ce que j'en ai conçu, c'est que chez la plupart des femmes l'amant est comme un des gens de la maison : s'il ne fait pas son devoir, on le congédie et l'on en prend un autre ; s'il trouve mieux ailleurs ou s'ennuie du métier, il quitte et l'on en prend un autre. Il y a, dit-on, des femmes assez capricieuses pour essayer même du maître de la maison, car enfin, c'est encore une espèce d'homme. Cette fantaisie ne dure pas ; quand elle est passée, on le chasse et l'on en prend un autre, ou s'il s'obstine, on le garde et l'on en prend un autre.

Mais, disais-je à celui qui m'expliquait ces étranges usages, comment une femme vit-elle ensuite avec tous ces autres-là, qui ont ainsi pris ou reçu leur congé ? Bon ! reprit-il, elle n'y vit point. On ne se voit plus ; on ne se connaît plus. Si jamais la fantaisie prenait de renouer, on aurait une nouvelle connaissance à faire, et ce serait beaucoup qu'on se souvînt de s'être vus. Je vous entends, lui dis-je ; mais j'ai beau réduire ces exagérations ; je ne conçois pas comment après une union si tendre on peut se voir de sang-froid ; comment le cœur ne palpite pas au nom de ce qu'on a une fois aimé ; comment on ne tressaillit [1] pas à sa rencontre ! Vous me faites rire, interrompit-il, avec vos tressaillements ! vous voudriez donc que nos femmes ne fissent autre chose que tomber en syncope ?

Supprime une partie de ce tableau trop chargé, sans doute ; place Julie à côté du reste, et souviens-toi de mon cœur ; je n'ai rien de plus à te dire.

Il faut cependant l'avouer ; plusieurs de ces impressions désagréables s'effacent par l'habitude. Si le mal se présente avant le bien, il ne l'empêche pas de se montrer à son tour ; les charmes de l'esprit et du naturel font valoir ceux de la personne. La première répugnance vaincue devient bientôt un sentiment contraire. C'est l'autre point de vue du tableau, et la justice ne permet pas de ne l'exposer que par le côté désavantageux.

C'est le premier inconvénient des grandes villes que les hommes y deviennent autres que ce qu'ils sont, et que la société leur donne, pour ainsi dire, un être différent du leur. Cela est vrai, surtout à Paris, et surtout à l'égard des femmes, qui tirent des regards d'autrui la seule existence dont elles se soucient. En abordant une Dame dans une assemblée, au lieu d'une Parisienne que vous croyez voir, vous ne voyez qu'un simulacre de la mode. Sa hauteur, son ampleur, sa démarche, sa taille, sa gorge, ses couleurs, son air, son regard, ses propos, ses manières, rien de tout cela n'est à elle, et si vous la voyiez dans son état naturel, vous ne pourriez la reconnaître. Or cet échange est rarement favorable à celles qui le font, et en général il n'y a guère à gagner à tout ce qu'on substitue à la nature. Mais on ne l'efface jamais entièrement ; elle s'échappe toujours par quelque endroit, et c'est dans une certaine adresse à la saisir que consiste l'art d'observer. Cet art n'est pas difficile vis-à-vis des femmes de ce pays ; car comme elles ont plus de naturel qu'elles ne croient en avoir, pour peu qu'on les fréquente assidûment, pour peu qu'on les détache de cette éternelle représentation qui leur plaît si fort, on les voit bientôt comme elles sont, et c'est alors que toute l'aversion qu'elles ont d'abord inspirée se change en estime et en amitié.

Voilà ce que j'eus occasion d'observer la semaine dernière dans une partie de campagne où quelques femmes nous avaient assez étourdiment invités, moi et quelques autres nouveaux débarqués[1], sans trop s'assurer que nous leur convenions, ou peut-être pour avoir le plaisir d'y rire de nous à leur aise. Cela ne manqua pas d'arriver le premier jour. Elles nous accablèrent d'abord de traits plaisants et fins qui tombant toujours sans rejaillir épuisèrent bientôt leur carquois. Alors elles s'exécutèrent de bonne grâce, et ne pouvant nous amener à leur ton, elles furent réduites à prendre le nôtre. Je ne sais si elles se trouvèrent bien de cet échange, pour moi je m'en trouvai à merveilles[1] ; je vis avec surprise que je m'éclairais plus avec elles que je n'aurais fait avec beaucoup d'hommes. Leur esprit ornait si bien le bon sens que je regrettais ce qu'elles en avaient mis à le défigurer, et je déplorais, en jugeant mieux des femmes de ce pays, que tant d'aimables personnes ne manquassent de raison que parce qu'elles ne voulaient pas en avoir. Je vis aussi que les grâces familières et naturelles effaçaient insensiblement les airs apprêtés de la ville ; car sans y songer on prend des manières assortissantes aux choses qu'on dit, et il n'y a pas moyen de mettre à des discours sensés les grimaces de la coquetterie. Je les trouvai plus jolies depuis qu'elles ne cherchaient plus tant à l'être, et je sentis qu'elles n'avaient besoin pour plaire que de ne se pas déguiser. J'osai soupçonner sur ce fondement que Paris, ce prétendu siège du goût, est peut-être le lieu du monde où il y en a le moins, puisque tous les soins qu'on y prend pour plaire défigurent la véritable beauté.

Nous restâmes ainsi quatre ou cinq jours ensemble, contents les uns des autres et de nous-mêmes. Au lieu de passer en revue Paris et ses folies, nous l'oubliâmes. Tout notre soin se bornait à jouir entre nous d'une société agréable et douce. Nous n'eûmes besoin ni de satires ni de plaisanteries pour nous mettre de bonne humeur, et nos ris n'étaient pas de raillerie mais de gaieté, comme ceux de ta Cousine.

Une autre chose acheva de me faire changer d'avis sur leur compte. Souvent au milieu de nos entretiens les plus animés, on venait dire un mot à l'oreille de la maîtresse de la maison. Elle sortait, allait s'enfermer pour écrire, et ne rentrait de longtemps. Il était aisé d'attribuer ces éclipses à quelque correspondance de cœur, ou de celles qu'on appelle ainsi.

Une autre femme en glissa légèrement un mot qui fut assez mal reçu ; ce qui me fit juger que si l'absente manquait d'amants, elle avait au moins des amis. Cependant la curiosité m'ayant donné quelque attention, quelle fut ma surprise en apprenant que ces prétendus grisons[1] de Paris étaient des paysans de la paroisse, qui venaient dans leurs calamités implorer la protection de leur Dame. L'un surchargé de tailles à la décharge d'un plus riche ; l'autre enrôlé dans la milice sans égard pour son âge et pour ses enfants* ; l'autre écrasé d'un puissant voisin par un procès injuste ; l'autre ruiné par la grêle, et dont on exigeait le bail à la rigueur. Enfin tous avaient quelque grâce à demander, tous étaient patiemment écoutés, on n'en rebutait aucun, et le temps attribué aux billets doux était employé à écrire en faveur de ces malheureux. Je ne saurais te dire avec quel étonnement j'appris, et le plaisir que prenait une femme si jeune et si dissipée à remplir ces aimables devoirs, et combien peu elle y mettait d'ostentation. Comment ? disais-je tout attendri ; quand ce serait Julie, elle ne ferait pas autrement ! Dès cet instant je ne l'ai plus regardée qu'avec respect, et tous ses défauts sont effacés à mes yeux.

Sitôt que mes recherches se sont tournées de ce côté, j'ai appris mille choses à l'avantage de ces mêmes femmes que j'avais d'abord trouvées si insupportables. Tous les étrangers conviennent unanimement qu'en écartant les propos à la mode, il n'y a point de pays au monde où les femmes soient plus éclairées, parlent en général plus sensément, plus judicieusement, et sachent donner au besoin de meilleurs conseils. Ôtons le jargon de la galanterie et du bel esprit, quel parti tirerons-nous de la conversation d'une Espagnole, d'une Italienne, d'une Allemande ? Aucun, et tu sais, Julie, ce qu'il en est communément de nos Suissesses. Mais qu'on ose passer pour peu galant et tirer les Françaises de cette forteresse, dont à la vérité, elles n'aiment guère à sortir, on

* On a vu cela dans l'autre guerre ; mais non dans celle-ci[2], que je sache. On épargne les hommes mariés, et l'on en fait ainsi marier beaucoup.

trouve encore à qui parler en rase campagne, et l'on croit combattre avec un homme, tant[1] elle sait s'armer de raison et faire de nécessité vertu. Quant au bon caractère, je ne citerai point le zèle avec lequel elles servent leurs amis ; car il peut régner en cela une certaine chaleur d'amour-propre qui soit de tous les pays : mais quoique ordinairement elles n'aiment qu'elles-mêmes, une longue habitude, quand elles ont assez de constance pour l'acquérir, leur tient lieu d'un sentiment assez vif : Celles qui peuvent supporter un attachement de dix ans, le gardent ordinairement toute leur vie, et elles aiment leurs vieux amis plus tendrement, plus sûrement au moins que leurs jeunes amants.

Une remarque assez commune qui semble être à la charge des femmes est qu'elles font tout en ce pays, et par conséquent plus de mal que de bien ; mais ce qui les justifie est qu'elles font le mal poussées par les hommes, et le bien de leur propre mouvement. Ceci ne contredit point ce que je disais ci-devant que le cœur n'entre pour rien dans le commerce des deux sexes : car la galanterie française a donné aux femmes un pouvoir universel qui n'a besoin d'aucun tendre sentiment pour se soutenir. Tout dépend d'elles ; rien ne se fait que par elles ou pour elles ; l'Olympe et le Parnasse, la gloire et la fortune sont également sous leurs lois. Les livres n'ont de prix, les auteurs n'ont d'estime qu'autant qu'il plaît aux femmes de leur en accorder ; elles décident souverainement des plus hautes connaissances, ainsi que des plus agréables. Poésie, Littérature, histoire, philosophie, politique même, on voit d'abord au style de tous les livres qu'ils sont écrits pour amuser de jolies femmes, et l'on vient de mettre la bible en histoires galantes[2]. Dans les affaires, elles ont pour obtenir ce qu'elles demandent un ascendant naturel jusque sur leurs maris, non parce qu'ils sont leurs maris, mais parce qu'ils sont hommes et qu'il est convenu qu'un homme ne refusera rien à aucune femme, fût-ce même la sienne[3].

Au reste cette autorité ne suppose ni attachement ni estime, mais seulement de la politesse et de l'usage du monde ; car d'ailleurs, il n'est pas moins essentiel à la galanterie française de mépriser les femmes que de les servir. Ce mépris est une sorte de titre qui leur en impose ; c'est un témoignage qu'on a vécu assez avec elles pour les connaître. Quiconque les respecterait passerait à leurs yeux pour un novice, un paladin, un homme qui n'a connu les femmes que dans les Romans. Elles se jugent avec tant d'équité que les honorer serait être indigne de leur plaire, et la première qualité de l'homme à bonnes fortunes est d'être souverainement impertinent[1].

Quoi qu'il en soit, elles ont beau se piquer de méchanceté ; elles sont bonnes en dépit d'elles, et voici à quoi surtout leur bonté de cœur est utile. En tout pays les gens chargés de beaucoup d'affaires sont toujours repoussants et sans commisération, et Paris étant le centre des affaires du plus grand peuple de l'Europe, ceux qui les font sont aussi les plus durs des hommes. C'est donc aux femmes qu'on s'adresse pour avoir des grâces ; elles sont le recours des malheureux ; elles ne ferment point l'oreille à leurs plaintes ; elles les écoutent, les consolent et les servent. Au milieu de la vie frivole qu'elles mènent, elles savent dérober des moments à leurs plaisirs pour les donner à leur bon naturel, et si quelques-unes font un infâme commerce des services qu'elles rendent, des milliers d'autres s'occupent tous les jours gratuitement à secourir le pauvre de leur bourse et l'opprimé de leur crédit. Il est vrai que leurs soins sont souvent indiscrets, et qu'elles nuisent sans scrupule au malheureux qu'elles ne connaissent pas, pour servir le malheureux qu'elles connaissent : Mais comment connaître tout le monde dans un si grand pays, et que peut faire de plus la bonté d'âme séparée de la véritable vertu, dont le plus sublime effort n'est pas tant de faire le bien que de ne jamais mal faire[2] ? À cela près, il est certain qu'elles ont du penchant au bien, qu'elles en font beaucoup, qu'elles le font de bon cœur, que ce sont elles seules qui conservent dans Paris le peu d'humanité qu'on y voit régner encore, et que sans elles on verrait les hommes avides et insatiables s'y dévorer comme des loups.

Voilà ce que je n'aurais point appris, si je m'en étais tenu aux peintures des faiseurs de Romans et de Comédies, lesquels voient plutôt dans les femmes des ridicules qu'ils partagent que les bonnes qualités qu'ils n'ont pas, ou qui peignent des chefs-d'œuvre de vertu qu'elles se dispensent d'imiter en les traitant de chimères, au lieu de les encourager au bien en louant celui qu'elles font réellement[1]. Les Romans sont peut-être la dernière instruction qu'il reste à donner à un peuple assez corrompu pour que toute autre lui soit inutile ; je voudrais qu'alors la composition de ces sortes de livres ne fût permise qu'à des gens honnêtes mais sensibles dont le cœur se peignît dans leurs écrits, à des auteurs qui ne fussent pas au-dessus des faiblesses de l'humanité, qui ne montrassent pas tout d'un coup la vertu dans le Ciel hors de la portée des hommes, mais qui la leur fissent aimer en la peignant d'abord moins austère, et puis du sein du vice les y sussent conduire insensiblement[2].

Je t'en ai prévenue, je ne suis en rien de l'opinion commune sur le compte des femmes de ce pays. On leur trouve unanimement l'abord le plus enchanteur, les grâces les plus séduisantes, la coquetterie la plus raffinée, le sublime de la galanterie, et l'art de plaire au souverain degré. Moi, je trouve leur abord choquant, leur coquetterie repoussante, leurs manières sans modestie. J'imagine que le cœur doit se fermer à toutes leurs avances, et l'on ne me persuadera jamais qu'elles puissent un moment parler de l'amour, sans se montrer également incapables d'en inspirer et d'en ressentir.

D'un autre côté, la renommée apprend à se défier de leur caractère[3], elle les peint frivoles, rusées, artificieuses, étourdies, volages, parlant bien, mais ne pensant point, sentant encore moins, et dépensant ainsi tout leur mérite en vain babil. Tout cela me paraît à moi leur être extérieur comme leurs paniers et leur rouge. Ce sont des vices de parade qu'il faut avoir à Paris, et qui dans le fond couvrent en elles du sens, de la raison, de l'humanité, du bon naturel ; elles sont moins indiscrètes, moins tracassières que chez nous, moins peut-être que partout ailleurs. Elles sont plus solidement instruites et leur instruction profite mieux à leur jugement. En un mot, si elles me déplaisent par tout ce qui caractérise leur sexe qu'elles ont défiguré, je les estime par des rapports avec le nôtre, qui nous font honneur, et je trouve qu'elles seraient cent fois plutôt des hommes de mérite que d'aimables femmes[1].

Conclusion : si Julie n'eût point existé ; si mon cœur eût pu souffrir quelque autre attachement que celui pour lequel il était né, je n'aurais jamais pris à Paris ma femme, encore moins ma maîtresse ; mais je m'y serais fait volontiers une amie[2], et ce trésor m'eût consolé, peut-être, de n'y pas trouver les deux autres*.

LETTRE XXII

À Julie

Depuis ta lettre reçue, je suis allé tous les jours chez M. Silvestre demander le petit paquet. Il n'était toujours point venu, et dévoré d'une mortelle impatience, j'ai fait le voyage sept fois inutilement. Enfin la huitième, j'ai reçu le paquet. À peine l'ai-je eu dans les mains que sans payer le port, sans m'en informer, sans rien dire à personne, je suis sorti comme un étourdi, et ne voyant le moment de rentrer chez moi[4], j'enfilais avec tant de précipitation des rues que je ne connaissais point, qu'au bout d'une demi-heure, cherchant la rue de Tournon où je loge, je me suis trouvé dans le marais à l'autre extrémité de Paris. J'ai été obligé de prendre un fiacre pour revenir plus promptement ; c'est la première fois que cela m'est arrivé le matin pour mes affaires ; je ne m'en sers même qu'à regret l'après-midi pour quelques visites ; car j'ai deux jambes fort bonnes, dont je serais bien

* Je me garderai de prononcer sur cette lettre ; mais je doute qu'un jugement qui donne libéralement à celles qu'il regarde des qualités qu'elles méprisent, et qui leur refuse les seules dont elles font cas, soit fort propre à être bien reçu d'elles[3].

fâché qu'un peu plus d'aisance dans ma fortune me fît négliger l'usage.

J'étais fort embarrassé dans mon fiacre avec mon paquet ; je ne voulais l'ouvrir que chez moi, c'était ton ordre. D'ailleurs une sorte de volupté qui me laisse oublier la commodité dans les choses communes, me la fait rechercher avec soin dans les vrais plaisirs. Je n'y puis souffrir aucune sorte de distraction, et je veux avoir du temps et mes aises pour savourer tout ce qui me vient de toi. Je tenais donc ce paquet avec une inquiète curiosité dont je n'étais pas le maître : je m'efforçais de palper à travers les enveloppes ce qu'il pouvait contenir, et l'on eût dit qu'il me brûlait les mains, à voir les mouvements continuels qu'il faisait de l'une à l'autre. Ce n'est pas qu'à son volume, à son poids, au ton de ta lettre, je n'eusse quelque soupçon de la vérité ; mais le moyen de concevoir comment tu pouvais avoir trouvé l'artiste et l'occasion ? Voilà ce que je ne conçois pas encore ; c'est un miracle de l'amour ; plus il passe ma raison, plus il enchante mon cœur, et l'un des plaisirs qu'il me donne est celui de n'y rien comprendre.

J'arrive enfin, je vole, je m'enferme dans ma chambre, je m'asseye[1] hors d'haleine, je porte une main tremblante sur le cachet. Ô première influence du talisman ! j'ai senti palpiter mon cœur à chaque papier que j'ôtais, et je me suis bientôt trouvé tellement oppressé, que j'ai été forcé de respirer un moment sur la dernière enveloppe.... Julie !.... Ô ma Julie !.... le voile est déchiré[2]... je te vois... je vois tes divins attraits ! Ma bouche et mon cœur leur rendent le premier hommage, mes genoux fléchissent.... charmes adorés, encore une fois vous aurez enchanté mes yeux. Qu'il est prompt, qu'il est puissant, le magique effet de ces traits chéris ! Non, il ne faut point comme tu prétends un quart d'heure pour le sentir ; une minute, un instant suffit pour arracher de mon sein mille ardents soupirs, et me rappeler avec ton image celle de mon bonheur passé. Pourquoi faut-il que la joie de posséder un si précieux trésor soit mêlée d'une si cruelle amertume ? Avec quelle violence il me rappelle des temps qui ne sont plus ! Je crois en le voyant te revoir encore ; je crois me retrouver à ces moments délicieux dont le souvenir fait maintenant le malheur de ma vie, et que le Ciel m'a donnés et ravis dans sa colère ! Hélas, un instant me désabuse ; toute la douleur de l'absence se ranime et s'aigrit en m'ôtant l'erreur qui l'a suspendue, et je suis comme ces malheureux dont on n'interrompt les tourments que pour les leur rendre plus sensibles. Dieux ! quels torrents de flammes mes avides regards puisent dans cet objet inattendu ! ô comme il ranime au fond de mon cœur tous les mouvements impétueux que ta présence y faisait naître ! ô Julie, s'il était vrai qu'il pût transmettre à tes sens le délire et l'illusion des miens.... Mais pourquoi ne le serait-il pas [1] ? Pourquoi des impressions que l'âme porte avec tant d'activité n'iraient-elles pas aussi loin qu'elle ? Ah, chère amante ! où que tu sois, quoi que tu fasses au moment où j'écris cette lettre, au moment où ton portrait reçoit tout ce que ton idolâtre Amant adresse à ta personne, ne sens-tu pas ton charmant visage inondé des pleurs de l'amour et de la tristesse ? Ne sens-tu pas tes yeux, tes joues, ta bouche, ton sein, pressés, comprimés, accablés de mes ardents baisers ? Ne te sens-tu pas embraser toute entière du feu de mes lèvres brûlantes !..... Ciel, qu'entends-je ? Quelqu'un vient..... Ah serrons, cachons mon trésor..... un importun !..... Maudit soit le cruel qui vient troubler des transports si doux !..... Puisse-t-il ne jamais aimer..... ou vivre loin de ce qu'il aime !

LETTRE XXIII

À Mad^e d'Orbe

C'est à vous, charmante Cousine, qu'il faut rendre compte de l'Opéra [2] ; car bien que vous ne m'en parliez point dans vos lettres, et que Julie vous ait gardé le secret, je vois d'où lui vient cette curiosité. J'y fus une fois pour contenter la mienne ; j'y suis retourné pour vous deux autres fois. Tenez-m'en quitte, je vous prie, après cette lettre. J'y puis retourner encore, y bâiller, y souffrir, y périr pour votre service ; mais y rester éveillé et attentif, cela ne m'est pas possible.

Avant de vous dire ce que je pense de ce fameux Théâtre, que je vous rende compte de ce qu'on en dit ici ; le jugement des connaisseurs pourra redresser le mien si je m'abuse.

L'Opéra de Paris passe à Paris pour le spectacle le plus pompeux, le plus voluptueux, le plus admirable qu'inventa jamais l'art humain. C'est, dit-on, le plus superbe monument de la magnificence de Louis quatorze. Il n'est pas si libre à chacun que vous le pensez de dire son avis sur ce grave sujet. Ici l'on peut disputer de tout hors de la Musique et de l'Opéra, il y a du danger à manquer de dissimulation sur ce seul point ; la musique française se maintient par une inquisition très sévère[1], et la première chose qu'on insinue par forme de leçon à tous les étrangers qui viennent dans ce pays, c'est que tous les étrangers conviennent qu'il n'y a rien de si beau dans le reste du monde que l'Opéra de Paris. En effet, la vérité est que les plus discrets s'en taisent, et n'osent en rire qu'entre eux.

Il faut convenir pourtant qu'on y représente à grands frais, non seulement toutes les merveilles de la nature, mais beaucoup d'autres merveilles bien plus grandes, que personne n'a jamais vues, et sûrement Pope[2] a voulu désigner ce bizarre théâtre par celui où il dit qu'on voit pêle-mêle des Dieux, des lutins, des monstres, des Rois, des bergers, des fées, de la fureur, de la joie, un feu, une gigue, une bataille, et un bal.

Cet assemblage si magnifique et si bien ordonné est regardé comme s'il contenait en effet toutes les choses qu'il représente. En voyant paraître un temple on est saisi d'un saint respect, et pour peu que la Déesse en soit jolie, le parterre est à moitié païen. On n'est pas si difficile ici qu'à la Comédie-française. Ces mêmes spectateurs qui ne peuvent revêtir un Comédien de son personnage[3], ne peuvent à l'opéra séparer un Acteur du sien. Il semble que les esprits se roidissent contre une illusion raisonnable, et ne s'y prêtent qu'autant qu'elle est absurde et grossière ; ou peut-être que des Dieux leur coûtent moins à concevoir que des Héros. Jupiter étant d'une autre nature que nous, on en peut penser ce qu'on veut ; mais Caton était un homme, et combien d'hommes ont le droit de croire que Caton ait pu exister ?

L'Opéra n'est donc point ici comme ailleurs une troupe de gens payés pour se donner en spectacle au public ; ce sont, il est vrai, des gens que le public paye et qui se donnent en spectacle ; mais tout cela change de nature attendu que c'est une Académie Royale de musique, une espèce de Cour souveraine qui juge sans appel dans sa propre cause et ne se pique pas autrement de justice ni de fidélité*. Voilà, Cousine, comment dans certains pays l'essence des choses tient aux mots, et comment des noms honnêtes suffisent pour honorer ce qui l'est le moins.

Les membres de cette noble Académie ne dérogent point. En revanche, ils sont excommuniés, ce qui est précisément le contraire de l'usage des autres pays ; mais peut-être, ayant eu le choix, aiment-ils mieux être nobles et damnés, que roturiers et bénis. J'ai vu sur le théâtre un chevalier moderne[1] aussi fier de son métier qu'autrefois l'infortuné Labérius fut humilié du sien**, quoiqu'il le fît par force et ne

* Dit en mots plus ouverts, cela n'en serait que plus vrai ; mais ici je suis partie, et je dois me taire. Partout où l'on est moins soumis aux lois qu'aux hommes, on doit savoir endurer l'injustice.

** Forcé par le Tyran de monter sur le théâtre, il déplora son sort par des vers très touchants, et très capables d'allumer l'indignation de tout honnête homme contre ce César si vanté. *Après avoir*, dit-il, *vécu soixante ans avec honneur, j'ai quitté ce matin mon foyer chevalier Romain, j'y rentrerai ce soir vil Histrion. Hélas, j'ai vécu trop d'un jour. Ô fortune ! s'il fallait me déshonorer une fois, que ne m'y forçais-tu quand la jeunesse et la vigueur me laissaient au moins une figure agréable : mais maintenant quel triste objet viens-je exposer aux rebuts du peuple Romain ? Une voix éteinte, un corps infirme, un cadavre, un sépulcre animé, qui n'a plus rien de moi que mon nom.* Le prologue entier qu'il récita dans cette occasion, l'injustice que lui fit César piqué de la noble liberté avec laquelle il vengeait son honneur flétri, l'affront qu'il reçut au cirque, la bassesse qu'eut Cicéron d'insulter à son opprobre, la réponse fine et piquante que lui fit Labérius ; tout cela nous a été conservé par Aulu-Gelle, et c'est à mon gré le morceau le plus curieux et le plus intéressant de son fade recueil[2].

récitât que ses propres ouvrages. Aussi l'ancien Labérius ne put-il reprendre sa place au cirque parmi les chevaliers romains, tandis que le nouveau en trouve tous les jours une sur les bancs de la Comédie-française parmi la première noblesse du pays, et jamais on n'entendit parler à Rome avec tant de respect de la majesté du peuple romain qu'on parle à Paris de la majesté de l'Opéra[1].

Voilà ce que j'ai pu recueillir des discours d'autrui sur ce brillant spectacle ; que je vous dise à présent ce que j'y ai vu moi-même.

Figurez-vous une gaine large d'une quinzaine de pieds, et longue à proportion ; cette gaine est le théâtre. Aux deux côtés, on place par intervalles des feuilles de paravent, sur lesquelles sont grossièrement peints les objets que la scène doit représenter. Le fond est un grand rideau peint de même, et presque toujours percé ou déchiré, ce qui représente des gouffres dans la terre ou des trous dans le Ciel, selon la perspective. Chaque personne qui passe derrière le théâtre et touche le rideau, produit en l'ébranlant une sorte de tremblement de terre assez plaisant à voir. Le Ciel est représenté par certaines guenilles bleuâtres, suspendues à des bâtons ou à des cordes, comme l'étendage d'une blanchisseuse. Le soleil, car on l'y voit quelquefois, est un flambeau dans une lanterne. Les chars des Dieux et des Déesses sont composés de quatre solives encadrées et suspendues à une grosse corde en forme d'escarpolette ; entre ces solives est une planche en travers sur laquelle le dieu s'asseye[2], et sur le devant pend un morceau de grosse toile barbouillée, qui sert de nuage à ce magnifique char. On voit vers le bas de la machine l'illumination de deux ou trois chandelles puantes et mal mouchées, qui, tandis que le personnage se démène et crie en branlant dans son escarpolette, l'enfument tout à son aise. Encens digne de la divinité.

Comme les chars sont la partie la plus considérable des machines de l'Opéra, sur celle-là vous pouvez juger des autres. La mer agitée est composée de longues lanternes angulaires de toile ou de carton bleu, qu'on enfile à des broches parallèles, et qu'on fait tourner par des polissons. Le tonnerre est une lourde charrette qu'on promène sur le cintre, et qui n'est pas le moins touchant instrument de cette agréable musique. Les éclairs se font avec des pincées de poix-résine qu'on projette sur un flambeau ; la foudre est un pétard au bout d'une fusée.

Le théâtre est garni de petites trappes carrées qui s'ouvrant au besoin annoncent que les Démons vont sortir de la cave. Quand ils doivent s'élever dans les airs, on leur substitue adroitement de petits Démons de toile brune empaillée, ou quelquefois de vrais ramoneurs qui branlent en l'air suspendus à des cordes, jusqu'à ce qu'ils se perdent majestueusement dans les guenilles dont j'ai parlé. Mais ce qu'il y a de réellement tragique, c'est quand les cordes sont mal conduites ou viennent à rompre ; car alors les esprits infernaux et les Dieux immortels tombent, s'estropient, se tuent quelquefois. Ajoutez à tout cela les monstres qui rendent certaines scènes fort pathétiques, tels que des dragons, des lézards, des tortues, des crocodiles, de gros crapauds qui se promènent d'un air menaçant sur le théâtre, et font voir à l'opéra les tentations de St. Antoine. Chacune de ces figures est animée par un lourdaud de Savoyard, qui n'a pas l'esprit de faire la bête[1].

Voilà, ma Cousine, en quoi consiste à peu près l'auguste appareil de l'opéra, autant que j'ai pu l'observer du parterre à l'aide de ma lorgnette ; car il ne faut pas vous imaginer que ces moyens soient fort cachés et produisent un effet imposant ; je ne vous dis en ceci que ce que j'ai aperçu de moi-même, et ce que peut apercevoir comme moi tout spectateur non préoccupé. On assure pourtant qu'il y a une prodigieuse quantité de machines employées à faire mouvoir tout cela ; on m'a offert plusieurs fois de me les montrer ; mais je n'ai jamais été curieux de voir comment on fait de petites choses avec de grands efforts[2].

Le nombre des gens occupé[3] au service de l'opéra est inconcevable. L'Orchestre et les chœurs composent ensemble près de cent personnes ; il y a des multitudes de danseurs, tous les rôles sont doubles et triples*, c'est-à-dire qu'il y a toujours un ou deux acteurs subalternes, prêts à remplacer l'acteur principal, et payés pour ne rien faire jusqu'à ce qu'il lui plaise de ne rien faire à son tour, ce qui ne tarde jamais beaucoup d'arriver. Après quelques représentations, les premiers acteurs, qui sont d'importants personnages, n'honorent plus le public de leur présence ; ils abandonnent la place à leurs substituts, et aux substituts de leurs substituts. On reçoit toujours le même argent à la porte, mais on ne donne plus le même spectacle. Chacun prend son billet comme à une loterie, sans savoir quel lot il aura, et quel qu'il soit personne n'oserait se plaindre ; car, afin que vous le sachiez, les nobles membres de cette Académie ne doivent aucun respect au public, c'est le public qui leur en doit.

Je ne vous parlerai point de cette Musique ; vous la connaissez. Mais ce dont vous ne sauriez avoir d'idée, ce sont les cris affreux, les longs mugissements dont retentit le théâtre durant la représentation. On voit les Actrices presque en convulsion, arracher avec violence ces glapissements de leurs poumons, les poings fermés contre la poitrine, la tête en arrière, le visage enflammé, les vaisseaux gonflés, l'estomac pantelant ; on ne sait lequel est le plus désagréablement affecté de l'œil ou de l'oreille ; leurs efforts font autant souffrir ceux qui les regardent, que leurs chants ceux qui les écoutent, et ce qu'il y a de plus inconcevable est que ces hurlements sont presque la seule chose qu'applaudissent les spectateurs. À leurs battements de mains on les prendrait pour des sourds charmés de saisir par-ci par-là quelques sons perçants, et qui veulent engager les Acteurs à les redoubler. Pour moi, je suis persuadé qu'on applaudit les cris d'une Actrice à l'Opéra comme les tours de force d'un bateleur à la foire : la sensation en est déplaisante et pénible ; on souffre tandis qu'ils durent, mais on est si aise de les voir finir sans

* On ne sait ce que c'est que des doubles en Italie ; le public ne les souffrirait pas ; aussi le spectacle est-il à beaucoup meilleur marché : Il en coûterait trop pour être mal servi.

accident qu'on en marque volontiers sa joie. Concevez que cette manière de chanter est employée pour exprimer ce que Quinault a jamais dit de plus galant et de plus tendre. Imaginez les Muses, les grâces, les amours, Vénus même s'exprimant avec cette délicatesse, et jugez de l'effet ! Pour les Diables, passe encore, cette musique a quelque chose d'infernal qui ne leur messied pas. Aussi les magies les évocations, et toutes les fêtes du Sabbat sont-elles toujours ce qu'on admire le plus à l'Opéra français.

À ces beaux sons, aussi justes qu'ils sont doux, se marient très dignement ceux de l'Orchestre. Figurez-vous un charivari sans fin d'instruments sans mélodie, un ronron traînant et perpétuel de Basses ; chose la plus lugubre, la plus assommante que j'aie entendue de ma vie, et que je n'ai jamais pu supporter une demi-heure sans gagner un violent mal de tête. Tout cela forme une espèce de psalmodie à laquelle il n'y a pour l'ordinaire ni chant ni mesure. Mais quand par hasard il se trouve quelque air un peu sautillant, c'est un trépignement universel ; vous entendez tout le parterre en mouvement suivre à grand'peine et à grand bruit un certain homme de l'Orchestre*. Charmés de sentir un moment cette cadence qu'ils sentent si peu, ils se tourmentent l'oreille, la voix, les bras, les pieds et tout le corps pour courir après la mesure** toujours prête à leur échapper, au lieu que l'Allemand et l'Italien qui en sont intimement affectés la sentent et la suivent sans aucun effort, et n'ont jamais besoin de la battre. Du moins Regianino m'a-t-il souvent dit que dans les Opéras d'Italie où elle est si sensible et si vive on n'entend on ne voit jamais dans l'Orchestre ni parmi les spectateurs le moindre mouvement qui la marque. Mais tout annonce en ce pays la dureté de l'organe Musical ; les voix y sont rudes et sans douceur, les inflexions âpres et

* Le bûcheron[1].

** Je trouve qu'on n'a pas mal comparé les airs légers de la musique Française à la course d'une vache qui galope, ou d'une Oie grasse qui veut voler[2].

fortes, les sons forcés et traînants ; nulle cadence, nul accent mélodieux dans les airs du peuple : les instruments militaires, les fifres de l'infanterie, les trompettes de la cavalerie, tous les Cors, tous les hautbois, les chanteurs des rues, les violons de guinguettes, tout cela est d'un faux à choquer l'oreille la moins délicate. Tous les talents ne sont pas donnés aux mêmes hommes, et en général le Français paraît être de tous les peuples de l'Europe celui qui a le moins d'aptitude à la musique ; Milord Édouard prétend que les Anglais en ont aussi peu ; mais la différence est que ceux-ci le savent et ne s'en soucient guère, au lieu que les Français renonceraient à mille justes droits, et passeraient condamnation sur toute autre chose, plutôt que de convenir qu'ils ne sont pas les premiers musiciens du monde. Il y en a même qui regarderaient volontiers la Musique à Paris comme une affaire d'État, peut-être parce que c'en fut une à Sparte de couper deux cordes à la lyre de Timothée[1] : à cela vous sentez qu'on n'a rien à dire. Quoi qu'il en soit, l'opéra de Paris pourrait être une fort belle institution politique, qu'il n'en plairait pas davantage aux gens de goût. Revenons à ma description.

Les Ballets, dont il me reste à vous parler, sont la partie la plus brillante de cet Opéra, et considérés séparément, ils font un spectacle agréable magnifique et vraiment théâtral ; mais ils servent comme partie constitutive de la pièce, et c'est en cette qualité qu'il les faut considérer. Vous connaissez les Opéras de Quinault ; vous savez comment les divertissements y sont employés ; c'est à peu près de même, ou encore pis, chez ses successeurs. Dans chaque acte l'action est ordinairement coupée au moment le plus intéressant par une fête qu'on donne aux Acteurs assis, et que le parterre voit debout. Il arrive de là que les personnages de la pièce sont absolument oubliés, ou bien que les spectateurs regardent les Acteurs qui regardent autre chose. La manière d'amener ces fêtes est simple. Si le Prince est joyeux, on prend part à sa joie, et l'on danse : s'il est triste, on veut l'égayer, et l'on danse. J'ignore si c'est la mode à la Cour de donner le bal aux Rois quand ils sont de mauvaise humeur : Ce que je sais par rapport à ceux-ci, c'est qu'on ne peut trop admirer leur constance stoïque à voir des Gavottes ou écouter des chansons, tandis qu'on décide quelquefois derrière le théâtre de leur couronne ou de leur sort. Mais il y a bien d'autres sujets de danse ; les plus graves actions de la vie se font en dansant. Les Prêtres dansent, les soldats dansent, les Dieux dansent, les Diables dansent, on danse jusque dans les enterrements, et tout danse à propos de tout.

La danse est donc le quatrième des beaux-arts employés dans la constitution de la scène lyrique : mais les trois autres concourent à l'imitation ; et celui-là, qu'imite-t-il ? Rien. Il est donc hors d'œuvre quand il n'est employé que comme danse ; car que font des menuets, des rigodons, des chaconnes, dans une tragédie ? Je dis plus, il n'y serait pas moins déplacé s'il imitait quelque chose ; parce que de toutes les unités, il n'y en a point de plus indispensable que celle du langage ; et un Opéra où l'action se passerait moitié en chant, moitié en danse, serait plus ridicule encore que celui où l'on parlerait moitié Français, moitié Italien.

Non contents d'introduire la danse comme partie essentielle de la scène lyrique, ils se sont même efforcés d'en faire quelquefois le sujet principal, et ils ont des Opéras appelés Ballets qui remplissent si mal leur titre, que la danse n'y est pas moins déplacée que dans tous les autres. La plupart de ces Ballets forment autant de sujets séparés que d'actes, et ces sujets sont liés entre eux par de certaines relations métaphysiques dont le spectateur ne se douterait jamais si l'auteur n'avait soin de l'en avertir dans un prologue. Les saisons, les âges, les sens, les éléments ; je demande quel rapport ont tous ces titres à la danse, et ce qu'ils peuvent offrir en ce genre à l'imagination ? Quelques-uns même sont purement allégoriques, comme le Carnaval et la folie[1], et ce sont les plus insupportables de tous ; parce que avec beaucoup d'esprit et de finesse, ils n'ont ni sentiments, ni tableaux, ni situations, ni chaleur, ni intérêt, ni rien de tout ce qui peut donner prise à la musique, flatter le cœur, et nourrir l'illusion. Dans ces prétendus Ballets l'action se passe toujours en chant, la danse interrompt toujours l'action ou ne s'y trouve que par occasion et n'imite rien. Tout ce qu'il arrive, c'est que ces Ballets ayant encore moins d'intérêt que les Tragédies[1], cette interruption y est moins remarquée : s'ils étaient moins froids, on en serait plus choqué ; mais un défaut couvre l'autre, et l'art des Auteurs pour empêcher que la danse ne lasse, c'est de faire en sorte que la pièce ennuie[2].

Ceci me mène insensiblement à des recherches sur la véritable constitution du drame lyrique, trop étendues pour entrer dans cette lettre et qui me jetteraient loin de mon sujet ; j'en ai fait une petite dissertation à part[3] que vous trouverez ci-jointe, et dont vous pourrez causer avec Regianino. Il me reste à vous dire sur l'opéra français que le plus grand défaut que j'y crois remarquer est un faux goût de magnificence, par lequel on a voulu mettre en représentation le merveilleux, qui, n'étant fait que pour être imaginé, est aussi bien placé dans un poème épique que ridiculement sur un théâtre. J'aurais eu peine à croire, si je ne l'avais vu, qu'il se trouvât des artistes[4] assez imbéciles pour vouloir imiter le char du Soleil, et des spectateurs assez enfants pour aller voir cette imitation. La Bruyère ne concevait pas comment un spectacle aussi superbe que l'Opéra pouvait l'ennuyer à si grands frais[5]. Je le conçois bien moi qui ne suis pas un La Bruyère, et je soutiens que pour tout homme qui n'est pas dépourvu du goût des beaux-arts, la musique française, la danse et le merveilleux mêlés ensemble feront toujours de l'Opéra de Paris le plus ennuyeux spectacle qui puisse exister. Après tout, peut-être n'en faut-il pas aux Français de plus parfaits, au moins quant à l'exécution ; non qu'ils ne soient très en état de connaître la bonne, mais parce qu'en ceci le mal les amuse plus que le bien. Ils aiment mieux railler qu'applaudir ; le plaisir de la critique les dédommage de l'ennui du spectacle, et il leur est plus agréable de s'en moquer quand ils n'y sont plus, que de s'y plaire tandis qu'ils y sont.

LETTRE XXIV

De Julie

Oui, oui, je le vois bien ; l'heureuse Julie t'est toujours chère. Ce même feu qui brillait jadis dans tes yeux, se fait sentir dans ta dernière lettre ; j'y retrouve toute l'ardeur qui m'anime, et la mienne s'en irrite encore. Oui, mon ami, le sort a beau nous séparer, pressons nos cœurs l'un contre l'autre, conservons par la communication leur chaleur naturelle contre le froid de l'absence et du désespoir, et que tout ce qui devrait relâcher notre attachement ne serve qu'à le resserrer sans cesse.

Mais admire ma simplicité ; depuis que j'ai reçu cette Lettre, j'éprouve quelque chose des charmants effets dont elle parle, et ce badinage du Talisman, quoique inventé par moi-même, ne laisse pas de me séduire et de me paraître une vérité. Cent fois le jour quand je suis seule un tressaillement me saisit comme si je te sentais près de moi. Je m'imagine que tu tiens mon portrait, et je suis si folle que je crois sentir l'impression des caresses que tu lui fais et des baisers que tu lui donnes : ma bouche croit les recevoir, mon tendre cœur croit les goûter. Ô douces illusions ! ô chimères [1], dernières ressources des malheureux ! Ah, s'il se peut, tenez-nous lieu de réalité ! Vous êtes quelque chose encore à ceux pour qui le bonheur n'est plus rien.

Quant à la manière dont je m'y suis prise pour avoir ce portrait, c'est bien un soin de l'amour ; mais crois que s'il était vrai qu'il fît des miracles, ce n'est pas celui-là qu'il aurait choisi. Voici le mot de l'énigme. Nous eûmes il y a quelque temps ici un peintre en miniature venant d'Italie ; il avait des lettres de Milord Édouard, qui peut-être en les lui donnant avait en vue ce qui est arrivé. M. d'Orbe voulut profiter de cette occasion pour avoir le portrait de ma Cousine ; je voulus l'avoir aussi. Elle et ma Mère voulurent avoir le mien, et à ma prière le peintre en fit secrètement une seconde copie. Ensuite sans m'embarrasser de copie ni d'original, je choisis subtilement le plus ressemblant des trois pour te l'envoyer. C'est une friponnerie dont je ne me suis pas fait un grand scrupule ; car un peu de ressemblance de plus ou de moins n'importe guère à ma Mère et à ma Cousine ; mais les hommages que tu rendrais à une autre figure que la mienne seraient une espèce d'infidélité d'autant plus dangereuse que mon portrait serait mieux que moi, et je ne veux point, comme que ce soit[1] que tu prennes du goût pour des charmes que je n'ai pas. Au reste, il n'a pas dépendu de moi d'être un peu plus soigneusement vêtue ; mais on ne m'a pas écoutée, et mon père lui-même a voulu que le portrait demeurât tel qu'il est. Je te prie, au moins, de croire qu'excepté la coiffure, cet ajustement n'a point été pris sur le mien, que le peintre a tout fait de sa grâce, et qu'il a orné ma personne des ouvrages de son imagination.

LETTRE XXV

À Julie

Il faut, chère Julie, que je te parle encore de ton portrait ; non plus dans ce premier enchantement auquel tu fus si sensible ; mais au contraire avec le regret d'un homme abusé par un faux espoir, et que rien ne peut dédommager de ce qu'il a perdu. Ton portrait a de la grâce et de la beauté, même de la tienne ; il est assez ressemblant et peint par un habile homme, mais pour en être content, il faudrait ne te pas connaître.

La première chose que je lui reproche est de te ressembler et de n'être pas toi, d'avoir ta figure et d'être insensible. Vainement le peintre a cru rendre exactement tes yeux et tes traits ; il n'a point rendu ce doux sentiment qui les vivifie, et sans lequel, tout charmants qu'ils sont, ils ne seraient rien. C'est dans ton cœur, ma Julie, qu'est le fard de ton visage et celui-là ne s'imite point. Ceci tient, je l'avoue, à l'insuffisance de l'art ; mais c'est au moins la faute de l'artiste de n'avoir pas été exact en tout ce qui dépendait de lui. Par exemple, il a placé la racine des cheveux trop loin des tempes, ce qui donne au front un contour moins agréable et moins de finesse au regard[1]. Il a oublié les rameaux de pourpre que font en cet endroit deux ou trois petites veines sous la peau, à peu près comme dans ces fleurs d'iris que nous considérions un jour au jardin de Clarens. Le coloris des joues est trop près des yeux, et ne se fond pas délicieusement en couleur de rose vers le bas du visage comme sur le modèle. On dirait que c'est du rouge artificiel plaqué comme le carmin des femmes de ce pays. Ce défaut n'est pas peu de chose, car il te rend l'œil moins doux et l'air plus hardi.

Mais, dis-moi, qu'a-t-il fait de ces nichées d'amours qui se cachent aux deux coins de ta bouche, et que dans mes jours fortunés j'osais réchauffer quelquefois de la mienne ? Il n'a point donné leur grâce à ces coins, il n'a pas mis à cette bouche ce tour agréable et sérieux qui change tout à coup à ton moindre sourire, et porte au cœur je ne sais quel enchantement inconnu, je ne sais quel soudain ravissement que rien ne peut exprimer. Il est vrai que ton portrait ne peut passer du sérieux au sourire. Ah ! c'est précisément de quoi je me plains : pour pouvoir exprimer tous tes charmes, il faudrait te peindre dans tous les instants de ta vie.

Passons au Peintre d'avoir omis quelques beautés ; mais en quoi il n'a pas fait moins de tort à ton visage, c'est d'avoir omis les défauts. Il n'a point fait cette tache presque imperceptible que tu as sous l'œil droit, ni celle qui est au cou du côté gauche. Il n'a point mis.... ô dieux, cet homme était-il de bronze ?.... Il a oublié la petite cicatrice qui t'est restée sous la lèvre[2]. Il t'a fait les cheveux et les sourcils de la même couleur, ce qui n'est pas : Les sourcils sont plus châtains, et les cheveux plus cendrés.

Bionda testa, occhi azurri, e bruno ciglio[3].

Il a fait le bas du visage exactement ovale. Il n'a pas remarqué cette légère sinuosité qui séparant le menton des joues, rend leur contour moins régulier et plus gracieux.

Voilà les défauts les plus sensibles, il en a omis beaucoup d'autres, et je lui en sais fort mauvais gré ; car ce n'est pas seulement de tes beautés que je suis amoureux, mais de toi toute entière telle que tu es. Si tu ne veux pas que le pinceau te prête rien, moi, je ne veux pas qu'il t'ôte rien, et mon cœur se soucie aussi peu des attraits que tu n'as pas, qu'il est jaloux de ce qui tient leur place.

Quant à l'ajustement, je le passerai d'autant moins que, parée ou négligée, je t'ai toujours vue mise avec beaucoup plus de goût que tu ne l'es dans ton portrait. La coiffure est trop chargée ; on me dira qu'il n'y a que des fleurs : Hé bien ces fleurs sont de trop. Te souviens-tu de ce bal où tu portais ton habit à la Valaisane[1], et où ta Cousine dit que je dansais en philosophe ? Tu n'avais pour toute coiffure qu'une longue tresse de tes cheveux roulée autour de ta tête et rattachée avec une aiguille d'or, à la manière des Villageoises de Berne. Non, le Soleil orné de tous ses rayons n'a pas l'éclat dont tu frappais les yeux et les cœurs, et sûrement quiconque te vit ce jour-là ne t'oubliera de sa vie. C'est ainsi, ma Julie, que tu dois être coiffée ; c'est l'or de tes cheveux qui doit parer ton visage, et non cette rose qui les cache et que ton teint flétrit. Dis à la Cousine, car je reconnais ses soins et son choix, que ces fleurs dont elle a couvert et profané ta chevelure, ne sont pas de meilleur goût que celles qu'elle recueille dans l'*Adone*, et qu'on peut leur passer de suppléer à la beauté, mais non de la cacher.

À l'égard du buste, il est singulier qu'un amant soit là-dessus plus sévère qu'un père, mais en effet je ne t'y trouve pas vêtue avec assez de soin. Le portrait de Julie doit être modeste comme elle. Amour ! ces secrets n'appartiennent qu'à toi. Tu dis que le peintre a tout tiré de son imagination. Je le crois, je le crois ! Ah, s'il eût aperçu le moindre de ces charmes voilés, ses yeux l'eussent dévoré, mais sa main n'eût point tenté de les peindre ; pourquoi faut-il que son art téméraire ait tenté de les imaginer ? Ce n'est pas seulement un défaut de bienséance, je soutiens que c'est encore un défaut de goût. Oui, ton visage est trop chaste pour supporter le désordre de ton sein ; on voit que l'un de ces deux objets doit empêcher l'autre de paraître ; il n'y a que le délire de l'amour qui puisse les accorder, et quand sa main ardente ose dévoiler celui que la pudeur couvre, l'ivresse et le trouble de tes yeux dit alors que tu l'oublies et non que tu l'exposes.

Voilà la critique qu'une attention continuelle m'a fait faire de ton portrait. J'ai conçu là-dessus le dessein de le réformer selon mes idées. Je les ai communiquées à un Peintre habile, et sur ce qu'il a déjà fait, j'espère te voir bientôt plus semblable à toi-même. De peur de gâter le portrait nous essayons les changements sur une copie que je lui en ai fait faire, et il ne les transporte sur l'original que quand nous sommes bien sûrs de leur effet. Quoique je dessine assez médiocrement, cet artiste ne peut se lasser d'admirer la subtilité de mes observations ; il ne comprend pas combien celui qui me les dicte est un maître plus savant que lui. Je lui parais aussi quelquefois fort bizarre : il dit que je suis le premier amant qui s'avise de cacher des objets qu'on n'expose jamais assez au gré des autres, et quand je lui réponds que c'est pour mieux te voir tout entière que je t'habille avec tant de soin, il me regarde comme un fou. Ah ! que ton portrait serait bien plus touchant, si je pouvais inventer des moyens d'y montrer ton âme avec ton visage, et d'y peindre à la fois ta modestie et tes attraits ! Je te jure, ma Julie, qu'ils gagneront beaucoup à cette réforme. On n'y voyait que ceux qu'avait supposé [1] le peintre, et le spectateur ému les supposera tels qu'ils sont. Je ne sais quel enchantement secret règne dans ta personne ; mais tout ce qui la touche semble y participer ; il ne faut qu'apercevoir un coin de ta robe pour adorer celle qui la porte. On sent, en regardant ton ajustement, que c'est partout le voile des grâces qui couvre la beauté : et le goût de ta modeste parure semble annoncer au cœur tous les charmes qu'elle recèle [2].

LETTRE XXVI

À Julie

Julie ! ô Julie ! ô toi qu'un temps j'osais appeler mienne, et dont je profane aujourd'hui le nom ! la plume échappe à ma main tremblante ; mes larmes inondent le papier ; j'ai peine à former les premiers traits d'une lettre qu'il ne fallait[1] jamais écrire ; je ne puis ni me taire ni parler ! Viens, honorable et chère image, viens épurer et raffermir un cœur avili par la honte et brisé par le repentir. Soutiens mon courage qui s'éteint ; donne à mes remords la force d'avouer le crime involontaire que ton absence m'a laissé commettre.

Que tu vas avoir de mépris pour un coupable, mais bien moins que je n'en ai moi-même ! Quelque abject que j'aille être à tes yeux, je le suis cent fois plus aux miens propres ; car en me voyant tel que je suis, ce qui m'humilie le plus encore, c'est de te voir, de te sentir au fond de mon cœur, dans un lieu désormais si peu digne de toi, et de songer que le souvenir des plus vrais plaisirs de l'amour n'a pu garantir mes sens d'un piège sans appas, et d'un crime sans charmes.

Tel est l'excès de ma confusion qu'en recourant à ta clémence, je crains même de souiller tes regards sur ces lignes par l'aveu de mon forfait. Pardonne, âme pure et chaste un récit que j'épargnerais à ta modestie s'il n'était un moyen d'expier mes égarements ; je suis indigne de tes bontés, je le sais ; je suis vil, bas, méprisable ; mais au moins je ne serai ni faux ni trompeur, et j'aime mieux que tu m'ôtes ton cœur et la vie que de t'abuser un seul moment. De peur d'être tenté de chercher des excuses qui ne me rendraient que plus criminel, je me bornerai à te faire un détail exact de ce qui m'est arrivé. Il sera aussi sincère que mon regret ; c'est tout ce que je me permettrai de dire en ma faveur.

J'avais fait connaissance avec quelques Officiers aux gardes[2] et autres jeunes gens de nos compatriotes, auxquels je trouvais un mérite naturel, que j'avais regret de voir gâter par l'imitation de je ne sais quels faux airs qui ne sont pas faits pour eux. Ils se moquaient à leur tour de me voir conserver dans Paris la simplicité des antiques mœurs helvétiques. Ils prirent mes maximes et mes manières pour des leçons indirectes dont ils furent choqués, et résolurent de me faire changer de ton à quelque prix que ce fût. Après plusieurs tentatives qui ne réussirent point, ils en firent une mieux concertée qui n'eut que trop de succès. Hier matin, ils vinrent me proposer d'aller souper chez la femme d'un Colonel qu'ils me nommèrent, et qui sur le bruit de ma sagesse, avait, disaient-ils, envie de faire connaissance avec moi. Assez sot pour donner dans ce persiflage, je leur représentai qu'il serait mieux d'aller premièrement lui faire visite, mais ils se moquèrent de mon scrupule, me disant que la franchise Suisse ne comportait pas tant de façon et que ces manières cérémonieuses ne serviraient qu'à lui donner mauvaise opinion de moi. À neuf heures nous nous rendîmes donc chez la Dame. Elle vint nous recevoir sur l'escalier ; ce que je n'avais encore observé nulle part. En entrant je vis à des bras de cheminées de vieilles bougies qu'on venait d'allumer, et partout un certain air d'apprêt qui ne me plut point. La maîtresse de la maison me parut jolie, quoique un peu passée ; d'autres femmes à peu près du même âge et d'une semblable figure étaient avec elle ; leur parure assez brillante, avait plus d'éclat que de goût ; mais j'ai déjà remarqué que c'est un point sur lequel on ne peut guère juger en ce pays de l'état d'une femme.

Les premiers compliments se passèrent à peu près comme partout ; l'usage du monde apprend à les abréger, ou à les tourner vers l'enjouement avant qu'ils ennuient. Il n'en fut pas tout à fait de même sitôt que la conversation devint générale et sérieuse. Je crus trouver à ces Dames un air contraint et gêné, comme si ce ton ne leur eût pas été familier, et pour la première fois depuis que j'étais à Paris, je vis des femmes embarrassées à soutenir un entretien raisonnable. Pour trouver une matière aisée, elles se jetèrent sur leurs affaires de famille, et comme je n'en connaissais pas une, chacune dit de la sienne ce qu'elle voulut. Jamais je n'avais tant ouï parler de M. le Colonel ; ce qui m'étonnait dans un pays où l'usage est d'appeler les gens par leur nom plus que par leurs titres, et où ceux qui ont celui-là en portent ordinairement d'autres[1].

Cette fausse dignité fit bientôt place à des manières plus naturelles. On se mit à causer tout bas, et reprenant sans y penser un ton de familiarité peu décente, on chuchetait[2] on souriait en me regardant, tandis que la Dame de la maison me questionnait sur l'état de mon cœur d'un certain ton résolu qui n'était guère propre à le gagner. On servit, et la liberté de la table qui semble confondre tous les états, mais qui met chacun à sa place sans qu'il y songe, acheva de m'apprendre en quel lieu j'étais. Il était trop tard pour m'en dédire. Tirant donc ma sûreté de ma répugnance, je consacrai cette soirée à ma fonction d'observateur, et résolus d'employer à connaître cet ordre de femmes, la seule occasion que j'en aurais de ma vie. Je tirai peu de fruit de mes remarques ; elles avaient si peu d'idée de leur état présent, si peu de prévoyance pour l'avenir, et hors du jargon de leur métier, elles étaient si stupides à tous égards, que le mépris effaça bientôt la pitié que j'avais d'abord d'elles. En parlant du plaisir même, je vis qu'elles étaient incapables d'en ressentir. Elles me parurent d'une violente avidité pour tout ce qui pouvait tenter leur avarice : À cela près, je n'entendis sortir de leur bouche aucun mot qui partît du cœur. J'admirai comment d'honnêtes gens pouvaient supporter une société si dégoûtante. C'eût été leur imposer une peine cruelle à mon avis, que de les condamner au genre de vie qu'ils choisissaient eux-mêmes.

Cependant le soupé se prolongeait et devenait bruyant. Au défaut de l'amour, le vin échauffait les convives. Les discours n'étaient pas tendres, mais déshonnêtes, et les femmes tâchaient d'exciter par le désordre de leur ajustement les désirs qui l'auraient dû causer. D'abord, tout cela ne fit sur moi qu'un effet contraire, et tous leurs efforts pour me séduire ne servaient qu'à me rebuter. Douce pudeur ! disais-je en moi-même, suprême volupté de l'amour ; que de charmes perd une femme, au moment qu'elle renonce à toi ! combien, si elles connaissaient ton empire elles mettraient de soin à te conserver, sinon par honnêteté, du moins par coquetterie ! Mais on ne joue point la pudeur. Il n'y a pas d'artifice plus ridicule que celui qui la veut imiter. Quelle différence, pensais-je encore, de la grossière impudence de ces créatures et de leurs équivoques licencieuses à ces regards timides et passionnés, à ces propos pleins de modestie, de grâce, et de sentiment, dont.... je n'osais achever ; je rougissais de ces indignes comparaisons.... je me reprochais comme autant de crimes les charmants souvenirs qui me poursuivaient malgré moi.... En quels lieux osais-je penser à celle.... Hélas ! ne pouvant écarter de mon cœur une trop chère image, je m'efforçais de la voiler.

Le bruit, les propos que j'entendais, les objets qui frappaient mes yeux m'échauffèrent insensiblement ; mes deux voisines ne cessaient de me faire des agaceries qui furent enfin poussées trop loin pour me laisser de sang-froid. Je sentis que ma tête s'embarrassait ; j'avais toujours bu mon vin fort trempé, j'y mis plus d'eau encore, et enfin je m'avisai de la boire pure. Alors seulement je m'aperçus que cette eau prétendue était du vin blanc [1], et que j'avais été trompé tout le long du repas. Je ne fis point des plaintes qui ne m'auraient attiré que des railleries ; je cessai de boire. Il n'était plus temps ; le mal était fait. L'ivresse ne tarda pas à m'ôter le peu de connaissance qui me restait [2]. Je fus surpris, en revenant à moi, de me trouver dans un cabinet reculé, entre les bras d'une de ces créatures, et j'eus au même instant le désespoir de me sentir aussi coupable que je pouvais l'être [3]....

J'ai fini ce récit affreux ; qu'il ne souille plus tes regards ni ma mémoire. Ô toi dont j'attends mon jugement, j'implore ta rigueur, je la mérite. Quel que soit mon châtiment, il me sera moins cruel que le souvenir de mon crime.

LETTRE XXVII

Réponse

Rassurez-vous sur la crainte de m'avoir irritée. Votre lettre m'a donné plus de douleur que de colère. Ce n'est pas moi, c'est vous que vous avez offensé par un désordre auquel le cœur n'eut point de part. Je n'en suis que plus affligée. J'aimerais mieux vous voir m'outrager que vous avilir, et le mal que vous vous faites est le seul que je ne puis vous pardonner.

À ne regarder que la faute dont vous rougissez, vous vous trouvez bien plus coupable que vous ne l'êtes ; et je ne vois guère en cette occasion que de l'imprudence à vous reprocher. Mais ceci vient de plus loin et tient à une plus profonde racine que vous n'apercevez pas, et qu'il faut que l'amitié vous découvre.

Votre première erreur est d'avoir pris une mauvaise route en entrant dans le monde ; plus vous avancez, plus vous vous égarez, et je vois en frémissant que vous êtes perdu si vous ne revenez sur vos pas. Vous vous laissez conduire insensiblement dans le piège que j'avais craint. Les grossières amorces du vice ne pouvaient d'abord vous séduire, mais la mauvaise compagnie a commencé par abuser votre raison pour corrompre votre vertu, et fait déjà sur vos mœurs le premier essai de ses maximes[1].

Quoique vous ne m'ayez rien dit en particulier des habitudes que vous vous êtes faites à Paris ; il est aisé de juger de vos sociétés par vos lettres, et de ceux qui vous montrent les objets par votre manière de les voir. Je ne vous ai point caché combien j'étais peu contente de vos relations ; vous avez continué sur le même ton, et mon déplaisir n'a fait qu'augmenter. En vérité l'on prendrait ces lettres pour les sarcasmes d'un petit-maître*[3] plutôt que pour les relations

* Douce Julie, à combien de titres vous allez vous faire siffler ! Eh quoi ! vous n'avez pas même le ton du jour. Vous ne savez pas qu'il y a des *petites-maîtresses*, mais qu'il n'y a plus de *petits-maîtres*. Bon Dieu, que savez-vous donc[2] ?

d'un philosophe, et l'on a peine à les croire de la même main que celles que vous m'écriviez autrefois. Quoi ! vous pensez étudier les hommes dans les petites manières de quelques coteries de précieuses ou de gens désœuvrés, et ce vernis extérieur et changeant qui devait à peine frapper vos yeux, fait le fond de toutes vos remarques ! Était-ce la peine de recueillir avec tant de soin des usages et des bienséances qui n'existeront plus dans dix ans d'ici, tandis que les ressorts éternels du cœur humain, le jeu secret et durable des passions échappent à vos recherches ? Prenons votre lettre sur les femmes, qu'y trouverai-je qui puisse m'apprendre à les connaître ? Quelque description de leur parure, dont tout le monde est instruit ; quelques observations malignes sur leurs manières de se mettre et de se présenter, quelque idée du désordre d'un petit nombre, injustement généralisée ; comme si tous les sentiments honnêtes étaient éteints à Paris, et que toutes les femmes y allassent en carrosse et aux premières loges. M'avez-vous rien dit qui m'instruise solidement de leurs goûts, de leurs maximes, de leur vrai caractère, et n'est-il pas bien étrange qu'en parlant des femmes d'un pays, un homme sage ait oublié ce qui regarde les soins domestiques et l'éducation des enfants* ? La seule chose qui semble être de vous dans toute cette Lettre, c'est le plaisir avec lequel vous louez leur bon naturel et qui fait honneur au vôtre. Encore n'avez-vous fait en cela que rendre justice au sexe en général ; et dans quel pays du monde la douceur et la commisération ne sont-elles pas l'aimable partage des femmes ?

Quelle différence de tableau si vous m'eussiez peint ce que vous aviez vu plutôt que ce qu'on vous avait dit, ou du moins, que vous n'eussiez consulté que des gens sensés ! Faut-il que vous, qui avez tant pris de soins à conserver votre

* Et pourquoi ne l'aurait-il pas oublié ? est-ce que ces soins les regardent ? Eh que deviendraient le monde et l'État, Auteurs illustres, brillants Académiciens, que deviendriez-vous tous, si les femmes allaient quitter le gouvernement de la littérature et des affaires, pour prendre celui de leur ménage ?

jugement, alliez le perdre comme de propos délibéré dans le commerce d'une jeunesse inconsidérée, qui ne cherche dans la société des sages qu'à les séduire et non pas à les imiter. Vous regardez à de fausses convenances d'âge qui ne vous vont point, et vous oubliez celles de lumières et de raison qui vous sont essentielles. Malgré tout votre emportement vous êtes le plus facile des hommes, et malgré la maturité de votre esprit, vous vous laissez tellement conduire par ceux avec qui vous vivez, que vous ne sauriez fréquenter des gens de votre âge sans en descendre et redevenir enfant. Ainsi vous vous dégradez en pensant vous assortir, et c'est vous mettre au-dessous de vous-même, que de ne pas choisir des amis plus sages que vous.

Je ne vous reproche point d'avoir été conduit sans le savoir dans une maison déshonnête ; mais je vous reproche d'y avoir été conduit par de jeunes Officiers que vous ne deviez pas connaître, ou du moins auxquels vous ne deviez pas laisser diriger vos amusements. Quant au projet de les ramener à vos principes, j'y trouve plus de zèle que de prudence ; si vous êtes trop sérieux pour être leur camarade, vous êtes trop jeune pour être leur Mentor, et vous ne devez vous mêler de réformer autrui que quand vous n'aurez plus rien à faire en vous-même.

Une seconde faute plus grave encore et beaucoup moins pardonnable, est d'avoir pu passer volontairement la soirée dans un lieu si peu digne de vous, et de n'avoir pas fui dès le premier instant où vous avez connu dans quelle maison vous étiez. Vos excuses là-dessus sont pitoyables. *Il était trop tard pour s'en dédire !* comme s'il y avait quelque espèce de bienséance en de pareils lieux, ou que la bienséance dût jamais l'emporter sur la vertu, et qu'il fût jamais trop tard pour s'empêcher de mal faire ! Quant à la sécurité que vous tiriez de votre répugnance, je n'en dirai rien, l'événement vous a montré combien elle était fondée. Parlez plus franchement à celle qui sait lire dans votre cœur ; c'est la honte qui vous retint. Vous craignîtes qu'on ne se moquât de vous en sortant : Un moment de huée vous fit peur, et vous aimâtes mieux vous exposer aux remords qu'à la raillerie. Savez-vous bien quelle maxime vous suivîtes en cette occasion ? Celle qui la première introduit le vice dans une âme bien née, étouffe la voix de la conscience par la clameur publique, et réprime l'audace de bien faire par la crainte du blâme. Tel vaincrait les tentations qui succombe aux mauvais exemples ; tel rougit d'être modeste et devient effronté par honte, et cette mauvaise honte corrompt plus de cœurs honnêtes que les mauvaises inclinations[1]. Voilà surtout de quoi vous avez à préserver le vôtre ; car quoi que vous fassiez, la crainte du ridicule que vous méprisez vous domine pourtant malgré vous. Vous braveriez plutôt cent périls qu'une raillerie, et l'on ne vit jamais tant de timidité jointe à une âme aussi intrépide.

Sans vous étaler contre ce défaut des préceptes de morale que vous savez mieux que moi, je me contenterai de vous proposer un moyen pour vous en garantir, plus facile et plus sûr, peut-être, que tous les raisonnements de la philosophie. C'est de faire dans votre esprit une légère transposition de temps, et d'anticiper sur l'avenir de quelques minutes. Si dans ce malheureux soupé vous vous fussiez fortifié contre un instant de moquerie de la part des convives, par l'idée de l'état où votre âme allait être sitôt que vous seriez dans la rue ; si vous vous fussiez représenté le contentement intérieur d'échapper aux pièges du vice ; l'avantage de prendre d'abord cette habitude de vaincre qui en facilite le pouvoir, le plaisir que vous eût donné la conscience de votre victoire, celui de me la décrire, celui que j'en aurais reçu moi-même ; est-il croyable que tout cela ne l'eût pas emporté sur une répugnance d'un instant, à laquelle vous n'eussiez jamais cédé si vous en aviez envisagé les suites ? Encore, qu'est-ce que cette répugnance, qui met un prix aux railleries de gens dont l'estime n'en peut avoir aucun ? Infailliblement cette réflexion vous eût sauvé pour un moment de mauvaise honte une honte beaucoup plus juste, plus durable, les regrets, le danger, et pour ne vous rien dissimuler, votre amie eût versé quelques larmes de moins.

Vous voulûtes, dites-vous, mettre à profit cette soirée pour votre fonction d'observateur ? Quel soin ! Quel emploi ! que vos excuses me font rougir de vous ! Ne serez-vous point aussi curieux d'observer un jour les voleurs dans leurs Cavernes, et de voir comment ils s'y prennent pour dévaliser les passants ? Ignorez-vous qu'il y a des objets si odieux qu'il n'est pas même permis à l'homme d'honneur de les voir, et que l'indignation de la vertu ne peut supporter le spectacle du vice ? Le sage observe le désordre public qu'il ne peut arrêter ; il l'observe, et montre sur son visage attristé la douleur qu'il lui cause ; mais quant aux désordres particuliers, il s'y oppose ou détourne les yeux, de peur qu'ils ne s'autorisent de sa présence. D'ailleurs, était-il besoin de voir de pareilles sociétés pour juger de ce qui s'y passe et des discours qu'on y tient ? Pour moi, sur leur seul objet plus que sur le peu que vous m'en avez dit, je devine aisément tout le reste, et l'idée des plaisirs qu'on y trouve, me fait connaître assez les gens qui les cherchent.

Je ne sais si votre commode philosophie adopte déjà les maximes qu'on dit établies dans les grandes villes pour tolérer de semblables lieux ; mais j'espère au moins que vous n'êtes pas de ceux qui se méprisent assez pour s'en permettre l'usage, sous prétexte de je ne sais quelle chimérique nécessité qui n'est connue que des gens de mauvaise vie ; comme si les deux sexes étaient sur ce point de natures différentes, et que dans l'absence ou le célibat, il fallût à l'honnête homme des ressources dont l'honnête femme n'a pas besoin. Si cette erreur ne vous mène pas chez des prostituées, j'ai bien peur qu'elle ne continue à vous égarer vous-même. Ah ! si vous voulez être méprisable, soyez-le au moins sans prétexte, et n'ajoutez point le mensonge à la crapule [1]. Tous ces prétendus besoins n'ont point leur source dans la nature, mais dans la volontaire dépravation des sens [2]. Les illusions même de l'amour se purifient dans un cœur chaste, et ne corrompent qu'un cœur déjà corrompu. Au contraire la pureté se soutient par elle-même ; les désirs toujours réprimés s'accoutument à ne plus renaître, et les tentations ne se multiplient que par l'habitude d'y succomber. L'amitié m'a fait surmonter deux fois ma répugnance à traiter un pareil sujet, celle-ci sera la dernière ; car à quel titre espérerais-je obtenir de vous ce que vous aurez refusé à l'honnêteté, à l'amour, et à la raison ?

Je reviens au point important par lequel j'ai commencé cette lettre. À vingt-un ans vous m'écriviez du Valais des descriptions graves et judicieuses ; à vingt-cinq vous m'envoyez de Paris des colifichets de lettres, où le sens et la raison sont partout sacrifiés à un certain tour plaisant, fort éloigné de votre caractère. Je ne sais comment vous avez fait ; mais depuis que vous vivez dans le séjour des talents, les vôtres paraissent diminués ; vous aviez gagné chez les paysans, et vous perdez parmi les beaux esprits. Ce n'est pas la faute du pays où vous vivez, mais des connaissances que vous y avez faites ; car il n'y a rien qui demande tant de choix que le mélange de l'excellent et du pire[1]. Si vous voulez étudier le monde, fréquentez les gens sensés qui le connaissent par une longue expérience et de paisibles observations, non de jeunes étourdis qui n'en voient que la superficie, et des ridicules qu'ils font eux-mêmes. Paris est plein de savants accoutumés à réfléchir, et à qui ce grand théâtre en offre tous les jours le sujet. Vous ne me ferez point croire que ces hommes graves et studieux vont courant comme vous de maison en maison, de coterie en coterie, pour amuser les femmes et les jeunes gens, et mettre toute la philosophie en babil. Ils ont trop de dignité pour avilir ainsi leur état, prostituer leurs talents et soutenir par leur exemple des mœurs qu'ils devraient corriger. Quand la plupart le feraient, sûrement plusieurs ne le font point, et c'est ceux-là que vous devez rechercher.

N'est-il pas singulier encore que vous donniez vous-même dans le défaut que vous reprochez aux modernes auteurs comiques, que Paris ne soit plein pour vous que de gens de condition ; que ceux de votre état soient les seuls dont vous ne parliez point ; comme si les vains préjugés de la noblesse ne vous coûtaient pas assez cher pour les haïr, et que vous crussiez vous dégrader en fréquentant d'honnêtes bourgeois, qui sont peut-être l'ordre le plus respectable du Pays où vous êtes [1] ? Vous avez beau vous excuser sur les connaissances de Milord Édouard : avec celles-là vous en eussiez bientôt fait d'autres dans un ordre inférieur. Tant de gens veulent monter, qu'il est toujours aisé de descendre, et de votre propre aveu c'est le seul moyen de connaître les véritables mœurs d'un peuple que d'étudier sa vie privée dans les états les plus nombreux ; car s'arrêter aux gens qui représentent toujours, c'est ne voir que des Comédiens.

Je voudrais que votre curiosité allât plus loin encore. Pourquoi dans une Ville si riche le bas peuple est-il si misérable, tandis que la misère extrême est si rare parmi nous où l'on ne voit point de millionnaires ? Cette question, ce me semble est bien digne de vos recherches ; mais ce n'est pas chez les gens avec qui vous vivez que vous devez vous attendre à la résoudre. C'est dans les appartements dorés qu'un écolier va prendre les airs du monde ; mais le sage en apprend les mystères dans la chaumière du pauvre. C'est là qu'on voit sensiblement les obscures manœuvres du vice, qu'il couvre de paroles fardées au milieu d'un cercle : C'est là qu'on s'instruit par quelles iniquités secrètes le puissant et le riche arrachent un reste de pain noir à l'opprimé qu'ils feignent de plaindre en public. Ah, si j'en crois nos vieux militaires [2], que de choses vous apprendriez dans les greniers d'un cinquième étage, qu'on ensevelit sous un profond secret dans les hôtels du faubourg St. Germain, et que tant de beaux parleurs seraient confus avec leurs feintes maximes d'humanité, si tous les malheureux qu'ils ont faits se présentaient pour les démentir !

Je sais qu'on n'aime pas le spectacle de la misère qu'on ne peut soulager, et que le riche même détourne les yeux du pauvre qu'il refuse de secourir ; mais ce n'est pas d'argent seulement qu'ont besoin les infortunés, et il n'y a que les paresseux de bien faire qui ne sachent faire du bien que la bourse à la main. Les consolations, les conseils, les soins, les amis, la protection sont autant de ressources que la commisération vous laisse au défaut des richesses, pour le soulagement de l'indigent. Souvent les opprimés ne le sont que parce qu'ils manquent d'organe pour faire entendre leurs plaintes. Il ne s'agit quelquefois que d'un mot qu'ils ne peuvent dire, d'une raison qu'ils ne savent point exposer, de la porte d'un Grand qu'ils ne peuvent franchir. L'intrépide appui de la vertu désintéressée suffit pour lever une infinité d'obstacles, et l'éloquence d'un homme de bien peut effrayer la Tyrannie au milieu de toute sa puissance[1].

Si vous voulez donc être homme en effet, apprenez à redescendre. L'humanité coule comme une eau pure et salutaire, et va fertiliser les lieux bas ; elle cherche toujours le niveau, elle laisse à sec ces roches arides qui menacent la campagne et ne donnent qu'une ombre nuisible ou des éclats pour écraser leurs voisins.

Voilà, mon ami, comment on tire parti du présent en s'instruisant pour l'avenir, et comment la bonté met d'avance à profit les leçons de la sagesse, afin que quand les lumières acquises nous resteraient inutiles, on n'ait pas pour cela perdu le temps employé à les acquérir. Qui doit vivre parmi des gens en place ne saurait prendre trop de préservatifs contre leurs maximes empoisonnées, et il n'y a que l'exercice continuel de la bienfaisance qui garantisse les meilleurs cœurs de la contagion des ambitieux. Essayez, croyez-moi, de ce nouveau genre d'études ; il est plus digne de vous que ceux que vous avez embrassés, et comme l'esprit s'étrécit à mesure que l'âme se corrompt, vous sentirez bientôt, au contraire, combien l'exercice des sublimes vertus élève et nourrit le génie ; combien un tendre intérêt aux malheurs d'autrui sert à mieux en trouver la source, et à nous éloigner en tous sens des vices qui les ont produits.

Je vous devais toute la franchise de l'amitié dans la situation critique où vous me paraissez être ; de peur qu'un second pas vers le désordre ne vous y plongeât enfin sans retour, avant que vous eussiez le temps de vous reconnaître. Maintenant je ne puis vous cacher, mon ami, combien votre prompte et sincère confession m'a touchée ; car je sens combien vous a coûté la honte de cet aveu, et par conséquent combien celle de votre faute vous pesait sur le cœur. Une erreur involontaire se pardonne et s'oublie aisément. Quant à l'avenir, retenez bien cette maxime dont je ne me départirai point. Qui peut s'abuser deux fois en pareil cas, ne s'est pas même abusé la première.

Adieu, mon ami ; veille avec soin sur ta santé, je t'en conjure, et songe qu'il ne doit rester aucune trace d'un crime que j'ai pardonné[1].

P.S. Je viens de voir entre les mains de M. d'Orbe des copies de plusieurs de vos lettres à Milord Édouard, qui m'obligent à rétracter une partie de mes censures sur les matières et le style de vos observations. Celles-ci traitent, j'en conviens, de sujets importants, et me paraissent pleines de réflexions graves et judicieuses. Mais en revanche, il est clair que vous nous dédaignez beaucoup[2], ma Cousine et moi, ou que vous faites bien peu de cas de notre estime, en ne nous envoyant que des relations si propres à l'altérer, tandis que vous en faites pour votre ami de beaucoup meilleures. C'est ce me semble assez mal honorer vos leçons que de juger vos écolières indignes d'admirer vos talents ; et vous devriez feindre, au moins par vanité, de nous croire capables de vous entendre.

J'avoue que la politique n'est guère du ressort des femmes, et mon Oncle nous en a tant ennuyées que je comprends comment vous avez pu craindre d'en faire autant. Ce n'est pas, non plus, à vous parler franchement, l'étude à laquelle je donnerais la préférence ; son utilité est trop loin de moi pour me toucher beaucoup, et ses lumières sont trop sublimes pour frapper vivement mes yeux. Obligée d'aimer le gouvernement sous lequel le ciel m'a fait naître, je me soucie peu de savoir s'il en est de meilleurs. De quoi me servirait de les connaître, avec si peu de pouvoir pour les établir, et pourquoi contristerais-je mon âme à considérer de si grands maux où je ne peux rien, tant que j'en vois d'autres autour de moi qu'il m'est permis de soulager ? Mais je vous aime ; et l'intérêt que je ne prends pas aux sujets, je le prends à l'Auteur qui les traite. Je recueille avec une tendre admiration toutes les preuves de votre génie, et fière d'un mérite si digne de mon cœur, je ne demande à l'amour qu'autant d'esprit qu'il m'en faut pour sentir le vôtre. Ne me refusez donc pas le plaisir de connaître et d'aimer tout ce que vous faites de bien. Voulez-vous me donner l'humiliation de croire que si le Ciel unissait nos destinées, vous ne jugeriez pas votre compagne digne de penser avec vous ?

LETTRE XXVIII

De Julie

Tout est perdu ! Tout est découvert ! Je ne trouve plus tes lettres dans le lieu où je les avais cachées. Elles y étaient encore hier au soir. Elles n'ont pu être enlevées que d'aujourd'hui. Ma mère seule peut les avoir surprises. Si mon père les voit, c'est fait de ma vie ! Eh, que servirait qu'il ne les vît pas, s'il faut renoncer.... Ah Dieu ! ma mère m'envoie appeler. Où fuir ? Comment soutenir ses regards ? Que ne puis-je me cacher au sein de la terre !.... Tout mon corps tremble, et je suis hors d'état de faire un pas.... la honte, l'humiliation, les cuisants reproches.... j'ai tout mérité, je supporterai tout. Mais la douleur, les larmes d'une mère éplorée.... ô mon cœur, quels déchirements !.... Elle m'attend ; je ne puis tarder davantage.... elle voudra savoir.... il faudra tout dire..... Regianino sera congédié. Ne m'écris plus jusqu'à nouvel avis.... qui sait si jamais.... je pourrais... quoi, mentir ?.... mentir à ma mère.... Ah, s'il faut nous sauver par le mensonge, adieu, nous sommes perdus !

Fin de la seconde partie

LETTRES DE DEUX AMANTS, HABITANTS D'UNE PETITE VILLE AU PIED DES ALPES

Troisième partie

LETTRE I

De Mad^e d'Orbe

Que de maux vous causez à ceux qui vous aiment ! Que de pleurs vous avez déjà fait couler dans une famille infortunée dont vous seul troublez le repos ! Craignez d'ajouter le deuil à nos larmes : craignez que la mort d'une mère affligée ne soit le dernier effet du poison que vous versez dans le cœur de sa fille, et qu'un amour désordonné ne devienne enfin pour vous-même la source d'un remords éternel. L'amitié m'a fait supporter vos erreurs tant qu'une ombre d'espoir pouvait les nourrir ; mais comment tolérer une vaine constance que l'honneur et la raison condamnent, et qui ne pouvant plus causer que des malheurs et des peines ne mérite que le nom d'obstination ?

Vous savez de quelle manière le secret de vos feux, dérobé si longtemps aux soupçons de ma tante, lui fut dévoilé par vos lettres. Quelque sensible que soit un tel coup à cette mère tendre et vertueuse ; moins irritée contre vous que contre elle-même, elle ne s'en prend qu'à son aveugle négligence ; elle déplore sa fatale illusion ; sa plus cruelle peine est d'avoir pu trop estimer sa fille, et sa douleur est pour Julie un châtiment cent fois pire que ses reproches.

L'accablement de cette pauvre Cousine ne saurait s'imaginer. Il faut le voir pour le comprendre. Son cœur semble étouffé par l'affliction, et l'excès des sentiments qui l'oppressent lui donne un air de stupidité plus effrayante que des cris aigus. Elle se tient jour et nuit à genoux au chevet de sa mère, l'air morne, l'œil fixé en terre, gardant un profond silence ; la servant avec plus d'attention et de vivacité que jamais ; puis retombant à l'instant dans un état d'anéantissement qui la ferait prendre pour une autre personne. Il est très clair que c'est la maladie de la mère qui soutient les forces de la fille, et si l'ardeur de la servir n'animait son zèle ; ses yeux éteints, sa pâleur, son extrême abattement me feraient craindre qu'elle n'eût grand besoin pour elle-même de tous les soins qu'elle lui rend. Ma tante s'en aperçoit aussi, et je vois à l'inquiétude avec laquelle elle me recommande en particulier la santé de sa fille combien le cœur combat de part et d'autre contre la gêne qu'elles s'imposent, et combien on doit vous haïr de troubler une union si charmante.

Cette contrainte augmente encore par le soin de la dérober aux yeux d'un père emporté auquel une mère tremblante pour les jours de sa fille veut cacher ce dangereux secret. On se fait une loi de garder en sa présence l'ancienne familiarité ; mais si la tendresse maternelle profite avec plaisir de ce prétexte, une fille confuse n'ose livrer son cœur à des caresses qu'elle croit feintes et qui lui sont d'autant plus cruelles qu'elles lui seraient douces si elle osait y compter. En recevant celles de son père, elle regarde sa mère d'un air si tendre et si humilié qu'on voit son cœur lui dire par ses yeux ; ah que ne suis-je digne encore d'en recevoir autant de vous !

Mad[e] d'Étange m'a prise plusieurs fois à part, et j'ai connu facilement à la douceur de ses réprimandes et au ton dont elle m'a parlé de vous que Julie a fait de grands efforts pour calmer envers nous sa trop juste indignation, et qu'elle n'a rien épargné pour nous justifier l'un et l'autre à ses dépens. Vos lettres mêmes portent avec le caractère d'un amour excessif une sorte d'excuse qui ne lui a pas échappé ; elle vous reproche moins l'abus de sa confiance qu'à elle-même sa simplicité à vous l'accorder. Elle vous estime assez pour croire qu'aucun autre homme à votre place n'eût mieux résisté que vous ; elle s'en prend de vos fautes à la vertu même. Elle conçoit maintenant, dit-elle, ce que c'est qu'une probité trop vantée qui n'empêche point un honnête homme amoureux de corrompre, s'il peut, une fille sage, et de déshonorer sans scrupule toute une famille pour satisfaire un moment de fureur. Mais que sert de revenir sur le passé ? Il s'agit de cacher sous un voile éternel cet odieux mystère, d'en effacer, s'il se peut, jusqu'au moindre vestige, et de seconder la bonté du ciel qui n'en a point laissé de témoignage sensible[1]. Le secret est concentré entre six personnes sûres. Le repos de tout ce que vous avez aimé, les jours d'une mère au désespoir, l'honneur d'une maison respectable, votre propre vertu, tout dépend de vous encore ; tout vous prescrit votre devoir ; vous pouvez réparer le mal que vous avez fait ; vous pouvez vous rendre digne de Julie et justifier sa faute en renonçant à elle ; et si votre cœur ne m'a point trompé[2] il n'y a plus que la grandeur d'un tel sacrifice qui puisse répondre à celle de l'amour qui l'exige. Fondée sur l'estime que j'eus toujours pour vos sentiments, et sur ce que la plus tendre union qui fût jamais lui doit ajouter de force, j'ai promis en votre nom tout ce que vous devez tenir ; osez me démentir si j'ai trop présumé de vous, ou soyez aujourd'hui ce que vous devez être. Il faut immoler votre maîtresse ou votre amour l'un à l'autre, et vous montrer le plus lâche ou le plus vertueux des hommes.

Cette mère infortunée a voulu vous écrire ; elle avait même commencé. Ô Dieu, que de coups de poignard vous eussent porté[3] ses plaintes amères ! Que ses touchants reproches vous eussent déchiré le cœur ! Que ses humbles prières vous eussent pénétré de honte ! J'ai mis en pièces cette lettre accablante que vous n'eussiez jamais supportée : je n'ai pu souffrir ce comble d'horreur de voir une mère humiliée devant le séducteur de sa fille : vous êtes digne au moins qu'on n'emploie pas avec vous de pareils moyens, faits pour fléchir des monstres et pour faire mourir de douleur un homme sensible.

Si c'était ici le premier effort que l'amour vous eût demandé, je pourrais douter du succès et balancer sur l'estime qui vous est due : mais le sacrifice que vous avez fait à l'honneur de Julie en quittant ce pays m'est garant de celui que vous allez faire à son repos en rompant un commerce inutile. Les premiers actes de vertu sont toujours les plus pénibles, et vous ne perdrez point le prix d'un effort qui vous a tant coûté, en vous obstinant à soutenir une vaine correspondance dont les risques sont terribles pour votre amante, les dédommagements nuls pour tous les deux, et qui ne fait que prolonger sans fruit les tourments de l'un et de l'autre. N'en doutez plus, cette Julie qui vous fut si chère ne doit rien être à celui qu'elle a tant aimé ; vous vous dissimulez en vain vos malheurs : vous la perdîtes au moment que vous vous séparâtes d'elle. Ou plutôt le Ciel vous l'avait ôtée, même avant qu'elle se donnât à vous ; car son père la promit dès son retour, et vous savez trop que la parole de cet homme inflexible est irrévocable[1]. De quelque manière que vous vous comportiez, l'invincible sort s'oppose à vos vœux, et vous ne la posséderez jamais. L'unique choix qui vous reste à faire est de la précipiter dans un abîme de malheurs et d'opprobres, ou d'honorer en elle ce que vous avez adoré, et de lui rendre, au lieu du bonheur perdu, la sagesse, la paix, la sûreté du moins, dont vos fatales liaisons la privent.

Que vous seriez attristé, que vous vous consumeriez en regrets, si vous pouviez contempler l'état actuel de cette malheureuse amie, et l'avilissement où la réduit[2] le remords et la honte ! Que son lustre est terni ! que ses grâces sont languissantes ! que tous ses sentiments si charmants et si doux se fondent tristement dans le seul qui les absorbe ! L'amitié même en est attiédie ; à peine partage-t-elle encore le plaisir que je goûte à la voir, et son cœur malade ne sait plus rien sentir que l'amour et la douleur. Hélas, qu'est devenu ce caractère aimant et sensible, ce goût si pur des choses honnêtes, cet intérêt si tendre aux peines et aux plaisirs d'autrui ? Elle est encore, je l'avoue, douce, généreuse, compatissante ; l'aimable habitude de bien faire ne saurait s'effacer en elle ; mais ce n'est plus qu'une habitude aveugle, un goût sans réflexion. Elle fait toutes les mêmes choses, mais elle ne les fait plus avec le même zèle ; ces sentiments sublimes se sont affaiblis, cette flamme divine s'est amortie, cet ange n'est plus qu'une femme ordinaire. Ah quelle âme vous avez ôtée à la vertu !

LETTRE II

À Mad^e d'Étange

Pénétré d'une douleur qui doit durer autant que moi, je me jette à vos pieds, Madame, non pour vous marquer un repentir qui ne dépend pas de mon cœur, mais pour expier un crime involontaire en renonçant à tout ce qui pouvait faire la douceur de ma vie. Comme jamais sentiments humains n'approchèrent de ceux que m'inspira votre adorable fille, il n'y eut jamais de sacrifice égal à celui que je viens faire à la plus respectable des mères ; mais Julie m'a trop appris comment il faut immoler le bonheur au devoir ; elle m'en a trop courageusement donné l'exemple, pour qu'au moins une fois je ne sache pas l'imiter. Si mon sang suffisait pour guérir vos peines, je le verserais en silence et me plaindrais de ne vous donner qu'une si faible preuve de mon zèle : mais briser le plus doux, le plus pur, le plus sacré lien qui jamais ait uni deux cœurs, ah c'est un effort que l'univers entier ne m'eût pas fait faire, et qu'il n'appartenait qu'à vous d'obtenir !

Oui, je promets de vivre loin d'elle aussi longtemps que vous l'exigerez ; je m'abstiendrai de la voir et de lui écrire ; j'en jure par vos jours précieux, si nécessaires à la conservation des siens. Je me soumets, non sans effroi, mais sans murmure à tout ce que vous daignerez ordonner d'elle et de moi. Je dirai beaucoup plus encore : son bonheur peut me consoler de ma misère, et je mourrai content si vous lui donnez un époux digne d'elle. Ah qu'on le trouve ! et qu'il m'ose dire, je saurai mieux l'aimer que toi ! [1] Madame, il aura vainement tout ce qui me manque ; s'il n'a mon cœur il n'aura rien pour Julie : mais je n'ai que ce cœur honnête et tendre. Hélas ! je n'ai rien non plus. L'amour qui rapproche tout, n'élève point la personne ; il n'élève que les sentiments. Ah ! si j'eusse osé n'écouter que les miens pour vous, combien de fois, en vous parlant ma bouche eût prononcé le doux nom de mère ?

Daignez vous confier à des serments qui ne seront point vains, et à un homme qui n'est point trompeur. Si je pus un jour abuser de votre estime, je m'abusai le premier moi-même. Mon cœur sans expérience ne connut le danger que quand il n'était plus temps de fuir, et je n'avais point encore appris de votre fille cet art cruel de vaincre l'amour par lui-même, qu'elle m'a depuis si bien enseigné [2]. Bannissez vos craintes je vous en conjure. Y a-t-il quelqu'un au monde à qui son repos, sa félicité, son honneur soient plus chers qu'à moi ? Non, ma parole et mon cœur vous sont garants de l'engagement que je prends au nom de mon illustre ami comme au mien. Nulle indiscrétion ne sera commise, soyez-en sûre, et je rendrai le dernier soupir sans qu'on sache quelle douleur termina mes jours. Calmez donc celle qui vous consume et dont la mienne s'aigrit encore : essuyez des pleurs qui m'arrachent l'âme ; rétablissez votre santé ; rendez à la plus tendre fille qui fut jamais le bonheur auquel elle a renoncé pour vous ; soyez vous-même heureuse par elle ; vivez, enfin, pour lui faire aimer la vie. Ah malgré les erreurs de l'amour, être mère de Julie est encore un sort assez beau pour se féliciter de vivre !

LETTRE III

À Mad[e] d'Orbe.
En lui envoyant la précédente

Tenez, cruelle, voilà ma réponse. En la lisant, fondez en larmes si vous connaissez mon cœur et si le vôtre est sensible encore ; mais surtout, ne m'accablez plus de cette estime impitoyable que vous me vendez si cher et dont vous faites le tourment de ma vie.

Votre main barbare a donc osé les rompre, ces doux nœuds formés sous vos yeux presque dès l'enfance, et que votre amitié semblait partager avec tant de plaisir ? Je suis donc aussi malheureux que vous le voulez et que je puis l'être. Ah ! connaissez-vous tout le mal que vous faites ? sentez-vous bien que vous m'arrachez l'âme, que ce que vous m'ôtez est sans dédommagement, et qu'il vaut mieux cent fois mourir que ne plus vivre l'un pour l'autre ? Que me parlez-vous du bonheur de Julie ? En peut-il être sans le contentement[1] du cœur ? Que me parlez-vous du danger de sa mère ? Ah qu'est-ce que la vie d'une mère, la mienne, la vôtre, la sienne même, qu'est-ce que l'existence du monde entier auprès du sentiment délicieux qui nous unissait[2] ? Insensée et farouche vertu ! j'obéis à ta voix sans mérite ; je t'abhorre en faisant tout pour toi. Que sont tes vaines consolations contre les vives douleurs de l'âme ? Va, triste idole des malheureux, tu ne fais qu'augmenter leur misère, en leur ôtant les ressources que la fortune leur laisse. J'obéirai pourtant, oui cruelle, j'obéirai : je deviendrai, s'il se peut, insensible et féroce comme vous. J'oublierai tout ce qui me fut cher au monde. Je ne veux plus entendre ni prononcer le nom de Julie ni le vôtre. Je ne veux plus m'en rappeler l'insupportable souvenir. Un dépit, une rage inflexible m'aigrit contre tant de revers. Une dure opiniâtreté me tiendra lieu de courage : il m'en a trop coûté d'être sensible ; il vaut mieux renoncer à l'humanité.

LETTRE IV

De Mad^e d'Orbe

Vous m'avez écrit une lettre désolante ; mais il y a tant d'amour et de vertu dans votre conduite, qu'elle efface l'amertume de vos plaintes : vous êtes trop généreux pour qu'on ait le courage de vous quereller. Quelque emportement qu'on laisse paraître, quand on sait ainsi s'immoler à ce qu'on aime on mérite plus de louanges que de reproches, et malgré vos injures, vous ne me fûtes jamais si cher que depuis que je connais si bien tout ce que vous valez.

Rendez grâce à cette vertu que vous croyez haïr, et qui fait plus pour vous que votre amour même. Il n'y a pas jusqu'à ma tante que vous n'ayez séduite par un sacrifice dont elle sent tout le prix. Elle n'a pu lire votre lettre sans attendrissement ; elle a même eu la faiblesse de la laisser voir à sa fille, et l'effort qu'a fait la pauvre Julie pour contenir à cette lecture ses soupirs et ses pleurs l'a fait tomber évanouie.

Cette tendre mère, que vos lettres avaient déjà puissamment émue, commence à connaître par tout ce qu'elle voit combien vos deux cœurs sont hors de la règle commune, et combien votre amour porte un caractère naturel de sympathie [1] que le temps ni les efforts humains ne sauraient effacer. Elle qui a si grand besoin de consolation consolerait volontiers sa fille si la bienséance ne la retenait, et je la vois trop près d'en devenir la confidente pour qu'elle ne me pardonne pas de l'avoir été. Elle s'échappa hier jusqu'à dire en sa présence, un peu indiscrètement*, peut-être, Ah ! s'il ne dépendait que de moi...... quoi qu'elle se retînt et n'achevât pas, je vis au baiser ardent que Julie imprimait sur sa main qu'elle ne l'avait que trop entendue. Je sais même qu'elle a voulu plusieurs fois parler à son inflexible époux ; mais, soit danger d'exposer sa fille aux fureurs d'un père irrité, soit crainte pour elle-même, sa timidité l'a toujours

* Claire, êtes-vous ici moins indiscrète ? Est-ce la dernière fois que vous le serez ?

retenue, et son affaiblissement, ses maux, augmentent si sensiblement, que j'ai peur de la voir hors d'état d'exécuter sa résolution avant qu'elle l'ait bien formée.

Quoi qu'il en soit, malgré les fautes dont vous êtes cause, cette honnêteté de cœur qui se fait sentir dans votre amour mutuel lui a donné une telle opinion de vous qu'elle se fie à la parole de tous deux sur l'interruption de votre correspondance et qu'elle n'a pris aucune précaution pour veiller de plus près sur sa fille ; effectivement, si Julie ne répondait pas à sa confiance, elle ne serait plus digne de ses soins, et il faudrait vous étouffer l'un et l'autre si vous étiez capables de tromper encore la meilleure des mères, et d'abuser de l'estime qu'elle a pour vous.

Je ne cherche point à rallumer dans votre cœur une espérance que je n'ai pas moi-même ; mais je veux vous montrer, comme il est vrai, que le parti le plus honnête est aussi le plus sage, et que s'il peut rester quelque ressource à votre amour, elle est dans le sacrifice que l'honneur et la raison vous imposent. Mère, parents, amis, tout est maintenant pour vous, hors un père qu'on gagnera par cette voie, ou que rien ne saurait gagner [1]. Quelque imprécation qu'ait pu vous dicter un moment de désespoir, vous nous avez prouvé cent fois qu'il n'est point de route plus sûre pour aller au bonheur que celle de la vertu. Si l'on y parvient, il est plus pur, plus solide et plus doux par elle ; si on le manque, elle seule peut en dédommager. Reprenez donc courage, soyez homme et soyez encore vous-même. Si j'ai bien connu votre cœur, la manière la plus cruelle pour vous de perdre Julie serait d'être indigne de l'obtenir.

LETTRE V

De Julie

Elle n'est plus. Mes yeux ont vu fermer les siens pour jamais ; ma bouche a reçu son dernier soupir ; mon nom fut le dernier mot, qu'elle prononça ; son dernier regard fut tourné vers moi. Non, ce n'était pas la vie qu'elle semblait quitter ; j'avais trop peu su la lui rendre chère. C'était à moi seule qu'elle s'arrachait. Elle me voyait sans guide et sans espérance, accablée de mes malheurs et de mes fautes : mourir ne fut rien pour elle, et son cœur n'a gémi que d'abandonner sa fille dans cet état. Elle n'eut que trop de raison. Qu'avait-elle à regretter sur la terre ? Qu'est-ce qui pouvait ici-bas valoir à ses yeux le prix immortel de sa patience et de ses vertus qui l'attendait dans le Ciel ? Que lui restait-il à faire au monde sinon d'y pleurer mon opprobre ? Âme pure et chaste, digne épouse, et mère incomparable, tu vis maintenant au séjour de la gloire et de la félicité ; tu vis ; et moi, livrée au repentir et au désespoir, privée à jamais de tes soins, de tes conseils, de tes douces caresses, je suis morte au bonheur, à la paix, à l'innocence : je ne sens plus que ta perte ; je ne vois plus que ma honte ; ma vie n'est plus que peine et douleur. Ma mère, ma tendre mère, hélas je suis bien plus morte que toi !

Mon Dieu ! quel transport égare une infortunée et lui fait oublier ses résolutions ? Où viens-je verser mes pleurs et pousser mes gémissements ? C'est le cruel qui les a causés que j'en rends le dépositaire ! C'est avec celui qui fait les malheurs de ma vie que j'ose les déplorer ! Oui, oui, barbare, partagez les tourments que vous me faites souffrir. Vous par qui je plongeai le couteau dans le sein maternel, gémissez des maux qui me viennent de vous, et sentez avec moi l'horreur d'un parricide qui fut votre ouvrage. À quels yeux oserais-je paraître aussi méprisable que je le suis ? Devant qui m'avilirais-je au gré de mes remords ? Quel autre que le complice de mon crime pourrait assez les connaître ? C'est mon plus insupportable supplice de n'être accusée que par mon cœur, et de voir attribuer au bon naturel les larmes impures qu'un cuisant repentir m'arrache. Je vis, je vis en frémissant la douleur empoisonner, hâter les derniers jours de ma triste mère. En vain sa pitié pour moi l'empêcha d'en convenir ; en vain elle affectait d'attribuer le progrès de son mal à la cause qui l'avait produit ; en vain ma Cousine gagnée a tenu le même langage. Rien n'a pu tromper mon cœur déchiré de regret, et pour mon tourment éternel je garderai jusqu'au tombeau l'affreuse idée d'avoir abrégé la vie de celle à qui je la dois.

Ô vous que le Ciel suscita dans sa colère pour me rendre malheureuse et coupable, pour la dernière fois recevez dans votre sein des larmes dont vous êtes l'auteur. Je ne viens plus, comme autrefois, partager avec vous des peines qui devaient nous être communes. Ce sont les soupirs d'un dernier adieu qui s'échappent malgré moi. C'en est fait ; l'empire de l'amour est éteint dans une âme livrée au seul désespoir. Je consacre le reste de mes jours à pleurer la meilleure des mères ; je saurai lui sacrifier des sentiments qui lui ont coûté la vie ; je serais trop heureuse qu'il m'en coûtât assez de les vaincre, pour expier tout ce qu'ils lui ont fait souffrir. Ah, si son esprit immortel pénètre au fond de mon cœur, il sait bien que la victime que je lui sacrifie n'est pas tout à fait indigne d'elle ! Partagez un effort que vous m'avez rendu nécessaire. S'il vous reste quelque respect pour la mémoire d'un nœud si cher et si funeste, c'est par lui que je vous conjure de me fuir à jamais, de ne plus m'écrire, de ne plus aigrir mes remords, de me laisser oublier, s'il se peut, ce que nous fûmes l'un à l'autre [1]. Que mes yeux ne vous voient plus ; que je n'entende plus prononcer votre nom ; que votre souvenir ne vienne plus agiter mon cœur. J'ose parler encore au nom d'un amour qui ne doit plus être ; à tant de sujets de douleur n'ajoutez pas celui de voir son dernier vœu méprisé. Adieu donc pour la dernière fois, unique et cher.... Ah fille insensée... adieu pour jamais [2].

LETTRE VI

À Mad^e^ d'Orbe

Enfin le voile est déchiré [3] ; cette longue illusion s'est évanouie ; cet espoir si doux s'est éteint ; il ne me reste pour aliment d'une flamme éternelle qu'un souvenir amer et délicieux qui soutient ma vie et nourrit mes tourments du vain sentiment d'un bonheur qui n'est plus.

Est-il donc vrai que j'ai goûté la félicité suprême ? suis-je bien le même être qui fut heureux un jour ? Qui peut sentir ce que je souffre n'est-il pas né pour toujours souffrir ? Qui put jouir des biens que j'ai perdus, peut-il les perdre et vivre encore, et des sentiments si contraires peuvent-ils germer dans un même cœur ? Jours de plaisir et de gloire, non, vous n'étiez pas d'un mortel ! vous étiez trop beaux pour devoir être périssables. Une douce extase absorbait toute votre durée, et la rassemblait en un point comme celle de l'éternité. Il n'y avait pour moi ni passé ni avenir, et je goûtais à la fois les délices de mille siècles. Hélas ! vous avez disparu comme un éclair ! Cette éternité de bonheur ne fut qu'un instant de ma vie. Le temps a repris sa lenteur dans les moments de mon désespoir, et l'ennui mesure par longues années le reste infortuné de mes jours[1].

Pour achever de me les rendre insupportables, plus les afflictions m'accablent, plus tout ce qui m'était cher semble se détacher de moi. Madame, il se peut que vous m'aimiez encore ; mais d'autres soins vous appellent, d'autres devoirs vous occupent. Mes plaintes que vous écoutiez avec intérêt sont maintenant indiscrètes. Julie ! Julie elle-même se décourage et m'abandonne. Les tristes remords ont chassé l'amour. Tout est changé pour moi ; mon cœur seul est toujours le même, et mon sort en est plus affreux.

Mais qu'importe ce que je suis et ce que je dois être ? Julie souffre, est-il temps de songer à moi ? Ah, ce sont ses peines qui rendent les miennes plus amères. Oui, j'aimerais mieux qu'elle cessât de m'aimer et qu'elle fût heureuse.... Cesser de m'aimer !.... l'espère-t-elle ?.... Jamais, jamais. Elle a beau me défendre de la voir et de lui écrire. Ce n'est pas le tourment qu'elle s'ôte ; hélas, c'est le consolateur ! La perte d'une tendre mère la doit-elle priver d'un plus tendre ami ? Croit-elle soulager ses maux en les multipliant ? Ô amour ! est-ce à tes dépens qu'on peut venger la nature ?

Non, non ; c'est en vain qu'elle prétend m'oublier. Son

tendre cœur pourra-t-il se séparer du mien ? Ne le retiens-je pas en dépit d'elle ? Oublie-t-on des sentiments tels que nous les avons éprouvés, et peut-on s'en souvenir sans les éprouver encore ? L'amour vainqueur fit le malheur de sa vie ; l'amour vaincu ne la rendra que plus à plaindre. Elle passera ses jours dans la douleur, tourmentée à la fois de vains regrets et de vains désirs, sans pouvoir jamais contenter ni l'amour ni la vertu.

Ne croyez pas pourtant qu'en plaignant ses erreurs je me dispense de les respecter. Après tant de sacrifices, il est trop tard pour apprendre à désobéir. Puisqu'elle commande, il suffit ; elle n'entendra plus parler de moi. Jugez si mon sort est affreux ? Mon plus grand désespoir n'est pas de renoncer à elle. Ah ! c'est dans son cœur que sont mes douleurs les plus vives, et je suis plus malheureux de son infortune que de la mienne. Vous qu'elle aime plus que toute chose, et qui seule, après moi la savez dignement aimer ; Claire, aimable Claire, vous êtes l'unique bien qui lui reste. Il est assez précieux pour lui rendre supportable la perte de tous les autres. Dédommagez-la des consolations qui lui sont ôtées et de celles qu'elle refuse ; qu'une sainte amitié supplée à la fois auprès d'elle à la tendresse d'une mère, à celle d'un amant, aux charmes de tous les sentiments qui devaient la rendre heureuse. Qu'elle le soit s'il est possible, à quelque prix que ce puisse être. Qu'elle recouvre la paix et le repos dont je l'ai privée ; je sentirai moins les tourments qu'elle m'a laissés. Puisque je ne suis plus rien à mes propres yeux, puisque c'est mon sort de passer ma vie à mourir pour elle ; qu'elle me regarde comme n'étant plus, j'y consens, si cette idée la rend plus tranquille. Puisse-t-elle retrouver près de vous ses premières vertus, son premier bonheur ! Puisse-t-elle être encore par vos soins tout ce qu'elle eût été sans moi !

Hélas ! elle était fille, et n'a plus de mère ! Voilà la perte qui ne se répare point et dont on ne se console jamais quand on a pu se la reprocher. Sa conscience agitée lui redemande cette mère tendre et chérie, et dans une douleur si cruelle l'horrible remords se joint à son affliction. Ô Julie, ce sentiment affreux devait-il être connu de toi ? Vous qui fûtes témoin de la maladie et des derniers moments de cette mère infortunée ; je vous supplie, je vous conjure, dites-moi ce que j'en dois croire. Déchirez-moi le cœur si je suis coupable. Si la douleur de nos fautes l'a fait descendre au tombeau, nous sommes deux monstres indignes de vivre ; c'est un crime de songer à des liens si funestes, c'en est un de voir le jour. Non, j'ose le croire, un feu si pur n'a point produit de si noirs effets. L'amour nous inspira des sentiments trop nobles pour en tirer les forfaits des âmes dénaturées. Le ciel, le ciel serait-il injuste, et celle qui sut immoler son bonheur aux auteurs de ses jours méritait-elle de leur coûter la vie [1] ?

LETTRE VII

Réponse

Comment pourrait-on vous aimer moins en vous estimant chaque jour davantage ? Comment perdrais-je mes anciens sentiments pour vous tandis que vous en méritez chaque jour de nouveaux ? Non, mon cher et digne ami ; tout ce que nous fûmes les uns aux autres dès notre première jeunesse, nous le serons le reste de nos jours, et si notre mutuel attachement n'augmente plus, c'est qu'il ne peut plus augmenter. Toute la différence est que je vous aimais comme mon frère, et qu'à présent je vous aime comme mon enfant ; car quoique nous soyons toutes deux plus jeunes que vous et même vos disciples, je vous regarde un peu comme le nôtre [2]. En nous apprenant à penser, vous avez appris de nous à être sensible, et quoi qu'en dise votre Philosophe anglais, cette éducation vaut bien l'autre ; si c'est la raison qui fait l'homme, c'est le sentiment qui le conduit.

Savez-vous pourquoi je parais avoir changé de conduite envers vous ? Ce n'est pas, croyez-moi, que mon cœur ne soit toujours le même ; c'est que votre état est changé. Je favorisai vos feux tant qu'il leur restait un rayon d'espérance.

Depuis qu'en vous obstinant d'aspirer[1] à Julie, vous ne pouvez plus que la rendre malheureuse, ce serait vous nuire que de vous complaire. J'aime mieux vous savoir moins à plaindre, et vous rendre plus mécontent. Quand le bonheur commun devient impossible, chercher le sien dans celui de ce qu'on aime, n'est-ce pas tout ce qui reste à faire à l'amour sans espoir ?

Vous faites plus que sentir cela, mon généreux ami ; vous l'exécutez dans le plus douloureux sacrifice qu'ait jamais fait un amant fidèle. En renonçant à Julie, vous achetez son repos aux dépens du vôtre, et c'est à vous que vous renoncez pour elle.

J'ose à peine vous dire les bizarres idées qui me viennent là-dessus ; mais elles sont consolantes, et cela m'enhardit. Premièrement, je crois que le véritable amour a cet avantage aussi bien que la vertu, qu'il dédommage de tout ce qu'on lui sacrifie, et qu'on jouit en quelque sorte des privations qu'on s'impose par le sentiment même de ce qu'il en coûte et du motif qui nous y porte. Vous vous témoignerez que Julie a été aimée de vous comme elle méritait de l'être, et vous l'en aimerez davantage, et vous en serez plus heureux. Cet amour-propre exquis[2] qui sait payer toutes les vertus pénibles mêlera son charme à celui de l'amour. Vous vous direz, je sais aimer, avec un plaisir plus durable et plus délicat que vous n'en goûteriez à dire, je possède ce que j'aime. Car celui-ci s'use à force d'en jouir ; mais l'autre demeure toujours, et vous en jouiriez encore, quand même vous n'aimeriez plus.

Outre cela, s'il est vrai, comme Julie et vous me l'avez tant dit, que l'amour soit le plus délicieux sentiment qui puisse entrer dans le cœur humain, tout ce qui le prolonge et le fixe, même au prix de mille douleurs, est encore un bien. Si l'amour est un désir qui s'irrite par les obstacles comme vous le disiez encore, il n'est pas bon qu'il soit content ; il vaut mieux qu'il dure et soit malheureux que de s'éteindre au sein des plaisirs[3]. Vos feux, je l'avoue, ont soutenu l'épreuve de la possession, celle du temps, celle de l'absence et des peines de toute espèce ; ils ont vaincu tous les obstacles hors le plus puissant de tous, qui est de n'en avoir plus à vaincre, et de se nourrir uniquement d'eux-mêmes. L'univers n'a jamais vu de passion soutenir cette épreuve, quel droit avez-vous d'espérer que la vôtre l'eût soutenue ? Le temps eût joint au dégoût d'une longue possession le progrès de l'âge et le déclin de la beauté[1] ; il semble se fixer en votre faveur par votre séparation ; vous serez toujours l'un pour l'autre à la fleur des ans ; vous vous verrez sans cesse tels que vous vous vîtes en vous quittant, et vos cœurs unis jusqu'au tombeau prolongeront dans une illusion charmante votre jeunesse avec vos amours[2].

Si vous n'eussiez point été heureux, une insurmontable inquiétude pourrait vous tourmenter ; votre cœur regretterait en soupirant les biens dont il était digne ; votre ardente imagination vous demanderait sans cesse ceux que vous n'auriez pas obtenus. Mais l'amour n'a point de délices dont il ne vous ait comblé, et pour parler comme vous, vous avez épuisé durant une année les plaisirs d'une vie entière. Souvenez-vous de cette Lettre si passionnée, écrite le lendemain d'un rendez-vous téméraire. Je l'ai lue avec une émotion qui m'était inconnue : on n'y voit pas l'état permanent d'une âme attendrie ; mais le dernier délire d'un cœur brûlant d'amour et ivre de volupté. Vous jugeâtes vous-même qu'on n'éprouvait point de pareils transports deux fois en la vie, et qu'il fallait mourir après les avoir sentis. Mon ami, ce fut là le comble, et quoi que la fortune et l'amour eussent fait pour vous, vos feux et votre bonheur ne pouvaient plus que décliner. Cet instant fut aussi le commencement de vos disgrâces, et votre amante vous fut ôtée au moment que vous n'aviez plus de sentiments nouveaux à goûter auprès d'elle ; comme si le sort eût voulu garantir votre cœur d'un épuisement inévitable, et vous laisser dans le souvenir de vos plaisirs passés un plaisir plus doux que tous ceux dont vous pourriez jouir encore.

Consolez-vous donc de la perte d'un bien qui vous eût toujours échappé et vous eût ravi de plus celui qui vous reste. Le bonheur et l'amour se seraient évanouis à la fois ; vous avez au moins conservé le sentiment ; on n'est point sans plaisirs quand on aime encore. L'image de l'amour éteint effraye plus un cœur tendre que celle de l'amour malheureux, et le dégoût de ce qu'on possède est un état cent fois pire que le regret de ce qu'on a perdu.

Si les reproches que ma désolée Cousine se fait sur la mort de sa mère étaient fondés, ce cruel souvenir empoisonnerait, je l'avoue, celui de vos amours, et une si funeste idée devrait à jamais les éteindre ; mais n'en croyez pas à ses douleurs, elles la trompent ; ou plutôt le chimérique motif dont elle aime à les aggraver n'est qu'un prétexte pour en justifier l'excès. Cette âme tendre craint toujours de ne pas s'affliger assez, et c'est une sorte de plaisir pour elle d'ajouter au sentiment de ses peines tout ce qui peut les aigrir. Elle s'en impose, soyez-en sûr ; elle n'est pas sincère avec elle-même. Ah ! si elle croyait bien sincèrement avoir abrégé les jours de sa mère, son cœur en pourrait-il supporter l'affreux remords ? Non, non, mon ami ; elle ne la pleurerait pas, elle l'aurait suivie. La maladie de Mad^e d'Étange est bien connue ; c'était une hydropisie de poitrine[1] dont elle ne pouvait revenir, et l'on désespérait de sa vie avant même qu'elle eût découvert votre correspondance. Ce fut un violent chagrin pour elle ; mais que de plaisirs réparèrent le mal qu'il pouvait lui faire ? Qu'il fut consolant pour cette tendre mère de voir, en gémissant des fautes de sa fille, par combien de vertus elles étaient rachetées, et d'être forcée d'admirer son âme en pleurant sa faiblesse ! Qu'il lui fut doux de sentir combien elle en était chérie ! Quel zèle infatigable ! Quels soins continuels ! quelle assiduité sans relâche ! Quel désespoir de l'avoir affligée ! Que de regrets, que de larmes, que de touchantes caresses, quelle inépuisable sensibilité ! C'était dans les yeux de la fille qu'on lisait tout ce que souffrait la mère ; c'était elle qui la servait les jours, qui la veillait les nuits ; c'était de sa main qu'elle recevait tous les secours : vous eussiez cru voir une autre Julie[2] ; sa délicatesse naturelle avait disparu, elle était forte et robuste, les soins les plus pénibles ne lui coûtaient rien, et son âme semblait lui donner un nouveau corps. Elle faisait tout et paraissait ne rien faire ; elle était partout et ne bougeait d'auprès d'elle. On la trouvait sans cesse à genoux devant son lit, la bouche collée sur sa main, gémissant ou de sa faute ou du mal de sa mère, et confondant ces deux sentiments pour s'en affliger davantage. Je n'ai vu personne entrer les derniers jours dans la chambre de ma tante sans être ému jusqu'aux larmes du plus attendrissant de tous les spectacles. On voyait l'effort que faisaient ces deux cœurs pour se réunir plus étroitement au moment d'une funeste séparation. On voyait que le seul regret de se quitter occupait la mère et la fille, et que vivre ou mourir n'eût été rien pour elles si elles avaient pu rester ou partir ensemble.

Bien loin d'adopter les noires idées de Julie, soyez sûr que tout ce qu'on peut espérer des secours humains et des consolations du cœur a concouru de sa part à retarder le progrès de la maladie de sa mère, et qu'infailliblement sa tendresse et ses soins nous l'ont conservée plus longtemps que nous n'eussions pu faire sans elle. Ma tante elle-même m'a dit cent fois que ses derniers jours étaient les plus doux moments de sa vie, et que le bonheur de sa fille était la seule chose qui manquait au sien.

S'il faut attribuer sa perte au chagrin, ce chagrin vient de plus loin, et c'est à son époux seul qu'il faut s'en prendre. Longtemps inconstant et volage il prodigua les feux de sa jeunesse à mille objets moins dignes de plaire que sa vertueuse compagne ; et quand l'âge le lui eut ramené, il conserva près d'elle cette rudesse inflexible dont les maris infidèles ont accoutumé d'aggraver leurs torts[1]. Ma pauvre Cousine s'en est ressentie. Un vain entêtement de noblesse et cette roideur de caractère que rien n'amollit ont fait vos malheurs et les siens. Sa mère qui eut toujours du penchant pour vous, et qui pénétra son amour quand il était trop tard pour l'éteindre, porta longtemps en secret la douleur de ne pouvoir vaincre le goût de sa fille ni l'obstination de son époux, et d'être la première cause d'un mal qu'elle ne pouvait plus guérir. Quand vos lettres surprises lui eurent appris jusqu'où vous aviez abusé de sa confiance, elle craignit de tout perdre en voulant tout sauver, et d'exposer les jours de sa fille pour rétablir son honneur. Elle sonda plusieurs fois son mari sans succès. Elle voulut plusieurs fois hasarder une confidence entière et lui montrer toute l'étendue de son devoir, la frayeur et sa timidité la retinrent toujours. Elle hésita tant qu'elle put parler ; lorsqu'elle le voulut il n'était plus temps ; les forces lui manquèrent ; elle mourut avec le fatal secret, et moi qui connais l'humeur de cet homme sévère sans savoir jusqu'où les sentiments de la nature auraient pu la tempérer, je respire, en voyant au moins les jours de Julie en sûreté.

Elle n'ignore rien de tout cela ; mais vous dirai-je ce que je pense de ses remords apparents ? L'amour est plus ingénieux qu'elle. Pénétrée du regret de sa mère, elle voudrait vous oublier, et malgré qu'elle en ait il trouble sa conscience pour la forcer de penser à vous. Il veut que ses pleurs aient du rapport à ce qu'elle aime. Elle n'oserait plus s'en occuper directement, il la force de s'en occuper encore, au moins par son repentir. Il l'abuse avec tant d'art qu'elle aime mieux souffrir davantage et que vous entriez dans le sujet de ses peines [1]. Votre cœur n'entend pas, peut-être, ces détours du sien ; mais ils n'en sont pas moins naturels ; car votre amour à tous deux quoique égal en force n'est pas semblable en effets. Le vôtre est bouillant et vif, le sien est doux et tendre : vos sentiments s'exhalent au dehors avec véhémence, les siens retournent sur elle-même, et pénétrant la substance de son âme l'altèrent et la changent insensiblement. L'amour anime et soutient votre cœur, il affaisse et abat le sien ; tous les ressorts en sont relâchés, sa force est nulle, son courage est éteint, sa vertu n'est plus rien. Tant d'héroïques facultés ne sont pas anéanties mais suspendues : un moment de crise peut leur rendre toute leur vigueur ou les effacer sans retour. Si elle fait encore un pas vers le découragement, elle est perdue ; mais si cette âme excellente se relève un instant, elle sera plus grande, plus forte, plus vertueuse que jamais, et il ne sera plus question de rechute. Croyez-moi, mon aimable ami, dans cet état périlleux sachez respecter ce que vous aimâtes. Tout ce qui lui vient de vous, fût-ce contre vous-même[1], ne lui peut être que mortel. Si vous vous obstinez auprès d'elle, vous pourrez triompher aisément ; mais vous croirez en vain posséder la même Julie, vous ne la retrouverez plus.

LETTRE VIII[2]

De Milord Édouard

J'avais acquis des droits sur ton cœur ; tu m'étais nécessaire, et j'étais prêt à t'aller joindre. Que t'importent mes droits, mes besoins, mon empressement ? Je suis oublié de toi ; tu ne daignes plus m'écrire. J'apprends ta vie solitaire et farouche ; je pénètre tes desseins secrets. Tu t'ennuies de vivre.

Meurs donc, jeune insensé ; meurs, homme à la fois féroce et lâche : mais sache en mourant que tu laisses dans l'âme d'un honnête homme à qui tu fus cher, la douleur de n'avoir servi qu'un ingrat.

LETTRE IX

Réponse

Venez, Milord ; je croyais ne pouvoir plus goûter de plaisir sur la terre : mais nous nous reverrons. Il n'est pas vrai que vous puissiez me confondre avec les ingrats : votre cœur n'est pas fait pour en trouver, ni le mien pour l'être[3].

BILLET

De Julie

Il est temps de renoncer aux erreurs de la jeunesse et d'abandonner un trompeur espoir. Je ne serai jamais à vous. Rendez-moi donc la liberté que je vous ai engagée, et dont mon père veut disposer ; ou mettez le comble à mes malheurs, par un refus qui nous perdra tous deux sans vous être d'aucun usage.

Julie d'Étange.

LETTRE X

Du Baron d'Étange
Dans laquelle était le précédent Billet

S'il peut rester dans l'âme d'un suborneur quelque sentiment d'honneur et d'humanité, répondez à ce billet d'une malheureuse dont vous avez corrompu le cœur, et qui ne serait plus, si j'osais soupçonner qu'elle eût porté plus loin l'oubli d'elle-même. Je m'étonnerai peu que la même philosophie qui lui apprit à se jeter à la tête du premier venu, lui apprenne encore à désobéir à son père. Pensez-y cependant. J'aime à prendre en toute occasion les voies de la douceur et de l'honnêteté quand j'espère qu'elles peuvent suffire ; mais si j'en veux bien user avec vous, ne croyez pas que j'ignore comment se venge l'honneur d'un Gentilhomme, offensé par un homme qui ne l'est pas [1].

LETTRE XI

Réponse

Épargnez-vous, Monsieur des menaces vaines qui ne m'effraient point, et d'injustes reproches qui ne peuvent m'humilier. Sachez qu'entre deux personnes de même âge il n'y a d'autre suborneur que l'amour, et qu'il ne vous appartiendra jamais d'avilir un homme que votre fille honora de son estime.

Quel sacrifice osez-vous m'imposer et à quel titre l'exigez-vous ? Est-ce à l'auteur de tous mes maux qu'il faut immoler mon dernier espoir ? Je veux respecter le père de Julie ; mais qu'il daigne être le mien s'il faut que j'apprenne à lui obéir. Non, non, Monsieur, quelque opinion que vous ayez de vos procédés, ils ne m'obligent point à renoncer pour vous à des droits si chers et si bien mérités de mon cœur. Vous faites le malheur de ma vie : je ne vous dois que la haine, et vous n'avez rien à prétendre de moi. Julie a parlé ; voilà mon consentement. Ah ! qu'elle soit toujours obéie ! Un autre la possédera, mais j'en serai plus digne d'elle.

Si votre fille eût daigné me consulter sur les bornes de votre autorité, ne doutez pas que je ne lui eusse appris à résister à vos prétentions injustes. Quel que soit l'empire dont vous abusez, mes droits sont plus sacrés que les vôtres ; la chaîne qui nous lie est la borne du pouvoir paternel, même devant les tribunaux humains, et quand vous osez réclamer la nature, c'est vous seul qui bravez ses lois.

N'alléguez pas, non plus, cet honneur si bizarre et si délicat que vous parlez de venger ; nul ne l'offense que vous-même. Respectez le choix de Julie et votre honneur est en sûreté ; car mon cœur vous honore malgré vos outrages, et malgré les maximes gothiques[1] l'alliance d'un honnête homme n'en déshonora jamais un autre. Si ma présomption vous offense, attaquez ma vie, je ne la défendrai jamais contre vous ; au surplus, je me soucie fort peu de savoir en quoi consiste l'honneur d'un gentilhomme ; mais quant à celui d'un homme de bien, il m'appartient, je sais le défendre, et le conserverai pur et sans tache jusqu'au dernier soupir.

Allez, père barbare et peu digne d'un nom si doux, méditez d'affreux parricides[2], tandis qu'une fille tendre et soumise immole son bonheur à vos préjugés. Vos regrets me vengeront un jour des maux que vous me faites, et vous sentirez trop tard que votre haine aveugle et dénaturée ne vous fut pas moins funeste qu'à moi. Je serai malheureux, sans doute ; mais si jamais la voix du sang s'élève au fond de votre cœur, combien vous le serez plus encore d'avoir sacrifié à des chimères l'unique fruit de vos entrailles ; unique au monde en beautés, en mérite, en vertus, et pour qui le Ciel prodigue de ses dons, n'oublia rien qu'un meilleur père !

BILLET

Inclus dans la précédente lettre

Je rends à Julie d'Étange le droit de disposer d'elle-même, et de donner sa main sans consulter son cœur.

S. G.[1]

LETTRE XII

De Julie

Je voulais vous décrire la scène qui vient de se passer, et qui a produit le billet que vous avez dû recevoir ; mais mon père a pris ses mesures si justes qu'elle n'a fini qu'un moment avant le départ du courrier. Sa lettre est sans doute arrivée à temps à la poste ; il n'en peut être de même de celle-ci ; votre résolution sera prise et votre réponse partie avant qu'elle vous parvienne ; ainsi tout détail serait désormais inutile. J'ai fait mon devoir ; vous ferez le vôtre : mais le sort nous accable, l'honneur nous trahit ; nous serons séparés à jamais, et pour comble d'horreur, je vais passer dans les...... Hélas ! j'ai pu[2] vivre dans les tiens ! Ô devoir, à quoi sers-tu ? Ô providence !.... il faut gémir et se taire.

La plume échappe de ma main. J'étais incommodée depuis quelques jours ; l'entretien de ce matin m'a prodigieusement agitée... la tête et le cœur me font mal.... je me sens défaillir.... le Ciel aurait-il pitié de mes peines ?.... Je ne puis me soutenir.... je suis forcée à[3] me mettre au lit, et me console dans l'espoir de n'en point relever. Adieu, mes uniques amours. Adieu, pour la dernière fois, cher et tendre ami de Julie. Ah ! si je ne dois plus vivre pour toi, n'ai-je pas déjà cessé de vivre ?

LETTRE XIII

De Julie à Mad^e d'Orbe

Il est donc vrai, chère et cruelle amie, que tu me rappelles à la vie et à mes douleurs ? J'ai vu l'instant heureux où j'allais rejoindre la plus tendre des mères ; tes soins inhumains m'ont enchaînée pour la pleurer plus longtemps, et quand le désir de la suivre m'arrache à la terre, le regret de te quitter m'y retient. Si je me console de vivre, c'est par l'espoir de n'avoir pas échappé tout entière à la mort. Ils ne sont plus, ces agréments de mon visage que mon cœur a payés si cher : La maladie dont je sors m'en a délivrée. Cette heureuse perte ralentira l'ardeur grossière d'un homme assez dépourvu de délicatesse pour m'oser épouser sans mon aveu [1]. Ne trouvant plus en moi ce qui lui plut, il se souciera peu du reste. Sans manquer de parole à mon père, sans offenser l'ami dont il tient la vie, je saurai rebuter cet importun : ma bouche gardera le silence, mais mon aspect parlera pour moi. Son dégoût me garantira de sa tyrannie, et il me trouvera trop laide pour daigner me rendre malheureuse.

Ah, chère Cousine ! Tu connus un cœur plus constant et plus tendre, qui ne se fût pas ainsi rebuté. Son goût ne se bornait pas aux traits et à la figure ; c'était moi qu'il aimait et non pas mon visage : C'était par tout notre être que nous étions unis l'un à l'autre, et tant que Julie eût été la même, la beauté pouvait fuir, l'amour fût toujours demeuré. Cependant il a pu consentir… l'ingrat !… il l'a dû, puisque j'ai pu l'exiger. Qui est-ce qui retient par leur parole ceux qui veulent retirer leur cœur ? Ai-je donc voulu retirer le mien ?… l'ai-je fait [2] ?… Ô Dieu ! faut-il que tout me rappelle incessamment un temps qui n'est plus, et des feux qui ne doivent plus être ? J'ai beau vouloir arracher de mon cœur cette image chérie ; je l'y sens trop fortement attachée ; je le déchire sans le dégager, et mes efforts pour en effacer un si doux souvenir ne font que l'y graver davantage.

Oserai-je te dire un délire de ma fièvre, qui, loin de

s'éteindre avec elle me tourmente encore plus depuis ma guérison ? Oui, connais et plains l'égarement d'esprit de ta malheureuse amie, et rends grâce au Ciel d'avoir préservé ton cœur de l'horrible passion qui le donne. Dans un des moments où j'étais le plus mal, je crus durant l'ardeur du redoublement [1], voir à côté de mon lit cet infortuné ; non tel qu'il charmait jadis mes regards durant le court bonheur de ma vie ; mais pâle, défait, mal en ordre, et le désespoir dans les yeux. Il était à genoux ; il prit une de mes mains, et sans se dégoûter de l'état où elle était, sans craindre la communication d'un venin si terrible, il la couvrait de baisers et de larmes. À son aspect j'éprouvai cette vive et délicieuse émotion que me donnait quelquefois sa présence inattendue. Je voulus m'élancer vers lui ; on me retint ; tu l'arrachas de ma présence, et ce qui me toucha le plus vivement, ce furent ses gémissements que je crus entendre à mesure qu'il s'éloignait.

Je ne puis te représenter l'effet étonnant que ce rêve a produit sur moi. Ma fièvre a été longue et violente ; j'ai perdu la connaissance durant plusieurs jours ; j'ai souvent rêvé à lui dans mes transports ; mais aucun de ces rêves n'a laissé dans mon imagination des impressions aussi profondes que celle de ce dernier. Elle est telle qu'il m'est impossible de l'effacer de ma mémoire et de mes sens. À chaque minute, à chaque instant il me semble de le voir [2] dans la même attitude ; son air, son habillement, son geste, son triste regard frappent encore mes yeux : je crois sentir ses lèvres se presser sur ma main ; je la sens mouiller de ses larmes ; les sons de sa voix plaintive [3] me font tressaillir ; je le vois entraîner loin de moi ; je fais effort pour le retenir encore : tout me retrace une scène imaginaire avec plus de force que les événements qui me sont réellement arrivés.

J'ai longtemps hésité à te faire cette confidence ; la honte m'empêche de te la faire de bouche ; mais mon agitation loin de se calmer, ne fait qu'augmenter de jour en jour, et je ne puis plus résister au besoin de t'avouer ma folie. Ah ! qu'elle s'empare de moi tout entière. Que ne puis-je achever de perdre ainsi la raison ; puisque le peu qui m'en reste ne sert plus qu'à me tourmenter !

Je reviens à mon rêve. Ma Cousine, raille-moi, si tu veux, de ma simplicité ; mais il y a dans cette vision je ne sais quoi de mystérieux qui la distingue du délire ordinaire. Est-ce un pressentiment de la mort du meilleur des hommes ? Est-ce un avertissement qu'il n'est déjà plus ? Le Ciel daigne-t-il me guider au moins une fois, et m'invite-t-il à suivre celui qu'il me fit aimer ? Hélas ! l'ordre de mourir sera pour moi le premier de ses bienfaits[1].

J'ai beau me rappeler tous ces vains discours dont la philosophie amuse les gens qui ne sentent rien ; ils ne m'en imposent plus, et je sens que je les méprise[2]. On ne voit point les esprits, je le veux croire : Mais deux âmes si étroitement unies ne sauraient-elles avoir entre elles une communication immédiate, indépendante du corps et des sens ? L'impression directe que l'une reçoit de l'autre ne peut-elle pas la transmettre au cerveau, et recevoir de lui par contre-coup les sensations qu'elle lui a données[3] ?..... pauvre Julie, que d'extravagances ! Que les passions nous rendent crédules ; et qu'un cœur vivement touché se détache avec peine des erreurs même qu'il aperçoit !

LETTRE XIV

Réponse

Ah, fille trop malheureuse et trop sensible, n'es-tu donc née que pour souffrir ? Je voudrais en vain t'épargner des douleurs ; tu sembles les chercher sans cesse, et ton ascendant[4] est plus fort que tous mes soins. À tant de vrais sujets de peines n'ajoute pas au moins des chimères ; et puisque ma discrétion t'est plus nuisible qu'utile, sors d'une erreur qui te tourmente ; peut-être la triste vérité te sera-t-elle encore moins cruelle. Apprends donc que ton rêve n'est point un rêve ; que ce n'est point l'ombre de ton ami que tu as vue, mais sa personne[5] ; et que cette touchante scène incessamment présente à ton imagination s'est passée réellement dans ta chambre le surlendemain du jour où tu fus le plus mal.

La veille, je t'avais quittée assez tard, et M. d'Orbe qui voulut me relever auprès de toi cette nuit-là était prêt à sortir, quand tout à coup nous vîmes entrer brusquement et se précipiter à nos pieds ce pauvre malheureux dans un état à faire pitié. Il avait pris la poste à la réception de ta dernière Lettre. Courant jour et nuit il fit la route en trois jours, et ne s'arrêta qu'à la dernière poste en attendant la nuit pour entrer en ville. Je te l'avoue à ma honte, je fus moins prompte que M. d'Orbe à lui sauter au cou : sans savoir encore la raison de son voyage ; j'en prévoyais la conséquence. Tant de souvenirs amers, ton danger, le sien, le désordre où je le voyais, tout empoisonnait une si douce surprise, et j'étais trop saisie pour lui faire beaucoup de caresses. Je l'embrassai pourtant avec un serrement de cœur qu'il partageait, et qui se fit sentir réciproquement par de muettes étreintes, plus éloquentes que les cris et les pleurs. Son premier mot fut : *que fait-elle ? Ah que fait-elle ? donnez-moi la vie ou la mort.* Je compris alors qu'il était instruit de ta maladie, et croyant qu'il n'en ignorait pas non plus l'espèce, j'en parlai sans autre précaution que d'exténuer[1] le danger. Sitôt qu'il sut que c'était la petite vérole[2] il fit un cri et se trouva mal. La fatigue et l'insomnie jointe[3] à l'inquiétude d'esprit l'avaient jeté dans un tel abattement qu'on fut longtemps à le faire revenir. À peine pouvait-il parler ; on le fit coucher.

Vaincu par la nature, il dormit douze heures de suite, mais avec tant d'agitation qu'un pareil sommeil devait plus épuiser que réparer ses forces. Le lendemain, nouvel embarras ; il voulait te voir absolument. Je lui opposai le danger de te causer une révolution[4] ; il offrit d'attendre qu'il n'y eût plus de risque ; mais son séjour même en était un terrible ; j'essayai de le lui faire sentir. Il me coupa durement la parole. Gardez votre barbare éloquence, me dit-il d'un ton d'indignation : c'est trop l'exercer à ma ruine. N'espérez pas me chasser encore comme vous fîtes à mon exil. Je viendrais cent fois du bout du monde pour la voir un seul instant : Mais je jure par l'auteur de mon être, ajouta-t-il impétueusement, que je ne partirai point d'ici sans l'avoir vue. Éprouvons une fois si je vous rendrai pitoyable, ou si vous me rendrez parjure.

Son parti était pris. M. d'Orbe fut d'avis de chercher les moyens de le satisfaire pour le pouvoir renvoyer avant que son retour fût découvert : car il n'était connu dans la maison que du seul Hanz dont j'étais sûre, et nous l'avions appelé devant nos gens d'un autre nom que le sien *. Je lui promis qu'il te verrait la nuit suivante ; à condition qu'il ne resterait qu'un instant, qu'il ne te parlerait point, et qu'il repartirait le lendemain avant le jour. J'en exigeai sa parole ; alors, je fus tranquille, je laissai mon mari avec lui, et je retournai près de toi.

Je te trouvai sensiblement mieux, l'éruption était achevée ; le médecin me rendit le courage et l'espoir. Je me concertai d'avance avec Babi, et le redoublement, quoique moindre, t'ayant encore embarrassé la tête, je pris ce temps pour écarter tout le monde et faire dire à mon mari d'amener son hôte, jugeant qu'avant la fin de l'accès tu serais moins en état de le reconnaître. Nous eûmes toutes les peines du monde à renvoyer ton désolé père qui chaque nuit s'obstinait à vouloir rester. Enfin je lui dis en colère qu'il n'épargnerait la peine de personne, que j'étais également résolue à veiller, et qu'il savait bien, tout père qu'il était, que sa tendresse n'était pas plus vigilante que la mienne. Il partit à regret ; nous restâmes seules. M. d'Orbe arriva sur les onze heures, et me dit qu'il avait laissé ton ami dans la rue ; je l'allai chercher. Je le pris par la main ; il tremblait comme la feuille. En passant dans l'antichambre les forces lui manquèrent ; il respirait avec peine, et fut contraint de s'asseoir.

Alors, démêlant quelques objets à la faible lueur d'une lumière éloignée, oui, dit-il avec un profond soupir, je reconnais les mêmes lieux. Une fois en ma vie je les ai

* On voit dans la quatrième partie que ce nom substitué était celui de *St. Preux*[1].

traversés.... à la même heure,.... avec le même mystère.... j'étais tremblant comme aujourd'hui... le cœur me palpitait de même... ô téméraire ! j'étais mortel, et j'osais goûter.... que vais-je voir maintenant dans ce même asile où tout respirait la volupté dont mon âme était enivrée ? dans ce même objet qui faisait et partageait mes transports ? L'image du trépas, un appareil de douleur, la vertu malheureuse, et la beauté mourante !

Chère Cousine ; j'épargne à ton pauvre cœur le détail de cette attendrissante scène. Il te vit, et se tut : Il l'avait promis ; mais quel silence ? Il se jeta à genoux ; il baisait tes rideaux en sanglotant ; il élevait les mains et les yeux ; il poussait de sourds gémissements ; il avait peine à contenir sa douleur et ses cris. Sans le voir, tu sortis machinalement une de tes mains ; il s'en saisit avec une espèce de fureur ; les baisers de feu qu'il appliquait sur cette main malade t'éveillèrent mieux que le bruit et la voix de tout ce qui t'environnait : je vis que tu l'avais reconnu, et malgré sa résistance et ses plaintes, je l'arrachai de la chambre à l'instant, espérant éluder l'idée d'une si courte apparition par le prétexte du délire[1]. Mais voyant ensuite que tu n'en disais rien, je crus que tu l'avais oubliée, je défendis à Babi de t'en parler et je sais qu'elle m'a tenu parole. Vaine prudence que l'amour a déconcertée, et qui n'a fait que laisser fermenter un souvenir qu'il n'est plus temps d'effacer !

Il partit comme il l'avait promis, et je lui fis jurer qu'il ne s'arrêterait pas au voisinage. Mais, ma chère, ce n'est pas tout ; il faut achever de te dire ce qu'aussi bien tu ne pourrais ignorer longtemps. Milord Édouard passa deux jours après ; il se pressa pour l'atteindre ; il le joignit à Dijon, et le trouva malade. L'infortuné avait gagné la petite vérole. Il m'avait caché qu'il ne l'avait point eue, et je te l'avais mené sans précaution. Ne pouvant guérir ton mal, il le voulut partager. En me rappelant la manière dont il baisait ta main, je ne puis douter qu'il ne se soit inoculé volontairement. On ne pouvait être plus mal préparé ; mais c'était l'inoculation de l'amour[2], elle fut heureuse. Ce père de la vie l'a conservée au plus tendre amant qui fut jamais ; il est guéri, et suivant la dernière lettre de Milord Édouard ils doivent être actuellement repartis pour Paris.

Voilà, trop aimable cousine, de quoi bannir les terreurs funèbres qui t'alarmaient sans sujet. Depuis longtemps tu as renoncé à la personne de ton ami, et sa vie est en sûreté. Ne songe donc qu'à conserver la tienne et à t'acquitter de bonne grâce du sacrifice que ton cœur a promis à l'amour paternel. Cesse enfin d'être le jouet d'un vain espoir et de te repaître de chimères[1]. Tu te presses beaucoup d'être fière de ta laideur ; sois plus humble, crois-moi, tu n'as encore que trop de sujet de l'être. Tu as essuyé une cruelle atteinte, mais ton visage a été épargné. Ce que tu prends pour des cicatrices ne sont que des rougeurs qui seront bientôt effacées. Je fus plus maltraitée que cela, et cependant tu vois que je ne suis pas trop mal encore. Mon ange, tu resteras jolie en dépit de toi, et l'indifférent Wolmar que trois ans[2] d'absence n'ont pu guérir d'un amour conçu dans huit jours, s'en guérira-t-il en te voyant à toute heure ? Ô si ta seule ressource est de déplaire, que ton sort est désespéré !

LETTRE XV

De Julie

C'en est trop, c'en est trop. Ami, tu as vaincu. Je ne suis point à l'épreuve de tant d'amour ; ma résistance est épuisée. J'ai fait usage de toutes mes forces, ma conscience m'en rend le consolant témoignage. Que le Ciel ne me demande point compte de plus qu'il ne m'a donné. Ce triste cœur que tu achetas tant de fois et qui coûta si cher au tien t'appartient sans réserve ; il fut à toi du premier moment où mes yeux te virent ; il te restera jusqu'à mon dernier soupir. Tu l'as trop bien mérité pour le perdre, et je suis lasse de servir aux dépens de la justice une chimérique vertu.

Oui, tendre et généreux amant, ta Julie sera toujours tienne, elle t'aimera toujours : il le faut, je le veux, je le dois.

Je te rends l'empire que l'amour t'a donné ; il ne te sera plus ôté. C'est en vain qu'une voix mensongère murmure au fond de mon âme ; elle ne m'abusera plus. Que sont les vains devoirs qu'elle m'oppose contre ceux d'aimer à jamais ce que le Ciel m'a fait aimer ? Le plus sacré de tous n'est-il pas envers toi ? N'est-ce pas à toi seul que j'ai tout promis ? Le premier vœu de mon cœur ne fut-il pas de ne t'oublier jamais, et ton inviolable fidélité n'est-elle pas un nouveau lien pour la mienne ? Ah ! dans le transport d'amour qui me rend à toi, mon seul regret est d'avoir combattu des sentiments si chers et si légitimes. Nature, ô douce nature, reprends tous tes droits ! j'abjure les barbares vertus qui t'anéantissent. Les penchants que tu m'as donnés seront-ils plus trompeurs qu'une raison qui m'égara tant de fois ?

Respecte ces tendres penchants, mon aimable ami ; tu leur dois trop pour les haïr ; mais souffres-en le cher et doux partage ; souffre que les droits du sang et de l'amitié ne soient pas éteints par ceux de l'amour. Ne pense point que pour te suivre j'abandonne jamais la maison paternelle. N'espère point que je me refuse aux liens que m'impose une autorité sacrée. La cruelle perte de l'un des auteurs de mes jours m'a trop appris à craindre d'affliger l'autre. Non, celle dont il attend désormais toute sa consolation ne contristera point son âme accablée d'ennuis ; je n'aurai point donné la mort à tout ce qui me donna la vie. Non, non, je connais mon crime et ne puis le haïr. Devoir, honneur, vertu, tout cela ne me dit plus rien ; mais pourtant je ne suis point un monstre ; je suis faible et non dénaturée. Mon parti est pris, je ne veux désoler aucun de ceux que j'aime. Qu'un père esclave de sa parole et jaloux d'un vain titre dispose de ma main qu'il a promise ; que l'amour seul dispose de mon cœur ; que mes pleurs ne cessent de couler dans le sein d'une tendre amie. Que je sois vile et malheureuse ; mais que tout ce qui m'est cher soit heureux et content s'il est possible. Formez tous trois ma seule existence, et que votre bonheur me fasse oublier ma misère et mon désespoir.

LETTRE XVI

Réponse

Nous renaissons, ma Julie ; tous les vrais sentiments de nos âmes reprennent leur cours. La nature nous a conservé l'être, et l'amour nous rend à la vie. En doutais-tu ? L'osas-tu croire, de pouvoir m'ôter ton cœur ? Va, je le connais mieux que toi, ce cœur que le ciel a fait pour le mien. Je les sens joints par une existence commune qu'ils ne peuvent perdre qu'à la mort. Dépend-il de nous de les séparer, ni même de le vouloir ? Tiennent-ils l'un à l'autre par des nœuds que les hommes aient formés et qu'ils puissent rompre ? Non, non, Julie, si le sort cruel nous refuse le doux nom d'époux, rien ne peut nous ôter celui d'amants fidèles ; il fera la consolation de nos tristes jours, et nous l'emporterons au tombeau.

Ainsi nous recommençons de vivre pour recommencer de souffrir, et le sentiment de notre existence n'est pour nous qu'un sentiment de douleur. Infortunés ! Que sommes-nous devenus [1] ? Comment avons-nous cessé d'être ce que nous fûmes ? Où est cet enchantement de bonheur suprême ? Où sont ces ravissements exquis dont les vertus animaient nos feux ? Il ne reste de nous que notre amour ; l'amour seul reste, et ses charmes se sont éclipsés. Fille trop soumise, amante sans courage ; tous nos maux nous viennent de tes erreurs. Hélas, un cœur moins pur t'aurait bien moins égarée ! Oui, c'est l'honnêteté du tien qui nous perd ; les sentiments droits qui le remplissent en ont chassé la sagesse. Tu as voulu concilier la tendresse filiale avec l'indomptable amour ; en te livrant à la fois à tous tes penchants, tu les confonds au lieu de les accorder et deviens coupable à force de vertus. Ô Julie, quel est ton inconcevable empire ! Par quel étrange pouvoir tu fascines ma raison ! Même en me faisant rougir de nos feux, tu te fais encore estimer par tes fautes ; tu me forces de t'admirer en partageant tes remords... Des remords !.... était-ce à toi d'en sentir ?.... toi que j'aimais.... toi que je ne puis cesser d'adorer.... le crime pourrait-il approcher de ton cœur.... Cruelle ! en me le rendant, ce cœur qui m'appartient, rends-le-moi tel qu'il me fut donné.

Que m'as-tu dit ?.... qu'oses-tu me faire entendre ?.... toi, passer dans les bras d'un autre ?.... un autre te posséder ?.... N'être plus à moi ?.... ou pour comble d'horreur n'être pas à moi seul ! Moi ? j'éprouverais cet affreux supplice ?.... je te verrais survivre à toi-même ?... Non. J'aime mieux te perdre que te partager.... Que le Ciel ne me donna-t-il un courage digne des transports qui m'agitent !.... avant que ta main se fût avilie dans ce nœud funeste abhorré par l'amour et réprouvé par l'honneur, j'irais de la mienne te plonger un poignard dans le sein : J'épuiserais ton chaste cœur d'un sang que n'aurait point souillé l'infidélité : À ce pur sang je mêlerais celui qui brûle dans mes veines d'un feu que rien ne peut éteindre ; je tomberais dans tes bras ; je rendrais sur tes lèvres mon dernier soupir.... je recevrais le tien.... Julie expirante !.... ces yeux si doux éteints par les horreurs de la mort !.... ce sein, ce trône de l'amour, déchiré par ma main, versant à gros bouillons le sang et la vie... Non vis et souffre, porte la peine de ma lâcheté. Non, je voudrais que tu ne fusses plus ; mais je ne puis t'aimer assez pour te poignarder [1].

Ô si tu connaissais l'état de ce cœur serré de détresse ! Jamais il ne brûla d'un feu si sacré [2]. Jamais ton innocence et ta vertu ne lui fut [3] si chère. Je suis amant, je sais aimer, je le sens : mais je ne suis qu'un homme, et il est au-dessus de la force humaine de renoncer à la suprême félicité. Une nuit, une seule nuit [4] a changé pour jamais toute mon âme. Ôte-moi ce dangereux souvenir, et je suis vertueux [5]. Mais cette nuit fatale règne au fond de mon cœur et va couvrir de son ombre le reste de ma vie. Ah Julie ! objet adoré ! S'il faut être à jamais misérables, encore une heure de bonheur, et des regrets éternels !

Écoute celui qui t'aime. Pourquoi voudrions-nous être plus sages nous seuls que tout le reste des hommes, et suivre avec une simplicité d'enfants de chimériques vertus dont tout le monde parle et que personne ne pratique ? Quoi ! serons-nous meilleurs moralistes que ces foules de Savants dont Londres et Paris sont peuplés, qui tous se raillent de la fidélité conjugale, et regardent l'adultère comme un jeu. Les exemples n'en sont point scandaleux ; il n'est pas même permis d'y trouver à redire, et tous les honnêtes gens se riraient ici de celui qui par respect pour le mariage résisterait au penchant de son cœur. En effet, disent-ils, un tort qui n'est que dans l'opinion n'est-il pas nul quand il est secret ? Quel mal reçoit un mari d'une infidélité qu'il ignore ? De quelle complaisance une femme ne rachète-t-elle pas ses fautes* ? Quelle douceur n'emploie-t-elle pas à prévenir ou guérir ses soupçons ? Privé d'un bien imaginaire, il vit réellement plus heureux, et ce prétendu crime dont on fait tant de bruit n'est qu'un lien de plus dans la société[1].

À Dieu ne plaise, ô chère amie de mon cœur, que je veuille rassurer le tien par ces honteuses maximes. Je les abhorre sans savoir les combattre, et ma conscience y répond mieux que ma raison. Non que je me fasse fort d'un courage que je hais, ni que je voulusse d'une vertu si coûteuse : mais je me crois moins coupable en me reprochant mes fautes qu'en m'efforçant de les justifier, et je regarde comme le comble du crime d'en vouloir ôter les remords.

Je ne sais ce que j'écris ; je me sens l'âme dans un état affreux, pire que celui même où j'étais avant d'avoir reçu ta lettre. L'espoir que tu me rends est triste et sombre ; il éteint cette lueur si pure qui nous guida tant de fois ; tes attraits s'en ternissent et n'en deviennent que plus touchants ; je te vois tendre et malheureuse ; mon cœur est inondé des pleurs qui coulent de tes yeux, et je me reproche avec amertume un bonheur que je ne puis plus goûter qu'aux dépens du tien.

* Et où le bon Suisse avait-il vu cela ? Il y a longtemps que les femmes galantes l'ont pris sur un plus haut ton. Elles commencent par établir fièrement leurs amants dans la maison, et si l'on daigne y souffrir le mari, c'est autant qu'il se comporte envers eux avec le respect qu'il leur doit. Une femme qui se cacherait d'un mauvais commerce ferait croire qu'elle en a honte et serait déshonorée ; pas une honnête femme ne voudrait la voir.

Je sens pourtant qu'une ardeur secrète m'anime encore et me rend le courage que veulent m'ôter les remords. Chère amie, ah sais-tu de combien de pertes un amour pareil au mien peut te dédommager ? Sais-tu jusqu'à quel point un amant qui ne respire que pour toi peut te faire aimer la vie ? Conçois-tu bien que c'est pour toi seule que je veux vivre, agir, penser, sentir désormais ? Non, source délicieuse de mon être, je n'aurai plus d'âme que ton âme, je ne serai plus rien qu'une partie de toi-même, et tu trouveras au fond de mon cœur une si douce existence que tu ne sentiras point ce que la tienne aura perdu de ses charmes. Hé bien, nous serons coupables, mais nous ne serons point méchants ; nous serons coupables, mais nous aimerons toujours la vertu : loin d'oser excuser nos fautes, nous en gémirons ; nous les pleurerons ensemble ; nous les rachèterons s'il est possible, à force d'être bienfaisants et bons. Julie ! ô Julie ! que ferais-tu, que peux-tu faire ? Tu ne peux échapper à mon cœur : n'a-t-il pas épousé le tien [1] ?

Ces vains projets de fortune qui m'ont si grossièrement abusé sont oubliés depuis longtemps. Je vais m'occuper uniquement des soins que je dois à Milord Édouard ; il veut m'entraîner en Angleterre ; il prétend que je puis l'y servir. Hé bien, je l'y suivrai. Mais je me déroberai tous les ans ; je me rendrai secrètement près de toi. Si je ne puis te parler, au moins je t'aurai vue ; j'aurai du moins baisé tes pas ; un regard de tes yeux m'aura donné dix mois de vie. Forcé de repartir, en m'éloignant de celle que j'aime, je compterai pour me consoler les pas qui doivent m'en rapprocher. Ces fréquents voyages donneront le change à ton malheureux amant ; il croira déjà jouir de ta vue en partant pour t'aller voir ; le souvenir de ses transports l'enchantera durant son retour ; malgré le sort cruel, ses tristes ans ne seront pas tout à fait perdus ; il n'y en aura point qui ne soient marqués par des plaisirs, et les courts moments qu'il passera près de toi se multiplieront sur sa vie entière.

LETTRE XVII

De Mad[e] d'Orbe

Votre amante n'est plus, mais j'ai retrouvé mon amie, et vous en avez acquis une dont le cœur peut vous rendre beaucoup plus que vous n'avez perdu. Julie est mariée, et digne de rendre heureux l'honnête homme qui vient d'unir son sort au sien. Après tant d'imprudences, rendez grâce au Ciel qui vous a sauvés tous deux, elle de l'ignominie, et vous du regret de l'avoir déshonorée. Respectez son nouvel état ; ne lui écrivez point, elle vous en prie. Attendez qu'elle vous écrive ; c'est ce qu'elle fera dans peu. Voici le temps où je vais connaître si vous méritez l'estime que j'eus pour vous, et si votre cœur est sensible à une amitié pure et sans intérêt.

LETTRE XVIII

De Julie

Vous êtes depuis si longtemps le dépositaire de tous les secrets de mon cœur, qu'il ne saurait plus perdre une si douce habitude. Dans la plus importante occasion de ma vie il veut s'épancher avec vous. Ouvrez-lui le vôtre, mon aimable ami ; recueillez dans votre sein les longs discours de l'amitié ; si quelquefois elle rend diffus l'ami qui parle, elle rend toujours patient l'ami qui écoute.

Liée au sort d'un époux, ou plutôt aux volontés d'un père par une chaîne indissoluble, j'entre dans une nouvelle carrière qui ne doit finir qu'à la mort. En la commençant, jetons un moment les yeux sur celle que je quitte ; il ne nous sera pas pénible de rappeler un temps si cher. Peut-être y trouverai-je des leçons pour bien user de celui qui me reste ; peut-être y trouverez-vous des lumières pour expliquer ce que ma conduite eut toujours d'obscur à vos yeux. Au moins en considérant ce que nous fûmes l'un à l'autre, nos cœurs n'en sentiront que mieux ce qu'ils se doivent jusqu'à la fin de nos jours.

Il y a six ans[1] à peu près que je vous vis pour la première fois. Vous étiez jeune, bien fait, aimable ; d'autres jeunes gens m'ont paru plus beaux et mieux faits que vous ; aucun ne m'a donné la moindre émotion, et mon cœur fut à vous dès la première vue*. Je crus voir sur votre visage les traits de l'âme qu'il fallait à la mienne. Il me sembla que mes sens ne servaient que d'organe à des sentiments plus nobles ; et j'aimai dans vous, moins ce que j'y voyais que ce que je croyais sentir en moi-même. Il n'y a pas deux mois[3] que je pensais encore ne m'être pas trompée ; l'aveugle amour, me disais-je, avait raison ; nous étions faits l'un pour l'autre ; je serais à lui si l'ordre humain n'eût troublé les rapports de la nature, et s'il était permis à quelqu'un d'être heureux, nous aurions dû l'être ensemble.

Mes sentiments nous furent communs ; ils m'auraient abusée si je les eusse éprouvés seule. L'amour que j'ai connu ne peut naître que d'une convenance réciproque et d'un accord des âmes. On n'aime point si l'on n'est aimé ; du moins on n'aime pas longtemps. Ces passions sans retour qui font, dit-on, tant de malheureux ne sont fondées que sur les sens, si quelques-unes pénètrent jusqu'à l'âme c'est par des rapports faux dont on est bientôt détrompé. L'amour sensuel ne peut se passer de la possession, et s'éteint par elle. Le véritable amour ne peut se passer du cœur, et dure autant que les rapports qui l'ont fait naître**. Tel fut le nôtre en commençant ; tel il sera, j'espère, jusqu'à la fin de nos jours, quand nous l'aurons mieux ordonné. Je vis, je sentis que j'étais aimée et que je devais l'être. La bouche était muette ; le

* M. Richardson se moque beaucoup de ces attachements nés de la première vue et fondés sur des conformités indéfinissables. C'est fort bien fait de s'en moquer ; mais comme il n'en existe pourtant que trop de cette espèce, au lieu de s'amuser à les nier, ne ferait-on pas mieux de nous apprendre à les vaincre[2] ?

** Quand ces rapports sont chimériques, il dure autant que l'illusion qui nous les fait imaginer.

regard était contraint ; mais le cœur se faisait entendre : Nous éprouvâmes bientôt entre nous ce je ne sais quoi qui rend le silence éloquent, qui fait parler des yeux baissés, qui donne une timidité téméraire, qui montre les désirs par la crainte, et dit tout ce qu'il n'ose exprimer.

Je sentis mon cœur et me jugeai perdue à votre premier mot. J'aperçus la gêne de votre réserve ; j'approuvai ce respect, je vous en aimai davantage ; je cherchais à vous dédommager d'un silence pénible et nécessaire, sans qu'il en coutât à mon innocence ; je forçai mon naturel, j'imitai ma Cousine ; je devins badine et folâtre comme elle, pour prévenir des explications trop graves et faire passer mille tendres caresses à la faveur de ce feint enjouement. Je voulais vous rendre si doux votre état présent que la crainte d'en changer augmentât votre retenue. Tout cela me réussit mal ; on ne sort point de son naturel impunément. Insensée que j'étais, j'accélérai ma perte au lieu de la prévenir, j'employai du poison pour palliatif, et ce qui devait vous faire taire fut précisément ce qui vous fit parler. J'eus beau par une froideur affectée vous tenir éloigné dans le tête-à-tête ; cette contrainte même me trahit : vous écrivîtes. Au lieu de jeter au feu votre première lettre, ou de la porter à ma mère, j'osai l'ouvrir. Ce fut là mon crime, et tout le reste fut forcé. Je voulus m'empêcher de répondre à ces lettres funestes que je ne pouvais m'empêcher de lire. Cet affreux combat altéra ma santé. Je vis l'abîme où j'allais me précipiter. J'eus horreur de moi-même, et ne pus me résoudre à vous laisser partir. Je tombai dans une sorte de désespoir ; j'aurais mieux aimé que vous ne fussiez plus que de n'être point à moi : j'en vins jusqu'à souhaiter votre mort, jusqu'à vous la demander. Le Ciel a vu mon cœur ; cet effort doit racheter quelques fautes.

Vous voyant prêt à m'obéir, il fallut parler. J'avais reçu de la Chaillot des leçons qui ne me firent que mieux connaître les dangers de cet aveu. L'amour qui me l'arrachait m'apprit à en éluder l'effet. Vous fûtes mon dernier refuge ; j'eus assez de confiance en vous pour vous armer contre ma faiblesse, je vous crus digne de me sauver de moi-même et je vous rendis justice. En vous voyant respecter un dépôt si cher, je connus que ma passion ne m'aveuglait point sur les vertus qu'elle me faisait trouver en vous. Je m'y livrais avec d'autant plus de sécurité qu'il me sembla que nos cœurs se suffisaient l'un à l'autre. Sûre de ne trouver au fond du mien que des sentiments honnêtes, je goûtais sans précaution les charmes d'une douce familiarité. Hélas ! je ne voyais pas que le mal s'invétérait par ma négligence, et que l'habitude était plus dangereuse que l'amour. Touchée de votre retenue, je crus pouvoir sans risque modérer la mienne ; dans l'innocence de mes désirs je pensais encourager en vous la vertu même, par les tendres caresses de l'amitié. J'appris dans le bosquet de Clarens que j'avais trop compté sur moi, et qu'il ne faut rien accorder aux sens quand on veut leur refuser quelque chose[1]. Un instant, un seul instant[2] embrasa les miens d'un feu que rien ne put éteindre, et si ma volonté résistait encore, dès lors mon cœur fut corrompu.

Vous partagiez mon égarement ; votre lettre[3] me fit trembler. Le péril était double : pour me garantir de vous et de moi, il fallut vous éloigner. Ce fut le dernier effort d'une vertu mourante ; en fuyant vous achevâtes de vaincre ; et sitôt que je ne vous vis plus, ma langueur m'ôta le peu de force qui me restait pour vous résister.

Mon père en quittant le service avait amené chez lui M. de Wolmar ; la vie qu'il lui devait et une liaison de vingt ans[4] lui rendaient cet ami si cher qu'il ne pouvait se séparer de lui. M. de Wolmar avançait en âge et quoique riche et de grande naissance, il ne trouvait point de femme qui lui convînt. Mon père lui avait parlé de sa fille en homme qui souhaitait de se faire un gendre de son ami ; il fut question de la voir, et c'est dans ce dessein qu'ils firent le voyage ensemble. Mon destin voulut que je plusse à M. de Wolmar qui n'avait jamais rien aimé. Ils se donnèrent secrètement leur parole, et M. de Wolmar ayant beaucoup d'affaires à régler dans une cour du Nord[5] où étaient sa famille et sa fortune, il en demanda le temps, et partit sur cet engagement mutuel. Après son départ, mon père nous déclara à ma mère et à moi qu'il me l'avait destiné pour époux, et m'ordonna d'un ton qui ne laissait point de réplique à ma timidité de me disposer à recevoir sa main. Ma mère, qui n'avait que trop remarqué le penchant de mon cœur, et qui se sentait pour vous une inclination naturelle, essaya plusieurs fois d'ébranler cette résolution ; sans oser vous proposer, elle parlait de manière à donner à mon père de la considération pour vous et le désir de vous connaître ; mais la qualité qui vous manquait le rendit insensible à toutes celles que vous possédiez, et s'il convenait que la naissance ne les pouvait remplacer, il prétendait qu'elle seule pouvait les faire valoir.

L'impossibilité d'être heureuse irrita des feux qu'elle eût dû éteindre. Une flatteuse illusion me soutenait dans mes peines ; je perdis avec elle la force de les supporter. Tant qu'il me fût resté quelque espoir d'être à vous, peut-être aurais-je triomphé de moi ; il m'en eût moins coûté de vous résister toute ma vie que de renoncer à vous pour jamais, et la seule idée d'un combat éternel m'ôta le courage de vaincre.

La tristesse et l'amour consumaient mon cœur ; je tombai dans un abattement dont mes lettres se sentirent. Celle que vous m'écrivîtes de Meillerie y mit le comble ; à mes propres douleurs se joignit le sentiment de votre désespoir. Hélas ! c'est toujours l'âme la plus faible qui porte les peines de toutes deux. Le parti que vous m'osiez proposer mit le comble à mes perplexités. L'infortune de mes jours était assurée, l'inévitable choix qui me restait à faire était d'y joindre celle de mes parents ou la vôtre. Je ne pus supporter cette horrible alternative ; les forces de la nature ont un terme ; tant d'agitations épuisèrent les miennes. Je souhaitai d'être délivrée de la vie. Le Ciel parut avoir pitié de moi ; mais la cruelle mort m'épargna pour me perdre. Je vous vis, je fus guérie, et je péris.

Si je ne trouvai point le bonheur dans mes fautes, je n'avais jamais espéré l'y trouver. Je sentais que mon cœur était fait pour la vertu et qu'il ne pouvait être heureux sans elle ; je succombai par faiblesse et non par erreur ; je n'eus pas même l'excuse de l'aveuglement. Il ne me restait aucun espoir ; je ne pouvais plus qu'être infortunée. L'innocence et l'amour m'étaient également nécessaires, ne pouvant les conserver ensemble et voyant votre égarement, je ne consultai que vous dans mon choix et me perdis pour vous sauver.

Mais il n'est pas si facile qu'on pense de renoncer à la vertu. Elle tourmente longtemps ceux qui l'abandonnent, et ses charmes, qui font les délices des âmes pures, font le premier supplice du méchant, qui les aime encore et n'en saurait plus jouir. Coupable et non dépravée[1], je ne pus échapper aux remords qui m'attendaient ; l'honnêteté me fut chère, même après l'avoir perdue ; ma honte pour être secrète ne m'en fut pas moins amère, et quand tout l'univers en eût été témoin je ne l'aurais pas mieux sentie. Je me consolais dans ma douleur comme un blessé qui craint la cangrène[2], et en qui le sentiment de son mal soutient l'espoir d'en guérir.

Cependant cet état d'opprobre m'était odieux. À force de vouloir étouffer le reproche sans renoncer au crime, il m'arriva ce qu'il arrive à toute âme honnête qui s'égare et qui se plaît dans son égarement. Une illusion nouvelle vint adoucir l'amertume du repentir ; j'espérai tirer de ma faute un moyen de la réparer, et j'osai former le projet de contraindre mon Père à nous unir. Le premier fruit de notre amour devait serrer ce doux lien. Je le demandais au Ciel comme le gage de mon retour à la vertu et de notre bonheur commun : Je le désirais comme un autre[3] à ma place aurait pu le craindre, le tendre amour tempérant par son prestige le murmure de la conscience, me consolait de ma faiblesse par l'effet que j'en attendais, et faisait d'une si chère attente le charme et l'espoir de ma vie.

Sitôt que j'aurais porté des marques sensibles de mon état, j'avais résolu d'en faire en présence de toute ma famille une déclaration publique à M. Perret*. Je suis timide il est vrai ; je sentais tout ce qu'il m'en devait coûter, mais l'honneur même animait mon courage, et j'aimais mieux supporter une

* Pasteur du lieu[4].

fois la confusion que j'avais méritée, que de nourrir une honte éternelle au fond de mon cœur. Je savais que mon père me donnerait la mort ou mon amant ; cette alternative n'avait rien d'effrayant pour moi, et, de manière ou d'autre, j'envisageais dans cette démarche la fin de tous mes malheurs.

Tel était, mon bon ami, le mystère que je voulus vous dérober et que vous cherchiez à pénétrer avec une si curieuse inquiétude. Mille raisons me forçaient à cette réserve avec un homme aussi emporté que vous ; sans compter qu'il ne fallait pas armer d'un nouveau prétexte votre indiscrète importunité. Il était à propos surtout de vous éloigner durant une si périlleuse scène, et je savais bien que vous n'auriez jamais consenti à m'abandonner dans un danger pareil, s'il vous eût été connu.

Hélas, je fus encore abusée par une si douce espérance ! Le Ciel rejeta des projets conçus dans le crime ; je ne méritais pas l'honneur d'être mère ; mon attente resta toujours vaine [1], et il me fut refusé d'expier ma faute aux dépens de ma réputation. Dans le désespoir que j'en conçus, l'imprudent rendez-vous qui mettait votre vie en danger fut une témérité que mon fol amour me voilait d'une si douce excuse : je m'en prenais à moi du mauvais succès de mes vœux, et mon cœur abusé par ses désirs ne voyait dans l'ardeur de les contenter, que le soin de les rendre un jour légitimes.

Je les crus un instant accomplis ; cette erreur fut la source du plus cuisant de mes regrets, et l'amour exaucé par la nature, n'en fut que plus cruellement trahi par la destinée. Vous avez su * quel accident détruisit, avec le germe que je portais dans mon sein le dernier fondement de mes espérances. Ce malheur m'arriva précisément dans le temps de notre séparation ; comme si le Ciel eût voulu m'accabler alors de tous les maux que j'avais mérités, et couper à la fois tous les liens qui pouvaient nous unir.

* Ceci suppose d'autres lettres que nous n'avons pas.

Votre départ fut la fin de mes erreurs ainsi que de mes plaisirs ; je reconnus, mais trop tard, les chimères qui m'avaient abusée. Je me vis aussi méprisable que je l'étais devenue, et aussi malheureuse que je devais toujours l'être avec un amour sans innocence et des désirs sans espoir, qu'il m'était impossible d'éteindre. Tourmentée de mille vains regrets je renonçai à des réflexions aussi douloureuses qu'inutiles ; je ne valais plus la peine que je songeasse à moi-même, je consacrai ma vie à m'occuper de vous. Je n'avais plus d'honneur que le vôtre, plus d'espérance qu'en votre bonheur, et les sentiments qui me venaient de vous étaient les seuls dont je crusse pouvoir être encore émue.

L'amour ne m'aveuglait point sur vos défauts mais il me les rendait chers, et telle était son illusion que je vous aurais moins aimé si vous aviez été plus parfait. Je connaissais votre cœur, vos emportements ; je savais qu'avec plus de courage que moi vous aviez moins de patience, et que les maux dont mon âme était accablée mettraient la vôtre au désespoir. C'est par cette raison que je vous cachai toujours avec soin les engagements de mon père, et à notre séparation, voulant profiter du zèle de Milord Édouard pour votre fortune, et vous en inspirer un pareil à vous-même, je vous flattais d'un espoir que je n'avais pas. Je fis plus ; connaissant le danger qui nous menaçait, je pris la seule précaution qui pouvait nous en garantir, et vous engageant avec ma parole ma liberté autant qu'il m'était possible, je tâchai d'inspirer à vous de la confiance, à moi de la fermeté, par une promesse que je n'osasse enfreindre et qui pût vous tranquilliser. C'était un devoir puérile [1], j'en conviens, et cependant je ne m'en serais jamais départie. La vertu est si nécessaire à nos cœurs, que quand on a une fois abandonné la véritable, on s'en fait ensuite une à sa mode, et l'on y tient plus fortement, peut-être parce qu'elle est de notre choix.

Je ne vous dirai point combien j'éprouvai d'agitations depuis votre éloignement. La pire de toutes était la crainte d'être oubliée. Le séjour où vous étiez me faisait trembler ; votre manière d'y vivre augmentait mon effroi : Je croyais déjà vous voir avilir jusqu'à n'être plus qu'un homme à bonnes fortunes. Cette ignominie m'était plus cruelle que tous mes maux ; j'aurais mieux aimé vous savoir malheureux que méprisable ; après tant de peines auxquelles j'étais accoutumée, votre déshonneur était la seule que je ne pouvais supporter.

Je fus rassurée sur des craintes que le ton de vos lettres commençait à confirmer ; et je le fus par un moyen qui eût pu mettre le comble aux alarmes d'une autre. Je parle du désordre où vous vous laissâtes entraîner et dont le prompt et libre aveu fut de toutes les preuves de votre franchise celle qui m'a le plus touchée. Je vous connaissais trop pour ignorer ce qu'un pareil aveu devait vous coûter, quand même j'aurais cessé de vous être chère ; je vis que l'amour vainqueur de la honte avait pu seul vous l'arracher. Je jugeai qu'un cœur si sincère était incapable d'une infidélité cachée ; je trouvai moins de tort dans votre faute que de mérite à la confesser, et me rappelant vos anciens engagements, je me guéris pour jamais de la jalousie.

Mon ami, je n'en fus pas plus heureuse ; pour un tourment de moins, sans cesse il en renaissait mille autres, et je ne connus jamais mieux combien il est insensé de chercher dans l'égarement de son cœur un repos qu'on ne trouve que dans la sagesse. Depuis longtemps je pleurais en secret la meilleure des mères qu'une langueur mortelle consumait insensiblement. Babi à qui le fatal effet de ma chute m'avait forcée à me confier, me trahit et lui découvrit nos amours et mes fautes. À peine eus-je retiré vos lettres de chez ma Cousine, qu'elles furent surprises. Le témoignage était convaincant ; la tristesse acheva d'ôter à ma mère le peu de forces que son mal lui avait laissées. Je faillis expirer de regret à ses pieds. Loin de m'exposer à la mort que je méritais, elle voila ma honte, et se contenta d'en gémir : vous-même qui l'aviez si cruellement abusée, ne pûtes lui devenir odieux. Je fus témoin de l'effet que produisit votre lettre sur son cœur tendre et compatissant. Hélas ! elle désirait votre bonheur et le mien. Elle tenta plus d'une fois… que sert de rappeler une espérance à jamais éteinte ? Le Ciel en avait autrement ordonné. Elle finit ses tristes jours dans la douleur de n'avoir pu fléchir un époux sévère, et de laisser une fille si peu digne d'elle.

Accablée d'une si cruelle perte, mon âme n'eut plus de force que pour la sentir ; la voix de la nature gémissante étouffa les murmures de l'amour. Je pris dans une espèce d'horreur la cause de tant de maux [1] ; je voulus étouffer enfin l'odieuse passion qui me les avait attirés et renoncer à vous pour jamais. Il le fallait, sans doute ; n'avais-je pas assez de quoi pleurer le reste de ma vie, sans chercher incessamment de nouveaux sujets de larmes ? Tout semblait favoriser ma résolution. Si la tristesse attendrit l'âme, une profonde affliction l'endurcit. Le souvenir de ma mère mourante effaçait le vôtre ; nous étions éloignés ; l'espoir m'avait abandonnée ; jamais mon incomparable amie ne fut si sublime ni si digne d'occuper seule tout mon cœur. Sa vertu, sa raison, son amitié, ses tendres caresses semblaient l'avoir purifié ; je vous crus oublié, je me crus guérie. Il était trop tard : ce que j'avais pris pour la froideur d'un amour éteint, n'était que l'abattement du désespoir.

Comme un malade qui cesse de souffrir en tombant en faiblesse se ranime à de plus vives douleurs, je sentis bientôt renaître toutes les miennes quand mon père m'eut annoncé le prochain retour de M. de Wolmar. Ce fut alors que l'invincible amour me rendit des forces que je croyais n'avoir plus. Pour la première fois de ma vie j'osai résister en face à mon père. Je lui protestai nettement que jamais M. de Wolmar ne me serait rien ; que j'étais déterminée à mourir fille ; qu'il était maître de ma vie, mais non pas de mon cœur, et que rien ne me ferait changer de volonté. Je ne vous parlerai ni de sa colère ni des traitements que j'eus à souffrir. Je fus inébranlable : ma timidité surmontée m'avait portée à l'autre extrémité, et si j'avais le ton moins impérieux que mon père, je l'avais tout aussi résolu.

Il vit que j'avais pris mon parti, et qu'il ne gagnerait rien sur moi par autorité. Un instant je me crus délivrée de ses persécutions. Mais que devins-je quand tout à coup je vis à mes pieds le plus sévère des pères attendri et fondant en larmes ? Sans me permettre de me lever il me serrait les genoux, et fixant ses yeux mouillés sur les miens, il me dit d'une voix touchante que j'entends encore au dedans de moi. Ma fille ! respecte les cheveux blancs de ton malheureux père ; ne le fais pas descendre avec douleur au tombeau, comme celle qui te porta dans son sein. Ah ! veux-tu donner la mort à toute ta famille ?

Concevez mon saisissement. Cette attitude, ce ton, ce geste, ce discours, cette affreuse idée me bouleversèrent au point que je me laissai aller demi-morte entre ses bras, et ce ne fut qu'après bien des sanglots dont j'étais oppressée, que je pus lui répondre d'une voix altérée et faible. Ô mon père ! j'avais des armes contre vos menaces, je n'en ai point contre vos pleurs. C'est vous qui ferez mourir votre fille[1].

Nous étions tous deux tellement agités que nous ne pûmes de longtemps nous remettre. Cependant en repassant en moi-même ses derniers mots, je conçus qu'il était plus instruit que je n'avais cru, et résolue de me prévaloir contre lui et de ses propres connaissances, je me préparais à lui faire au péril de ma vie un aveu trop longtemps différé, quand m'arrêtant avec vivacité, comme s'il eût prévu et craint ce que j'allais lui dire, il me parla ainsi.

« Je sais quelle fantaisie indigne d'une fille bien née vous « nourrissez au fond de votre cœur. Il est temps de sacrifier « au devoir et à l'honnêteté une passion honteuse qui vous « déshonore et que vous ne satisferez jamais qu'aux dépens « de ma vie. Écoutez une fois ce que l'honneur d'un père et « le vôtre exigent de vous, et jugez-vous vous-même.

« M. de Wolmar est un homme d'une grande naissance, « distingué par toutes les qualités qui peuvent la soutenir ; « qui jouit de la considération publique et qui la mérite. Je « lui dois la vie ; vous savez les engagements que j'ai pris avec « lui. Ce qu'il faut vous apprendre encore, c'est qu'étant allé « dans son pays pour mettre ordre à ses affaires, il s'est « trouvé enveloppé dans la dernière révolution[2], qu'il y « a perdu ses biens, qu'il n'a lui-même échappé à l'exil en

« Sibérie que par un bonheur singulier, et qu'il revient avec « le triste débris de sa fortune, sur la parole de son ami qui « n'en manqua jamais à personne. Prescrivez-moi mainte- « nant la réception qu'il faut lui faire à son retour. Lui « dirai-je ? Monsieur, je vous promis ma fille tandis que vous « étiez riche, mais à présent que vous n'avez plus rien je me « rétracte, et ma fille ne veut point de vous. Si ce n'est pas « ainsi que j'énonce mon refus, c'est ainsi qu'on l'interpré- « tera : vos amours allégués seront pris pour un prétexte, ou « ne seront pour moi qu'un affront de plus, et nous « passerons, vous pour une fille perdue, moi pour un « malhonnête homme qui sacrifie son devoir et sa foi « à un vil intérêt, et joint l'ingratitude à l'infidélité. Ma fille ! « il est trop tard pour finir dans l'opprobre une vie sans « tache, et soixante ans d'honneur ne s'abandonnent pas en « un quart d'heure.

« Voyez donc », continua-t-il, « combien tout ce que vous « pouvez me dire est à présent hors de propos. Voyez si des « préférences que la pudeur désavoue et quelque feu passager « de jeunesse peuvent jamais être mis en balance avec le « devoir d'une fille et l'honneur compromis d'un père. S'il « n'était question pour l'un des deux que d'immoler son « bonheur à l'autre, ma tendresse vous disputerait un si doux « sacrifice ; mais mon enfant, l'honneur a parlé et dans le « sang dont tu sors, c'est toujours lui qui décide. »

Je ne manquais pas de bonne réponse à ce discours ; mais les préjugés de mon père lui donnent des principes si différents des miens, que des raisons qui me semblaient sans réplique ne l'auraient pas même ébranlé. D'ailleurs, ne sachant ni d'où lui venaient les lumières qu'il paraissait avoir acquises sur ma conduite, ni jusqu'où elles pouvaient aller ; craignant à son affectation de m'interrompre qu'il n'eût déjà pris son parti sur ce que j'avais à lui dire, et, plus que tout cela, retenue par une honte que je n'ai jamais pu vaincre, j'aimai mieux employer une excuse qui me parut plus sûre, parce qu'elle était plus selon sa manière de penser. Je lui déclarai sans détour l'engagement que j'avais pris avec vous ;

je protestai que je ne vous manquerais point de parole, et que, quoi qu'il pût arriver, je ne me marierais jamais sans votre consentement.

En effet, je m'aperçus avec joie que mon scrupule ne lui déplaisait pas ; il me fit de vifs reproches sur ma promesse, mais il n'y objecta rien ; tant un Gentilhomme plein d'honneur a naturellement une haute idée de la foi des engagements, et regarde la parole comme une chose toujours sacrée ! Au lieu donc de s'amuser à disputer sur la nullité de cette promesse, dont je ne serais jamais convenue, il m'obligea d'écrire un billet auquel il joignit une lettre qu'il fit partir sur-le-champ. Avec quelle agitation n'attendis-je point votre réponse ! combien je fis de vœux pour vous trouver moins de délicatesse que vous ne deviez en avoir ! Mais je vous connaissais trop pour douter de votre obéissance, et je savais que plus le sacrifice exigé vous serait pénible, plus vous seriez prompt à vous l'imposer. La réponse vint ; elle me fut cachée durant ma maladie ; après mon rétablissement mes craintes furent confirmées et il ne me resta plus d'excuses. Au moins mon père me déclara qu'il n'en recevrait plus, et avec l'ascendant que le terrible mot qu'il m'avait dit lui donnait sur mes volontés, il me fit jurer que je ne dirais rien à M. de Wolmar qui pût le détourner de m'épouser : car, ajouta-t-il, cela lui paraîtrait un jeu concerté entre nous, et à quelque prix que ce soit, il faut que ce mariage s'achève ou que je meure de douleur.

Vous le savez, mon ami ; ma santé, si robuste contre la fatigue et les injures de l'air, ne peut résister aux intempéries[1] des passions, et c'est dans mon trop sensible cœur qu'est la source de tous les maux et de mon corps et de mon âme. Soit que de longs chagrins eussent corrompu mon sang ; soit que la nature eût pris ce temps pour l'épurer d'un levain funeste, je me sentis fort incommodée à la fin de cet entretien. En sortant de la chambre de mon père, je m'efforçai pour vous écrire un mot[2], et me trouvai si mal qu'en me mettant au lit j'espérai ne m'en plus relever. Tout le reste vous est trop connu ; mon imprudence attira la vôtre.

Vous vîntes, je vous vis, et crus n'avoir fait qu'un de ces rêves qui vous offraient si souvent à moi durant mon délire. Mais quand j'appris que vous étiez venu, que je vous avais vu réellement, et que voulant partager le mal dont vous ne pouviez me guérir, vous l'aviez pris à dessein ; je ne pus supporter cette dernière épreuve, et voyant un si tendre amour survivre à l'espérance, le mien que j'avais pris tant de peine à contenir ne connut plus de frein, et se ranima bientôt avec plus d'ardeur que jamais. Je vis qu'il fallait aimer malgré moi ; je sentis qu'il fallait être coupable ; que je ne pouvais résister ni à mon père ni à mon amant, et que je n'accorderais jamais les droits de l'amour et du sang qu'aux dépens de l'honnêteté. Ainsi tous mes bons sentiments achevèrent de s'éteindre ; toutes mes facultés s'altérèrent ; le crime perdit son horreur à mes yeux ; je me sentis tout autre au dedans de moi ; enfin, les transports effrénés d'une passion rendue furieuse par les obstacles, me jetèrent dans le plus affreux désespoir qui puisse accabler une âme ; j'osai désespérer de la vertu. Votre lettre plus propre à réveiller les remords qu'à les prévenir, acheva de m'égarer. Mon cœur était si corrompu que ma raison ne put résister aux discours de vos philosophes[1]. Des horreurs dont l'idée n'avait jamais souillé mon esprit osèrent s'y présenter. La volonté les combattait encore, mais l'imagination s'accoutumait à les voir, et si je ne portais pas d'avance le crime au fond de mon cœur, je n'y portais plus ces résolutions généreuses qui seules peuvent lui résister[2].

J'ai peine à poursuivre. Arrêtons un moment. Rappelez-vous ces temps de bonheur et d'innocence où ce feu si vif et si doux dont nous étions animés épurait tous nos sentiments, où sa sainte ardeur* nous rendait la pudeur plus chère et l'honnêteté plus aimable, où les désirs même ne semblaient naître que pour nous donner l'honneur de les vaincre et d'en être plus dignes l'un de l'autre. Relisez nos premières lettres ;

* Sainte ardeur ! Julie, ah Julie ! quel mot pour une femme aussi bien guérie que vous croyez l'être ?

songez à ces moments si courts et trop peu goûtés où l'amour se parait à nos yeux de tous les charmes de la vertu, et où nous nous aimions trop pour former entre nous des liens désavoués par elle.

Qu'étions-nous, et que sommes-nous devenus[1] ? Deux tendres amants passèrent ensemble une année entière dans le plus rigoureux silence, leurs soupirs n'osaient s'exhaler ; mais leurs cœurs s'entendaient ; ils croyaient souffrir, et ils étaient heureux. À force de s'entendre, ils se parlèrent ; mais contents de savoir triompher d'eux-mêmes et de s'en rendre mutuellement l'honorable témoignage, ils passèrent une autre année dans une réserve non moins sévère ; ils se disaient leurs peines, et ils étaient heureux. Ces longs combats furent mal soutenus ; un instant de faiblesse les égara ; ils s'oublièrent dans les plaisirs ; mais s'ils cessèrent d'être chastes, au moins ils étaient fidèles ; au moins le ciel et la nature autorisaient les nœuds qu'ils avaient formés ; au moins la vertu leur était toujours chère ; ils l'aimaient encore et la savaient encore honorer ; ils s'étaient moins corrompus qu'avilis. Moins dignes d'être heureux, ils l'étaient pourtant encore.

Que font maintenant ces amants si tendres qui brûlaient d'une flamme si pure, qui sentaient si bien le prix de l'honnêteté ? Qui l'apprendra sans gémir sur eux ? Les voilà livrés au crime. L'idée même de souiller le lit conjugal ne leur fait plus d'horreur.... ils méditent des adultères ! Quoi, sont-ils bien les mêmes ? Leurs âmes n'ont-elles point changé ? Comment cette ravissante image que le méchant n'aperçut jamais peut-elle s'effacer des cœurs où elle a brillé ? Comment l'attrait de la vertu ne dégoûte-t-il pas pour toujours du vice ceux qui l'ont une fois connue ? Combien de siècles ont pu produire ce changement étrange ? Quelle longueur de temps put détruire un si charmant souvenir, et faire perdre le vrai sentiment du bonheur à qui l'a pu savourer une fois ? Ah, si le premier désordre est pénible et lent, que tous les autres sont prompts et faciles ! Prestige des passions ! tu fascines ainsi la raison, tu trompes la sagesse et changes la nature avant qu'on s'en aperçoive. On s'égare un seul moment de la vie ; on se détourne d'un seul pas de la droite route. Aussitôt une pente inévitable nous entraîne et nous perd. On tombe enfin dans le gouffre, et l'on se réveille épouvanté de se trouver couvert de crimes, avec un cœur né pour la vertu [1]. Mon bon ami, laissons retomber ce voile [2]. Avons-nous besoin de voir le précipice affreux qu'il nous cache pour éviter d'en approcher ? Je reprends mon récit.

M. de Wolmar arriva et ne se rebuta pas du changement de mon visage. Mon père ne me laissa pas respirer. Le deuil de ma mère allait finir, et ma douleur était à l'épreuve du temps. Je ne pouvais alléguer ni l'un ni l'autre pour éluder ma promesse : il fallut l'accomplir. Le jour qui devait m'ôter pour jamais à vous et à moi me parut le dernier de ma vie. J'aurais vu les apprêts de ma sépulture avec moins d'effroi que ceux de mon mariage. Plus j'approchais du moment fatal, moins je pouvais déraciner de mon cœur mes premières affections ; elles s'irritaient par mes efforts pour les éteindre. Enfin, je me lassai de combattre inutilement. Dans l'instant même où j'étais prête à jurer à un autre une éternelle fidélité, mon cœur vous jurait encore un amour éternel, et je fus menée au Temple comme une victime impure, qui souille le sacrifice où l'on va l'immoler.

Arrivée à l'Église, je sentis en entrant une sorte d'émotion que je n'avais jamais éprouvée. Je ne sais quelle terreur vint saisir mon âme dans ce lieu simple et auguste, tout rempli de la majesté de celui qu'on y sert. Une frayeur soudaine me fit frissonner ; tremblante et prête à tomber en défaillance, j'eus peine à me traîner jusqu'au pied de la chaire. Loin de me remettre je sentis mon trouble augmenter durant la cérémonie, et s'il me laissait apercevoir les objets, c'était pour en être épouvantée. Le jour sombre de l'édifice, le profond silence des Spectateurs, leur maintien modeste et recueilli, le cortège de tous mes parents, l'imposant aspect de mon vénéré père, tout donnait à ce qui s'allait passer un air de solennité qui m'excitait à l'attention et au respect, et qui m'eût fait frémir à la seule idée d'un parjure. Je crus voir l'organe de la providence et entendre la voix de Dieu dans le ministre prononçant gravement la sainte liturgie. La pureté, la dignité, la sainteté du mariage, si vivement exposées dans les paroles de l'écriture, ses chastes et sublimes devoirs si importants au bonheur, à l'ordre, à la paix, à la durée du genre humain, si doux à remplir pour eux-mêmes ; tout cela me fit une telle impression que je crus sentir intérieurement une révolution subite. Une puissance inconnue sembla corriger tout à coup le désordre de mes affections et les rétablir selon la loi du devoir et de la nature[1]. L'œil éternel qui voit tout, disais-je en moi-même, lit maintenant au fond de mon cœur ; il compare ma volonté cachée à la réponse de ma bouche : le Ciel et la terre sont témoins de l'engagement sacré que je prends ; ils le seront encore de ma fidélité à l'observer. Quel droit peut respecter parmi les hommes quiconque ose violer le premier de tous[2] ?

Un coup d'œil jeté par hasard sur M. et Mad[e] d'Orbe, que je vis à côté l'un de l'autre et fixant sur moi des yeux attendris, m'émut plus puissamment encore que n'avaient fait tous les autres objets. Aimable et vertueux couple, pour moins connaître l'amour en êtes-vous moins unis ? Le devoir et l'honnêteté vous lient ; tendres amis, époux fidèles, sans brûler de ce feu dévorant qui consume l'âme, vous vous aimez d'un sentiment pur et doux qui la nourrit, que la sagesse autorise et que la raison dirige ; vous n'en êtes que plus solidement heureux. Ah ! puissé-je dans un lien pareil recouvrer la même innocence et jouir du même bonheur ; si je ne l'ai pas mérité comme vous, je m'en rendrai digne à votre exemple. Ces sentiments réveillèrent mon espérance et mon courage. J'envisageai le saint nœud que j'allais former comme un nouvel état qui devait purifier mon âme et la rendre à tous ses devoirs. Quand le Pasteur me demanda si je promettais obéissance et fidélité parfaite à celui que j'acceptais pour époux, ma bouche et mon cœur le promirent. Je le tiendrai jusqu'à la mort.

De retour au logis je soupirais après une heure de solitude et de recueillement. Je l'obtins, non sans peine, et quelque empressement que j'eusse d'en profiter, je ne m'examinai d'abord qu'avec répugnance, craignant de n'avoir éprouvé qu'une fermentation passagère[1] en changeant de condition, et de me retrouver aussi peu digne épouse que j'avais été fille peu sage. L'épreuve était sûre mais dangereuse, je commençai par songer à vous. Je me rendais le témoignage que nul tendre souvenir n'avait profané l'engagement solennel que je venais de prendre. Je ne pouvais concevoir par quel prodige votre opiniâtre image m'avait pu laisser si longtemps en paix avec tant de sujet[2] de me la rappeler ; je me serais défiée de l'indifférence et de l'oubli, comme d'un état trompeur, qui m'était trop peu naturel pour être durable. Cette illusion n'était guère à craindre : je sentis que je vous aimais autant et plus, peut-être, que je n'avais jamais fait ; mais je le sentis sans rougir. Je vis que je n'avais pas besoin pour penser à vous d'oublier que j'étais la femme d'un autre. En me disant combien vous m'étiez cher, mon cœur était ému, mais ma conscience et mes sens étaient tranquilles, et je connus dès ce moment que j'étais réellement changée. Quel torrent de pure joie vint alors inonder mon âme ! Quel sentiment de paix effacé depuis si longtemps vint ranimer ce cœur flétri par l'ignominie, et répandre dans tout mon être une sérénité nouvelle[3] ! Je crus me sentir renaître ; je crus recommencer une autre vie. Douce et consolante vertu, je la recommence pour toi ; c'est toi qui me la rendras chère ; c'est à toi que je la veux consacrer. Ah, j'ai trop appris ce qu'il en coûte à te perdre pour t'abandonner une seconde fois !

Dans le ravissement d'un changement si grand, si prompt, si inespéré, j'osai considérer l'état où j'étais la veille ; je frémis de l'indigne abaissement où m'avait réduit[4] l'oubli de moi-même, et de tous les dangers que j'avais courus depuis mon premier égarement. Quelle heureuse révolution me venait de montrer l'horreur du crime qui m'avait tentée, et réveillait en moi le goût de la sagesse ? Par quel rare bonheur avais-je été plus fidèle à l'amour qu'à l'honneur qui me fut si cher ? Par quelle faveur du sort votre inconstance ou la mienne ne m'avait-elle point livrée à de nouvelles inclinations ? Comment eussé-je opposé à un autre amant une résistance que le premier avait déjà vaincue, et une honte accoutumée à céder aux désirs ? Aurais-je plus respecté les droits d'un amour éteint que je n'avais respecté ceux de la vertu, jouissant encore de tout leur empire ? Quelle sûreté avais-je eue de n'aimer que vous seul au monde, si ce n'est un sentiment intérieur que croient avoir tous les amants qui se jurent une constance éternelle, et se parjurent innocemment toutes les fois qu'il plaît au Ciel de changer leur cœur ? Chaque défaite eût ainsi préparé la suivante ; l'habitude du vice en eût effacé l'horreur à mes yeux. Entraînée du déshonneur à l'infamie sans trouver de prise pour m'arrêter ; d'une amante abusée je devenais une fille perdue, l'opprobre de mon sexe, et le désespoir de ma famille. Qui m'a garantie d'un effet si naturel de ma première faute ? Qui m'a retenue après le premier pas ? Qui m'a conservé ma réputation et l'estime de ceux qui me sont chers ? Qui m'a mise sous la sauvegarde d'un époux vertueux, sage, aimable par son caractère, et même par sa personne, et rempli pour moi d'un respect et d'un attachement si peu mérités ? Qui me permet, enfin, d'aspirer encore au titre d'honnête femme et me rend le courage d'en être digne ? Je le vois, je le sens ; la main secourable qui m'a conduite à travers les ténèbres est celle qui lève à mes yeux le voile de l'erreur et me rend à moi malgré moi-même. La voix secrète qui ne cessait de murmurer au fond de mon cœur s'élève et tonne avec plus de force au moment où j'étais prête à périr. L'auteur de toute vérité[1] n'a point souffert que je sortisse de sa présence coupable d'un vil parjure, et prévenant mon crime par mes remords il m'a montré l'abîme où j'allais me précipiter. Providence éternelle, qui fais ramper l'insecte et rouler les cieux, tu veilles sur la moindre de tes œuvres[2] ! Tu me rappelles au bien que tu m'as fait aimer ; daigne accepter d'un cœur épuré par tes soins l'hommage que toi seule rends digne de t'être offert !

À l'instant, pénétrée d'un vif sentiment du danger dont j'étais délivrée et de l'état d'honneur et de sûreté où je me sentais rétablie, je me prosternai contre terre, j'élevai vers le ciel mes mains suppliantes, j'invoquai l'Être dont il est le trône et qui soutient ou détruit quand il lui plaît par nos propres forces la liberté qu'il nous donne. Je veux, lui dis-je, le bien que tu veux, et dont toi seul es la source. Je veux aimer l'époux que tu m'as donné. Je veux être fidèle, parce que c'est le premier devoir qui lie la famille et toute la société. Je veux être chaste, parce que c'est la première vertu qui nourrit toutes les autres. Je veux tout ce qui se rapporte à l'ordre de la nature que tu as établi, et aux règles de la raison que je tiens de toi. Je remets mon cœur sous ta garde et mes désirs en ta main. Rends toutes mes actions conformes à ma volonté constante qui est la tienne, et ne permets plus que l'erreur d'un moment l'emporte sur le choix de toute ma vie.

Après cette courte prière, la première que j'eusse faite avec un vrai zèle, je me sentis tellement affermie dans mes résolutions ; il me parut si facile et si doux de les suivre que je vis clairement où je devais chercher désormais la force dont j'avais besoin pour résister à mon propre cœur et que je ne pouvais trouver en moi-même. Je tirai de cette seule découverte une confiance nouvelle, et je déplorai le triste aveuglement qui me l'avait fait manquer si longtemps. Je n'avais jamais été tout à fait sans religion ; mais peut-être vaudrait-il mieux n'en point avoir du tout, que d'en avoir une extérieure et maniérée, qui sans toucher le cœur rassure la conscience ; de se borner à des formules ; et de croire exactement en Dieu à certaines heures pour n'y plus penser le reste du temps. Scrupuleusement attachée au culte public, je n'en savais rien tirer pour la pratique de ma vie. Je me sentais bien née et me livrais à mes penchants ; j'aimais à réfléchir, et me fiais à ma raison ; ne pouvant accorder l'esprit de l'évangile avec celui du monde, ni la foi avec les œuvres, j'avais pris un milieu qui contentait ma vaine sagesse ; j'avais des maximes pour croire et d'autres pour agir ; j'oubliais dans un lieu ce que j'avais pensé dans l'autre, j'étais dévote à l'Église et philosophe au logis. Hélas ! je n'étais rien nulle part ; mes prières n'étaient que des mots, mes raisonnements des sophismes, et je suivais pour toute lumière la fausse lueur des feux errants qui me guidaient pour me perdre.

Je ne puis vous dire combien ce principe intérieur qui m'avait manqué jusqu'ici m'a donné de mépris pour ceux qui m'ont si mal conduite [1]. Quelle était, je vous prie, leur raison première, et sur quelle base étaient-ils fondés ? Un heureux instinct me porte au bien, une violente passion s'élève ; elle a sa racine dans le même instinct, que ferai-je pour la détruire ? De la considération de l'ordre je tire la beauté de la vertu, et sa bonté de l'utilité commune ; mais que fait tout cela contre mon intérêt particulier, et lequel au fond m'importe le plus, de mon bonheur aux dépens du reste des hommes, ou du bonheur des autres aux dépens du mien ? si la crainte de la honte ou du châtiment m'empêche de mal faire pour mon profit, je n'ai qu'à mal faire en secret, la vertu n'a plus rien à me dire, et si je suis surprise en faute, on punira comme à Sparte non le délit, mais la maladresse. Enfin que le caractère et l'amour du beau soit empreint [2] par la nature au fond de mon âme, j'aurai ma règle aussi longtemps qu'il ne sera point défiguré ; mais comment m'assurer de conserver toujours dans sa pureté cette effigie intérieure qui n'a point parmi les êtres sensibles de modèle auquel on puisse la comparer ? Ne sait-on pas que les affections désordonnées corrompent le jugement ainsi que la volonté, et que la conscience s'altère et se modifie insensiblement dans chaque siècle, dans chaque peuple, dans chaque individu selon l'inconstance et la variété des préjugés [3] ?

Adorez l'Être Éternel, mon digne et sage ami ; d'un souffle vous détruirez ces fantômes de raison, qui n'ont qu'une vaine apparence et fuient comme une ombre devant l'immuable vérité. Rien n'existe que par celui qui est. C'est lui qui donne un but à la justice, une base à la vertu, un prix à cette courte vie employée à lui plaire ; c'est lui qui ne cesse de crier aux coupables que leurs crimes secrets ont été vus, et qui sait dire au juste oublié, tes vertus ont un témoin ; c'est lui, c'est sa substance inaltérable qui est le vrai modèle des perfections dont nous portons tous une image en nous-mêmes. Nos passions ont beau la défigurer ; tous ses traits liés à l'essence infinie se représentent toujours à la raison et lui servent à rétablir ce que l'imposture et l'erreur en ont altéré. Ces distinctions me semblent faciles ; le sens commun suffit pour les faire. Tout ce qu'on ne peut séparer de l'idée de cette essence est Dieu ; tout le reste est l'ouvrage des hommes. C'est à la contemplation de ce divin modèle que l'âme s'épure et s'élève, qu'elle apprend à mépriser ses inclinations basses et à surmonter ses vils penchants. Un cœur pénétré de ces sublimes vérités se refuse aux petites passions des hommes ; cette grandeur infinie le dégoûte de leur orgueil ; le charme de la méditation l'arrache aux désirs terrestres ; et quand l'Être immense dont il s'occupe n'existerait pas, il serait encore bon qu'il s'en occupât sans cesse pour être plus maître de lui-même, plus fort, plus heureux et plus sage[1].

Cherchez-vous un exemple sensible des vains sophismes d'une raison qui ne s'appuie que sur elle-même ? Considérons de sens froid[2] les discours de vos philosophes, dignes apologistes du crime[3], qui ne séduisirent jamais que des cœurs déjà corrompus. Ne dirait-on pas qu'en s'attaquant directement au plus saint et au plus solennel des engagements, ces dangereux raisonneurs ont résolu d'anéantir d'un seul coup toute la société humaine, qui n'est fondée que sur la foi des conventions ? Mais voyez, je vous prie, comment ils disculpent un adultère secret ! C'est, disent-ils, qu'il n'en résulte aucun mal, pas même pour l'époux qui l'ignore. Comme s'ils pouvaient être sûrs qu'il l'ignorera toujours ? comme s'il suffisait pour autoriser le parjure et l'infidélité qu'ils ne nuisissent pas à autrui ? comme si ce n'était pas assez pour abhorrer le crime, du mal qu'il fait à ceux qui le commettent ? Quoi donc ! ce n'est pas un mal de manquer de foi, d'anéantir autant qu'il est en soi la force du serment et des contrats les plus inviolables ? Ce n'est pas un mal de se forcer soi-même à devenir fourbe et menteur ? Ce n'est pas un mal de former des liens qui vous font désirer le mal et la mort d'autrui ? la mort de celui même qu'on doit le plus aimer et avec qui l'on a juré de vivre ? Ce n'est pas un mal qu'un état dont mille autres crimes sont toujours le fruit ? Un bien qui produirait tant de maux serait par cela seul un mal lui-même.

L'un des deux penserait-il être innocent, parce qu'il est libre peut-être de son côté, et ne manque de foi à personne ? Il se trompe grossièrement. Ce n'est pas seulement l'intérêt des Époux, mais la cause commune de tous les hommes que la pureté du mariage ne soit point altérée. Chaque fois que deux époux s'unissent par un nœud solennel, il intervient un engagement tacite de tout le genre humain de respecter ce lien sacré, d'honorer en eux l'union conjugale ; et c'est, ce me semble, une raison très forte contre les mariages clandestins, qui, n'offrant nul signe de cette union, exposent des cœurs innocents à brûler d'une flamme adultère. Le public est en quelque sorte garant d'une convention passée en sa présence, et l'on peut dire que l'honneur d'une femme pudique, est sous la protection spéciale de tous les gens de bien[1]. Ainsi quiconque ose la corrompre pèche, premièrement parce qu'il la fait pécher, et qu'on partage toujours les crimes qu'on fait commettre ; il pèche encore directement lui-même, parce qu'il viole la foi publique et sacrée du mariage sans lequel rien ne peut subsister dans l'ordre légitime des choses humaines.

Le crime est secret, disent-ils, et il n'en résulte aucun mal pour personne. Si ces philosophes croient l'existence de Dieu et l'immortalité de l'âme, peuvent-ils appeler un crime secret celui qui a pour témoin le premier offensé et le seul vrai Juge ? Étrange secret que celui qu'on dérobe à tous les yeux hors ceux à qui l'on a le plus d'intérêt à le cacher ! Quand même ils ne reconnaîtraient pas la présence de la divinité, comment osent-ils soutenir qu'ils ne font de mal à personne ? comment prouvent-ils qu'il est indifférent à un père d'avoir des héritiers qui ne soient pas de son sang ; d'être chargé, peut-être de plus d'enfants qu'il n'en aurait eu, et forcé de partager ses biens aux gages de son déshonneur sans sentir pour eux des entrailles de père[1] ? Supposons ces raisonneurs matérialistes, on n'en est que mieux fondé à leur opposer la douce voix de la nature, qui réclame au fond de tous les cœurs contre une orgueilleuse philosophie, et qu'on n'attaqua jamais par de bonnes raisons. En effet, si le corps seul produit la pensée, et que le sentiment dépende uniquement des organes, deux Êtres formés d'un même sang ne doivent-ils pas avoir entre eux une plus étroite analogie, un attachement plus fort l'un pour l'autre, et se ressembler d'âme comme de visage, ce qui est une grande raison de s'aimer ?

N'est-ce donc faire aucun mal, à votre avis, que d'anéantir ou troubler par un sang étranger cette union naturelle, et d'altérer dans son principe l'affection mutuelle qui doit lier entre eux tous les membres d'une famille ? Y a-t-il au monde un honnête homme qui n'eût horreur de changer l'enfant d'un autre en nourrice, et le crime est-il moindre de le changer dans le sein de la mère ?

Si je considère mon sexe en particulier, que de maux j'aperçois dans ce désordre qu'ils prétendent ne faire aucun mal ! Ne fût-ce que l'avilissement d'une femme coupable à qui la perte de l'honneur ôte bientôt toutes les autres vertus ? Que d'indices trop sûrs pour un tendre époux d'une intelligence qu'ils pensent justifier par le secret ! Ne fût-ce que de n'être plus aimé de sa femme. Que fera-t-elle avec ses soins artificieux que mieux prouver son indifférence ? Est-ce l'œil de l'amour qu'on abuse par de feintes caresses ? et quel supplice auprès d'un objet chéri, de sentir que la main nous embrasse et que le cœur nous repousse ? Je veux que la fortune seconde une prudence qu'elle a si souvent trompée ; je compte un moment pour rien la témérité de confier sa prétendue innocence et le repos d'autrui à des précautions que le Ciel se plaît à confondre : Que de faussetés, que de mensonges, que de fourberies pour couvrir un mauvais commerce, pour tromper un mari, pour corrompre des domestiques, pour en imposer au public ! Quel scandale pour des complices ! quel exemple pour des enfants ! Que devient leur éducation parmi tant de soins pour satisfaire impunément de coupables feux ? Que devient la paix de la maison et l'union des chefs ? Quoi ! dans tout cela l'époux n'est point lésé ? Mais qui le dédommagera donc d'un cœur qui lui était dû ? Qui lui pourra rendre une femme estimable ? Qui lui donnera le repos et la sûreté ? Qui le guérira de ses justes soupçons ? Qui fera confier un père au sentiment de la nature en embrassant son propre enfant ?

À l'égard des liaisons prétendues que l'adultère et l'infidélité peuvent former entre les familles, c'est moins une raison sérieuse qu'une plaisanterie absurde et brutale qui ne mérite pour toute réponse que le mépris et l'indignation. Les trahisons, les querelles, les combats, les meurtres, les empoisonnements dont ce désordre a couvert la terre dans tous les temps, montrent assez ce qu'on doit attendre pour le repos et l'union des hommes, d'un attachement formé par le crime. S'il résulte quelque sorte de société de ce vil et méprisable commerce, elle est semblable à celle des brigands qu'il faut détruire et anéantir pour assurer les sociétés légitimes.

J'ai tâché de suspendre l'indignation que m'inspirent ces maximes pour les discuter paisiblement avec vous [1]. Plus je les trouve insensées, moins je dois dédaigner de les réfuter pour me faire honte à moi-même de les avoir peut-être écoutées avec trop peu d'éloignement. Vous voyez combien elles supportent mal l'examen de la saine raison ; mais où chercher la saine raison sinon dans celui qui en est la source, et que penser de ceux qui consacrent à perdre les hommes ce flambeau divin qu'il leur donna pour les guider ? Défions-nous d'une philosophie en paroles ; défions-nous d'une fausse vertu qui sape toutes les vertus, et s'applique à justifier tous les vices pour s'autoriser à les avoir tous. Le meilleur moyen de trouver ce qui est bien est de le chercher sincèrement, et l'on ne peut longtemps le chercher ainsi sans remonter à l'auteur de tout bien. C'est ce qu'il me semble avoir fait depuis que je m'occupe à rectifier mes sentiments et ma raison ; c'est ce que vous ferez mieux que moi quand vous voudrez suivre la même route. Il m'est consolant de songer que vous avez souvent nourri mon esprit des grandes idées de la religion, et vous dont le cœur n'eut rien de caché pour moi ne m'en eussiez pas ainsi parlé si vous aviez eu d'autres sentiments. Il me semble même que ces conversations avaient pour nous des charmes. La présence de l'Être Suprême de nous fut jamais importune ; elle nous donnait plus d'espoir que d'épouvante ; elle n'effraya jamais que l'âme du méchant ; nous aimions à l'avoir pour témoin de nos entretiens, à nous élever conjointement jusqu'à lui. Si quelquefois nous étions humiliés par la honte, nous nous disions en déplorant nos faiblesses, au moins il voit le fond de nos cœurs, et nous en étions plus tranquilles.

Si cette sécurité nous égara, c'est au principe sur lequel elle était fondée à nous ramener. N'est-il pas bien indigne d'un homme de ne pouvoir jamais s'accorder avec lui-même, d'avoir une règle pour ses actions, une autre pour ses sentiments, de penser comme s'il était sans corps, d'agir comme s'il était sans âme, et de ne jamais approprier à soi tout entier, rien de ce qu'il fait en toute sa vie ? Pour moi, je trouve qu'on est bien fort avec nos anciennes maximes, quand on ne les borne pas à de vaines spéculations. La faiblesse est de l'homme, et le Dieu clément qui le fit la lui pardonnera sans doute ; mais le crime est du méchant, et ne restera point impuni devant l'auteur de toute justice. Un incrédule, d'ailleurs heureusement né se livre aux vertus qu'il aime ; il fait le bien par goût et non par choix. Si tous ses désirs sont droits, il les suit sans contrainte ; il les suivrait de même s'ils ne l'étaient pas ; car pourquoi se gênerait-il[1] ? Mais celui qui reconnaît et sert le père commun des hommes[2] se croit une plus haute destination ; l'ardeur de la remplir anime son zèle, et suivant une règle plus sûre que ses penchants, il sait faire le bien qui lui coûte, et sacrifier les désirs de son cœur à la loi du devoir. Tel est, mon ami, le sacrifice héroïque auquel nous sommes tous deux appelés. L'amour qui nous unissait eût fait le charme de notre vie. Il survéquit[3] à l'espérance ; il brava le temps et l'éloignement ; il supporta toutes les épreuves. Un sentiment si parfait ne devait point périr de lui-même ; il était digne de n'être immolé qu'à la vertu.

Je vous dirai plus. Tout est changé entre nous ; il faut nécessairement que votre cœur change. Julie de Wolmar n'est plus votre ancienne Julie ; la révolution de vos sentiments pour elle est inévitable, et il ne vous reste que le choix de faire honneur de ce changement au vice ou à la vertu. J'ai dans la mémoire un passage, d'un Auteur que vous ne récuserez pas : « L'amour » dit-il « est privé de son plus grand charme quand l'honnêteté l'abandonne. Pour en sentir tout « le prix, il faut que le cœur s'y complaise et qu'il nous élève « en élevant l'objet aimé. Ôtez l'idée de la perfection vous « ôtez l'enthousiasme ; ôtez l'estime et l'amour n'est plus « rien. Comment une femme honorera-t-elle un homme « qu'elle doit mépriser ? Comment pourra-t-il honorer « lui-même celle qui n'a pas craint de s'abandonner à un « vil corrupteur ? Ainsi bientôt ils se mépriseront mutuelle- « ment. L'amour, ce sentiment céleste ne sera plus pour eux « qu'un honteux commerce. Ils auront perdu l'honneur et « n'auront point trouvé la félicité *. » Voilà notre leçon, mon ami, c'est vous qui l'avez dictée. Jamais nos cœurs s'aimèrent-ils plus délicieusement, et jamais l'honnêteté leur futelle aussi chère que dans les temps heureux où cette lettre fut écrite ? Voyez donc à quoi nous mèneraient aujourd'hui de coupables feux nourris aux dépens des plus doux transports qui ravissent l'âme. L'horreur du vice qui nous est si naturelle à tous deux s'étendrait bientôt sur le complice de nos fautes ; nous nous haïrions [1] pour nous être trop aimés, et l'amour s'éteindrait dans les remords. Ne vaut-il pas mieux épurer un sentiment si cher pour le rendre durable ? Ne vaut-il pas mieux en conserver au moins ce qui peut s'accorder avec l'innocence ? N'est-ce pas conserver tout ce qu'il eut de plus charmant ? Oui, mon bon et digne ami, pour nous aimer toujours il faut renoncer l'un à l'autre [2].

* Voyez la première partie. Lettre XXIV.

Oublions tout le reste et soyez l'amant de mon âme. Cette idée est si douce qu'elle console de tout.

Voilà le fidèle tableau de ma vie, et l'histoire naïve de tout ce qui s'est passé dans mon cœur. Je vous aime toujours, n'en doutez pas. Le sentiment qui m'attache à vous est si tendre et si vif encore, qu'une autre en serait peut-être alarmée ; pour moi j'en connus un trop différent pour me défier de celui-ci. Je sens qu'il a changé de nature, et du moins en cela, mes fautes passées fondent ma sécurité présente. Je sais que l'exacte bienséance et la vertu de parade exigeraient davantage encore et ne seraient pas contentes que vous ne fussiez tout à fait oublié. Je crois avoir une règle plus sûre et je m'y tiens. J'écoute en secret ma conscience ; elle ne me reproche rien, et jamais elle ne trompe une âme qui la consulte sincèrement. Si cela ne suffit pas pour me justifier dans le monde, cela suffit pour ma propre tranquillité. Comment s'est fait cet heureux changement ? Je l'ignore. Ce que je sais, c'est que je l'ai vivement désiré. Dieu seul a fait le reste. Je penserais qu'une âme une fois corrompue l'est pour toujours, et ne revient plus au bien d'elle-même ; à moins que quelque révolution subite, quelque brusque changement de fortune et de situation ne change tout à coup ses rapports, et par un violent ébranlement ne l'aide à retrouver une bonne assiette. Toutes ses habitudes étant rompues et toutes ses passions modifiées, dans ce bouleversement général on reprend quelquefois son caractère primitif et l'on devient comme un nouvel être sorti récemment des mains de la nature. Alors le souvenir de sa précédente bassesse peut servir de préservatif contre une rechute. Hier on était abject et faible ; aujourd'hui l'on est fort et magnanime. En se contemplant de si près dans deux états si différents, on en sent mieux le prix de celui où l'on est remonté, et l'on en devient plus attentif à s'y soutenir. Mon mariage m'a fait éprouver quelque chose de semblable à ce que je tâche de vous expliquer. Ce lien si redouté me délivre d'une servitude beaucoup plus redoutable, et mon époux m'en devient plus cher pour m'avoir rendue à moi-même.

Nous étions trop unis vous et moi, pour qu'en changeant d'espèce notre union se détruise[1]. Si vous perdez une tendre amante, vous gagnez une fidèle amie, et quoi que nous en ayons pu dire durant nos illusions, je doute que ce changement vous soit désavantageux. Tirez-en le même parti que moi, je vous en conjure, pour devenir meilleur et plus sage, et pour épurer par des mœurs Chrétiennes les leçons de la philosophie. Je ne serai jamais heureuse que vous ne soyez heureux aussi, et je sens plus que jamais qu'il n'y a point de bonheur sans la vertu. Si vous m'aimez véritablement, donnez-moi la douce consolation de voir que nos cœurs ne s'accordent pas moins dans leur retour au bien qu'ils s'accordèrent dans leur égarement.

Je ne crois pas avoir besoin d'apologie pour cette longue Lettre. Si vous m'étiez moins cher, elle serait plus courte. Avant de la finir il me reste une grâce à vous demander. Un cruel fardeau me pèse sur le cœur. Ma conduite passée est ignorée de M. de Wolmar ; mais une sincérité sans réserve fait partie de la fidélité que je lui dois. J'aurais déjà cent fois tout avoué ; vous seul m'avez retenue. Quoique je connaisse la sagesse et la modération de M. de Wolmar, c'est toujours vous compromettre que de vous nommer, et je n'ai point voulu le faire sans votre consentement. Serait-ce vous déplaire que de vous le demander, et aurais-je trop présumé de vous ou de moi en me flattant de l'obtenir ? songez, je vous supplie, que cette réserve ne saurait être innocente, qu'elle m'est chaque jour plus cruelle, et que jusqu'à la réception de votre réponse je n'aurai pas un instant de tranquillité.

LETTRE XIX

Réponse

Et vous ne seriez plus ma Julie ? Ah ! ne dites pas cela, digne et respectable femme. Vous l'êtes plus que jamais. Vous êtes celle qui mérite[2] les hommages de tout l'univers. Vous êtes celle que j'adorai en commençant d'être sensible à la véritable beauté ; vous êtes celle que je ne cesserai d'adorer, même après ma mort, s'il reste encore en mon âme quelque souvenir des attraits vraiment célestes qui l'enchantèrent durant ma vie. Cet effort de courage qui vous ramène à toute votre vertu ne vous rend que plus semblable à vous-même. Non, non, quelque supplice que j'éprouve à le sentir et le dire, jamais vous ne fûtes mieux ma Julie qu'au moment que vous renoncez à moi. Hélas ! c'est en vous perdant que je vous ai retrouvée. Mais moi dont le cœur frémit au seul projet de vous imiter, moi tourmenté d'une passion criminelle que je ne puis ni supporter ni vaincre, suis-je celui que je pensais être ? Étais-je digne de vous plaire ? Quel droit avais-je de vous importuner de mes plaintes et de mon désespoir ? C'était bien à moi d'oser soupirer pour vous ! Eh ! qu'étais-je pour vous aimer ?

Insensé ! comme si je n'éprouvais pas assez d'humiliations sans en rechercher de nouvelles ! Pourquoi compter des différences que l'amour fit disparaître ? Il m'élevait, il m'égalait à vous, sa flamme me soutenait ; nos cœurs s'étaient confondus, tous leurs sentiments nous étaient communs et les miens partageaient la grandeur des vôtres. Me voilà donc retombé dans toute ma bassesse ! Doux espoir qui nourrissais mon âme et m'abusas si longtemps, te voilà donc éteint sans retour ? Elle ne sera point à moi ? Je la perds pour toujours ? Elle fait le bonheur d'un autre ?... ô rage ! ô tourment de l'enfer !.... Infidèle ! ah ! devais-tu jamais.... Pardon, pardon, Madame, ayez pitié de mes fureurs. Ô Dieu ! vous l'avez trop bien dit, elle n'est plus.... elle n'est plus, cette tendre Julie à qui je pouvais montrer tous les mouvements de mon cœur. Quoi, je me trouvais malheureux, et je pouvais me plaindre ?... elle pouvait m'écouter ? J'étais malheureux ?.... que suis-je donc aujourd'hui ?.... Non, je ne vous ferai plus rougir de vous ni de moi. C'en est fait, il faut renoncer l'un à l'autre ; il faut nous quitter. La vertu même en a dicté l'arrêt ; votre main l'a pu tracer. Oublions-nous.... oubliez-moi, du moins. Je l'ai résolu, je le jure ; je ne vous parlerai plus de moi.

Oserai-je vous parler de vous encore, et conserver le seul intérêt qui me reste au monde ; celui de votre bonheur ? En m'exposant l'état de votre âme, vous ne m'avez rien dit de votre sort. Ah ! pour prix d'un sacrifice qui doit être senti de vous, daignez me tirer de ce doute insupportable. Julie, êtes-vous heureuse ? Si vous l'êtes donnez-moi dans mon désespoir la seule consolation dont je sois susceptible ; si vous ne l'êtes pas, par pitié daignez me le dire, j'en serai moins longtemps malheureux.

Plus je réfléchis sur l'aveu que vous méditez, moins j'y puis consentir, et le même motif qui m'ôta toujours le courage de vous faire un refus me doit rendre inexorable sur celui-ci. Le sujet est de la dernière importance, et je vous exhorte à bien peser mes raisons. Premièrement, il me semble que votre extrême délicatesse vous jette à cet égard dans l'erreur, et je ne vois point sur quel fondement la plus austère vertu pourrait exiger une pareille confession. Nul engagement au monde ne peut avoir un effet rétroactif. On ne saurait s'obliger pour le passé ni promettre ce qu'on n'a plus le pouvoir de tenir ; pourquoi devrait-on compte à celui à qui l'on s'engage, de l'usage antérieur qu'on a fait de sa liberté et d'une fidélité qu'on ne lui a point promise ? Ne vous y trompez pas, Julie, ce n'est pas à votre époux, c'est à votre ami que vous avez manqué de foi. Avant la tyrannie de votre père, le Ciel et la nature nous avaient unis l'un à l'autre. Vous avez fait en formant d'autres nœuds un crime que l'amour ni l'honneur peut-être ne pardonne point, et c'est à moi seul de réclamer le bien que M. de Wolmar m'a ravi.

S'il est des cas où le devoir puisse exiger un pareil aveu, c'est quand le danger d'une rechute oblige une femme prudente à prendre des précautions pour s'en garantir. Mais votre lettre m'a plus éclairé que vous ne pensez sur vos vrais sentiments. En la lisant, j'ai senti dans mon propre cœur, combien le vôtre eût abhorré de près, même au sein de l'amour, un engagement criminel dont l'éloignement nous ôtait l'horreur.

Dès là que le devoir et l'honnêteté n'exigent pas cette

confidence, la sagesse et la raison la défendent ; car c'est risquer sans nécessité ce qu'il y a de plus précieux dans le mariage, l'attachement d'un époux, la mutuelle confiance, la paix de la maison. Avez-vous assez réfléchi sur une pareille démarche ? Connaissez-vous assez votre mari pour être sûre de l'effet qu'elle produira sur lui ? savez-vous combien il y a d'hommes au monde auxquels il n'en faudrait pas davantage pour concevoir une jalousie effrénée, un mépris invincible, et peut-être attenter aux jours d'une femme ? Il faut pour ce délicat examen avoir égard aux temps, aux lieux, aux caractères. Dans le pays où je suis, de pareilles confidences sont sans aucun danger, et ceux qui traitent si légèrement la foi conjugale ne sont pas gens à faire une si grande affaire des fautes qui précédèrent l'engagement. Sans parler des raisons qui rendent quelquefois ces aveux indispensables et qui n'ont pas eu lieu pour vous, je connais des femmes assez médiocrement estimables, qui se sont fait à peu de risque un mérite de cette sincérité, peut-être pour obtenir à ce prix une confiance dont elles pussent abuser au besoin. Mais dans des lieux où la sainteté du mariage est plus respectée, dans des lieux où ce lien sacré forme une union solide et où les maris ont un véritable attachement pour leurs femmes, ils leur demandent un compte plus sévère d'elles-mêmes ; ils veulent que leurs cœurs n'aient connu que pour eux un sentiment tendre ; usurpant un droit qu'ils n'ont pas, ils exigent qu'elles soient à eux seuls avant de leur appartenir, et ne pardonnent pas plus l'abus de la liberté qu'une infidélité réelle.

Croyez-moi, vertueuse Julie, défiez-vous d'un zèle sans fruit et sans nécessité. Gardez un secret dangereux que rien ne vous oblige à révéler, dont la communication peut vous perdre et n'est d'aucun usage à votre époux. S'il est digne de cet aveu, son âme en sera contristée, et vous l'aurez affligé sans raison : s'il n'en est pas digne, pourquoi voulez-vous donner un prétexte à ses torts envers vous ? Que savez-vous si votre vertu qui vous a soutenue contre les attaques de votre cœur, vous soutiendrait encore contre des chagrins domestiques toujours renaissants ? N'empirez point volontairement vos maux, de peur qu'ils ne deviennent plus forts que votre courage, et que vous ne retombiez à force de scrupules dans un état pire que celui dont vous avez eu peine à sortir. La sagesse est la base de toute vertu ; consultez-la, je vous en conjure, dans la plus importante occasion de votre vie, et si ce fatal secret vous pèse si cruellement, attendez du moins, pour vous en décharger, que le temps, les années, vous donnent une connaissance plus parfaite de votre époux, et ajoutent dans son cœur à l'effet de votre beauté, l'effet plus sûr encore des charmes de votre caractère, et la douce habitude de les sentir. Enfin quand ces raisons toutes solides qu'elles sont ne vous persuaderaient pas, ne fermez point l'oreille à la voix qui vous les expose. Ô Julie, écoutez un homme capable de quelque vertu, et qui mérite au moins de vous quelque sacrifice par celui qu'il vous fait aujourd'hui [1].

Il faut finir cette Lettre. Je ne pourrais, je le sens, m'empêcher d'y reprendre un ton que vous ne devez plus entendre. Julie, il faut vous quitter ! si jeune encore, il faut déjà renoncer au bonheur ? Ô temps, qui ne dois plus revenir ! temps passé pour toujours, source de regrets éternels ! plaisirs, transports, douces extases, moments délicieux, ravissements célestes ! mes amours, mes uniques amours, honneur et charme de ma vie ! adieu pour jamais [2].

LETTRE XX

De Julie

Vous me demandez si je suis heureuse. Cette question me touche, et en la faisant vous m'aidez à y répondre ; car bien loin de chercher l'oubli dont vous parlez, j'avoue que je ne saurais être heureuse si vous cessiez de m'aimer : mais je le suis à tous égards, et rien ne manque à mon bonheur que le vôtre. Si j'ai évité dans ma Lettre précédente de parler de M. de Wolmar, je l'ai fait par ménagement pour vous. Je connaissais trop votre sensibilité pour ne pas craindre d'aigrir vos peines : mais votre inquiétude sur mon sort m'obligeant à vous parler de celui dont il dépend, je ne puis vous en parler que d'une manière digne de lui, comme il convient à son épouse et à une amie de la vérité.

M. de Wolmar a près de cinquante ans[1] ; sa vie unie, réglée, et le calme des passions lui ont conservé une constitution si saine et un air si frais qu'il paraît à peine en avoir quarante, et il n'a rien d'un âge avancé que l'expérience et la sagesse. Sa physionomie est noble et prévenante, son abord simple et ouvert, ses manières sont plus honnêtes qu'empressées, il parle peu et d'un grand sens, mais sans affecter ni précision, ni sentences. Il est le même pour tout le monde, ne cherche et ne fuit personne, et n'a jamais d'autres préférences que celles de la raison.

Malgré sa froideur naturelle, son cœur secondant les intentions de mon père crut sentir que je lui convenais, et pour la première fois de sa vie il prit un attachement. Ce goût modéré mais durable s'est si bien réglé sur les bienséances et s'est maintenu dans une telle égalité, qu'il n'a pas eu besoin de changer de ton en changeant d'état, et que sans blesser la gravité conjugale[2] il conserve avec moi depuis son mariage les mêmes manières qu'il avait auparavant. Je ne l'ai jamais vu ni gai ni triste, mais toujours content ; jamais il ne me parle de lui, rarement de moi ; il ne me cherche pas, mais il n'est pas fâché que je le cherche, et me quitte peu volontiers. Il ne rit point ; il est sérieux sans donner envie de l'être ; au contraire, son abord serein semble m'inviter à l'enjouement, et comme les plaisirs que je goûte sont les seuls auxquels il paraît sensible, une des attentions que je lui dois est de chercher à m'amuser. En un mot, il veut que je sois heureuse ; il ne me le dit pas, mais je le vois ; et vouloir le bonheur de sa femme n'est-ce pas l'avoir obtenu ?

Avec quelque soin que j'aie pu l'observer, je n'ai su lui trouver de passion d'aucune espèce que celle qu'il a pour moi. Encore cette passion est-elle si égale et si tempérée qu'on dirait qu'il n'aime qu'autant qu'il veut aimer et qu'il ne le veut qu'autant que la raison le permet. Il est réellement ce que Milord Édouard croit être ; en quoi je le trouve bien

supérieur à tous nous autres gens à sentiment qui nous admirons tant nous-mêmes ; car le cœur nous trompe en mille manières et n'agit que par un principe toujours suspect ; mais la raison n'a d'autre fin que ce qui est bien ; ses règles sont sûres, claires, faciles dans la conduite de la vie, et jamais elle ne s'égare que dans d'inutiles spéculations [1] qui ne sont pas faites pour elle.

Le plus grand goût de M. de Wolmar est d'observer. Il aime à juger des caractères des hommes et des actions qu'il voit faire. Il en juge avec une profonde sagesse et la plus parfaite impartialité. Si un ennemi lui faisait du mal, il en discuterait les motifs et les moyens aussi paisiblement que s'il s'agissait d'une chose indifférente. Je ne sais comment il a entendu parler de vous, mais il m'en a parlé plusieurs fois lui-même avec beaucoup d'estime, et je le connais incapable de déguisement. J'ai cru remarquer quelquefois qu'il m'observait durant ces entretiens, mais il y a grande apparence que cette prétendue remarque n'est que le secret reproche d'une conscience alarmée. Quoi qu'il en soit, j'ai fait en cela mon devoir ; la crainte ni la honte ne m'ont point inspiré de réserve injuste, et je vous ai rendu justice auprès de lui, comme je la lui rends auprès de vous.

J'oubliais de vous parler de nos revenus et de leur administration. Le débris des biens de M. de Wolmar joint à celui de mon père [2] qui ne s'est réservé qu'une pension, lui fait une fortune honnête et modérée, dont il use noblement et sagement, en maintenant chez lui, non l'incommode et vain appareil du luxe, mais l'abondance, les véritables commodités de la vie *, et le nécessaire chez ses voisins

* Il n'y a pas d'association plus commune que celle du faste et de la lésine. On prend sur la nature, sur les vrais plaisirs, sur le besoin même, tout ce qu'on donne à l'opinion. Tel homme orne son palais aux dépens de sa cuisine ; tel autre aime mieux une belle vaisselle qu'un bon dîner ; tel autre fait un repas d'appareil [3], et meurt de faim tout le reste de l'année. Quand je vois un buffet [4] de vermeil, je m'attends à du vin qui m'empoisonne. Combien de fois dans des maisons de campagne en respirant le frais au matin l'aspect d'un beau jardin vous tente ? On se lève de bonne heure, on se promène, on gagne de l'appétit,

indigents. L'ordre qu'il a mis dans sa maison est l'image de celui qui règne au fond de son âme, et semble imiter dans un petit ménage l'ordre établi dans le gouvernement du monde[1]. On n'y voit ni cette inflexible régularité qui donne plus de gêne que d'avantage et n'est supportable qu'à celui qui l'impose, ni cette confusion mal entendue qui pour trop avoir ôte l'usage de tout. On y reconnaît toujours la main du maître et l'on ne la sent jamais ; il a si bien ordonné le premier arrangement qu'à présent tout va tout seul[2], et qu'on jouit à la fois de la règle et de la liberté.

Voilà, mon bon ami, une idée abrégée mais fidèle du caractère de M. de Wolmar, autant que je l'ai pu connaître depuis que je vis avec lui. Tel il m'a paru le premier jour, tel il me paraît le dernier sans aucune altération ; ce qui me fait espérer que je l'ai bien vu, et qu'il ne me reste plus rien à découvrir ; car je n'imagine pas qu'il pût se montrer autrement sans y perdre.

Sur ce tableau vous pouvez d'avance vous répondre à vous-même, et il faudrait me mépriser beaucoup pour ne pas me croire heureuse avec tant de sujet de l'être*. Ce qui m'a longtemps abusée et qui peut-être vous abuse encore, c'est la pensée que l'amour est nécessaire pour former un heureux mariage. Mon ami, c'est une erreur ; l'honnêteté, la vertu, de certaines convenances, moins de conditions et d'âges que de caractères et d'humeurs suffisent entre deux époux ; ce qui

---

on veut déjeuner. L'Officier[5] est sorti, ou les provisions manquent, ou Madame n'a pas donné ses ordres, ou l'on vous fait ennuyer[6] d'attendre. Quelquefois on vous prévient, on vient magnifiquement vous offrir de tout, à condition que vous n'accepterez rien. Il faut rester à jeun jusqu'à trois heures, ou déjeuner avec des tulipes. Je me souviens de m'être promené dans un très beau parc dont on disait que la Maîtresse aimait beaucoup le café et n'en prenait jamais, attendu qu'il coûtait quatre sols la tasse : mais elle donnait de grand cœur mille écus à son jardinier. Je crois que j'aimerais mieux avoir des charmilles moins bien taillées, et prendre du café plus souvent.

* Apparemment qu'elle n'avait pas découvert encore le fatal secret qui la tourmenta si fort dans la suite, ou qu'elle ne voulait pas alors le confier à son ami[3]

n'empêche point qu'il ne résulte de cette union un attachement très tendre qui, pour n'être pas précisément de l'amour, n'en est pas moins doux et n'en est que plus durable. L'amour est accompagné d'une inquiétude continuelle de jalousie ou de privation, peu convenable au mariage, qui est un état de jouissance et de paix. On ne s'épouse point pour penser uniquement l'un à l'autre, mais pour remplir conjointement les devoirs de la vie civile, gouverner prudemment la maison, bien élever ses enfants. Les amants ne voient jamais qu'eux, ne s'occupent incessamment que d'eux, et la seule chose qu'ils sachent faire est de s'aimer. Ce n'est pas assez pour des Époux qui ont tant d'autres soins à remplir. Il n'y a point de passion qui nous fasse une si forte illusion que l'amour[1] : On prend sa violence pour un signe de sa durée ; le cœur surchargé d'un sentiment si doux, l'étend, pour ainsi dire, sur l'avenir, et tant que cet amour dure on croit qu'il ne finira point. Mais au contraire, c'est son ardeur même qui le consume ; il s'use avec la jeunesse, il s'efface avec la beauté, il s'éteint sous les glaces de l'âge, et depuis que le monde existe on n'a jamais vu deux amants en cheveux blancs soupirer l'un pour l'autre. On doit donc compter qu'on cessera de s'adorer tôt ou tard ; alors l'idole qu'on servait détruite, on se voit réciproquement tels qu'on est. On cherche avec étonnement l'objet qu'on aima ; ne le trouvant plus on se dépite contre celui qui reste, et souvent l'imagination le défigure autant qu'elle l'avait paré ; il y a peu de gens, dit La Rochefoucault, qui ne soient honteux de s'être aimés, quand ils ne s'aiment plus[2] *. Combien alors il est à craindre que l'ennui ne succède à des sentiments trop vifs, que leur déclin sans s'arrêter à l'indifférence ne passe jusqu'au dégoût, qu'on ne se trouve enfin tout à fait rassasiés l'un de l'autre, et que pour s'être trop aimés amants on n'en vienne à se haïr époux ! Mon cher ami, vous m'avez toujours paru bien aimable, beaucoup trop pour mon

* Je serais bien surpris que Julie eût lu et cité La Rochefoucault en toute autre occasion. Jamais son triste livre ne sera goûté des bonnes gens[3].

innocence et pour mon repos ; mais je ne vous ai jamais vu qu'amoureux, que sais-je ce que vous seriez devenu cessant de l'être ? L'amour éteint vous eût toujours laissé la vertu, je l'avoue ; mais en est-ce assez pour être heureux dans un lien que le cœur doit serrer, et combien d'hommes vertueux ne laissent pas d'être des maris insupportables ? sur tout cela vous en pouvez dire autant de moi.

Pour M. de Wolmar, nulle illusion ne nous prévient l'un pour l'autre ; nous nous voyons tels que nous sommes ; le sentiment qui nous joint n'est point l'aveugle transport des cœurs passionnés, mais l'immuable et constant attachement de deux personnes honnêtes et raisonnables qui destinées à passer ensemble le reste de leurs jours sont contentes de leur sort, et tâchent de se le rendre doux l'une à l'autre. Il semble que quand on nous eût formés exprès pour nous unir on n'aurait pu réussir mieux. S'il avait le cœur aussi tendre que moi, il serait impossible que tant de sensibilité de part et d'autre ne se heurtât quelquefois, et qu'il n'en résultât des querelles. Si j'étais aussi tranquille que lui, trop de froideur régnerait entre nous, et rendrait la société moins agréable et moins douce. S'il ne m'aimait point, nous vivrions mal ensemble ; s'il m'eût trop aimée, il m'eût été importun. Chacun des deux est précisément ce qu'il faut à l'autre ; il m'éclaire et je l'anime ; nous en valons mieux réunis, et il semble que nous soyons destinés à ne faire entre nous qu'une seule âme, dont il est l'entendement et moi la volonté. Il n'y a pas jusqu'à son âge un peu avancé qui ne tourne au commun avantage : car avec la passion dont j'étais tourmentée, il est certain que s'il eût été plus jeune, je l'aurais épousé avec plus de peine encore, et cet excès de répugnance eût peut-être empêché l'heureuse révolution qui s'est faite en moi.

Mon ami ; le Ciel éclaire la bonne intention des pères, et récompense la docilité des enfants. À Dieu ne plaise que je veuille insulter à vos déplaisirs[1]. Le seul désir de vous rassurer pleinement sur mon sort me fait ajouter ce que je vais vous dire. Quand avec les sentiments que j'eus ci-devant pour vous et les connaissances que j'ai maintenant, je serais libre encore, et maîtresse de me choisir un mari, je prends à témoin de ma sincérité ce Dieu qui daigne m'éclairer et qui lit au fond de mon cœur, ce n'est pas vous que je choisirais, c'est M. de Wolmar.

Il importe peut-être à votre entière guérison que j'achève de vous dire ce qui me reste sur le cœur. M. de Wolmar est plus âgé que moi. Si pour me punir de mes fautes, le Ciel m'ôtait le digne époux que j'ai si peu mérité, ma ferme résolution est de n'en prendre jamais un autre. S'il n'a pas eu le bonheur de trouver une fille chaste, il laissera du moins une chaste veuve. Vous me connaissez trop bien pour croire qu'après vous avoir fait cette déclaration, je sois femme à m'en rétracter jamais[1].

Ce que j'ai dit pour lever vos doutes peut servir encore à résoudre en partie vos objections contre l'aveu que je crois devoir faire à mon mari. Il est trop sage pour me punir d'une démarche humiliante que le repentir seul peut m'arracher, et je ne suis pas plus incapable[2] d'user de la ruse des Dames dont vous parlez, qu'il l'est de m'en soupçonner. Quant à la raison sur laquelle vous prétendez que cet aveu n'est pas nécessaire, elle est certainement un sophisme : Car quoiqu'on ne soit tenue à rien envers un époux qu'on n'a pas encore, cela n'autorise point à se donner à lui pour autre chose que ce qu'on est. Je l'avais senti, même avant de me marier, et si le serment extorqué par mon père m'empêcha de faire à cet égard mon devoir, je n'en fus que plus coupable, puisque c'est un crime de faire un serment injuste, et un second de le tenir. Mais j'avais une autre raison[3] que mon cœur n'osait s'avouer, et qui me rendait beaucoup plus coupable encore. Grâce au Ciel elle ne subsiste plus.

Une considération plus légitime et d'un plus grand poids est le danger de troubler inutilement le repos d'un honnête homme qui tire son bonheur de l'estime qu'il a pour sa femme. Il est sûr qu'il ne dépend plus de lui de rompre le nœud qui nous unit, ni de moi d'en avoir été plus digne Ainsi je risque par une confidence indiscrète de l'affliger à pure perte[1], sans tirer d'autre avantage de ma sincérité que de décharger mon cœur d'un secret funeste qui me pèse cruellement. J'en serai plus tranquille, je le sens, après le lui avoir déclaré ; mais lui, peut-être le sera-t-il moins, et ce serait bien mal réparer mes torts que de préférer mon repos au sien.

Que ferais-je donc dans le doute où je suis ? En attendant que le Ciel m'éclaire mieux sur mes devoirs, je suivrai le conseil de votre amitié ; je garderai le silence ; je tairai mes fautes à mon époux, et je tâcherai de les effacer par une conduite qui puisse un jour en mériter le pardon.

Pour commencer une réforme aussi nécessaire, trouvez bon, mon ami, que nous cessions désormais tout commerce entre nous. Si M. de Wolmar avait reçu ma confession, il déciderait jusqu'à quel point nous pouvons nourrir les sentiments de l'amitié qui nous lie et nous en donner les innocents témoignages ; mais puisque je n'ose le consulter là-dessus, j'ai trop appris à mes dépens combien nous peuvent égarer les habitudes les plus légitimes en apparence. Il est temps de devenir sage. Malgré la sécurité de mon cœur, je ne veux plus être juge en ma propre cause, ni me livrer étant femme à la même présomption qui me perdit étant fille. Voici la dernière lettre que vous recevrez de moi. Je vous supplie aussi de ne plus m'écrire. Cependant comme je ne cesserai jamais de prendre à vous le plus tendre intérêt et que ce sentiment est aussi pur que le jour qui m'éclaire, je serai bien aise de savoir quelquefois de vos nouvelles, et de vous voir parvenir au bonheur que vous méritez. Vous pourrez de temps à autre écrire à Mad[e] d'Orbe dans les occasions où vous aurez quelque événement intéressant à nous apprendre. J'espère que l'honnêteté de votre âme se peindra toujours dans vos lettres. D'ailleurs ma Cousine est vertueuse et sage, pour ne me communiquer que ce qu'il me conviendra de voir, et pour supprimer cette correspondance si vous étiez capable d'en abuser.

Adieu, mon cher et bon ami ; si je croyais que la fortune pût vous rendre heureux, je vous dirais, courez à la fortune ;

mais peut-être avez-vous raison de la dédaigner avec tant de trésors pour vous passer d'elle. J'aime mieux vous dire, courez à la félicité, c'est la fortune du sage ; nous avons toujours senti qu'il n'y en avait point sans la vertu ; mais prenez garde que ce mot de vertu trop abstrait n'ait plus d'éclat que de solidité, et ne soit un nom de parade qui sert plus à éblouir les autres qu'à nous contenter nous-mêmes. Je frémis, quand je songe que des gens qui portaient l'adultère au fond de leur cœur osaient parler de vertu ! savez-vous bien ce que signifiait pour nous un terme si respectable et si profané, tandis que nous étions engagés dans un commerce criminel ? c'était cet amour forcené dont nous étions embrasés l'un et l'autre qui déguisait ses transports sous ce saint enthousiasme pour nous les rendre encore plus chers et nous abuser plus longtemps. Nous étions faits, j'ose le croire, pour suivre et chérir la véritable vertu, mais nous nous trompions en la cherchant et ne suivions qu'un vain fantôme. Il est temps que l'illusion cesse ; il est temps de revenir d'un trop long égarement[1]. Mon ami, ce retour ne vous sera pas difficile. Vous avez votre guide en vous-même, vous l'avez pu négliger, mais vous ne l'avez jamais rebuté. Votre âme est saine, elle s'attache à tout ce qui est bien, et si quelquefois il lui échappe, c'est qu'elle n'a pas usé de toute sa force pour s'y tenir. Rentrez au fond de votre conscience, et cherchez si vous n'y retrouveriez point quelque principe oublié qui servirait à mieux ordonner toutes vos actions, à les lier plus solidement entre elles, et avec un objet commun. Ce n'est pas assez, croyez-moi, que la vertu soit la base de votre conduite, si vous n'établissez cette base même sur un fondement inébranlable. Souvenez-vous de ces Indiens qui font porter le monde sur un grand éléphant, et puis l'éléphant sur une tortue, et quand on leur demande sur quoi porte la tortue, ils ne savent plus que dire[2].

Je vous conjure de faire quelque attention aux discours de votre amie, et de choisir pour aller au bonheur une route plus sûre que celle qui nous a si longtemps égarés. Je ne cesserai de demander au Ciel pour vous et pour moi cette félicité pure, et ne serai contente qu'après l'avoir obtenue pour tous les deux. Ah ! si jamais nos cœurs se rappellent malgré nous les erreurs de notre jeunesse, faisons au moins que le retour[1] qu'elles auront produit en autorise le souvenir, et que nous puissions dire avec cet ancien ; hélas nous périssions si nous n'eussions péri[2] !

Ici finissent les sermons de la prêcheuse. Elle aura désormais assez à faire à se prêcher elle-même. Adieu, mon aimable ami, adieu pour toujours ; ainsi l'ordonne l'inflexible devoir : Mais croyez que le cœur de Julie ne sait point oublier ce qui lui fut cher.... mon Dieu ! que fais-je ?.... vous le verrez trop à l'état de ce papier. Ah ! n'est-il pas permis de s'attendrir en disant à son ami le dernier adieu ?

LETTRE XXI

À Milord Édouard

Oui, Milord, il est vrai ; mon âme est oppressée du poids de la vie. Depuis longtemps elle m'est à charge : j'ai perdu tout ce qui pouvait me la rendre chère, il ne m'en reste que les ennuis. Mais on dit qu'il ne m'est pas permis d'en disposer sans l'ordre de celui qui me l'a donnée. Je sais aussi qu'elle vous appartient à plus d'un titre. Vos soins me l'ont sauvée deux fois, et vos bienfaits me la conservent sans cesse. Je n'en disposerai jamais que je ne sois sûr de le pouvoir faire sans crime, ni tant qu'il me restera la moindre espérance de la pouvoir employer pour vous.

Vous disiez que je vous étais nécessaire ; pourquoi me trompiez-vous ? Depuis que nous sommes à Londres[3], loin que vous songiez à m'occuper de vous, vous ne vous occupez que de moi. Que vous prenez de soins superflus ! Milord, vous le savez, je hais le crime encore plus que la vie ; j'adore l'Être éternel ; je vous dois tout, je vous aime, je ne tiens qu'à vous sur la terre ; l'amitié, le devoir y peuvent enchaîner un infortuné : des prétextes et des sophismes ne l'y retiendront point. Éclairez ma raison, parlez à mon cœur ; je suis prêt à vous entendre : mais souvenez-vous que ce n'est point le désespoir qu'on abuse.

Vous voulez qu'on raisonne : Hé bien raisonnons. Vous voulez qu'on proportionne la délibération à l'importance de la question qu'on agite, j'y consens. Cherchons la vérité paisiblement, tranquillement. Discutons la proposition générale comme s'il s'agissait d'un autre. Robeck[1] fit l'apologie de la mort volontaire avant de se la donner. Je ne veux pas faire un livre à son exemple et je ne suis pas fort content du sien ; mais j'espère imiter son sang-froid dans cette discussion.

J'ai longtemps médité sur ce grave sujet. Vous devez le savoir, car vous connaissez mon sort et je vis encore. Plus j'y réfléchis, plus je trouve que la question se réduit à cette proposition fondamentale[2]. Chercher son bien et fuir son mal en ce qui n'offense point autrui, c'est le droit de la nature. Quand notre vie est un mal pour nous et n'est un bien pour personne il est donc permis de s'en délivrer. S'il y a dans le monde une maxime évidente et certaine, je pense que c'est celle-là, et si l'on venait à bout de la renverser, il n'y a point d'action humaine dont on ne pût faire un crime.

Que disent là-dessus nos Sophistes ? Premièrement ils regardent la vie comme une chose qui n'est pas à nous, parce qu'elle nous a été donnée ; mais c'est précisément parce qu'elle nous a été donnée qu'elle est à nous. Dieu ne leur a-t-il pas donné deux bras ? Cependant quand ils craignent la cangrène[3] ils s'en font couper un, et tous les deux, s'il le faut. La parité est exacte pour qui croit l'immortalité de l'âme ; car si je sacrifie mon bras à la conservation d'une chose plus précieuse qui est mon corps, je sacrifie mon corps à la conservation d'une chose plus précieuse qui est mon bien-être. Si tous les dons que le Ciel nous a faits sont naturellement des biens pour nous, ils ne sont que trop sujets à changer de nature, et il y ajouta la raison pour nous apprendre à les discerner. Si cette règle ne nous autorisait pas à choisir les uns et rejeter les autres, quel serait son usage parmi les hommes ?

Cette objection si peu solide, ils la retournent de mille manières. Ils regardent l'homme vivant sur la terre comme un soldat mis en faction. Dieu, disent-ils, t'a placé dans ce monde, pourquoi en sors-tu sans son congé ? Mais toi-même, il t'a placé dans ta ville, pourquoi en sors-tu sans son congé ? Le congé n'est-il pas dans le mal-être ? En quelque lieu qu'il me place, soit dans un corps, soit sur la terre, c'est pour y rester autant que j'y suis bien, et pour en sortir dès que j'y suis mal. Voilà la voix de la nature et la voix de Dieu. Il faut attendre l'ordre, j'en conviens ; mais quand je meurs naturellement Dieu ne m'ordonne pas de quitter la vie, il me l'ôte : c'est en me la rendant insupportable qu'il m'ordonne de la quitter. Dans le premier cas, je résiste de toute ma force dans le second j'ai le mérite d'obéir.

Concevez-vous qu'il y ait des gens assez injustes pour taxer la mort volontaire de rébellion contre la providence, comme si l'on voulait se soustraire à ses lois ? Ce n'est point pour s'y soustraire qu'on cesse de vivre, c'est pour les exécuter. Quoi ! Dieu n'a-t-il de pouvoir que sur mon corps ? Est-il quelque lieu dans l'univers où quelque être existant ne soit pas sous sa main, et agira-t-il moins immédiatement sur moi, quand ma substance épurée sera plus une, et plus semblable à la sienne ? Non, sa justice et sa bonté font mon espoir, et si je croyais que la mort pût me soustraire à sa puissance, je ne voudrais plus mourir.

C'est un des Sophismes du Phédon, rempli d'ailleurs de vérités sublimes. Si ton esclave se tuait, dit Socrate à Cebès [1], ne le punirais-tu pas, s'il t'était possible, pour t'avoir injustement privé de ton bien ? Bon Socrate, que nous dites-vous ? N'appartient-on plus à Dieu quand on est mort ? Ce n'est point cela du tout, mais il fallait dire ; si tu charges ton esclave d'un vêtement qui le gêne dans le service qu'il te doit, le puniras-tu d'avoir quitté cet habit pour mieux faire son service ? La grande erreur est de donner trop d'importance à la vie ; comme si notre être en dépendait, et qu'après la mort on ne fût plus rien. Notre vie n'est rien aux yeux de Dieu ; elle n'est rien aux yeux de la raison, elle ne doit rien être aux nôtres, et quand nous laissons notre corps, nous ne faisons que poser un vêtement incommode. Est-ce la peine d'en faire un si grand bruit ? Milord, ces déclamateurs ne sont point de bonne foi. Absurdes et cruels dans leurs raisonnements, ils aggravent le prétendu crime comme si l'on s'ôtait l'existence, et le punissent, comme si l'on existait toujours.

Quant au Phédon qui leur a fourni le seul argument spécieux qu'ils aient jamais employé, cette question n'y est traitée que très légèrement et comme en passant. Socrate condamné par un jugement inique à perdre la vie dans quelques heures, n'avait pas besoin d'examiner bien attentivement s'il lui était permis d'en disposer. En supposant qu'il ait tenu réellement les discours que Platon lui fait tenir, croyez-moi, Milord, il les eût médités avec plus de soin dans l'occasion de les mettre en pratique ; et la preuve qu'on ne peut tirer de cet immortel ouvrage aucune bonne objection contre le droit de disposer de sa propre vie, c'est que Caton le lut par deux fois tout entier, la nuit même qu'il quitta la terre[1].

Ces mêmes Sophistes demandent si jamais la vie peut être un mal ? En considérant cette foule d'erreurs de tourments et de vices dont elle est remplie, on serait bien plus tenté de demander si jamais elle fut un bien ? Le crime assiège sans cesse l'homme le plus vertueux, chaque instant qu'il vit, il est prêt à devenir la proie du méchant ou méchant lui-même. Combattre et souffrir, voilà son sort dans ce monde : mal faire et souffrir, voilà celui du malhonnête homme. Dans tout le reste ils diffèrent entre eux, ils n'ont rien en commun que les misères de la vie. S'il vous fallait des autorités et des faits, je vous citerais des oracles, des réponses de sages, des actes de vertu récompensés par la mort. Laissons tout cela, Milord ; c'est à vous que je parle, et je vous demande quelle est ici-bas la principale occupation du sage, si ce n'est de se concentrer, pour ainsi dire, au fond de son âme, et de s'efforcer d'être mort durant sa vie ? Le seul moyen qu'ait trouvé la raison pour nous soustraire aux maux de l'humanité, n'est-il pas de nous détacher des objets terrestres et de tout ce qu'il y a de mortel en nous, de nous recueillir au dedans de nous-mêmes, de nous élever aux sublimes contemplations ; et si nos passions et nos erreurs font nos infortunes, avec quelle ardeur devons-nous soupirer après un état qui nous délivre des unes et des autres ? Que font ces hommes sensuels qui multiplient si indiscrètement leurs douleurs par leurs voluptés ? Ils anéantissent pour ainsi dire leur existence à force de l'étendre sur la terre ; ils aggravent le poids de leurs chaînes par le nombre de leurs attachements ; ils n'ont point de jouissances qui ne leur préparent mille amères privations : plus ils sentent et plus ils souffrent : plus ils s'enfoncent dans la vie, et plus ils sont malheureux.

Mais qu'en général, ce soit si l'on veut un bien pour l'homme de ramper tristement sur la terre, j'y consens : je ne prétends pas que tout le genre humain doive s'immoler d'un commun accord, ni faire un vaste tombeau du monde. Il est, il est des infortunés trop privilégiés pour suivre la route commune, et pour qui le désespoir et les amères douleurs sont le passe-port de la nature. C'est à ceux-là qu'il serait aussi insensé de croire que leur vie est un bien, qu'il l'était au Sophiste Possidonius tourmenté de la goutte de nier qu'elle fût un mal [1]. Tant qu'il nous est bon de vivre nous le désirons fortement, et il n'y a que le sentiment des maux extrêmes qui puisse vaincre en nous ce désir : car nous avons tous reçu de la nature une très grande horreur de la mort, et cette horreur déguise à nos yeux les misères de la condition humaine. On supporte longtemps une vie pénible et douloureuse avant de se résoudre à la quitter ; mais quand une fois l'ennui de vivre l'emporte sur l'horreur de mourir, alors la vie est évidemment un grand mal, et l'on ne peut s'en délivrer trop tôt. Ainsi, quoiqu'on ne puisse exactement assigner le point où elle cesse d'être un bien, on sait très certainement au moins qu'elle est un mal longtemps avant de nous le paraître, et chez tout homme sensé le droit d'y renoncer en précède toujours de beaucoup la tentation.

Ce n'est pas tout : après avoir nié que la vie puisse être un mal, pour nous ôter le droit de nous en défaire ; ils disent ensuite qu'elle est un mal, pour nous reprocher de ne la pouvoir endurer. Selon eux c'est une lâcheté de se soustraire à ses douleurs et à ses peines, et il n'y a jamais que des poltrons qui se donnent la mort. Ô Rome, conquérante du monde, quelle troupe de poltrons t'en donna l'empire ! Qu'Arrie, Éponine, Lucrèce[1] soient dans le nombre, elles étaient femmes. Mais Brutus, mais Cassius[2], et toi qui partageais avec les Dieux les respects de la terre étonnée, grand et divin Caton, toi dont l'image auguste et sacrée animait les Romains d'un saint zèle et faisait frémir les Tyrans, tes fiers admirateurs ne pensaient pas qu'un jour dans le coin poudreux d'un collège, de vils Rhéteurs prouveraient que tu ne fus qu'un lâche, pour avoir refusé au crime heureux l'hommage de la vertu dans les fers[3]. Force et grandeur des écrivains modernes, que vous êtes sublimes, et qu'ils sont intrépides la plume à la main ! Mais dites-moi, brave et vaillant héros qui vous sauvez si courageusement d'un combat pour supporter plus longtemps la peine de vivre ; quand un tison brûlant vient à tomber sur cette éloquente main, pourquoi la retirez-vous si vite ? Quoi ! vous avez la lâcheté de n'oser soutenir l'ardeur du feu ! Rien, dites-vous, ne m'oblige à supporter le tison ; et moi, qui m'oblige à supporter la vie ? La génération d'un homme a-t-elle coûté plus à la providence que celle d'un fétu, et l'une et l'autre ne sont-elles pas également son ouvrage ?

Sans doute, il y a du courage à souffrir avec constance les maux qu'on ne peut éviter ; mais il n'y a qu'un insensé qui souffre volontairement ceux dont il peut s'exempter sans mal faire, et c'est souvent un très grand mal d'endurer un mal sans nécessité. Celui qui ne sait pas se délivrer d'une vie douloureuse par une prompte mort ressemble à celui qui aime mieux laisser envenimer une plaie que de la livrer au fer salutaire d'un chirurgien. Viens, respectable Parisot*, coupe-moi cette jambe qui me ferait périr. Je te verrai faire

* Chirurgien de Lion, homme d'honneur, bon Citoyen, ami tendre et généreux, négligé, mais non pas oublié de tel qui fut honoré de ses bienfaits[4].

sans sourciller, et me laisserai traiter de lâche par le brave qui voit tomber la sienne en pourriture faute d'oser soutenir la même opération.

J'avoue qu'il est des devoirs envers autrui, qui ne permettent pas à tout homme de disposer de lui-même mais en revanche combien en est-il qui l'ordonnent ? Qu'un Magistrat à qui tient le salut de la patrie, qu'un père de famille qui doit la subsistance à ses enfants, qu'un débiteur insolvable qui ruinerait ses créanciers, se dévouent à leur devoir quoi qu'il arrive ; que mille autres relations civiles et domestiques forcent un honnête homme infortuné de supporter le malheur de vivre, pour éviter le malheur plus grand d'être injuste, est-il permis, pour cela, dans des cas tout différents, de conserver aux dépens d'une foule de misérables une vie qui n'est utile qu'à celui qui n'ose mourir ? Tue-moi, mon enfant, dit le sauvage décrépit à son fils qui le porte et fléchit sous le poids ; les ennemis sont là ; va combattre avec tes frères, va sauver tes enfants, et n'expose pas ton père à tomber vif entre les mains de ceux dont il mangea les parents. Quand la faim, les maux, la misère, ennemis domestiques pires que les sauvages, permettraient à un malheureux estropié de consommer dans son lit le pain d'une famille qui peut à peine en gagner pour elle ; celui qui ne tient à rien, celui que le Ciel réduit à vivre seul sur la terre, celui dont la malheureuse existence ne peut produire aucun bien, pourquoi n'aurait-il pas au moins le droit de quitter un séjour où ses plaintes sont importunes et ses maux sans utilité ?

Pesez ces considérations, Milord ; rassemblez toutes ces raisons et vous trouverez qu'elles se réduisent au plus simple des droits de la nature qu'un homme sensé ne mit jamais en question. En effet, pourquoi serait-il permis de se guérir de la goutte et non de la vie ? L'une et l'autre ne nous vient-elle pas de la même main ? S'il est pénible de mourir, qu'est-ce à dire ? Les drogues font-elles plaisir à prendre ? Combien de gens préfèrent la mort à la médecine ? Preuve que la nature répugne à l'une et à l'autre. Qu'on me montre donc comment il est plus permis de se délivrer d'un mal passager en faisant des remèdes, que d'un mal incurable en s'ôtant la vie, et comment on est moins coupable d'user de quinquina pour la fièvre que d'opium pour la pierre[1] ?. Si nous regardons à l'objet, l'un et l'autre est de nous délivrer du mal-être ; si nous regardons au moyen, l'un et l'autre est également naturel ; si nous regardons à la répugnance, il y en a également des deux côtés ; si nous regardons à la volonté du maître, quel mal veut-on combattre qu'il ne nous ait pas envoyé ? à quelle douleur veut-on se soustraire qui ne nous vienne pas de sa main ? Quelle est la borne où finit sa puissance, et où l'on peut légitimement résister ? Ne nous est-il donc permis de changer l'état d'aucune chose, parce que tout ce qui est est comme il l'a voulu ? Faut-il ne rien faire en ce monde de peur d'enfreindre ses lois, et quoi que nous fassions pouvons-nous jamais les enfreindre ? Non Milord, la vocation de l'homme est plus grande et plus noble. Dieu ne l'a point animé pour rester immobile dans un quiétisme éternel. Mais il lui a donné la liberté pour faire le bien, la conscience pour le vouloir, et la raison pour le choisir. Il l'a constitué seul juge de ses propres actions. Il a écrit dans son cœur, fais ce qui t'est salutaire et n'est nuisible à personne. Si je sens qu'il m'est bon de mourir, je résiste à son ordre en m'opiniâtrant à vivre ; car en me rendant la mort désirable, il me prescrit de la chercher.

Bomston, j'en appelle à votre sagesse et à votre candeur ; quelles maximes plus certaines la raison peut-elle déduire de la Religion sur la mort volontaire ? Si les Chrétiens en ont établi d'opposées, ils ne les ont tirées ni des principes de leur Religion, ni de sa règle unique, qui est l'Écriture, mais seulement des philosophes païens. Lactance et Augustin, qui les premiers avancèrent cette nouvelle doctrine dont Jésus-Christ ni les Apôtres n'avaient pas dit un mot, ne s'appuyèrent que sur le raisonnement du Phédon que j'ai déjà combattu ; de sorte que les fidèles, qui croient suivre en cela l'autorité de l'Évangile, ne suivent que celle de Platon. En effet, où verra-t-on dans la Bible entière une loi contre le suicide, ou même une simple improbation ; et n'est-il pas bien étrange que dans les exemples de gens qui se sont donnés[1] la mort, on n'y trouve pas un seul mot de blâme contre aucun de ces exemples ? Il y a plus ; celui de Samson est autorisé par un prodige qui le venge de ses ennemis[2]. Ce miracle se serait-il fait pour justifier un crime, et cet homme qui perdit sa force pour s'être laissé séduire par une femme, l'eût-il recouvrée pour commettre un forfait authentique, comme si Dieu lui-même eût voulu tromper les hommes ?

Tu ne tueras point, dit le Décalogue. Que s'ensuit-il de là ? Si ce commandement doit être pris à la lettre, il ne faut tuer ni les malfaiteurs ni les ennemis ; et Moïse, qui fit tant mourir de gens entendait fort mal son propre précepte. S'il y a quelques exceptions, la première est certainement en faveur de la mort volontaire, parce qu'elle est exempte de violence et d'injustice ; les deux seules considérations qui puissent rendre l'homicide criminel, et que la nature y a mis, d'ailleurs, un suffisant obstacle.

Mais, disent-ils encore, souffrez patiemment les maux que Dieu vous envoie ; faites-vous un mérite de vos peines. Appliquer ainsi les maximes du Christianisme, que c'est mal en saisir l'esprit ! L'homme est sujet à mille maux, sa vie est un tissu de misères, et il ne semble naître que pour souffrir. De ces maux, ceux qu'il peut éviter, la raison veut qu'il les évite, et la Religion, qui n'est jamais contraire à la raison, l'approuve. Mais que leur somme est petite auprès de ceux qu'il est forcé de souffrir malgré lui ! C'est de ceux-ci qu'un Dieu clément permet aux hommes de se faire un mérite ; il accepte en hommage volontaire le tribut forcé qu'il nous impose, et marque au profit de l'autre vie la résignation dans celle-ci. La véritable pénitence de l'homme lui est imposée par la nature ; s'il endure patiemment tout ce qu'il est contraint d'endurer, il a fait à cet égard tout ce que Dieu lui demande, et si quelqu'un montre assez d'orgueil pour vouloir faire davantage, c'est un fou qu'il faut enfermer, ou un fourbe qu'il faut punir. Fuyons donc sans scrupule tous les maux que nous pouvons fuir, il ne nous en restera que trop à souffrir encore. Délivrons-nous sans remords de la vie même, aussitôt qu'elle est un mal pour nous; puisqu'il dépend de nous de le faire, et qu'en cela nous n'offensons ni Dieu ni les hommes. S'il faut un sacrifice à l'Être Suprême, n'est-ce rien que de mourir ? Offrons à Dieu la mort qu'il nous impose par la voix de la raison, et versons paisiblement dans son sein notre âme qu'il redemande.

Tels sont les préceptes généraux que le bon sens dicte à tous les hommes et que la Religion autorise*. Revenons à nous. Vous avez daigné m'ouvrir votre cœur[1] ; je connais vos peines ; vous ne souffrez pas moins que moi ; vos maux sont sans remède ainsi que les miens, et d'autant plus sans remède que les lois de l'honneur sont plus immuables que celles de la fortune[2]. Vous les supportez, je l'avoue, avec fermeté. La vertu vous soutient ; un pas de plus, elle vous dégage. Vous me pressez de souffrir : Milord, j'ose vous presser de terminer vos souffrances, et je vous laisse à juger qui de nous est le plus cher à l'autre.

Que tardons-nous à faire un pas qu'il faut toujours faire ? Attendrons-nous que la vieillesse et les ans nous attachent bassement à la vie après nous en avoir ôté les charmes, et que nous traînions avec effort ignominie et douleur un corps infirme et cassé ? Nous sommes dans l'âge où la vigueur de l'âme la dégage aisément de ses entraves, et où l'homme sait encore mourir ; plus tard il se laisse en gémissant arracher la

* L'étrange lettre pour la délibération dont il s'agit ! Raisonne-t-on si paisiblement sur une question pareille, quand on l'examine pour soi ? La lettre est-elle fabriquée, ou l'Auteur ne veut-il qu'être réfuté ? Ce qui peut tenir en doute, c'est l'exemple de Robeck qu'il cite, et qui semble autoriser le sien. Robeck délibéra si posément qu'il eut la patience de faire un livre, un gros livre, bien long, bien pesant, bien froid, et quand il eut établi, selon lui, qu'il était permis de se donner la mort, il se la donna avec la même tranquillité. Défions-nous des préjugés de siècle et de nation. Quand ce n'est pas la mode de se tuer, on n'imagine que des enragés qui se tuent ; tous les actes de courage sont autant de chimères pour les âmes faibles ; chacun ne juge des autres que par soi. Cependant combien n'avons-nous pas d'exemples attestés d'hommes sages en tout autre point, qui, sans remords, sans fureur, sans désespoir, renoncent à la vie uniquement parce qu'elle leur est à charge, et meurent plus tranquillement qu'ils n'ont vécu ?

vie. Profitons d'un temps où l'ennui de vivre nous rend la mort désirable ; craignons qu'elle ne vienne avec ses horreurs au moment où nous n'en voudrons plus. Je m'en souviens, il fut un instant où je ne demandais qu'une heure au Ciel, et où je serais mort désespéré si je ne l'eusse obtenue[1]. Ah qu'on a de peine à briser les nœuds qui lient nos cœurs à la terre, et qu'il est sage de la quitter aussitôt qu'ils sont rompus ! Je le sens, Milord, nous sommes dignes tous deux d'une habitation plus pure : la vertu nous la montre, et le sort nous invite à la chercher. Que l'amitié qui nous joint nous unisse encore à notre dernière heure. Ô quelle volupté pour deux vrais amis de finir leurs jours volontairement dans les bras l'un de l'autre, de confondre leurs derniers soupirs, d'exhaler à la fois les deux moitiés de leur âme ! Quelle douleur, quel regret peut empoisonner leurs derniers instants ? Que quittent-ils en sortant du monde ? Ils s'en vont ensemble ; ils ne quittent rien.

LETTRE XXII

Réponse

Jeune homme, un aveugle transport t'égare ; sois plus discret ; ne conseille point en demandant conseil. J'ai connu d'autres maux que les tiens. J'ai l'âme ferme ; je suis Anglais, je sais mourir ; car je sais vivre, souffrir en homme. J'ai vu la mort de près, et la regarde avec trop d'indifférence pour l'aller chercher. Parlons de toi.

Il est vrai, tu m'étais nécessaire ; mon âme avait besoin de la tienne ; tes soins pouvaient m'être utiles ; ta raison pouvait m'éclairer dans la plus importante affaire de ma vie ; si je ne m'en sers point, à qui t'en prends-tu ? Où est-elle ? qu'est-elle devenue ? Que peux-tu faire ? À quoi es-tu bon dans l'état où te voilà ? Quels services puis-je espérer de toi[2] ? Une douleur insensée te rend stupide et impitoyable. Tu n'es pas un homme ; tu n'es rien ; et si je ne regardais à ce que tu peux être, tel que tu es je ne vois rien dans le monde au-dessous de toi.

Je n'en veux pour preuve que ta Lettre même. Autrefois je trouvais en toi du sens, de la vérité. Tes sentiments étaient droits, tu pensais juste, et je ne t'aimais pas seulement par goût mais par choix, comme un moyen de plus pour moi de cultiver la sagesse. Qu'ai-je trouvé maintenant dans les raisonnements de cette Lettre dont tu parais si content ? Un misérable et perpétuel sophisme qui dans l'égarement de ta raison marque celui de ton cœur, et que je ne daignerais pas même relever si je n'avais pitié de ton délire.

Pour renverser tout cela d'un mot, je ne veux te demander qu'une seule chose. Toi qui crois Dieu existant, l'âme immortelle, et la liberté de l'homme, tu ne penses pas, sans doute, qu'un être intelligent reçoive un corps et soit placé sur la terre au hasard, seulement pour vivre, souffrir et mourir ? Il y a bien, peut-être, à la vie humaine un but, une fin, un objet moral ? Je te prie de me répondre clairement sur ce point ; après quoi nous reprendrons pied à pied ta Lettre, et tu rougiras de l'avoir écrite.

Mais laissons les maximes générales, dont on fait souvent beaucoup de bruit sans jamais en suivre aucune ; car il se trouve toujours dans l'application quelque condition particulière, qui change tellement l'état des choses que chacun se croit dispensé d'obéir à la règle qu'il prescrit aux autres , et l'on sait bien que tout homme qui pose des maximes générales, entend qu'elles obligent tout le monde, excepté lui. Encore un coup parlons de toi.

Il t'est donc permis, selon toi, de cesser de vivre ? La preuve en est singulière ; c'est que tu as envie de mourir. Voilà certes un argument fort commode pour les scélérats : Ils doivent t'être bien obligés des armes que tu leur fournis ; il n'y aura plus de forfaits qu'ils ne justifient par la tentation de les commettre, et dès que la violence de la passion l'emportera sur l'horreur du crime, dans le désir de mal faire ils en trouveront aussi le droit.

Il t'est donc permis de cesser de vivre ? Je voudrais bien

savoir si tu as commencé ? Quoi ! fus-tu placé sur la terre pour n'y rien faire ? Le Ciel ne t'imposa-t-il point avec la vie une tâche pour la remplir ? Si tu as fait ta journée avant le soir, repose-toi le reste du jour, tu le peux ; mais voyons ton ouvrage. Quelle réponse tiens-tu prête au Juge Suprême qui te demandera compte de ton temps ? Parle, que lui diras-tu ? J'ai séduit une fille honnête. J'abandonne un ami dans ses chagrins. Malheureux ! trouve-moi ce juste qui se vante d'avoir assez vécu ; que j'apprenne de lui comment il faut avoir porté la vie pour être en droit de la quitter.

Tu comptes les maux de l'humanité. Tu ne rougis pas d'épuiser des lieux communs cent fois rebattus, et tu dis, la vie est un mal. Mais, regarde cherche dans l'ordre des choses, si tu y trouves quelques biens qui ne soient point mêlés de maux. Est-ce donc à dire qu'il n'y ait aucun bien dans l'univers, et peux-tu confondre ce qui est mal par sa nature avec ce qui ne souffre le mal que par accident ? Tu l'as dit toi-même, la vie passive de l'homme n'est rien, et ne regarde qu'un corps dont il sera bientôt délivré ; mais sa vie active et morale qui doit influer sur tout son être, consiste dans l'exercice de sa volonté. La vie est un mal pour le méchant qui prospère, et un bien pour l'honnête homme infortuné : car ce n'est pas une modification passagère, mais son rapport avec son objet qui la rend bonne ou mauvaise. Quelles sont enfin ces douleurs si cruelles qui te forcent de la quitter ? Penses-tu que je n'aie pas démêlé sous ta feinte impartialité dans le dénombrement des maux de cette vie la honte de parler des tiens ? Crois-moi, n'abandonne pas à la fois toutes tes vertus. Garde au moins ton ancienne franchise, et dis ouvertement à ton ami ; j'ai perdu l'espoir de corrompre une honnête femme, me voilà forcé d'être homme de bien ; j'aime mieux mourir.

Tu t'ennuies de vivre, et tu dis ; la vie est un mal. Tôt ou tard tu seras consolé, et tu diras ; la vie est un bien. Tu diras plus vrai sans mieux raisonner : car rien n'aura changé que toi. Change donc dès aujourd'hui, et puisque c'est dans la mauvaise disposition de ton âme qu'est tout le mal, corrige tes affections déréglées[1], et ne brûle pas ta maison pour n'avoir pas la peine de la ranger.

Je souffre, me dis-tu ; dépend-il de moi de ne pas souffrir ? D'abord, c'est changer l'état de la question ; car il ne s'agit pas de savoir si tu souffres, mais si c'est un mal pour toi de vivre. Passons. Tu souffres, tu dois chercher à ne plus souffrir. Voyons s'il est besoin de mourir pour cela.

Considère un moment le progrès naturel des maux de l'âme directement opposé au progrès des maux du corps, comme les deux substances sont opposées par leur nature. Ceux-ci s'invétèrent, s'empirent en vieillissant et détruisent enfin cette machine mortelle. Les autres, au contraire, altérations externes et passagères d'un être immortel et simple, s'effacent insensiblement et le laissent dans sa forme originelle que rien ne saurait changer. La tristesse, l'ennui, les regrets, le désespoir sont des douleurs peu durables, qui ne s'enracinent jamais dans l'âme, et l'expérience dément toujours ce sentiment d'amertume qui nous fait regarder nos peines comme éternelles. Je dirai plus ; je ne puis croire que les vices qui nous corrompent nous soient plus inhérents que nos chagrins ; non seulement je pense qu'ils périssent avec le corps qui les occasionne ; mais je ne doute pas qu'une plus longue vie ne pût suffire pour corriger les hommes, et que plusieurs siècles de jeunesse ne nous apprissent qu'il n'y a rien de meilleur que la vertu.

Quoi qu'il en soit ; puisque la plupart de nos maux physiques ne font qu'augmenter sans cesse, de violentes douleurs du corps, quand elles sont incurables, peuvent autoriser un homme à disposer de lui : car toutes ses facultés étant aliénées par la douleur, et le mal étant sans remède, il n'a plus l'usage ni de sa volonté ni de sa raison ; il cesse d'être homme avant de mourir, et ne fait en s'ôtant la vie qu'achever de quitter un corps qui l'embarrasse et où son âme n'est déjà plus.

Mais il n'en est pas ainsi des douleurs de l'âme, qui, pour vives qu'elles soient, portent toujours leur remède avec elles. En effet, qu'est-ce qui rend un mal quelconque intolérable ?

c'est sa durée. Les opérations de la chirurgie sont communément beaucoup plus cruelles que les souffrances qu'elles guérissent ; mais la douleur du mal est permanente, celle de l'opération passagère, et l'on préfère celle-ci. Qu'est-il donc besoin d'opération pour des douleurs qu'éteint leur propre durée, qui seule les rendrait insupportables ? Est-il raisonnable d'appliquer d'aussi violents remèdes aux maux qui s'effacent d'eux-mêmes ? Pour qui fait cas de la constance et n'estime les ans que le peu qu'ils valent, de deux moyens de se délivrer des mêmes souffrances, lequel doit être préféré de la mort ou du temps ? Attends et tu seras guéri. Que demandes-tu davantage ?

Ah ! c'est ce qui redouble mes peines de songer qu'elles finiront ! Vain sophisme de la douleur ! Bon mot sans raison, sans justesse, et peut-être sans bonne foi. Quel absurde motif de désespoir que l'espoir de terminer sa misère* [1] ! Même en supposant ce bizarre sentiment, qui n'aimerait mieux aigrir un moment la douleur présente par l'assurance de la voir finir, comme on scarifie une plaie pour la faire cicatriser ? et quand la douleur aurait un charme qui nous ferait aimer à souffrir, s'en priver en s'ôtant la vie, n'est-ce pas faire à l'instant même tout ce qu'on craint de l'avenir [2] ?

Penses-y bien, jeune homme ; que sont dix, vingt, trente ans pour un être immortel ? La peine et le plaisir passent comme une ombre ; la vie s'écoule en un instant ; elle n'est rien par elle-même, son prix dépend de son emploi. Le bien seul qu'on a fait demeure, et c'est par lui qu'elle est quelque chose.

Ne dis donc plus que c'est un mal pour toi de vivre, puisqu'il dépend de toi seul que ce soit un bien, et que si c'est un mal d'avoir vécu, c'est une raison de plus pour vivre encore. Ne dis pas, non plus, qu'il t'est permis de mourir ;

* Non, Milord, on ne termine pas ainsi sa misère, on y met le comble ; on rompt les derniers nœuds qui nous attachaient au bonheur. En regrettant ce qui nous fut cher, on tient encore à l'objet de sa douleur par sa douleur même, et cet état est moins affreux que de ne tenir plus à rien.

car autant vaudrait dire qu'il t'est permis de n'être pas homme, qu'il t'est permis de te révolter contre l'auteur de ton être, et de tromper ta destination. Mais en ajoutant que ta mort ne fait de mal à personne, songes-tu que c'est à ton ami que tu l'oses dire ?

Ta mort ne fait de mal à personne ? J'entends ! mourir à nos dépens ne t'importe guère, tu comptes pour rien nos regrets. Je ne te parle plus des droits de l'amitié que tu méprises ; n'en est-il point de plus chers encore* qui t'obligent à te conserver ? S'il est une personne au monde qui t'ai assez aimé pour ne vouloir pas te survivre, et à qui ton bonheur manque pour être heureuse, penses-tu ne lui rien devoir ? Tes funestes projets exécutés ne troubleront-ils point la paix d'une âme rendue avec tant de peine à sa première innocence ? Ne crains-tu point de rouvrir dans ce cœur trop tendre des blessures mal refermées ? Ne crains-tu point que ta perte n'en entraîne une autre encore plus cruelle, en ôtant au monde et à la vertu leur plus digne ornement ? et si elle te survit, ne crains-tu point d'exciter dans son sein le remords, plus pesant à supporter que la vie ? Ingrat ami, amant sans délicatesse, seras-tu toujours occupé de toi-même ? Ne songeras-tu jamais qu'à tes peines ? N'es-tu point sensible au bonheur de ce qui te fut cher ? et ne saurais-tu vivre pour celle qui voulut mourir avec toi [1] ?

Tu parles des devoirs du magistrat et du père de famille, et parce qu'ils ne te sont pas imposés, tu te crois affranchi de tout. Et la société à qui tu dois ta conservation, tes talents, tes lumières ; la patrie à qui tu appartiens, les malheureux qui ont besoin de toi, ne leur dois-tu rien ? Ô l'exact dénombrement que tu fais ! parmi les devoirs que tu comptes, tu n'oublies que ceux d'homme et de Citoyen. Où est ce vertueux patriote qui refuse de vendre son sang à un prince étranger, parce qu'il ne doit le verser que pour son pays, et qui veut maintenant le répandre en désespéré contre

* Des droits plus chers que ceux de l'amitié ? Et c'est un sage qui le dit ! Mais ce prétendu sage était amoureux lui-même.

l'expresse défense des lois ? Les lois, les lois, jeune homme ! le sage les méprise-t-il ? Socrate innocent, par respect pour elles ne voulut pas sortir de prison [1]. Tu ne balances point à les violer pour sortir injustement de la vie, et tu demandes ; quel mal fais-je ?

Tu veux t'autoriser par des exemples. Tu m'oses nommer des Romains ! Toi, des Romains ! Il t'appartient bien d'oser prononcer ces noms illustres ! Dis-moi, Brutus mourut-il en amant désespéré, et Caton déchira-t-il ses entrailles pour sa maîtresse ? Homme petit et faible, qu'y a-t-il entre Caton et toi ? Montre-moi la mesure commune de cette âme sublime et de la tienne. Téméraire, ah tais-toi ! Je crains de profaner son nom par son apologie. À ce nom saint et auguste, tout ami de la vertu doit mettre le front dans la poussière, et honorer en silence la mémoire du plus grand des hommes.

Que tes exemples sont mal choisis, et que tu juges bassement des Romains, si tu penses qu'ils se crussent en droit de s'ôter la vie aussitôt qu'elle leur était à charge. Regarde les beaux temps de la République, et cherche si tu y verras un seul Citoyen vertueux se délivrer ainsi du poids de ses devoirs, même après les plus cruelles infortunes. Régulus retournant à Carthage, prévint-il par sa mort les tourments qui l'attendaient ? Que n'eût point donné Posthumius pour que cette ressource lui fût permise aux fourches Caudines ? Quel effort de courage le Sénat même n'admira-t-il pas dans le Consul Varron pour avoir pu survivre à sa défaite [2] ? Par quelle raison tant de Généraux se laissèrent-ils volontairement livrer aux ennemis, eux à qui l'ignominie était si cruelle, et à qui il en coûtait si peu de mourir ? C'est qu'ils devaient à la patrie leur sang leur vie et leurs derniers soupirs, et que la honte ni les revers ne les pouvaient détourner de ce devoir sacré. Mais quand les Lois furent anéanties et que l'État fut en proie à des Tyrans, les Citoyens reprirent leur liberté naturelle et leurs droits sur eux-mêmes. Quand Rome ne fut plus, il fut permis à des Romains de cesser d'être ; ils avaient rempli leurs fonctions sur la terre, ils n'avaient plus de patrie, ils étaient en droit de disposer d'eux, et de se rendre à eux-mêmes la liberté qu'ils ne pouvaient plus rendre à leur pays. Après avoir employé leur vie à servir Rome expirante et à combattre pour les Lois, ils moururent vertueux et grands comme ils avaient vécu, et leur mort fut encore un tribut à la gloire du nom Romain, afin qu'on ne vît dans aucun d'eux le spectacle indigne, des vrais Citoyens servant un usurpateur.

Mais toi, qui es-tu ? Qu'as-tu fait ? Crois-tu t'excuser sur ton obscurité ? Ta faiblesse t'exempte-t-elle de tes devoirs, et pour n'avoir ni nom ni rang dans ta Patrie, en es-tu moins soumis à ses lois ? Il te sied bien d'oser parler de mourir tandis que tu dois l'usage de ta vie à tes semblables ! Apprends qu'une mort telle que tu la médites est honteuse et furtive. C'est un vol fait au genre humain. Avant de le quitter, rends-lui ce qu'il a fait pour toi. Mais je ne tiens à rien ? Je suis inutile au monde ? Philosophe d'un jour ! Ignores-tu que tu ne saurais faire un pas sur la terre sans y trouver quelque devoir à remplir, et que tout homme est utile à l'humanité, par cela seul qu'il existe ?

Écoute-moi, jeune insensé ; tu m'es cher ; j'ai pitié de tes erreurs. S'il te reste au fond du cœur le moindre sentiment de vertu, viens, que je t'apprenne à aimer la vie. Chaque fois que tu seras tenté d'en sortir, dis en toi-même. « Que je fasse encore une bonne action avant que de mourir. » Puis va chercher quelque indigent à secourir, quelque infortuné à consoler, quelque opprimé à défendre. Rapproche de moi les malheureux que mon abord intimide ; ne crains d'abuser ni de ma bourse ni de mon crédit : prends ; épuise mes biens, fais-moi riche. Si cette considération te retient aujourd'hui, elle te retiendra encore demain, après-demain, toute ta vie. Si elle ne te retient pas ; meurs, tu n'es qu'un méchant[1].

LETTRE XXIII

De Milord Édouard

Je ne pourrai, mon cher, vous embrasser aujourd'hui, comme je l'avais espéré, et l'on me retient encore pour deux jours à Kinsington[1]. Le train de la Cour est qu'on y travaille beaucoup sans rien faire, et que toutes les affaires s'y succèdent sans s'achever. Celle qui m'arrête ici depuis huit jours[2] ne demandait pas deux heures ; mais comme la plus importante affaire des Ministres est d'avoir toujours l'air affairé, ils perdent plus de temps à me remettre qu'ils n'en auraient mis à m'expédier. Mon impatience un peu trop visible n'abrège pas ces délais. Vous savez que la Cour ne me convient guère ; elle m'est encore plus insupportable depuis que nous vivons ensemble, et j'aime cent fois mieux partager votre mélancolie que l'ennui des valets qui peuplent ce pays.

Cependant, en causant avec ces empressés fainéants, il m'est venu une idée qui vous regarde, et sur laquelle je n'attends que votre aveu pour disposer de vous. Je vois qu'en combattant vos peines vous souffrez à la fois du mal et de la résistance. Si vous voulez vivre et guérir ; c'est moins parce que l'honneur et la raison l'exigent que pour complaire à vos amis. Mon cher, ce n'est pas assez. Il faut reprendre le goût de la vie pour en bien remplir les devoirs, et avec tant d'indifférence pour toute chose, on ne réussit jamais à rien. Nous avons beau faire l'un et l'autre ; la raison seule ne vous rendra pas la raison. Il faut qu'une multitude d'objets nouveaux et frappants vous arrachent une partie de l'attention que votre cœur ne donne qu'à celui qui l'occupe. Il faut pour vous rendre à vous-même que vous sortiez d'au-dedans de vous, et ce n'est que dans l'agitation d'une vie active que vous pouvez retrouver le repos.

Il se présente pour cette épreuve une occasion qui n'est pas à dédaigner ; il est question d'une entreprise grande, belle, et telle que bien des âges n'en voient pas de semblables. Il dépend de vous d'en être témoin et d'y concourir. Vous verrez le plus grand spectacle qui puisse frapper les yeux des hommes ; votre goût pour l'observation trouvera de quoi se contenter. Vos fonctions seront honorables, elles n'exigeront, avec des talents que vous possédez, que du courage et de la santé. Vous y trouverez plus de péril que de gêne ; elles ne vous en conviendront que mieux ; enfin votre engagement ne sera pas fort long. Je ne puis vous en dire aujourd'hui davantage ; parce que ce projet sur le point d'éclore est pourtant encore un secret dont je ne suis pas le maître. J'ajouterai seulement que si vous négligez cette heureuse et rare occasion, vous ne la retrouverez probablement jamais, et la regretterez, peut-être, toute votre vie.

J'ai donné ordre à mon Coureur[1], qui vous porte cette Lettre, de vous chercher où que vous soyez, et de ne point revenir sans votre réponse ; car elle presse, et je dois donner la mienne avant de partir d'ici.

LETTRE XXIV

Réponse

Faites, Milord ; ordonnez de moi ; vous ne serez désavoué sur rien. En attendant que je mérite de vous servir, au moins que je vous obéisse.

LETTRE XXV

De Milord Édouard

Puisque vous approuvez l'idée qui m'est venue, je ne veux pas tarder un moment à vous marquer que tout vient d'être conclu, et à vous expliquer de quoi il s'agit, selon la permission que j'en ai reçue en répondant de vous.

Vous savez qu'on vient d'armer à Plimouth une Escadre de cinq Vaisseaux de guerre, et qu'elle est prête à mettre à la voile. Celui qui doit la commander est M. George Anson[2], habile et vaillant Officier, mon ancien ami. Elle est destinée pour la mer du Sud où elle doit se rendre par le détroit de Le Maire, et en revenir par les Indes orientales. Ainsi vous voyez qu'il n'est pas question de moins que du tour du monde ; expédition qu'on estime devoir durer environ trois ans. J'aurais pu vous faire inscrire comme volontaire ; mais pour vous donner plus de considération dans l'équipage j'y ai fait ajouter un titre, et vous êtes couché sur l'état en qualité d'Ingénieur des troupes de débarquement[1] ; ce qui vous convient d'autant mieux que le génie étant votre première destination, je sais que vous l'avez appris dès votre enfance.

Je compte retourner demain à Londres* et vous présenter à M. Anson dans deux jours. En attendant, songez à votre équipage, et à vous pourvoir d'Instruments et de Livres ; car l'embarquement est prêt, et l'on n'attend plus que l'ordre du départ. Mon cher ami, j'espère que Dieu vous ramènera sain de corps et de cœur de ce long voyage, et qu'à votre retour nous nous rejoindrons pour ne nous séparer jamais.

LETTRE XXVI

À Mad[e] d'Orbe

Je pars, chère et charmante Cousine, pour faire le tour du globe ; je vais chercher dans un autre hémisphère la paix dont je n'ai pu jouir dans celui-ci. Insensé que je suis ! Je vais errer dans l'univers sans trouver un lieu pour y reposer mon cœur ; je vais chercher un asile au monde où je puisse être loin de vous ! Mais il faut respecter les volontés d'un ami, d'un bienfaiteur, d'un père. Sans espérer de guérir, il faut au moins le vouloir, puisque Julie et la vertu l'ordonnent. Dans trois heures je vais être à la merci des flots ; dans trois jours, je ne verrai plus l'Europe ; dans trois mois je serai dans des mers inconnues où règnent d'éternels orages ; dans trois ans

* Je n'entends pas trop bien ceci. Kinsington n'étant qu'à un quart de lieue de Londres, les Seigneurs qui vont à la Cour n'y couchent pas ; cependant voilà Milord Édouard forcé d'y passer je ne sais combien de jours[2].

peut-être.... qu'il serait affreux de ne vous plus voir ! Hélas ! le plus grand péril est au fond de mon cœur : car quoi qu'il en soit de mon sort ; je l'ai résolu, je le jure, vous me verrez digne de paraître à vos yeux, ou vous ne me reverrez jamais.

Milord Édouard qui retourne à Rome [1] vous remettra cette Lettre en passant, et vous fera le détail de ce qui me regarde. Vous connaissez son âme, et vous devinerez aisément ce qu'il ne vous dira pas. Vous connûtes la mienne ; jugez aussi de ce que je ne vous dis pas moi-même. Ah ! Milord ! vos yeux les reverront !

Votre amie a donc ainsi que vous le bonheur d'être mère ? Elle devait donc l'être ?.... Ciel inexorable !.... ô ma mère, pourquoi vous donna-t-il un fils dans sa colère ?....

Il faut finir, je le sens. Adieu, charmantes Cousines. Adieu, Beautés incomparables. Adieu, pures et célestes âmes. Adieu, tendres et inséparables amies, femmes uniques sur la terre. Chacune de vous est le seul objet digne du cœur de l'autre. Faites mutuellement votre bonheur. Daignez vous rappeler quelquefois la mémoire d'un infortuné qui n'existait que pour partager entre vous, tous les sentiments de son âme, et qui cessa de vivre au moment qu'il s'éloigna de vous. Si jamais..... j'entends le signal, et les cris des Matelots ; je vois fraîchir [2] le vent et déployer les voiles. Il faut monter à bord, il faut partir. Mer vaste, mer immense, qui dois peut-être m'engloutir dans ton sein ; puissé-je retrouver sur tes flots le calme qui fuit mon cœur agité [3] !

Fin de la troisième partie

NOTES

Abréviations[1]

I. Manuscrits :

Br	Brouillon
CP	Copie personnelle
MsR	Manuscrit Rey
CH	Copie Houdetot
CL	Copie Luxembourg

II. Éditions :

R61	Marc Michel Rey, Amsterdam, 1761
R63	Marc Michel Rey, Amsterdam, 1763
DC	Exemplaire annoté de l'édition Duchesne (Paris, 1764) ayant appartenu à François Coindet
C.C.	*Correspondance complète*

III.

< >	Mots biffés par Rousseau dans les versions manuscrites ; plusieurs crochets ouverts indiquent des biffures consécutives.
[ ]	Mots omis ou modifiés par l'éditeur dans les citations.

Page 67.

1. Vers d'un sonnet de Pétrarque sur la mort de Laure *Lasciato ai, Morte, senza sole il monde :* « Le monde la posséda sans la connaître, et

1. Voir la note sur le texte, p. 52.

moi je l'ai connue, je reste ici-bas à la pleurer » (traduction de Rousseau dans DC). B. Guyon a fait remarquer que Pétrarque paraphrase le verset I, 10 de l'*Évangile selon saint Jean*. Dans l'agonie de Julie, plusieurs détails feront de l'héroïne une figure christique.

Page 69.

1. Rousseau ne désigne son roman que comme « La *Julie* », « ma *Julie* » ; le titre dans MsR était *Julie ou La Moderne Héloïse Lettres de deux amans* [etc.], corrigé en [...] *La Nouvelle Héloïse* [...], par Marc Michel Rey, à la demande de Rousseau. Ce titre ne figure dans aucune des copies manuscrites, pas même dans CL qui est la plus tardive. Écrivant à Rousseau le 21 mai 1759, le chevalier Orlando de Lorenzy lui demanda des nouvelles de *La Nouvelle Aloyse*. C'est une des toutes premières occurrences de ce titre ; sur la copie que Rousseau fit de cette lettre, il remplaça *La Nouvelle Aloyse* par *La Julie* (in *Correspondance générale*, éd. R.A. Leigh, n° 817). Sur le succès de l'histoire d'Héloïse et d'Abélard à la fin du XVIIe siècle et sur les nombreuses traductions et adaptations de leurs lettres de 1675 à 1758, voir une note de Daniel Mornet, p. VII du tome I de son édition. Voir aussi Charlotte Charrier, *Héloïse dans l'histoire et dans la légende*, Paris, 1933.

Page 71.

1. *Étange* : au lieu d'*Étange*, la famille de Julie s'appelait d'abord d'*Orsinge*. Ce nom subsiste dans CH ; il est biffé et le mot *Étange* est partout écrit à l'interligne dans CP. *Orsinge* est maintenu partout dans CH (dont la 2e partie a été copiée assez tôt) pour éviter des discordances internes.

2. On a parfois voulu voir dans le nom de Wolmar une allusion à celui de d'Holbach. C'est peu probable. Sur ce nom, et sur les origines possibles du personnage, consulter l'article de W. Acher : « Sources cosmopolites de M. de Wolmar », *Revue d'Histoire littéraire de la France*, 80e année, n° 3, mai-juin 1980.

Page 72.

1. *Gothique* : « se dit aussi par une sorte de mépris, de ce qui est trop ancien et hors de mode » (*Dict. Acad.* 1762).

2. Le MsR contient un dernier paragraphe supplémentaire : « Allez, bonnes gens avec qui j'aimai tant à vivre, et qui m'avez si souvent consolé des outrages des méchants ; allez au loin chercher vos semblables ; fuyez les villes <et le grand monde>, ce n'est pas là que vous <en> les trouverez. Allez dans d'humbles retraites amuser quelque couple d'époux fidèles dont l'union se resserre aux charmes de la vôtre ; quelque homme simple et sensible qui sache aimer votre état ; quelque solitaire ennuyé du monde, qui blâmant vos erreurs et vos fautes, se dise pourtant avec attendrissement, Ah voilà les âmes qu'il fallait à la mienne. »

Page 76.

1. *Puérile* : l'*Abrégé du dictionnaire de Trévoux*, par Berthelin, en 1762, donne concurremment les deux formes *puéril* et *puérile* ; le *Dictionnaire critique* de Féraud en 1788 n'admet plus au masculin que *puéril.*

Page 77.

1. « Et l'amour vous ayant rendue attentive, vous voilâtes vos blonds cheveux et recueillîtes en vous-même vos doux regards » Metast. Ainsi traduit Rousseau, dans l'exemplaire DC ; ces vers, qu'il attribue à Métastase, sont de Pétrarque, Ballata *Lassare il velo o per Sole o per ombra.*

Page 81.

1. « Ah ! cruel, tu m'as trop entendue », Phèdre à Hippolyte, dans la *Phèdre* de Racine, acte II, scène V. Il y a quelques échos raciniens dans le début du roman ; il faut les prendre pour ce qu'ils sont, non l'expression spontanément lyrique d'un sentiment, mais une rhétorique par laquelle se déguisent la honte et un profond malaise, comme par les propositions extrêmes, dont la sincérité n'empêche pas l'outrance, de Saint-Preux qui veut se tuer, de Julie qui le prend au mot. Pendant un an entier, les deux jeunes gens ont laissé leurs cœurs s'enfiévrer dans une proximité dangereusement silencieuse. Le premier aveu est la première crise.

Page 84.

1. *Enseigne* : « Marque, indice servant à reconnaître quelque chose » (*Dict. Acad.* 1762).

Page 86.

1. Subtilement différent de celui des premières lettres, le lyrisme de celle-ci, par ses rythmes et ses exclamations, annonce celui de *Pygmalion*, composé par Rousseau tout de suite après la publication de *La Nouvelle Héloïse.*

Page 87.

1. *Bonne* : « nom qu'on donne à la gouvernante d'un enfant » (*Dict. Acad.* 1762). CL : « ta pauvre gouvernante ». Comme le fait remarquer D. Mornet, c'est « la bonne » qui, dans le livre V d'*Émile*, donne à la petite fille les premières leçons de catéchisme.

Page 90.

1. *Mie* « est aussi le nom que les enfants donnent à leur gouvernante » (*Dict. Acad.* 1762).

Page 93.

1. *De sens-froid* : « Doit-on dire *de sens froid*, ou *de sang froid* ? L'un et l'autre se trouvent dans de bons Auteurs, et il semble qu'on peut les employer indifféremment. Ménage condamne le premier ; et l'Académie ne met que le second, qui paraît en effet plus naturel » (Féraud, *Dictionnaire critique*, 1788).

Page 95.

1. « Lettre V, à la fin du deuxième alinéa » (note de Rousseau dans MsR).

2. « Et le plaisir s'unit à l'honnêteté » (trad. de Rousseau dans DC ; le vers est tiré de *Il Tempio dell'Eternità*, de Métastase).

3. Sur la succession des *crises* dans ce roman, voir notre introduction, p. 47-48.

Page 97.

1. « Qu'on aura vécu » : bien que l'absence d'accord soit moins fréquente quand le participe est en position finale, elle n'est pas rare, et l'on peut voir dans *que* aussi bien un complément d'objet direct qu'un complément circonstanciel.

2. Une ébauche de ce paragraphe et du premier paragraphe a été écrite par Rousseau au crayon sur le brouillon de sa lettre du 18 août 1756 à Voltaire. Cette ébauche a été publiée par Th. Besterman, *Voltaire's Correspondence*, t. 30, p. 118-119, comme le rappelle R. Pomeau.

Page 98.

1. Dans la IIe partie, Julie (lettre 15) redoutera « ces emportements trompeurs » et craindra que Saint-Preux « n'outrage [sa] Julie à force de l'aimer » (voir p. 294-295) ; elle a bien décelé ce qu'a de suspect ce passage, mais la jeune fille doit se taire ; devenue femme, elle pourra parler.

Page 101.

1. *Conception* : «Au fig. Facilité qu'a l'esprit de comprendre, de concevoir les choses. *Mens, mentis acies*» (*Abrégé du Trévoux*).

Page 102.

1. Citation de Sénèque, *Ep.* VI, probablement empruntée à Montaigne (*Essais*, III, 9, « De la vanité », éd. par P. Villey revue par V. L. Saulnier, Lausanne, [1965], p. 986) : « Si cum hac exceptione detur sapientia ut illam inclusam teneam nec enuntiem, rejiciam. » Ni chez Sénèque, ni naturellement chez Montaigne cette sentence n'est l'expression d'une vanité égoïste.

2. « Peu lire, et penser beaucoup à nos lectures » MsR, R61. Le texte que nous donnons est celui de l'*errata* dans R61 et de R63. DC donne : « Peu lire, et beaucoup méditer à nos lectures », Rousseau a biffé *à*, souligné *beaucoup méditer* et écrit en marge : *penser beaucoup à*.

3. Citation exacte, à un mot près (« Nous sommes chacun plus riche que nous ne pensons ») de l'Essai III, 12, « de la Physionomie » (éd. citée, p. 1038).

Page 103.

1. *Leur fonds* : Rousseau écrit : *leur fond* ; les deux mots étaient distincts de sens et de forme, mais souvent confondus, comme le fait remarquer Féraud dans son *Dictionnaire critique*.

2. La *nature bien ordonnée* fait penser plutôt au « beau naturel » du père André (*Essai sur le beau*, 1741), qu'à la « belle nature » de l'abbé Batteux (*Les Beaux-arts réduits à un même principe*, 1746). L'Élysée de Julie, dans la IVe partie, sera une œuvre d'art restituant l'ordre de la nature, dans les limites permises à l'homme.

Page 104.

1. « Que faut-il donc pour les cultiver », CL, qui ajoute après « par sentiment » : « Si la nature a beaucoup fait elle nous a laissé beaucoup à faire. »

Page 105.

1. C'était l'argument de Joachim du Bellay, pour expliquer que la gloire des Romains était célébrée dans le monde entier, tandis que les Gaulois et les Francs étaient considérés comme de vils barbares. Henri Chamard, éditeur de *La Deffence et illustration de la langue françoyse* (Didier, 1948, p. 19, n. 2), rappelle que l'idée était aussi chez Guillaume du Bellay et chez Budé, et que Salluste (*Catil.*, VIII, 2-5) avait raisonné de même en faveur des Romains au détriment des Grecs. L'idée que réfute Rousseau ne semble pas avoir été formulée au XVIIIe siècle, sauf par Montesquieu, à propos des Tartares (*Lettres persanes*, LXXXI : « Il n'a manqué à cette victorieuse nation que des historiens, pour célébrer la mémoire de ses merveilles »), et lui-même se contredira dans *Émile*, IV : « Nous avons fort exactement [l'histoire] des peuples qui se détruisent, ce qui nous manque est celle des peuples qui se multiplient ; ils sont assez heureux et assez sages pour qu'elle n'ait rien à dire d'eux ; et en effet nous voyons même de nos jours que les gouvernements qui se conduisent le mieux sont ceux dont on parle le moins » (éd. citée, p. 527).

2. Le Pétrarque, le Tasse, le Métastase : Rousseau calque l'usage italien de l'article devant le nom propre.

Page 106.

1. *En raison composée des intervalles...* signifie : proportionnelle à la somme des intervalles.

2. « À l'aide des romans », CL : « par la lecture des livres d'amour ». C'est ce qu'avait vainement voulu faire le narrateur de l'*Histoire d'une Grecque moderne* pour séduire Théophé (roman de Prévost, 1740).

Page 107.

1. *Premier Livre des Rois*, III, 11-14 (Songe de Salomon à Gabaon).

Page 108.

1. *Avisassiez*, imparfait du subjonctif au sens du conditionnel, construction classique.

Page 110.

1. Voir la description de la première estampe, t. 2, p. 430.
2. *Trop âcres* : c'est une des nombreuses expressions du roman que Voltaire ridiculisa dans ses *Lettres sur la Nouvelle Héloïse ou Aloisia.*
3. Le baiser du bosquet est la seconde crise dans la relation des deux jeunes gens. CL : « dans un trouble ».
4. Chaque « crise » oblige les jeunes gens, ou plutôt Julie, car c'est elle qui prend les décisions, à reconsidérer leur relation.

Page 111.

1. Rousseau a voulu qu'on ne connaisse ni le nom véritable, ni la patrie de Saint-Preux (qui, de toute façon, est Suisse, et peut-être Valaisan).
2. « Laissée », dans la proposition subordonnée, est accordé avec le féminin « vous » ; dans la principale, Rousseau a maintenu le masculin, comme l'attestent tous les manuscrits, R61 et R63. Dans MsR, où il avait d'abord écrit le mot au féminin, il a biffé l'*e* final. Il ne faut donc pas voir dans *laissé* un participe non accordé (comme l'ont cru les éditeurs modernes qui ont rétabli l'accord), mais un véritable masculin, et par conséquent donner à *arbitre* non pas le sens du latin *arbiter*, « personne qui décide souverainement d'un litige », mais le sens d'*arbitrium*, « pouvoir de décider ». On ne disait plus au XVIIIe siècle que « libre arbitre », ou moins souvent « franc arbitre », mais Féraud cite un texte de Leibniz où *arbitre*, sans épithète, signifie « pouvoir de décider », comme au XVIe siècle chez Rabelais et Calvin (cités par Littré).

Page 113.

1. La susceptibilité de Saint-Preux devant un don qui pourrait sembler une charité, et l'absolutisme moral de Julie (ce sera aussi celui de Wolmar) qui juge tout un homme sur un seul fait, sont des traits propres à Jean-Jacques lui-même.

Page 115.

1. La faute de langue consiste à faire dépendre la proposition positive : « et des millions... », de la formule négative : « Il n'y a qu'un seul... ».
2. Dans DC, Rouseau a corrigé : « pour les livres ».
3. Très scrupuleux sur le sens des mots, très sensible à l'euphonie des phrases, Rousseau leur sacrifie rarement, mais délibérément, la pureté

grammaticale ou le bon usage (voir ses notes à I, 34, p. 155 ; IV, 11, t. 2, p. 93, n. 1 ; VI, 5, t. 2, p. 298 ; VI, 8, t. 2, p. 333 ; ainsi que la préface, p. 72).

Page 116.

1. *À pure perte* : Alexis François (« Les provincialismes de J.-J. Rousseau », *Ann. J.J. Rousseau*, III, 1907), voit dans cette expression une tournure genevoise. Mais Littré cite une phrase de Fénelon et Féraud un auteur contemporain anonyme : la tournure était rare, et sentie comme peu correcte plutôt que comme provinciale.

Page 117.

1. « Je suis très sûr qu'il passe deux fois » MsR. Comme la plupart des autres notes, celle-ci est absente de R63 et de CL. Elle traduit le scepticisme ironique que Rousseau affecte à l'égard de son roman.
2. L'attente prolongée d'une lettre, qui fait naître l'angoisse et le désespoir, est un lieu commun du roman épistolaire depuis les *Lettres portugaises*, au moins. Mais Rousseau est l'un des tout premiers à avoir intégré au temps romanesque les délais d'acheminement du courrier et à en avoir fait un des facteurs de l'intrigue.
3. « Cette lettre même prouve qu'elle ment », R63.
4. « Et mes transports n'ont point cessé depuis cet heureux moment », MsR, CL. La note manque dans ces deux versions.
5. « Reste à traduire », a noté Rousseau dans DC. C'est un vers de Métastase, *Attilio Regolo*, II, 9 : « Tout ce dont je me souviens en ce moment c'est que je suis sa fille » (traduction de Musset-Pathay dans son édition des *Œuvres* complètes de Rousseau, 1821).

Page 118.

2. *Pleurs* : le mot était encore féminin au XVIIe siècle et l'était resté à Genève au temps de Rousseau.

Page 120.

1. « Reste à traduire », a noté Rousseau dans DC. C'est encore un vers de Métastase (*Demofoonte*, III, scène dernière) : « Le plus fort des nœuds, notre ouvrage, et non celui du sort » (traduction de Musset-Pathay).
2. *Doctrine* : « Savoir, érudition [...] », (*Dict. Acad.* 1762).
3. Signaler que des lettres ont été omises ou n'ont pas été retrouvées est un procédé déjà banal en 1761 dans le roman épistolaire ; on peut se demander pourquoi Saint-Preux a eu besoin d'écrire à Mme d'Étange ce qu'il aurait pu lui dire en tête à tête. La note était plus longue dans MsR : « Cela paraît se rapporter à quelque lettre à la mère, écrite apparemment sur un ton équivoque. Toutes les autres omissions peuvent se sous-entendre aussi parfaitement que celle-ci. Je n'en parlerai plus. »
4. La science du blason est la plus inutile, et, selon le gouverneur de

Jeannot, dans le conte de Voltaire *Jeannot et Colin* (1764), « elle n'est plus à la mode ».

5. *Se rappeler de* : la préposition est normale après un verbe transitif quand le complément direct est un infinitif.

Page 121.

1. *Honnête* est en effet un mot « fort équivoque » et Marivaux, entre autres, avait subtilement joué de ses divers sens. Un honnête homme peut être soit un homme qui a de la naissance, soit un homme qui sait se conduire dans le monde, soit un homme vertueux, soit enfin un homme d'un niveau social honorable. Le premier sens, le seul que reconnaisse le baron d'Étange, était devenu moins usuel. Jacob, le narrateur du *Paysan parvenu* de Marivaux, se présente comme « le fils d'un honnête homme qui demeure à la campagne », pour « esquiver le mot de Paysan », mais il doit préciser le sens qu'il donne à « honnête » quand il parle d'un aristocrate, M. d'Orville : « Je [lui] trouvais l'air d'un honnête homme, je veux dire d'un homme qui a de la naissance » (Marivaux, *Le Paysan parvenu*, éd. H. Coulet, Folio, 1981, 4e partie, p. 276, et 5e partie, p. 319).

Page 122.

1. Le roman est aussi doublé d'un certain nombre d'ouvrages fictifs, Traité des études, Voyage au Valais, Voyage à Paris, Traité d'éducation, qui justifient les dissertations des personnages et l'intention morale et philosophique de l'auteur. Pour Bernardin de Saint-Pierre et pour Chateaubriand les romans (*Paul et Virginie, Atala, René*) seront l'illustration d'ouvrages théoriques réels *(Études de la nature, Génie du christianisme).*

Page 123.

1. Dans le contexte plus sombre des *Rêveries*, Rousseau notera la même impression : « Il n'y a que la Suisse au monde qui présente ce mélange de la nature sauvage et de l'industrie humaine » (« Septième promenade », Folio, p. 134).

Page 125.

1. « Au lieu des palais, des pavillons, des théâtres, les chênes, les noirs sapins, les hêtres s'élancent de l'herbe au sommet des monts et semblent élever au ciel avec leurs têtes les yeux et l'esprit des mortels » (traduction de Rousseau, dans DC. Le passage vient du sonnet de Pétrarque *Gloriosa columna, in cui s'appogia*).

2. « Conduisent parmi eux » est le texte de MsR et de R61, corrigé à l'*errata* de R61.

Page 126.

1. « Un écu blanc » dans MsR, où il n'y a pas de note.

2. Dans l'article *Vallais* de l'*Encyclopédie*, le chevalier de Jaucourt ne

dit rien des mines d'or, mais note l'esprit d'indépendance, la frugalité, la bonne santé, la vieillesse vigoureuse des Valaisans ; leur seule infirmité est le goitre, dû à la mauvaise qualité des eaux. C'est peut-être pourquoi les hôtes de Saint-Preux ne boivent que du vin, d'autant plus que le Valais, nous fait savoir Jaucourt, « produit de très bons vins, dont les vignes sont sur les rochers » (On avait d'abord pensé confier cet article à Rousseau, voir *C.C.* n° 362, 377, 386, 403, 409 et 419 du premier semestre de 1756).

Page 127.

1. On notera combien cette société patriarcale est différente de la société de Clarens, qu'on dit souvent paternaliste.

2. Allusion à l'expression proverbiale : « boire en Suisse », qui signifiait « boire abondamment » (citation des *Regrets* de Du Bellay dans le *Dictionnaire* Robert). « En Suisse, [l'ivresse] est presque en estime », dit Rousseau dans un passage de la *Lettre à d'Alembert* (Folio, p. 277) qui exprime des idées analogues à celles qu'exprime ici Saint-Preux.

Page 128.

1. *Don Quichotte*, II, XXXII (à la fin du repas chez la duchesse, quatre demoiselles facétieuses viennent couvrir de mousse de savon le visage de don Quichotte et lui laver la barbe ; il les laisse faire gravement, croyant que c'est un usage de courtoisie).

2. Pline l'Ancien, *Histoire naturelle*, XXXIII, 23 (cité par D. Mornet) : « Minervae templum habet Lindos insulae Rhodiorum, in quo Helena sacravit calicem ex electro, adjicit historia, mammae suae mensura. » « Jamais mon cœur ni mes sens n'ont pu voir une femme dans quelqu'un qui n'eût pas des tétons », dit Rousseau dans les *Confessions*, livre IX, Folio t. 2, p. 163.

Page 129.

1. Cette idée est à la base des raisonnements de Diderot sur la perception du relief dans la *Lettre sur les Aveugles* (1749). « Les erreurs d'un sens se corrigent par un autre », écrit Rousseau dans la troisième des *Lettres morales* à Sophie (Pléiade, t. 3, p. 1093).

2. « Son acerbe et dure mamelle se laisse entrevoir ; un vêtement jaloux en cache en vain la plus grande partie ; l'amoureux désir plus perçant que l'œil pénètre à travers tous les obstacles » (traduction de Rousseau dans DC ; ces vers viennent du Tasse, *La Jérusalem délivrée*, IV, 31). Note biffée dans MsR : « Mon jeune philosophe vous vous mettez assez lestement à l'abri du Tasse, comme derrière un rempart ; mais permettez-moi de vous dire que son exemple vous justifie mal. L'amour est craintif et scrupuleux, il s'effarouche aisément, et un amant écrivant à sa maîtresse est obligé à plus de circonspection qu'un poète parlant au public. Voilà sûrement ce que Julie vous eût dit si son silence

sur ce passage n'eût été plus modeste et n'eût mieux marqué son improbation. » Voir la note 1, p. 134.

3. *Corps-de-robe* : « [*corps*] se dit aussi des habits, des armes qui servent à couvrir cette partie du corps qui va du cou jusqu'à la ceinture. *Corps* de pourpoint, de jupe, de cuirasse » (*Abrégé du Trévoux*).

Page 130.

1. Pétrarque avait associé la passion amoureuse et l'évocation de la nature, et de nombreux poètes lyriques l'avaient imité. Mais Rousseau, qui s'inspire si souvent de Pétrarque, est le premier à avoir fait de la description du paysage une partie intégrante du roman, nécessaire à la compréhension des personnages et au déroulement de l'action. Chez d'Urfé, le cadre naturel était plus symbolique que montré dans sa réalité ; chez Sorel, Furetière, Marivaux, le cadre avait son rôle, mais il n'était encore que fragmentairement dépeint, et c'était le cadre urbain.

Page 131.

1. « Le Fou qui vend la sagesse », La Fontaine, *Fables*, IX, 8.

2. « Que serais-je », éd. Duchesne 1764. Dans DC Rousseau (?) a corrigé en « Que serai-je », puis biffé sa correction et écrit en marge : « bon comme il est ».

Page 132.

1. La séduction était en effet considérée comme un rapt (*Encyclopédie*, article « Séduction »), et le ravisseur était condamné à mort, que le rapt fût de violence ou de « séduction » ; mais le séducteur pouvait recevoir des « Lettres de grâce », dont le ravisseur par violence n'était pas susceptible (*Encyclopédie*, article « Rapt »).

2. C'est dans sa *Lettre à un ami*, publiée en tête des *Lettres d'Héloïse et d'Abélard*, qu'Abélard raconte comment, amoureux d'Héloïse, il se fit recevoir comme pensionnaire par le chanoine Fulbert, lui donna de l'argent, car le chanoine était cupide, et profita de son désir vaniteux d'avoir une nièce savante pour se faire engager comme précepteur d'Héloïse. Rousseau, dans une note de la *Lettre à d'Alembert* (Folio, p. 269-270), avait déclaré : « Les femmes en général n'aiment aucun art, ne se connaissent à aucun, et n'ont aucun génie [...] [leurs écrits] sont tous froids et jolis comme elles : ils auront tant d'esprit que vous voudrez, jamais d'âme ; ils seraient cent fois plutôt sensés que passionnés. Elles ne savent ni décrire ni sentir l'amour même [...]. » D'Alembert, au printemps de 1759, dans une *Lettre à M. Rousseau Citoyen de Genève* que Rousseau lut le 21 mai, lui répliqua : « Quand vous dites que les femmes ne savent ni décrire ni sentir l'amour même, il faut que vous n'ayez jamais lu les lettres d'Héloïse, ou que vous ne les ayez lues que dans quelque poète qui les aura gâtées. » C'est peut-être alors que Rousseau se décida à donner à son roman le sous-titre que la postérité a retenu. Rousseau a lu la *Lettre* de D'Alembert dans le recueil

des *Mélanges de littérature* [...], Amsterdam, 1759, 4 vol., qu'il avait reçu de l'auteur (lettre au chevalier de Lorenzy, 21 mai 1759). Mais la *Lettre* avait paru en même temps chez Marc Michel Rey.

Page 134.

1. Dans les copies et dans MsR la lettre commence avec les mots : « Je suis trop occupée. » Les lignes qui précèdent ont été adressées à M. M. Rey sur une « feuille de changements » ; elles rendaient inutile la note, biffée alors, de la lettre 23, voir supra p. 129, n. 2.

Page 135.

1. Julie vient d'apprendre que son père a décidé de la marier à M. de Wolmar, qui lui a rendu la visite annoncée dans la lettre 22. Voir III, 18, p. 409.
2. « Ô Dieux ! se sentir mourir et n'oser dire : je me sens mourir » (traduction de Rousseau dans DC. Vers de Métastase, *Antigone*, I, 2).
3. « Empirent », MsR, CL et R61 ; « aggravent », *errata* de R61 ; « augmentent », R63.

Page 136.

1. Même dans sa forme, cette pensée n'était pas nouvelle (voir la note de D. Mornet à ce passage, et notre propre article : « *La Nouvelle Héloïse* et la tradition romanesque française », *Annales J.-J. Rousseau*, XXXVI, 1966-1968), mais elle dut son grand retentissement à *La Nouvelle Héloïse* (voir D. Mornet : *Le Romantisme en France au XVIII*[e] *siècle*, 1912, et l'article de M. Delon : « Fatal présent du ciel qu'une âme sensible. Le succès d'une formule de Rousseau », dans *La Nouvelle Héloïse aujourd'hui, Études Jean-Jacques Rousseau*, 1991).

Page 138.

1. Le point-virgule est dans MsR, CH, R61, R63.

Page 139.

1. Ces manifestations violentes de l'émotion ne sont pas invraisemblables chez les âmes sensibles : Julie se pâme au premier baiser de Saint-Preux, Julie et Claire se trouvent mal quand Claire revient à Clarens (V, 6), Claire mord les barreaux des chaises à la mort de Julie (VI, 11).
2. Lettre 11, p. 98.

Page 140.

1. Après avoir cité plusieurs exemples d'*arrêter* employé au sens de *s'arrêter*, Féraud *(Dictionnaire critique)* ajoute : « Tout cela est bon dans le style simple et au propre ; mais dans le figuré et dans le style noble et élevé, *s'arrêter* vaut mieux. *Arrêtons*, dit *Bossuet*, l'affaire est vidée. Cet astre, dit J.-J. Rousseau, qui jamais *n'arrête.* Je crois qu'*arrêtons-nous* et *qui jamais ne s'arrête* vaudraient mieux. Un mauvais plaisant a dit, sur la

phrase du Citoyen de Genève, qu'il prenait le Soleil pour un postillon. La plaisanterie est fade, mais la critique est bonne. » En réalité, l'emploi intransitif était courant dans la langue classique.

2. Cette angoisse du plaisir perdu n'a rien de commun avec l' « épicurisme de la raison » (VI, 5), ni avec la recherche des plaisirs modérés que Saint-Preux louera chez Julie (V, 2). Dans un contexte où le mythe platonicien de l'hermaphrodite s'associe aux images bibliques de la fragilité et de la fugacité de la vie humaine, le mot *plaisir* fait soudain entendre l'accent de la fièvre ou du délire.

3. « C'est en somme la proposition d'une union libre », commente D. Mornet. Mais, pour les protestants, le mariage n'est pas un sacrement ; l'engagement réciproque « à la face du ciel » donnerait donc une espèce de légitimité religieuse à cette union. Dans *Cleveland*, Cleveland et Fanny se juraient « une foi éternelle [...] en présence du ciel », mais aussi en présence du père de Fanny, lord Axminster, qui était catholique (*Le Philosophe anglais ou Histoire de Monsieur Cleveland*, texte établi par Ph. Stewart, *Œuvres de Prévost*, tome II, Grenoble, 1977, p. 189).

Page 141.

1. Du haut du rocher de Leucate (ou Leucade, île de la mer Ionienne) les amoureux désespérés se jetaient pour mourir ou pour être guéris de leur amour s'ils échappaient à la noyade ; c'est ainsi que Sapho se tua.

2. Il s'agit du projet de mariage avec Wolmar.

3. « *Transport au cerveau* se dit d'un délire passager qui est ordinairement la suite d'une fièvre violente [...] En ce sens on dit absolument *Transport* » (*Dict. Acad.* 1762).

Page 142.

1. Cette lettre est absente de CH.

2. D. Mornet comprend « quand j'ai plus besoin de toi » au sens de : « quand j'ai le plus besoin de toi ». Cette tournure, courante au XVIIe siècle et au début du XVIIIe, n'était plus usuelle à l'époque de Rousseau. Féraud la condamne formellement dans son *Dictionnaire grammatical* (Nouvelle édition, 1786) et dans son *Dictionnaire critique* (article « Plus », 7° ; dans une Remarque, à la fin de cet article, il semble admettre *plus* au sens superlatif quand l'article est indéfini).

3. *La crise* : c'est la troisième, celle du désespoir. On notera l'enchaînement serré des faits et le rôle joué par les lettres : la lettre 26 a montré Saint-Preux prêt au suicide ; elle a jeté Julie dans le « transport », et Claire a appelé Saint-Preux au secours (Lettre 27) ; l'absence de Claire laisse face à face Saint-Preux et Julie.

Page 144.

1. « Je me perdis pour vous sauver », écrira Julie à Saint-Preux dans la lettre 18 de la IIIe partie (p. 411). Les idées noires de Saint-Preux ont accru le désespoir de Julie et contribué à sa faute, mais elle ne s'est pas

donnée à lui par pitié pour un désir qu'il ne pouvait refréner : au contraire, elle le loue d'avoir su se vaincre. Refusant un enlèvement qui l'eût déshonorée et qui eût fait le malheur de ses parents, elle ne pouvait pas laisser à Saint-Preux l'ombre d'un espoir pour l'avenir, puisqu'elle était promise à Wolmar : c'est de cet avenir interdit, c'est de ce néant qu'elle a eu pitié.

Page 145.

1. *Cru* : telle est la graphie dans MsR, CL, R61, R63 ; en règle générale, le participe n'est pas accordé quand il n'est pas en position finale.

Page 146.

1. « Si tu as plus combattu [...] ce qui t'excuse », au lieu de ces phrases, CL donne : « Tu ne songes pas qu'il est des passions qui sont au-dessus des règles, et qu'une âme vulgaire eût pu vaincre avec cent fois moins de combats que tu n'en a rendus en succombant. »

2. « Et l'avilissement qui le suit », MsR et R61 ; corrigé dans l'*errata*.

Page 147.

1. Ce paragraphe est absent de MsR et de CL.

Page 148.

1. D. Mornet pense que Rousseau s'est dépeint lui-même en prêtant à Saint-Preux ces « mouvements incompatibles » ; il cite en particulier ce passage des *Confessions* (livre V, Folio, t. 1, p. 255), où Rousseau dit ce qu'il ressentit quand Mme de Warens lui apprit l'union physique : « Fus-je heureux ? Non, je goûtai le plaisir. Je ne sais quelle invincible tristesse en empoisonnait le charme. » Mais la contradiction des sentiments était intérieure à Rousseau, tandis qu'elle résulte pour Saint-Preux de l'attitude contradictoire de Julie.

2. « Le supplice des tiens » : MsR, CL, R61 ; corrigé dans l'*errata* ; *supplice* est rétabli par Rousseau dans DC.

Page 149.

1. « Ô charme et bonheur de ma vie ! » (MsR, CL, R61) ; corrigé dans l'*errata* ; *charme* est rétabli par Rousseau dans DC. Voir III, 19, p. 438 : « honneur et charme de ma vie ! »

Page 150.

1. *Des transports*, et plus loin *des accès de fureur*, les *erreurs des sens* : les amants se sont rencontrés et unis plusieurs fois, comme le confirme la lettre III, 18, qui révèle aussi ce qu'espérait Julie, dans l'angoisse et le remords. Voir la note 1, p. 412.

Page 151.

1. *Des amants vulgaires* : dans une lettre datée par R. A. Leigh des environs du 25 septembre 1757, Mme d'Épinay reproche à Rousseau ses mesquines querelles avec Grimm : « Cela ne va qu'à ces petits amants vulgaires qui n'ont que les sens agités » (*C.C.*, n° 529). L'expression appartenait au vocabulaire du roman sentimental : Des Grieux et Manon s'opposent aux « âmes basses », aux « amants vulgaires », Prévost, *Manon Lescaut*, Folio (Samuel de Sacy, 1972), p. 176 et 204 ; le narrateur des *Mémoires pour servir à l'histoire des mœurs du XVIII*e *siècle*, de Ch. Pinot-Duclos, 1751, déclare au sujet d'une de ses maîtresses : « Comme notre ivresse était pareille, je lui dis qu'il fallait laisser aux âmes froides, aux amants vulgaires, la prudence injurieuse de s'éprouver réciproquement [etc.] » (éd. H. Coulet, 1986, p. 104) ; chez Duclos, l'expression est parodique.

Page 153.

1. Dans DC, Rousseau, ou plutôt sans doute celui qui a révisé le texte avant lui, a corrigé *chucheterie* en *chuchoterie*, mais l'*Abrégé* du Trévoux donne en 1762 les deux formes.

Page 154.

1. « Non, non, beaux yeux qui m'apprîtes à soupirer, jamais vous ne verrez changer mes affections », traduit Rousseau dans DC. Ces vers sont de Métastase, *Ciro riconosciuto*, acte III, scène 12.

Page 155.

1. « Comme celui qui semble écouter et qui n'entend rien » (traduction de Rousseau dans DC ; l'œuvre dont ce vers est tiré n'a pas été identifiée).

2. *Mes livres* : les livres qu'il lit.

3. *Cavaliers* : « On disait autrefois *cavalier* pour *homme*. [...] On ne le dit plus qu'en Province [exemples de La Bruyère et de Jean-Baptiste Rousseau]. Jean-Jacques, dans une note, avertit les Provinciaux, qu'on ne dit point *cavalier* en ce sens » (Féraud, *Dictionnaire critique*). CL : « les hommes ». L'*Abrégé* du Trévoux (1762) donne pourtant encore comme usuel le sens de « Galant qui courtise, qui mène une Dame ».

Page 156.

1. Saint-Preux a parfaitement compris que Julie attend une grossesse, mais il croit que le secret qu'elle lui en fait — « il n'en fut jamais de plus intéressant pour nous », remarque-t-il — n'est qu'un jeu : d'où l'équivoque assez osée de sa dernière phrase. Le secret, en réalité, concerne le « projet » (*supra*, p. 154), le scandale public, la « périlleuse scène » (III, 18, p. 412) à laquelle Saint-Preux ne doit pas être présent.

2. Rousseau était lié avec Daniel Roguin, natif d'Yverdon, et qu'il

appelait en 1769 (*Confessions*, VII, Folio, t. 2, p. 17) « le doyen de [ses] amis ». En 1762, à Yverdon, Rousseau fera connaissance du colonel Roguin, neveu du précédent (*Confessions*, XII, t. 2, p. 363).

3. *La vue trop courte.* Ce trait est commun à Saint-Preux et à Rousseau.

Page 157.

1. Cette opinion sur les mercenaires est aussi à peu près celle de Julie (I, 57, p. 210), dont le père et le futur mari ont été officiers au service de l'étranger. Rousseau lui-même, en 1731, engagé comme « gouverneur » (ou plutôt valet) du neveu du colonel suisse Godard, à Paris, fut un moment « cadet » dispensé du service (*Confessions*, IV, Folio, t. 1, p. 210-211).

2. La guerre de 1712 opposa les cantons protestants de Zurich et de Berne aux cantons catholiques. Le lieutenant-général Sacconex, au service de Berne, fut blessé à la bataille de Wilmerghen (25 juillet 1712).

Page 159.

1. *Parlasse* : imparfait du subjonctif au sens du conditionnel, voir p. 108, n.1.

2. *La gazette*, ou *Gazette de France*, qui paraissait depuis 1631.

3. *Lamberti* (ou Lamberty), historien grison, auteur de *Mémoires pour servir à l'histoire du XVIII*[e] *siècle*, 1724-1740.

4. *Recorder* : « Répéter quelque chose qu'on a su et que l'on a oublié, pour l'apprendre » (Féraud). Le mot, surtout dans l'expression *recorder sa leçon* (*Abrégé* du Trévoux), semble n'avoir à cette date aucune teinte d'archaïsme.

Page 160.

1. Première mention du futur mari de Claire.

2. Don Carlos, infant d'Espagne, avait conquis sur l'Autriche le royaume de Naples dont l'investiture était donnée par le pape. La querelle entre Vienne et Madrid au sujet de l'hommage à Rome fut particulièrement aiguë en juin 1735. Cette lettre 35 doit être dans la chronologie du roman du printemps 1735, les coteaux qui bordent la Vevaise sont fleuris (lettre 36 ; voir t. 2, la chronologie du roman).

3. La mode du « style marotique » traversa deux siècles, de Voiture et La Fontaine aux écrivains du « genre troubadour », en passant par Jean-Baptiste Rousseau. Ce style se caractérise par quelques archaïsmes (« féal »), par l'absence des articles et des pronoms personnels sujets. Rousseau avait lu l'*Histoire du petit Jehan de Saintré* qu'il cite dans une variante de II, 11 (voir *infra*, p. 284, n.1) et dans la *Lettre à d'Alembert* (Folio, p. 200 ; dans la même œuvre, p. 252, il qualifie les romans de chevalerie d' « écoles de galanterie »). La parodie des usages courtois trahit sans doute chez Julie la nostalgie de la pureté, mais Rousseau en connaîtra (ou en avait connu, si, ce qui est peu probable, cette lettre est

postérieure) en octobre 1757 une autre parodie moins gracieuse et plus saugrenue de la part de Grimm, provisoirement réconcilié avec lui : « Il m'accorda le baiser de paix dans un léger embrassement qui ressemblait à l'accolade que le roi donne aux nouveaux Chevaliers » (*Confessions*, IX, Folio, t. 2, p. 232. Le bon Gauffecourt affublait Grimm d'un surnom médiéval, Tyran-le-Blanc, *ibid.*, p. 226). Une plaisanterie analogue à celle de Julie, mais d'intention libertine, se lit dans un dialogue de Crébillon, *La Nuit et le moment* (éd. H. Coulet, Desjonquères 1983, p. 98. C'est Cidalise qui parle à Clitandre) : « J'aurais presque envie, pour consoler Araminte [...] de lui conter comme quoi vous aviez été cette nuit un des plus galants Chevaliers à qui l'on ait oncques octroyé le gentil don d'amoureuse merci. »

4. *Dispensé* : le participe n'est accordé ni dans MsR, ni dans R61 ni R63 ; voir *supra*, p. 145, n.1.

Page 161.

1. La note est plus longue dans R63 : « Je ne puis m'empêcher d'avertir ici les lecteurs français que la première syllabe de *chalet* n'est point longue comme celle de *châlit*, mais brève comme celle de *chaland*. Je ne sais pourquoi cette petite faute de quantité fait à mon oreille un effet insupportable. » Féraud, qui avait omis le mot dans son *Dictionnaire critique*, l'a ajouté dans son *Supplément* (inédit), et l'a défini comme le Trévoux : « Petit bâtiment dans les montagnes de Gruyère, destiné à y faire des fromages »... mais il a mis un accent circonflexe sur l'*a* !

Page 162.

1. « Jamais pâtre ni laboureur n'approcha des épais ombrages qui couvrent ces charmants asiles », traduit Rousseau dans DC. Ces vers sont tirés d'une canzone de Pétrarque, *Standomi un giorno, solo, a la fenestra*.

2. *Le Temple de Gnide* était un poème en prose de Montesquieu (un « petit roman », disait l'auteur dans sa première édition, 1725), sur un sujet de galanterie antique. Julie avait-elle lu ce texte, dont Rousseau pensait que, pour peu qu'il eût un objet moral, « cet objet [était] bien offusqué et gâté par les détails voluptueux et par les images lascives » (*Rêveries du promeneur solitaire*, « Quatrième promenade », Folio, p. 80) ? Julie n'en parle peut-être que par ouï-dire, à moins qu'elle ne pense au temple véritable, où était érigée une statue d'Aphrodite par Praxitèle. Quoi qu'il en soit, cette lettre respire un air voluptueux qui contraste avec le remords et la honte exprimés avant et après.

Page 163.

1. *Hardes* : « Il se dit généralement de tout ce qui est de l'usage nécessaire et ordinaire pour l'habillement. *De belles hardes. De riches hardes* » (*Dict. Acad.* 1762).

Page 164.

1. Saint-Preux ne parle pas ici de la tristesse qui accompagne la faute (Julie l'éprouve, mais non lui), il n'exécute pas non plus une variation sur le thème banal (voir une note de D. Mornet à ce passage) de la douceur propre à la mélancolie : il évoque une tristesse inhérente à l'amour même, et que, dans *Le Temple de Gnide*, précisément, Montesquieu fait ainsi exprimer à Aristée : « La tristesse des amants est délicieuse ; je sens couler mes larmes, et je ne sais pourquoi, car tu m'aimes ; je n'ai point de sujet de me plaindre, et je me plains. Ne me retire point de la langueur où je suis » (Montesquieu, Pléiade, éd. par R. Caillois, 1949, tome 1, p. 405). Un degré de plus dans le bonheur fait naître le désir de mort, voir le début de la lettre 55.

Page 165.

1. « Jamais œil d'homme ne vit des bocages aussi charmants, jamais zéphir n'agita de plus verts feuillages », traduit Rousseau dans DC. Vers de Pétrarque, dans la Sestina *A la dolce ombra de le belle frondi.*

Page 166.

1. Sentiment partagé par Julie (voir le début de la lettre suivante), bien différent de la frénésie qui s'exprimait dans la lettre 26 (voir *supra*, p. 140, n.2).

Page 167.

1. Comme plus haut le nom de Roguin (p. 156, n.2), ce nom de M. de Merveilleux est celui d'un personnage réel, qui n'était pas officier au service de la Prusse (Neuchâtel appartenait au roi de Prusse), mais secrétaire interprète de l'ambassade de France à Soleure ; Rousseau l'avait connu en avril 1731 (*Confessions*, IV, Folio, t. 1, p. 210).

2. Encore un nom emprunté à la réalité. Claude Anet avait été l'intendant et l'amant de Mme de Warens (*Confessions*, V, t. 1, p. 232 et sqq).

Page 169.

1. *Recrue* : « nouvelle levée de gens de guerre » (*Dict. Acad.* 1762).

2. Richardson avait le premier imité dans le roman épistolaire la façon d'écrire du peuple avec les lettres de Joseph Leman, domestique de Lovelace, dans *Clarisse Harlowe.* Cette lettre de Fanchon et la lettre d'Henriette (V, 14) sont les seuls essais d'expression imitative dans *La Nouvelle Héloïse.* Laclos s'inspirera de Richardson et de Rousseau pour faire écrire le chasseur Azolan et l'intendant Bertrand, dans *Les Liaisons dangereuses*, mais c'est Rétif qui, avec *Le Paysan perverti* et *La Paysanne pervertie*, généralisera le procédé et en tirera les effets les plus naturels (les *Lettres de la Grenouillère*, de Vadé, n'étaient qu'un exercice de style). Au contraire, l'imitation du langage oral avait une longue tradition dans le roman, depuis Rabelais et Noël du Fail.

3. *L'après-dînée*, c'est-à-dire l'après-midi, le dîner étant alors (et étant encore, dans certaines régions francophones) ce que nous appelons le déjeuner.

Page 171.

1. Rousseau a dû s'inspirer d'un écrivain dont il était l'admirateur et l'ami, Charles Pinot-Duclos : le héros des *Confessions du Comte de ...* (1741) sauve une jeune fille pauvre de la prostitution et lui permet de se marier avec celui qu'elle aime, en leur fournissant un emploi à tous deux : « Je n'ai jamais senti dans ma vie de plaisir plus pur que celui d'avoir fait leur bonheur. L'auteur d'un bienfait est celui qui en recueille le fruit le plus doux. [...] Tous les plaisirs des sens n'approchent pas de celui que j'éprouvais. Il faut qu'il y ait dans le cœur un sens particulier et supérieur à tous les autres. » Mais le comte de ... n'est pas amoureux, il ne le deviendra (assez tranquillement) qu'après cette découverte de la bienfaisance. Duclos et Rousseau lui-même pouvaient avoir en mémoire la quatrième feuille du *Spectateur français* de Marivaux (mars 1722), où se trouvaient déjà une situation et des considérations analogues.

Page 172.

1. *Exprès* : « Il est aussi subst. au masc. et se dit d'un homme envoyé à dessein pour porter des lettres, des nouvelles, des ordres, etc. » (*Abrégé* du Trévoux).

Page 174.

1. *Rêche* : Le mot, qui était usuel au Moyen Âge, avait disparu de la langue écrite ; A. François (« Les provincialismes de J.-J. Rousseau »), cité par D. Mornet, le signale dans la *Réponse au Mémoire du comte de la Blache*, de Beaumarchais (1778), qui l'avait peut-être lu dans Rousseau. Il est absent des dictionnaires du XVIIIe siècle.

Page 176.

1. *Son âme*, R61 (corrigé dans l'*Errata*) ; *son caractère*, R63.
2. Le Tasse, *Jérusalem délivrée*, chant XVI.

Page 177.

1. *La République*, livre V, 4-6.
2. Sur l'identification de ces philosophes (on notera le possessif *tes*, comme plus haut *ta République* de Platon), voir une longue note de D. Mornet, qui ne trouve à signaler, à cette date, ni d'Argens, ni Helvétius, mais quelques mots de Diderot dans la *Lettre sur les aveugles* et dans les *Pensées sur l'interprétation de la nature*, et plus encore les conversations chez Mlle Quinault, évoquées dans ce qu'il appelle les *Mémoires* de Mme d'Épinay (éd. Boiteau, Ire partie, chap. 5), c'est-à-dire l'*Histoire de Mme de Montbrillant* (éd. G. Roth, 1951, t. 2, p. 60). Dans la *Lettre à d'Alembert* (Folio, p. 241-252), puis dans le livre V d'*Émile*

(Pléiade, tome 4, p. 692-702), Rousseau développera ces idées sur la différence de nature et de destination entre l'homme et la femme.

Page 178.

1. Sur les illusions de l'amour, voir notre introduction, p. 32-33.

Page 180.

1. MsR : « son éloge dans la bouche » ; CH, CL : « ton éloge dans sa bouche » ; R61 : « son éloge dans ta bouche » ; *errata* : « ton éloge dans sa bouche ».

2. *Des duos* : c'est le castrat Regianino, le « virtuose » de la lettre 45 (p. 175), qui faisait la voix de soprano.

3. CL, R61 : « d'hier au soir » (corrigé à l'*errata*).

Page 181.

1. Saint-Preux n'a donc pas découvert les charmes de la musique italienne dès la première audition. De même Rousseau, pendant son séjour à Venise, dut d'abord perdre son goût de la musique française : « J'avais apporté de Paris le préjugé qu'on a dans ce pays-là contre la musique italienne [etc.] » (*Confessions*, VII, Folio, t. 2, p. 52). Il s'exprime avec moins d'exclamations que Saint-Preux, mais il décrit la même expérience, qu'il fit avec « deux ou trois Anglais [...] passionnés de la musique ».

Page 182.

1. *Intonation* : c'est l'« action d'entonner » (*Dictionnaire de musique* de J.-J. Rousseau), c'est-à-dire d'être dans le ton, de chanter juste.

2. Pour Rousseau, tout le pouvoir expressif de la musique est dans la mélodie, l'harmonie n'étant qu'une suite de sons agréables : « Si la Musique ne peint que par la *Mélodie*, et tire d'elle toute sa force, il s'ensuit que toute Musique qui ne chante pas, quelque harmonieuse qu'elle puisse être, n'est point une Musique imitative, et, ne pouvant ni toucher ni peindre avec ses beaux accords, lasse bientôt les oreilles, et laisse toujours le cœur froid. » Or « c'est l'accent des Langues qui détermine la *Mélodie* de chaque nation ; c'est l'accent qui fait qu'on parle en chantant, et qu'on parle avec plus ou moins d'énergie, selon que la Langue a plus ou moins d'accent. Celle dont l'Accent est plus marqué doit donner une *Mélodie* plus vive et plus passionnée ; celle qui n'a que peu ou point d'Accent ne peut avoir qu'une mélodie languissante et froide, sans caractère et sans expression » (*Dictionnaire de musique*, article « Mélodie » ; voir aussi p. 183, n.2 et p. 342, n.2). Apologiste comme Rousseau de la musique italienne, Diderot, au contraire de Rousseau, pensait que le musicien pouvait faire entendre le cri de la passion aussi bien sur des paroles françaises que sur des paroles italiennes. C'est la versification française qu'il jugeait impropre à la mise en musique.

3. *Les choses d'effet* : « Effet, *s.m.* Impression agréable et forte que produit une excellente musique sur l'oreille et l'esprit des écoutants : ainsi le seul mot *effet* signifie en musique un grand et bel *effet* : et non seulement on dira d'un ouvrage qu'il fait de l'*effet*, mais on y distinguera sous le nom de *choses d'effet*, toutes celles où la sensation produite paraît supérieure aux moyens employés pour l'exciter. Une longue pratique peut apprendre à connaître sur le papier les choses d'*effet*, mais il n'y a que le génie qui les trouve » (*Dictionnaire de musique* de J.-J. Rousseau).

Page 183.

1. *Ajoute* : accord du verbe avec le plus proche des sujets.

2. L'article « Accent » du *Dictionnaire de musique* distingue l'accent grammatical, propre à une langue, l'accent logique ou rationnel, qui se marque en partie par la ponctuation, et qui doit être respecté par le musicien pour bien rendre les idées du poète, bien que la musique s'adresse rarement à l'esprit, et l'accent pathétique et oratoire, qui exprime et communique les sentiments : paradoxalement, Rousseau croit que ce dernier accent diffère selon les langues, et qu'il est beaucoup plus varié en italien. À ces accents s'ajoute l'accent proprement musical, auxquels les autres sont subordonnés, et qu'il doit respecter. L'accent oratoire et pathétique, contrairement à l'accent grammatical et à l'accent rationnel, n'est pas lié à l'articulation des mots.

3. *Cadence* : dans le long article « Cadence » de son *Dictionnaire de musique*, Rousseau définit et décrit les cadences (successions d'accords, dans la dissonance ou l'harmonie) telles que les conçoit Rameau, dont il conteste plusieurs propositions.

Page 184.

1. Cette rapide énumération de ce que peut évoquer la musique est à rapprocher, parfois dans sa lettre même, de ce que Rousseau dit de l'imitation musicale dans l'article « Opéra » et dans l'article « Imitation » de son *Dictionnaire de musique,* ainsi que d'une tirade du *Neveu de Rameau* de Diderot (Folio, éd. Jean Varloot, 1972, p. 107).

2. La musique est, selon Diderot, « le plus violent des beaux-arts » (propos de Diderot à Mélanie de Salignac, rapporté par Diderot lui-même dans les *Additions à la Lettre sur les aveugles, Œuvres philosophiques*, éd. P. Vernière, Classiques Garnier, s.d., p. 157). « Notre art, le plus violent de tous », fait-il dire aussi à Jean-François Rameau (*Le Neveu de Rameau*, Folio, p. 109). Sur les théories musicales de Rousseau et sur sa querelle avec Jean-Philippe Rameau, voir l'importante Préface de Catherine Kintzler à son édition des *Écrits sur la musique* de Rousseau, 1979.

3. Dans la note VIII au *Discours sur l'origine de l'inégalité*, Rousseau avait condamné comme une odieuse atteinte à la nature « la mutilation de ces malheureux, dont une partie de l'existence et toute la postérité sont sacrifiées à de vaines chansons » (Folio Essais, p. 134). C'est pourtant ce

castrat qui initie Saint-Preux et Julie à la forme d'art la plus passionnée, et qui plus tard servira d'intermédiaire à leur correspondance (II, 18).

4. Julie sait et aime la langue italienne, I, 12, p. 104 ; voir aussi la lettre 52, p. 194.

Page 185.

1. *Phraser* : « En mélodie, la *phrase* est constituée par le chant, c'est-à-dire par une suite de sons tellement disposés, soit par rapport au ton, soit par rapport au mouvement, qu'ils fassent un tout bien lié [...] » ; *Ponctuer* : « C'est, en terme de composition, marquer les repos plus ou moins parfaits, et diviser tellement les phrases qu'on sente par la modulation et par les cadences leurs commencements, leurs chutes et leurs liaisons plus ou moins grandes » (*Dictionnaire de musique*). Ces explications, qui concernent le compositeur, sont à transférer à l'exécutant.

2. « Et le chant qui se sent dans l'âme », traduit Rousseau dans DC. Le vers est de Pétrarque, sonnet 213 : *Grazie ch'a pochi il ciel largo destina.*

Page 187.

1. Julie a donc perdu son espoir de grossesse, et plus que jamais elle veut garder le secret sur ses intentions.

2. Vevey n'était pas un port de pêche, comme beaucoup des bourgs situés sur le Léman, mais un port de commerce assez important. Julie a pu y entendre un langage de marins qui n'était pas celui des autochtones.

Page 188.

1. *In vino veritas*, dit l'adage latin. Le vin, comme le rêve, dévoile ce que l'homme civilisé refoule dans son inconscient : mais l'inconscient de Saint-Preux est bien effrayant, si son ivresse déchaîne on ne sait quelle grossièreté ordurière et si son rêve trahit une pulsion d'assassin (V, 11, t. 2, p. 253).

Page 189.

1. MsR : « tous les plaisirs qu'il fait goûter », biffé et remplacé par le texte actuel. *Caresse*, comme un peu plus loin dans l'avant-dernier paragraphe de la lettre, signifie : « témoignage d'affection que l'on marque à quelqu'un par ses actions et par ses paroles » (*Dict. Acad.* 1762).

Page 191.

1. *Crapule* : « vilaine et continuelle débauche du vin, ou d'autres liqueurs qui enivrent » (*Abrégé* du Trévoux)

2. MsR : « à ta pudeur vaincue », remplacé par « à ta défaite », puis par le texte actuel. *Outrager*, employé transitivement, selon l'usage,

quelques lignes plus haut, est ici accompagné d'un complément indirect, tournure non autrement attestée. CL : « outrager ta modestie ».

3. CL : « mon bonheur », qui semble un lapsus ; Rousseau était un copiste distrait.

Page 192.

1. Saint-Preux ne se reconnaît pas dans ce qu'il a fait en état d'ivresse. Cette découverte d'un inconnu au cœur secret du *moi* est tout autre chose que le constat des contradictions inscrites dans son caractère que Rousseau a souvent fait, depuis *Le Persifleur* jusqu'aux *Rêveries.* Mais il a connu aussi cette aliénation incompréhensible du *moi* : « J'ouvre en frémissant les yeux sur moi [...] Je ne prends aucun intérêt à celui qui vient d'usurper et de déshonorer mon nom. » Lettre à Malesherbes, 23 décembre 1761.

2. Ces quatre cantons sont ceux du lac des Quatre-Cantons, ou lac de Lucerne, c'est-à-dire Lucerne, Uri, Schwyz et Unterwald : « 1° Les Suisses de ces quatre cantons primitifs avaient la réputation d'être grands buveurs ; 2° Ils venaient acheter leur vin dans le pays de Vaud » (explication fournie à D. Mornet par G. de Reynold).

3. *Par air* : dans une note à la lettre 23, D. Mornet cite des textes de l'abbé Coyer (1755) et de Caraccioli (1759) attestant cette mode de boire de l'eau.

4. *Déportement* : « conduite et manière de vivre. *Vitae, vivendi ratio.* Il se prend d'ordinaire en mauvaise part, et ne se dit guère au sing. » (*Abrégé* de Trévoux). Il se peut que Julie prenne ce mot « en mauvaise part », par ironie.

Page 193.

1. Les coteaux du Léman sont plantés de vigne.

2. Chef de la Ligue après l'assassinat de son frère le duc de Guise, le duc de Mayenne mena contre Henri de Navarre et contre les huguenots une guerre acharnée ; il signa la paix avec Henri IV en janvier 1596. Au cours de leur entrevue, le roi le fit marcher à grands pas. Très corpulent, le duc fut vite essoufflé, et le roi lui dit qu'il ne tirerait pas de lui d'autre vengeance (voir Voltaire, *Essai sur les mœurs*, chapitre CLXXIV).

Page 194.

1. Allusion à un passage du traité de Plutarque, *Comment il faut que les jeunes gens lisent les poètes*, III. À la fin de la lettre 35 (voir p. 160 et n. 3) Julie avait déjà évoqué en style marotique le féal chevalier et sa dame et maîtresse ; ici, l'association de la courtoisie médiévale et de la mythologie antique a peut-être été suggérée par le vieux langage d'Amyot, dans la traduction duquel Rousseau lisait Plutarque.

2. Sur ces *ben mio* et ce duo, voir la lettre 2 de la VIe partie, t. 2, p. 278.

3. *Sons renforcés* : « Les Italiens indiquent le *renforcé* dans leur

musique par le mot *crescendo*, ou par le mot *rinforzando* indifféremment » (*Dictionnaire de musique*).

4. *Passages* : « ornement dont on charge un trait de chant, pour l'ordinaire assez court, lequel est composé de plusieurs notes ou diminutions qui se chantent ou se jouent très légèrement : c'est ce que les Italiens appellent *passo* » (*Dict. de musique*).

Page 195.

1. Le P.S. est absent de MsR. Il est présent dans CL. C'est un pilotis pour la lettre 17 de la IVe partie.

Page 196.

1. Depuis que, par précaution (lettre 32), Julie a invité Saint-Preux à ne plus la voir que rarement, les deux amants n'ont jamais pu se trouver seul à seul et Julie a perdu son espoir de maternité. Elle va risquer son avenir en un seul soir, « ce soir, ce soir même ».

2. « Mais comme elle est mieux [...] dès demain » : phrase absente de MsR et de CL. Un peu plus haut, au lieu de « trois jours », MsR avait : « deux jours ». La version définitive est plus logique et plus vraisemblable : elle fait mieux voir que l'occasion de rencontre ne se renouvellera pas.

Page 197.

1. Parce qu'ils connaissent à la fois l'amour et le risque de mort, Denis de Rougemont (*L'Amour et l'Occident*) a comparé Saint-Preux et Julie à Tristan et Yseult. Et en effet il apparaît que l'aspiration à mourir est inscrite dans l'amour même (voir, entre autres, le début de la lettre 55). Mais ici, avec toute l'énergie du désespoir, Julie veut échapper à une mort violente dont elle-même et Saint-Preux sont réellement menacés. Leur histoire d'adoration mystique (Julie appelle bizarrement Saint-Preux « mon apôtre » à la fin de la lettre précédente) se déroule sur un fond de brutalité, celle de la guerre où le baron d'Étange et le baron de Wolmar ont lié amitié, celle de l'ivresse qui a fait proférer à Saint-Preux des grossièretés à l'adresse de Julie et qui lui fera échanger avec Édouard des insolences effaçables seulement dans le sang, celle des coups que le père portera à la fille et qui entraîneront sa fausse couche (dans sa jeunesse, le baron d'Étange a d'ailleurs tué un homme en duel, voir lettre 57, p. 212).

Page 198.

1. Le *corps* est ici le corset. Voir p. 129, n.3.

2. Sur un thème de poésie galante (l'attente, le vêtement féminin) Rousseau écrit un poème en prose d'un lyrisme « brûlant ».

3. MsR : « Voilà de l'encre et du papier. Exprimons ce que je sens pour en tempérer l'excès, et donnons le change à mes transports en les décrivant. » Sans encre ni papier, comment a-t-il pu écrire tout ce qui précède ? Rousseau a corrigé sa bévue au dernier moment.

Page 199.

1. Après le thème de l'attente, le thème de la jouissance, encore plus fréquent dans la poésie galante. Évidemment, la distance est immense entre Rousseau et Chaulieu, La Fare, ou un peu plus tard Gentil-Bernard et Parny.

Page 200.

1. « Le charme de la jouissance [...] durait toujours. » Phrase absente de CH.

2. Note absente de MsR et des copies manuscrites. Risquons un sacrilège en citant La Mettrie (*L'Art de jouir*, 1751 ; des expressions similaires sont dans *La Volupté*, texte antérieur de quelques années) : « Dans le souverain plaisir, dans cette divine extase où l'âme semble nous quitter pour passer dans l'objet adoré, où deux amants ne forment qu'un même esprit animé par l'amour, quelque vifs que soient ces plaisirs [...], ce ne sont jamais que des plaisirs ; c'est dans l'état doux qui leur succède, que l'âme en paix, moins emportée, peut goûter à longs traits tous les charmes de la volupté. Alors en effet elle est à elle-même, précisément autant qu'il faut pour jouir d'elle-même [etc]. » (*Œuvres philosophiques*, Amsterdam, 1774, t. 3, p. 293.)

3. MsR : « Ô ma charmante maîtresse, ô mon épouse <ma mère, ma fille>, ma sœur, ma douce amie ! »

Page 202.

1. *Je me réserve* : Féraud, dans son *Supplément* inédit, distingue le cas où le réfléchi est au datif (« elle s'est réservé tous ses droits ») et celui où il est à l'accusatif (« elle s'est réservée à des temps plus heureux »). Ce dernier cas est celui de la phrase de Rousseau.

2. Voltaire, dans ses *Lettres sur la Nouvelle Héloïse*, s'est gaussé de cette entorse providentielle.

3. *Se faire fête* : cette expression a embarrassé les éditeurs D. Mornet et B. Guyon ; elle est pourtant claire, et se retrouve dans la lettre VI, 11 (t. 2, p. 380), où ils ne l'ont pas relevée. *Faire fête à quelqu'un*, est, selon l'*Abrégé* du Trévoux, le « caresser » (c'est-à-dire lui manifester son affection), lui « faire accueil », lui « donner espérance ». *Se faire fête* signifie se donner bon espoir, s'avantager.

Page 203.

1. *Le Guet* : le policier urbain chargé du guet nocturne. Cet emploi du mot semble un helvétisme. Plus loin, p. 225, le mot est sans majuscule et peut désigner non plus l'homme, mais le service du guet.

Page 204.

1. *Un brave* : c'est (*Abrégé* du Trévoux) « un bretteur », « un assassin ». Le mot s'oppose à « être brave », à « bravoure », et se

rapproche (sans en être le synonyme) de « faux braves », mots qui se trouvent dans la suite de la lettre.

2. *Le même cas d'un combat imprévu* : le même cas que celui d'un combat imprévu. Tournure courante au XVIIe siècle ; Féraud la blâme, mais en signale deux exemples de la première moitié du XVIIIe.

Page 205.

1. Voir le début de la lettre 24.

Page 206.

1. Le duel passait pour révéler le jugement de Dieu.
2. Voir la lettre 12.
3. « Frappe, mais écoute », dit Thémistocle à Eurybiade qui le menaçait d'un bâton parce qu'il le contredisait (Plutarque, *Vie de Thémistocle*).

Page 207.

1. N'oublions pas que Julie est enceinte.

Page 208.

1. Voir le dernier mot de la lettre 39, p. 168. L'humanité n'est pas l'espèce humaine, collectivité abstraite que Rousseau juge moins efficace et moins énergique que la patrie comme inspiratrice de la morale (voir Pierre Burgelin : *La Philosophie de l'existence de J.-J. Rousseau*, P.U.F., 1952, p. 521), mais la connaissance et le sentiment que chaque individu doit avoir en lui de l'essence de la nature humaine, telle qu'elle est sortie « des mains de l'auteur des choses », selon l'expression qui est dans la première phrase d'*Émile.*

2. « Mais la véritable valeur n'a pas besoin du témoignage d'autrui et tire sa gloire d'elle-même. » Traduction de Rousseau dans DC. Vers de *La Jérusalem délivrée*, II, 60.

Page 209.

1. Voir page 113, n.1.

Page 213.

1. D. Mornet, dans une longue note, a rappelé que les discussions sur le duel étaient fréquentes, et fréquemment conclues par une condamnation ; il cite Montaigne, La Bruyère, et au XVIIIe siècle Rollin, Steele, Addison, Cockburn, Montesquieu, Digard de Kerguette, Voltaire, d'Argens, Chevrier, Prévost et quelques autres auxquels il aurait pu ajouter l'abbé Du Bos et Vauvenargues. Il a rappelé aussi que cette lettre de *La Nouvelle Héloïse* avait « fait sensation ». Mais il faut ajouter que cette lettre a un rapport étroit avec la situation de Julie : Julie est enceinte, elle a l'intention (nous le saurons seulement par la lettre III, 18)

d'aller publiquement révéler sa grossesse devant l'assemblée des fidèles au temple, et d'être ainsi autorisée à épouser Saint-Preux ou déshonorée à jamais. Elle qui va affronter l'opinion publique, s'exposer avec courage à la pire honte que puisse éprouver une jeune fille honorable, elle ne peut admettre que celui qu'elle aime et pour l'amour de qui elle va agir cède au préjugé, à la mauvaise honte, et n'ait pas la fermeté de mépriser l'opinion, s'il a sa conscience pour lui. De plus, pour que la révélation audacieuse qu'elle projette ait toute sa force et son effet, il est nécessaire que la réputation de Julie ne soit pas d'avance souillée par des rumeurs : l'avertissement que lui a donné Claire est donc capital, et la lettre qui suit, de Julie à Édouard, est d'une hardiesse nécessaire. Un duel, en compromettant Julie, condamnerait son projet à l'échec. Si l'on relit toute la lettre sur le duel en pensant à son intention secrète, on sera encore plus sensible à son tragique qu'à sa rigueur logique (notamment quand elle fait allusion aux filles enceintes qui préfèrent avorter plutôt que d'avouer leur faute).

Page 216.

1. « Leur injustice [...] l'authentique désaveu », correction tardive ; MsR : « quoiqu'ils vous aient très justement offensés, mon propre honneur est celui qu'ils outragent le plus ; je m'en dois à moi-même l'authentique désaveu. » Cette phrase était obscure, puisque *offensés*, au pluriel, devait renvoyer aussi à Julie, non mentionnée ; et équivoque, puisque *justement offensés* ne signifie pas : « qui vous offensaient comme vous le méritiez », mais : « dont vous étiez en droit de vous offenser ».

2. *En se relevant* : « tandis qu'il se relevait », construction alors usuelle du gérondif.

Page 218.

1. *Désiré de savoir* : emploi classique de la préposition, voir p. 120, n. 5.

2. Ce sont les idées que Rousseau formule lui-même sur son roman dans l' « Entretien sur les romans », t. 2.

3. « Et vous voudriez [...] point aimés » : cette phrase anticipe sur ce que Wolmar dira des deux anciens amants. À sa place, on lit dans CL (probablement d'après CP, puisque quand il exécutait cette copie, Rousseau n'avait plus MsR sous les yeux) : « Et votre Julie qui se reproche les torts d'un père inflexible et se méprise d'avoir écouté la nature, me paraît être ce qu'il y a de plus parfait au monde. »

4. *Et nationale* est absent de MsR.

5. *Un poulet* : encore un détail que Voltaire jugeait particulièrement ridicule.

Page 219.

1. *Authentique* : D. Mornet, suivi par B. Guyon et R. Pomeau, donne à ce mot le sens, attesté par le *Dictionnaire* de l'Académie de 1762, de

« célèbre, notable », mais Édouard parlait plus haut d' « authentique désaveu », et l'adjectif repris ici garde le même sens : « en bonne et due forme, auquel on peut ajouter foi ».

2. CL (et sans doute CP) : « espoir déçu tant de fois », exagération, mais qui prouve qu'avant la nuit des lettres 54 et 55, Saint-Preux et Julie avaient été unis plus d'une fois.

Page 220.

1. Ici commence la partie conservée du Brouillon.

Page 221.

1. « Après la conquête du pays de Vaud par les Bernois, la noblesse vaudoise avait été exclue de toutes les charges publiques, et comme il n'y avait ni commerce ni industrie dont elle pût ou voulût s'occuper, elle était réduite ou bien à vivre dans l'oisiveté, ou bien à s'expatrier » (note de D. Mornet, d'après G. de Reynold, *Le Doyen Bridel*, Lausanne, 1909).

Page 222.

1. *Houbereau* : forme plus rarement attestée que *hobereau, haubereau* ; il y en a plusieurs occurrences chez Marivaux.

2. Note absente de Br, CH, CL ; ajoutée sur papier séparé dans MsR ; biffée dans DC, Rousseau l'avait maintenue dans R63. L'unique cas où les lettres de noblesse aient été « illustrées » est celui de Ch. Pinot-Duclos, ami de Rousseau qui l'admirait et eut confiance en lui longtemps ; les lettres de noblesse accordées à Duclos furent enregistrées le 8 décembre 1756. Quant à la pendaison, elle était en effet réservée aux roturiers : les criminels nobles avaient la tête tranchée.

Page 223.

1. Note absente de tous les manuscrits et biffée dans DC.

2. En 1307, Arnold de Melchtal, auquel s'étaient associés Stauffacher (telle est la forme habituelle du nom) et Fürst, suscita, par la conjuration de Grütli, le soulèvement de la Suisse contre l'Autriche. Guillaume Tell aurait été le gendre de Walter Fürst. Dès l'époque de Rousseau, l'histoire de Tell avait été mise en doute. Rey fit observer à Rousseau (9 juin 1760) qu'il avait oublié le principal auteur de la conjuration, Melchtal ; Rousseau lui répondit le [15 juin 1760] : « Je vous suis obligé de votre remarque sur les libérateurs de la Suisse. Je crois pourtant qu'il sera mieux de ne rien changer à la phrase, parce qu'un entretien entre gens de condition ne demande pas toute l'exactitude historique, qu'il faut que ces noms barbares passent comme un trait, et que la phrase est tellement cadencée que l'addition d'une seule syllabe en gâterait toute l'harmonie. » C'est pour « l'harmonie » aussi que le nom de Tell a été inséré entre ceux de Fürst et de Stouffacher.

3. « Quelle est donc cette gloire [...] à charge à l'État ? » Texte de

MsR : « Que seriez-vous sans vos paysans, que de misérables esclaves ? Quelle est donc cette gloire insensée dont vous faites tant de bruit ? <Vils et lâches dans votre vaine fierté, vous ne parlez que de servir le Prince, toujours prêts à fouler aux pieds vos concitoyens ; et quand vous défendez votre maître au péril de la vie, que faites-vous que ne fassent au besoin des valets bien payés dans la maison du particulier qu'ils servent ?> » Sur une instruction de Rousseau (lettre du 6 mars 1760), Rey biffa le texte entre crochets et inscrivit à l'interligne : « Celle de servir un Prince et d'être à charge à l'État », puis biffa « Prince » et le remplaça en marge par « homme ». CL a le texte de R61, avec « servir un Prince ».

Page 224.

1. Il n'est nulle part ailleurs question de cette sœur.

2. La vivacité de ces propos contre la noblesse s'explique à la fois par les blessures que l'amour-propre de Rousseau a pu recevoir, par le statut de la noblesse en Angleterre et l'ouverture de son recrutement, et par le caractère brusque de Milord Édouard. Mais les nombreuses dénonciations contemporaines du préjugé nobiliaire (D. Mornet cite La Bruyère, Montesquieu, Marivaux, Mouhy, Bastide, Gaillard de la Bataille et Duclos, à titre de simples exemples) prouvent que ce préjugé était très affaibli. La réaction nobiliaire se fera plus tard, sous le règne de Louis XVI. Comme Julie dans son attaque contre le duel, Édouard met dans son attaque philosophique contre la noblesse une passion inspirée par sa situation personnelle : ce pair d'Angleterre n'exclut pas l'idée d'épouser lui-même une courtisane de Rome.

Page 225.

1. *La crise* : un des mots clés de *La Nouvelle Héloïse.*

2. Aristocrate, le baron d'Étange ne détient aucun pouvoir judiciaire ni policier dans le pays de Vaud. Il agirait donc par des sicaires. La menace de mort est formulée par le père lui-même, lettre 63, p. 230.

Page 226.

1. Br. : Lettre numérotée 61, corrigé par surcharge en 63.

Page 228.

1. *Qu'il lui avait coûtée* : pour le refréner.

Page 229.

1. Br. : « Après le soupé, l'air se trouva si froid que les poëles n'étant point encore échauffés dans cette saison, mon père fit [...] chambre. Il s'assit [etc.]. » Même texte dans MsR, sauf « ma mère fit [...]. Elle s'assit [etc.]. » L'indication supprimée confirmait le moment de la saison, celui des tout premiers froids de l'automne. On n'allume pas encore les poëles en permanence, mais on fait du feu dans la cheminée.

Page 231.

1. Br, MsR et CL : « Je confie à ton amitié le pouvoir que l'amour m'a donné. Sépare-moi pour jamais de moi-même ; romps si tu peux les plus doux liens du monde ; donne-moi la mort s'il faut que je meure [...]. »

2. *Le Ciel nous a faits l'un pour l'autre* : voir l'introduction, p. 32.

Page 232.

1. Dans Br, le texte s'arrête à « que je n'avais pensé ». La phrase « Ainsi tout est fini pour moi » est absente de CL.

2. *J'espère d'y trouver* : voir p. 120, n. 5.

Page 234.

1. Cette lettre est absente de Br, ce qui ne signifie pas qu'elle soit tardive : la précédente était numérotée 62, la suivante (II, 1) d'abord 64 ; il y avait donc certainement une lettre 63 entre elles.

2. Les sentiments de Julie étaient sans doute incompatibles, mais peut-on dire qu'elle ait fait « trop peu » et qu'elle ait été « trop craintive » ? Claire n'exprime pas ici la pensée de Rousseau.

Page 235.

1. La distinction entre les choses qui dépendent de nous et les choses qui ne dépendent pas de nous est le principe de la morale d'Épictète (*Manuel*, I-VI).

Page 236.

1. *Philosophie parlière* : l'expression vient de Montaigne, *Essais*, I, 39, éd. citée p. 248.

Page 238.

1. « Est-il étonnant [...] l'arbitre » : phrase absente de MsR.

2. *Furieux* : les dictionnaires du XVIIIe siècle font apparaître que *fureur* a encore le sens de « démence, délire », à côté du sens de « colère », mais que *furieux* ne signifie plus qu' « emporté », « transporté de colère ». L'adjectif dans ce passage semble pourtant avoir les deux sens, comme *fureur* un peu plus loin (« avec une espèce de fureur »).

Page 239.

1. L'idée d'un double suicide vient à l'esprit de Saint-Preux, comme celle de son propre suicide lui est venue déjà plusieurs fois. Cela n'autorise nullement à croire que Rousseau ait, à un moment ou à un autre, imaginé de finir son roman par ce dénouement sinistre.

Page 240.

1. Les mots qui terminaient (avant le P.S.) la lettre 63 de Julie attendrissent Saint-Preux, attendrissement qui dissipe son désespoir

cette réaction doit permettre de les interpréter selon leur juste intention, qui n'était pas celle d'un suicide.

Page 241.

1. Saint-Preux n'est qu'un pseudonyme.
2. On était majeur à vingt-cinq ans en France, et sans doute aussi dans le pays dont Saint-Preux était originaire.
3. Rousseau joue l'équivoque sur le caractère authentique ou fictif du recueil. Voir l' « Entretien sur les romans ».
4. Grandson est au bord du lac de Neuchâtel, près d'Yverdon. Est-ce le pays dont Saint-Preux est originaire ? Pourtant, Julie lui disait (lettre 15, voir p. 111, n. 1) « Vous n'êtes pas dans votre patrie », et Grandson est, comme Vevey, dans le pays de Vaud. La lettre 63 ne parlait pas d'argent à offrir à Saint-Preux.
5. *Ajustés* : « On dit que *des gens se sont ajustés* pour dire qu'ils sont de concert pour quelque dessein » (*Dict. Acad.* 1762).

Page 242.

1. *Palier* : MsR, CH : *pallier* ; CL, R61, R63 : *paillier.* Le mot vient sans doute de *paille* (Marivaux, *Télémaque travesti*, éd. Deloffre, Genève-Lille, 1956, p. 75 : « Il sera de nécessité que vous envoyez tous ces gourmans qui rongent vôtre Mere, à leur Paillier », c'est-à-dire à leur cour de ferme).

Page 246.

1. D. Mornet a signalé de nombreuses ressemblances textuelles entre cette lettre et une lettre écrite par Rousseau à Mme d'Houdetot non en juin, mais selon R.A. Leigh, vers le 10 octobre 1757 (*C.C.* n° 533). Il est certain que la lettre réelle a été rédigée avec le souvenir de la lettre fictive, qui lui est antérieure d'environ un an.
2. Lettre absente de Br, mais qui devait y figurer à l'origine, bien que la numérotation des lettres suivantes pose un problème.
3. Souvenir de La Fontaine et « de certains compliments de consolation / Qui sont surcroît d'affliction » (*Les Obsèques de la Lionne, Fables*, VIII, 14).
4. *La dînée* : « s.f. qui ne se dit que dans les voyages, du lieu où l'on va dîner, et du repas qu'on y fait vers le milieu du jour » (*Abrégé* du Trévoux).

Page 248.

1. Le jeune La Bédoyère, avocat à Paris, avait épousé une actrice du Théâtre Italien, Agathe Sticoti ; après un pénible procès, le père fit casser le mariage et déshérita le fils (1745). Peu de temps après, Baculard d'Arnaud publia le roman des *Époux malheureux*, histoire de La Bédoyère et d'Agathe, qui s'achevait sur un tragique appel au secours. En 1758, le fils se réconcilia avec ses parents et obtint la reconnaissance

de son mariage (Baculard d'Arnaud ne récrivit son roman et n'en changea le dénouement qu'en 1783). Les censeurs parisiens firent supprimer cette partie de la note (de « J'ai vu [...] » jusqu'à « un malhonnête homme ») et Rousseau protesta auprès de Malesherbes : « Je n'ai jamais connu M. de La Bédoyère ni son fils. [...] J'ignorais d'ailleurs, quand j'écrivis la note, que M. de La Bédoyère se fût raccommodé avec son fils, et sans l'article sur lequel je suis j'ignorais encore que le père fût mort » (Lettre de fin janvier 1761, *C.C.* n° 1244). Bien qu'il prétende avoir « vu plaider » la cause, Rousseau en ignorait sans doute aussi le dénouement, puisque le texte de MsR est : « [...] la foi conjugale. Pour cette fois, le plus saint des sacrements fut respecté ; mais l'indigne père qui perdit son procès osa déshériter [...]. » Le passage incriminé est absent de l'éd. Robin 1761 et de R63.

2. Au nom de l'ordre (nommé trois fois en trois pages), de la justice, de la raison et de la nature, Édouard prend la défense du mariage d'amour et condamne le mariage de convenance. Rousseau souscrit à ce plaidoyer, surtout en ce qui concerne la responsabilité du père (voir l' « Entretien sur les romans ») mais non sans de graves réserves, comme le prouve l'histoire même de Julie.

Page 249.

1. Tel est à peu près le rôle de conseillers que s'attribuent les parents de Sophie, au Ve livre d'*Émile* (mais le choix de Sophie a été adroitement et fermement orienté).

2. *Formé* : participe non accordé, comme souvent quand il n'est pas en position finale (c'est le texte de MsR, de CL, de CH et des éditions R61 et R63).

Page 250.

1. MsR et CL ajoutent : « Tout le soin des parents doit se borner alors à garantir un jeune cœur des erreurs des sens et à ne pas lui laisser prendre les premiers feux de la jeunesse pour les chastes feux de l'amour ; mais où brille une fois son flambeau, celui de l'hymen y doit être à l'instant allumé. »

Page 251.

1. *Songe à ...* : à quoi ? Aux espoirs de maternité, qui ont été déçus, mais qu'il ne dépend que de nous de rendre à nouveau possibles.

Page 253.

1. *Succès* a le sens très classique de *résultat, issue.*

Page 254.

1. Saint-Preux (I, 60, p. 218) a fait à Bomston une « entière confidence », l'histoire détaillée de ses amours ; il a dû lui parler de son voyage dans le Valais, peut-être même Édouard a-t-il réellement lu la

lettre I, 23, car c'est dans leurs lettres que le cœur et l'âme des deux amants se donnent le mieux à juger, c'est sur les lettres que Wolmar se fera de leur amour et de leur vertu une si haute idée.

2. C'est du moins ce que Rousseau avait pu déduire d'un passage de Montesquieu, *Esprit des lois*, XXIII, 8.

Page 255.

1. Br. ajoutait ici (nous supprimons les essais biffés) : « Ô mes enfants, c'est moins quelque âge de plus que ma tendre affection pour vous qui m'inspire un nom si cher ; qu'il me serait doux de former ce lien sacré qui vous rendant l'un à l'autre peut seul vous rendre à la raison. Que je serais honoré d'entendre un jour mon nom joint aux vôtres dans les louanges des gens de bien et quel précieux témoignage je pourrais me rendre à moi-même d'avoir fait en vous unissant plus que tout le reste du monde pour le bonheur, pour l'amour et pour la vertu.

« Encore un coup, Julie, donnez-vous avant de me répondre tout le temps nécessaire à la réflexion ; mais craignez l'erreur des préjugés [...]. »

Le 28 octobre 1757, Rousseau écrira à Saint-Lambert : « Oui, mes enfants, soyez à jamais unis, il n'est plus d'âmes comme les vôtres, et vous méritez tous deux de vous aimer jusqu'au tombeau. Il m'est doux d'être en tiers dans une amitié si tendre [...]. »

Page 256.

1. Édouard lui écrivait : « vous serez avilie et vaincue » (p. 253) ; Julie se sent dès à présent « avilie et toujours vaincue ».

2. Le *crime* dont parle Julie n'est évidemment pas l'adultère dont elle acceptera plus tard l'idée, mais l'infraction au devoir filial d'obéissance, si elle souscrit au projet d'Édouard, et la violation de la « foi » promise à Saint-Preux, si elle refuse ce projet. L'opposition entre *nature* et *devoir* est dédoublée en une opposition intérieure à la nature et une autre opposition intérieure au devoir, comme le note Claire au début de la lettre suivante : « Qui préférer d'un amant ou d'un père ? » Julie — Rodrigue !

Page 257.

1. Br, MsR et CL ajoutent ici : « Oh murmures secrets de mon cœur, oh tristes gémissements de l'amour, nœuds sacrés ... chaste et sainte fidélité ... ô déplorable Julie ... » (« ô déplorable Julie » est absent de MsR).

2. « Véritable monologue de tragédie », commente B. Guyon, et l'on pense effectivement aux stances du *Cid*. Mais il vaudrait mieux dire : aria d'opéra italien, plein d'exclamations (Rousseau en a supprimé quelques-unes), comme ceux dont le Neveu de Rameau chante des bribes dans Diderot. Les derniers mots semblent un écho au duo appris avec Regianino, et dont Claire livrera une des phrases : *Vado a morir, ben mio*

(VI, 2,) t. 2, p. 278 ; voir *supra*, p. 194, n. 2, ou aux vers de Métastase cités dans I, 25 (voir p. 135, n. 2).

Page 258.

1. Br : « Mais qu'à cinquante ans ». Même texte dans CL.
2. C'est la première fois que Wolmar est nommé ; la phrase qui le concerne est en marge dans Br.

Page 259.

1. *Bienveuillance* : « Quelques-uns écrivent et prononcent *bienveuillance, bien-veuillant*, et l'étymologie favorise cette manière d'écrire et de prononcer ; mais l'usage lui est contraire » (Féraud).
2. *Que j'exténue* : selon Féraud, le mot était plus usuel qu'*atténuer*, qui appartenait plutôt au langage médical.
3. *Que je déprise* : quoique Féraud prétende que le mot ne s'emploie que pour les marchandises, il était d'emploi plus courant que *déprécier*, qui était au temps de Rousseau presque un néologisme.
4. « Et celui de ton ami » : présents dans Br, ces mots sont absents de CL. Ils sont importants, car, tout en espérant que Julie refusera de partir en Angleterre, Claire ne veut pas la désolidariser de Saint-Preux.

Page 260.

1. « Nos âmes étaient jointes ainsi que nos demeures et nous avions la même conformité de goûts que d'âges » (traduction de Rousseau dans DC. Vers du Tasse). La référence est donnée par Rousseau dans Br : « *Aminta*, att. I, sc. 2 ».
2. *Inepte* : l'adjectif avait le sens d'*inapte* (introduit plus tard dans la langue), comme ici, et d'*inepte*, qu'il a seul gardé de nos jours.

Page 261.

1. « Ma fatale indulgence [...] être le mien » : phrase absente de MsR et de CL, bien que seule la phrase « Ton sort doit être le mien » soit absente de Br.

Page 262.

1. *La pragmatique* : La Pragmatique Sanction par laquelle en 1713 l'empereur Charles VI proclama l'indivisibilité de ses territoires et l'aptitude de sa fille Marie-Thérèse à hériter de son trône. De 1725 à sa mort (1740), il négocia avec les États européens leur accord ; il obtint celui de la France en 1738. L'action du roman, à ce moment du texte, se situe vers la fin de 1735.
2. *Manco male* signifie à peu près « tant pis ! » ou « ce n'est pas une grande perte ». Rousseau connaissait l'italien, mais il a peut-être trouvé l'expression dans Montaigne, « De la vanité », *Essais*, III, 9, éd. Villey, Lausanne, p. 995.
3. Br. ajoutait : « C'est à toi mon ange de bien sonder ton cœur avant

de te répondre. Fais ensuite un dernier effort sur toi, choisis pour les deux moitiés de ton âme, règle mon sort avec le tien et surtout ne nous séparons jamais ⟨ car je ne suis rien sans toi ⟩. » Le tout a été biffé. Ces phrases étaient malheureuses, à cause d'une expression équivoque (« les deux moitiés de ton âme », Julie et Claire, non pas Julie et Saint-Preux) et parce qu'elles dévoilaient trop la vraie pensée de Claire, au risque de forcer la volonté de Julie.

Page 263.

1. Voir p. 255, n. 1.

Page 264.

1. Br, MsR et les éditions R61 et R63 ont bien le pluriel *expirants* et le participe non déclinable *maudissant*.

Page 265.

1. Cette lettre a été très travaillée dans le brouillon. L'admirable départ qu'est la première phrase n'a été trouvé qu'après un essai où figurait ce qui est devenu la seconde phrase.

Page 266.

1. « Je souffre pour lui », et plus haut : « toi pour qui je les souffre ». Julie a sauvé non seulement la vie (réellement en danger), mais l'honneur de Saint-Preux, qu'elle eût déshonoré par son propre déshonneur.

Page 267.

1. Saint-Preux sait que Julie a été enceinte, mais il n'apprendra que par la lettre 18 de la IIIe partie qu'elle voulait déclarer publiquement cette grossesse au temple devant l'assemblée des fidèles.

Page 268.

1. Tout ce passage, depuis « Il en est de plus sages ? » a été très remanié dans Br, puis dans MsR. Dans MsR la dernière phrase est : « des liens abhorrés de mon cœur et formés par l'ordre d'un père ». L'expression « et peut-être inévitables » a été introduite au dernier moment, en même temps que le P.S. de la lettre 10 (voir *infra* p. 277, n. 1).

Page 269.

1. Encore un passage très remanié dans Br et MsR, et très allégé dans le texte imprimé. Au lieu de l'énergique impératif qu'est la dernière phrase, Br et MsR (et CL, qui a le même texte pour tout le passage) avaient : « En te rendant indigne de ma tendresse veux-tu donc me déshonorer deux fois ? »

Page 270.

1. Lettre absente de Br, mais la numérotation de la précédente (69, corrigé en 7) et de la suivante (71, corrigé en 9) prouve que Br comportait une lettre, sans doute celle-là même, à cette place.

2. *En exagérant* : les dictionnaires contemporains ne donnent à *exagérer* que le sens d'*amplifier*, faire les choses plus grandes qu'elles ne sont. Les risques de déshonneur et de violences étaient pourtant réels, et c'est alors Claire qui *exagère* pour Saint-Preux sa responsabilité dans les événements. Mais peut-être Rousseau donne-t-il encore ici à *exagérer* le sens qu'il avait jusqu'au début du XVIIIe siècle, de *souligner*, faire ressortir. Sur les soupçons de Saint-Preux, voir la note de Rousseau au 3e billet, p. 251.

Page 274.

1. Se parler à soi-même à haute voix n'était peut-être pas, dans les faits, une habitude complètement disparue au XVIIIe siècle, et l'émotion peut justifier ce monologue exclamatif. Mais être entendu par un auditeur invisible est une situation banale de roman, dont Rousseau avait pu trouver plusieurs occurrences dans *L'Astrée*, et qui était encore présente dans les romans du XVIIIe siècle.

Page 275.

1. Cet absolutisme (voir p. 113, n. 1) est conforme à la morale des Stoïciens, dont les « philosophes » de ce roman — Saint-Preux aussi bien que Bomston — se disent les disciples.

2. La lettre qu'Édouard fait lire à Saint-Preux est la lettre 6.

Page 276.

1. Ces deux lettres sont la lettre 7, de Julie, et la lettre 8, de Claire.

Page 277.

1. Ce P.S. est absent de Br, MsR et de CL. Voir *supra*, p. 268, n. 1.

Page 278.

1. *Charmante* : au sens très fort de « qui plaît extrêmement, qui ravit en admiration » (*Acad.* 1762), avec même une sorte de pouvoir magique (Voir le mot *charme* au paragraphe suivant).

2. « Petrarc. I, s. 180 » est la référence donnée par Rousseau dans Br. C'est le sonnet de Pétrarque 215 : *In nobil sangue vita umile e queta*. La traduction de Rousseau manque, le tome II de DC n'a pas été conservé. « Les fruits de l'automne sur la fleur du printemps » (traduction de Musset-Pathay).

Page 279.

1. R63 : « cette élévation d'idées et ce goût exquis qui en sont inséparables » ; la note est supprimée.

2. « Je vous flattais d'un espoir que je n'avais pas », écrira Julie à Saint-Preux, dans la grande lettre III, 18 (p. 413). Pour bien interpréter cette lettre II, 11, avec ses vues d'avenir, ses avertissements moraux et son appel à la fidélité du souvenir et de l'amour, il faut savoir que Julie n'a aucun espoir, du moins quand elle regarde en elle-même avec lucidité.

Page 280.

1. Ces deux points doctoralement annoncés seront méthodiquement développés. Lettre viatique où B. Guyon voit la source de la lettre écrite par Mme de Mortsauf à Félix de Vandenesse partant pour Paris, dans *Le Lys dans la vallée*, de Balzac.

2. Ces « tristes raisonneurs », ces « vains moralistes » sont les philosophes en général, et non pas seulement les sensualistes disciples de Locke et les sceptiques ; Rousseau (comme Prévost par l'intermédiaire de son Cleveland) oppose l'évidence du cœur, l'instinct de la conscience, aux démarches spécieuses de l'esprit. Les rapprochements possibles entre cette lettre et les *Lettres morales* à Sophie sont nombreux, mais les *Lettres morales* sont postérieures.

3. L'admiration de Rousseau pour Plutarque et ses *Vies parallèles* date de son enfance (voir *Confessions*, I, Folio, t. 1, p. 37). C'est par Plutarque qu'il a pu connaître les vies de Brutus et de Caton d'Utique, et par Platon celle de Socrate ; pour celle de Regulus, il avait l'*Attilio Regolo* de son cher Métastase. Voir p. 452, n. 2 et 3, et p. 463, n. 2.

Page 281.

1. Br ajoute ici un hymne triomphal à la vertu, « plus puissante que la fortune et la nature et tout le genre humain », devant laquelle « les tourments ne sont rien » et « la mort perd son aiguillon ».

Page 283.

1. *Mon métier* : de « charmante prêcheuse », comme l'appellera Saint-Preux (lettre 16, p. 301).

Page 284.

1. La lettre comportait dans Br un paragraphe supplémentaire, qui est un commentaire trop explicite et une conclusion trop soulignée : « Un charme secret s'insinue dans mon cœur en écrivant cette longue lettre et me fait complaire à la prolonger. Il me présente un avenir heureux comme s'il devait exister ⟨ encore ⟩ ; mes ardents souhaits me tiennent lieu de pressentiment ; le plaisir m'a fait étendre à l'excès ma morale et ⟨ je m'aperçois ⟩ me voici comme la Dame de Cour qui ⟨ fait appren ⟩ faisait dire le catéchisme à Jean de Saintré. Je me flatte au moins que mon catéchisme n'est pas celui des Dames de la cour, et je crains si peu d'être ridicule à tes yeux en te parlant comme je viens de faire, que je vais te répéter ⟨ en peu de mots ⟩ le sommaire de ma Lettre. Souviens-toi, mon

ami, qu'il vaut mieux rester pauvres, malheureux et s'aimer encore que d'acheter les grandeurs et la fortune aux dépens de l'amour et de la vertu. » (Dans la *Lettre à d'Alembert*, Folio, p. 200, Rousseau ironise encore sur la Dame de cour qui fait le catéchisme à Jehan de Saintré.)

2. « Ô de quelle flamme d'honneur et de gloire je sens embraser tout mon sang, âme grande, en parlant avec toi. » Traduction de Rousseau dans DC. Ces vers sont de Métastase, *Attilio Regolo*, II, 2.

Page 285.

1. L'engagement de Saint-Preux et celui de Julie ne sont pas symétriques ; Saint-Preux s'engage absolument, Julie admet l'hypothèse d'un mariage avec un autre, plus confiante sans doute en la générosité et en l'amour de Saint-Preux qui le feront y consentir, qu'en son énergie qui le lui ferait refuser.

2. Dans ce qu'il appelle à juste titre un « admirable thrène », B. Guyon relève des souvenirs de *Bérénice* (« Et que le jour se lève, et que le jour finisse... »), de saint Augustin (*Confessions* : « Cor meum inquietum, donec requiescat in te ») et, un peu plus loin, de la *Genèse* (« Yahvé Dieu dit : il n'est pas bon que l'homme soit seul »). Cette lettre a dû être rédigée avant que Rousseau ait pu lire, dans *Le Fils naturel* de Diderot (février 1757), acte IV, scène 3, la phrase qui le blessa : « Il n'y a que le méchant qui soit seul. » Sur la réaction de Rousseau, voir sa lettre à Diderot du 23 ou du 24 mars 1757, *C. C.* n° 493 ; *Confessions*, IX, Folio t. 2, p. 212 ; *Rousseau juge de Jean-Jacques*, « Deuxième dialogue », Pléiade, t. 1, p. 788-790, et cette phrase d'*Émile*, dans une note à un passage du livre II, Pléiade, t. 4, p. 341 : « Un auteur illustre a dit qu'il n'y a que le méchant qui soit seul ; moi je dis qu'il n'y a que le bon qui soit seul. » Mais si vivement qu'il soit épris de solitude, Rousseau sait qu'elle n'a pas que des avantages. Dans l'œuvre même où il rompait publiquement avec Diderot, il écrira : « Le plus méchant des hommes est celui qui s'isole le plus » (*Lettre à d'Alembert*, Folio, p. 287). Et ici, dans le « thrène », il faut entendre sous la mélancolie sentimentale le mécontentement de celui que la solitude contraint à chercher, pour « ranimer l'espérance éteinte », « une ressource incertaine et des consolations suspectes ». Julie ne s'y trompera pas, voir la lettre 15, p. 294-295.

Page 288.

1. Lettre de Br conservée à la Bibliothèque publique et universitaire de Genève ; numérotée 75 corrigé en 14. La lettre 11 ayant été primitivement numérotée 73, le premier état du brouillon ne devait comporter qu'une lettre entre les actuelles 11 et 14. La lettre ajoutée après coup doit être la lettre 12, qui a reçu d'emblée son numéro définitif. La lettre 13, qui a disparu de Br, devait être numérotée 74 corrigé en 13.

2. La fin de la note est différente dans MsR : « Mais, ô Jean Jacques, il t'importe que jusqu'à la fin de ta vie tes passions ne souillent jamais tes écrits. » Note absente de CL (comme la plupart des notes).

3. « Inconnu, je me mêlais à la foule : vaste désert d'hommes ! » s'écriera le René de Chateaubriand (Folio, *Atala, René, les Aventures du dernier Abencerage*, éd. Pierre Moreau, 1978, p. 155). L'impression éprouvée par Saint-Preux est celle qu'a connue Rousseau lui-même et qu'il connaîtra de plus en plus, mais aussi, en littérature, celle de Zilia (Mme de Grafigny, *Lettres péruviennes*) et celle de Marianne (Marivaux, *Vie de Marianne*).

4. *À la presse :* on trouve plus souvent *sous la presse* (Montaigne, III, 12, éd. Villey, p. 1057), *dans la presse* (Marivaux, *Iliade travestie*, V : « [Ce mot] n'est pas bon, je le confesse, / Mais il passera dans la presse », c'est-à-dire : dans le tas), *en presse* (Mme de Sévigné : « Quand mon cœur est en presse, je ne puis m'empêcher de me plaindre », 24 juin 1671 ; Beaumarchais, Préface du *Mariage de Figaro* : « Plus le gouvernement est sage, est éclairé, moins la liberté de dire est en presse » ; Mme d'Épinay, *Histoire de Mme de Montbrillant*, éd. Roth, t. I, p. 163 : « Je me sens encore l'âme en presse »). Dans Br, où ce début est un peu différent, Rousseau avait écrit : « Mon âme oppressée. » À l'origine, l'image n'est pas celle de l'imprimerie (encore que Montaigne et Marivaux jouent sans doute sur le mot), mais celle du pressoir, comme le prouve l'exemple de Montaigne.

Page 289.

1. Cet ancien est Scipion l'Africain, cité par Cicéron, *De Officiis*, III, 1.

2. « Barbarus hic ego sum, quia non intelligor illis », était l'épigraphe du *Discours sur les Sciences et les Arts*, empruntée à Ovide (*Tristes*, X, 37).

3. « Mais quand on est du monde, il faut bien que l'on rende/ Quelques dehors civils que l'usage demande », dit Philinte à Alceste, dans *Le Misanthrope*, I, 1. Cette évocation des mœurs parisiennes est fondée sur les souvenirs de Rousseau (il y a des rencontres textuelles entre ces pages et celles du livre IV des *Confessions* où Rousseau décrit son arrivée à Paris en 1732, Livre IV, Folio t. 1, p. 212) et sur des dizaines d'œuvres de romanciers et de moralistes ; mais l'allusion au *Misanthrope* est délibérée : Rousseau attaquera vivement la comédie de Molière et le personnage de Philinte dans la *Lettre à d'Alembert* (Folio, p. 181-195).

4. *Me traitât* : subjonctif à valeur de conditionnel, voir p. 108, n. 1.

Page 291.

1. « À ébranler [...] de la vertu » : phrase absente de Br, de MsR.

2. « Je crains les sophismes adroits », disait déjà Julie dans la lettre 11 (p. 281) ; ni Saint-Preux ni Julie ne seront insensibles à ces sophismes.

Page 292.

1. Br et MsR ajoutent : « Il y a aussi (MsR : « on publie aussi ») de certains écrits périodiques que leurs auteurs (MsR : « leurs badins

auteurs ») ont la malice de remplir tout exprès d'absurdités pour avoir le plaisir de les faire circuler ensuite (MsR : « qu'ils font circuler ainsi ») chez tous les sots des Provinces. On prétend même qu'ils ont une manière très plaisante de mettre à contribution leurs confrères (MsR : « Ces autres auteurs ») en les menaçant de les louer (MsR : « de les louer sans miséricorde ») s'ils ne fournissent pas telle somme dans un tel temps ; frayeur qui ne manque point de produire à l'instant son effet sur tous ceux qui ont plus d'argent que d'humilité. »

Page 293.

1. Rousseau emprunta à Deleyre en novembre 1756 (*C.C.* nº 448) les *Lettres sur les Anglais et les Français* de Béat de Muralt (1725).

2. Cette phrase est obscure. Les deux verbes sont-ils synonymes, et Rousseau a-t-il voulu éviter une répétition (« les gens à qui l'on parle ne sont pas réellement ceux à qui l'on parle ») ? Ou plutôt ne veut-il pas distinguer ceux « à qui l'on parle », avec qui la parole a un sens, et ceux « avec qui l'on converse », avec lesquels on n'a que ces « conversations » mondaines nommées et décrites plus haut, p. 290-291 ? En ce cas, leurs aurait pour antécédent non « les hommes à qui l'on parle », mais « ceux avec qui l'on converse ».

Page 294.

1. « C'est ici qu'il chanta d'un ton si doux. Voilà le siège où il s'assit ; ici il marchait et là il s'arrêta ; ici d'un regard tendre il me perça le cœur ; ici il me dit un mot, et là je le vis sourire. » Traduction de Rousseau dans DC. Vers du sonnet de Pétrarque 112 : *Sennuccio, i' vo'che sapi in qual manera* (mais le sujet du verbe, dans Pétrarque, est Laure).

2. Sur les désirs peu sages d'autrefois, voir la lettre I, 10, p. 97-98, n. 1.

Page 295.

1. Rousseau s'est expliqué sur « ce dangereux supplément qui trompe la nature » dans les *Confessions*, III (Folio, t. 1, p. 153), IV (p. 218), VII (Folio, t. 2, p. 55), et dans une variante du livre XII (Pléiade, p. 595, var *a*), ainsi que dans *Émile*, IV (Pléiade, p. 495 sqq., 640 sqq., 663). En 1760, le médecin suisse Tissot avait fait un tableau effrayant des dangers de cette pratique (*De l'onanisme*). Dans les éditions ultérieures, Tissot, qu'admirait Rousseau, dit sa propre admiration pour l'auteur d'*Émile.*

2. Plutarque, dialogue *De l'amour.*

Page 296.

1. Ce vers n'est pas du Cavalier Marin, mais de Claudio Achillini, dans un poème *A Luigi XIII dopo la presa della Rochella e la liberazione di Casale.*

2. « Dit notre Muralt » : ces mots sont absents de Br, mais présents dans CL. Addition nécessaire, Julie ne pouvait pas connaître par elle-même les Parisiens. Cette addition explique que le propos prêté à Muralt

ne soit pas littéralement dans ses *Lettres sur les Anglais et les Français* : c'était d'abord une opinion de Julie.

3. « Je te trouve à toi-même du penchant » Br, MsR, CL, R61 — « à toi-même » : l'erratum de R61 invite à supprimer ces mots.

4. « Dans plusieurs de tes lettres » ? Saint-Preux n'a encore écrit de Paris que deux lettres, 13 et 14, et seule la lettre 14 contient des métaphores (*traslati*) de bel esprit. Mais c'est Claire qui dicte ce passage, et elle fait elle-même de l'esprit aux dépens de Saint-Preux.

Page 298.

1. Deleyre écrivait le 23 novembre 1756 à Rousseau : « [Madame Levasseur] marie demain sa petite-fille, qui se désole à l'approche d'un époux. J'augure assez bien de cette peine ; j'imagine que c'est un dernier effort de la pudeur virginale. C'est une eau pure qui commence à se troubler au premier souffle du vent. Dites de belles choses là-dessus, vous qui en avez le loisir et le talent. » Rousseau annota cette lettre : « J'ai répondu à son invitation dans *La Nouv. H.*, Deuxième partie, Lettre 15 ; et en vérité elle est si belle que j'aurais cru la gâter en y changeant autre chose que quelques termes. »

Page 299.

1. Sur le rôle des délais de la correspondance, voir l'introduction, p. 40-41.

2. « Le langage figuré fut le premier à naître », dit Rousseau dans l'*Essai sur l'origine des langues*, chapitre III (éd. J. Starobinski, Folio Essais, 1990, p. 68).

Page 300.

1. Br, CL : « Un prélat la débauche ». La version définitive généralise, mais n'affaiblit peut-être pas, la débauche étant une forme de dérèglement, « surtout dans le boire et le manger » (Féraud). Néanmoins Rousseau lui donne aussi le sens de *vice*, de débordement sexuel (il parle dans *Émile*, IV, Pléiade, p. 650, des « horreurs de la débauche »).

Page 301.

1. On ne peut imaginer ce que l'on ne connaît pas que d'après ce que l'on connaît : Saint-Preux ne parle pas en botaniste, mais en Suisse s'adressant à une Suissesse qui n'a jamais vu d'olivier ni de palmier.

2. « Toutes les capitales se ressemblent [...] Paris et Londres ne sont à mes yeux que la même ville » (*Émile*, V, Pléiade p. 850).

Page 302.

1. Prévision justifiée, voir la lettre 18 de la IIIe partie, p. 419.

2 *Habitant, bourgeois, citoyen* : « *Habitant* se dit uniquement par rapport au lieu de la résidence ordinaire, quel qu'il soit, ville ou campagne. *Bourgeois* marque une résidence dans les villes, et un degré de

condition qui tient le milieu entre la noblesse et le paysan. *Citoyen* a un rapport particulier à la société politique ; il désigne un membre de l'État, dont la condition n'a rien qui doive l'exclure des charges et des emplois qui peuvent lui convenir selon le rang qu'il occupe dans la république » *Synonymes français* de l'abbé Girard (1re éd. 1736). Féraud (*Dictionnaire critique*, art. « Bourgeois ») reproduit cette définition en la resserrant un peu. Tout l'article de Girard est à lire, pour son esprit civique. Il s'achève sur cette phrase, qui dut plaire à Jean-Jacques : « Il y a aujourd'hui plus de vraie noblesse dans un roturier Suisse qui est *citoyen* d'une patrie que dans un Bacha Turc qui est esclave d'un maître. »

Page 303.

1. Cet emploi de *fureur* avec l'adjectif indéfini et sans déterminant est exceptionnel.

2. Les dernières pages de Br (à partir de « Malgré ma lenteur ») ont disparu ; le texte de CL, copié sans doute sur CP, puisque Rousseau ne disposait plus de MsR, était plus vif (« [...] Je la sens ... ô mortelle erreur... ; tes charmes triomphent de l'absence, il m'est dangereux de te contempler dans la solitude [...] »), comme si Saint-Preux n'avait pas reçu l'avertissement donné par Julie dans la lettre 15 (voir p. 295, n. 2). Peut-être en effet ne l'avait-il pas reçu, et cette première version de la lettre est-elle assez ancienne : en marge de Br on lit des « pilotis » pour la lettre 7 ! Selon le texte définitif, Saint-Preux a bien reçu la lettre 16, puisqu'il commente les propos de Claire sur les métaphores.

Page 304.

1. Noter le contraste de cette fin de la lettre et de son début, et son accord, en revanche, avec le début de la lettre 15 de Julie.

Page 305.

1. Br : « qu'interrompt ».

2. Très tôt, l'idéal moral de Rousseau a été de ne pas séparer sa conduite de ses convictions : « *Vitam impendere vero*, voilà la devise que j'ai choisie », écrit-il dans la *Lettre à d'Alembert* (Folio, p. 305, note de l'auteur ; voir aussi l'*Entretien sur les romans*, t. 2, p. 412). Le compromis auquel Saint-Preux se rallie est un signe de sa faiblesse.

3. Saint-Preux est protestant ; les protestants, en France, n'avaient le droit d'exercer aucune charge publique ni aucune profession réglementée.

4. D. Mornet cite cette phrase de Duclos, dont Rousseau s'est certainement souvenu : « Les qualités propres à la société sont la politesse sans fausseté, la franchise sans rudesse, la prévenance sans bassesse, la complaisance sans flatterie, les égards sans contrainte » (*Considérations sur les mœurs*, VIII, « Sur les gens à la mode », *Œuvres complètes* de Duclos, Belin, 1821, t. 1, p. 93). Duclos est favorable à cet homme sociable, il l'oppose à l'homme aimable, qui n'aime personne et

est indifférent au bien public. Mais Rousseau a aussi en tête le personnage de Philinte, pour lequel il est très sévère dans la *Lettre à d'Alembert* (voir Folio, p. 187), et Saint-Preux est en train de devenir à Paris un Philinte.

Page 306.

1. Conformément à l'usage, le participe qui n'est pas en position finale n'est pas accordé.

2. Un « commerce réglé » est un « commerce établi », selon l'*Abrégé* du Trévoux ; un « dîné réglé » est donc un dîner (repas de midi) qui accueille régulièrement des commensaux venus sans invitation, sorte de table ouverte comme celle de Bertin que Diderot décrit dans *Le Neveu de Rameau* ; au contraire au « soupé prié » (repas du soir) ne sont reçus que des invités.

Page 307.

1. Rousseau joue sur la polysémie de l'expression « honnêtes gens » : voir p. 121, n. 1.

2. CL : « Il fait calomnier les méchants » (faute probable du copiste distrait qu'était Rousseau). La formule est énergique, son ironie austère est caractéristique de Rousseau. « Ne calomnions pas le vice même », dit-il dans la *Lettre à d'Alembert* (Folio, p. 276, note de l'auteur) à ceux qui disent que l'ivrognerie rend méchant.

3. Pour écrire cette lettre sur Paris, Rousseau s'est sans doute rappelé le jeune homme aussi plein de timidité que de curiosité qu'il était quand il découvrait en 1742 le monde intellectuel de la capitale ; mais ce qu'il dit des « soupés priés » s'inspire des expériences fâcheuses qu'il avait faites en 1754 dans le salon du baron d'Holbach et dans celui de Mlle Quinault (sur la première, voir les *Confessions*, VIII, Folio, t. 2, p. 386, et sur la seconde, l'anecdote rapportée par Mme d'Épinay dans l'*Histoire de Madame de Montbrillant*, éd. G. Roth, Paris, 1951, t. II, p. 410 : on a expulsé les domestiques, et les convives se mettent à parler de l'existence de Dieu et de la religion ; « René », qui, dans ce roman, représente Rousseau, proteste contre les propos des incrédules et menace de sortir si l'on continue sur ce ton).

Page 308.

1. *Gimblette* : « petite pâtisserie dure et sèche, faite en forme d'anneau » (*Abrégé* du Trévoux), qu'on donnait parfois aux animaux, comme le prouvent l'incident évoqué par Rousseau (probablement une « chose vue ») et le célèbre tableau de Fragonard, « La Gimblette ».

2. Fontenelle, *Nouveaux Dialogues des morts*, seconde partie, Dialogue V, « Parménisque, Théocrite de Chio ». L'anecdote vient d'Athénée, voir l'édition des *Dialogues* de Fontenelle par Jean Dagen, S.T.F.M. 1971, p. 284, mais Fontenelle la modifie. Les Tyrinthiens, incapables de sérieux, voulant se guérir de ce travers, consultèrent l'oracle, qui leur

conseilla de sacrifier un taureau à Neptune ; pour écarter du sacrifice toute dissipation, on ne réunit que des gens tristes, malades ou malheureux, mais un enfant se glissa dans l'assistance ; on voulut le chasser : « Il cria : *Quoi ? avez-vous peur que j'avale votre Taureau* ? Cette sottise déconcerta toutes ces gravités contrefaites. On éclata de rire, le Sacrifice fut troublé, et la raison ne revint point aux Tyrinthiens. » Le sujet de ce dialogue est en relation directe avec la lettre de Saint-Preux, puisqu'il traite de l'utilité de la raison et de l'opposition entre penser et agir. La phrase où Fontenelle est mentionnée est absente de MsR.

Page 309.

1. La pointe contre les admirateurs inconditionnels d'Homère semble impliquer que Marivaux, ardent partisan des Modernes, n'est pas visé dans ce passage qui satirise la quintessence d'esprit. Marivaux avait conseillé et aidé Rousseau en 1742 (*Confessions*, VII, Folio, t. 2, p. 23).

2. « Se faire écrire » : « faire écrire son nom au Portier » (*Abrégé* du Trévoux).

Page 310.

1. Ces trois théâtres privilégiés sont, dans l'ordre où les évoque Rousseau, le Théâtre-Italien, l'Opéra et le Théâtre-Français.

Page 311.

1. Une idée voisine est exprimée dans la *Lettre à d'Alembert* (Folio, p. 180 et p. 286) et Beaumarchais la formulera dans une phrase dont le mouvement est calqué sur la phrase de Rousseau (« Essai sur le genre dramatique sérieux », en tête d'*Eugénie*, *Œuvres*, Pléiade, éd. Pierre Larthomas, 1988, p. 125).

2. *Naïvement* : naturellement.

Page 312.

1. La virgule entre des *hommes* et *du peuple* est dans MsR, R61, R63, et confirmée par le texte de CL : « C'est du peuple, ce sont des bourgeois, des hommes, des gens de l'autre monde. » Il faut comprendre ou bien que « des hommes, du peuple, des gens » ont pour déterminatif commun : « de l'autre monde », ou bien que, par opposition à « des hommes » pris absolument, les personnages des comédies, appartenant à la haute société, sont mieux que des hommes.

2. « Des gens de l'autre monde » : expression toute faite, « On dit de celui dont les façons de faire sont bizarres et extraordinaires : c'est un homme *de l'autre monde* » (Féraud). Voir Challe, *Les Illustres Françaises*, éd. F. Deloffre, p. 438 : « Ces raisons ne sont bonnes, repris-je, qu'avec les gens de l'autre monde » ; voir aussi l'*Entretien sur les romans*, t. 2, p. 394. L'expression est méprisante, et sous-entend : « Nous ne sommes pas de ce monde-là. »

3. Jusqu'en 1759, la scène du Théâtre-Français fut encombrée par des spectateurs qui payaient très cher le droit de s'asseoir sur des banquettes placées des deux côtés. Cette lettre fut écrite avant la réforme permise par la libéralité du comte de Lauraguais ; c'est d'ailleurs au début de 1736 que Saint-Preux arrive à Paris.

4. « Melanthius interrogé ce qu'il lui semblait de la tragédie de Dionysius : Je ne l'ai, dit-il, point vue, tant elle est offusquée de langage » (Montaigne, *Essais*, III, 8, « De l'art de conférer », éd. cit., p. 935, qui cite textuellement la traduction par Amyot de Plutarque, *Comment il faut ouïr*, chap. X).

5. « Leur successeur » est Voltaire, qui dans *Eriphile*, dans *Sémiramis*, dans l'*Orphelin de la Chine* avait innové en matière de mise en scène, d'effets scéniques et de costumes, et qui s'était inspiré de Shakespeare dans *Brutus* et dans *La Mort de César*.

6. Ces idées de Rousseau sur la « représentation » sont à rapprocher de celles de Diderot dans ses *Entretiens avec Dorval*.

Page 313.

1. Quand il distingue « sentence » et « sentiment » et qu'il invite l'auteur à « revêtir son personnage », Rousseau se souvient très probablement des *Pensées sur différents sujets* de Marivaux, parues dans le *Mercure* de mars 1719, où Marivaux distinguait le « sublime de pensée », « image des efforts de l'esprit auteur », et le « sublime de sentiment », par lequel « l'auteur nous peint ce qu'il devient » (*Journaux et Œuvres diverses*, édition de F. Deloffre et M. Gilot, Classiques Garnier, p. 60-61). MsR, CL, R61 et R63 portent bien l'*auteur* (« ni à l'auteur de revêtir son personnage », etc.), quoique la suite du texte concerne bien plutôt « l'acteur », qui est le texte de Br. La pensée de Rousseau a dû glisser de l'un à l'autre.

2. C'est dans l'*Hécube* d'Euripide (récit du sacrifice de Polyxène). Rousseau ironise un peu lourdement : les personnages mortellement frappés ne restaient pas debout, mais, pour respecter la bienséance, allaient, comme la Zaïre de Voltaire (acte V, scène 9), « tomb[er] dans la coulisse ».

Page 314.

1. Mlle Gaussin et Grandval avaient créé l'*Alzire* de Voltaire en 1736, à un moment où Saint-Preux, selon la chronologie du roman, était à Paris ; en revanche il n'avait pu voir, et Rousseau non plus, ni Baron dans *Cinna*, ni Adrienne (Lecouvreur) dans *La Mort de Pompée*, de Corneille : ces deux illustres acteurs étaient morts, l'un en 1729, l'autre en 1730.

2. Cornélie est un personnage de *La Mort de Pompée*, tragédie de Corneille ; Caton peut être un personnage de *Catilina* de Crébillon (1748) ou de la *Rome sauvée* de Voltaire (1752) ; Brutus peut être celui de la tragédie *Brutus* de Voltaire, jouée en 1730, ou celui de *La Mort de*

César du même Voltaire, jouée en 1743 seulement, mais publiée en 1736. De ces pièces, Saint-Preux ne peut guère avoir vu que celle de Corneille et le *Brutus* de Voltaire, mais Rousseau transpose au costume ce que disait Boileau des caractères, quand il reprochait aux auteurs tragiques d'imiter les romanciers et de « peindre Caton galant et Brutus dameret » (*Art poétique*, IV). Le *panier* était une pièce du costume antique conventionnel au théâtre. Armé de baleines, il descendait à mi-jambes ; on l'appelait aussi *tonnelet*, le nom indique la forme.

3. *L'honnête homme* : sur les sens possibles de cette expression, voir p. 121, n. 1.

Page 315.

1. Aveu à retenir : Julie elle-même, par l'intermédiaire de Saint-Preux, subira cette contagion (III, 18, p. 419).

2. Le mot « chimères » est le plus souvent entendu par Rousseau au sens péjoratif (voir VI, 2, t. 2, p. 274 ; VI, 8, t. 2, p. 331) ; Julie, par un paradoxe voulu, l'entendra dans un sens laudatif (V, 8, t. 2, p. 333).

Page 317.

1. Ces maximes sont à rapprocher de celles que Rousseau formule au livre V d'*Émile* (éd. citée, p. 698) : « Il n'importe donc pas seulement que la femme soit fidèle, mais qu'elle soit jugée telle par son mari, par ses proches, par tout le monde [...] S'il importe qu'un père aime ses enfants, il importe qu'il estime leur mère. Telles sont les raisons qui mettent l'apparence même au nombre des devoirs des femmes, et leur rendent l'honneur et la réputation non moins indispensables que la chasteté. »

2. La conscience est un « instinct divin », selon la célèbre exclamation du Vicaire savoyard, au livre IV d'*Émile* (éd. citée, p. 600). Si les femmes, pour préserver leur réputation, doivent respecter l'opinion et même les préjugés, « il existe pour toute l'espèce humaine une règle antérieure à l'opinion. C'est à l'inflexible direction de cette règle que se doivent rapporter toutes les autres [...] Cette règle est le sentiment intérieur » (*Émile*, V, Pléiade, p. 730). Mais le sentiment intérieur doit être éclairé par la raison même, et Julie, qui deux fois dans le début de cette lettre s'est déclarée « coupable », ne peut pas encore faire appel à sa raison.

Page 319.

1. Fénelon et Catinat (maréchal de France, 1637-1712) ont été plusieurs fois cités ensemble par Rousseau comme modèles de vertu (*Confessions,* XII, Folio, t. 2, p. 397 ; *Rousseau juge de Jean-Jacques*, Deuxième dialogue, éd. citée p. 863-864 ; lettre à de Belloy, du 19 février 1770 ; conversation rapportée par Bernardin de Saint-Pierre, *La vie et l'œuvre de J.-J. Rousseau,* éd. Souriau, 1907, p. 127, cité par B. Guyon). La popularité ancienne et durable d'Henri IV inspira, au XVIIIe siècle, en littérature, un passage des *Réflexions critiques sur la poésie et sur la peinture* de l'abbé Du Bos (1719), *La Henriade* de Voltaire (1728), *La*

Partie de chasse d'Henri IV de Collé (1768), le roman de Henriquez : *Les Aventures de Jérôme Lecocq* (1794), etc.

2. *L'empire* (Rousseau ne met pas de majuscule au mot) est l'Empire d'Allemagne ; les Princes sont les neuf souverains d'États allemands qui élisaient l'Empereur.

Page 320.

1. François-Louis de Pesmes de Saint-Saphorin (le château de Saint-Saphorin est dans le pays de Vaud, près de Morges) (1668-1737) fut successivement officier général et diplomate au service de la Hollande, de l'Autriche, de l'Angleterre, de la Prusse et de l'État de Berne. Il est étrange que Julie, après ce qu'elle a écrit sur « les militaires de profession qui vendent leur sang à prix d'argent » (I, 57, p. 210), suggère à Saint-Preux de faire en France une carrière de mercenaire (car, quoi qu'elle prétende, les obstacles à toute autre carrière en France étaient bien réels).

2. Ce paragraphe et le suivant sont absents de Br, comme les lettres 21 (sur les Parisiennes) et 23 (sur l'Opéra), mais ils sont présents (avec des variantes et sans la note) dans CH, dont la IIe partie date au plus tard de février 1758.

Page 321.

1. *Espèces* : ce mot est étonnant sous la plume de Julie. Il appartient au langage des mondains : « L'*espèce*, terme nouveau, mais qui a un sens juste, est l'opposé de l'homme de considération. [...] L'*espèce* est celui qui, n'ayant pas le mérite de son état, se prête encore de lui-même à son avilissement personnel » (Duclos, *Considérations sur les mœurs, Œuvres*, éd. citée, t. 1, p. 85. Les *Considérations* de Duclos sont de 1751).

2. Ce paragraphe est absent de Br. Crousaz (telle est la graphie exacte du nom) publia en 1737 à Lausanne un *Examen de l'Essai de Monsieur Pope sur l'Homme*. Dans la lettre à Voltaire (18 août 1756) où il critique le *Poème sur le désastre de Lisbonne*, Rousseau déclarait n'avoir pas lu ce texte. Il a dû le lire peu après ; la mention qu'il en fait ici est un écho à la polémique avec Voltaire, mais surtout un repère pour la chronologie du roman.

3. L'accord du participe avec le complément d'attribution, condamné par les grammairiens, est très fréquent au XVIIIe siècle. Il est encore usuel en Auvergne et dans certaines régions francophones.

Page 322.

1. Br : « lettre 80 » (non corrigé). C'est la dernière lettre qui ait trace de la numérotation primitive.

Page 324.

1. Br avait ici un paragraphe supplémentaire où Saint-Preux souscrivait avec enthousiasme aux propos de Julie sur l'instinct et renonçait à jamais à « la vaine philosophie ». Cette attitude n'était pas en accord avec

les hésitations de Saint-Preux devant le comportement et les façons de penser des Parisiens, ni avec ses tentations et ses défaillances ultérieures.

2. *Meuble* : « bien qui se peut transporter d'un lieu à un autre, qui se peut cacher ou détourner, qui n'est point attaché au sol, à la terre » (*Abrégé* du Trévoux). En l'occurrence, il s'agit d'une miniature.

Page 325.

1. Dans CH voici le début de cette lettre : « Tu l'as voulu, Julie ; il faut donc te les dépeindre, ces femmes redoutables qui doivent te supplanter. Ah ! pauvre Enfant, quel terrible appareil te menace ! Tout ce que l'esprit a de brillant, tout ce qu'une vivacité folâtre a de plus séducteur ; tout ce qu'une grâce étudiée a de plus aimable, tout ce que l'art peut substituer à la nature et la coquetterie à l'amour, conspire contre un cœur qui put t'aimer une fois, non pour se l'approprier, mais pour te l'ôter, car la prétention des femmes de ce pays n'est point d'être aimées, mais amusées, ni d'inspirer de la tendresse, mais de la galanterie. Les mots même d'*amour* et d'*amant* sont bannis de l'intime Société des deux Sexes, et relégués, avec ceux de *chaîne* et de *flamme* dans les Romans qu'on ne lit plus » (la suite comporte aussi quelques variantes). Voir p. 331, n. 2.

Page 326.

1. *Un extérieur de caractère* : ces mots sont mieux expliqués p. 339.

2. *Disinvoltura* : absent des dictionnaires du XVIIIe siècle, l'adjectif *désinvolte* existe chez Saint-Simon et chez Voltaire (Littré) ; le substantif n'existait pas, sa première occurrence, selon le dictionnaire Robert, serait chez Mme de Staël en 1813.

3. Le *philosophe gascon* est Montaigne, *Essais*, III, 5, « Sur des vers de Virgile », à propos des femmes du royaume de Pégu qui n'ont qu'une jupe fendue qui ne cache rien, pour attirer les hommes : « Il se pourrait dire qu'elles y perdent plus qu'elles n'avancent, et qu'une faim entière est plus âpre que celle qu'on a rassasiée au moins par les yeux » (éd. citée, p. 860).

Page 327.

1. *Propreté* signifie à peu près *élégance.* « Propre : [...] Bien-séant, bien arrangé. Il est fort *propre* dans ses habits » (Féraud).

Page 328.

1. « Le *fard* ne se dit guère que du blanc », selon Féraud, mais ce n'est pas cette impropriété que Saint-Preux affecte de dénoncer, c'est l'emploi d'un mot dont le sens figuré est le plus souvent péjoratif. Des « paroles fardées » (II, 27, p. 367) sont des paroles mensongères. Rousseau a pourtant employé le mot *fard* sans nuance péjorative dans II, 25, p. 353.

2. *Corps* : voir p. 129, n.3. C'est le corsage.

3. *Demoiselle* : « Femme ou fille d'un Gentilhomme qui est de noble

extraction » (*Abrégé* du Trévoux, qui ajoute : « Se dit aujourd'hui de toutes les filles qui ne sont points mariées, pourvu qu'elles ne soient pas de la lie du peuple, ou nées d'Artisans »). « Des couturières, des filles de chambre, de petites marchandes ne me tentaient guères. Il me fallait des Demoiselles », dit Rousseau, évoquant son retour à Annecy en 1730 (*Confessions,* IV, Folio, t.1, p. 182).

Page 329.

1. Trois fois Rousseau revient dans cette lettre sur la hardiesse du regard des Parisiennes ; il a noté dans la *Lettre à d'Alembert* (Folio, p. 252) « la surprise et l'embarras des Étrangers et Provinciaux à l'aspect de ces manières si nouvelles pour eux ».

Page 330.

1. Ce mot est dans la troisième des *Lettres sur les Anglais* ; mais dans cette même lettre Muralt fait des réserves sur la fidélité conjugale des Anglaises, et dans la deuxième il avoue que leur beauté « ne [le] touche pas beaucoup ».

2. L'absence d'un premier *ni* dans les négations coordonnées était blâmée par les grammairiens (Vaugelas, cité par Haase, *Syntaxe française du XVII*e *siècle,* § 140, remarque III), mais la négation composée *ne... pas* ou *ne... point* après *ni* était tout à fait classique (*ibid.*, § 140, A).

3. « *Quelque* pour *environ* n'est pas du beau style », décrète Féraud. L'action du roman se déroule de l'automne 1732 à l'automne 1745.

4. « L'expression est bizarre », commente D. Mornet, la circulation des espèces (de la monnaie) pouvant multiplier les produits, mais non les espèces elles-mêmes. Dans son article sur l'*Économie politique* (1755), Rousseau réclamait une plus grande circulation des espèces (trop concentrées dans les villes), mais jugeait dangereuse leur multiplication (Pléiade, t. 3, p. 274 et 275).

Page 331.

1. Allusion à Robert d'Arbrissel ? Le principe du *Traité de morale sensitive* que Rousseau pensait à écrire et dont la philosophie de Wolmar a repris une partie était de ne pas laisser se créer les occasions de manquer à la vertu. Julie s'inspirera elle aussi de ce principe dans la lettre VI, 6 (sur *la Morale sensitive*, voir *Confessions*, IX, Folio, t. 2, p. 160).

2. À partir d'ici, la fin du paragraphe manque dans CL ; elle fait pourtant partie du texte primitif, elle était d'abord en tête de la lettre , voir p. 325, n. 1.

Page 332.

1. D. Mornet, qui cite de très nombreux moralistes, dramaturges et romanciers, conclut : « Cette critique des mœurs conjugales est donc une sorte de cliché » ; mais ce cliché atteste deux réalités, la réalité de ces mœurs dans une certaine société, et la réalité du refus de ces mœurs dans

une autre partie de la société, pour des raisons sociales plus souvent que morales.

2. Cette réflexion autorise d'avance le projet d'adultère des lettres III, 15 et 16.

3. Voir les dialogues de Crébillon fils : *Le Hasard du coin du feu*, *La Nuit et le moment*, et la toute première phrase des *Bijoux indiscrets*, de Diderot : « Zima, profitez du moment », dont le sens symbolique déborde le contexte.

Page 333.

1. *Tressaillit* : Féraud cite des exemples de cette forme dans Voiture, le père Marin et J.-J. Rousseau (*Pygmalion*, voir Pléiade, t.2, p. 1230), mais il la condamne, tout en remarquant : « Ce verbe se trouve rarement dans de bons Auteurs aux trois premières personnes du présent de l'indicatif. »

Page 334.

1. *Nouveaux débarqués* : on arrivait souvent à Paris par le coche d'eau, qui descendait la Seine depuis Montereau ; l'expression, que Saint-Preux a déjà employée pour se désigner lui-même (p. 304), avait une nuance ironique dans la bouche des Parisiens.

Page 335.

1. *A merveilles* : cette expression se trouve plus souvent au pluriel qu'au singulier dans les textes du XVIIIe siècle.

Page 336.

1. *Grisons* : « gens de livrée qu'on fait habiller de gris pour les employer à des commissions secrètes » (*Abrégé* du Trévoux).

2. C'est Rousseau qui parle dans les notes, et non pas le rédacteur de la lettre annotée. « Celle-ci » désigne donc une guerre en cours au moment où Rousseau écrit son roman, la guerre de Sept ans, 1755-1762 ; « l'autre guerre » est la guerre de Succession d'Autriche, 1741-1748.

Page 337.

1. *Elle sait* : le singulier est appelé par « un homme ».

2. « Allusion sans doute à l'*Histoire du peuple de Dieu* du P. Berruyer (1727, rééditée en 1728, 1742, etc.) », selon D. Mornet. Rousseau ne met pas de majuscule à « la bible ».

3. Ce pouvoir des femmes dans la haute société française est une réalité historique, attestée par le rôle de Mmes Dupin, d'Épinay, d'Houdetot, de Luxembourg dans la vie même de Rousseau. La *Lettre à d'Alembert* (Folio, p. 198-201) dénonce l'ascendant que cette société donne aux femmes sur les hommes.

Page 338.

1. « Lâchement dévoués aux volontés du sexe que nous devrions protéger et non servir, nous avons appris à le mépriser en lui obéissant, à l'outrager par nos soins railleurs » (*Lettre à d'Alembert*, Folio, p. 267).

2. Cette maxime n'est pas contraire au volontarisme qui est le propre de la vertu, selon Rousseau : « [la] vie active et morale [de l'homme] qui doit influer sur tout son être, consiste dans l'exercice de sa volonté », écrit Édouard à Saint-Preux (III, 22, p. 459) ; « le mot de *vertu* vient de force ; la force est la base de toute vertu », dit le gouverneur d'Émile (*Émile*, V, Pléiade, p. 817). Elle est développée au livre II d'*Émile* : « La seule leçon de morale qui convienne à l'enfance et la plus importante à tout âge est de ne jamais faire de mal à personne. Le précepte même de faire du bien s'il n'est subordonné à celui-là est dangereux, faux, contradictoire. [...] Ô quel bien fait nécessairement à ses semblables celui d'entre eux, s'il en est un, qui ne leur fait jamais de mal ! De quelle intrépidité d'âme, de quelle vigueur de caractère il a besoin pour cela ! » Dans une note, Rousseau ajoute : « Le précepte de ne jamais nuire à autrui comporte celui de tenir à la société humaine le moins qu'il est possible ; car dans l'état social, le bien de l'un fait nécessairement le mal de l'autre », et une fois de plus il fait l'éloge de la solitude et contredit le mot de Diderot qui l'avait blessé dans *Le Fils naturel* (éd. citée, p. 340, voir p. 285, n. 1). « J'ai très peu fait de bien, je l'avoue, mais pour du mal, il n'en est entré dans ma volonté de ma vie » (« Sixième Promenade » des *Rêveries*, Folio, p. 118).

Page 339.

1. « Tout le reste du Théâtre [à part *Le Misanthrope*] est un trésor de femmes parfaites. On dirait qu'elles s'y sont toutes réfugiées. Est-ce là l'image fidèle de la Société ? » (*Lettre à d'Alembert*, Folio, p. 209).

2. Voir l'« Entretien sur les romans » (écrit après le roman lui-même), et notre introduction, p. 36-37.

3. Voir p. 325-326.

Page 340.

1. Dans une note ajoutée à la fin des *Confessions du comte de **** (4e éd. Amsterdam, 1742 ; sigle C selon L. Versini), Duclos félicitait « la célèbre Ninon de Lenclos, amante légère, amie solide, honnête homme et Philosophe » d'avoir voulu se faire homme (éd. L. Versini, S.T.F.M., 1969, p. 168). Mais Rousseau est d'un autre avis : « Avec toute sa haute réputation, je n'aurais pas plus voulu de cet homme-là pour mon ami que pour ma maîtresse » (*Émile*, V, Pléiade, p. 736). Le lecteur de cette lettre 21 doit sentir à quel point, sans le savoir, Saint-Preux est déjà contaminé par les mœurs parisiennes.

2. Rousseau se souvient ici aussi du comte de ***, à qui Mme de Selve au moment de l'épouser déclarait : « Ce n'est point mon Amant que j'épouse ; c'est un ami avec qui je m'unis » (éd. citée, *ibid.*).

3. La note est absente de MsR, de CH et de CL (où manquent presque toutes les notes), mais on lit dans CH la note suivante, après « leurs manières sans modestie », deux paragraphes plus haut : « Si j'osais juger des autres Sociétés par celles où j'ai eu l'honneur d'être admis, c'est surtout contre cette Lettre que je voudrais protester. En garde et prévenu, comme je l'étais, les manières qu'on y décrit ne m'auraient guère apprivoisé. J'en ai trouvé de si différentes, qu'à juger de la Lettre par ce qui m'est connu, tout, hors le bien, m'en paraîtrait faux, et j'aurais grand sujet moi-même de me reprocher mon ancienne injustice. Mais ce que j'ai pu entrevoir de plus général, au Spectacle et ailleurs, m'a montré qu'il fallait plutôt me féliciter de mon bonheur, que me rétracter de mes jugements, et j'ai bien peur que l'Auteur n'ait vu les usages, et moi, les exceptions. »

4. L'expression est bizarre ; la correction : « ne voyant que le moment [...] » n'a aucune autorité, mais il n'est pas non plus concevable que Saint-Preux ne puisse rentrer chez lui qu'à heure fixe.

Page 341.

1. *Je m'asseye* : provincialisme genevois signalé par A. François, « Les Provincialismes de J.-J. Rousseau », *Annales J.-J. Rousseau*, III, 1907.

2. Première occurrence du leitmotiv du voile (voir notre introduction, p. 49-50, et l'ouvrage capital de J. Starobinski, *Jean-Jacques Rousseau, la transparence et l'obstacle*, 1959 et 1971).

Page 342.

1. Comprendre : « Pourquoi ne serait-il pas vrai qu'il pût transmettre [...]. »

2. Bien que cette lettre sur l'Opéra soit absente de Br, elle doit, comme les pages de la lettre 17 sur le Théâtre et par symétrie avec la lettre **I**, 48 sur la musique italienne, appartenir au plan primitif. Elle est en tout cas antérieure aux pénibles démêlés qu'avait eus Rousseau avec l'Opéra au début de 1759, à l'occasion d'une reprise du *Devin du Village* (voir *Confessions*, X, Folio, t. 2, p. 265-266), puisqu'elle figure dans CH dont la IIe partie était achevée le 22 février 1758. Mais Rousseau avait un compte à régler avec l'Opéra de Paris depuis que sa *Lettre sur la musique française* (1753) lui avait valu des menaces de mort et la suppression de ses entrées (voir *Confessions*, VIII, Folio, t. 2, p. 132-133). Par voie démonstrative, à la façon dont Montesquieu déduisait de l'insularité de l'Angleterre sa constitution et son comportement politiques, Rousseau, dans la *Lettre sur la musique française*, déduisait de la structure sonore de la langue française l'impossibilité pour les Français d'avoir dans leur musique aucune mélodie ni aucune mesure, la nécessité d'y renforcer la symphonie aux dépens de la mélodie entraînant pour les chanteurs celle d'y « crier à pleine voix » pour se faire entendre ; des sonorités douces et variées de l'italien il déduisait au contraire que dans la musique italienne la mélodie et la mesure devaient suivre naturellement la phrase parlée, et

que la symphonie pouvait y être claire, simple et réduite à son rôle d'accompagnement. Ces idées, en ce qui concerne la musique italienne, sont à la base des lettres I, 48 et 52, et en ce qui concerne la musique française, à la base de cette lettre sur l'Opéra (voir aussi l'article « Opéra » du *Dictionnaire de musique*). Mais au style de la dissertation il a substitué celui de la satire, plus naturel dans une lettre familière adressée à Claire, et D. Mornet a signalé de nombreux rapprochements possibles entre cette lettre et l'écrit satirique de Grimm, paru en 1753 et qu'on attribua parfois à Rousseau lui-même, *Le Petit Prophète de Boehmischbroda*. Le souvenir de Grimm est sensible en effet dans la lettre : survivance d'une amitié qui n'était pas encore entièrement détruite au moment où Rousseau écrivait ? ou effet malin sur Saint-Preux de l'esprit parisien et des sarcasmes « philosophiques » ? N'écartons pas trop vite la seconde hypothèse, bien que la première soit plus plausible.

Page 343.

1. Allusion aux dangers courus par Rousseau en 1743.

2. *Dunciade*, chant III, v. 235-240. Rousseau cite presque textuellement la traduction de Joncourt, parue pour la première fois à Amsterdam en 1742 : « On voit pêle-mêle des Dieux, des Lutins, des Monstres, de la Musique, des Furies, une bruyante Joie, des Feux, une Gigue, une Bataille et un Bal, jusqu'à ce que tout soit englouti dans une conflagration générale » (c'est le poète couronné Cibber qui voit en rêve des scènes de théâtre).

3. Voir p. 313, lettre 17.

Page 344.

1. Il s'agirait, selon D. Mornet, de Chassé du Ponceau, entré à l'Opéra en 1721 et qui prit sa retraite en 1757. « Célèbre basse-taille », selon les *Anecdotes dramatiques* de Laporte et Clément (1775).

2. L'histoire de Labérius n'est pas dans Aulu-Gelle, mais dans Macrobe (*Saturnales*, II, 3-7) ; Rousseau corrigea dans R63 : « Tout cela nous a été conservé par Macrobe ; et c'est à mon gré le morceau le plus curieux et le plus intéressant de toute sa compilation. »

Page 345.

1. Note de CH : « On commence depuis quelques années à parler de cette majesté avec un peu moins d'enthousiasme et de vénération. Une troupe de mauvais farceurs Italiens, comparés sur ce même Théâtre à cette Académie Royale, ont fait soupçonner au public que les titres et la dignité ne sont pas des talents, et qu'en ceci, du moins, la noblesse ne vaut pas le mérite. » Ces « mauvais farceurs italiens » sont les « Bouffons » venus représenter en août 1752 sur la scène de l'Opéra *La Serva padrona* et *Le Maître de musique* de Pergolèse, ce qui déclencha la

Querelle des Bouffons, où Grimm et Rousseau prirent parti pour la musique italienne.

2. Voir p. 341, n. 1.

Page 346.

1. Rousseau s'amuse à décrire les prestiges de l'Opéra de Paris dans le style de Scarron décrivant une représentation de ses comédiens ambulants. Rousseau avait lu *Le Roman comique*, qu'il cite deux fois dans les *Confessions*.

2. Souvenir de Malebranche : « Ce qui marque sa sagesse [de Dieu] et sa puissance n'est pas de faire de petites choses par de grands moyens » (*Recherche de la Vérité*, III, 6, éd. Geneviève Rodis-Lewis, Pléiade, *Œuvres*, t.1, 1979, p. 338).

3. MsR : « occupés ». Le singulier, qui est dans R61 et R63, se justifie très bien.

Page 348.

1. Le « bâton de mesure » était ordinairement un rouleau de papier, mais « à l'Opéra de Paris il n'est pas question d'un rouleau de papier, mais d'un bon gros bâton de bois bien dur dont le maître [de musique] frappe avec force pour être entendu de loin » (Rousseau, *Dictionnaire de musique*, article « Bâton de mesure »). « Combien les oreilles ne sont-elles pas choquées à l'Opéra de Paris du bruit désagréable et continuel que fait avec son bâton celui qui *bat la mesure*, et que le Petit Prophète compare plaisamment à un bûcheron qui coupe du bois ! » (*ibid.*, article « Battre la mesure »). La mention en note du « bûcheron » est donc un renvoi délibéré à Grimm et à son *Petit Prophète*. Rousseau a repris l'expression au livre V des *Confessions* (Folio, t. 1, p. 241).

2. La note est présente dans CH, mais seule l'oie y est mentionnée.

Page 349.

1. Musicien et poète de Milet, Timothée (446-357 av. J.-C.) ajouta quatre cordes (ou deux) à sa lyre et participa à un concours de musique à Sparte. Les éphores l'obligèrent à briser les cordes supplémentaires de son instrument. Rousseau a pu lire cette anecdote, à laquelle l'article « Musique » du *Dictionnaire de musique* fait aussi allusion, dans le *De Musica* de Boèce, qu'il connaissait ; une anecdote tout à fait semblable est racontée du musicien Phrinis, qui fut le maître de Timothée (voir Montaigne, *Essais*, I, 23 éd. citée, p. 119).

Page 350.

1. Par exemple *Le Carnaval de Venise*, de Campra, 1699 ; *Le Carnaval du Parnasse*, de Mondonville, 1749 ; *Le Carnaval et la Folie*, de Destouches, 1704 ; *Les Caractères de la folie*, de Bury fils, 1734 (les paroles étaient de Duclos), etc.

Page 351.

1. *Tragédies* : il s'agit des *tragédies en musique* ou *tragédies lyriques.*

2. Ce paragraphe sur les ballets reprend en partie textuellement l'article « Ballet » du *Dictionnaire de musique.*

3. Le roman est doublé d'un certain nombre de traités théoriques (fictifs), voir p. 122, n. 1.

4. *Artistes* : au sens d'*artisans.*

5. La Bruyère, *Les Caractères*, I « Des Ouvrages de l'esprit », 47 (Folio, éd. Antoine Adam, 1975, p. 33).

Page 352.

1. *Chimères* : entre les chimères qu'il faut bannir (VI, 8, t. 2, p. 333) et celles dont le pays est seul digne d'être habité (*ibid.*, p. 331), celles-ci sont trompeuses, mais consolatrices. Voir p. 315, n. 2.

Page 353.

1. *Comme que ce soit* : « de quelque façon que ce soit » ; Féraud juge que le tour est « vieux » et en cite quelques occurrences chez Rousseau.

Page 354.

1. Note de CH : « Cette Lettre est, dans ce recueil, une de celles qui sont certainement mauvaises, si elles ont été faites d'imagination, et seulement pour le public. » Dans l' « Entretien sur les romans » et la « Préface », Rousseau affecte le doute sur l'authenticité des lettres. Il y a bien quelque chose d'artificiel dans celle-ci. Voir p. 356, n. 2.

2. Br ajoutait : « et que tu te fis, dit-on, d'un canif dans ton enfance en désarmant étourdiment ton cousin qui feignait de s'en vouloir blesser. » Ce cousin était-il le frère de Claire, dont le mariage sera célébré au début de la VIe partie ? Sur la cicatrice qui rend la beauté plus émouvante, voir ce que Diderot écrit dans *Les Deux Amis de Bourbonne* : (Une tête idéale inspire le respect et l'admiration) « Je le sens, je me le dis. Mais que l'artiste me fasse apercevoir au front de cette tête une cicatrice légère, une verrue à l'une de ses tempes, une coupure imperceptible à la lèvre inférieure, et, d'idéale qu'elle était, à l'instant la tête devient un portrait » (*Œuvres complètes* de Diderot, tome XII, 1989, p. 455, texte établi et annoté par J. Proust). Voir aussi Lettre IV, 6, t. 2, p. 33.

3. « Blonde chevelure, yeux bleus et sourcils bruns », traduit Rousseau dans DC. Le vers est de Marini, *Adone*, chant III, 23.

Page 355.

1. *Habit à la Valaisane* : habit que Saint-Preux lui avait fait faire lors de son voyage au Valais, I, 23, p. 129.

Page 356.

1. Participe non accordé, comme généralement quand il n'est pas en fin de phrase.

2. Br comporte ici un « pilotis » pour une réponse de Julie qui n'a finalement pas été écrite : « Oh, tu fais le galant ; tu n'es donc plus guère amoureux. Je me souviens que tu l'étais beaucoup en sortant du bosquet, et sûrement tu n'avais pas ce ton-là. Va, crois-moi, laisse toutes ces gentillesses aux conteurs de fleurettes, et celles que tu veux me dire, tire-les de ton cœur et non de ta cervelle. »

Page 357.

1. *Il ne fallait* : la langue actuelle dit : *il n'aurait fallu.*

2. Officiers du régiment des gardes suisses. Le neveu de Mme de Merveilleux, qui fit bon accueil à Rousseau en 1731 à Paris, était « officier aux gardes » (suisses) (*Confessions,* IV, Folio, t. 1, p. 210).

Page 359.

1. Ce détail semble indiquer que « M. le Colonel » n'avait pas été annoncé comme suisse lui-même.

2. *Chuchetait* : voir p. 153, n. 1.

Page 360.

1. La confusion est peu vraisemblable, mais il n'est pas de romancier si réaliste qu'il ait voulu être, et même Balzac ou Zola, qui ne se soit permis quelque accroc à la vraisemblance, et ceux du XVIIIe siècle étaient moins rigoureux sur ce point que leurs successeurs du siècle suivant. La « simplicité » de Saint-Preux n'en est que mieux soulignée en la circonstance.

2. C'est la troisième occurrence d'ivresse fâcheuse (voir, I, 50 et 56).

3. En 1749, à Paris, Rousseau fut invité par son ami Klupffel à souper avec quelques amis, et Klupffel les laissa à tour de rôle jouir des faveurs de la « pauvre petite » qu'il entretenait : « Je sortis de la rue des Moineaux, où logeait cette fille, aussi honteux que Saint-Preux sortit de la maison où on l'avait enivré, et je me rappelai bien mon histoire en écrivant la sienne » (*Confessions*, VIII, Folio, t. 2, p. 99). Mais Rousseau était alors avec des amis et savait la condition de la fille : Saint-Preux est victime d'une mauvaise plaisanterie, et l'on veut lui faire prendre une tenancière de maison de rendez-vous et ses pensionnaires pour des femmes de la meilleure société. On pense à Gil Blas victime à Valladolid d'une fausse cousine de doña Mencia (*Gil Blas*, I, 16), ou à Candide soupant à Paris chez une prétendue marquise qui feint d'être amoureuse de lui pour le dépouiller (*Candide*, XXII), mais surtout à l'horrible machination dont Clarissa est victime de la part de Lovelace, dans le roman de Richardson : Lovelace l'héberge chez une honorable Mme Sinclair avec qui vivent deux nièces qui tiennent en réalité une « maison infâme » ; les soupçons de Clarissa devant les manières de ces personnes ressemblent à ceux de Saint-Preux, et Mme Sinclair est déjà, elle aussi, non pas femme, mais veuve d'un « colonel aux gardes ».

Page 361.

1. En 1746, Rousseau prenait ses repas chez « une Mme La Selle » avec une nombreuse compagnie, dont « une folle et brillante jeunesse en Officiers aux Gardes et Mousquetaires » : « l'on y polissonnait beaucoup sans grossièreté. [...] J'y apprenais des foules d'anecdotes très amusantes, et j'y pris aussi peu à peu, non grâce au Ciel jamais les mœurs mais les maximes que j'y vis établies » (*Confessions*, VIII, Folio, t. 2, p. 86). Ces maximes le conduisirent à déposer ses enfants aux Enfants-Trouvés.

2. F. Deloffre (éd. critique du *Petit-Maître corrigé* de Marivaux, Genève-Lille, 1955) cite une lettre de Walpole à Th. Gray, du 19 novembre 1765 ; « *Petits-Maîtres* are obsolete like our Lords Poffington : *tout le monde est philosophe* ».

3. Br, CH, CL : « On prendrait ces lettres pour les satires d'un petit-Maître, plutôt que pour les relations d'un philosophe. » D. Mornet a mal lu la variante de CL et B. Guyon en a déduit à tort que cette lettre était très tardive.

Page 364.

1. Rousseau parle d'expérience : par mauvaise honte il laissa accuser la cuisinière Marion d'un vol qu'il avait commis (*Confessions*, II, Folio, t. 1, p. 124-126 ; c'est l'épisode célèbre du ruban volé) et à Venise il se laissa entraîner chez la Padoana (*ibid.*, VII, t. 2, p. 56).

Page 365.

1. *La crapule* : « vilaine et continuelle débauche de vin, ou d'autres liqueurs qui enivrent. » C'est la définition du Trévoux et de Féraud. Julie fait allusion à la beuverie qui entraîna la coucherie avec les filles.

2. Rousseau ne nie pas la force de l'instinct sexuel, il considère le passage de l'enfance à la puberté comme une crise très dangereuse, mais on peut parer à ce danger en donnant à l'adolescent une instruction simple et franche, en dirigeant son imagination vers la beauté du sentiment, en lui faisant dépenser à la chasse l'énergie de son tempérament, etc. Voir tout le livre IV d'*Émile*, où Rousseau déclare : « Je l'ai dit mille fois, c'est par la seule imagination que s'éveillent les sens. Leur besoin proprement n'est point un besoin physique, il n'est pas vrai que ce soit un vrai besoin » (*Émile*, IV, Pléiade, p. 662). Pour un adulte vivant dans l'état social (et de plus amoureux et dont l'expérience sexuelle n'est plus à faire), l'effort de volonté qu'exige Julie est peut-être impossible, et elle en conviendra elle-même dans la lettre VI, 6, t. 2, p. 303. Il faut donc restituer à cette lettre-ci sa véritable intention : Julie défend le lien exclusif qui doit lui attacher Saint-Preux contre toute « erreur » qui conduirait celui-ci « chez les prostituées » ou qui le ferait « [s'] égarer [lui-] même ». L'allusion aux « illusions de l'amour » et la référence à la lettre antérieure (II, 15) où elle a traité « un pareil sujet » sont assez claires. Julie est jalouse de l'intégrité de Saint-Preux.

Page 366.

1. CL ajoute ici : « Au lieu de toutes ces folies dont vous me parlez il eût mieux valu voir plus souvent cette jeune dame si charitable, si belle, chez qui vous vous plaisiez tant à la campagne. Pourquoi ne m'avez-vous plus parlé d'elle ? Quoi qu'il en soit, si vous voulez [etc.] »

Page 367.

1. « Un bourgeois qui s'en tient à sa condition, qui en sait les bornes et l'étendue, qui sauve son caractère de la petitesse de celui du peuple, qui s'abstient de tout amour de ressemblance avec l'homme de qualité, dont la conduite, en un mot, tient le juste milieu ; cet homme serait mon sage » (Marivaux, *Lettres sur les habitants de Paris*, dans *Journaux et Œuvres diverses*, édités par F. Deloffre et M. Gilot, Garnier, 1969, p. 15) ; « C'est dans l'état mitoyen que la probité est encore le plus en honneur » (Duclos, *Considérations sur les mœurs*, *Œuvres*, 1821, t. 1, p. 75). Ce jugement sur la bourgeoisie « honnête » se renforcera jusqu'à la fin du siècle.

2. Quels sont ces *vieux militaires* ? Ce ne sauraient être ni des officiers supérieurs comme ce colonel Godard dont l'avarice indigna Rousseau en 1731, ou comme le baron d'Étange, assez méprisant pour la roture, ni, devenus vieux, ces officiers aux gardes qui faillirent corrompre Rousseau en 1746 et qui ridiculisent Saint-Preux.

Page 368.

1. Dans une lettre du 17 décembre 1757 à Mme d'Houdetot (citée par D. Mornet), Rousseau se peint en défenseur des pauvres : « Ma porte ne fut jamais fermée aux malheureux, il en est venu de toutes les espèces implorer mon crédit, mes soins, ma bourse, ou mes conseils [...]. » Julie mariée se fera un devoir d'être charitable aux pauvres. Dans la « Sixième Promenade » des *Rêveries du promeneur solitaire*, en revanche, Rousseau écrira : « Je sais et je sens que faire du bien est le plus vrai bonheur que le cœur humain puisse goûter ; mais il y a longtemps que ce bonheur a été mis hors de ma portée » (Folio, p. 107).

Page 369.

1. Julie rappelait plus haut (p. 364-365) à Saint-Preux que sa faiblesse n'était pas seulement honteuse, mais qu'elle comportait du danger. Cette phrase montre bien que Julie n'est pas seulement une « prêcheuse » qui débite des préceptes de morale et d'hygiène : la pureté de Saint-Preux est un bien précieux pour elle-même. Quant au danger, Rousseau avait cru ne pas y échapper à Venise : « Je ne pouvais concevoir qu'on pût sortir impunément des bras de la Padoana » (*Confessions*, VII, Folio, t. 2, p. 56).

2. Br et CH : « Il est clair que vous nous prenez pour des Caillettes. »

Caillette : « On le dit aussi d'une femme frivole et babillarde » (*Abrégé* du Trévoux).

Page 373.

1. Claire parle du « mystère odieux » qu'est l'amour de Saint-Preux et de Julie comme Julie parlait du « crime » commis par Saint-Preux avec la prostituée, et dont il ne devait « rester aucune trace » (II, 27, p. 369).

2. Bien qu'il soit en fin de proposition, le participe n'est accordé ni dans MsR, ni dans CL, ni dans R61, ni dans R63. L'absence d'accord en ce cas est assez fréquente jusque vers 1750.

3. Participe non accordé, dans une position où l'absence d'accord est régulière.

Page 374.

1. Julie avouera à Saint-Preux, après son mariage (III, 18, p. 413), qu'au moment de leur séparation, elle n'avait plus d'espoir.

2. Le verbe s'accorde avec un seul sujet, cas très fréquent lorsque les sujets représentent une même idée à l'esprit, particulièrement lorsqu'ils sont postposés au verbe (Haase, *Syntaxe française du XVII*[e] *siècle*, § 146).

Page 376.

1. Dans sa lettre du 10 (?) octobre 1757 à Mme d'Houdetot (*C.C.* n° 533), écrite sans doute plusieurs mois après cette lettre-ci, Rousseau rappelle à « Sophie » : « Combien de fois m'as-tu dit dans le bosquet de la cascade : vous êtes l'amant le plus tendre dont j'eusse l'idée : non, jamais homme n'aima comme vous ! »

2. Dans la lettre citée à la note précédente, on lit encore : « Le premier prix de tes bontés fut de m'apprendre à vaincre mon amour par lui-même, de sacrifier mes plus ardents désirs à celle qui les faisait naître, et mon bonheur à ton repos. » Les emprunts que Rousseau fait à sa fiction romanesque ne sont pas le seul élément trouble de cette lettre à « Sophie ».

Page 377.

1. *Contentement* est bien le texte de tous les manuscrits et des éditions anciennes ; dans l'éd. Mornet, *consentement* est une faute d'impression, et ce texte erroné est reproduit par les éditions Garnier et Garnier-Flammarion.

2. Ce transport est encore plus passionné et fait encore plus de l'amour un absolu que les transports de Des Grieux dans *Manon Lescaut* de Prévost : « Mais il s'agit bien ici de mon sang ! Il s'agit de la vie et de l'entretien de Manon, il s'agit de son amour et de sa fidélité. Qu'ai-je à mettre en balance avec elle ? Je n'y ai rien mis jusqu'à présent. Elle me tient lieu de gloire, de bonheur et de fortune », ou : « J'avais perdu, à la vérité, tout ce que le reste des hommes estime ; mais j'étais maître du

cœur de Manon, le seul bien que j'estimais. [...] [Deux amants fidèles] ne trouvent-ils pas l'un dans l'autre, père, mère, parents, amis, richesse et félicité ? » (Folio, p. 137). Saint-Preux est bien plus proche des héros romantiques.

Page 378.

1. *Sympathie* : au temps de Rousseau, le mot a le sens qu'il a toujours à notre époque, de « convenance et rapport d'humeurs et d'inclinations » ; mais, en en faisant un « caractère naturel », Claire rend à la sympathie toute la force qu'implique l'étymologie du terme, et que Marivaux avait souligné dans le titre de son premier roman, *Les Effets surprenants de la sympathie.*

Page 379.

1. Cet espoir dont Claire flatte Saint-Preux semble bien encore une « indiscrétion » (voir la note de Rousseau à la page précédente), une déclaration irréfléchie.

Page 381.

1. « J'oublierai tout ce qui me fut cher au monde », écrivait Saint-Preux (p. 377).

2. « Il y a là quelque chose d'excessif qui nous gêne », dit B. Guyon à propos de cette lettre (Pléiade, p. 315, n. 1). On pourrait en dire autant de la lettre 3 de Saint-Preux ; plus que jamais « les deux Amants séparés ne font que déraisonner et battre la campagne » (note de Rousseau à II, 1, p. 243). Voir p. 384, n. 1.

3. « Le voile est déchiré », c'est le mot même de Saint-Preux quand il eut défait les enveloppes du portrait envoyé par Julie. Variantes thématiques (voir II, 22, p. 341, n. 2).

Page 382.

1. Saint-Preux pense à la nuit d'amour de I, 55, mais le sentiment de durée suspendue et l'appel à l'éternité se sont intensifiés et purifiés dans le souvenir. Saint-Preux s'exprime ici comme Rousseau lui-même quand il parle de ses « extases », dans la *3e Lettre à Malesherbes* ou dans la Cinquième Promenade des *Rêveries.*

Page 384.

1. Ces lettres où les deux amants « battent la campagne » sont parmi les plus belles du roman. Nostalgie du bonheur perdu, angoisse du temps qui fuit, rêve d'éternité, certitude de la constance de l'amour, remords de la faute, horreur d'une faute peut-être encore plus grande se succèdent dans une agitation qui ne cède jamais ni à l'incohérence ni à la rhétorique.

2. Dès qu'un personnage de *La Nouvelle Héloïse* pense pouvoir en conseiller un autre ou l'éclairer sur lui-même, il le considère comme son « enfant » : Milord Édouard le fait pour les deux amants, Julie pour

Saint-Preux, Wolmar pour Julie et Saint-Preux, Claire ici pour Saint-Preux encore.

Page 385.

1. *S'obstiner de* était usuel dans la langue classique, bien que les dictionnaires du XVIIIe siècle ignorent la tournure. « Vous obstinant à aspirer » eût été cacophonique.

2. « Il ne faut pas confondre l'Amour-propre et l'Amour de soi-même ; deux passions très différentes par leur nature et par leurs effets. L'Amour de soi-même est un sentiment naturel qui [...] dirigé dans l'homme par la raison et modifié par la pitié, produit l'humanité et la vertu. L'Amour-propre n'est qu'un sentiment relatif, factice, et né dans la société, qui porte chaque individu à faire plus de cas de soi que de tout autre [...] » (*Discours sur l'origine de l'inégalité*, note XV — Folio Essais, p. 149). La distinction que Rousseau a pu trouver chez Abadie, Marie Huber et Vauvenargues (voir P.M. Masson, éd. de *La Profession de foi du Vicaire savoyard*, 1914, p. 165), est formulée encore dans *Émile* (IV, Pléiade, p. 523) et dans *Rousseau juge de Jean-Jacques* (Premier dialogue, Pléiade, t. 1, p. 669), mais elle n'est pas faite ici par Claire, et Rousseau lui-même entend parfois l'*amour-propre* comme synonyme de l'*amour de soi.* « La seule passion naturelle à l'homme est l'amour de soi-même ou l'amour-propre pris dans un sens étendu » (*Émile*, II, Pléiade, p. 322 ; voir aussi *ibid.* IV, p. 547 : « Étendons l'amour-propre sur les autres êtres, nous le transformerons en vertu »).

3. L'idée n'est ni nouvelle, ni originale, mais elle est essentielle à la conception que Rousseau se fait de l'amour.

Page 386.

1. Julie elle-même tiendra à Saint-Preux le même raisonnement, que l'expérience démentira.

2. C'est une illusion que Wolmar voudra détruire, en faisant que Saint-Preux voie en Julie non la Julie qu'il a aimée, mais Mme de Wolmar (IV, 14, t. 2, p. 129) : autre raisonnement que l'expérience démentira.

Page 387.

1. *Hydropisie de poitrine* : amas d'eau dans la plèvre, pleurésie.

2. « Vous eussiez cru voir une autre Julie. » Cette phrase importante dans un roman qui pose le problème de la permanence et de la durée, du souvenir et de l'oubli, est absente de CL. Voir les derniers mots de la lettre.

Page 388.

1. Mme d'Étange n'osait parler à son mari en faveur de Saint-Preux « par crainte pour elle-même » (lettre 4, p. 378) — « avoir accoutumé de » : « Quand il est joint au v. auxiliaire *avoir*, il faut que la particule *de* précède l'infin. qui le suit : j'ai *accoutumé* de faire, etc. Quand il est avec

être, il demande la particule *à* : Je suis *accoutumé* à souffrir » (*Abrégé* du Trévoux ; Féraud donne une règle analogue).

Page 389.

1. Il y a là peut-être un souvenir de *La Princesse de Clèves* ; la princesse, à la mort de son mari, « se croyait guérie et éloignée de la passion qu'elle avait eue pour [le duc de Nemours]. Elle sentait néanmoins une douleur vive de s'imaginer qu'il était cause de la mort de son mari, et elle se souvenait avec peine de la crainte que M. de Clèves lui avait témoignée en mourant qu'elle ne l'épousât, mais enfin toutes ces douleurs se confondaient dans celle de la perte de son mari, et elle croyait n'en avoir point d'autre » (Folio, éd. Bernard Pingaud, 1972, p. 295).

Page 390.

1. « Fût-ce contre vous-même » : ces mots sont absents de CH et de CL.

2. Dans une première version de Br, cette lettre de Milord Édouard était plus longue ; numérotée 9, elle répondait à une lettre de Saint-Preux finalement supprimée, qui portait le numéro 8. Voici ces textes :

LETTRE À MILORD ÉDOUARD — 8

« Je ne vais point vous attendre à Londres comme vous me l'avez marqué, car il n'est plus question de votre projet en ma faveur, et sur ce que vous a écrit Mad^e d'Orbe vous voyez assez qu'il y faut renoncer. Je ne suis plus bon à rien ni pour autrui ni pour moi-même. Milord, je ne tiens plus qu'à vous sur la terre ; que votre amitié m'occupe ou me congédie. Je vous dois tout, ma vie est à vous, disposez de moi si je puis vous servir ; mais si vous ne voulez perdre mon estime et vos soins, n'abusez pas du devoir qui me lie pour me retenir inutilement. »

RÉPONSE — 9

« Je ne suis point étonné du projet qui vous occupe, il m'a souvent occupé moi-même, et je suis d'un pays où vous savez qu'il n'est pas rare de le voir mettre en exécution ; mais ce n'est ni par humeur ni sur l'exemple d'autrui que je veux me décider dans la plus importante affaire de la vie ; j'ai toujours cru qu'il ne suffisait pas de n'être bon ni à soi ni aux autres, si l'on n'était sûr encore de ne le pouvoir jamais, et je doute qu'un homme ait jamais cette certitude.

« Je ne veux point entamer ici le sujet ; c'est une matière à discussion qu'on ne saurait bien traiter par lettres. Quant à ce qui me regarde, je n'ai que deux mots à vous dire. Je compte sur vous et j'ai droit d'y compter ; votre amitié est nécessaire au bonheur de ma vie et vos services importent à mes affaires. J'espère partir de Venise dans six semaines et vous joindre dans huit ou dix. Vous connaîtrez alors que pour exiger de vous le juste retour de mon zèle, je n'ai pas besoin de prétextes et vous devez savoir d'avance que je suis incapable d'en employer. Je vous demande un si court délai pour prix de mon attachement. Refusez-moi si vous croyez le pouvoir sans crime ; mais songez que vous laissez dans l'âme d'un honnête homme la douleur de n'avoir [obligé *barré* ; aimé *au-dessus de la ligne* ; servi *au-dessous*] qu'un ingrat. »

3. Dans MsR, une note de Rousseau, biffée : « La suite montre qu'il y a un intervalle considérable entre les lettres précédentes, et les suivantes. »

Page 391.

1. D. Mornet se demandait « comment un hobereau de Vevey pouvait se venger de Saint-Preux qui était à Paris et l'ami d'un pair d'Angleterre » ; B. Guyon lui répond que « les menaces du baron d'Étange ancien officier au service de France étaient réelles et fondées ». Nous pensons quant à nous que ces menaces, comme celles qu'il proférait contre sa femme et sa fille, étaient bien réelles encore que Saint-Preux les juge « vaines », mais que Rousseau, en lui prêtant dans ce billet tant d'expressions outrées, a voulu rendre le vieil homme aussi ridicule que brutal.

Page 392.

1. *Gothique :* « Au fig. Antique, grossier. Avoir les manières barbares et *gothiques* » (*Abrégé* du Trévoux). Voir la préface, p. 72, n. 1.

2. *Parricide* : crime commis par un « parricide », c'est-à-dire par le « meurtrier d'un père, d'une mère, ou de quelque autre parent fort proche [...] » (*Abrégé* du Trévoux).

Page 393.

1. Le billet n'est pas signé dans CH, il est signé C.G. dans CL. Voir la lettre 14, p. 398 et la note de Rousseau. C.G. : « Citoyen de Genève » ? S.G. : « Sorti de Genève, sans Genève » ?

2. *J'ai pu* : nous dirions : « j'aurais pu ».

3. *Forcée à* : « [*forcer*] régit *à* ou *de* devant les verbes, mais au passif on dit ordinairement *forcé de*, comme *obligé* et *contraint de* » (Féraud).

Page 394.

1. Julie ne sera pas défigurée, mais au début de la convalescence, le visage peut être rouge et tuméfié. Voir t. 2, p. 33.

2. « Cependant il a pu consentir [...] l'ai-je fait ? » Ces phrases sont absentes de MsR et de CP (D. Mornet a pu consulter CP pour cette partie du roman).

Page 395.

1. *Redoublement* : « Il se dit particulièrement de ce qui arrive dans la fièvre, lorsqu'après avoir duré quelque temps dans un certain état elle vient à augmenter » (*Académie*, 1762).

2. « Il me semble de le voir » : tournure usuelle au XVIIe siècle, elle

était légèrement archaïque au temps de Rousseau. R63 donne : « Il me semble le voir. »

3. « Sa voix plaintive » : « plaintive » aussi sera la voix de Julie dans le rêve fait par Saint-Preux à Villeneuve (V, 9, t. 2, p. 248), et dans l'hallucination de Claire, au dénouement (VI, 13, t. 2, p. 390).

Page 396.

1. L'aspiration à la mort, plusieurs fois exprimée par Julie et par Saint-Preux, oriente tout le roman vers son dénouement funèbre. Mais ses diverses occurrences, jusqu'à la lettre 17 de la IVe partie, n'autorisent nullement à croire que Rousseau avait d'abord projeté de faire périr les deux amants ensemble, au cours de la promenade sur le lac. Voir sur ce point notre introduction, p. 14.

2. « J'ai beau me rappeler [...] je sens que je les méprise » : Phrases absentes de Br.

3. La question d'une « communication immédiate » des âmes sera posée de nouveau par Julie, au moment de sa mort (VI, 11, t. 2, p. 370).

4. *Ascendant* : terme du vocabulaire de l'astrologie, mais dont la spécificité n'est plus sentie ; « il se dit fig. de l'humeur, de la pente, de l'inclinaison naturelle qui nous porte à faire quelque chose » (*Abrégé* du Trévoux).

5. En révélant la vérité à Julie, Claire est imprudente, puisque l'acte d'amour héroïque de Saint-Preux va réveiller une passion réprimée et non éteinte. Mais laisser Julie croire à un songe prémonitoire était encore plus dangereux : le songe, dans lequel s'exprime la profondeur de l'inconscient, ne doit jamais être pris à la légère. Claire et Wolmar le feront comprendre à Saint-Preux après son rêve de Villeneuve (V, 9, 10 et 11).

Page 397.

1. *Exténuer* est synonyme *d'atténuer*, voir p. 259, n. 2.

2. La petite vérole, au XVIIIe siècle, a, dans la réalité comme dans le roman, le caractère effrayant qu'aura la tuberculose au XIXe. On savait bien qu'elle était contagieuse, mais on croyait aussi qu'elle pouvait être provoquée par un choc psychologique : ce dernier cas est celui de Julie.

3. *Jointe* : accord avec le sujet le plus proche, quand les deux sujets sont de sens voisins.

4. *Révolution* : « On appelle *Révolution* d'humeurs, un mouvement extraordinaire dans les humeurs, qui altère la santé » (*Abrégé* du Trévoux. Les *humeurs* sont les liquides organiques, sang, pituite, bile).

Page 398.

1. C'est la première occurrence du nom de Saint-Preux. Il est traditionnel dans le genre romanesque de ne nommer un personnage que

lorsqu'il est déjà depuis quelque temps impliqué dans le récit, mais le délai est ici particulièrement long.

Page 399.

1. D. Mornet rapproche cette scène d'une scène décrite par Prévost dans *Le Doyen de Killerine* : Patrice se rend au chevet de Mlle de L..., qu'il aime, saisit la main de la malade, y colle ses lèvres, etc. (voir *Œuvres* de Prévost, sous la direction de J. Sgard, Grenoble, t. 3, p. 209). Mais ce genre de scène était fréquent (chez Prévost lui-même, voir l'Homme de qualité au chevet de Selima, ou le marquis de Rosemont au chevet de doña Diana, dans les *Mémoires d'un Homme de qualité, Œuvres,* éd. citée, t. 1, p. 96 et 178 ; ou chez Robert Challe, dans *Les Illustres Françaises,* éd. Deloffre, les Belles-Lettres, 1959, p. 110, Contamine au chevet d'Angélique — rapprochement proposé par Aurelio Principato, éditeur des *Mémoires d'un Homme de qualité*). Chez Rousseau, l'amant en venant au chevet de sa maîtresse s'expose à contracter lui-même une maladie mortelle. Une source de cet épisode nous semble être dans un roman de Mouhy, *La Paysanne parvenue* (1735-1737) : Jeannette, amoureuse du jeune marquis de L.V. et contrainte d'épouser le vieux marquis de L.V. le père, contracte la petite vérole, maladie d'origine psychologique ; le jeune marquis, que le désespoir a jeté dans un accès de fièvre chaude, échappe à ses gardiens, court au chevet de Jeannette en bravant la contagion, contracte à son tour la maladie : Jeannette guérit sans être déparée par la moindre cicatrice, tandis que le jeune marquis est défiguré ; mais Jeannette (qui finira par l'épouser) ne l'en aime pas moins (Douzième et dernière partie, p. 327-334 du tome 4, dans l'édition parisienne de 1777). La structure de l'épisode est la même chez Mouhy et chez Rousseau, mais Mouhy a presque escamoté la scène de l'amant au chevet de sa maîtresse malade. Rousseau, qui a sans doute connu le roman de Mouhy, s'est certainement inspiré aussi d'une histoire insérée de *L'Astrée*, l'*Histoire de Tircis et de Laonice* (I, 7) : la bergère Cléon est attaquée par une maladie contagieuse, le berger Tircis, qui l'aime, brave le danger et, « résolu de courre la même fortune que Cléon », s'enferme avec elle (et avec la mère de Cléon, qui meurt), la soigne, et reçoit ses dernières paroles.

2. « L'inoculation de l'amour » était l'inscription de la 5e planche (voir « Sujets d'estampes », t. 2, p. 434). L'expression fut jugée scandaleuse, et Rousseau, dans une lettre du 11 février 1761 à Coindet, répliqua aux critiques en des termes annonciateurs de ceux qu'emploiera Baudelaire pour rejeter l'« interprétation syphilitique » du poème *À celle qui est trop gaie* : « Je n'ai jamais rien voulu changer à mes écrits pour prévenir les interprétations déshonnêtes. Quand mes idées sont pures et mes expressions correctes, je ne m'embarrasse point s'il plaît au lecteur de les salir ; c'est son affaire. D'ailleurs je serais fort embarrassé de trouver un autre mot à la place de celui-là. L'estampe l'explique de manière qu'il

faudrait avoir l'imagination bien obscène pour y trouver une autre explication. »

Page 400.

1. « À tant de vrais sujets de peines n'ajoute pas au moins des chimères », écrivait Claire au début de cette lettre (p. 396).

2. Br, CH et CP première version : « deux ans » ; CP corrigé et CL : « quatre ans ». « Trois ans » est le nombre qui convient le mieux à la chronologie du roman (voir t. 2).

Page 402.

1. « Qu'étions-nous, et que sommes-nous devenus ? », s'écriera aussi Julie dans la longue lettre 18 (p. 420). La voix instinctive de la conscience se fait entendre aussi bien quand les amants désespérés acceptent l'idée de l'adultère que lorsque leur vertu leur dicte la séparation.

Page 403

1. La vie ne lui permettant pas de s'unir à Julie, Saint-Preux est hanté par l'idée de s'unir à elle dans la mort, en s'inoculant la petite vérole (lettre 14), en la tuant et en se tuant après elle (cette lettre 17), en se précipitant avec elle dans le lac (lettre 17 de la IVe partie). Mais de la tentation à la réalisation, il y a un pas que la « vertu » interdit de franchir. Sur l'hypothèse, formulée par la critique, d'un roman s'achevant avec la IVe partie par la mort des deux amants, voir notre introduction, *passim.*

2. Br : « D'un feu si vif », remplacé par : « D'un feu si dévorant » ; CP et CL : « D'un feu si pur ». L'adjectif finalement retenu a une valeur revendicative : si pour un protestant le mariage n'est pas un sacrement, l'amour, lui, est sacré. Dans la lettre précédente, p. 401, Julie qualifiait aussi de « sacré » son devoir envers Saint-Preux, et de « sacrée » l'autorité de son père.

3. *Ne lui fut* : accord du verbe avec le sujet le plus proche, quand les deux sujets sont de sens analogue (et constituent ici une sorte d'hendiadyn).

4. C'est la nuit qui précède la lettre 55 de la Ire partie ; « une seule nuit » ne signifie pas que les amants n'aient connu l'amour qu'en cette circonstance, mais qu'il a suffi de cette circonstance pour fixer à jamais la destinée de Saint-Preux.

5. « Ôtez-lui la mémoire, il n'aura plus d'amour », dira Wolmar (IV, 14, t. 2, p. 129). Ni la mémoire ni l'amour ne seront ôtés à Saint-Preux, ni la vertu non plus, que la mort de Julie mettra à l'abri de tous les risques.

Page 404.

1. Les « philosophes » de Saint-Preux raisonnent comme Frère Jan, dans Rabelais, répondant à Panurge sur la question du cocuage : « Si tu es cocu, *ergo* ta femme sera belle ; *ergo* tu seras bien traité d'elle ; *ergo* tu

auras des amis beaucoup ; *ergo* tu seras sauvé » (Rabelais, *Tiers Livre*, chap. XXVIII, Folio, éd. Pierre Michel, 1973, p. 353). On ne trouverait peut-être pas un raisonnement aussi vigoureusement articulé chez les mémorialistes ou les romanciers libertins du XVIIIe siècle, mais les témoignages ne manquent pas sur la complaisance des maris et sur la publicité des liaisons adultères. Voir, dans les *Lettres persanes* de Montesquieu, la lettre 55 et *infra,* lettre 18, p. 430, n. 1.

Page 405.

1. Depuis « Hé bien, nous serons coupables [...] », la fin de ce paragraphe manque dans Br et dans CH. Elle est ajoutée en marge dans CP, sauf les dernières phrases (« Julie ! ô Julie [...] épouse le tien ») qui sont placées (dans CL également) à la fin de la lettre.

Page 407.

1. « Il y a cinq ans », CH. La chronologie du roman implique que plusieurs mois se sont écoulés entre la lettre 15 de Julie et cette lettre 18. Saint-Preux a dû rester vingt ou vingt-deux mois à Paris.
2. Richardson ne « se moque » pas des « attachements nés de la première vue », il les juge dangereux et ne croit pas qu'un véritable amour puisse exister sans l'accord de la conscience morale et l'estime pour la vertu de l'être aimé. Peut-être Rousseau pense-t-il aux « railleries » que miss Anne Howe adresse à Clarisse Harlowe, quand celle-ci se défend d'aimer Lovelace. Anne Howe invite son amie à mieux lire en elle-même et à se méfier de ses entraînements (*Lettres anglaises ou Histoire de miss Clarisse Harlove*, traduction de l'abbé Prévost, lettres X et XII, t. 1, p. 165 et 176 de l'éd. de Paris, 1777).
3. CP et MsR : « huit jours » biffé et remplacé par « deux mois » ; CL et CH : « huit jours ».

Page 409.

1. « Pour connaître combien cette maxime se trouva fausse avec Mad[e] d'Houdetot, et combien elle eut raison de compter sur elle-même, il faudrait entrer dans les détails de nos longs et fréquents tête-à-têtes et les suivre dans toute leur vivacité durant quatre mois que nous passâmes ensemble, dans une intimité presque sans exemple entre deux amis de différents sexes, qui se renferment dans les bornes dont nous ne sortîmes jamais » (*Confessions*, IX, Folio, t. 2, p. 199). Le roman est peut-être plus vrai que la confession.
2. « Une nuit, une seule nuit », disait Saint-Preux (p. 403, n. 4).
3. La lettre 14 de la Ire partie.
4. CL et CH : « de trente ans ». Une variante de II, 5, dans Br, donnait cinquante ans à Wolmar ; une amitié de trente ans avec un homme qui devait avoir déjà quelque ancienneté dans la carrière militaire obligerait à supposer plus de cinquante ans à Wolmar au moment de son mariage. Voir p. 258, n. 1 et p. 439, n. 1.

5. *Une cour du Nord* : Cette expression désigne la Russie ; Pierre le Grand voyagea en Europe sous le nom de Comte du Nord.

Page 411.

1. « Nous serons coupables, mais nous ne serons point méchants », écrivait Saint-Preux à Julie, dans la lettre 16, p. 405.

2. *Cangrène* : telle est la graphie dans CP, CL, MsR, R61, R63 ; mais CH donne *gangrène*. La prononciation *cangrène* s'est maintenue jusqu'au dernier tiers du XIXe siècle, mais la graphie *gangrène* a peu à peu supplanté au cours du XVIIIe la graphie conforme à la phonétique. L'*Abrégé* du Trévoux et le *Dictionnaire critique* de Féraud donnent encore les deux graphies.

3. Forme usuelle, même pour désigner un personnage féminin, là où nous dirions : « quelqu'un d'autre ».

4. Comme souvent, Rousseau donne à un personnage fictif le nom d'une personne réelle : « le ministre Perret passa pour [le] successeur » de M. Tavel comme amant de Mme de Warens, dit Rousseau dans les *Confessions*, V, Folio, t. 1, p. 256.

Page 412.

1. Le dernier espoir de grossesse avait été anéanti par l' « accident » consécutif à la violence du baron d'Étange envers Julie, voir les dernières phrases de I, 63 et I, 65, p. 240. Les échecs précédents ont peut-être une cause très naturelle, mais Rousseau a pu se souvenir d'un épisode du *Cleveland* de Prévost : dans la colonie rocheloise de Sainte-Hélène, Bridge et cinq autres jeunes gens se sont unis secrètement à six jeunes filles qu'ils aimaient, pour échapper à des mariages par tirage au sort que voulait leur imposer le « ministre » de l'île. Ils espèrent que la grossesse de leurs compagnes attestera la réalité de leur mariage clandestin, et le fera reconnaître par le consistoire (comme Julie voudra déclarer sa grossesse à l'assemblée du temple). Mais seule la compagne de Bridge est enceinte, et le ministre affecte de croire que lui seul a consommé une coupable union (*Le Philosophe anglais ou Histoire de Mr. Cleveland*, Livre troisième, *Œuvres* de Prévost, sous la direction de J. Sgard, Grenoble, 1977, t. 2, p. 110-147).

Page 413.

1. Voir page 76, note 1.

Page 415.

1. Voir la lettre 5 de cette IIIe partie, où l'amour était plus visible que l'horreur. Souvenir de *La Princesse de Clèves* ? Après la mort du prince, « quand [Mme de Clèves] commença d'avoir la force [d'] envisager [sa douleur] et qu'elle vit quel mari elle avait perdu, qu'elle considéra qu'elle était la cause de sa mort, et que c'était par la passion qu'elle avait eue

pour un autre qu'elle en était cause, l'horreur qu'elle eut pour elle-même et pour M. de Nemours ne se peut représenter » (Folio, p. 293).

Page 416.

1. Au lieu de la dernière phrase, on lit dans MsR : « Changez de langage ou faites-moi mourir », et dans CL : « Changez de langage ou laissez-moi mourir. » Rousseau se souvient peut-être d'un passage du *Grandisson* de Richardson : Clémentine veut prendre le voile, sa famille s'y oppose, la mère soupire, le frère pleure, « mais pour dernière scène mon père [c'est le frère de Clémentine qui raconte] mit un genou à terre devant elle : Ma fille, lui dit-il, mon cher enfant, obligez-moi. Elle se laissa tomber à genoux : Ô mon père, s'écria-t-elle, quittez cette posture, ou je meurs à vos pieds » (*Histoire du chevalier Grandisson,* A. Rouen, 1786, tome 7, p. 115. La première traduction française complète de ce roman a paru en 1756).

2. La « dernière révolution » de Russie devrait se situer non pas quelque temps avant 1738 (date du mariage de Julie, voir la chronologie du roman au t. 2), mais en 1741, comme l'avait pensé D. Mornet, et comme le confirme William Acher dans un article de la *Revue d'histoire littéraire de la France* (mai-juin 1980) qui est un modèle d'enquête méthodique : « La “ dernière révolution ” de cette période de l'empire russe, c'est celle de la fin de l'automne 1741, par laquelle Élisabeth Petrovna se fait proclamer tsarine, chassant du trône l'enfant Ivan VI [...]. » Rousseau a donc laissé un certain flou dans la chronologie qui concerne Wolmar. W. Acher voit un modèle probable de Wolmar dans le maréchal Woldemar de Lowendal, petit-fils (par une lignée bâtarde) du roi du Danemark Frédéric II ; il avait été au service de l'Empire, puis à celui de la Russie qu'il quitta à l'avènement d'Élisabeth Petrovna, pour passer au service de France. D'autres traits de Wolmar viennent, selon W. Acher, du Comte de G***, personnage d'un roman de Gellert traduit en français dès 1754 (voir t. 2, p. 115, n. 2).

Page 418.

1. *Intempérie,* selon Féraud, se disait du « dérèglement dans l'air et dans les humeurs du corps humain », tandis qu'*intempérance* qui, du temps de Féraud, ne désignait que « l'excès dans le boire et le manger », « se disait autrefois de toute passion brutale » ; en fait *intempérie* et *intempérance* (au sens large) étaient à peu près synonymes à l'époque classique (Féraud cite un exemple de Bossuet) et le double sens d'*intempérie*, qui signifie aussi bien le dérèglement moral que celui de l'atmosphère et du corps humain, permet à Rousseau de réunir dans la même phrase l'effet des actions extérieures et celui des passions.

2. C'est la lettre 12.

Page 419.

1. Ce sont les « honteuses maximes » que Saint-Preux, dans la lettre 16 (p. 404), ne prenait pas à son compte, mais qu'il avouait ne pas savoir

combattre. Néanmoins, ces philosophes immoralistes sont bien ceux que Julie appelait, en s'adressant déjà à Saint-Preux, « tes philosophes », dans la lettre I, 46 (voir p. 177, n. 2).

2. L'idée de « ne pouvoir résister » est exprimée quatre fois dans ce paragraphe.

Page 420.

1. Voir p. 402, n. 1.

Page 421.

1. Rousseau adapte à son idée de la conscience qui s'égare quand elle n'est pas éclairée l'image augustinienne du gouffre (« non enim videbam voraginem turpitudinis, in quam projectus eram ab oculis tuis », *Confessions*, I, XIX, 30 ; « quid enim sum ego mihi sine te nisi dux in praeceps ? » (*ibid.*, IV, I, 1), qui était aussi dans Prévost (« Qu'on m'explique donc par quel funeste ascendant on se trouve emporté tout d'un coup loin de son devoir, sans se trouver capable de la moindre résistance, et sans ressentir le moindre remords. [...] Un instant malheureux me fit retomber dans le précipice, [...] les nouveaux désordres où je tombai me portèrent bien plus loin vers le fond de l'abîme », *Manon Lescaut*, Folio, p. 75-76). C'est une des images fondamentales de *La Nouvelle Héloïse*.

2. Nouvelle image du *voile*, cette fois-ci protecteur.

Page 422.

1. La « révolution » ressentie par Julie est une remise en ordre : nature et devoir ne s'opposent plus ; elle n'a pas à renier ses « affections », mais leur « désordre ».

2. « L'homme et la femme ont été formés l'un pour l'autre. Dieu veut qu'ils suivent leur destination, et certainement le premier et le plus saint de tous les liens de la Société est le mariage » (*Lettre à d'Alembert*, Folio, p. 300) ; « Dès ma jeunesse j'ai respecté le mariage comme la première et la plus sainte institution de la nature », déclare le Vicaire savoyard (*Émile*, IV, Pléiade, p. 566).

Page 423.

1. CP, CL : « qu'une émotion passagère ». Alors qu'*effervescence*, au sens moral, était un mot à la mode, selon Féraud, l'emploi de *fermentation* au figuré semble une hardiesse de Rousseau.

2. « Tant de sujet » : tel est bien le texte de Rousseau.

3. MsR : « et répandu dans tout mon être une fraîcheur pareille à celle de la rosée du soir. »

4. *Réduit* : participe non accordé, n'étant pas en position finale.

Page 424.

1. CP, MsR : « Le pasteur commun qui sait rappeler les brebis égarées » ; CL, CH : « Le père de toute vérité ».

2. MsR : « Providence éternelle, qui de la même main fait ramper l'insecte et rouler les cieux, rien n'échappe à tes décrets immuables. » Rappelons qu'en août 1756, Rousseau, en réponse au poème de Voltaire *Sur le désastre de Lisbonne*, avait proclamé l'existence de la Providence divine.

Page 426.

1. Quels étaient ces principes que Julie se met à mépriser, et qui les lui avait appris ? En dehors des dangereuses leçons de la Chaillot, Julie n'a rien reçu que l'éducation familiale, dont Rousseau ne dit rien, mais dont il laisse entendre qu'elle était conventionnelle et détestable.

2. Participe au singulier, dans le cas où les deux substantifs sont solidaires.

3. Ces réflexions de Julie sur la fragilité d'une morale dont la base est la seule considération de l'ordre font comprendre à l'avance pourquoi elle s'affligera de l'athéisme de Wolmar, quand il lui sera connu.

Page 427.

1. « Ainsi, quand il n'y aurait pas de Dieu, nous devrions toujours aimer la Justice ; c'est-à-dire faire nos efforts pour ressembler à cet être dont nous avons une si belle idée, et qui, s'il existait, serait nécessairement juste » (Montesquieu, *Lettres persanes*, LXXXIII, Folio, éd. Jean Starobinski, 1973, p. 204.) ; le Dieu de Julie parle plus au cœur que celui de Saint-Preux et de Rousseau lui-même, la prière de Julie est, et surtout sera plus tard, une effusion, comme l'a remarqué Robert Mauzi (« Le problème religieux dans *La Nouvelle Héloïse* », dans *J.-J. Rousseau et son œuvre*, Klincksieck, 1964), mais Rousseau semble avoir craint de prêter à Julie la croyance en un Dieu personnel comme celui de la religion catholique ; il a supprimé des expressions de premier jet qui pouvaient induire en erreur (voir p. 423, n. 3, p. 424, n. 1).

2. *De sens froid* : voir la n. 1 de la p. 93.

3. Voir p. 419, n. 1.

Page 428.

1. « Il n'importe donc pas seulement que la femme soit fidèle, mais qu'elle soit jugée telle par son mari, par ses proches, par tout le monde » (*Émile*, V, Pléiade, p. 698. Voir le commentaire de Pierre Burgelin à ce passage, n. 1).

Page 429.

1. La maternité crée à la femme des devoirs encore plus stricts que ceux du mari ; « La femme infidèle dissout la famille et brise tous les liens

de la nature ; en donnant à l'homme des enfants qui ne sont pas à lui elle trahit les uns et les autres, elle joint la perfidie à l'infidélité. J'ai peine à voir quel désordre et quel crime ne tient pas à celui-là. S'il est un état affreux au monde, c'est celui d'un malheureux père qui, sans confiance en sa femme, n'ose se livrer aux plus doux sentiments de son cœur, qui doute en embrassant son enfant s'il n'embrasse pas l'enfant d'un autre [...] » (*Émile*, *ibid.*).

Page 430.

1. Julie condamne l'adultère avec d'autant plus de fermeté et d'insistance qu'elle en a été elle-même tentée, mais Rousseau visiblement veut réfuter un adversaire précis. Lequel ? Quel penseur libertin, quel philosophe matérialiste a notamment fait de l'adultère un facteur de sociabilité ? Le « système » philosophique par lequel M. de Tavel corrompit Mme de Warens dont il fut le premier amant (*Confessions*, V, Folio, t. 1, p. 255-257) ne comportait pas cet argument particulier. Helvétius dans *De l'Esprit* (Discours II, chapitre XV) soutient que les « femmes galantes sont fort utiles au public » ; il considère l'indissolubilité du mariage comme une règle de convention et le libertinage comme une corruption nullement criminelle ni incompatible avec le bonheur d'une nation (*ibid.*, chapitre XIV), mais son livre n'a paru qu'à la fin de 1758.

Page 431.

1. Seconde mise en garde contre une morale qui n'aurait pas la foi en Dieu pour principe ; la précédente concernait une conscience sensible à l'ordre, à la vertu et à l'utilité commune (p. 426) ; celle-ci, un incrédule avéré : Wolmar sera l'un et l'autre.
2. MsR : « le Dieu des Chrétiens », remplacé par « le Dieu de toute justice ».
3. *Survéquit* : cette forme du passé simple se rencontre, mais est considérée comme archaïque par l'*Abrégé* du Trévoux et par Féraud.

Page 432.

1. MsR, R61 : « nous nous haïrons » ; lapsus probable, puisque le verbe de la proposition coordonnée est au conditionnel.
2. Cette formule est peut-être la clé du roman.

Page 434.

1. MsR : « pour que mon état puisse changer sans le vôtre. » « Il faut nécessairement que votre cœur change », disait Julie un peu plus haut (p. 432), mais elle approfondit maintenant sa réflexion et réunit tout son être.
2. *Qui mérite* est le texte de MsR et de R63 ; R61 donne *qui mérités*, reproduit par l'éd. Mornet et transcrit *méritez* dans les éditions R. Pomeau et M. Launay. Le verbe d'une relative dont l'antécédent est à

la 1re ou à la 2e personne se met régulièrement à la 3e personne dans la langue des XVIIe et XVIIIe siècles.

Page 438.

1. Depuis « Enfin quand ces raisons [...] », la fin de ce paragraphe est absente de MsR et de CH. Elle figure dans CL avec une variante (« Ô Julie, écoutez un homme capable de quelque sacrifice et pensez que vous devez quelque honneur à celui dont vous connaissez l'âme et qui peut vous écrire comme à une étrangère »), et elle est copiée au verso de CP, comme une addition tardive. Cette IIIe partie a été envoyée à Mme de Luxembourg le 20 juin 1760, et Rousseau a commencé à retourner à Rey les premières épreuves du roman le 22 juin.

2. Dans cette lettre complexe et contrastée, Saint-Preux rivalise d'abord avec Julie de générosité passionnée, puis passe par l'humiliation, la rage, le renoncement, la fierté revendicative, la sagesse (ou la prudence) ; après un ultime appel à l'accord intime d'autrefois, pour le regret et l'adieu s'élève cette pure musique du sentiment qu'aucun romancier avant Rousseau n'avait fait entendre.

Page 439.

1. Br, CP : « cinquante ans passés ».

2. Souvenir de *La Princesse de Clèves* ? Le prince, au moment de mourir, avoue à sa femme qu'il l'a aimée passionnément, mais qu'il le lui a caché, « par la crainte », dit-il, « de vous importuner, ou de perdre quelque chose de votre estime, par des manières qui ne convenaient pas à un mari » (Folio, p. 291).

Page 440.

1. Si la raison de Wolmar ne s'égare jamais dans « d'inutiles spéculations », Julie constatera plus tard qu'elle s'engage dans d' « inutiles distinctions », VI, 8, t. 2, p. 327.

2. « À ceux de mon père » était la première version de Br et le texte de CL ; « celui », dans le texte définitif, désigne donc « le bien de mon père ».

3. *Appareil* : « On dit une cause, un discours d'*apparat* ; dans ces occasions, *appareil* ne serait pas propre. Mais on dit l'*appareil* d'un festin, d'un spectacle : là *apparat* ne vaudrait rien » (Féraud).

4. *Buffet* : « Il signifie aussi la vaisselle même [...]. Un *buffet* d'argent ciselé de vermeil doré » (*Académie*, 1762).

5. *Officier* : « Il signifie aussi le domestique d'une grande maison qui a soin de l'office » (*Académie*, 1762).

6. « L'on vous fait ennuyer. » La suppression du pronom réfléchi est constante devant un infinitif complément d'un verbe comme *faire, laisser, voir, sentir* (*Syntaxe française du XVIIe siècle* de Haase, § 61).

Page 441.

1. Br : « l'ordre de la providence dans le monde. »

2. Wolmar est pareil au Dieu de Descartes, qui, ayant donné au monde une « chiquenaude » (Pascal, *Pensées*, section II, n° 77 selon la classification de Brunschvicg), n'a plus qu'à « prêter son concours ordinaire à la nature, et la laisser agir suivant les lois qu'il a établies » (*Discours de la méthode*, Cinquième partie, éd. citée, p. 155).

3. Jalon préparant la révélation de l'athéisme de Wolmar. Le portrait que fait ici Julie de son mari, à côté de traits exacts, comporte des lacunes, et le lecteur devine qu'il est modelé sur les vœux de Julie et sur les sentiments qu'elle veut inspirer à Saint-Preux.

Page 442.

1. Sur cette idée, très importante dans la pensée de Rousseau, voir l'introduction, p. 32.

2. La Rochefoucauld, maxime 71 de l'édition de 1678 (Folio, éd. Jean Lafond, 1976, p. 55).

3. Note absente non seulement de Br, de CL et de R63, ce qui est le cas de la plupart des notes, mais de MsR. Elle a été reportée après coup dans CP.

Page 443.

1. *Déplaisir* : « chagrin, douleur d'esprit, affliction » (Féraud) ; le mot a un sens plus fort que dans la langue actuelle.

Page 444.

1. Note ajoutée dans R63 : « Nos situations diverses déterminent et changent malgré nous les affections de nos cœurs : nous serons vicieux et méchants tant que nous aurons intérêt à l'être, et malheureusement les chaînes dont nous sommes chargés multiplient cet intérêt autour de nous. L'effort de corriger le désordre de nos désirs est presque toujours vain, et très rarement il est vrai : ce qu'il faut changer c'est moins nos désirs que les situations qui les produisent. Si nous voulons devenir bons ôtons les rapports qui nous empêchent de l'être, il n'y a point d'autre moyen. Je ne voudrais pas pour tout au monde avoir droit à la succession d'autrui, surtout de personnes qui doivent m'être chères, car que sais-je quel horrible vœu l'indigence pourrait m'arracher ? Sur ce principe examinez bien la résolution de Julie et la déclaration qu'elle en fait à son ami. Pesez cette résolution dans toutes ses circonstances, et vous verrez comment un cœur droit en doute de lui-même sait s'ôter au besoin tout intérêt contraire au devoir. Dès ce moment Julie malgré l'amour qui lui reste met ses sens du parti de sa vertu ; elle se force, pour ainsi dire, d'aimer Wolmar comme son unique époux, comme le seul homme avec lequel elle habitera de sa vie ; elle change l'intérêt secret qu'elle avait à sa perte en intérêt à le conserver. Ou je ne connais rien au cœur humain ou

c'est à cette seule résolution si critiquée que tient le triomphe de la vertu dans tout le reste de la vie de Julie, et l'attachement sincère et constant qu'elle a jusqu'à la fin pour son mari. »

Cette note fut reproduite dans l'édition Duchesne, Paris, 1764, et l'annotation manuscrite mise en tête de l'exemplaire Coindet par Rousseau en atteste l'importance (voir note sur le texte, p. 62). Elle répond au principe de la « morale sensitive », que Rousseau appelle aussi « le matérialisme du sage ». Elle est pourtant étrange pour deux raisons : d'abord, parce qu'elle n'explique pas la conduite de Julie, celle-ci ne veut pas agir sur « la machine », « forcer l'économie animale à favoriser l'ordre moral », elle prend au contraire une résolution d'ordre purement moral, qui ne change rien aux conditions matérielles de son existence (le « matérialisme du sage » est donc plus psychologique que physique) ; ensuite, Rousseau ne signale dans cette résolution que ce qui regarde Wolmar, alors qu'elle concerne aussi Saint-Preux, selon la formule énoncée dans la lettre 18 (voir p. 432, n. 2).

2. Br : « Je ne suis pas plus capable » : la version de Br met l'accent sur la loyauté de Julie, la version définitive le met sur la confiance de Wolmar.

3. « Une autre raison ». B. Guyon comprend : « une autre raison de dire la vérité », et commente : « Elle espérait évidemment que cet aveu, écartant Wolmar, la garderait libre pour Saint-Preux. » Il nous semble au contraire que cette autre raison était une raison de se taire, et qu'elle espérait, une fois mariée, garder une liaison clandestine avec Saint-Preux ; mais, à en juger par la lettre 15, « son cœur » était bien près d' « oser s'avouer » cette raison.

Page 445.

1. Voir p. 116, n. 1.

Page 446.

1. La dernière lettre de Julie, dans la VIe partie, fera écho à ces paroles (t. 2, p. 385).

2. Cet exemple de l'Indien servait à Locke (*Essai philosophique concernant l'entendement humain*, II, 13, § 19 et II, 23, § 2) à montrer que le mot de *substance* ne répond à rien de précis dans l'esprit ; Diderot l'a repris dans la *Lettre sur les Aveugles* (éd. R. Niklaus, Genève et Lille, 1951, p. 40-41) pour montrer que l'idée d'un Dieu créateur, loin d'expliquer l'existence du monde, est elle-même inexplicable : Rousseau, qui emprunte l'exemple à Diderot sans doute plutôt qu'à Locke, en renverse délibérément le sens.

Page 447.

1. *Retour* a le sens de *reprise de soi, repentir* ; Féraud donne sans référence un exemple de Lefranc de Pompignan : « Les plaisirs criminels, et leur retour amer ».

2. Plutarque, *Vie de Thémistocle*, XVIII.

3. Entre cette lettre et la lettre 20, près de deux années ont dû s'écouler.

Page 448.

1. Le Suédois Robeck avait publié en 1736 une *exercitatio philosophica* sur le suicide, et s'était donné la mort en 1739. Voltaire, qui s'était posé personnellement la question du suicide, cite Robeck au chapitre XII de *Candide* (1759). Comme D. Mornet l'a montré, Rousseau a pu connaître le livre de Robeck par un article des *Mélanges philosophiques* de Formey (1754). La phrase sur Robeck élaborée après plusieurs tâtonnements est en marge dans Br, mais dans ce manuscrit, addition marginale ne signifie nullement rédaction tardive.

2. Première version de ce début de paragraphe dans Br : « J'ai eu quelques occasions de méditer sur ce grave sujet ; j'ai lu à peu près tout ce qu'on a écrit de mieux pour et contre, et toujours avec un nouvel étonnement de voir comment on <a pu> pouvait embrouiller une question si simple. En effet, à quoi se réduit-elle, à cette proposition fondamentale. »

3. *Cangrène* : voir p. 411, n. 2.

Page 449.

1. Platon, *Phédon*, VI.

Page 450.

1. Plutarque, *Vie de Caton d'Utique*, LXXXVIII. Voir plus bas, p. 452, n. 3.

Page 451.

1. Cicéron, *Tusculanes*, II, 25.

Page 452.

1. Arria, femme de Cecina Paetus, condamné à mort par Claude, se transperça d'un coup de poignard puis, tendant l'arme à son mari pour qu'il se tue à son tour, prononça le mot fameux : « Paete, non dolet » (Pline le Jeune, *Lettres*, III, 16) ; Éponine, femme du Gaulois Sabinus, qui avait dirigé la révolte des Lingons, demanda à mourir en même temps que son mari condamné par Vespasien (Plutarque, *De l'amour*, LXX) ; Lucrèce, femme de Collatin, dut se donner sous menace de mort à Sextus, fils de Tarquin le Superbe ; le lendemain, elle révéla ce viol et se tua : Collatin et Junius Brutus la vengèrent en renversant la royauté et en instaurant la république (Tite Live, I, 68).

2. Brutus et Cassius, chefs du parti républicain qui avaient assassiné César, furent vaincus par Antoine et Octave à la bataille de Philippes et se donnèrent la mort.

3. Rousseau a exprimé à plusieurs reprises son admiration pour Caton

d'Utique, l'ennemi de César, le défenseur des traditions républicaines qui se donna la mort après la défaite du parti sénatorial. Caton est mis par Rousseau en parallèle avec Lucrèce dans un fragment « sur les femmes » écrit très tôt, vers 1745 (Pléiade, t. 2, p. 1255) ; il est appelé « le plus grand des hommes » dans le *Discours sur l'origine de l'inégalité* (Folio, Essais, p. 122) ; selon le *Discours sur l'Économie politique* (p. 255), « entre César et Pompée, Caton semble un dieu parmi des mortels » ; Rousseau demande au livre IV d'*Émile* (Pléiade, p. 596), emporté par « l'enthousiasme de la vertu » : « Pourquoi voudrais-je être Caton qui déchire ses entrailles, plutôt que César triomphant ? » Voir *Jean-Jacques entre Socrate et Caton*, textes inédits de Rousseau publiés par Claude Pichois et René Pintard, Corti, 1972. Quand Rousseau nomme Caton sans plus de précision, il s'agit de Caton d'Utique et non de Caton le censeur ; l'index du tome 3 de la Pléiade a confondu les deux noms.

4. Lors de son premier séjour aux Charmettes (1736-1737), Rousseau avait fait connaissance à Lyon du « bon Parisot » (*Confessions*, V, Folio, t. 1, p. 277). Il lui dédia une épître, en 1741 ou 1742 (Pléiade, II, p. 1136-1144). Texte de la note dans CH : « Chirurgien de Lyon. Ô qu'il est doux de louer un homme de bien ! Je crois que j'aurais loué les Grands mêmes, si quelqu'un d'eux l'avait mérité. »

Page 454.

1. L'opium serait utilisé dans ce cas non pour calmer la douleur, mais pour mettre fin à la vie. Rousseau, qui souffrait lui-même de la pierre, se demandera en décembre 1761, à la suite d'un accident (un fragment de sonde resté dans l'urètre) si la douleur qu'il éprouvait ne l'amènerait pas à préférer mourir ; voir plus bas, p. 464, n. 1.

Page 455.

1. *Donnés* : accord de participe avec le complément d'attribution, selon l'usage très fréquent du XVIIe et du XVIIIe siècle.

2. « Que je périsse avec les Philistins ! » s'écria Samson au moment où il fit s'écrouler le temple de Dagon (*Juges*, 16, 22-31).

Page 456.

1. Jalon pour l'épisode italien des Ve et VIe parties.

2. Voir p. 144, n. 1 et p. 417.

Page 457.

1. Voir la lettre 54 de la Ire partie, p. 198.

2. En réfutant le grief que lui faisait Saint-Preux (« loin que vous songiez à m'occuper de vous, vous ne vous occupez que de moi », p. 447), Édouard nous éclaire sur l'état de misère morale où Saint-Preux a vécu pendant de longs mois.

Page 460.

1. L'exhortation d'Édouard est conforme à la morale stoïcienne, ou à la troisième maxime de la morale provisoire de Descartes (*Discours de la méthode*, troisième partie, dans Descartes, *Œuvres et Lettres*, textes présentés par André Bridoux, Pléiade, 1953, p. 142).

Page 461

1. Allusion à ce qu'écrivait Saint-Preux, dans le dernier paragraphe de sa lettre (p. 456), sur l'effet de la vieillesse et des ans.

2. Ici, un paragraphe biffé dans Br : « Je laisse à part les ressources qu'on trouve dans l'exercice de la force <de l'âme> et de la raison pour soulager nos maux et raccourcir leur durée. Si la philosophie manque de moyens pour anéantir l'intervalle, elle en a du moins pour rapprocher le terme et j'admire par quel travers d'esprit on peut tirer du pouvoir qu'a le sage de surmonter les afflictions terrestres la nécessité de quitter le corps qui les donne pour nous laisser le mérite de les vaincre. »

Page 462.

1. Voir la lettre 53 de la Ire partie, p. 196.

Page 463.

1. « Les lois sont furieuses en Europe contre ceux qui se tuent eux-mêmes », dit Montesquieu dans la Lettre LXXVI des *Lettres persanes*. Quant à Socrate, que ses amis s'offraient à faire évader de prison, il préféra subir sa condamnation à mort plutôt que d'enfreindre les lois (Prosopopée des lois, dans le *Criton*, XII).

2. Édouard renchérit sur Saint-Preux en érudition historique : Régulus, prisonnier des Carthaginois lors de la première guerre punique, fut envoyé par eux à Rome, sous serment de revenir s'il échouait dans sa négociation, pour transmettre leurs propositions de paix ; sûr de la victoire de Rome, il plaida pour la guerre, respecta la parole donnée et fut mis à mort par les Carthaginois. Vaincu par les Samnites, le consul Posthumius dut passer avec toute sa troupe sans les fourches Caudines. Varron, vaincu à Cannes par Annibal (Cannes est nommé dans Br), s'enfuit à Venuse, réussit à regrouper une partie de l'armée débandée et fut félicité par le Sénat de n'avoir pas désespéré de la république.

Page 464.

1. Br ajoute : « et puisque je n'étais pas digne de te consoler, tu n'étais pas digne de vivre ». Texte analogue dans CP, MsR, CH et CL. Ces deux lettres sur le suicide (dont les brouillons, chargés de ratures et d'additions marginales, sont conservés à la bibliothèque de Genève) par leur argumentation en forme, leurs accents oratoires, leurs sentences, les nombreux *exempla* allégués, donnent au débat une allure scolastique. Rousseau l'a voulu ainsi : ni Saint-Preux ni Édouard ne sont de profonds philosophes, l'auteur l'a ironiquement

fait sentir au cours du roman, et par les notes dont il a accompagné ces lettres mêmes. Ce que Robert Osmont (cité par B. Guyon) disait de Rousseau à propos de ces lettres (« Le débat sur le suicide [...] n'est peut-être que la transposition d'un désespoir en quête de remède ») doit plutôt être dit de Saint-Preux et d'Édouard : chacun défend sa thèse avec une maladroite insistance, Saint-Preux parce que son désir de mort, plusieurs fois exprimé (l'*Entretien sur les romans* en plaisante, t. 2, p. 413), ne va jamais jusqu'à une volonté arrêtée, Édouard parce qu'il reconnaît dans Saint-Preux l'état d'esprit dont il a eu lui-même peine à s'arracher. Comme toujours dans *La Nouvelle Héloïse*, l'exposé théorique met en jeu des passions troubles, la situation et le caractère de celui qui le prononce. Ce débat sur le suicide n'en est pas moins d'une importance capitale dans le roman, la question qu'il pose est de savoir à quelles conditions la vie mérite d'être vécue. Sur le problème du suicide, tous les penseurs du siècle avaient pris position ; en théorie, Rousseau ne pouvait qu'être hostile à la thèse du droit au suicide, celle des philosophes qui voulaient dissocier la morale humaine de la religion et des impératifs transcendantaux. Mais il admire le suicide héroïque qui est plus un acte de foi qu'un acte de désespoir, et il admet le suicide auquel un malade est poussé par une souffrance insupportable. Il est remarquable que, songeant, non sans quelque affectation, à son propre suicide (voir p. 454, n. 1), il nomme Édouard comme caution d'un tel projet : « quand il en sera temps, je pourrai sans scrupule prendre chez milord Édouard les conseils de la vertu même » (lettre à Moultou, 23 décembre 1761). Il pensait sans doute moins à cette lettre d'Édouard qu'à un épisode des Amours de Milord Édouard, voir t. 2, p. 417.

Page 465.

1. Kensington, résidence de la cour, près de Londres.
2. Br, MsR, CH : « depuis quinze jours ». La modification ne nous semble pas avoir été appelée par la note de la lettre 25 (voir p. 467, n. 2), mais par la vraisemblance : un homme aussi peu courtisan que Milord Édouard, et aussi attentif en amitié, n'aurait pu patienter quinze jours dans les antichambres de la cour ni rester si longtemps sans revoir le malheureux Saint-Preux.

Page 466.

1. *Coureur* : « On appelle *coureur* un domestique qui court à pied et dont on se sert pour faire des messages avec grande diligence » (*Académie*, 1762).
2. La flotte commandée par George Anson (il n'eut le grade d'amiral qu'en 1761) quitta l'Angleterre en septembre 1740, pour faire le tour du monde. La mer du Sud est l'Océan Pacifique ; le détroit de Le Maire sépare de la Terre de Feu la petite île des États. C'était le passage habituel vers le sud pour les navires qui longeaient la côte américaine, comme ceux de George Anson ; mais le détroit était très resserré, et la flotte d'Anson, après avoir failli manquer l'entrée, y essuya une violente tempête ; Walter, l'auteur du *Voyage de George Anson*, conseille aux navigateurs de passer à l'est de l'île des États.

Page 467.

1. Anson n'est pas chargé d'un voyage d'exploration ni d'une parade militaire : l'Angleterre venait d'entrer en guerre avec l'Espagne, la flotte devait aller attaquer les ports espagnols d'Amérique du Sud. Une phrase de Br précisait : « Comme il y aura quelques expéditions de terre sur les côtes occidentales de l'Amérique espagnole » ; Br ajoutait (phrase biffée) après « débarquement » : « mais toujours volontaire et sans appointement » : on sait le jugement de Saint-Preux sur les mercenaires suisses servant à l'étranger (voir p. 157, n. 1).

2. Bien qu'absente de Br et des copies CH et CL, cette note n'est pas forcément « tardive », comme le croient D. Mornet et B. Guyon, qui expliquent par elle la variante, bien tardive, elle, de la p. 465, n 2.

Page 468.

1. Édouard a passé « plusieurs années » (*Amours de Milord Édouard*, t. 2, p. 427) à « flotter » entre la Marquise et Lauretta Pisana : il va encore « flotter » trois ou quatre ans, tout le temps que durera le voyage de Saint-Preux !

2. *Fraîchir* : « terme de marine, qui se dit du vent quand il se renforce sans violence et sans orage » (*Abrégé* du Trévoux). Le terme est toujours en usage. On peut donc *voir* fraîchir le vent, au mouvement des arbres et des voiles.

3. Admirateur passionné de l'opéra italien, Rousseau a fait de ce final un « morceau de musique pure », comme dit B. Guyon qui a raison d'y entendre l'accent de futurs vers baudelairiens ou mallarméens.

DU MÊME AUTEUR

Dans la même collection

LES RÊVERIES DU PROMENEUR SOLITAIRE. *Préface de Jean Grenier. Édition établie par Samuel S. de Sacy.*

LES CONFESSIONS. *Préface de J.-B. Pontalis. Texte établi par Bernard Gagnebin et Marcel Raymond.*

DISCOURS SUR LES SCIENCES ET LES ARTS. LETTRE À D'ALEMBERT SUR LES SPECTABLES. *Édition présentée et établie par Jean Varloot.*

JULIE OU LA NOUVELLE HÉLOÏSE, I et II. *Édition présentée et établie par Henri Coulet.*

Composition Bussière
et impression Bussière Camedan Imprimeries
à Saint-Amand (Cher), le 2 octobre 1997.
Dépôt légal : octobre 1997.
1er dépôt légal dans la collection : mars 1993.
Numéro d'imprimeur : 1/2471.
ISBN 2-07-038566-3./Imprimé en France.